Als Luca verschwand

Petra Hammesfahr

Als Luca verschwand

Roman

Weltbild

Besuchen Sie uns im Internet
www.weltbild.de

Genehmigte Lizenzausgabe für Weltbild GmbH & Co. KG,
Werner-von-Siemens-Straße 1, 86159 Augsburg
Copyright © 2018 by Diana Verlag, München, in der Verlagsgruppe Random House
GmbH, Neumarkter Straße 28, 81673 München
Umschlaggestaltung: *zeichenpool, München
Umschlagmotiv: www.shutterstock.com (© johof, © Weston)
Satz: Datagroup int. SRL, Timisoara
Druck und Bindung: CPI Moravia Books s.r.o., Pohorelice
Printed in the EU
ISBN 978-3-95973-991-7

2021   2020   2019   2018
Die letzte Jahreszahl gibt die aktuelle Lizenzausgabe an.

Mit besonderem Dank an meine Tochter Michaela, die diesem Roman mit ihren Anregungen zu einer wichtigen Figur verhalf.

TEIL 1

DIE FRAU IM PONCHO

Zeugen

Der Vormittag war hektisch, weil sie nur zu dritt waren. Seit Wochenbeginn fehlte eine Kollegin – krankheitsbedingt, und das nicht zum ersten Mal, doch die Zentrale sah nicht ein, für Ersatz zu sorgen. Für den Nachmittag erwartete Jutta Meuser den gewohnt stressigen Freitagsbetrieb. Jetzt über Mittag war es noch ruhig, aber Zeit zum Verschnaufen blieb trotzdem nicht.

Helene Matthies ging um halb zwei in die Pause. Zu dem Zeitpunkt hielten sich nur drei Kunden im Laden auf. Weiter hinten konnten sich zwei Stammkundinnen, beide weit über siebzig, wieder mal nicht entscheiden, ob sie rote oder weiße Grablichter nehmen sollten. Und am Foto-Sofort-Drucker ließ sich ein scheinbar begriffsstutziger Mann in den Dreißigern, den Jutta bisher noch nie hier gesehen hatte, von Ilonka Koskolviak erklären, wie Bilder von einem USB-Stick auf den Automaten geladen werden konnten.

Entweder versuchte der Typ zu flirten, oder er nahm Ilonka wegen ihres Akzents nicht für voll und machte sich lustig über sie. Jutta tippte auf Letzteres. Kurz zuvor hatte er sich nämlich schon ausführlich von Ilonka beraten lassen, welches Deo am besten zu ihm passte. Den Vorschlag hatte er auch gekauft und brav an der Kasse bezahlt. Dann war er noch mal umgekehrt und hatte Ilonkas Dienste erneut in Anspruch genommen.

Die Frau, die kurz nach halb zwei hereinkam, war keine Stammkundin, in den letzten Wochen hatte Jutta sie jedoch schon öfter abkassiert, bisher immer am Freitagvormittag zwischen elf und zwölf. Eine von denen, die sogar Kleckerbeträge mit Karte zahlten und vermutlich selten übersehen wurden. Platinblond, flotte Kurzhaarfrisur, mindestens eins achtzig groß und so dürr, dass Jutta sich fragte, ob sie sich wohl zwei oder drei Wattebällchen zum Frühstück gönnte. Mit Orangensaft getränkt, den die superdünnen Models angeblich bevorzugten, oder lieber mit Apfelschorle, weil die weniger Kalorien hatte?

Hübsch war sie, das ließ sich nicht leugnen, und perfekt gestylt. Für Anfang Januar vielleicht zu dünn angezogen. Draußen waren es nur knapp über null Grad, aber wenn man mehr Wert aufs Äußere legte als auf die Gesundheit ... Knallenge schwarze Jeans, schwarzes Raulederjäckchen, das nur bis zur Taille reichte. Flache Wildlederstiefeletten mit Strassapplikationen. Bei ihrer Größe waren höhere Absätze auch nicht zu empfehlen.

Das Gesicht so perfekt geschminkt, als wolle sie gleich zum Casting für *Germany's Next Topmodel*. Doch dafür war sie wohl schon etwas zu alt. Jutta schätzte sie auf Mitte zwanzig, war selbst achtundfünfzig und mindestens sechzig Kilo schwerer. Ihren Platz an der Kasse hatte sie nur ungern verlassen. Aber wo gerade nichts los war, blieb ihr nichts anderes übrig, als in gebückter Haltung die Kästen unter den Regalen mit Schaumfestiger und Haartönung aufzufüllen und dabei weiter die Kundschaft zu beobachten, so gut es eben ging.

Bisher hatte die Blonde jedes Mal einen dreirädrigen Kinderwagen mit einem ausnehmend hübschen Baby dabeigehabt. Eins von den Kindern, bei denen man sich unwillkürlich fragte, welche Gene man haben musste, um so was Süßes auf die Welt zu bringen. Diesmal brachte sie einen etwa dreijährigen Jungen mit, vom Aussehen her der größere Bruder des Babys.

Handy am linken Ohr, den Jungen an der rechten Hand mit sich zerrend, steuerte sie den Stapel Körbe an, gab dabei ihren Standort durch, wie das heutzutage bei jungen Leuten üblich zu sein schien, und wollte wissen: »Wo bist du denn gerade?«

Jutta, die keine zwei Meter entfernt am Boden hockte, wurde keines Blickes gewürdigt. Weiterplappernd – jetzt ging es um einen Hustensaft, der supergut wirkte – nahm sie einen Korb und ließ dafür den Jungen los. Der machte sich augenblicklich in Richtung der Süßigkeiten davon. Einige lagen in Griffhöhe von Kinderhänden, aber ihn hatte Jutta gut im Blick.

»Nichts anfassen, Max«, mahnte die Blonde im Weitergehen, ohne sich nach dem Jungen umzudrehen.

Das hättest du wohl gerne, dachte Jutta und sah im nächsten Moment verblüfft, wie der kleine Mann beide Händchen auf dem Rücken verschränkte. Schien gut erzogen, das Kerlchen, hätte Jutta dem hübsch angemalten Knochen gar nicht zugetraut. Solche waren meist derart mit sich selbst beschäftigt, dass keine Zeit für andere blieb. Und Kindererziehung war kein Job, den man zwischen Kleiderschrank und Schminkspiegel erledigte. Jutta hatte zwei Söhne, mittlerweile waren sie erwachsen, aber früher ganz schön anstrengend gewesen.

Die Blonde bog in den Gang mit Babynahrung ein. Vorübergehend sah Jutta sie nicht mehr. Sie hätte sich aufrichten müssen, um in einem der an strategisch wichtigen Punkten im Laden angebrachten Spiegel verfolgen zu können, was die Dürre tat. Das war ihr zu mühsam und auch nicht nötig. Die Frau kam bereits wieder zurück in den Hauptgang, den Jutta in voller Länge einsehen konnte. Im Korb lagen zwei Gläschen fürs Baby.

Der kleine Junge stand noch schmachtend vor den Süßigkeiten. Er war entschieden wärmer bekleidet als seine Mutter: Stiefelchen, dick gefütterter Anorak, auf dem Kopf eine von diesen Plüschmützen mit Ohren. Damit sah er von hinten aus wie ein Teddy. Offenbar wurde ihm langweilig. Mit unverändert auf dem Rücken verschränkten Händen schaute er sich nach seiner Mutter um. Die hatte vor dem Ellen-Betrix-Regal haltgemacht und studierte die Lippenstiftauswahl. Das Handy hatte sie eingesteckt, den Korb vor dem Regal abgestellt.

Von seinem Standort aus konnte der Kleine seine Mutter nicht sehen. Doch statt sich auf die Suche nach ihr zu machen, lief er zum Eingang und – da die Tür automatisch aufglitt – zwei Schritte ins Freie. Jutta wollte die Frau schon aufmerksam machen, weil sie befürchtete, das Kerlchen könne entwischen. Aber er lugte nur um die Ecke zur Sparkassenfiliale nebenan, kam zurück in den Laden und hatte anschließend seinen Spaß daran, dass die Tür auf- und zuging, wenn er zwei Schritte vor oder zurück machte. Sollte er sich amüsieren, so kam wenigstens etwas frische, kalte Luft herein. Leider verlor er nach zweimal hin und her die Lust an dem Spiel und blieb draußen stehen. Schade.

Seit Wochen war es viel zu warm im Laden, Jutta hatte es der Zentrale schon mehrfach gemeldet, bisher ohne Ergebnis. Die stickige Luft machte sie kurzatmig. Die gebückte Haltung verursachte ihr schmerzende Kniegelenke. Sie sehnte sich nach ihrem Platz an der Kasse. Aber noch machte niemand Anstalten, sich diesem Bereich zu nähern.

Die alten Frauen mit den Grablichtern hatten sich wie üblich für weiße entschieden und palaverten jetzt vor den Haushaltsreinigern. Wie jedes Mal diskutierten sie über diverse Werbespots und griffen irgendwann zu Bewährtem.

Der Mann am Foto-Sofort-Drucker erhielt wohl einen Anruf, jedenfalls zog er ein Handy aus einer Jackentasche, warf einen Blick aufs Display, verabschiedete sich mit Handschlag von Ilonka und verließ den Laden ohne Fotos oder sonst etwas, was ihn gezwungen hätte, noch einmal die Kasse anzusteuern. Im Hinausgehen hörte Jutta ihn sagen: »Alles klar, bin schon fast bei dir.«

Draußen rannte er beinahe den Jungen über den Haufen. Mit einem Griff an die Jacke des Kleinen verhinderte er, dass das Kerlchen stürzte. Anschließend fuchtelte er mit beiden Armen herum und machte: »Buh«, als wolle er den Jungen noch zusätzlich erschrecken.

Zwei Teenies kamen dazu. Der Blödmann steckte sein Handy ein und sagte irgendwas von einer Freundin. Jutta verstand nur das eine Wort. Die beiden Mädchen fanden den kompletten Satz anscheinend wahnsinnig komisch und gackerten los wie alberne Hühner.

Der Mann wandte sich nach links wie die meisten, die motorisiert waren. Zwar gab es Parktaschen an den Straßenrändern, aber eine Lücke zu finden konnte dauern. Und ein paar Meter weiter, neben der Sparkassenfiliale, führte ein Durchgang zum großen, zentral gelegenen Schlossparkplatz. Die Mädchen drehten sich noch mal kichernd nach dem Blödmann um, ehe sie hereinkamen und sich geradewegs zu dem Hungerhaken in den Kosmetikbereich gesellten, wo sie weiter herumalberten. Doch nun passten mit Ilonka zwei Leute auf.

Obwohl alle Waren gegen Diebstahl gesichert waren, hatte man in letzter Zeit nicht Augen genug. Es wurde viel geklaut. Dreimal die Woche mindestens schlug die Warensicherungsanlage an. Einige blieben stehen und redeten sich mit einem Versehen heraus. Anderen hauten ab, und wenn man nicht schnell genug hinterherkonnte ...

Die Blonde hantierte inzwischen vor dem Manhattan-Regal mit Lippenstiften, als könne sie sich nicht für eine Farbe entscheiden. Ob sie drei oder vier verschiedene in der Hand hielt, konnte Jutta nicht erkennen und blieb in erhöhter Alarmbereitschaft. Auf ihre Menschenkenntnis bildete sie sich eine Menge ein, hatte schon mehr als einer Person an der Nasenspitze, dem Gesichtsausdruck, der Körperhaltung oder dem Gefummel mit Kleinteilen angesehen, dass man sie im Auge behalten musste.

Der kleine Junge stand immer noch draußen. Als Jutta genauer hinschaute, hatte sie den Eindruck, dass jemand mit ihm sprach. Er hielt das Köpfchen so, als schaue er zu einer größeren Person auf. Zu sehen war aus Juttas Position niemand, und plötzlich hatte sie ein komisches Gefühl.

Im September sollte es in Blerichen eine Beinahe-Entführung gegeben haben. Ein Mädchen war von einer Frau aus einem Auto heraus angesprochen und gebeten worden, einzusteigen und den Weg zu zeigen. Das Mädchen war so schlau gewesen wegzulaufen. Wenn sich nun jemand so ein Kerlchen schnappte ... Der Kleine begriff doch gar nicht, wie ihm geschah.

»Hallo!«, rief Jutta nach hinten in den Laden und stemmte sich ächzend in die Höhe. »Der kleine Junge ist rausgelaufen.«

Ihm hinterherzurennen, wenn er aus ihrem Blickfeld verschwinden sollte, dazu fehlte ihr die Kondition. Sie schob den aufgefüllten Kasten mit einem Fuß unter das Regal, sammelte die leeren Kartons auf, brachte sie zu den Sammelbehaltern für Papier und Batterien vor der Glasfront und spähte nach draußen.

Die Blonde kam eilig in den Eingangsbereich, was die Tür erneut in Bewegung setzte, und rief ihrerseits: »Max, was machst du da? Komm sofort her!«

Der Junge kam auf der Stelle wieder herein – mit einem Lolly in der Backe. Draußen geriet eine ältere Frau in Juttas Blickfeld, die sich zuvor offenbar mit dem Kerlchen unterhalten hatte.

Jutta kannte die Frau vom Sehen, wusste allerdings nicht, wie sie hieß. Manchmal kam sie rein für ein Stück Seife oder einen Tee. Immer war sie freundlich, beinahe devot. Früher war sie nur ein- oder zweimal pro Woche aufgetaucht. Seit letztem Sommer geisterte sie beinahe täglich in der Stadt herum und konnte an keinem Kleinkind vorbeigehen, ohne es anzuquatschen und ihm einen Lolly zu schenken. Jutta hatte es schon mehr als ein Mal beobachtet.

Im Sommer hatte die Frau wadenlange, sackartige Kleider getragen, manchmal eine Strickjacke drüber. Die Sachen mochten ihr früher mal gepasst haben, nun schlotterten sie um den dürren Körper herum wie ein altes Jackett um eine Vogelscheuche. Seit dem Herbst trug sie statt der Strickjacke einen zeltartigen, verschlissenen schwarzen Poncho mit Kapuze, in dem sie von hinten aussah wie Batman.

Ein auffälliges Kleidungsstück. Die gesamte Rückenpartie war bestickt, die Stickerei auch noch mehrfach mit verschiedenfarbigen Garnen ausgebessert. Ursprünglich mochte es mal ein weißer Adler mit ausgebreiteten Schwingen gewesen sein. Mittlerweile sah der Vogel aus wie ein halb gerupfter Geier auf der Flucht, weshalb Jutta die Frau still für sich Geierwally nannte.

Die Schultern hielt sie nach vorne gezogen, den Kopf gebeugt, als fürchte sie, die Kapuze könne runterrutschen. Wie immer hatte sie eine altmodische Einkaufstasche dabei, obwohl man das in den meisten Läden nicht gerne sah. Aber bei dieser Frau wäre Jutta nie auf die Idee gekommen, eine Taschenkontrolle vornehmen zu wollen. Geierwally roch förmlich nach Ehrlichkeit.

Irgendwer hatte sie mal als bedauernswertes Geschöpf bezeichnet und behauptet, sie habe wahnsinnig viel Pech gehabt im Leben, sei nicht mehr ganz richtig im Kopf, aber völlig harmlos, und mit Kindern könne sie wirklich gut. Jutta erinnerte sich nicht, wer das gesagt hatte, vermutlich jemand, der Geierwally näher kannte. Nachgefragt hatte sie nicht. Pech hatte sie selbst schon genug gehabt, da musste sie sich nicht auch noch mit dem Elend anderer Leute beschäftigen.

Geierwally schaute dem kleinen Max hinterher. Als sie Jutta bemerkte, lächelte sie scheu. Jutta lächelte freundlich zurück. Ein paar Sekunden lang standen sie sich Auge in Auge gegenüber, nur durch die Glasscheibe getrennt. Dann ging Jutta zu ihrer Kasse hinüber, sah aber noch, dass die Frau im Poncho sich nach links zum Durchgang wandte wie der Typ, der sich über Ilonka lustig gemacht und den kleinen Max beinahe umgerannt hatte.

Max wurde währenddessen von seiner Mutter bei einem Arm gepackt und geschüttelt. Sie hatte ihm den Lolly aus dem Mund gezogen und fuchtelte damit vor seinem Gesicht herum. »Was hatte ich dir gesagt?«, legte sie los. »Nichts anfassen! Wo hast du das her?« Ihre Augen huschten hinüber zu den Süßigkeiten, wohl um festzustellen, ob er den Lolly dort weggenommen hatte.

»Von ein liebe Oma«, antwortete der Kleine eingeschüchtert.

Daraufhin wurde die Blonde regelrecht hysterisch: »Welche Oma denn? Oma Esther ist verreist. Und Oma Gabi ist eine Hexe. Wie oft habe ich dir schon gesagt, dass wir sie nicht mehr mögen und nichts mit ihr zu tun haben …«

Familie, dachte Jutta und ließ sich schnaufend auf dem Stuhl in der Kassenbox nieder, kann schlimmer sein als die Pest. »Das war keine von seinen Großmüttern«, unterbrach sie die Tirade.

»Das war eine ältere Frau, die wir hier öfter sehen. Sie ist ein bisschen wirr im Kopf, aber vollkommen harmlos. Die tut keiner Menschenseele was, schenkt kleinen Kindern nur Traubenzuckerlollys.«

»Er soll von Fremden nichts annehmen«, rechtfertigte die Blonde ihr Gezeter, gab Max den Lolly zurück, schob ihn vor die Bilderbücher, trug ihm auf, lieb zu sein, und versprach: »Gleich kaufe ich dir ein Buch. Süßes hast du jetzt genug.«

Damit ging sie wieder zur Kosmetik, blieb diesmal aber schon beim ersten Regal mit Nagellacken und Entferner stehen. Nun alberten nämlich die beiden Teenies mit den Lippenstiften herum, malten sich gegenseitig die Münder an, wischten die Schmiere wieder ab und probierten eine andere Farbe. Jutta schüttelte es beim Zusehen, Blondie vermutlich auch. So was testete man doch auf dem Handrücken. Wer wusste denn, wer sich damit vorher schon alles angemalt hatte?

Max schaute sich eine knappe Minute lang die Bilderbücher an, ohne eins anzufassen. Dann zog es ihn erneut zum Eingang. Tür auf. Tür zu. Tür auf, zwei Schrittchen ins Freie, Blick zur Sparkasse. Wahrscheinlich hielt er Ausschau nach der lieben Oma mit den Lollys. Jutta konnte ihn nicht im Auge behalten, die beiden Alten mit den Grablichtern schoben ihren Wagen neben das Laufband, begannen mit vereinten Kräften auszuräumen und zu sortieren, wer was bezahlen musste.

Während Jutta die erste Portion am Scanner vorbeiführte, erregte draußen etwas die Aufmerksamkeit des Jungen. »Mama, guck!«, rief er und kam hereingewetzt, als hätte ihn etwas oder jemand erschreckt.

»Zum Donnerwetter, Max!« Die Blonde kam wieder nach vorne gehetzt. »Du sollst doch nicht ...« Sie erreichte den Kleinen, packte ihn mit einem Arm um die Taille, hob ihn hoch und nahm ihn mit nach hinten, wo sie sich am Essence-Regal noch minutenlang mit Lippenstiften beschäftigte, ohne einen in den Korb zu legen.

Jutta blieb an der Kasse sitzen. Die Teenies waren zu den Düften weitergezogen, außer Sichtweite von Ilonka. Geheuer waren ihr die beiden auch nicht.

Ein paar Minuten später kam ein älteres Ehepaar herein, ebenfalls Stammkunden wie die Frauen mit den Grablichtern. Kunze hieß das Paar, kam gerne mittags, weil dann oft Zeit für ein Schwätzchen war.

Als die Blonde sich schließlich mit den beiden Gläschen und einem Pixi-Buch zur Kasse bequemte, war Jutta überzeugt, dass sie einen Lippenstift eingesteckt hatte. Eine Tasche hatte sie nicht dabei, ließ sich eine Tüte geben. Aber am Jäckchen und der Jeans gab es Taschen, darin hatte sie auch ihr Handy verstaut. Ein Schlüsselband war am Gürtel der Jeans befestigt.

Jutta kassierte ab und schaute ihr nach, weil sie erwartete, dass der Alarm ausgelöst wurde, als die Frau sich mit der Tüte in der einen und Max an der anderen Hand der Warensicherungsanlage näherte. Die Tür glitt auf, sie passierte die Anlage, nichts geschah. Die Frau wandte sich nach links und schrie im nächsten Moment: »Luca! Hilfe! Luca!«

Mit Max im Schlepptau kam sie zurück in den Laden gehetzt und fauchte Jutta an: »Jemand hat mein Baby genommen! Glotzen Sie nicht so, rufen Sie sofort die Polizei. Mein Baby ist weg!«

Noch Stunden später wusste Jutta Meuser genau, welcher Gedanke ihr in dem Augenblick durch den Kopf gezuckt war. Blöde Kuh, hast doch selber ein Handy.

Polizisten

Der erste Streifenwagen kam aus Bergheim und traf zehn Minuten später ein. Die Besatzung bestand aus Polizeimeister Nemritz und einem Polizeianwärter. Ein gemischtes Doppel wäre vielleicht sinnvoller und hilfreicher gewesen, aber auf dem Land konnte man es sich nicht aussuchen.

Mit der platinblonden jungen Frau, die Jutta Meuser verdächtigt hatte, einen Lippenstift stehlen zu wollen, war nicht zu reden.

Sie war völlig aufgelöst, gab zwar ein paar Auskünfte – Name, Adresse, Alter und Geschlecht des verschwundenen Kindes –, ansonsten schüttelte sie den Kopf, weinte sich die Augen rot und erging sich in Selbstvorwürfen. Den kleinen Max zu befragen erwies sich als ebenso sinnloses Unterfangen. Der Junge fühlte sich sichtlich unwohl. Mit Blick auf seine Mutter stellte er wiederholt fest: »Mama weint.« Gezielte Fragen zum Verbleib seines Bruders beantwortete er mit: »Buder weg.«

So kamen die ersten Informationen von Jutta Meuser und dem Ehepaar Kunze, das vor dem Betreten des Ladens einen leeren Kinderwagen in der Fahrradständernische der Sparkassenfiliale unmittelbar neben dem Eingang zum Drogeriemarkt gesehen hatte. Kunzes hatten ausreichend Zeit, um zu warten und zu plaudern. Wenn nicht mit Jutta Meuser, dann eben mit der Polizei. Das war sogar spannender.

Die beiden Teenies hatten sich vor dem Eintreffen des Streifenwagens mit Verweis auf eine Nachhilfestunde aus dem Staub gemacht. Jutta Meuser hatte vorsorglich ihre Namen und Anschriften notiert. Ihre diesbezüglichen Fragen waren prompt beantwortet worden – ob richtig oder falsch, musste die Polizei erst noch herausfinden.

Natürlich hatte Jutta die Mädchen auch nach dem Baby gefragt. Schließlich waren beide gekommen, ehe die Frau im Poncho – nahe dem Eingang und damit sehr nahe am Kinderwagen – dem kleinen Max den Lutscher geschenkt hatte. Somit hätten die Mädchen das Baby im Wagen sehen müssen. Wenn es dringesessen hätte, was Jutta nicht glaubte. Sonst war die Blonde jedes Mal mit dem Kinderwagen reingekommen. Warum heute nicht?

Juttas Frage nach dem Baby hatten die Teenies mit dem vermutlich altersbedingt bescheuerten Hinweis abgeschmettert: »Weitere Auskünfte nur in Gegenwart unserer Anwälte.« Dann waren sie zur Tür hinausgewirbelt. Jutta hatte ihnen nur noch einen Fluch hinterherschicken können.

Nach einem seiner Meinung nach aufschlussreichen Gespräch mit der Kassiererin, bei dem Jutta Meuser sich den Kopf zerbrach und partout nicht darauf kam, von wem sie gehört hatte, die Frau mit den Lollys sei harmlos und könne gut mit Kindern, informierte Polizeimeister Nemritz die Leitstelle. Aus Bergheim wurden umgehend weitere Streifenwagen nach Bedburg geschickt und der Kriminaldauerdienst in Hürth verständigt.

Gerd Krieger, der die Meldung dort entgegennahm, wollte seinerseits sofort den Leiter des KK11 in Kenntnis setzen. Aber Arno Klinkhammer war nicht erreichbar. In seinem Büro hielt Klinkhammer sich überhaupt nur selten auf, was im Zeitalter der Diensthandys bisher noch nie ein Problem dargestellt hatte, obwohl Klinkhammers Diensthandy ungenutzt in seinem Schreibtisch lag, weil er auch im Dienst sein privates Smartphone nutzte. Das war technisch auf dem neusten Stand. Nur war das Smartphone jetzt ausgeschaltet, weil er nicht gestört werden wollte.

Klinkhammer war am Vormittag zu einer Einsatzbesprechung nach Frechen aufgebrochen, an der verschiedene Dienststellen teilnahmen, darunter Autobahnpolizei, Einbruchsdezernat und Kollegen aus den Niederlanden. Für das bevorstehende Wochenende war eine grenzübergreifende Aktion gegen Einbrecherbanden geplant, die seit geraumer Zeit aus den Niederlanden einfielen wie Heuschreckenschwärme. Klinkhammers Anwesenheit dabei wäre nicht unbedingt notwendig gewesen. Aber er galt bei vielen Kollegen als Koryphäe, vor allem, wenn es um Serien ging.

An seinem Schreibtisch hatte Rita Voss sich niedergelassen, um ungestört einen KTU-Bericht zu studieren. Die Kriminaloberkommissarin war Anfang vierzig und Mutter einer Tochter, mit der sie sich nach ihrer Scheidung wieder im Elternhaus einquartiert hatte. Wegen ihrer zierlichen Statur – sie war nur eins zweiundsechzig groß und wog knapp sechzig Kilo – wurde Rita Voss meist unterschätzt, bis man sie näher kennenlernte. Viele ihrer männlichen Kollegen hielten sie für eine Kratzbürste und behandelten sie entsprechend. Und ihr war noch nie der Gedanke gekommen, dass sich die stetigen Differenzen in der Tatsache begründen könnten, dass sie in jedem Mann beruflich einen Rivalen witterte und im privaten Bereich einen Feind, der nichts weiter im Sinn hatte, als sie unterzubuttern.

Klinkhammer war für sie die große Ausnahme. Als ihr unmittelbarer Vorgesetzter war er über den Verdacht erhaben, ihr bei der nächsten Beförderung vorgezogen zu werden. Als Mann fand sie ihn langweilig. Seit einer Ewigkeit glücklich verheiratet, hatte er vermutlich noch gar nicht bemerkt, dass sie eine Frau war.

Als das Telefon auf dem Schreibtisch klingelte, nahm Rita Voss ab, meldete sich auch mit Namen, was Gerd Krieger aber entging, weil sie »Apparat Klinkhammer« hinterherschickte.

»Warum ist dein Handy aus, Arno?«, begann Krieger.

Er ging mit Riesenschritten auf die sechzig zu und hatte oft Anlaufschwierigkeiten. Manchmal musste man ihn anschieben wie ein altes Auto, vor allem, wenn es um eine Sache außerhalb der täglichen Routine ging. Dann entstand leicht der Eindruck, Krieger wolle sich damit nicht mehr auseinandersetzen, weil er im Laufe seiner vierzig Dienstjahre der zunehmenden Brutalität und Unmenschlichkeit müde geworden war.

Eine Antwort wartete er nicht ab, sprach gleich weiter in der ihm eigenen behäbigen Art: »Wir haben angeblich eine Kindesentführung in einem Drogeriemarkt in Bedburg. Die Kollegen aus Bergheim sind bereits mit mehreren Wagen vor Ort. In den umliegenden Läden hat offenbar keiner was mitbekommen. Aber da gibt es auch viele Wohnungen, die Befragungen dauern noch ...«

Weiter ließ Rita Voss ihn nicht kommen. »Was heißt angeblich?«, bellte sie ins Telefon und wählte auf ihrem Handy bereits Klinkhammers Handynummer, obwohl Krieger gerade gesagt hatte, das sei aus.

»Das Kind ist nicht da, wo es nach den Angaben der Mutter sein sollte. Da hat es auch keiner gesehen.« Krieger bemühte sich nun um einen energischen Ton. »Ein neun Monate alter

Junge soll aus dem Kinderwagen vor dem Drogeriemarkt an der Lindenstraße verschwunden sein.«

»Vor?«, fragte Rita Voss ungläubig. »Der Wagen stand mit dem Kind draußen? Gerade hast du gesagt, in einem Drogeriemarkt.«

»Nein«, korrigierte Krieger sich. »Da konnte jeder ran, der vorbeiging.«

Den Telefonhörer am linken Ohr, das Handy rechts, hatte Rita Voss plötzlich Mühe zu schlucken. Im Geist sah sie eine Fünfjährige wie eine weggeworfene Puppe auf einem Feldweg neben einem Wassergraben liegen. Der erste Fall, bei dem sie mit Klinkhammer zusammengearbeitet und festgestellt hatte, dass sie keineswegs Nerven wie Drahtseile besaß. Tote Kinder gingen an die Substanz und nisteten sich ein. Auch wenn man genau wusste, dass man einen freien Kopf brauchte, um weiter seine Arbeit tun zu können.

Nachdem fünfmal das Freizeichen ertönt war, schaltete sich Klinkhammers Mailbox ein. Scheißeinbrecher, dachte Rita Voss. Eine Nachricht hinterließ sie nicht, das hätte Krieger mitbekommen. Sie brach ihren Versuch, Klinkhammer zu informieren, einfach ab und konzentrierte sich wieder auf die Trantüte.

»Wobei eben nicht feststeht, dass tatsächlich ein Baby in dem Wagen saß«, betonte Krieger noch einmal. »Es gibt einige Zeugen, die alle nur den leeren Wagen gesehen haben. Und sonst hat die Mutter laut der Kassiererin den Kleinen immer mit reingebracht. Die Kollegen haben den Wagen sichergestellt. Es liegen zwei Traubenzuckerlollys drin und ein Schnuller. Die Fahndung läuft.«

»Fahndung? Nach einem neun Monate alten Baby, das ohne Kinderwagen unterwegs ist?« Auch wenn sie etwas wie ein Rauschen im Kopf spürte, Rita Voss blieb ihrem Image treu. Gegenüber Kollegen immer lässig bis schnoddrig, in gewissen Situationen überheblich. Und äußerlich vollkommen ruhig, obwohl sie jetzt das Gefühl hatte, dass ihre Nackenhaare in die Waagerechte gegangen waren.

Nach den Angaben der Mutter! Damit hatte Krieger doch schon ausgesprochen, was er dachte. Die Zeugen dachten vermutlich dasselbe. Rita Voss bemühte sich, nicht voreingenommen an die Sache heranzugehen. Bei der Fünfjährigen hatten zuerst auch alle die Mutter im Visier gehabt. Da war sie als Frau praktisch gegen ihren Willen in die Rolle der Opferschutzbeamtin gedrängt worden. Inzwischen hatte sie sogar eine entsprechende Ausbildung absolvieren müssen, verstand aber mehr von diffizilen Befragungen, weshalb Klinkhammer in ihr eher seine Verhörspezialistin sah.

Aber welche Mutter ließ ein neun Monate altes Baby allein draußen im Wagen, noch dazu bei Temperaturen nahe dem Gefrierpunkt? Und welches Baby in dem Alter ließ das mit sich machen, ohne ein Protestgeheul anzustimmen? Es sei denn, es hätte fest geschlafen.

Rita Voss hatte unweigerlich ihre Tochter als Säugling vor Augen. Warm eingepackt in der Aufsatzschale des Maxi-Cosi, die gleichzeitig Kindersitz fürs Auto und Tragetasche gewesen war. Wenn sie Einkäufe in kleinen Läden gemacht hatte, durch die man keinen Kinderwagen schieben konnte, ohne etwas umzustoßen oder herunterzureißen, hatte sie ihre Tochter in der Schale oder auf dem Arm mit hineingenommen.

Niemals hätte sie ihr Kind unbeaufsichtigt vor einem Laden stehen lassen. Ihr Ex hatte mal gesagt: »Wenn es um die Kleine geht, bist du paranoid.« Dabei war sie sich nur berufsbedingt der diversen Gefahren bewusst. Es hätte doch bloß irgendein Idiot vorbeikommen, die Feststellbremse lösen und den Wagen auf die Straße rollen lassen müssen.

»Die Kassiererin hat beobachtet ...«, riss Krieger sie aus ihren Gedanken und half ihr mit seinen folgenden Worten, wieder durchatmen und schlucken zu können. Es sollte sich eine ältere Frau beim Drogeriemarkt herumgetrieben haben. Etwas wirr im Kopf, aber völlig harmlos, gab Krieger wieder, was er von den Bergheimer Kollegen gehört hatte. Die Frau schenkte kleinen Kindern Traubenzuckerlollys und hatte sich auch an den dreijährigen Bruder des Babys herangemacht. Nicht auszuschließen, dass diese Frau das Baby aus dem Wagen genommen hatte, ehe die Zeugen auf der Bildfläche erschienen waren. Vielleicht hatte sie den Kleinen nur ins Warme bringen wollen, weil er allein in der Kälte stand. Von der Lolly-Frau hatte man eine gute Beschreibung, leider noch keinen Namen und keine Adresse.

Rita Voss fragte sich, wieso von Zeugen die Rede war, wenn die gar nichts bezeugen konnten, weil sie zu spät gekommen waren. Dann erteilte sie die Anweisung, den Erkennungsdienst nach Bedburg zu schicken, damit der Kinderwagen sichergestellt wurde.

»Meinst du nicht, es reicht fürs Erste, die Lollys und den Schnuller einzutüten?«, wandte Krieger ein.

»Nein«, erwiderte sie. »Der Wagen steht noch da, folglich wurde das Kind herausgenommen.«

»Wenn es drinsaß«, gab Krieger zu bedenken.

»Davon gehe ich erst mal aus«, erklärte Rita Voss. »Wenn sich Hinweise ergeben, dass die Mutter etwas mit dem Verschwinden des Babys zu tun hat, lege ich eine andere Platte auf. Aber bis dahin ziehen wir unser Programm durch. Wenn die Lolly-Frau sich an dem Wagen zu schaffen gemacht hat, dürfte mehr zurückgeblieben sein als zwei Lollys und ein Schnuller. Ich bin sicher, dass der Chef das genauso sieht.«

Es war nicht das erste Mal, dass sie Klinkhammer als *Chef* bezeichnete. Aber sie hatte sich bisher noch nie so inbrünstig gewünscht, er wäre jetzt hier oder ginge wenigstens an sein Handy und mache sich anschließend sofort auf den Weg nach Bedburg, um die Ermittlungen zu übernehmen. Dass man sie dabeihaben wollte, war klar. Man würde ihr die Mutter aufs Auge drücken. Dann konnte man anschließend behaupten, man habe zwei Fliegen mit einer Klappe geschlagen, die Fachfrau für Verhöre vorgeschickt und dabei den Opferschutz berücksichtigt.

»Soll ich beim Arbeiter-Samariter-Bund auch gleich einen Hund anfordern?«, wollte Krieger wissen.

»Das soll der Chef entscheiden«, sagte Rita Voss knapp.

»So viel Zeit haben wir aber nicht«, erklärte Krieger. »Wenn der Erkennungsdienst den Kinderwagen abholt und Arno später einen Mantrailer anfordern lässt, welche Spur soll der Hund dann aufnehmen? Wenn der Wagen vor Ort bleibt, sind die Chancen größer, das Baby in ein, zwei Stunden zu finden.«

Die Trantüte hatte verflucht noch mal recht und verhinderte mit seinem Einwand, dass sie eine falsche Entscheidung durchsetzte. Ein kleines Dankeschön wäre wohl angebracht gewesen. Rita Voss sagte nur: »Okay, den Wagen können wir später noch holen lassen, wenn sich das als notwendig erweisen sollte.«

Dass Gerd Krieger murmelte: »Braves Mädchen«, hörte sie nicht mehr, weil er bereits aufgelegt hatte.

Mit dem Wochenende vor der Tür und unzähligen Überstunden im Rücken hatten einige Kollegen schon mittags Feierabend gemacht. Anwesend waren noch Thomas Scholl und Jochen Becker. Beide erledigten Schreibkram, der die Woche über liegen geblieben war. Jochen Becker war im selben Alter wie Klinkhammer und dessen offizieller Stellvertreter, ein Mann mit Erfahrung, den so leicht nichts aus der Ruhe brachte. Er blieb meist in Hürth, um Ermittlungen zu koordinieren, weil es Klinkhammer nicht am Schreibtisch hielt, wenn es draußen etwas zu tun gab, was nicht zur täglichen Routine gehörte. Scholl war Anfang vierzig und wünschte sich manchmal, er hätte sich eine Scheibe von Beckers Gelassenheit abschneiden können.

Kurz darauf war Rita Voss mit Thomas Scholl in einem Streifenwagen auf dem Weg nach Bedburg. In der Hoffnung, dass Klinkhammer ihnen bald folgte, sprach sie ihm doch noch auf die Mailbox, was sie von Krieger gehört hatte. Scholl fuhr mit Sondersignal, sodass sie trotz des dichten Freitagnachmittagsverkehrs auf der Autobahn relativ zügig durchkamen und gegen vierzehn Uhr dreißig, eine Dreiviertelstunde nach dem Notruf, eintrafen.

Der Betrieb im Drogeriemarkt ging wie gewohnt weiter. Da das Baby nicht mit hereingebracht worden war, hatte keine Veranlassung bestanden, den Laden zu schließen. Viel Kundschaft hielt sich nicht zwischen den Regalen auf. Die meisten verteilten sich im Eingangsbereich und hielten Maulaffen feil.

Draußen sorgten zwei Streifenwagen dafür, dass Passanten auf der gegenüberliegenden Straßenseite spekulierten, ob im Drogeriemarkt oder in der Sparkasse etwas passiert war. Banküberfall, meinte einer, für Ladendiebstahl gebe es nicht so ein Tamtam. Die anderen Streifenwagen aus Bergheim waren unterwegs. Zwei fuhren durch die Stadt, um die Bevölkerung per Lautsprecher um Mithilfe zu bitten, den Sachverhalt zu erläutern und eine Telefonnummer für sachdienliche Hinweise durchzugeben. Die Frau im Poncho wurde detailliert beschrieben, als wichtige Zeugin bezeichnet und dringend gebeten, sich bei der Polizei zu melden.

Ein weiterer Wagen war zu den Adressen der Teenies und den Stammkundinnen mit den Grablichtern gefahren. Zwar hatte Jutta Meuser bloß die Namen der beiden alten Frauen angeben können, ihre Anschriften kannte sie nicht, was aber nur einen Zugriff aufs Melderegister erfordert hatte.

Als der Streifenwagen aus Hürth mit Sondersignal heranraste und kurzerhand zwischen zwei Pollern durch auf den Gehweg vor der Sparkassenfiliale fuhr, blieben auf der gegenüberliegenden Straßenseite weitere Leute stehen, die von den Lautsprecherdurchsagen noch nichts mitbekommen hatten.

Im Aussteigen bemerkte Rita Voss, dass einige ihre Handys zückten, um zu fotografieren oder zu filmen. Und gleich würden die Bilder dann bei Facebook, WhatsApp, Instagram oder sonst wo ins Netz gestellt und verbreitet. Wie sie das ankotzte.

Die Kollegen aus Bergheim waren schon sehr rührig gewesen, der Polizeianwärter und einige andere immer noch auf der Suche nach Zeugen in den umliegenden Gebäuden unterwegs. Vordringlich ging es darum, jemanden zu finden, der gesehen hatte, ob der Kinderwagen mit oder ohne Baby in der Nische abgestellt worden war.

Scholl ließ sich von Polizeimeister Nemritz auf den neusten Stand bringen, der vorerst noch der alte war. Rita Voss hörte nur kurz zu und verlangte dann: »Schicken Sie einen Ihrer Leute rüber und lassen von allen, die da mit ihren Handys zugange sind, Namen und Adressen aufschreiben.«

»Aber die Leute behindern doch keinen Rettungseinsatz«, wandte Nemritz ein.

»Vielleicht hat aber einer etwas von Bedeutung gesehen und verbreitet das lieber auf YouTube, statt es uns mitzuteilen«, hielt Rita Voss dagegen, drehte sich um und inspizierte erst mal den Kinderwagen sowie dessen Standplatz, den die Kollegen mit Absperrband gesichert hatten.

Die Nische unmittelbar neben dem Eingang zum Drogeriemarkt war ein windgeschütztes Fleckchen – das einzige weit und breit. Sichtgeschützt war es allerdings auch. Man musste schon davorstehen oder daran vorbeigehen, um zu sehen, dass der Kinderwagen leer war. Rita Voss fragte sich zum wiederholten Male, warum der Junge heute draußen gestanden hatte, wenn er bei vorherigen Einkäufen mit in den Laden genommen worden war und warum er sitzen geblieben war, ohne durch Geschrei auf sich aufmerksam zu machen, falls er wach gewesen war.

Sie näherte sich dem Durchgang zum Parkplatz – der kürzeste Weg für jeden, der schnell von der Bildfläche verschwinden wollte. Im Durchgang befand sich ein Privateingang mit vier Klingelschildern. Falls die Bewohner zu Hause waren, hatten die Kollegen sie garantiert längst befragt und festgestellt, dass hier keine harmlose ältere Frau wohnte, die einen Poncho mit zerrupftem Adler trug, Lollys an Kleinkinder verschenkte und heute vielleicht ein Baby ins Warme gebracht hatte.

Rita Voss ging weiter bis zum Schlossparkplatz, ließ den Blick über das weitläufige Gelände, die abgestellten Fahrzeuge und die Menschen wandern, die zwischen den Autos zu sehen waren.

Das Polizeiaufgebot an der Lindenstraße schien hier niemanden zu kümmern. Es interessierte sich nicht mal einer für die Leute, die unmittelbar daneben Sachen ins Auto luden. Perfekt, um mit einem Baby zu verschwinden. Hier hätte sich keiner umgedreht.

Sie kehrte um und widmete sich noch mal dem Kinderwagen. Es handelte sich um einen dreirädrigen Babyjogger. Im gefütterten Fußsack lagen die beiden noch eingeschweißten Traubenzuckerlollys und der Schnuller. Ein Baby aus so einem Sack zu ziehen, noch dazu ein winterlich eingepacktes und vermutlich auch angeschnalltes Baby – das wusste Rita Voss aus eigener Erfahrung –, dauerte länger als …

»Warum hat die Lolly-Frau nicht den Wagen mitgenommen?« Sie zeigte zum Durchgang. »Damit wäre sie blitzschnell um die Ecke gewesen und hätte das Kind im Durchgang oder auf dem Parkplatz aus dem Fußsack ziehen können. War sie mit dem Auto hier?«

Polizeimeister Nemritz schüttelte den Kopf. »Laut der Kassiererin ist die Frau immer zu Fuß in der Stadt unterwegs.«

»Sie könnte das Auto parken und dann herumlaufen«, meinte Rita Voss.

Nemritz zuckte mit den Achseln, eine Zustimmung war das kaum. Es sah eher danach aus, als ginge ihm die Oberkommissarin bereits nach zwei Sätzen auf die Nerven.

»Vielleicht wohnt sie in der Nähe«, meinte Thomas Scholl. »Und wenn man sie vom Sehen kennt, weil sie viel in der Stadt herumläuft, wäre sie mit dem Kinderwagen eher aufgefallen. Mit dem Kind auf dem Arm war sie flexibler.«

Das sah Rita Voss genauso. »Und warum hat die Mutter den Wagen heute nicht mit reingenommen?«

»Frag sie«, empfahl Scholl, wie Rita Voss sich das gedacht hatte. Als wolle er sie mit ihrem Schicksal versöhnen, fügte er noch an: »Du kriegst bestimmt mehr aus ihr raus als die Kollegen. Denen hat sie nur ihre Personalien verraten und etwas vorgeheult. Sie heißt Melisande Martell und wohnt in Niederembt.«

Melisande. Den Namen hatte Rita Voss noch nie gehört. Dabei war sie in puncto Namensgebung durch ihre Tochter an einiges gewöhnt. Was manche Leute sich einfallen ließen, um ihre Kinder zum Gespött von Gleichaltrigen zu machen, als hätten sie noch nie etwas von Mobbing gehört ...

»Wo finde ich Melisande Martell denn?«, fragte sie.

Sie hatte die aufgelöste Mutter in einem der Streifenwagen vermutet. Doch da saß keiner drin. Polizeimeister Nemritz deutete auf die Eingangstür des Drogeriemarkts.

Die Polizistin

Helene Matthies, die Angestellte, die zur fraglichen Zeit in der Pause gewesen war, hatte sich erbarmt. Jutta Meusers Protest zum Trotz hatte sie Melisande Martell und den kleinen Max in den Aufenthaltsraum gebracht. Man hätte die beiden ja nicht bis zum Eintreffen der Polizei draußen stehen lassen können. Der jungen Frau hatte sie ein Glas Wasser und zwei Baldrianpillen gegeben, dem Jungen erst mal die Plüschmütze und den dicken Anorak ausgezogen und ihn dann mit einem kleinen Spender Tic Tac, Geschmacksrichtung Orange, abgelenkt und beruhigt.

Max saß auf dem Boden, fummelte ein Tic Tac aus dem Spender, steckte es in den Mund, drückte das Deckelchen zu, lutschte ein Weilchen, zerbiss den Rest, äugte verstohlen zu seiner Mutter, öffnete den Spender wieder, rüttelte und pulte das nächste Bonbon heraus, steckte es in den Mund, drückte das Deckelchen nach unten, lutschte und so weiter. Als erwarte er, dass ihm beim nächsten Öffnen befohlen wurde, sofort damit aufzuhören.

Die beiden Frauen saßen an einem mit Wachstuch überzogenen Tisch. Ein ungleiches Paar. Die Arbeiterklasse mit Namensschild am T-Shirt schien die auf das Wachstuch gedruckten Äpfel zu zählen. Die junge Mutter in Designerklamotten – so was erkannte Rita Voss auf den ersten Blick – knibbelte mit gesenktem Kopf an ihren Gelnägeln.

Als Rita Voss die Tür hinter sich schloss, schaute Max kurz auf und widmete sich sofort wieder seinem Tic-Tac-Spender. Über Helene Matthies' vor Aufregung rot getupftes Gesicht huschte ein Schimmer der Erleichterung. Melisande Martell blickte ebenfalls hoch. Die vom Weinen geschwollenen Lider flatterten, die Lippen zitterten, die rot geäderten Augen richteten sich auf die Oberkommissarin, als habe die junge Frau ein Erschießungskommando erwartet.

Nachdem Rita Voss sich vorgestellt hatte, stammelte Melisande Martell: »Haben Sie die verrückte Frau gefunden? Haben Sie Luca? Haben Sie mein Baby?«

»Noch nicht«, antwortete Rita Voss und hütete sich, irgendein Versprechen abzugeben.

»Darf ich bitte meinen Mann anrufen? Bitte. Ich konnte ihn eben nicht erreichen.«

»Natürlich«, sagte Rita Voss.

Helene Matthies erhob sich und erklärte: »Sie hat die ganze Zeit mit dem Ding rumgemacht. Da habe ich gesagt, sie soll die Polizisten fragen, ob sie telefonieren darf. Mit denen da draußen wollte sie aber nicht reden.«

»Warum nicht?«, fragte Rita Voss.

Melisande Martell zerrte ihr Handy aus dem Jäckchen und blieb die Antwort schuldig. Vielleicht hatte sie nicht registriert, dass die Frage an sie gerichtet war. Helene Matthies bezog es offenbar auf ihre Auskunft und zuckte verlegen mit den Achseln. »Ich wusste ja nicht, ob das in Ordnung ist.«

»Warum sollte es nicht in Ordnung sein?«, hielt Rita Voss sich an die Verkäuferin. »Ist es in so einer Situation nicht vollkommen normal, wenn eine Mutter ihren Mann informieren will?«

Die dralle Frau hob noch einmal die Schultern, ließ sie wieder sinken. »Sie hätte ihm doch eine SMS schicken können. Das wollte sie nicht, und man weiß ja nie ...«

Rita Voss glaubte zu wissen. Vorverurteilung nannte sich das.

Wahrscheinlich hatte das biedere Geschöpf befürchtet, eine Kindsmörderin wolle ihren Komplizen auf dem Laufenden halten oder eine neue Absprache mit ihm treffen. Einen auf Anhieb bedauernswerten Eindruck machte Melisande Martell trotz ihres vom Weinen verquollenen Gesichts in der Tat nicht. In der spartanischen Umgebung wirkte sie zu mondän und irgendwie künstlich, sogar noch, als sie hysterisch in ihr Handy stammelte: »Warum bist du eben nicht rangegangen? Ich habe es mindestens zwanzigmal probiert. Eine alte Frau hat Luca entführt … Ich wollte nur schnell …«

»Schnell ist anders«, murmelte Helene Matthies gerade laut genug, um von Rita Voss verstanden zu werden. »Meine Kollegin sagte, die hat eine Ewigkeit mit Lippenstiften rumgefummelt. Jutta dachte schon, sie hätte einen eingesteckt.«

Am Tisch brach Melisande Martell ihr Stammeln ab, lauschte und beruhigte sich dabei ein wenig. Dann sagte sie: »Entschuldige, ich dachte …« Offenbar wurde sie unterbrochen; als sie weitersprach, klang sie merklich kleinlauter: »Ja, gut. Ich reiße mich zusammen. Versprochen.«

Ein bisschen viel verlangt in der Situation, fand Rita Voss. »Wie hat Ihr Mann es aufgenommen?«, fragte sie, als Melisande Martell das Gespräch beendete.

Die junge Frau steckte ihr Handy wieder ein, wischte mit einem Handrücken über das von Tränen gestreifte Rouge, verschmierte es dabei noch mehr und entschuldigte sich erneut: »Tut mir leid, ich habe mich in der Aufregung verwählt und meinen Bruder angerufen. Er meint, ich soll es meinem Mann besser noch nicht sagen. Martin hat um drei einen wichtigen Termin. Wenn er hört, was passiert ist, will er garantiert sofort herkommen. Aber er kann die Leute nicht einfach stehen lassen.«

Rita Voss warf einen raschen Blick auf eine große Uhr an der Wand über dem Tisch. Es war zehn vor drei. »Was macht Ihr Mann beruflich?«, fragte sie.

»Er ist Makler. Immobilien.«

»Selbstständig?«

»Nein, angestellt.«

»Dann rufen Sie doch in der Firma an, damit man ihm Bescheid sagt. Vielleicht kann man einen Ersatz für ihn schicken«, schlug Rita Voss vor.

»Ich weiß nicht.« Melisande Martell bewegte unbehaglich die Schultern, offenbar gab sie dem Rat ihres Bruders den Vorzug. »Wenn Martin sich jetzt ins Auto setzt und ihm passiert etwas, weil er Angst um Luca hat, was soll ich dann machen? Die Leute hier sagten, die alte Frau wäre harmlos und gutmütig, sie würde Luca bestimmt nichts tun.«

Jedenfalls nicht mit Absicht, dachte Rita Voss. Aber auch harmlose Frauen konnten einem Baby gefährlich werden, umso mehr, wenn sie geistig nicht ganz klar waren. Wenn so ein Kind zum Beispiel auf irgendetwas allergisch reagierte, Medikamente oder eine spezielle Nahrung brauchte. Oder wenn es weinte, womit die *gutmütige Frau* nicht gerechnet hatte. Wenn es sich nicht beruhigen ließ, weil es fremdelte, keinen Schnuller hatte. Es gab viele Möglichkeiten, die Rita Voss gar nicht alle bedenken mochte. Sie fragte nach Medikamenten oder spezieller Nahrung.

»So etwas braucht Luca nicht«, versicherte Melisande Martell. »Er ist gesund, bekommt nur manchmal ein bisschen Fieber und einen wunden Po, wenn ein Zähnchen durchbricht. Aber im Moment ist alles in Ordnung mit ihm.« Sie nickte, als müsse sie sich das selbst bestätigen, und wiederholte: »Alles in Ordnung.«

»Sie haben sicher Fotos von ihm auf Ihrem Handy«, meinte Rita Voss. »Wir brauchen das neueste, nach Möglichkeit Porträt. Am besten schicken Sie es mir. Dann kann ich alles Weitere veranlassen.« Sie nannte ihre Handynummer, die Melisande Martell folgsam in ihr Smartphone tippte. Anschließend öffnete sie einen Ordner mit Fotos.

»Wenn Sie mich nicht mehr brauchen ...«, brachte Helene Matthies sich in Erinnerung. »Ich sollte wieder nach vorne gehen, es ist sicher viel zu tun. Zu dem Vorfall kann ich Ihnen sowieso nichts sagen. Als es passiert ist, war ich hier drin und habe Mittagspause gemacht.«

Vorfall, dachte Rita Voss unangenehm berührt. Welche Frau bezeichnete es denn als *Vorfall*, wenn ein Baby verschwand? Das brachte vermutlich nur eine, die keine Kinder hatte.

Helene Matthies registrierte wohl, dass sie in ein Fettnäpfchen getreten war, und bemühte sich, schneller Abstand zu gewinnen. »Ich sollte wirklich nach vorne gehen. Freitags ist immer viel los. Ich wollte die Frau hier nur nicht sich selbst überlassen.«

Das hätte Jutta Meuser auch kaum geduldet, wo sie Melisande Martell ohnehin nicht über den Weg getraut hatte. In dem Raum hingen ihre Jacken, die Taschen standen offen herum.

Rita Voss dachte sich ihren Teil und sagte: »Gehen Sie ruhig. Wir bleiben noch ein paar Minuten. Hier stören wir ja niemanden. Es war sehr nett von Ihnen, dass Sie sich um Frau Martell und den Jungen gekümmert haben. Danke.«

Helene Matthies setzte sich in Bewegung, im Hinausgehen warf sie Melisande Martell noch einen Blick zu und entschuldigte sich: »Tut mir leid wegen der Anruferei. Ich wusste nicht, dass Sie telefonieren durften.«

»Nicht so schlimm«, erwiderte die junge Frau, bedankte sich für das Wasser und die Baldrianpillen. Dabei wirkte sie noch halbwegs beherrscht. Nachdem die Verkäuferin den Raum verlassen hatte, legte sie einen Arm auf den Tisch, den Kopf auf den Arm und begann wieder heftig zu weinen.

»Soll ich einen Arzt für Sie rufen, oder brauchen Sie psychologischen Beistand?«, erkundigte Rita Voss sich vorsichtshalber.

»Nein danke, es geht schon«, stammelte Melisande Martell und fuhr mit von Schluchzern zerhackter Stimme fort. »Es ist nur ... Ich hatte ... wahnsinnige Angst um Luca ... Und die haben mich ... behandelt ... als hätte ich ihm ... etwas angetan. Die Frauen ... haben mich ... hier hineingeschoben wie in ... ein Gefängnis. Die Polizisten waren ... auch so komisch ... Ich bin noch nie ... so mies ... Entschuldigung ...«

»Verstehe«, sagte Rita Voss und schlug einen eher saloppen Ton an, um der Situation ein wenig von ihrer Dramatik zu nehmen. Wenn man schnell sinnvolle Auskünfte brauchte, erreichte man mit Trostworten oft das Gegenteil, machte den Betroffenen erst richtig klar, in welcher Lage sie sich befanden oder welchen Verlust sie erlitten hatten. Deshalb wartete sie damit lieber, bis sie ein paar Antworten bekommen hatte. »In dem Laden hier hat niemand Ihr Baby gesehen. Sie hätten den Jungs da draußen sagen müssen, wo Sie vorher waren. Das sind Männer. Die hören, dass eine hübsche junge Frau sich für Lippenstifte interessierte, und denken sich ihren Teil. Haben Sie nur hier eingekauft? Oder waren Sie noch woanders?«

Es funktionierte. Melisande Martell hob zwar nicht den Kopf, doch ihre Antwort kam prompt. »Beim Bäcker. Die Tüte habe ich im Auto.«

»Welche Bäckerei?«

»An der Graf-Salm-Straße.«

»Gut«, sagte Rita Voss. »Dann machen wir jetzt Folgendes. Sie schicken mir noch ein Foto von sich und eins von Max. Suchen Sie ein hübsches aus, auf dem Sie nicht so verweint aussehen. Damit schicken wir einen der Jungs zur Bäckerei. Und danach werden die sich bei Ihnen entschuldigen, dafür sorge ich.«

»Danke«, hauchte Melisande Martell, hob den Kopf und beschäftigte sich noch einmal mit dem Fotoordner auf ihrem Handy. »Ich habe hier eins, auf dem ich zusammen mit Max zu sehen bin. Geht das auch?«

Rita Voss warf einen Blick darauf. »Das ist perfekt.«

Melisande Martell schickte auch dieses Foto ab, steckte ihr Handy wieder ein, legte den Kopf erneut in die Armbeuge und ließ ihre Angst ums Baby oder die Kränkung durch Personal und Polizei in weiteren Tränen abfließen.

Rita Voss ließ sie in Ruhe weinen und erledigte das Vordringliche. Mit dem Doppelporträt von Mutter und Sohn waren insgesamt vier Aufnahmen auf ihrem Handy eingegangen, drei von Luca.

Sie wählte eine aus, auf der er mit großen, staunenden Augen etwas betrachtete, vermutlich das Smartphone seiner Mutter, und schickte beide Aufnahmen mit einer kurzen Info an Thomas Scholl und Jochen Becker, der in Hürth sämtliche Meldungen entgegennahm und in den Computer eingab.

Bis zu Klinkhammers Rückkehr aus Frechen musste Becker anhand der eingehenden Informationen entscheiden, welche Maßnahmen erforderlich waren und welche Art von Unterstützung man eventuell brauchte. Die bereits im Einsatz befindlichen Kräfte wurden vorerst vor Ort in Bedburg koordiniert, weil man davon ausging, die Frau im Poncho mithilfe der Bevölkerung schnell zu identifizieren und aufzuspüren. Und dann entweder das vermisste Baby in ihrer Obhut anzutreffen oder von ihr wie von den anderen Zeugen zu hören, der Kinderwagen sei leer gewesen.

Um schnell Gewissheit zu erhalten, übermittelte Thomas Scholl die eingegangenen Fotos an den Polizeianwärter und schickte ihn zur Bäckerei an der Graf-Salm-Straße. Der junge Mann, der bis dahin die Gaffer gegenüber befragt, Personalien aufgenommen, ein paar Leute verscheucht und andere dazu gebracht hatte, ihre Handys einzustecken, legte einen olympiareifen Sprint hin.

Zurück kam er nur sieben Minuten später mit der Auskunft, dass sich die beiden Verkäuferinnen an die junge Mutter mit Kleinkind und Babyjogger erinnerten. Ein Baby hatte keine gesehen. Melisande Martell hatte den Wagen nicht in die Bäckerei geschoben, sondern gezogen, sodass die Frauen hinter der Kuchentheke nicht hatten feststellen können, ob ein Kind drinsaß. Es sollte zu dem Zeitpunkt noch weitere Kundschaft im Laden gewesen sein. Vielleicht hatte die einen Blick in den Wagen werfen können. Leider war nur eine Kundin namentlich bekannt.

Polizeimeister Nemritz veranlasste einen Zugriff aufs Melderegister und schickte den Anwärter zur Adresse der namentlich bekannten Kundin. Blieb abzuwarten, ob die anderen sich meldeten, wenn sie die Lautsprecherdurchsagen hörten.

Währenddessen ging Rita Voss im Aufenthaltsraum vor Max in die Hocke, um nicht tatenlos herumzustehen, bis Melisande Martell sich so weit beruhigt hatte, dass man sie weiter befragen konnte. Bisher hatte der kleine Junge sich gar nicht gemuckst, nur verstohlen von einer zur anderen geäugt und Tic Tacs gelutscht, eins nach dem anderen. Er reagierte auch jetzt nicht, weder auf die fremde Frau, die sich auf seine Augenhöhe herabließ, noch auf die erneute, heftige Tränenflut seiner Mutter. Max schien voll und ganz auf den kleinen Spender konzentriert. Ungewöhnlich für ein Kind in dem Alter, fand Rita Voss. Aber einer von den nervigen Knirpsen, die ständig um Aufmerksamkeit buhlten, hätte ihr jetzt gerade noch gefehlt.

»Hallo«, sprach sie ihn an und lächelte so freundlich, wie sie nur konnte, als er das Köpfchen hob und sie abwartend musterte. »Du hast aber leckere Bonbons.«

Max erwiderte das Lächeln zurückhaltend und zeigte auf die Tür, die Helene Matthies hinter sich geschlossen hatte. »Hat Fau mich schenkt.« Mit zwei aufeinanderfolgenden Konsonanten, speziell mit dem R, hatte er noch Schwierigkeiten.

Vorsichtig, aber zutraulich, fand Rita Voss, und scheinbar gleichgültig gegenüber Mutters Tränen. Oder war seine Konzentration auf den Tic-Tac-Spender seine Art, mit der Angst umzugehen? Es musste ihn doch verunsichern, seine Mutter so aufgelöst zu sehen. »Dann warst du sicher sehr lieb«, sagte sie.

»Nein«, gestand Max. Sein Lächeln verrutschte, seine Unterlippe begann zu zittern und verriet, dass er ebenfalls den Tränen nahe war. »Mama hat mich schimpft.«

»Warum denn?«, fragte Rita Voss betont verständnislos und sah kurz zu der Frau am Tisch hinüber. Deren Schultern zuckten noch, aber Schluchzer waren keine mehr zu hören. »Du bist doch ein braver Junge.«

Max nickte zustimmend und zerbiss, was er gerade im Mund hatte. Dann fummelte er das nächste Tic Tac aus dem Spender und bot es ihr an. Rita Voss konnte sich nicht überwinden, es aus den klebrigen Fingerchen zu nehmen. »Das ist lieb«, sagte sie. »Aber das sind deine Bonbons, die darfst du alleine essen.«

»Ich hatte ihm gesagt, er soll aufpassen«, ließ sich Melisande Martell mit dumpfer Stimme aus der Armbeuge vernehmen. »Er ist ein paarmal rein- und rausgelaufen, aber er hat mir nicht gesagt, dass die verrückte Frau bei Luca war.«

»Da war ein Buhmann«, erklärte Max und nickte gewichtig.

Rita Voss hatte Polizeimeister Nemritz nicht lange genug zugehört, um von dem Mann zu erfahren, der am Foto-Sofort-Drucker mit Ilonka Koskolviak geflirtet hatte und draußen über Max gestolpert war. »Was hat der Buhmann denn gemacht?«, fragte sie.

»Buh«, sagte Max und warf seine Ärmchen in die Höhe.

»Er hat dich Bange gemacht?«

Max schüttelte den Kopf und stellte erneut fest: »Mama weint.«

»Deine Mama ist traurig, weil dein kleiner Bruder weg ist«, sagte Rita Voss und fragte anschließend an Melisande Martell gewandt, was ihr schon die ganze Zeit auf der Seele brannte: »Warum haben Sie den Wagen mit Luca draußen stehen lassen? Haben Sie das in der Bäckerei auch gemacht?«

Melisande Martell hob den Kopf. »Nur hier. Es ist so warm und stickig in dem Laden. Das ist mir in den letzten Wochen jedes Mal aufgefallen, wenn ich hier war. Ich wollte wirklich nur schnell ...« Sie zog ein Taschentuch aus ihrem Jäckchen oder der engen Jeans, so genau konnte Rita Voss es nicht erkennen, putzte sich die Nase und wischte sich über Wangen und Augen. Dann sprach sie weiter: »Ich wollte mich wirklich nicht lange aufhalten.«

Ihre Stimme knarzte noch ein bisschen. »Luca trägt die gleiche Jacke wie Max, unter der Kapuze hat er noch eine Mütze an. Und Handschuhe. Ich hätte ihn halb ausziehen oder aus dem Wagen nehmen müssen, damit er nicht schwitzt. Dann verkühlt er sich schnell. Aber ich wollte ihn nicht aufwecken. Er war übermüdet und gerade erst eingeschlafen. Wenn er aus dem

Schlaf gerissen wird, quengelt er. Ich wollte doch nur ...« Sie brach ab und erneut in Tränen aus.

»Das kann ich sehr gut nachvollziehen«, schlüpfte Rita Voss in mitfühlendem Ton in die Rolle der verhörenden Polizistin, die für ihre spezielle Art der Befragung im Kollegenkreis berüchtigt war. »Ich habe eine Tochter und weiß noch genau, wie grantig ein übermüdetes Baby sein kann. Es raubt einem den letzten Nerv.«

»Eigentlich nicht.« Melisande Martell beruhigte sich wieder. »Wenn Luca zu Hause quengelt, mache ich ihm Musik an. Dann ist er sofort still. Er ist ein ganz Lieber, wirklich. Aber heute wollte er einfach nicht schlafen. Am Vormittag habe ich ihn zweimal hingelegt, da hat er die ganze Zeit gebrabbelt und mit seinem Schaf gespielt. Ich dachte, er wäre im Auto eingeschlafen, als wir Max von der Kita abholten. Aber er kennt die Strecke schon und weiß genau, dass er gleich richtig bespaßt wird. Ich war so froh, als ihm endlich die Augen zufielen, nachdem ich ihn in den Wagen gesetzt hatte.«

Sie tupfte mit dem zusammengeknüllten Tuch unter den Augen herum, sprach weiter: »Ich wollte wirklich nur schnell etwas zu essen für ihn kaufen. Dann fiel mir ein, dass die eine Aktionswoche für Kosmetik haben. Ich hatte das in einem Werbeprospekt gesehen, wusste aber nicht mehr, welche Marke. Ich kann für solche Sachen nicht viel Geld ausgeben. Aber ich will auch nicht aussehen wie eine Schlampe. Mein Mann hat beruflich viel mit top gestylten Frauen zu tun. Ich möchte nicht, dass er nur wegen der Kinder gerne nach Hause kommt, verstehen Sie das?«

»Ja«, sagte Rita Voss. »Das verstehe ich sehr gut.«

»Ich habe nicht auf die Zeit geachtet und mir keine Sorgen um Luca gemacht«, fuhr Melisande Martell fort. »Er schlief doch fest, da weckt ihn so leicht nichts auf. Wer rechnet denn damit, dass eine Verrückte auftaucht und ...« Der Rest ging in einem erneuten Tränenausbruch unter.

Die Engelsucherin – 1989 bis 2003

Zuerst der Mann. Drei Jahre brauchte er zum Sterben, von der vernichtenden Diagnose »akute myeloische Leukämie« bis zum letzten, kaum noch wahrnehmbaren Atemzug. Dazwischen ein paar Hoffnungsfunken, die alle viel zu schnell erloschen. Sein Leiden und seinen Tod, der letztendlich eine Erlösung für ihn war, steckte Anni Erzig noch irgendwie weg. Dabei hatte sie den Verlust ihrer Eltern, die ihr in der ersten Zeit seiner Erkrankung Halt gegeben hatten und nur ein knappes Jahr zuvor bei einem Verkehrsunfall ums Leben gekommen waren, noch nicht verkraftet.

In finanzielle Schwierigkeiten geriet sie nicht, obwohl sie nur eine sehr kleine Witwenrente bezog. Ihre Eltern hatten ihr ein großes Anwesen hinterlassen, das sie zu einem guten Preis verkaufen konnte. Mit dem Erlös wollte sie die Ausbildung ihres Sohnes absichern. Nur ein kleines Stückchen Land behielt sie, darauf hatte ihr Mann Gemüse angebaut, solange er gesundheitlich dazu in der Lage gewesen war.

Anni stellte keine besonderen Ansprüche ans Leben, zog mit ihrem Sohn in eine kleine Wohnung. Und wenn die Trauer sie zu überwältigen drohte, wenn ihr alles zu viel wurde und sie nicht mehr aus noch ein wusste, betete sie sich vor, dass sie stark sein musste für ihren Sohn, weil er nur noch sie hatte.

Als sein Vater erkrankte, war der Junge zwei, bei der Beerdigung gerade fünf geworden. Ein zierliches Kind war er, die Leute schätzten ihn immer um ein Jahr jünger. Aber er hatte ein kluges Köpfchen auf seinen schmalen Schultern. Wenn er zu sprechen begann, dachten viele, er ginge bereits zur Schule. Und wenn man mit ihm sprach, musste man sich gut überlegen, was man sagte und wie man es formulierte.

»Liegt Papi jetzt in dieser Kiste?«

»Ja, mein Schatz.«

»Aber du hast gesagt, er ist jetzt zusammen mit Großvater und Großmutter beim lieben Gott im Himmel.«

»Das ist er auch, mein Schatz.«

»Aber das geht doch gar nicht. Er kann doch nicht im Himmel und in der Kiste sein.«

»Weißt du noch, wie der liebe Jesus es gemacht hat?«

Darüber hatten sie im Kindergarten gesprochen, über die Auferstehung, das leere Grab, Christi Himmelfahrt. So hatte sie ihm ein Jahr zuvor das Verschwinden seiner Großeltern erklärt, zu deren Beisetzung hatte sie ihn nicht mitgenommen. Aber er merkte sich alles, jedes Wort, und fand mit seinem klugen Köpfchen sofort den Widerspruch.

»Aber wenn Papi wie Jesus in den Himmel gefahren ist, kann er doch gar nicht in der Kiste sein, Mami.«

»In der Kiste liegt nur das von Papi, was krank war, mein Schatz. Seine Seele ist jetzt beim lieben Gott.«

»Dann ist Papi nicht ganz da oben im Himmel?«

»Doch, mein Schatz, Papi ist jetzt ein Engel. Engel sind immer ganz. Man kann sie nur nicht sehen.«

»Warum nicht?«

»Weil der liebe Gott uns nicht erschrecken will, wenn er einen Engel zur Erde schickt. Manchmal tut er das, wenn wir besonderen Schutz brauchen. Deshalb haben Engel Flügel.«

Daran glaubte er noch, als er selbst erkrankte. Er war gerade erst eingeschult worden, als sich bei ihm die ersten Symptome zeigten. Drei Monate dauerte es, ehe ein Arzt das unsägliche Kürzel »AML« aussprach und Anni spürte, wie in ihrer Brust etwas zerbrach. Aber sie hielt sich aufrecht.

Elf Monate lang saß sie Stunde um Stunde neben seinem Bett in der Kinderonkologie, fuhr nur heim, um zu duschen und die Kleidung zu wechseln. Dann schaute sie weiter zu, wie er weniger und weniger wurde, während die Ärzte mit all ihren Mitteln versuchten, dem Tod ein Schnippchen zu schlagen.

Er wusste viel eher als sie, die es nicht sehen wollte, dass es zu Ende ging. Einmal sagte er: »Wenn ich ein Engel bin und Flügel habe, komme ich vom Himmel heruntergeflogen und passe auf dich auf, Mami, damit du nicht ganz alleine bist. Du darfst aber nicht erschrecken, wenn du mich siehst.«

In seinen letzten Tagen dämmerte er vor sich hin, so klein, so wund, so ausgezehrt von der Krankheit und dem Gift, das die Ärzte ihm verabreicht hatten. Sein blasses Gesicht bestand fast nur noch aus Augen, sein Stimmchen war bloß noch ein Hauch. Er hatte nur noch wenige wache Momente und plötzlich wahnsinnige Angst vor dem Tod, vielmehr vor dem, was danach aus ihm werden sollte. Wenn er die Augen aufschlug und sie neben sich sitzen sah, wisperte er regelmäßig mit diesem panischen Unterton: »Mami, ich will kein Engel sein.«

Im Bemühen, ihn zu beruhigen, erwiderte Anni jedes Mal: »Aber als Engel bist du doch bei Papi, bei Großvater und Großmutter im Himmel. Dort ist es wunderschön, mein Schatz. Und wenn der liebe Gott dir deine Flügel gibt, kommst du zu mir geflogen …«

So schwach er auch war, am letzten Abend schüttelte er sein Köpfchen, unterbrach sie damit und hauchte: »Nein, Mami. Es gibt keinen lieben Gott. Das erzählen sie nur, damit man keine Angst hat, wenn man stirbt. In Wahrheit ist der Himmel ein großes, schwarzes Loch mit Sternen drin. Es ist furchtbar kalt dort, und Steine fliegen herum, aber keine Engel. Engel können gar nicht fliegen. Ihre Flügel sind viel zu klein. Sie müssen sich an den Sternen festhalten, damit sie nicht herunterfallen.«

Wie er auf solche Gedanken gekommen war, erfuhr Anni nicht mehr. Kurz darauf starb er. Und Annis Verstand brach in tausend Stücke, ohne dass es jemand zur Kenntnis nahm.

In den folgenden Jahren trug Anni das kleine Vermögen, das ihr Sohn nicht mehr für seine Ausbildung brauchte, beinahe vollständig zu einer Frau, die sich als Medium ausgab. In ihren Annoncen hieß es, sie leiste Lebenshilfe und könne mit Verstorbenen in Kontakt treten.

Nach einem ersten Gespräch mit Anni empfahl die Betrügerin ihr jeden zweiten Donnerstag eine Sitzung. Und für jede verlangte sie einen dreistelligen Betrag. Natürlich kam nicht auf Anhieb eine Verbindung zustande. Es brauche seine Zeit, behauptete sie.

Manchmal seien die Verstorbenen zu verwirrt, manchmal auch zu misstrauisch, um sich zu melden, wenn eine ihnen unbekannte Person sie rief. Um die Wartezeit zu überbrücken, fragte sie Anni geschickt nach Mann, Sohn und Eltern aus.

Anni erzählte praktisch ihr gesamtes Leben mit all seinen Schrecken, dem Leid, der Trauer und dem ganzen Elend und war auch noch dankbar, dass ihr jemand zuhörte. Als es dann endlich klappte, sog sie begierig jedes Wort auf, das die Betrügerin von sich gab. Nicht jede Séance führte zu einem Erfolg, aber wenn ein Kontakt zustande kam, übermittelte das vermeintliche Medium Botschaften, aus denen sich für Anni nach und nach ein überaus positives Bild zusammensetzte.

Natürlich waren ihre Lieben im Himmel. Und selbstverständlich ging es ihnen dort gut. Dafür sorgte Gottvater. Die niederträchtige Person, die Annis kleinem Sohn die letzten Stunden seines irdischen Daseins mit einer Lüge schwer gemacht hatte, schmorte bereits in der Hölle.

Der Himmel, in den ihr Sohn aufgenommen worden war, war erfüllt von göttlicher Gnade. Es war hell und weich und warm dort, es duftete nach Blumen und den Früchten des Paradieses. Annis Eltern waren glücklich, dass sie wieder mit ihrem Enkel spielen konnten, was ihnen zu ihren Lebzeiten nicht lange vergönnt gewesen war. Manchmal bedankten sie sich durch den Mund der Betrügerin bei Anni für dieses wundervolle Kind und lobten sie, weil es ihr trotz der harten Schicksalsschläge gelungen war, den Jungen so zu erziehen, dass er nur gute Seiten hatte.

Ihr Sohn ließ ausrichten, dass er viele Freunde gefunden habe, darunter zwei, deren Namen Anni in der Kinderonkologie öfter gehört hatte. Noch waren seine Flügel klein und nicht stark genug, um ihn zur Erde zu tragen. Er versprach trotzdem zu kommen, nachts, weil Engel in Träumen keine Flügel brauchten und in ihrer irdischen Gestalt sichtbar werden konnten. Und tatsächlich träumte Anni oft von ihm, wenn sie donnerstags bei der Betrügerin gewesen war.

Auch ihr Mann meldete sich und gab gute Ratschläge, wenn Anni sich mit Problemen des Alltags überfordert fühlte oder an ihrer Einsamkeit zu zerbrechen drohte. Einmal sagte er: »Nicht mehr lange, mein Liebling, dann sind wir alle wieder vereint.«

Eine genaue Zeitangabe bekam Anni nicht. Sie wurde mit dem Hinweis abgefertigt, eine himmlische Minute könne auf Erden zwischen fünf und zehn Jahren ausmachen, und sie habe noch eine wichtige Aufgabe zu erfüllen. Welche Aufgabe, durfte ihr Mann nicht verraten, nur so viel, dass es eine wundervolle Aufgabe sei und dass Anni sie erkennen würde, wenn es so weit wäre.

Der Vater

Studentenbuden waren nichts für Leute, die im Gedränge Atemnot bekamen. Und auf der Lohnabrechnung schlugen sie kaum zu Buche, deshalb fielen diese Aufträge mit schöner Regelmäßigkeit dem Mitarbeiter zu, der noch nicht so lange in der Firma war wie die anderen.

Während seine Frau sich im Aufenthaltsraum des Drogeriemarktes in Bedburg die Augen rot weinte, kämpfte Martin sich durch die vor dem Eingang wartende Menschentraube in den Hausflur und weiter das proppenvolle Treppenhaus hinauf bis in die vierte Etage. Dann lotste er die Horde in Sechsergruppen durch, um nicht den Überblick zu verlieren. Zum Glück gab es nicht viel zu besichtigen, nur das Zimmer mit Kochgelegenheit und ein Duschbad mit WC für schlanke Leute. Ein Dicker hätte sich weder in die Duschkabine noch aufs Klo zwängen können.

Und wie so oft, wenn er seinen Kopf nicht wirklich brauchte, spekulierte Martin, was wohl aus ihm geworden wäre, wenn seine Mutter ihn vor siebzehn Jahren nicht zurück in das Kaff verschleppt hätte, in dem er die ersten Monate seines Lebens verbracht hatte. Garantiert wäre alles anders gekommen. Er hätte vermutlich das Abitur geschafft, heute wahrscheinlich nicht Frau und zwei Söhne, stattdessen studiert und einen richtig guten Job.

Vielleicht hätte er mal ebenso wie der große Haufen Volk, der auf ein Wunder hoffte, für eine Studentenbude angestanden. Aber das glaubte er eher nicht. Wenn sie in Köln geblieben wären und er hier an der Uni einen Platz bekommen hätte, warum hätte er dann bei seiner Mutter ausziehen sollen?

Doch wer fragte einen Dreizehnjährigen, ob er einverstanden sei, aus der Großstadt aufs Land zu ziehen? Was bedeutete, die Schule zu wechseln, alle Freunde zu verlieren, die Kinos hinter sich zu lassen und all die anderen Möglichkeiten, sich zu amüsieren und etwas zu erleben. Und nicht zu vergessen: Tante Käthe, die sich um ihn und seine Schwester gekümmert hatte, seit Martin denken konnte.

Seine Mutter – für ihn immer nur »Mutti« – hatte nie Zeit gehabt, was man ihr nicht wirklich zum Vorwurf machen konnte. Heute wusste er das, aber damals ... Jahrelang hatte sie tagsüber als Taxifahrerin den Lebensunterhalt verdient und sich abends zum Abschalten und Auftanken, wie sie das nannte, noch für ein paar Stunden in ihren alten Audi gesetzt. Danach hatte sie sich dann die halbe Nacht auf einer alten Schreibmaschine die Finger wund getippt an ihrer Lebensgeschichte.

Zugegeben, es war eine dramatische Geschichte, stellenweise richtig gruselig oder verrückt, kam darauf an, wie man gewisse Vorfälle interpretierte. Aber für einen Jungen von sechs, sieben, acht oder neun Jahren, der am nächsten Morgen zur Schule musste und dann nach Möglichkeit fit und ausgeschlafen sein sollte, war es eine Zumutung gewesen. Das nächtliche Geklapper hatte ihn regelmäßig am Einschlafen gehindert.

Aber er hatte ja Tante Käthe, die im selben Haus wohnte. Er musste sich nur die Decke unter den Arm klemmen wie Linus von den Peanuts und ein Stockwerk höher steigen. In Tante Käthes Wohnzimmer stand ein bequemes Sofa. In wie vielen Nächten er bei ihr Zuflucht gesucht hatte, wusste Martin nicht mehr.

Auch tagsüber war Tante Käthe immer für ihn und seine Schwester da gewesen. Sie war ein einfacher Mensch, aber nicht dumm. Sie kochte, liebte, tröstete und erläuterte an diversen Beispielen, wie friedliches Miteinander funktionierte, wenn er Stress mit anderen Jungs hatte. Während seiner Grundschulzeit überwachte sie seine Hausaufgaben, erklärte drei Dutzend Mal, dass fünf mal sieben fünfunddreißig war, aber nur ein Mal, dass *nämlich* mittendrin nicht mit h geschrieben wurde.

»Wer nämlich mit h schreibt, ist dämlich. Das haben die damals in der Schule zu uns gesagt. Da hat sich wohl keiner den letzten Buchstaben geguckt. Kann man sich aber gut merken, oder?«

Das konnte man sich supergut merken, fand Martin und schrieb es nie wieder falsch. Noch auf dem Gymnasium hatte er automatisch Tante Käthes Stimme im Kopf, wenn er »nämlich« schrieb. Und dann freute er sich aufs Heimkommen, obwohl Tante Käthe ihm nicht mehr bei den Hausaufgaben helfen konnte. Das tat mittlerweile seine Schwester – nachdem er bei Tante Käthe zu Mittag gegessen hatte.

Auch mit dreizehn führte Martins erster Weg, wenn er aus der Schule kam, noch ein Stockwerk höher, obwohl Mutti zu der Zeit längst kein Taxi mehr fuhr, sich die Finger auch nicht mehr auf der alten Schreibmaschine wund tippte. Sie arbeitete seit Jahren zu Hause am Laptop und hätte ihm jederzeit Geld für eine Pizza oder einen Burger gegeben. Häufig bat er sie um zehn Mark, obwohl er satt war bis zur Halskrause. Für das Geld ging er dann mit Freunden ins Kino, auf eine Bowlingbahn oder sonst wohin, wo man Spaß haben konnte.

Seine Schwester machte sich nach der Schule ein Wurstbrot oder Bratkartoffeln. Sie wollte Tante Käthe nicht länger zur Last fallen. Abgesehen davon musste Mutti ja auch etwas essen, daran dachte sie aber nie, wenn sie arbeitete. Also stellte seine Schwester Mutti einen Teller neben den Laptop und bezeichnete sich als »die einzig Vernünftige in unserer Familie«.

Mutti hatte ihre dramatische Lebensgeschichte in einigen Taschenbüchern vermarktet, schrieb inzwischen fürs Fernsehen und verdiente so viel, dass sie sich ihm gegenüber großzügig zeigen und trotzdem noch genug sparen konnte, um die Stadtwohnung in dem schäbigen Mietshaus dann eben gegen das Haus auf dem Land zu tauschen.

Und Mutti wäre die Letzte gewesen, die auf einen Einspruch seinerseits mit Verständnis, Einsicht und dem Entschluss: »Gut, dann bleiben wir eben in Köln«, reagiert hätte. Deshalb verkniff Martin sich jeden Protest. Er wusste ja auch zur Genüge, warum es für Mutti so wichtig war, das Haus in Niederembt zu kaufen, in dem sie acht Jahre lang glücklich gewesen war.

Das war vor seiner Geburt gewesen. Trotzdem wusste Martin mehr über diese Zeit, als ihm lieb war. In den acht Jahren hatte Mutti nämlich mit einem Vetter von Tante Käthe zusammengelebt – in dem Haus, in das Mutti unbedingt zurückwollte. Tante Käthes Vetter hatte ebenfalls Martin geheißen, war Taxifahrer und leider verheiratet gewesen. Kurz vor seinem Tod hatte er sich endlich scheiden lassen wollen, dazu war es nicht mehr gekommen. Deshalb blieb für Mutti nur der Audi, aus dem Haus musste sie ausziehen. Das gehörte der rechtmäßigen Ehefrau.

In seiner Freizeit war Martin Schneider als Elvis-Double aufgetreten, mit Muttis Brüdern als Begleitband. Tante Käthe nannte ihn nur »unseren Elvis« und sagte oft: »Ich kann mir nicht helfen, Martin, es kann ja auch gar nicht sein. Als du auf die Welt gekommen bist, war unser Elvis schon seit drei Jahren unter der Erde. Aber du siehst ihm so ähnlich wie ein Ei dem anderen.«

Bei Eiern gab es gravierende Unterschiede im Aussehen, fand Martin. Er sah Mutti ähnlich, vielmehr Muttis Brüdern. Alte Fotos bewiesen, dass die früher alle genauso ausgesehen hatten wie er und unser Elvis.

Der war verblutet. Sein letzter Fahrgast hatte ihm die Kehle durchgeschnitten. In dem Audi, in dem Mutti immer noch jeden Abend saß, abschaltete und auftankte. Wahrscheinlich tankte sie das Blut, das damals in Sitzen und Türverkleidungen versickert war und – dank großzügigem Einsatz von Insektenvernichtungsmittel – nur rostbraune Flecken hinterlassen hatte. Wie eine Vampirin, dachte Martin oft. Wie eine Untote, ein Zombie, eine dieser scheußlichen Kreaturen, deren Untaten seine Freunde und er sich im Kino noch gar nicht ansehen durften, was sie aber trotzdem taten, wenn man sie reinließ.

Natürlich war Mutti keine scheußliche Kreatur, im Gegenteil, sie war ziemlich hübsch, dunkelhaarig wie er, zierlich, nicht allzu groß, schon mit zwölf hatte er sie um einige Zentimeter überragt. Aber sie hatte nicht alle Latten am Zaun. Mit dreizehn war ihm das längst klar. Geliebt hatte er sie trotzdem – vor dem Umzug –, nicht überschwänglich, aber ausreichend. Wie man seine Mutter eben liebte, wenn sie nie wirklich für einen da war.

Nachdem sie ihn aufs Land verschleppt hatte, änderte sich das. Wie hatte er sie damals gehasst. Sie und Niederembt, dieses Kaff, in dem er angestarrt wurde wie eine dreiäugige Kröte, wenn er sich auf der Straße sehen ließ. Und das Haus, in das Mutti ein Vermögen gesteckt hatte, um es zwanzig Jahre in der Zeit zurückzuversetzen. Die gleichen Tapeten, Fußböden und Gardinen wie damals, als sie mit unserem Elvis hier gewohnt hatte. Und nicht zu vergessen den Sprung im Glas der Terrassentür. Damals hatte die Scheibe einen Sprung gehabt, also zerdepperte Mutti vier Scheiben, ehe endlich eine hielt und der Sprung in ihren Augen so aussah wie früher. Das war doch krank.

Die neue Schule, das Gymnasium in Bedburg, hasste Martin ebenfalls. Neue Freunde fand er dort nicht. Drei aus seiner Klasse kamen ebenfalls aus Niederembt, die erzählten Horrorgeschichten über seine Mutter und das Haus. Dort sollte es spuken, was natürlich Blödsinn war. Aber Martin Schneiders rechtmäßige Witwe hatte kurz vor ihrem Tod behauptet, der Geist von Elvis habe sie gebeten, an Gabi zu verkaufen. »Nur über meine Leiche«, sollte sie gesagt haben. Tags darauf lag sie mit gebrochenem Genick unten an der Kellertreppe. Also glaubten die Leute, unser Elvis hätte sie runtergeschubst.

Martin galt als Freak, fühlte sich auch oft so. Und dann hasste er sogar seine Schwester, der es nichts ausmachte, dass sie in einem Zimmer hauste, dessen Möblierung beinahe auseinanderfiel. Rote Schränke. Die hatte unser Elvis für Mutti gekauft, als Mutti mit sechzehn bei ihm eingezogen war. Da waren rote Schränke in Mode gewesen. Aber das war eine Ewigkeit her.

Viel mehr Glück hatte Martin mit seinem Zimmer auch nicht. Die Einrichtung dort bestand aus zusammengewürfelten Einzelteilen, die Tante Käthe vor Jahren in Köln für ihn organisiert hatte. Sein Schreibtisch stammte vom Sperrmüll, der Drehstuhl ebenso. Der Sitzbezug sah aus, als hätte sich der Vorbesitzer darauf regelmäßig einen runtergeholt und die Flecken mit Kaffee auswaschen wollen. In Köln hatte ihn das seltsamerweise nicht gestört. In das schäbige Mietshaus hatten die Möbel hineingepasst. Aber als Mutti das Haus kaufte ...

Natürlich hatte er erwartet, er bekäme neue, für die er sich nicht schämen müsste, wenn er mal einen Freund mitbrachte. Das wäre doch nicht zu viel verlangt gewesen. Aber nein. Nachdem Mutti ihre Retro-Renovierung abgeschlossen hatte, war kein Geld mehr da, um wenigstens sein Zimmer mit neuen Möbeln auszustatten. Insofern war es vielleicht sogar besser, dass er keine neuen Freunde fand.

Wenn er sich beschwerte, sagte seine Schwester regelmäßig: »Denkst du eigentlich auch mal an andere als an dich? Du weißt doch, wie wichtig es für Mutti ist, wieder hier zu leben.«

Sicher wusste er das. Mutti glaubte ja auch, dass der Geist von Elvis im Haus war. Aber wissen und verstehen waren zwei Paar Stiefel. Wenn er in seinem Zimmer hockte und Trübsal blies, wusste er nur, wie schön es bei Tante Käthe gewesen war und wie viel Spaß er mit seinen Freunden in Köln gehabt hatte. Dann fühlte er sich wie abgeschnitten von der Welt und konnte nicht einmal ansatzweise nachvollziehen, was es für seine Mutter bedeutete, wieder in diesem Haus zu wohnen.

Muttis ältester Bruder bemühte sich, ihn ins Dorfleben zu integrieren, und meldete ihn in der Jugendmannschaft des

Fußballvereins an. Das war sicher gut gemeint, nur war Sport nicht Martins Ding, mit Laufen hatte er es gar nicht, und Körpergröße allein machte noch keinen guten Torwart aus. Anfangs durfte er nur zum Training kommen, wurde jedoch nicht aufgestellt. Bis er merkte, wie gut man auf dem Sportplatz seinen Frust loswurde. Laufen! So lange laufen, bis man die ganze ohnmächtige Wut in den Rasen getreten hatte.

In sportlicher Hinsicht und in puncto Fitness bekam ihm das ausgezeichnet, darüber hinaus zeigte es wenigstens seinen Vereinskameraden, dass er eigentlich ein ganz normaler und ziemlich cooler Typ war. Leider besuchte keiner von denen das Gymnasium in Bedburg. Martins Einstellung zur Schule änderte sich erst, als Alina in sein Leben trat. Da war er siebzehn gewesen.

Der Frontmann

Während Rita Voss im Aufenthaltsraum des Drogeriemarktes Erklärungen hörte, die ihr als Frau und Mutter nachvollziehbar und glaubwürdig erschienen, überlegte Thomas Scholl draußen, ob er beim Arbeiter-Samariter-Bund in Brühl einen Mantrailer oder einen Leichenspürhund anfordern lassen sollte. Jochen Becker wartete in Hürth auf seine Einschätzung der Situation. Und er hatte nichts weiter als zwei Lollys, die Angaben der Mutter und die Aussagen der Leute, die kein Baby gesehen hatten.

Vielleicht hätte er keinen Blick auf das staunende Babygesicht werfen dürfen. Ihm hätte Rita dieses Foto auch nicht unbedingt schicken müssen. Die Aufnahme von der Mutter und dem größeren Kind hätten fürs Erste gereicht. Nun hatte er den kleinen Menschen vor Augen und ein paar scheußliche Gedanken im Kopf.

Wenn Luca Martell tatsächlich durch eine geistig verwirrte, aber harmlose ältere Frau entführt worden war, bestand vermutlich keine unmittelbare Gefahr für sein Leben. Trotzdem konnte man das Kind nicht ewig in der Obhut einer Person lassen, deren Identität noch unbekannt und deren Geisteszustand mit mehreren Fragezeichen zu versehen war. Das sprach für den Mantrailer. Wenn diese Frau jedoch nichts mit Lucas Verschwinden zu tun hatte ...

Nachdem auch die Bäckereiverkäuferinnen nichts weiter als den Babyjogger gesehen hatten, hielt Thomas Scholl es für wahrscheinlicher, dass Melisande Martell einen leeren Kinderwagen durch die Stadt und in die Nische vor der Sparkasse geschoben hatte. Dass sie genau wusste, wo ihr Jüngster war. Vielleicht zu Hause in der Gefriertruhe oder einem Blumenkübel. Vielleicht irgendwo in einem Gebüsch oder einem Müllcontainer.

Sie wäre nicht die erste Frau, die nach einer Geburt feststellte, dass Kinder Arbeit machten und persönliche Freiheiten einschränkten. Da sie die Erfahrung schon einmal gemacht hatte, war es ihr beim zweiten vielleicht zu viel geworden. Solche Fälle häuften sich in den letzten Jahren, als wären Babys und Kleinkinder zu Punchingbällen oder Wegwerfartikeln mutiert, an denen man seinen Frust abreagieren, derer man sich nach Belieben entledigen konnte.

Und es musste nicht unbedingt eine schuldhafte Kindstötung gewesen sein. Oft reichte ein Moment der Unaufmerksamkeit, um eine Katastrophe auszulösen. Die meisten Unfälle passieren im Haushalt, dieser Spruch hatte nichts von seiner Aktualität eingebüßt. Sturz vom Wickeltisch, ungesicherte Treppen, ungesicherte Steckdosen, eine offene Flasche Haushaltsreiniger.

Oder das herabhängende Verlängerungskabel vom Wasserkocher, in dem gerade das Wasser für den Tee brodelte. Das sich dann über einen vierzehn Monate alten Steppke ergoss, der noch nicht allzu sicher auf seinen Beinchen war und nach etwas zum Festhalten gegriffen hatte. Gerade mal drei Wochen war das her. Der Junge kämpfte in einer Kölner Klinik immer noch ums Überleben. Wenn er es schaffen sollte, blieb er für den Rest seines Lebens entstellt. In dem Fall hatte eine Großmutter nicht aufgepasst.

Es gab unendlich viele Möglichkeiten, die einen kleinen Menschen das Leben kosten und eine Mutter zu einer irrationalen

Handlung veranlassen konnten. Eine Entführung vorzutäuschen war nicht die schlechteste Idee, um das Verschwinden eines Kindes zu erklären. Wenn es verschwunden blieb, was wollte man als Ermittler da machen?

Für Scholl waren die beiden Lollys im Fußsack kein Beweis, dass die Frau im Poncho das Baby mitgenommen hatte. Im Gegenteil. Warum hätte sie dann zwei Lutscher dalassen sollen? Sie hätte viel eher den Schnuller mitgenommen, meinte Scholl. Die Lollys machten für ihn nur Sinn, wenn die Poncho-Frau ebenso wie die Bäckereiverkäuferinnen geglaubt hatte, das ältere Kind werde in dem Wagen gefahren. Max hatte schon einen Lutscher bekommen, vielleicht hatte sie ihm noch zwei als Wegzehrung mitgeben wollen.

In Ermangelung anderer kompetenter Gesprächspartner erörterte Scholl mit Polizeimeister Nemritz die rhetorische Frage, ob Melisande Martell sich wohl so viel Zeit bei den Kosmetikartikeln genommen hätte, wenn es nur darum gegangen wäre, eine Show abzuziehen.

»Warum nicht?«, fragte Nemritz, inkompetent war er nicht. Er machte den Eindruck, als habe er darauf gewartet, von einem Mitglied aus Klinkhammers Team um seine Einschätzung gebeten zu werden. »Ein leerer Kinderwagen in der Nische macht keinen stutzig. Da denkt jeder, das Kind ist mit der Mutter im Laden oder in der Sparkasse. Aber ich habe schon lange keinen Wagen mehr draußen stehen sehen. Die nehmen die alle mit rein, was Frau Martell bisher ja auch getan hat.«

Nemritz machte eine kurze Pause, ehe er auf Scholls eigentliche Frage zurückkam: »Wenn sie nur eine Show abziehen wollte, musste sie ein bisschen Zeit verstreichen lassen. Hier nur schnell rein und raus und dann behaupten, das Kind ist weg, wäre erst recht unglaubwürdig gewesen.«

Scholl nickte zustimmend.

»Was mich am meisten stört«, sagte Nemritz, »die kommt aus dem Laden, sieht den leeren Kinderwagen. Dafür hätte sie ja nur zwei, drei Schritte machen müssen. Und was tut sie? Rennt zurück in den Laden. Eine normale Reaktion wäre doch, dass man sich erst mal umschaut, bis zum Durchgang läuft. Hätte ja sein können, dass die Person, die das Kind genommen hat, noch in der Nähe ist.«

Scholl nickte noch einmal.

Nemritz fühlte sich bestätigt und sprach weiter: »Wenn der Wagen leer war, besteht jetzt für sie nur die Gefahr, dass sich Leute melden, die hier vorbeigegangen sind, ehe die Frau mit den Lollys auftauchte. Sie wird ja auch unterwegs einigen begegnet sein, die sich vielleicht erinnern, dass kein Baby im Wagen saß, wenn wir mit den Fotos an die Öffentlichkeit gehen. Aber je mehr Zeit vergeht, bis wir eine richterliche Genehmigung erwirken, umso größer die Chance für sie, davonzukommen.«

Scholl verstand die Anspielung sehr wohl und nickte zum dritten Mal. Er sah es genauso. Man kämpfte als Polizist längst nicht mehr nur für Recht und Gesetz, sondern oft genug auch gegen Datenschutz, Persönlichkeitsrechte und die Justiz. Vor allem, wenn man wie jetzt noch so gut wie nichts in der Hand hatte. »Hatten Sie denn das Gefühl, dass sie eine Show abzieht?«, fragte er.

Gefühle zählten nicht, wiesen aber manchmal die Richtung, in die man sich orientieren sollte. Und oft genug spiegelte der erste Eindruck ein wahres Gesicht. Einer der Sätze, mit denen Klinkhammer seine kleine Truppe geschult hatte. Wenn die Leute Zeit fanden, sich zu sammeln, wurden Masken aufgesetzt.

»Eigentlich nicht«, räumte Nemritz ein. »Sie war fix und fertig. Wenn das gespielt war, hätte sie einen Oscar verdient. Könnte natürlich sein, dass sie sich überschätzt hat und ihr die Nerven durchgingen, als wir kamen und es für sie ernst wurde.«

Scholl nickte noch mal und schaute zur anderen Straßenseite hinüber, wo ein uniformierter Kollege gerade die Apotheke verließ. Den Notizblock hielt er in der Hand, als hätte er etwas aufgeschrieben. Hoffentlich Namen von Kunden, die zur fraglichen Zeit Rezepte eingelöst hatten und etwas von Bedeutung gesehen haben könnten.

Klinkhammer hätte vermutlich schon die Medien eingeschaltet, eine Öffentlichkeitsfahndung eingeleitet und sich gegenüber Staatsanwaltschaft und Ermittlungsrichter auf Gefahr im Verzug berufen. Dass der auch ausgerechnet heute nach Frechen hatte fahren müssen. Und sein Handy ausmachte! Was sollte das denn? Man störte ihn doch nicht aus Jux und Dollerei bei einer Einsatzbesprechung.

Wie Rita Voss war auch Scholl überzeugt, dass Klinkhammer umgehend herkommen würde, um die Einsatzleitung vor Ort zu übernehmen. Scholl ging endlich rein, um persönlich mit den beiden Angestellten zu sprechen, die zur fraglichen Zeit vorne im Laden gewesen waren. Vor allem interessierte ihn, wie viele Schritte Melisande Martell ins Freie gemacht hatte. Wegen den Fußsacks hätten es mindestens drei, eher vier sein müssen, um zu erkennen, dass kein Baby im Wagen saß. Er hatte es ausprobiert.

Weil die Erfahrung immer wieder zeigte, dass Einzelheiten verloren gingen oder verfälscht dargestellt wurden, je mehr Zeit man Zeugen zum Nachdenken oder Vergessen ließ, zeichnete Thomas Scholl die Aussagen auf und nutzte dafür sein privates Smartphone, wie Klinkhammer es ebenfalls tat. Im Gegensatz zu Klinkhammer hatte Scholl allerdings auch sein Diensthandy dabei.

Jutta Meuser grübelte immer noch, wer ihr gegenüber die Frau im Poncho mal als bedauernswertes Geschöpf bezeichnet hatte, kam jedoch nicht drauf. Ob Melisande Martell drei oder vier Schritte nach links gemacht hatte, konnte sie auch nicht genau sagen. »Das ging so schnell«, bedauerte sie. »Die ist eigentlich nur raus und gleich wieder rein.«

Umso mehr Mühe gab Jutta Meuser sich mit ihren restlichen Angaben. Von ihr bekam Scholl eine fast minutiöse Aufzählung, wer wann gekommen oder gegangen war, und erfuhr auch, dass der Mann, der am Foto-Sofort-Drucker mit Ilonka geflirtet und vor der Tür den kleinen Max umgerannt hatte, beim Verlassen des Ladens in sein Handy gesagt hatte: »Alles klar, bin schon fast bei dir.«

Auch Melisande Martells Schimpftirade auf Oma Gabi gab Jutta exakt wieder und erzählte noch einmal, dass die junge Frau beim Betreten des Ladens telefoniert und was sie gesagt hatte.

Scholl schickte die Sprachdateien an Jochen Becker. Als er es anschließend noch einmal probierte, war Klinkhammers Handy eingeschaltet. Klinkhammer war gerade auf dem Weg zum Auto, die Mailbox mit Ritas Nachricht hatte er noch nicht abgehört. Scholl erstattete Bericht, ohne gleich seine Gedanken laut werden zu lassen. Zuerst nur die Fakten. Doch die reichten schon.

Als er den Namen des Kindes nannte, wurde Klinkhammer übel. Weil er nicht sofort in gewohnter Weise reagierte, fragte Scholl: »Kommst du her?«

»Nein«, sagte Klinkhammer. »Ich schicke euch noch ein paar Leute und einen Mantrailer. Ich rufe sofort in Brühl an, wenn Jochen das nicht schon getan hat.«

Eine Antwort, mit der Scholl nicht gerechnet hatte. Dabei hatte er in letzter Zeit schon ein paarmal das Gefühl gehabt, dass Klinkhammer immer mehr Verantwortung bei Jochen Becker ablud, als würde er sich allmählich aus dem Job zurückziehen. Aber wo es um ein Baby ging ... Früher hätte Klinkhammer am liebsten jeden Fussel eigenhändig eingetütet und persönlich mit jedem gesprochen, der irgendetwas gesehen oder gehört haben könnte. Er war erst in die zweite Reihe zurückgetreten und hatte den Kölner Kollegen das Feld überlassen, wenn zweifelsfrei feststand, dass es sich um ein Kapitaldelikt handelte, für dessen Aufklärung andere Mittel und Möglichkeiten notwendig waren, als der Kreispolizeibehörde zur Verfügung standen.

Davon sei man jetzt noch weit entfernt, fand Scholl. Zwar hatte er persönlich die Mutter in Verdacht, doch solange sich dieser Verdacht nicht erhärtete und man in Betracht ziehen durfte, die ältere Frau hätte das Baby aus hehren Motiven mitgenommen, um es ins Warme zu bringen, hätte Klinkhammer wieder mal beweisen können, dass in der Provinz nicht nur Luschen saßen.

»Willst du das nicht selbst übernehmen, bis wir wissen, was los ist?«, fragte Scholl ebenso verblüfft wie unangenehm berührt.

»Feilst du dann für mich den Einsatzplan für morgen zurecht?«, antwortete Klinkhammer mit einer Gegenfrage. Das war an ihm hängen geblieben, als hätte er vorhersagen können, welche Rastplätze Einbrecher bevorzugten, um ihre Beute umzuladen, oder wie man einem Auto beziehungsweise den Insassen von außen ansah, ob Diebesgut an Bord war. Es mochte schmeichelhaft sein, wenn einem die Kollegen einiges zutrauten. Aber wenn sie Wunder erwarteten, wurde es lästig.

Abgesehen davon durfte Klinkhammer die Ermittlungen nicht übernehmen, zumindest nicht offiziell. Er kannte die Familie, den Kindsvater seit gut dreißig Jahren, eine Großmutter des kleinen Luca – Gabi – noch länger. »Wer ist bei dir in Bedburg?«, fragte er.

Als Scholl den Namen nannte, sagte Klinkhammer: »Gut. Dann bleibst du vor Ort. Sorg dafür, dass der Kinderwagen abgedeckt wird. Wenn die Kollegen keine Folie im Auto haben, in der Drogerie gibt es vielleicht welche, wenn nicht, versucht es im Einkaufszentrum an der Bahnstraße. Rita soll mit Mel und Mäxchen ...«

»Mel?« Scholl wurde sofort hellhörig.

Aber deswegen machte Klinkhammer sich keine Gedanken. Scholl gehörte zu denen, die schweigen konnten, ohne dass man sie explizit darum bat. Es musste sich ja nicht unbedingt sofort in der Dienststelle herumsprechen, dass der Leiter des KK11 ein Freund der betroffenen Familie war. Was genau genommen auch gar nicht stimmte.

Klinkhammer hatte sich nie als Freund betrachtet, für ihn war Gabi eine Heimsuchung der etwas anderen Art. Wenn man es so bezeichnete, traf man es auf den Punkt. Nach dem ersten Zusammentreffen im November 1983 hatte sie ihn mehrmals in seltsamen, gruseligen Träumen heimgesucht, die sich im Nachhinein als verschlüsselte Botschaften entpuppt hatten.

Nach der zweiten Begegnung im November 1987 hatte er sich lange Zeit verpflichtet gefühlt, ihr zu helfen, so gut er eben konnte. Erst im Frühjahr 2004 hatte er sie an seine Frau abgetreten, die sich aus beruflichen Gründen ohnehin um Gabi kümmern musste und sich entschieden besser mit ihr und ihren Eigenheiten auseinandersetzen konnte als er.

Die Vorgeschichte

Im November 1983 hatte Arno Klinkhammer, damals ein frisch verheirateter junger Polizist in Uniform, während einer nächtlichen Streifenfahrt die Leiche des Taxifahrers entdeckt, mit dem Gabi seit ihrem sechzehnten Lebensjahr liiert gewesen war. Martin Schneider, der Gabi mehr bedeutete, als ein normaler Verstand ermessen konnte. Seinen Namen benutzte sie seitdem, als gäbe es keinen anderen.

Sie hatte beide Kinder nach ihm benannt, den Sohn Martin, die Tochter Martina, und es unter dem Pseudonym Martina Schneider als Autorin zu einem kleinen Vermögen gebracht, wozu Klinkhammer nicht unerheblich beigetragen hatte. Die alte Schreibmaschine, deren Klappern Gabis Sohn so manche Nacht hinauf zu Tante Käthe getrieben hatte, hatte sie damals von ihm bekommen. Und seine Frau brachte als Lektorin in einem renommierten Verlag seit Jahren Gabis Bücher auf den Markt, hielt auch privat Kontakt. Hin und wieder richtete sie ihm liebe Grüße aus oder erzählte etwas, was sie von Gabi gehört hatte.

Er sah Gabi nur noch zu besonderen Anlässen, zuletzt bei der Hochzeit ihres Sohnes. Das lag dreieinhalb Jahre zurück. Bei der Gelegenheit hatte Gabi einen gelösten, beinahe heiteren Eindruck gemacht und sich die meiste Zeit mit einem älteren Herrn unterhalten. Mit ihm hatte sie nur ein paar belanglose Sätze getauscht.

»Schön, dass ihr gekommen seid, Arno. Ich freue mich, dich endlich mal wiederzusehen. Wie lange ist das jetzt her?« Als ob sie das nicht genau gewusst hätte. Dann hatte sie ihm den älteren Herrn als Alinas Großvater vorgestellt mit der spöttischen Anmerkung: »Von Alina hat Ines dir garantiert schon einiges erzählt.«

Das hatte Ines in der Tat, allerdings war das lange her. Martin war siebzehn oder achtzehn gewesen und noch zur Schule gegangen, als Gabi sich wiederholt bei Ines über das Biest Alina ausgelassen hatte, dem Martin total verfallen war. Es tauchten damals zwar auch häufig andere Mädchen auf, die einen Nachmittag in Martins Zimmer verbrachten und mit entrücktem Blick und vom Knutschen geröteter Kinnpartie das Haus wieder verließen, doch das Aufatmen dabei hatte Gabi sich bald abgewöhnt, weil tags darauf Alina wieder auf der Matte stand. Martin war einfach nicht losgekommen von ihr.

So fragte Klinkhammer sich bei der Hochzeit zwangsläufig, ob und wann die Beziehung doch noch in die Brüche gegangen sein mochte und was Alina und ihr Großvater hier zu suchen hatten. Er machte sich jedoch nicht die Mühe, das in Erfahrung zu bringen. Kurz zuvor hatte Martins Schwiegermutter ihm nämlich erklärt, warum Martin bei der Trauung den Familiennamen seiner Frau angenommen hatte und nicht umgekehrt. Mels Mutter hatte allen Ernstes behauptet, sie seien Nachfahren von Karl dem Großen. Dessen Großvater sei Karl Martell gewesen, daher der Name. Unter Hitler habe ihre Familie Ahnenforschung betreiben müssen, da sei das herausgekommen.

Anschließend hatte Klinkhammer auch noch erfahren, dass Mels Eltern nicht verheiratet waren. Da hätte ihre Mutter den geschichtsträchtigen Namen gegen einen profanen eintauschen müssen. Damals war es noch üblich gewesen, dass Frauen bei der Hochzeit den Namen des Mannes aufgedrückt bekamen.

Er hatte an sich halten müssen, um nicht loszuprusten, und kämpfte noch gegen das Grinsen an, als Gabi ihn mit Alinas Großvater bekannt machte. Da hätte leicht ein falscher Eindruck entstehen können. Deshalb beließ er es bei einer höflichen Floskel und verkniff es sich auch, den älteren Herrn bezüglich einer Liaison seiner Enkelin mit dem Bräutigam ins Verhör zu nehmen.

Es waren auch noch andere da, die er gut kannte und lange nicht gesehen hatte, mit denen er sich lieber unterhielt und ein bisschen über den Hochadel lästern konnte. Gabis Tochter zum Beispiel mit ihrem Mann und dem knapp dreijährigen Töchterchen, einem Abbild der Mutter, wie er bei dieser Gelegenheit feststellte. Genauso hatte Martina in dem Alter ausgesehen. Und Gabis ältester Bruder, den Klinkhammer schon 1983 als besonnenen und vernünftigen Mann kennengelernt hatte. Und nicht zu vergessen Käthe Wilmers, die Cousine des ermordeten Taxifahrers, die bereitwillig geholfen hatte, als Gabi nach einem Selbstmordversuch bitter nötig Hilfe brauchte. Aber bei Käthe Wilmers lästerte Klinkhammer nicht. Die biedere, gutmütige Käthe war so stolz, dass ihr Junge, wie sie Gabis Sohn nannte, weil sie ihn praktisch aufgezogen hatte, mit Mel eine gute Partie gemacht hatte. »Stellen Sie sich vor, Herr Klinkhammer ...«

Dann kam noch mal die Geschichte von Karl dem Großen. Käthe Wilmers hatte es von Mels Bruder gehört. Joris Martell – der mit Alina einen Goldfisch an Land gezogen hatte, wie Klinkhammer kurz darauf von seiner Frau erfuhr. Damit erklärte sich ihm dann, warum Alina und ihr Großvater unter den Gästen waren: weil sie nun zur Familie gehörten.

»Ist das nicht verrückt«, sagte Ines. »Jahrelang hat Gabi befürchtet, Martin würde an Alina hängen bleiben. Nun ist sie seine Schwägerin. Auch nicht schlecht, oder? Wer regt sich schon darüber auf, wenn Schwager und Schwägerin sich gut verstehen? Ich hoffe für die Braut, dass es nicht mehr ist.«

Klinkhammer fragte sich, wie lange das gut gehen mochte: ein junges Paar, zwei Schwiegermütter, die beide einen an der Waffel hatten, und die langjährige Freundin oder Geliebte als Schwägerin. Auch eine Möglichkeit, sich einen Harem zuzulegen.

Der Verbindungsmann

Scholls Auskünfte weckten in Klinkhammer wieder den Verdacht, der ihm vor dreieinhalb Jahren gekommen war. Dass Martin die Beziehung zu Alina nie wirklich beendet hatte und Mel schon vor ihrer Hochzeit betrogen worden war. Warum Martin nicht Alina geheiratet hatte, war ihm ein Rätsel. Aber da er Gabis Sohn von klein auf kannte, nahm er an, dass Alina wie Martin zu der Sorte Mensch gehörte, die dermaßen von sich eingenommen ist, dass zwei Exemplare dieser Art nicht miteinander, manchmal allerdings auch nicht ohne einander leben können.

»Ihre Mutter nennt sie Mellie«, beantwortete er Scholls Stutzen. »Das ist eine Abkürzung von Melisande. So hieß eine Tochter Karls des Großen.«

»Wusste ich nicht«, gestand Scholl.

»Ich auch nicht, bis ihre Mutter es mir erzählte. Ihr Mann nennt sie Mel, das ist noch kürzer. Das hört sie auch lieber, glaube ich.«

»Wie gut kennst du sie?«, wollte Scholl nun wissen. »Ich frage wegen dem Hund. Vielleicht brauchen wir keinen Mantrailer.«

»Sondern?«, fragte Klinkhammer so neutral wie möglich.

Scholl zögerte sekundenlang, ehe er aussprach, was ihm zu schaffen machte: »Hältst du es für denkbar, dass Frau Martell das Baby gar nicht dabeihatte?«

»Wo sollte sie Luca denn deiner Meinung nach gelassen haben?« Mit Alina, Gabi und Karl dem Großen im Hinterkopf erfasste Klinkhammer nicht auf Anhieb, worauf Scholl hinauswollte.

»Vielleicht zu Hause im Gefrierschrank oder in einem Blumenkübel. Vielleicht hat sie ihn unterwegs irgendwo abgeladen.«

»Gibt es Anzeichen dafür?« Was ihm dabei unwillkürlich durch den Kopf schoss, wollte Klinkhammer nicht denken: Betrogene Frau bringt ihr Baby um, stellvertretend für den Vater des Kindes. Es traf meist die Schwächsten, die sich nicht wehren konnten.

Durchs Telefon hörte er, wie Scholl tief Luft holte, ehe er antwortete: »Keine konkreten. Bisher gibt es aber auch keine Zeugen, die das Baby in Bedburg gesehen haben. Und mir kommt es komisch vor, dass sie den Kinderwagen draußen stehen gelassen und nach Lucas Verschwinden nicht mal Ausschau nach möglichen Entführern gehalten hat. Die Nische ist vom Drogeriemarkt aus nicht einsehbar. Bei der Bäckerei hat sie den Wagen mit reingenommen, allerdings so gedreht, dass keiner sehen konnte, ob ein Kind drinsaß. Aber vielleicht hat es nichts zu bedeuten. Die Kassiererin meinte, Blondie hätte keine Hand frei gehabt, um den Wagen zu schieben.«

»Blondie?«, wiederholte Klinkhammer. Bei der Hochzeit war Mel pechschwarz gewesen. Wie Schneewittchen, hatte Ines gesagt. Alina sah ebenfalls aus wie Schneewittchen. Da war zwangsläufig der Eindruck entstanden, dass Martin eine Kopie zur Frau nahm, weil er das Original aus welchen Gründen auch immer nicht hatte an sich binden mögen oder können.

»Die Kassiererin nannte sie so«, erklärte Scholl. »Sie telefonierte und hatte den größeren Jungen an der Hand, als sie den Laden betrat. Dann hat sie sich gute zehn Minuten lang mit Kosmetikkram beschäftigt. Der Junge ist ein paarmal rausgelaufen.«

»Mäxchen«, sagte Klinkhammer automatisch. Ines nannte Martins Ältesten so, wenn sie ihm etwas erzählte, was sie von Gabi gehört hatte.

»Ja.« Scholl klang genervt. Ob wegen der Unterbrechung oder weil es überflüssig war, das Kind in dieser Situation beim Namen zu nennen, interessierte Klinkhammer nicht wirklich. »Als der Junge mit einem Lolly zurück in den Laden kam, hat Frau Martell sich aufgeregt. Dass ihr Baby im Kinderwagen unbeaufsichtigt draußen in dieser Nische lag, hat sie offenbar nicht gekümmert. Sie hat nicht mal einen Blick um die Ecke geworfen. Das finde ich komisch.«

Durchs Telefon war noch ein tiefer Atemzug zu hören: »Um ehrlich zu sein, Arno, ich finde es alarmierend. Es sind nur knapp über zwei Grad, und es weht ein fieser Wind. Bisher hat sie den Wagen jedes Mal mit reingenommen. Warum heute nicht? Und warum hat sie ihn nicht reingeholt, als sie hörte, dass draußen eine Frau herumgeistert, die an keinem kleinen Kind vorbeigehen kann?«

Woher hätte Klinkhammer das wissen sollen? »Jetzt lass uns den Ball mal flach halten«, bat er. »Die Frau im Poncho wurde gesehen. Man kennt sie in dem Laden, wenn auch nicht namentlich. Aber man weiß, dass sie ein Faible für kleine Kinder hat. Und im Schock reagiert kein Mensch immer genauso, wie andere es erwarten.« Davon abgesehen sollte Mel es mit ihren Pflichten als Hausfrau und Mutter nicht so genau nehmen.

Das sprach er nicht aus, um Scholl nicht noch zusätzlich negativ zu beeinflussen, der schien ja ohnehin nicht den besten Eindruck von Martins Frau zu haben. Es war auch nur Hörensagen. Ines hatte es – entschieden drastischer formuliert – letzten Sommer von Gabi gehört.

»Mel ist eine Schlampe, wie du eine zweite lange suchen musst«, hatte Gabi sich ereifert. »Morgens bekommt sie ihren Hintern nicht aus dem Bett. Martin steht um fünf auf, geht unter die Dusche, zieht sich an, versorgt die Kinder, macht die Wäsche und was sonst noch getan werden muss, ehe er zur Arbeit fährt. Luca wird wieder hingelegt und schläft noch eine Runde. Was soll der Kleine auch sonst machen mit seinen drei Monaten? Mäxchen spielt in seinem Zimmer, bis die Kuh endlich aufsteht. Wie sie sich tagsüber die Zeit vertreibt, weiß der Teufel. Wenn Martin abends nach Hause kommt und die Wäsche vergisst, liegt die nach drei Tagen noch in der Maschine und stinkt. Die tut nichts, Ines. Die schaut sich eine Koch-Show nach der anderen im Fernsehen an, brauchte unbedingt einen Herd mit Induktionsfeldern. Aber glaub nicht, dass sie den mal benutzt.«

Das von Gabi geschilderte Verhalten passte sowohl zu einer Schlampe als auch zu einer Frau, die resigniert hatte. Vielleicht wusste Mel von Martins Beziehung zur Schwägerin und schaffte es nicht, den Schlussstrich unter ihre Ehe zu ziehen. Sie vernachlässigte nur den Haushalt und flüchtete in die Scheinwelt des Fernsehens.

Aber es musste nicht unbedingt alles den Tatsachen entsprechen. Gabi neigte zu maßlosen Übertreibungen und Gezeter, wenn ihr etwas nicht passte oder nicht so lief, wie sie es für richtig hielt. Menschen, die nicht nach ihrer Pfeife tanzten, wurden grundsätzlich mit Schimpfworten tituliert. So war sie früher gewesen, und was Ines manchmal berichtete, klang nicht, als hätte sich daran etwas geändert.

Im September des vergangenen Jahres sollte Mel über eine Shoppingtour mit einer Freundin sogar vergessen haben, Max aus der Kita abzuholen. Da war Gabis Tochter angerufen worden, weil Martin seine Schwester als Erste auf die Liste der Personen gesetzt hatte, die benachrichtigt werden sollten, wenn kein Elternteil bei der Kita auftauchte. Nur hatte Martina keine Zeit gehabt und Gabi alarmiert. Die hatte Max abgeholt und ihr Auto bei der Kita stehen lassen müssen, weil sie keinen Kindersitz drinhatte.

Um sich den Heimweg etwas unterhaltsamer zu gestalten, hatte sie Ines angerufen. »Rate mal, mit wem ich gerade spazieren gehe. Du glaubst nicht, was die Kuh sich jetzt wieder geleistet hat. Lässt Mäxchen einfach in der Kita sitzen. Der arme kleine Kerl war schon ganz verzweifelt. Ich bin mal gespannt, was für eine Ausrede sie bietet, wenn sie sich traut, den Jungen bei mir abzuholen. Sag Hallo zu Ines, Mäxchen. Zu Ines müssen wir sehr lieb sein, sie hilft deiner Oma beim Geldverdienen.«

Das war so ziemlich das Letzte, was seine Frau ihm von Gabi und deren Gezeter über die Schwiegertochter berichtet hatte. Tags darauf hatte Ines nur noch die Shoppingtour mit einer Freundin erwähnt. In den letzten Wochen hatte sie nicht mehr von Gabi gesprochen, fiel ihm ein – vielmehr jetzt auf.

»Im Grunde kenne ich Mel gar nicht«, räumte er ein. »Ich habe sie bei ihrer Hochzeit das erste und einzige Mal gesehen und kaum ein Wort mit ihr gewechselt. Ihren Mann kenne ich seit dreißig Jahren, ihre Schwiegermutter noch länger.«

»Gabi oder Esther?«, fragte Scholl.

»Gabi«, sagte Klinkhammer. »Hat Mel von ihr gesprochen?«

»Nicht mit mir«, antwortete Scholl. »Rita hat Mutter und Kind übernommen. Ich hab's von der Kassiererin gehört. Frau Martell hat offenbar angenommen, der Junge hätte den Lolly von seiner Großmutter bekommen. Sie hat ihm eine Standpauke gehalten und Oma Gabi als Hexe bezeichnet.«

Ja, so konnte man Gabi durchaus titulieren. Im Mittelalter wäre sie wohl auf einem Scheiterhaufen gelandet. Wenn die Inquisitoren nicht vorher das Zeitliche gesegnet hätten.

Er verkniff sich die Zustimmung, sagte nur: »Wenn ich mein Pensum in Hürth erledigt habe und Luca bis dahin nicht gefunden ist, übernehme ich die Hexe. Besser, sie hört das von mir als von euch oder sonst wem.«

Das konnte er keinem von seinen Leuten überlassen. Gabis jüngstes Enkelkind verschwunden. Wahrscheinlich von einer verwirrten älteren Frau entführt, weil die schlampige Schwiegertochter den Kinderwagen mit Kind draußen stehen gelassen hatte. Wie er ihr das beibringen sollte, ohne dass ihm anschließend etwas um die Ohren flog, wusste er noch nicht.

Deshalb setzte er seine Hoffnungen auf Thomas Scholl und die Lautsprecherdurchsagen in Bedburg. Wenn in Kürze ein konkreter Hinweis auf die Frau in dem auffälligen Poncho einging und Luca bei ihr war, erübrigte sich ein Besuch bei Gabi.

Der Frontmann

Nachdem er Klinkhammer informiert hatte, bemühte Thomas Scholl sich darum, noch einmal ungestört mit Ilonka Koskolviak zu reden. Sie hatte bei der ersten Befragung behauptet, nicht auf die Frau mit dem kleinen Jungen geachtet und dem Mann am Foto-Sofort-Drucker nur erklärt zu haben, wie man Fotos von einem Stick zog. Das musste sie ihm sehr ausführlich erläutert haben, weil sie sich nach Auskunft ihrer Kollegin Meuser gute zehn Minuten mit dem Mann unterhalten und ihn zuvor ja auch schon wegen eines Deos beraten hatte.

Da sie sich außerdem mit Handschlag voneinander verabschiedet hatten, vermutete Scholl, dass Ilonka ihm in einem Vier-Augen-Gespräch mehr über diesen Mann erzählen konnte, als sie es im Beisein von Jutta Meuser hatte tun mögen. Ein Name, die Adresse oder wenigstens eine Telefonnummer wäre sehr hilfreich gewesen.

Nach den Zeitangaben, die Jutta Meuser gemacht hatte, war die Frau im Poncho erst vor der Glasfront aufgetaucht, nachdem dieser Mann den Laden verlassen hatte. Da er sich Richtung Durchgang gewandt hatte, hätte er das Baby im Wagen sehen müssen. Wie auch die beiden Teenies, die aus Richtung der Sparkasse gekommen waren und sich über den Mann amüsiert hatten. Wo diese Mädchen sich herumtrieben, wusste der Teufel. In dem Nachhilfekurs, den sie vorgeschoben hatten, als sie sich verdrückten, saßen sie nicht. Aber von ihnen hatte man zumindest Namen und Adressen, von dem Mann noch gar nichts.

Der Aufenthaltsraum wurde von Rita Voss, Melisande Martell und Max blockiert. Scholl fand ein ruhiges Fleckchen im hinteren Teil des Ladens, um auch dieses Gespräch aufzuzeichnen. Doch Ilonka musste ihn enttäuschen. Der Mann hatte ihr weder seinen Namen noch eine Telefonnummer verraten. Sie hatte ihn vorher auch noch nie im Laden gesehen, was sich mit Jutta Meusers diesbezüglichen Angaben deckte. Ilonka konnte jedoch eine sehr gute Beschreibung bieten.

Mitte bis Ende dreißig, etwa so groß wie Thomas Scholl, also gut eins achtzig. Kräftige Figur, aber nicht dick, mehr der Bodybuilder-Typ. Volles, dunkles Haar, graue Augen, auffällig großer Leberfleck neben dem linken Mundwinkel. Er hatte hochdeutsch mit starkem rheinischem Einschlag gesprochen, ein bisschen primitiv, fand Ilonka. Aber er war lustig gewesen, hatte ihr erzählt, dass er am Abend in Urlaub fliegen würde und dafür ein neues Deo haben möchte, etwas Exotisches, aber männlich. Außerdem hatte er sich erkundigt, ob sie aus Polen stamme, und einen Witz über Autos der Marke BMW gemacht. Die würden in Polen »Bald Mein Wagen« heißen.

Bekleidet gewesen war er mit einer dunkelblauen Jeans und einer hüftlangen schwarzen Winterjacke, Letztere höchstwahrscheinlich vom Versandhandel Bonprix. Dort bestellte auch Ilonka, und sie war sicher, die Jacke schon mehrfach in Katalogen gesehen zu haben. Auf seine Schuhe hatte sie nicht geachtet, nur auf seine Hände. Kein Ehering, aber eine Delle am rechten Ringfinger. Er sei garantiert verheiratet und auf der Suche nach Abenteuern, meinte Ilonka. Als er angerufen wurde, hatte er nach einem Blick aufs Handy gesagt: »Mein Kumpel, wurde auch Zeit.«

Er käme bestimmt mal wieder, meinte Ilonka. Beim Handschlag hatte er nämlich gesagt: »Bis demnächst. Wo ich jetzt weiß, was hier für schöne Frauen arbeiten, komm ich garantiert öfter.«

»Soll ich anrufen, wenn er wiederkommt?«, fragte Ilonka und bat um eine Visitenkarte. Ihr Mienenspiel machte deutlich, wie wichtig sie sich dabei fühlte. Scholl hatte keine Visitenkarte zur Hand, notierte ihr die Durchwahl zum KK11 auf einem liegen gelassenen Kassenbon, schickte auch diese Sprachdatei zu Jochen Becker nach Hürth und ging zum Aufenthaltsraum hinüber.

Rita Voss hatte sich ihrer Jacke entledigt und widmete sich dem kleinen Max, als Scholl eintrat. Mit untergeschlagenen Beinen saß sie neben dem Jungen auf dem Boden und betrachtete gemeinsam mit ihm die Bilder im Pixi-Buch. Der Anblick traf Scholl ebenso unerwartet wie Klinkhammers Weigerung, nach Bedburg zu kommen. Wenn man Rita Voss nur beruflich und als ehrgeizige Kratzbürste kannte, traute man ihr gar nicht zu, dass sie sich so liebevoll mit kleinen Kindern beschäftigen konnte.

Melisande Martell saß am Tisch und wirkte geistig weggetreten. Von ihm nahm sie keine Notiz, schaute zwar in Richtung Tür, aber an ihm vorbei in Bereiche, die wohl nur sie einsehen konnte.

»*Mellie*«, hatte er noch einmal Klinkhammers Stimme im Kopf. »*Ihr Mann nennt sie Mel, das ist noch kürzer.*« Passte auch besser. Unter »Mellie« stellte Scholl sich etwas Kleines, Pummeliges, kindlich Schutzbedürftiges vor, nicht so was modellmäßig Fleischloses. Knochige Finger, ein schmales, verweintes Gesicht und ein langer dünner Hals, der ihn unweigerlich an einen Flamingo denken ließ.

Max blickte hoch und lächelte ihn an. Ritas Miene spiegelte ihre Erwartung bezüglich der Bäckerei an der Graf-Salm-Straße und weiterer Zeugen, die das Baby im Wagen gesehen hatten. Als Scholl ihr mit einem bedauernden Kopfschütteln zu verstehen gab, dass er damit nicht dienen konnte, signalisierte sie ihm mit einem Wink, jetzt sei Aufmerksamkeit geboten. Dann tippte sie auf ein Bildchen im Buch und fragte: »Und was ist das?«

»Eine Bume«, sagte Max.

Ritas Finger rutschte ein Stückchen nach oben. »Und das ist der Mond«, behauptete sie.

Max lachte hell über die Dummheit einer Erwachsenen, ehe er sie aufklärte: »Nein, das ein Sonne scheine.«

»Was du alles weißt«, lobte Rita ihn und erkundigte sich beiläufig: »Weißt du denn auch noch, was die liebe Oma gemacht hat, die dir den Lutscher geschenkt hat?«

Max legte ein Fingerchen an seine Lippen und machte: »Pst.«

»Und dann?«, fragte Rita. »Was hat sie dann gemacht?«

»Hat mein Buder auch eins geben«, erklärte Max gewichtig.

»Und was ist danach passiert?«

»Mama hat mich schimpft und so nehmt.« Max schlang seine kurzen Ärmchen um den eigenen Leib, um den Griff zu demonstrieren, mit dem Mel ihn sich unter den Arm geklemmt und nach hinten in den Laden geschleppt hatte.

»Ein unverbogener Zeuge«, kommentierte Rita Voss, stand

vom Boden auf und klopfte etwas Staub von ihrer Jeans. »Seine sprachlichen Fähigkeiten sind noch nicht voll ausgereift. Aber ich habe ihn gut verstanden. Du auch?«

Scholl nickte und revidierte seinen ersten Eindruck. Rita und ihre perfide Verhörtechnik, die Klinkhammer gerne mit Akupunktur verglich. Sie setzte gezielt Nadeln, bis sie den richtigen Nerv traf. Von wegen liebevoller Umgang mit kleinen Kindern. Vermutlich war es Rita nicht vordringlich darum gegangen, den Jungen zu befragen und abzulenken. Sie hatte seiner Mutter mit seiner Hilfe einen Spiegel vorgehalten.

Er musterte wieder die junge Frau am Tisch. Plötzlich kam sie ihm vor wie ein Häufchen Elend, das unvermittelt von der Realität überrannt worden war. Er hätte wetten mögen, dass es in Mels Welt bisher keine negativen Aspekte gegeben hatte, nur schöne, schlanke, junge Menschen und perfekte Kinder, wie man sie aus der Werbung und diversen Fernsehserien kannte.

Ob sie in Schuldbewusstsein erstarrt war, weil sie sich gerade zum wiederholten Mal hatte anhören müssen, was ihr Sohn zum Besten gab, war nicht festzustellen. Ihre Miene zeigte keine Regung, als sie dumpf erklärte: »Er hat nur gerufen: ›Mama, guck!‹ Ich dachte, er will irgendetwas haben.«

Da sie ihn nicht anschaute, ersparte Scholl sich einen Kommentar, fragte sich nur, wie sie sich fühlen mochte nach der Erkenntnis, dass sie die Entführung ihres jüngsten Sohnes vielleicht hätte verhindern können, wenn sie dem älteren die notwendige Aufmerksamkeit geschenkt hätte und mal nach draußen gegangen wäre, statt die Lippenstiftauswahl zu studieren.

Er stellte die üblichen Fragen, obwohl er annahm, dass Rita das schon getan hatte. Aber Rita hatte garantiert nichts aufgezeichnet, und doppelt genäht hält besser. So deckte man auch relativ schnell kleine Widersprüche auf. Er hütete sich, die Frau im Poncho näher zu beschreiben oder auf die Bekleidung hinzuweisen, fragte Mel nur, ob ihr auf dem Weg von der Bäckerei zum Drogeriemarkt irgendwelche Personen besonders aufgefallen waren. Oder schon vorher. Hatten sie oder ihr Mann

Feinde oder Schulden? Hatte sie sich in den letzten Tagen oder Wochen beobachtet gefühlt? Hatte es merkwürdige Anrufe gegeben oder welche, bei denen aufgelegt wurde, wenn sie oder ihr Mann sich meldeten? Hatte sie einen Verfolger oder eine Verfolgerin bemerkt?

»Wieso denn einen Verfolger?«, fragte Mel, bis dahin hatte sie alles verneint. »Die Leute hier meinen doch, die Frau mit den Lollys hätte Luca mitgenommen.«

»Davon gehen wir vorerst aus«, antwortete Scholl. »Aber wir dürfen andere Möglichkeiten nicht außer Acht lassen.«

Er wandte sich an Rita, ohne Klinkhammer namentlich zu erwähnen. Mel sollte nicht in den Glauben versetzt werden, dass ein Freund der Familie die Ermittlungen leitete. Was Klinkhammer ja auch nicht vorhatte. Inzwischen hatte Scholl eingesehen und sich damit abgefunden, dass Klinkhammer sich nur an die Regeln hielt, seine Arbeit machte und die Grenze akzeptierte, die es in diesem Fall für ihn gab. Persönliche Betroffenheit und damit einhergehende mangelnde Objektivität führten nicht unbedingt zu raschen Erfolgen.

»Der Chef möchte, dass du Frau Martell nach Hause begleitest.« Wahrscheinlich hätte er es nicht mal aussprechen müssen. Von Ritas Miene war abzulesen, dass sie damit gerechnet hatte. Vermutlich fühlte sie sich jetzt wieder als Frau diskriminiert.

Er schaute wieder zu Mel: »Ist das in Ordnung für Sie?« Weil sie nicht sofort reagierte, wiederholte er die Frage mit Zusätzen: »Ist es in Ordnung für Sie, wenn meine Kollegin Sie und Ihren Sohn nach Hause fährt? Sie sind doch sicher mit dem Auto hier, oder?«

Mel nickte.

»Geben Sie Frau Voss den Schlüssel«, bat Scholl. »Sie sollten jetzt nicht selbst fahren und auch nicht alleine sein. Hierbleiben können Sie nicht. Für Max ist es am besten, wenn er nach der Aufregung wieder in eine vertraute Umgebung kommt.«

Er rechnete mit Protest, dass Mel, wenn schon nicht im Drogeriemarkt, dann aber auf jeden Fall in Bedburg bleiben wollte, bis ihr Jüngster gefunden war. Doch sie nickte noch einmal, löste das Schlüsselband vom Gürtel, reichte es Rita und fragte nur: »Und was ist mit der verrückten Frau? Wo suchen Sie denn nach ihr? Was ist mit Luca?«

»Wir tun alles, was in unserer Macht steht, um Ihren kleinen Sohn so schnell wie möglich heimzubringen«, versicherte Thomas Scholl. »Und wir haben einen vielversprechenden Ansatz.« Es wirkte beruhigend, so etwas zu sagen, auch wenn es nicht den Tatsachen entsprach. Weil Rita ihn mit skeptisch gekrauster Stirn musterte, fügte er hinzu: »Ein Mann hat den Laden zum fraglichen Zeitpunkt verlassen und vielleicht etwas von Bedeutung gesehen.«

Mel brauchte offenbar einige Sekunden, um den Sinn dieser Auskunft zu begreifen. Dann wollte sie wissen: »Welcher Mann?«

»Ein Kunde. Vielleicht haben Sie ihn bemerkt. Er sprach mit einer Angestellten, als Sie in den Laden kamen.«

»Darauf habe ich nicht geachtet«, murmelte Mel kaum hörbar.

Das hatte Scholl sich schon gedacht. »Als er den Laden verließ, hat dieser Mann Ihren Sohn erschreckt«, fuhr er fort und konnte sich nicht verkneifen, hinzuzufügen: »Darauf haben Sie sicher auch nicht geachtet. Der Mann könnte draußen beobachtet haben, wie die Frau mit dem Baby im Durchgang verschwand. Vielleicht ist er ebenfalls zum Schlossparkplatz gegangen und hat sogar noch gesehen, in welche Richtung sie sich wandte. Wenn er hört, was geschehen ist, meldet er sich sicher sofort.«

Mels Miene nahm wieder einen geistesabwesenden Ausdruck an, als versuche sie, sich an den Mann zu erinnern, was ihr wohl nicht gelang. Nach einem kaum merklichen Kopfschütteln strich sie sich mit einer Hand über die verweinten Augen und erhob sich. »Kann ich bitte zur Toilette gehen, ehe wir losfahren?«

»Sicher«, sagte Rita Voss.

Die paar Minuten, die Mel in der Personaltoilette verbrachte, nutzten sie, um sich auszutauschen. Rita Voss hatte der Demonstration mit dem Bilderbuch nichts von Bedeutung hinzuzufügen. Scholl informierte sie über Klinkhammers Bekanntschaft mit der Familie und die Abkürzungen des Vornamens. Manchmal half es, Leute in Ausnahmesituationen persönlicher anzusprechen. Und »Mel« hatte den Vorteil, dass es erwachsen klang.

Der Verbindungsmann

Bei Klinkhammers Eintreffen in der Dienststelle Hürth war der Mantrailer aus Brühl bereits auf dem Weg nach Bedburg. Dafür hatte Jochen Becker gesorgt. Er hatte auch schon die Staatsanwaltschaft Köln informiert und war dabei, die bisherigen Informationen einschließlich der von Scholl übermittelten Zeugenaussagen ins Computersystem einzupflegen. Dass Klinkhammer ihm noch eine zusätzliche Recherche aufbürdete, störte ihn nicht weiter.

Klinkhammer hoffte zwar auf einen schnellen Erfolg durch Hinweise aus der Bevölkerung, aber er wäre nicht er gewesen, hätte er sich nicht auch Gedanken gemacht über das: *und wenn nicht*. Damit hatte er sich während der Fahrt beschäftigt und sah sich bei seiner Ankunft bestätigt.

Es hatte sich noch niemand gemeldet, der die Lolly-Frau mit Namen kannte oder wusste, wo sie wohnte. Das konnte verschiedene Gründe haben. Nach ihrer Personenbeschreibung ging Klinkhammer davon aus, dass sie nicht in kleinen Läden kaufte, wo man die Kundschaft auch heutzutage noch gerne mit Namen ansprach. Kleine Läden waren in der Regel teurer als Supermärkte und Discounter, wo man keinen fragte, wie er hieß und wo er wohnte. Wo man auch nicht hörte, wenn draußen Streifenwagen vorbeifuhren und über Lautsprecher um Aufmerksamkeit baten.

Den auffälligen Poncho musste man in ihrer Nachbarschaft häufig gesehen haben. Nur lebten viele Nachbarn heutzutage nach dem Motto: *Was geht's mich an?* Und das persönliche Umfeld schreckte vielleicht davor zurück, einer geistig verwirrten Person die Polizei auf den Hals zu hetzen, wenn es diese Person für harmlos hielt.

Aber möglicherweise war die Frau schon mit Gesetzeshütern kollidiert, weil sie die Mütter nicht um Erlaubnis fragte, ob sie einem Kind Süßigkeiten geben dürfe. Wenn es deswegen mal zu einer Anzeige oder Beschwerde gekommen war, konnte man die Frau im Poncho auch ohne konkrete Angaben im System aufspüren. Wenn nicht im Computer, weil der Vorfall als harmlos eingestuft und nicht ordnungsgemäß zu Protokoll genommen worden war, dann eben mit einer Nachfrage bei den Bezirksdienstbeamten.

Ein weiterer Ansatzpunkt waren die Motive, die man einer Frau unterstellen konnte, die sich zu einer spontanen Kindesentführung hinreißen ließ. Wenn man einen schwer kriminellen Hintergrund ausschloss, was Klinkhammer schon um des eigenen Seelenfriedens willen tat, sah er zwei Möglichkeiten.

Erstens: ein unerfüllter Kinderwunsch. Solche Fälle kannte er nur vom Hörensagen. Und diese Frauen waren selten älter, wobei das natürlich ein dehnbarer Begriff war. Aber sie bedienten sich meist auf Säuglingsstationen, handelten nicht in böser Absicht, konnten trotzdem zu einer Gefahr fürs Kind werden, wenn es nicht so rosig lief, wie sie sich das ausgemalt hatten, weil ein Baby nun mal keine Puppe war, die man aufs Sofa setzte.

Solche Frauen hatten meist wenig oder überhaupt keine Ahnung, wie man mit einem lebendigen Wesen umging, das sich nicht verständlich äußern konnte, nur wie am Spieß brüllte, weil es Hunger hatte oder Blähungen oder eine volle Windel. Was da alles passieren konnte, durfte er sich gar nicht ausmalen, tat es natürlich trotzdem und bekam höllisches Sodbrennen.

Leider konnte kein noch so versierter Computerfreak Frauen mit psychischen Problemen aufspüren, wenn sie in der Öffentlichkeit noch nicht unangenehm aufgefallen waren. Mit der zweiten Möglichkeit sah das anders aus. Um Frauen ausfindig zu machen, die ein Kind verloren hatten, konnte man Melderegister durchforsten.

Die Engelsucherin – 2003 bis 2014

Dass Anni Erzig ihren Glauben an ein wundervolles Miteinander im Himmel verlor und mit vermeintlichen Séancen nicht bis auf den letzten Cent ausgenommen wurde, verdankte sie einem unvorsichtigen Autofahrer, den sie nie kennenlernte, einem übergewichtigen Jungen von siebzehn Jahren und der sechzehnjährigen Tochter der Betrügerin.

An einem regnerischen Märztag klingelte Anni zur üblichen Zeit an der Tür des Bungalows in Kirchherten. Das angebliche Medium war nicht daheim und die Tochter nicht allein. Während das Mädchen durch die Diele zur Tür kam, sprach es mit dem Jungen – laut genug, um draußen von Anni verstanden zu werden: »Mach mal aus, das ist die beknackte Alte. Bei der muss man vorsichtig sein, sagt meine Mutter immer. Die glaubt jeden Scheiß und kriegt das mit den Engeln vielleicht in die falsche Kehle.«

Dann ging die Haustür auf, das Mädchen lächelte Anni an, so freundlich, so falsch, als wäre kurz vorher kein Wort gefallen. »Meiner Mutter ist einer ins Auto gefahren«, sagte es. »Die ist noch in der Werkstatt und wartet auf einen Leihwagen, dauert aber nicht mehr lange. Wollen Sie hier warten oder lieber eine halbe Stunde spazieren gehen?«

Angesichts der Witterung entschied Anni sich fürs Warten. Das Mädchen schickte sie in ein mit Kitsch überfrachtetes Wohnzimmer und ging zurück in sein Zimmer. Die Tür schloss es nicht ganz hinter sich, hatte auch die Wohnzimmertür offen gelassen, vielleicht um Anni im Auge zu behalten. Durch den Türspalt sah Anni den übergewichtigen Jungen, der sich auf einem Bett fläzte. Er hielt eine Fernbedienung in der Hand.

»Nee, lass jetzt«, hörte Anni das Mädchen fordern. »Meine Mutter wird sauer, wenn die Alte ...«
Den Rest verstand Anni nicht, weil der Junge sich nicht um den Einwand kümmerte. Er drückte eine Taste auf der Fernbedienung und sagte noch: »Ich find's aber geil.«
Im nächsten Moment hörte Anni wüste Musik und eine Männerstimme in einer Art Sprechgesang das verkünden, was sie ihrem kleinen Sohn nach dem Tod seines Vaters weisgemacht hatte:
»Wer zu Lebzeit gut auf Erden, wird nach dem Tod ein Engel werden.«
Anni konnte gar nicht anders, steuerte wie eine Marionette an Fäden die offene Tür an, durchquerte die Diele, während die Männerstimme fortfuhr:
»Den Blick gen Himmel fragst du dann, warum man sie nicht sehen kann.«
Als Anni den Türspalt erreichte, sah sie einen Fernseher. Über den Bildschirm flimmerten wüste Szenen, passend zu der Musik. Männer in schwarzen Anzügen. Eine Frau mit einer Schlange um den Körper. Eine Bar, an der Alkohol in Strömen floss. Und Engel mit schwarz umrandeten Augen und kleinen Stummelflügeln hockten in einem Käfig, streckten bittend und Hilfe suchend ihre Hände aus und sangen:
»Erst wenn die Wolken schlafen gehen, kann man uns am Himmel sehen. Wir haben Angst und sind allein.«
Und der Mann schrie: *»Gott weiß, ich will kein Engel sein.«*
In Annis Hinterkopf wisperte das angsterfüllte, dünne Stimmchen ihres Sohnes: *»Mami, ich will kein Engel sein.«*
Der Mann fuhr fort mit seinem Sprechgesang: *»Sie leben hinterm Sonnenschein, getrennt von uns, unendlich weit. Sie müssen sich an Sterne krallen, damit sie nicht vom Himmel fallen.«*
Anni schaute wie gebannt auf den Bildschirm und spürte das Zittern im Innern. Diese Stummelflügel. Davon hatte ihr Sohn doch auch gesprochen an seinem letzten Abend. *Ihre Flügel sind viel zu klein. Sie müssen sich an Sternen festhalten,*

damit sie nicht herunterfallen. Das waren seine Worte gewesen. Er hatte es gewusst.

In ihrem Kopf knisterte es, als hätte man sie unter Strom gesetzt. Die Engel im Käfig wiederholten: »*Erst wenn die Wolken schlafen gehen, kann man uns am Himmel sehn. Wir haben Angst und sind allein* ...« Und wieder brüllte der Mann: »*Gott weiß, ich will kein Engel sein!*«

In dem Lärm hörte Anni nicht, dass draußen ein Schlüssel eingesteckt und umgedreht wurde. Die Betrügerin stürmte in die Diele, erfasste die Situation mit einem Blick, zerrte Anni von dem Türspalt weg, stieß die Tür so heftig auf, dass die mit der Klinke gegen einen Schrank schlug, und herrschte das Mädchen an: »Mach sofort den Scheiß aus. Was hab ich dir gesagt? Habt ihr 'nen Knall, so was laufen zu lassen, wenn Frau Erzig dabeisteht?«

Der übergewichtige Junge, der die Fernbedienung hielt, gehorchte auf der Stelle. Das Mädchen wollte etwas sagen, sich vermutlich rechtfertigen. Anni kam dem zuvor. »Ich möchte das aber sehen«, verlangte sie mit bebender Stimme.

»Wozu denn?«, fragte die Betrügerin und klang dabei so falsch wie das Lächeln ihrer Tochter beim Einlass. »Rammstein ist doch keine Musik für uns, Frau Erzig. Wir hören uns lieber etwas von Bach an. Und dann versuchen wir ...«

Anni wollte nichts mehr hören an dem Tag. Sie ließ die Betrügerin stehen, ging durch den strömenden Regen zurück zur Bushaltestelle an der Kirche und fühlte sich so allein wie seit Langem nicht mehr, einer Hoffnung beraubt, an der sie sich aufrecht gehalten hatte.

Die Fernsehbilder flimmerten ihr vor Augen, im Kopf hallten die eben gehörten Zeilen. *Sie leben hinterm Sonnenschein, getrennt von uns, unendlich weit. Sie müssen sich an Sterne krallen, damit sie nicht vom Himmel fallen ...*

Ihr Verstand, durch den Verlust all ihrer Lieben, durch Trauer und Einsamkeit schwer geschlagen, mühte sich ab zu begreifen, dass man sie jahrelang betrogen hatte. Ihr etwas vorgegaukelt.

Ihre Leichtgläubigkeit, vielmehr ihr Bedürfnis nach Trost und einem Lichtblick schamlos ausgenutzt.

Dabei hatte ihr kleiner Sohn mit seinem hellen Köpfchen kurz vor seinem Tod den himmlischen Schwindel durchschaut. Jemand musste es ihm gesagt haben, und er hatte sie aufklären wollen. Sie hätte ihm nur glauben, ihn fragen müssen, was denn geschah, wenn die Engel sich nicht fest genug krallten, weil sie zu klein waren und ihnen die Kraft fehlte.

Nun musste sie ihren zerschlagenen Verstand mit diesen Fragen martern. Schwirrten die Engel dann hilflos in dem großen, dunklen Loch herum, das man Himmel nannte? Nein, der Mann hatte gesagt: »*... damit sie nicht vom Himmel fallen.*« Vermutlich wurde ihnen die Erdanziehungskraft zum Verhängnis, wenn sie der Erde zu nahe kamen. Verglühten sie in der Atmosphäre?

Anni schaute nur selten fern, aber irgendwann hatte sie so etwas gesehen. Einen Fernsehbeitrag, in dem es um schadhafte Hitzeschutzkacheln gegangen war, die den Wiedereintritt in die Erdatmosphäre nicht überstanden. Kacheln wohlgemerkt, hartes Material, und trotzdem fing es zu brennen an. Um wie viel schneller ging das bei einem kleinen, zarten Körper? Es musste sich angefühlt haben wie das Höllenfeuer. Was für eine schreckliche Vorstellung, und so ungerecht. Ihr Sohn war ein so lieber Junge gewesen, so klug, so geduldig, so aufrichtig und besorgt um sie – bis zum letzten Atemzug.

Die Jahre danach waren für Anni eine endlose Qual. Das Bewusstsein, so viel Geld für Lügen gezahlt zu haben, machte sie ganz krank. Hinzu kamen der neu aufgeflammte Schmerz über den Verlust ihres Sohnes, die wieder erwachte Trauer um ihren Mann und die Eltern, die entsetzliche Einsamkeit und die vergebliche Suche nach Antworten.

Was geschah denn nun mit den kleinen Engeln, deren Kraft erlahmte? Verglühten sie tatsächlich in der Atmosphäre? Waren das die Sternschnuppen, die sich manchmal in Schwärmen der Erde näherten? Monatelang saß sie Nacht für Nacht am Küchenfenster, beobachtete den Himmel und sah nichts, was ihr Aufschluss gegeben hätte.

Unfähig, aus eigener Kraft dem Sog ihrer Gedanken zu entkommen, verließ Anni ihre kleine Wohnung bloß noch, um das Grab zu pflegen und Besorgungen zu machen, was sie meist auf einem Weg erledigte. Ihren Sohn hatte sie im Familiengrab beim Vater und ihren Eltern beisetzen lassen. Und in all dem Elend tröstete sie nur der Gedanke, dass alle vier, wenn schon nicht auf einer höheren Ebene vereint, wenigstens beieinander in der Erde lagen.

Einmal fragte sie einen alten Priester, den sie zufällig auf dem Friedhof traf, als sie das Grab ihrer Lieben besuchte. Der Priester hörte ihr zu, aber er verstand ihre Fragen nicht. An Sterne krallen, vom Himmel fallen?

»Wie kommen Sie denn auf solche Gedanken, gute Frau?«, fragte er seinerseits, verwies auf die Gnade des allmächtigen Gottes, auf das Jüngste Gericht, die Auferstehung der Toten, und versprach, sie werde ihren Mann, ihren Sohn, ihre Eltern, sie werde alle wiedersehen, die ihr vorangegangen seien.

Das lief auf dasselbe hinaus, was das angebliche Medium ihr weisgemacht hatte. Und daran konnte Anni nicht mehr glauben. Aber wie und wo sollte ein menschlicher Verstand, der haltlos in einem großen, schwarzen Loch trieb, einen neuen Glauben oder Antworten finden, die kein Lebender geben konnte?

Auch tagsüber saß sie stundenlang auf der Bank am Küchenfenster, suchte dann aber nicht den Himmel ab wie in den Nächten, verlor sich stattdessen in Erinnerungen.

Gegenüber dem Fenster, auf der anderen Straßenseite, war eine Brache, dort stand ein alter Kirschbaum. Drei mächtige Äste gingen vom Stamm ab, mehr in die Breite als in die Höhe. Ehe ihr Sohn erkrankt war, hatte sie dort mehrfach Kirschen für ihn gepflückt, die prallen, fast schwarzen. Wenn man sie zeitig genug vom Baum holte, konnte man sie unbedenklich essen, obwohl sie dann noch nicht ihr volles Aroma entfaltet hatten. Aber später waren sie voller Maden.

Ihr Sohn hatte unten gestanden und die Leiter gehalten. »Ich passe auf, dass du nicht herunterfällst, Mami.« Das klang ihr noch im Ohr. Und sich daran zu erinnern war jedes Mal wie ein Messer in der Brust, weil sie nicht auf ihn hatte aufpassen können und nicht wusste, was aus ihm geworden war.

Wenn sie lange genug hinschaute, war ihr manchmal, als stünde er wieder da unten vor dem Baum, so nahe am Stamm, dass er mit der borkigen Rinde verschmolz. Einmal sah sie sogar, dass er ihr zuwinkte, als wolle er sie auf etwas aufmerksam machen. Kurz darauf sah sie ihn dann ein Stück weiter oben dicht unter der Gabelung, als sei er nun mit dem Holz verwachsen.

Es dauerte gar nicht lange, da sah sie noch andere Gesichter in der Rinde, je nachdem, wie sie den Kopf hielt. Wenn sie ihn ein wenig zur linken Schulter neigte, erkannte sie ihren Vater, hob sie in dieser Haltung das Kinn etwas an, entdeckte sie ihre Mutter. Ihren Mann fand sie erst, nachdem sie sich eine preiswerte Lesebrille geleistet hatte. Mit dieser Sehhilfe sah sie sein liebevolles Gesicht kleiner als die anderen, aber ganz deutlich oberhalb der Gabelung im stärksten der drei Äste.

Danach war es so manchen Nachmittag, als hätte sie kein einziges Mitglied ihrer Familie verloren. Sie musste nur auf der Küchenbank sitzen und hinaus zum Kirschbaum schauen, dann waren sie alle da. Und so hätte es bleiben können. Doch dann erfuhr ihr Leben eine Wendung, von der Anni zu Anfang nicht wusste, ob sie diese als positiv oder negativ bewerten sollte.

Die Polizistin

Gegen halb vier verließen Rita Voss, Mel und Max den Drogeriemarkt. Mel wirkte ruhig und gefasst, als hätte sie Hoffnung geschöpft, dass der von Scholl erwähnte Kunde die Polizei zu ihrem Baby führen würde. Trotzdem befürchtete Rita Voss eine hysterische Krise, als Mel bei dem zwischenzeitlich mit einer Plane abgedeckten Babyjogger stehen blieb. Aber sie stockte nur kurz und ging dann weiter zum Durchgang.

Ihr Auto, einen älteren Honda Civic, hatte Mel unmittelbar hinter den an der Lindenstraße gelegenen Gebäuden auf einem der für Sparkassenkunden reservierten Plätze abgestellt. Da sie ein gutes Stück größer war als Rita Voss, stellte die Oberkommissarin sich erst mal Fahrersitz und Spiegel ein. Mel legte währenddessen die kleine Tüte vom Drogeriemarkt zu anderen Einkäufen hinter die Heckklappe und schnallte ihren Ältesten in seinem Kindersitz an, hineingekrabbelt war Max alleine. Der leere Sitz daneben machte Rita Voss die Kehle eng.

Ehe sie losfahren konnten, meldete sich Klinkhammer. Thomas Scholl hatte sich nach der Konfrontation mit dem *unverbogenen Zeugen* Max darum bemüht, seine Überlegungen zum Baby im Gefrierschrank oder Blumenkübel zu entschärfen. Aber gesagt war gesagt, zurücknehmen ließ sich das nicht. Und Klinkhammer hatte ja ebenfalls schon in diese Richtung gedacht.

Wenn Martin seine Finger nicht von Alina lassen konnte und Mel wusste, dass sie betrogen wurde ... Er wollte das nicht zu Ende denken, durfte es aber auch nicht ausschließen und wollte von Rita Voss wissen, ob die Mutter Probleme habe oder mache, ob er jemanden zur Unterstützung schicken solle, vielleicht einen Notfallseelsorger, oder ob sie alleine klarkomme.

Sie beantwortete die ersten Fragen knapp mit Nein und die letzte mit der pikierten Gegenfrage: »Zweifelst du daran?«

»Nein«, sagte Klinkhammer. »Hat Thomas dir gesagt, dass ich ein Bekannter der Familie ...«

In der Annahme, er wolle sie auf behutsames Vorgehen einschwören, ließ Rita Voss ihn nicht weiterkommen. »Ja.«

»Thomas hatte ein blödes Gefühl«, sagte Klinkhammer. »Das hat sich aber offenbar schon erledigt, oder? Es steht doch fest, dass Mel den Kleinen dabeihatte, oder?«

Mit den fragenden »oder« klang es bei Weitem nicht so fest und sicher, wie Rita Voss es von einem Bekannten der Familie erwartet hätte. »Glaubst du das nicht?«, wollte sie wissen.

»Es geht nicht um das, was ich glaube«, wich Klinkhammer aus. »Könnte sein, dass ihr Mann fremdgeht, dass sie es weiß und ... Na ja, du weißt schon, worauf ich hinauswill.«

Rita Voss dachte an Mels Hinweis auf die top gestylten Frauen, mit denen Martin angeblich beruflich zu tun hatte. Armes Ding, dachte sie und sagte: »Ich schätze, das können wir ausschließen.«

»Freut mich zu hören«, erwiderte Klinkhammer. »Aber damit es nachher nicht heißt, wir hätten das Naheliegende nicht in Betracht gezogen, weil ich die Leute kenne, verlasse ich mich darauf, dass du dich im Haus gründlich umsiehst und Mel auf den Zahn fühlst.«

Mit anderen Worten, er erwartete, dass seine Verhörspezialistin ihre Akupunktur zum Einsatz brachte. »Verstehe«, sagte sie.

Mel nahm offenbar an, sie telefoniere mit Scholl, und erkundigte sich mit zittriger Stimme: »Hat der Kunde sich gemeldet? Was hat er denn gesagt?«

»Mein Kollege ist noch auf dem Weg zu ihm«, behauptete Rita Voss der Einfachheit halber. Dann konnte sie später immer noch sagen, es habe sich nur einer wichtigmachen wollen.

Klinkhammer beendete das Gespräch mit der Bitte, ihn sofort zu kontaktieren, falls ihr etwas verdächtig oder ungewöhnlich vorkomme oder ein Problem auftauche, sei es mit der Mutter, dem Vater oder einer Großmutter.

Ehe sie sich unverfänglich erkundigen konnte, ob denn mit Schwierigkeiten zu rechnen sei und wenn ja, von welcher Seite, fragte Mel: »Ihr Kollege wird Ihnen doch durchgeben, was der Mann gesehen hat, oder?«

»Natürlich«, beruhigte sie Mel, obwohl sie nicht davon ausging, dass Scholl oder sonst wer ihr zwischendurch etwas berichtete, was nicht von besonderer Bedeutung war. Sie versprach sich vom *Buhmann* auch keine Hilfe. Selbst wenn der Typ gesehen haben sollte, wie die Frau im Poncho das Baby aus dem Wagen nahm und mit ihm davonging – Blödmänner, die kleine Jungs erschreckten, hatten anderes im Kopf, als einer älteren Frau mit einem Baby nachzuschauen oder ihr gar zu folgen.

Sie steckte ihr Handy ein und steuerte vom Parkplatz auf die Zufahrt zur Kreisstraße 37n, um über Kirdorf nach Niederembt zu fahren. Das war der kürzeste Weg.

Während der Fahrt knetete Mel auf dem Beifahrersitz ihr Handy, als wolle sie eine erlösende Nachricht herauspressen. Max beschäftigte sich im Fond mit dem Pixi-Buch. Den Tic-Tac-Spender hatte er auf dem Weg zum Parkplatz in seinen Anorak gesteckt mit dem altklugen Hinweis, der nach einer Ermahnung klang: »Darf nicht alle aufessen.«

Rita Voss warf einen verstohlenen Blick zur Seite und fand, abgesehen von den knetenden Händen, säße Mel da wie ein Stein. Machte sich jetzt der Schock bemerkbar? Oder Schuldbewusstsein? Erfasste sie auf dem Beifahrersitz mit nur einem Kind im Wagenfond erst richtig, was geschehen war und was noch alles geschehen konnte? Hoffentlich blieb sie ruhig. Wer wollte denn eine Person herumkutschieren, die plötzlich die Fassung verlor und hysterisch wurde, weil sich hinter ihrer glatten Stirn ein Horrorszenario entwickelt hatte?

Wäre damals ihre Tochter entführt worden, gestand Rita Voss sich ein, sie wäre vollkommen durchgedreht, hätte sich garantiert die schrecklichsten Szenen ausgemalt, bis hin zu einer Satansmesse mit Blutopfer. Sie hätte sich keinesfalls nach Hause fahren lassen, hätte alle Welt verrückt gemacht, wohl wissend, dass sie die Arbeit der Polizei behinderte, statt in irgendeiner Weise nützlich zu sein.

Allein die Vorstellung eines Babys, das von einer als geistig verwirrt bekannten Frau entführt worden war ... Rita Voss hatte dabei unweigerlich ihre Tochter als Säugling vor Augen – und ein raubvogelartiges Wesen mit Warze auf der Hakennase, das so ein wehrloses kleines Geschöpf in seinen Klauen hielt.

Die Adresse hatte Scholl ihr genannt, lange suchen musste sie nicht. Ein Neubaugebiet am Ortsrand von Niederembt, wobei die Bebauung teilweise schon etwas älter war. Ihr Ziel war ein schnuckeliges Häuschen, das vor etwa zehn Jahren entstanden sein mochte. Sie parkte am Straßenrand, stieg aus und ließ den Blick von der Fassade über den Vorgarten schweifen.

Zwischen Ziersteinen wuchsen ein paar winterharte Grünpflanzen. Aber wahrscheinlich wuchsen die um diese Jahreszeit gar nicht. Sie hatte kein Händchen für Pflanzen und keine Ahnung. Aber was das Haus anging: Von so was hatte sie vor ihrer Hochzeit geträumt. Über die Finanzierung von Träumen hatte sie sich damals keine Gedanken gemacht. Zu der Zeit hatte sie auch noch geglaubt, dass man Türen hinter sich schließen und Schlechtigkeit aussperren könnte. Dass man sich mit Bösartigkeit, Aggression und Brutalität einsperren könnte, hatte sie nicht erwartet.

Mit der Erinnerung an die hässlichen Szenen ihrer Ehe begannen ihre Gedanken erneut um die Frage zu kreisen, die sie Klinkhammer nicht mehr hatte stellen können – möglicherweise bald auftauchende Probleme. Von einer Großmutter erwartete sie keinen Stress. Von Mel jetzt, wo das Auto stand, auch nicht mehr. Was konnte Mel schon tun außer weinen, hysterisch werden oder zusammenbrechen? Damit würde sie fertig.

Blieb Martin, der jetzt vielleicht ebenfalls auf dem Heimweg war oder diesen in Kürze antreten würde. Vorsichtshalber stellte Rita Voss sich auf einen jungen Vater ein, der seine Frau vielleicht nicht mehr, seine Kinder aber immer noch liebte und die Nerven verlor, wenn er hörte, was geschehen war. In welcher Form sich das äußerte, blieb abzuwarten.

Mels Verhalten, mehr noch die Tatsache, dass sie es für besser hielt, Martin nicht vorab zu informieren, legte die Vermutung nahe, dass sie Angst vor der Reaktion ihres Mannes hatte. Ob er zu Gewalttätigkeit neigte? Da wäre er bei Rita Voss an der richtigen Adresse. Mit einem gewalttätigen Ehemann hatte sie vor ihrer Scheidung hinlänglich Erfahrung gesammelt. Dank der

Selbstverteidigungskurse hatte sie sich allerdings wehren können.

Während sie sich innerlich wappnete, befreite Mel ihren Ältesten aus seinem Sitz, entdeckte dabei im zweiten Sitz einen Schnuller mit Band und Clip, wie man sie Babys an die Kleidung pinnte, und verlor auf der Stelle die Fassung. Der Blick, den sie Rita Voss zuwarf, spiegelte nacktes Entsetzen, was die zum Mund hochfahrende Hand noch unterstrich. »Luca hat sich den Nucki abgerissen. Das habe ich nicht gesehen.«

So dramatisch fand Rita Voss das nicht. Mel hatte bereits ihr Handy am Ohr und schrie Sekunden später: »Luca hat keinen Schnuller. Einer lag im Wagen, der andere im Auto. Er wird weinen, wenn er aufwacht und keinen Schnuller hat. Er darf nicht ...«

Offenbar wurde sie unterbrochen, und das nicht eben freundlich. Sie zuckte so heftig zusammen, als hätte man sie ins Gesicht geschlagen, lauschte noch kurz und begehrte auf: »Du hast leicht reden. Ich gebe mir ja Mühe, aber ich habe Angst, verstehst du das nicht? Ich habe schreckliche Angst, dass ... Ja, ja, schon gut. Ich reiße mich jetzt zusammen.«

Nachdem sie das Handy eingesteckt hatte, lächelte sie Rita Voss entschuldigend an. Mit dem verweinten Gesicht wirkte es eher kläglich. »Mein Bruder meint, es wird bestimmt alles gut. Ich soll mich nicht so aufregen.«

Der hatte wirklich leicht reden und kein Herz im Leib, fand Rita Voss und erkundigte sich: »Was darf Luca denn nicht? Sie sagten doch, er sei gesund.«

»Das ist er«, versicherte Mel eilig. »Aber wenn er weint, muss er husten, dann spuckt er, und dann weint er noch mehr.«

»Das machen viele Babys«, sagte Rita Voss und schlug vor: »Vielleicht sollte Ihr Bruder herkommen.« Dieser Joris schien einen beruhigenden Einfluss auf Mel zu haben. Schon aus dem Grund wäre seine Anwesenheit im Notfall nützlich gewesen. Außerdem hätte sie ihm gerne erklärt, dass man eine Mutter in einer Ausnahmesituation auch anders beschwichtigen konnte als mit der lapidaren Empfehlung: Reiß dich zusammen.

»Das geht nicht«, erklärte Mel. »Joris ist im Büro. Ich will ihn auch nicht hier haben. Er hat Stress mit seiner Frau und ist seit Wochen schlecht gelaunt.«

»Und Ihre Eltern?«, fragte Rita Voss. »Was ist mit Ihrer Mutter? Es wäre gut, wenn eine vertraute Person herkommt und Ihnen beisteht.« Und ihr würde es einen erweiterten Blick auf die Familie erlauben. Doch den bekam sie auch so.

»Meine Eltern sind in Südfrankreich«, sagte Mel. »Esther, also meine Mutter, würde mich auch nur nervös machen. Bei ihr muss jeder seine Probleme selbst lösen oder zusehen, wie er damit zurechtkommt. Früher durfte ich keine Bauchschmerzen haben, wenn ich meine Periode bekam. Joris hat sich den linken Arm gebrochen, als er zwölf war. Esther bestand darauf, dass er alleine ins Krankenhaus fährt. Sein rechter Arm und seine Beine seien doch in Ordnung, sagte sie. Er hat die Zähne zusammengebissen und die Straßenbahn genommen.«

Mel bemühte sich um ein weiteres Lächeln und zuckte verlegen mit den Achseln, als wolle sie damit die Lieb- und Verantwortungslosigkeit ihrer Mutter entschuldigen. »Aber Martin kommt bestimmt bald. Sie bleiben doch solange bei mir?«

»Natürlich«, sagte Rita Voss. »Ich bleibe, solange es nötig ist. Warum rufen Sie Ihren Mann nicht an?«

»Jetzt?« Mel schüttelte abwehrend den Kopf. »Und wenn er jetzt auf der Autobahn ist? Ich kann ihm das doch nicht sagen, während er Auto fährt.«

Das war ein Argument, dem Rita Voss nichts entgegensetzen konnte. »Ich bin sicher, dass die ältere Frau sich liebevoll um Luca kümmert«, sagte sie stattdessen und gab Mel das Schlüsselband zurück. »Wenn er weint, weil er keinen Schnuller hat, wird sie ihm bestimmt etwas geben, woran er lutschen kann. Sie hat sicher noch mehr Lollys.«

»Dafür ist er noch zu klein«, erwiderte Mel. »Man kann ihm auch noch keinen Löffel geben. Den steckt er sich hinten in den Hals.

Dann muss er würgen und spucken, dann weint er und spuckt noch mehr. Das ist ein richtiger Teufelskreis. Er weint immer, wenn er spucken muss. Und er muss spucken, wenn er weint.«

Während sie sprach, öffnete Mel die Heckklappe und nahm drei Tüten aus dem Kofferraum, zwei von Aldi und eine aus der Bäckerei. In eine der Aldi-Tüten hatte sie die kleine vom Drogeriemarkt hineingesteckt. Und den Einkauf bei Aldi hatte sie bisher nicht erwähnt.

Max stand bereits vor der Haustür und huschte über die Schwelle, kaum dass seine Mutter geöffnet hatte. Mel folgte ihm dichtauf. Rita Voss ließ sich etwas mehr Zeit, sammelte Eindrücke und tat, was Klinkhammer von ihr erwartete.

Dass ausgerechnet er sich mit zwei fragenden »oder« hatte bestätigen lassen wollen, dass Luca tatsächlich mit nach Bedburg genommen worden war, gab ihr zu denken. Von unterschwelligen Zweifeln konnte man da schon nicht mehr sprechen. Aber wenn er wusste oder mutmaßte, dass Mel betrogen wurde ...

Traute er Mel zu, sich eins ihrer Kinder vom Hals geschafft zu haben? Logischerweise das jüngere, das mehr Arbeit machte. Oder dachte Klinkhammer wie Scholl an einen Unfall mit Todesfolge im häuslichen Bereich und eine anschließende Kurzschlussreaktion? Bei dem, was Mel eben über ihre Mutter preisgegeben hatte, wäre Letzteres sogar verständlich gewesen. Jeder löste seine Probleme selbst.

In ihrem Hinterkopf stand ein Zwölfjähriger mit gebrochenem Arm in der Straßenbahn und biss die Zähne zusammen. Wenn Joris von seiner Schwester erwartete, stark zu sein, hielt er es wohl so wie die Mutter. Harte Schule, dachte Rita Voss, verdammt harte Schule. Ob Mel sich bei der Kindererziehung ebenfalls ihre Mutter zum Vorbild nahm?

Ihre Überlegungen führten dazu, dass Rita Voss sich schon im Flur mit dem offenen Treppenhaus noch gründlicher umsah, als sie es ohnehin getan hätte. Der Treppenaufgang lag unmittelbar neben der Haustür und war nicht gesichert. Es gab nicht mal eine Befestigungsmöglichkeit für ein Schutzgitter. Weiter hinten, gegenüber der Küchentür, ging es in den Keller hinunter. Dort war ein Gitter angebracht und auch geschlossen.

Ein neun Monate altes Baby krabbelte doch schon, oder? Ihre Tochter hatte das in dem Alter jedenfalls getan, sogar versucht, sich an Sesseln oder dem Couchtisch hochzuziehen und alles herunterzureißen, was in ihr Blickfeld und ihre Reichweite geriet.

Sie hatte noch genau im Kopf, was Mel über den schlaflosen Vormittag ihres Jüngsten erzählt hatte, dass Luca in seinem Bettchen brabbelte und spielte, obwohl er schlafen sollte. Man durfte sich beim Lügen nicht zu weit von der Wahrheit entfernen, dann verwickelte man sich nicht so schnell in Widersprüche. Vielleicht war Luca nach einem Treppensturz mit einer Gehirnerschütterung ins Bett gelegt worden, hatte geweint und gespuckt und war an Erbrochenem erstickt.

Durfte man einen Dreijährigen wirklich als zuverlässigen Zeugen bezeichnen, wie sie es Scholl gegenüber getan hatte? Wo doch auch in der Bäckerei keiner das Baby gesehen und Mel den Aldi-Einkauf verschwiegen hatte. Sie hätte Max ohne Umschweife fragen sollen, ob sein kleiner Bruder heute mit im Auto gewesen war. Nur mal angenommen, Max hätte gesehen, wie die verwirrte Frau die Lollys in den leeren Babyjogger legte. Und Max hätte gedacht, die seien für seinen Bruder bestimmt, weil Luca normalerweise in dem Wagen gefahren wurde. Normalerweise, aber heute nicht. Wie hätte Max das mit seinen noch nicht ausgereiften sprachlichen Fähigkeiten ausgedrückt? *Hat mein Buder auch eins geben.* Aber hätte Mel beim Anblick des Schnullers im Kindersitz mit Hysterie und nacktem Entsetzen reagiert, wenn sie wusste, dass Luca gar nicht mehr aufwachen, nie mehr weinen und nie mehr spucken konnte? Oder war das Show gewesen?

Rita Voss hatte schon mit Tätern und Täterinnen zu tun gehabt, die so überzeugend Opfer spielten, dass man das Bedürfnis verspürte, sie tröstend in den Arm zu nehmen. Narzisstische Persönlichkeiten waren besonders gut darin zu täuschen, ihrer

Umgebung Harmlosigkeit, Hilflosigkeit und Schutzbedürfnis vorzugaukeln. Narzisstische Persönlichkeiten regten sich auch entsetzlich über eingebildete oder tatsächliche Kränkungen auf – wie die vermeintlich miese Behandlung durch Polizei und Personal im Drogeriemarkt. Möglicherweise war Mels Tränenflut ein erster Hinweis in diese Richtung gewesen. Bisher war es Rita Voss noch immer gelungen, falsche Schlangen zu enttarnen. Warum sollte das jetzt nicht klappen? Wo Mel sich hier in vertrauter Umgebung bewegte, würde sie viel eher unvorsichtig werden, in ihre gewohnte Körpersprache verfallen und die Maske fallen lassen, wenn sie denn eine aufgesetzt hatte.

Gegenüber der Treppe stand zwischen den Türen zu Toilette und Küche eine Garderobe, an der nur ein paar leere Kleiderbügel hingen. Geradeaus führte eine Milchglastür ins Wohnzimmer. Sie war offen, erlaubte jedoch nur einen Blick auf eine Terrassentür. Auf einem Wandbord neben der Küchentür stand ein schwarzes Uralt-Telefon aus Bakelit. Deko vermutlich; dass es noch funktionierte, glaubte Rita Voss nicht.

Mel hatte das Schlüsselband neben das Telefon gelegt und war mit ihren Tüten in der Küche verschwunden. Max zerrte sich die Plüschmütze vom Kopf, hängte sie an einen Knauf der Garderobe, setzte sich auf die unterste Treppenstufe und zog seine Stiefel aus. Das Pixi-Buch lag neben ihm. Anschließend bemühte er sich um den Reißverschluss seines Anoraks.

Rita Voss wollte ihm helfen, er wehrte sie ab, konnte das alleine. Also ging sie zur Küche. Den Geräuschen nach zu urteilen verstaute Mel ihre Einkäufe. Doch das musste man als akustische Täuschung bezeichnen. Die drei Tüten lagen auf der Arbeitsfläche. Aus einer waren ein Päckchen Mortadella und zwei Joghurtbecher herausgerutscht. Mel klappte mit der linken Hand eine Schranktür auf und zu, hatte den rechten Arm gegen die nächste Schranktür gelegt und das Gesicht in die Armbeuge gepresst.

Ob sie erneut weinte, war nicht festzustellen. Ihre Schultern zuckten nicht wie im Aufenthaltsraum, und das Manöver mit der Schranktür überdeckte eventuelle Schluchzer. Rita Voss schaute sich das sekundenlang an, zog sich wieder zwei Schritte von der Küchentür zurück und fragte: »Brauchen Sie Hilfe, Mel?«

»Nein. Danke. Ich – räume nur schnell die Sachen weg.« Das klang so erstickt, als werde Mel gewürgt. Sie stellte das Türklappen ein und fügte nach einer kleinen Pause hinzu: »Ich habe entsetzliche Angst.«

»Ich weiß«, sagte Rita Voss in sanftem Ton und ging wieder vor bis zur Tür. »Dafür müssen Sie sich nicht schämen. Es ist völlig natürlich und verständlich. Dabei besteht vermutlich kein Grund zu übertriebener Sorge. Ältere Frauen gehen in der Regel liebevoll mit kleinen Kindern um.«

»Aber nicht alle«, widersprach Mel. »Es gibt welche, die können überhaupt nicht mit Kindern umgehen.« Vermutlich hatte sie gerade ihre Mutter vor Augen. Sie drehte sich zur Tür um. »Wieso hat Ihr Kollege nach einem Verfolger gefragt? Glaubt er nicht, dass die verrückte Frau Luca mitgenommen hat? Meint er, es wäre ein Mann gewesen?«

»Solche Fragen sind reine Routine«, erklärte Rita Voss. »Machen Sie sich darum keine Gedanken. Soll ich einen Arzt für Sie rufen?«

»Nein!«, wehrte Mel hastig ab. »Ich habe ja schon etwas zur Beruhigung genommen. Ich will nicht müde werden. Möchten Sie einen Kaffee?«

»Später vielleicht. Räumen Sie erst mal die Sachen weg.« Die Mortadella und die Joghurtbecher gehörten doch in den Kühlschrank.

Max hatte den Reißverschluss inzwischen offen, entledigte sich unter einigen Verrenkungen des Anoraks, hängte den zur Mütze und fischte den Tic-Tac-Spender heraus. Seine Stiefelchen blieben vor der Treppe liegen. Er begann den Aufstieg, Pixi-Buch und Bonbons nahm er mit.

»Halt, kleiner Mann.« Rita Voss folgte ihm. »Wo willst du hin?«

»In mein Zimmer.«

»Darf ich mitkommen?« Eine gute Gelegenheit, ihn noch einmal ungestört zu befragen und sich oben umzuschauen, solange Mel in der Küche beschäftigt war. Außerdem musste sie Thomas Scholl über den Aldi-Einkauf informieren. Das wollte sie außer Sichtweite tun.

Max nickte.

»Sie haben doch nichts dagegen«, warf Rita Voss nur der Form halber in Richtung Küche, stellte die Stiefelchen neben die Garderobe und schloss sich dem Jungen an, obwohl kein Einverständnis kam. Auf halber Höhe der Treppe spähte sie durchs Treppengeländer noch einmal in die Küche hinunter. Mel stand wieder mit in der Armbeuge vergrabenem Gesicht vor dem einen Schrank und klappte die Tür des anderen auf und zu.

Meldungen

Zu diesem Zeitpunkt, es war kurz vor sechzehn Uhr, waren unter der in den Lautsprecherdurchsagen genannten Telefonnummer rund dreißig sachdienliche Anrufe von Bedeutung eingegangen und zeitgleich an Jochen Becker in Hürth und die Einsatzkräfte in Bedburg weitergeleitet worden, damit umgehend jemand losfuhr und die Aussagen aufnahm.

Konkrete Hinweise wie Name oder Adresse der mutmaßlichen Entführerin ergaben sich dabei leider nicht. Die meisten Anrufe bezogen sich auf die halbe Stunde von dreizehn Uhr bis dreizehn Uhr dreißig. Wenige Minuten nach eins war die Frau im Poncho von mehreren Leuten auf der Adolf-Silverberg-Straße gesehen worden, das erste Mal auf Höhe eines Steakhauses, danach näher am Bahnübergang, was zu dem Schluss führte, dass sie auf dem Weg in die Stadt gewesen war. Weitere Sichtungen betrafen denn auch die Lindenstraße und die Graf-Salm-Straße. Nach halb zwei war sie nur noch Jutta Meuser vor dem Drogeriemarkt aufgefallen.

Die namentlich bekannte Kundin der Bäckerei an der Graf-Salm-Straße hatte wie auch die beiden Verkäuferinnen dort keinen Blick in den Kinderwagen geworfen. Weitere Kunden oder Passanten, denen Mel mit Babyjogger und Kleinkind auf dem Weg zum Drogeriemarkt aufgefallen war, hatten sich noch nicht gemeldet. Auch von den beiden Teenies und dem Mann in der Bonprix-Jacke hatte man noch nichts gehört.

Aber einige Mütter hatten angerufen, die in den vergangenen Wochen mit ihren Kleinkindern in Bedburg unterwegs gewesen und von der Frau in dem auffälligen Poncho angesprochen worden waren. In einem Fall handelte es sich um einen erst fünf Wochen alten Säugling. Ein Mädchen, dessen Mutter erklärte, nach dieser Auskunft habe die merkwürdige Frau das Interesse am Baby verloren.

Die Mütter von zwei Jungs im Alter von achtzehn und zweiundzwanzig Monaten äußerten sich nicht negativ. Die Frau im Poncho sei freundlich, liebenswürdig und unaufdringlich gewesen. Sie hatte beide Mütter gefragt, ob sie dem Jungen einen Lolly geben dürfe. Und sie hatte sich sehr dafür interessiert, ob die Kinder gesund waren und liebevolle Väter hatten.

Als er das hörte, sah Thomas Scholl den kleinen Max vor sich, wie er im Aufenthaltsraum nach Ritas Hand griff. Er fragte sich, ob Max ebenfalls die Frage nach seinem Vater gestellt worden war, ob der Junge mit einem Nein geantwortet hatte und ob das der Auslöser für die Entführung seines Bruders gewesen sein könnte.

Der Vater – in jungen Jahren

Ob er mit siebzehn in Alina verliebt gewesen war, wusste Martin heute nicht mehr. Vielleicht zu Anfang ein bisschen. Alina war das Ergebnis einer interkontinentalen Beziehung und sah umwerfend gut aus mit ihren dunklen Augen und den langen schwarzen Haaren. Ihre Mutter stammte aus Indien. Und siebzehn ist ein Alter, in dem Gefühle jeglicher Art nicht unbedingt vom Kopf gesteuert werden. Aber um sich damals richtig in Alina zu verlieben und ernsthaft zu hoffen, dass mehr daraus wurde, hatten sie wohl zu viele Gemeinsamkeiten.

Sie waren gleichaltrig und Alina ebenso entwurzelt worden wie er. Zwar hatte man sie nur aus einer Kleinstadt in eine andere verpflanzt und nicht aus einer Großstadt in ein Kaff wie Niederembt, wo die Ureinwohner noch an Hexen und Geister glaubten. Alina kam aus Jülich, ihre Eltern hatten ein Haus in Bedburg gekauft. Trotzdem war es eine schmerzliche Veränderung für sie, weil auch sie ihren Freundeskreis und ihren geliebten Großvater zurückgelassen hatte. Und dank der unsäglichen Verbindungen mit Bus und Bahn gab es für Alina keine akzeptable Möglichkeit, mal einen Nachmittag mit ihren Freundinnen zu verbringen oder ihren Großvater zu besuchen. Eine Tagesreise wäre das gewesen.

Im Gegensatz zu Tante Käthe, die nicht mal einen Führerschein besaß, hätte Alinas Großvater natürlich mit dem Auto nach Bedburg kommen können. Er kam aber nicht, weil er sich mit seinem Sohn, Alinas Vater, zerstritten hatte.

Dem Großvater gehörten über vierhundert Mietwohnungen in Aachen, Jülich und Umgebung, neuerdings auch zwei Hochhäuser in Köln-Weiden, für die er eine separate Verwaltung einrichten wollte. Er hatte gehofft, genau genommen erwartet, sein Sohn würde das übernehmen. Doch der dachte gar nicht daran, wofür Martin vollstes Verständnis hatte.

Von Verwaltung musste man ja etwas verstehen. Und Alinas Vater war Künstler. Im Gegensatz zu Mutti jedoch einer, dessen Namen man am Bedburger Gymnasium mit Ehrfurcht aussprach. Seine Arbeiten wurden von vielen verschlungen. Er zeichnete Comics, arbeitete manchmal fürs Fernsehen. Zwar nur Werbung, aber er bekam diese Arbeiten immer bezahlt und konnte mit Frau und Tochter ausgezeichnet davon leben.

Mutti dagegen war kurz nach ihrem Einzug ins teuer erworbene Albtraumhaus in finanzielle Schieflage geraten, weil eine

Fernsehserie nicht zustande kam und sie mit Blick auf die Einkünfte aus etlichen Serienfolgen eine saftige Hypothek aufgenommen hatte. Seine Schwester hatte die Schule geschmissen und zu arbeiten begonnen. Er hatte Zeitungen austragen müssen – bis eine Frau aus dem Dorf Mutti mit einer halben Million unter die Arme griff.

Das musste man sich mal vorstellen! Eine halbe Million Mark! Umgerechnet eine Viertelmillion Euro! Geschenkt! Von der Frau, deren Sohn Muttis große Liebe gekillt hatte. Da sollte man nicht an Hexerei glauben. Man konnte es aber auch auf ein schlechtes Gewissen schieben, weil die großzügige Frau ihren Sohn damals aus Eifersucht gegen Mutti aufgehetzt und nicht erwartet hatte, dass an Muttis Stelle der heiß begehrte Martin Schneider das Taxi fuhr.

Muttis Finanzproblem war also schon wieder aus der Welt, als Alina in sein Leben trat, aber an Martins ohnehin angeschlagenem Ego hatte es mächtig genagt. Plötzlich wieder arm sein, jede Mark zweimal umdrehen und mitten in der Nacht aufstehen müssen, durch Wind und Wetter latschen, damit andere beim Frühstück einen Blick in den *Kölner Stadtanzeiger* werfen konnten.

Mit Alina konnte er darüber reden – über die Schmach, so hatte er es empfunden, und über die Einsamkeit, über die Sehnsucht nach den Freunden und Tante Käthe in Köln. Sogar über die Gefühle für Mutti. Alina verstand ihn, sie hatte auch Probleme mit ihrer Mutter, die einem anderen Kulturkreis entstammte und vom Frausein völlig andere Vorstellungen hatte als Alina. Nur hatte sie noch ihren Vater, gegen den ihre Mutter sich nicht durchsetzen und den Alina um den kleinen Finger wickeln konnte.

Jeder Mensch hätte Schwachpunkte, meinte Alina. Wenn Martin bei seiner Mutter noch keine gefunden hatte, bedeutete das nur, er hatte noch nicht danach gesucht. Dabei musste er nicht suchen. Muttis größter Schwachpunkt schallte von morgens bis abends durchs Haus. *Unser Elvis* mit seinem tollen Gesang, den Mutti auf unzähligen Bandkassetten verewigt hatte. Und wie hatte Tante Käthe oft gesagt – er sähe Elvis ähnlich?

»Das musst du ausnutzen«, sagte Alina. »Nur keine Hemmungen, Mütter haben uns gegenüber auch keine. Leg dir eine Frisur zu wie Elvis, kauf dir Hemden und Hosen mit Nieten.«

Mit Alina machte Martin die Erfahrung, dass eine richtig gute, auf Vertrauen basierende Freundschaft entschieden mehr wert war als eine Knutscherei. Knutschen mochte vielleicht ein angenehmer Nebeneffekt sein, doch das klappte bei ihnen nicht so richtig. Sie probierten es ein paarmal, aber es funkte nie. Schließlich sagte Alina: »Bleiben wir lieber Freunde.«

Weil sie in der Schule immerzu beieinanderhockten, nahmen natürlich alle an, sie seien ein Liebespaar. Alina wurde von allen Weibern zwischen fünfzehn und siebzehn glühend um ihr Aussehen und ihren Künstlervater beneidet. Dass sie nun auch noch einen – dank ihrer Lebenshilfe und der guten Tipps – gut aussehenden, coolen Freund hatte, gönnte man ihr nicht.

Bis dahin hatte sein Aussehen für Martin keine Vorteile gehabt, bestimmt nicht beim anderen Geschlecht. Er hatte diese gewisse Ähnlichkeit mit dem King of Rock 'n' Roll vorher auch nicht betont, hatte nicht erwartet, dass sich Leute seines Alters noch für Elvis begeistern könnten. Aber plötzlich machten ihm alle Avancen. Und er nahm mit, was er kriegen konnte, riskierte es sogar, die Mädchen bei sich zu Hause antanzen zu lassen.

Seine Schwester arbeitete inzwischen den ganzen Tag, Mutti ebenso. Die hatte sogar richtig Karriere gemacht, nach der Filmpleite durch Fürsprache eines treu ergebenen Dieners wieder einen Roman herausgebracht, damit einen Bestseller gelandet, sich endlich ein neues Auto gegönnt und Martins Wunsch nach einem guten Fahrrad erfüllt. An der Einrichtung seines Zimmers hatte sich aber noch nichts geändert.

Auch sonst sah es im Haus immer noch so aus wie bei ihrem Einzug – oder bei Muttis Auszug vor mehr als zwanzig Jahren. Doch kein Mädchen lästerte. Es erkundigte sich höchstens mal eine, ob es denn nun bei ihnen spuke oder nicht, und ob seine

Mutter tatsächlich Leute verfluchen könne. Aber keine machte eine blöde Bemerkung über den alten Plunder, der passte ja auch vortrefflich in ein Hexenhaus. Keine erzählte am nächsten Tag in der Schule, wie es bei ihm zu Hause aussah.

Alina, die das Haus und sein Zimmer selbstverständlich bestens kannte, amüsierte sich darüber. Manchmal machte sie ihm morgens vor Schulbeginn eine Eifersuchtsszene, damit der Mythos ihrer Liebe erhalten blieb und jede, die er für einige Stunden nach Niederembt bestellte, sich nicht zu lange einbildete, Alina den Freund ausgespannt zu haben.

Alina war wirklich das Beste, was ihm in dem Alter passieren konnte. Sie gab ihm sogar Tipps für seine Nachmittage mit anderen, empfahl ihm eine besonders sichere Kondomsorte, damit er mal über die Knutschereien hinauskam und nicht aufs Kreuz gelegt wurde.

»Als Mann musst du selbst aufpassen«, sagte sie. »Verlass dich nie darauf, dass eine die Pille nimmt. Manche behaupten das nur, weil sie einem Mann ein Kind andrehen wollen. Inzwischen wissen hier alle, dass deine Mutter nicht zu den armen Leuten gehört. Und vor allem die Prolls denken, mit einem Kind vom richtigen Mann wären sie fein raus.«

Prolls gab es auch am Gymnasium einige. Und mit achtzehn hielt Martin sich für einen richtigen Mann.

Die Polizistin

Von den vier Zimmertüren im Obergeschoss standen drei offen. Max verschwand durch die erste gleich gegenüber der Treppe, auf der in bunt gepunkteten Großbuchstaben sein voller Name stand.

MAXIMILIAN.

Die Tür daneben trug in hellblauen Großbuchstaben die Aufschrift LUCA. Rita Voss trat ein, schickte Scholl eine SMS, in der sie auf Mels Einkauf bei Aldi hinwies, und schaute sich danach besonders gründlich um, was aber nicht viel Zeit in Anspruch nahm. Das Zimmer war etwas kleiner als das nebenan und überschaubar. Es roch dezent nach Babylotion, die Einrichtung war spartanisch: Gitterbett, Wickelkommode und ein Windeleimer mit Geruchsstopp. Auf der Kommode lagen einige Pflegeutensilien und ein Stapel Windeln, im Bettchen zwei Schnuller, ein Beißring, ein Schlafsack und ein Schmusetier: Shaun, das Schaf. Rita Voss kannte die Figur aus der Werbung.

Alles war sauber. Die Auflage auf der Wickelkommode, die Unterlage im Bettchen, der Schlafsack und die beiden Schutzpolster im Kopf- und Fußbereich ebenso. Dabei sahen die Sachen nicht aus, als wären sie frisch gewaschen. Rita Voss inspizierte alles genau, sah aber keinen noch so winzigen Blutfleck, keinen Kranz von Speichel oder Erbrochenem. Nur Shaun, das Schaf, war offenbar ausgiebig besabbert und angeknabbert worden.

Sie kehrte zurück auf den Flur, schaute noch mal nach nebenan. Was für ein Unterschied. Vor dem Bett sortierte Max auf einem Spielteppich drei Dutzend Matchbox-Autos und ein paar größere, quietschbunte Fahrzeuge. Der Rest seines Zimmers glich einem Hindernisparcours.

Zwischen dem Bett, einer Kommode, zwei Schränken und einem offenen Regal stand ein höhlenartiges Zelt, das vollgestopft war mit Kuscheltieren. Drum herum verteilten sich ein Schaukelpferd mit braunem Fell, Sattel und Steigbügel, ein Bobbycar und diverse Großgeräte für Straßenbau und Landwirtschaft. In der Ecke beim Fenster standen noch zwei Stapelkisten mit Kleinkram.

Der Anblick berührte sie unangenehm. Hier residierte ein Prinz, nebenan wohnte der arme Verwandte. Andererseits, meldete sich ihr nüchtern abwägender Verstand, war ein neun Monate altes Baby noch nicht alt genug, um mit einem Bagger, einer Planierraupe oder einem Traktor zu spielen. Es war nicht mal davon auszugehen, dass Luca schon allein in seinem Zimmer spielte. Und wozu hätte man alles doppelt kaufen sollen, wenn Max so reich ausgestattet war? Man hätte Luca natürlich noch ein Plüschtier aus dem Zelt ins Gitterbett legen können, oder zwei oder drei. Man hätte ihm auch ein Mobile übers Bett hängen können, damit es bei ihm nicht so nackt aussah.

Das elterliche Schlafzimmer sah aus wie tausend andere. Doppelbett mit zurückgeschlagenen Decken und dick aufgeplusterten Kopfkissen auf straff gespannten Laken. Rechts und links je ein offener, weiß lackierter Holzkasten, auf einem stand ein Wecker, auf dem anderen lag ein E-Reader. Der Kleiderschrank nahm die komplette Wand gegenüber der Tür ein. Vor dem Fenster hing ein weißes Raffrollo. Nur das Hochzeitsfoto in Postergröße über dem Bett wich von der Norm ab.

Rita Voss stellte fest, dass Mel bei der Trauung schwarzhaarig und längst nicht so dünn gewesen war wie jetzt. Und dass sie sich mit Martin einen sehr attraktiven Mann geangelt hatte, der garantiert um seine Wirkung auf Frauen wusste. Er kam ihr bekannt vor, sie hätte aber nicht sagen können, wann und wo sie ihn schon gesehen hatte.

Hinter der einzig geschlossenen Tür vermutete sie das Bad. Sie horchte nach unten, ehe sie behutsam die Klinke niederdrückte und einen Blick hineinwarf. Wanne, Dusche, Toilette, Waschbecken mit Unterschrank und Spiegel, alles sauber. Ein offener Schrank mit Handtüchern, Körperpflege- und Kosmetikartikeln.

Als sie sich umdrehte, kniete Max vor dem Regal, auf dessen unterem Bord sich Bilderbücher aneinanderreihten. Offenbar hatte er gerade dem Pixi-Buch einen Platz zugewiesen. Und seine Bonbons versteckt. Der Tic-Tac-Spender war nicht zu sehen.

»Du hast aber viele Bücher«, staunte Rita Voss. Es waren tatsächlich viele. Das Regal maß schätzungsweise einen Meter, und auf dem unteren Brett reihte sich ein schmaler, bunter Buchrücken an den anderen.

»Von Momi«, erklärte Max mit gedämpftem Stimmchen.

»Momi?«, wiederholte Rita Voss, für sie klang es wie eine

Kombination aus Mami und Omi. Mit »Omi« wurde ihre Mutter von ihrer Tochter umgarnt, wenn die etwas haben oder erreichen wollte und mit Widerstand rechnete. Dann hieß es regelmäßig: »Du bist doch meine liebste Omi, die beste Omi der Welt.«

Max nickte und zog ein Buch heraus, in dem ein Feuerwehreinsatz dargestellt war. Er schlug es auf und reichte ihr ein Foto, das sich bei näherer Betrachtung als Autogrammkarte entpuppte. Unter dem Foto stand kleingedruckt »Martina Schneider« und darunter mit einem etwas verschmierten Lippenstift-Kussmund versehen die handschriftliche Widmung: »Für meinen liebsten Schatz«.

»Das mein Momi«, wisperte Max ehrfürchtig.

»Deine Oma?«, vergewisserte sich Rita Voss.

Max nickte noch einmal.

»Wow.« Mehr fiel ihr auf Anhieb nicht ein. Das Frauengesicht auf dem Foto sah sie nicht zum ersten Mal. Der Name war ihr ebenfalls ein Begriff. Martina Schneider war seit vielen Jahren die Lieblingsautorin ihrer Mutter. Sie dämpfte ebenfalls die Stimme. »Deine Oma ist eine berühmte Frau, weißt du das? Sie schreibt selbst Bücher.«

Max ließ sich das durch den Kopf gehen, ehe er diesen schüttelte und im Flüsterton widersprach: »Oma Esthe is rühmt, hat ein Kahl. Momi is ein Exe mit ein Matin mausetot.«

Mit dieser Auskunft konnte Rita Voss wenig anfangen. Sie überlegte, wie sie ihre Fragen nach dem kleinen Bruder möglichst kindgerecht formulieren könnte.

Max legte einen Finger quer über die Lippen, machte »Pst« und nahm ihr mit der Bitte »Nich Mama sagen« die Autogrammkarte wieder ab. Er schob sie zurück ins Feuerwehrbuch und das Buch ins Regal zu den anderen. Anschließend sammelte er Autos vom Spielteppich. Als Rita Voss eins der quietschbunten aufhob, erfuhr sie: »Das Luca seins.«

»Soll ich das nicht mitnehmen?«

Max schüttelte erneut den Kopf, drückte sich seine Autos mit beiden Händen gegen die Brust und erklärte: »Luca is weg.«

Rita Voss dämpfte erneut die Stimme, um im Erdgeschoss nicht gehört zu werden, und steuerte ihr Thema an. »War Luca denn noch da, als du mit Mama eingekauft hast? Oder hat Mama ihn gar nicht mitgenommen, weil er schlafen musste?«

Max überlegte kurz, teilte mit: »Luca schlaft in Auto«, und ging zur Treppe. Rita Voss wertete das als weitere Bestätigung dafür, dass Luca mit nach Bedburg genommen worden war. Sie nahm Max einige Autos ab, damit er sich für den Abstieg mit einer Hand am Geländer festhalten konnte.

Mel hatte ihre Jacke ausgezogen und auf einen Bügel an die Garderobe gehängt. Sie hantierte in der Küche, verstaute endlich ihre Einkäufe. Rita Voss lächelte ihr aufmunternd zu, als sie an der offenen Tür vorbeiging, und folgte Max ins Wohnzimmer.

Es war eingerichtet wie zum Ablichten für einen Möbelprospekt. Rechts von der Tür lud ein breites schwarzes Sofa mit weißen Kissen darauf zum Lümmeln ein. Auf dem weißen Couchtisch stand ein schwarz lackiertes Tablett mit einem Arrangement aus Kerzen, Ziersteinen und Seidenblumen. Weiße Schrankelemente mit einem gerahmten Hochzeitsfoto und mehreren Aufnahmen von den Kindern krönten die Stirnwand.

Zu beiden Seiten des Flachbildschirms gab es kleine Fächer mit CDs, DVDs und einigen Büchern – von Momi. Rita Voss kannte die Buchrücken, bei ihrer Mutter standen dieselben in einem Regal. Links von der Tür gab es einen Essplatz mit zwei Kinderstühlen und vier Stühlen aus schwarzem Korbgeflecht. Eine Vitrine mit Porzellan hinter Glastüren rundete alles ab.

Nach armen Leuten sah es nicht aus, was sich nicht so recht mit Mels Behauptung vereinbarte, für Kosmetik könne sie nicht viel Geld ausgeben. Aber dazu passten auch ihre Designerklamotten nicht. Hatte Luca die finanzielle Situation der Familie in Schieflage gebracht? Oder stammte Mels Kleidung aus Secondhandläden? Und die Möbel vom Discounter? Möglich, nur durch Anschauen ließ sich das nicht feststellen. Die Einrichtung war jedenfalls geschmackvoll und modern.

Nur die Ordnung störte Rita Voss und berührte sie ebenso unangenehm wie Lucas spartanisches Zimmer. Vom Wohnzimmer in einem Haushalt mit zwei kleinen Kindern hatte sie eine andere Vorstellung, erinnerte sich noch gut, wie es in ihrer früheren Wohnung ausgesehen hatte, als ihre Tochter ins Krabbelalter gekommen war und zu laufen begonnen hatte. Überall hatten Spielzeug und Kekskrümel herumgelegen.

Hier bewiesen nur ein Parkhaus mit Waschstraße auf einem ähnlichen Spielteppich wie dem im Kinderzimmer und eine blau eingefasste Decke mit etwas Babyspielzeug vor dem Fenster zum Garten, dass das Wohnzimmer keine Tabuzone für Kinder war. Ein halbes Dutzend Matchbox-Autos stand bereits in Reih und Glied auf dem Oberdeck des Parkhauses. Max ließ seine Autos auf den Spielteppich fallen, nahm ihr die restlichen ab, ging in die Knie und verteilte alle auf den freien Parkflächen.

Auf der für Krabbelkinderhände gut erreichbaren Fensterbank dahinter standen vier Töpfe mit blühenden Schlumbergera, dazwischen ein paar Figuren aus Speckstein. Das breite Fenster bot freien Blick in den Garten. Draußen stand ein Gestell, an dem im Frühjahr vermutlich eine Schaukel aufgehängt wurde, daneben ein mit wetterfester Plane bedeckter Sandkasten. Was ein Haushalt mit kleinen Kindern halt so im Garten hatte.

Hinten an der Grundstücksgrenze gab es noch ein uriges Miniblockhaus, in dem wahrscheinlich der Rasenmäher und ähnliche Gerätschaften untergebracht waren. Obwohl Max kurz zuvor erklärt hatte, Luca habe im Auto geschlafen, verspürte Rita Voss den Drang, einen Blick in dieses Häuschen zu werfen. Sie wusste nur nicht, wie sie ihr Verlangen unverfänglich begründen könnte, und wollte noch eine Weile an der Rolle der Verständnisvollen festhalten, die zum Trösten und Mutmachen mitgekommen war.

Aber es war einfach zu sauber und aufgeräumt, um völlig auszuschließen, dass am Vormittag in diesem Haus etwas geschehen sein könnte, was nicht hätte passieren dürfen. Und da wäre das Gartenhäuschen ein guter Platz gewesen, um sich eine Weile selbst zu belügen. Aus den Augen, aus dem Sinn. Es gab da draußen bestimmt einige Winkel, in denen man vorübergehend Beweise deponieren konnte, um sie später, wenn sich die erste Aufregung gelegt hatte, anderswo zu entsorgen.

Oder waren Ordnung und Sauberkeit das Ergebnis der harten Schule, durch die Mel in ihrer Kindheit und Jugend gegangen war? Wer keine Bauchschmerzen haben durfte, sollte garantiert auch keine Unordnung und keinen Dreck machen. Möglicherweise legte zusätzlich Martin nach seinem Umgang mit *top gestylten* Frauen großen Wert auf ein *top gestyltes* Heim und wollte nicht, dass es hier aussah wie in anderen Haushalten mit kleinen Kindern. Vielleicht sollte sie Klinkhammers fragende »oder« mal unter dem Aspekt betrachten, dass Mel sich krampfhaft bemühte, es anderen, vor allem ihrem sie möglicherweise betrügenden Mann, recht zu machen, um ihn an ihrer Seite zu halten.

Max schien sich bereits in den gewünschten Rahmen eingefügt zu haben, verhielt sich unaufdringlich, war selbstständig, machte weder Lärm noch Unordnung. Dass er keine Windel trug, hatte Rita Voss schon im Drogeriemarkt festgestellt. So pflegeleicht dürfte Luca noch lange nicht sein. Wenn der Kleine am Vormittag geweint und gespuckt hatte ...

»Möchten Sie jetzt einen Kaffee?«, rief Mel aus der Küche.

»Gerne«, gab Rita Voss zurück. Das Gartenhäuschen lief ihr nicht weg. Wenn sie hinausstürmte und nichts fand, musste sie zu früh eine andere Platte auflegen.

In der Küche nahm das Mahlwerk eines Kaffee-Vollautomaten die Arbeit auf. Mel kam mit einer Schale Gebäck herein. Für Max brachte sie ein kleines Kunststoffschälchen mit, legte ihm ein paar Kekse hinein. »Du hast doch bestimmt Hunger. Oder möchtest du lieber ein Brot mit Wurst?« Wie kaum anders zu erwarten, schüttelte Max den Kopf und schnappte sich den ersten Keks.

Dann saßen die beiden ungleichen Frauen sich auf schwarzen Korbstühlen gegenüber. Mel knabberte an einer Waffel mit Schokoüberzug. Max mümmelte seine Kekse beim Parkhaus und krümelte auf den Spielteppich. Mit der freien Hand rollte er ein Auto nach dem anderen vom Oberdeck über eine Rampe nach unten und reihte sie vor der Waschstraße auf. Anschließend schob er eins nach dem anderen zwischen den Minibürsten durch, fuhr alle über die Rampe wieder nach oben und begann von Neuem. Dabei gab er keinen Laut von sich, kein noch so leises Brummen, mit dem kleine Jungs gewöhnlich ihre Spielzeugautos herumschoben.

Rita Voss war mehr auf Mel konzentriert als auf den Jungen. Ihr wurde nur jedes Mal, wenn sie einen Blick zu ihm hinüberwarf, bewusst, dass er sich außergewöhnlich brav verhielt. Das war ihr zwar schon im Drogeriemarkt aufgefallen, aber da hatte sie es sich noch mit Angst, Aufregung, der fremden Umgebung und all den unbekannten Leuten erklärt. Er war ja auch schnell aufgetaut und zutraulich geworden.

Jetzt wusste sie nicht so recht, wie sie sein Verhalten beurteilen sollte. Durfte er keine lauten Geräusche von sich geben, wenn er spielte, oder lauschte er aufmerksam? Ihre Mutter sagte immer: »Kleine Kessel haben große Ohren.« Was heißen sollte, in Gegenwart von Kindern sollte man besser jedes Wort auf die Goldwaage legen.

Viele Worte gab es vorerst nicht. Eine Unterhaltung mit Mel wollte nicht so recht in Gang kommen. Dabei war sie im Drogeriemarkt zeitweise richtig gesprächig gewesen. Und dann wieder völlig verstummt, in Lethargie versunken. Eigentlich ein normaler Gemütszustand für eine Frau in dieser Situation. Schwankend zwischen dem Bedürfnis, sich abzulenken, und dem erdrückenden Bewusstsein der Katstrophe, in der sie sich gerade befand.

Rita Voss gab sich Mühe, sie noch einmal zum Reden zu bringen. Wenn man Leute befragte, bekam man – nicht immer, aber meistens – Antworten, die vielleicht wohlüberlegt waren und nicht den Tatsachen entsprechen mussten. Ließ man sie dagegen reden, wie ihnen der Schnabel gewachsen war, verplapperten sie sich leicht oder gaben Dinge preis, aus denen man wertvolle Rückschlüsse ziehen konnte. Wie die Sache mit dem Armbruch des zwölfjährigen Bruders.

Klinkhammer hatte mit der Methode schon beachtliche Erfolge erzielt, was aber auch an seiner Ausstrahlung liegen mochte. Ihm legten die Leute bereitwillig ihr gesamtes Leben auf den Tisch, und das von Nachbarn oder Arbeitskollegen noch dazu. Nur handelte es sich bei den Leuten, die Klinkhammer befragte, in der Regel um Zeugen oder mögliche Zeugen, denen er mit seiner Methode auch bereits vergessene oder für unwichtig befundene Informationen entlockte. Mit Tätern hatte Klinkhammer keine Geduld, die überließ er anderen, ihr zum Beispiel.

Mit ihren mittlerweile starken Zweifeln am schlafenden Luca im Kinderwagen fiel es ihr nicht schwer, ihren gewohnten Part zu übernehmen. Dass Max zwischen einem schlafenden und einem toten Bruder unterscheiden konnte, durfte bezweifelt werden.

Mel erzählte anfangs noch stockend, dass sie ihre Einkäufe normalerweise vormittags machte. Mit Luca allein war es nicht so stressig wie mit zwei Kindern, von denen das ältere immerzu etwas haben wollte. Heute hatte sie es leider nicht geschafft, weil Luca – wie bereits erwähnt – partout nicht schlafen wollte.

»Ich habe mich gefragt, ob Martin ihm heute früh einen Espresso in die Flasche gekippt hat.« Das sollte wohl ein Scherz sein, Mel rang sich ein verkrampftes Lächeln dazu ab und erklärte, dass Martin beide Kinder frühmorgens versorgte, weil er es nicht immer schaffte, sie abends ins Bett zu bringen. »Das ist der Nachteil an seinem Job, manchmal hat er späte Termine. Aber er will so viel Zeit wie möglich mit Max und Luca verbringen. Er ist ganz vernarrt in die beiden, wollte unbedingt zwei Kinder, und ich wollte nicht zu lange beruflich pausieren.«

»Was machen Sie beruflich?«, fragte Rita Voss.

»Ich bin Erzieherin. Sobald wir einen Kitaplatz für Luca bekommen, will ich wieder arbeiten.«

Rita Voss witterte einen Ansatzpunkt und erklärte: »Wie bei mir damals. Ich konnte es auch nicht erwarten, wieder zu arbeiten. Wenn man mit kleinen Kindern zu Hause sitzt, fällt einem bald die Decke auf den Kopf.«

»Wir sitzen nicht viel zu Hause«, erwiderte Mel. »Nachmittags sind wir fast immer unterwegs.«

Rita Voss dachte an Babyschwimmen, Kinderturnen und Spielkreise. Das hatte es vor Jahren schon gegeben, war für sie aber nicht das Richtige gewesen. Sie brachte Mel zurück auf den heutigen Vormittag und betonte, dass sie die Namen von Leuten brauchte, die Luca gesehen hatten.

Ob Mel nicht begriff, dass sie erneut verdächtigt wurde, oder ob sie sich damit inzwischen abgefunden hatte, ließ sie nicht erkennen. Sie nannte zwei Erzieherinnen. Kurz nach acht Uhr hatte sie Max in die Kita gebracht und Luca selbstverständlich mit hineingenommen. »Er freut sich immer, wenn wir Max hineinbegleiten. All die Kinder, das liebt er, und die lieben ihn.«

Für die anschließenden vier Stunden gab es keine Zeugen, die das Baby gesehen hatten und Mels Aktivitäten bestätigen konnten. Nach eigenen Angaben hatte sie Luca nach ihrer Rückkehr eine frische Windel und ein Fläschchen gemacht und ihn hingelegt. »Er wacht morgens immer sehr früh auf, gegen halb sechs. Aber er hat einen tollen Rhythmus. Nach drei Stunden ist er wieder müde und schläft noch mal anderthalb Stunden. In der Zeit mache ich immer den Haushalt. Wenn Luca wieder aufwacht, machen wir Einkäufe und holen auf dem Rückweg Max von der Kita ab. Zeitlich kommt das immer genau hin.«

Immer, dachte Rita Voss. Dreimal immer in einer Erklärung. Das sollte wohl heißen, dass hier *immer* alles seine Ordnung hatte und nach festen Regeln ablief.

Aber heute eben nicht, wie Mel erneut betonte. Ihren Worten zufolge hatte sie Luca um neun wieder aus dem Bett genommen und überlegt, die Einkäufe früher zu machen. Nur gähnte Luca unentwegt, er musste müde sein. Also legte sie ihn wieder hin und telefonierte eine Weile mit ihrer Schwägerin, um in der Ehekrise des Bruders zu vermitteln.

»Im Oktober ist Alinas Großvater gestorben, darüber kommt sie einfach nicht hinweg. Seitdem kann Joris ihr nichts mehr recht machen. Sie tut beinahe so, als wäre es seine Schuld. Dabei war ihr Großvater weit über achtzig ...«

Rita Voss interessierte sich weder für die Trauer der ihr unbekannten Schwägerin noch für den Tod eines Großvaters. Bei aller Bewunderung für Klinkhammer, sie war noch weit davon entfernt, in seine Fußstapfen zu treten, hielt sich an Fakten.

Das Telefongespräch mit Alina bewies erst mal nichts, weil Mel ihre Schwägerin vom Handy aus angerufen hatte. Natürlich ließe sich feststellen, wo sie sich zu dem Zeitpunkt aufgehalten hatte. Aber dafür brauchte man die Staatsanwaltschaft und einen Ermittlungsrichter. Ein Paketbote oder eine Nachbarin zwischen halb neun und zwölf wären fürs Erste hilfreicher gewesen.

Damit konnte Mel nicht dienen. Sie war auch nicht vor die Tür gegangen, hatte kurz vor zwölf eine Kleinigkeit gegessen und in einem Aufwasch Luca gefüttert. Dann hatte sie ihn ins Auto gesetzt, um Max wieder abzuholen, der in der Kita mit einer Mahlzeit versorgt wurde. Anschließend war sie mit beiden Kindern nach Bedburg gefahren, um die Wochenendeinkäufe zu machen. Aldi, Bäckerei, Drogeriemarkt. Und nur dort und nur ausnahmsweise hatte sie den Babyjogger draußen stehen lassen, weil es in dem Laden so warm und Luca endlich eingeschlafen war.

Das deckte sich nicht mit der Auskunft zum schlafenden Bruder, die Rita Voss von Max bekommen hatte. Doch darauf sprach sie Mel nicht an, sagte nur: »Dass Sie beim Aldi waren, haben Sie nicht erwähnt, als ich Sie gefragt habe, wo Sie vorher waren.«

»Ich dachte, Sie wollten wissen, wo ich mit dem Kinderwagen war«, erklärte Mel. »Den habe ich bei Aldi gar nicht ausgeladen. Ich habe Luca erst auf dem Schlossparkplatz hineingesetzt.

Dann sind wir das kleine Stück durch den Park über den Vorplatz zur Graf-Salm-Straße und auf demselben Weg wieder zurück, weil ich die Tüte vom Bäcker ins Auto legen wollte.«

»Und die ältere Frau haben Sie nirgendwo gesehen?« Rita Voss riskierte es. Eine detaillierte Beschreibung war es ja nicht, wenn man ein Kleidungsstück erwähnte. »Sie trug einen Poncho.«

Mel schüttelte den Kopf. »Wenn die Frau uns gefolgt ist, muss sie hinter uns gewesen sein. Ich habe mich nicht umgedreht. Max wollte den Kinderwagen schieben. Ich habe nur aufgepasst, dass ich ihm nicht in die Hacken trete.«

Auch das klang plausibel und war verständlich.

»Wollen Sie nicht mal bei Ihren Kollegen nachfragen?«, bat Mel. »Es war doch einer auf dem Weg zu dem Kunden, als wir losgefahren sind. Inzwischen müsste er doch wissen, ob der Mann etwas gesehen hat.«

Das glaubte Rita Voss weniger. Aber es war anzunehmen, dass Thomas Scholl inzwischen wusste, ob Mel bei Aldi mit einem oder zwei Kindern gesehen worden war. Er sollte wohl auch einen zur Kita schicken, ehe die für heute geschlossen wurde. Dort musste Luca mittags ja noch mal gesehen worden sein.

Sie erwischte Scholl auf dem falschen Fuß. Noch ehe sie ein Wort sagen konnte, erklärte er: »Nerv nicht, Rita. Wir tun, was wir können, aber wir können weder hexen noch hellsehen.«

»Ach, das ist ja schade«, konterte Rita Voss und klang kein bisschen sarkastisch dabei. An Mel gewandt, behauptete sie: »Der Mann hat leider nicht auf die ältere Frau geachtet.« Und wieder ins Handy. »Dann gebe ich dir mal die Strecke durch, die Frau Martell in Bedburg zu Fuß gegangen ist.«

Sie wiederholte, was Mel eben gesagt hatte.

»So schlau waren wir schon«, kommentierte Scholl. »Wo genau hatte sie geparkt?« Zu einer Antwort kam Rita Voss nicht. »Sag nur Ja oder Nein«, verlangte er und beschrieb die für Sparkassenkunden reservierte Fläche hinter den Häusern, auf der Mels Honda Civic gestanden hatte. Rita Voss bestätigte wie gewünscht.

»Dachte ich mir«, sagte Scholl. »Wir brechen hier ab.« Dass er nicht mehr mit ihr sprach, begriff sie erst bei seinen nächsten Sätzen. »Da stand das Auto der Mutter. Das können wir vergessen.« Zu ihr sagte er danach: »Beim Aldi erinnerte man sich auch nur an Frau Martell und Max, speziell an ihn. Er durfte herumlaufen und sich eine Süßigkeit aussuchen, hat sich noch mal umentschieden und brav seine erste Wahl zurückgelegt. Den Kinderwagen mit oder ohne Baby hat keiner vom Personal gesehen.«

»Den hat sie im Auto gelassen«, sagte Rita Voss und hatte das Gefühl, dass Mel sich mit den Augen durch ihre Stirn zu bohren versuchte.

Scholl fluchte und rief irgendwem zu: »Hat beim Aldi jemand gefragt, ob das Baby im Einkaufswagen saß? Wenn nicht, muss noch mal einer hin. Und bitte in Zukunft ein bisschen mitdenken, das schadet nie.«

»Noch keine Spur von der Frau im Poncho?«, fragte Rita Voss.

»Keine, mit der wir viel anfangen können.« Damit brach die Verbindung ab.

Und was immer Mel aus dem kurzen Wortwechsel, genauer gesagt aus Rita Voss' Part herausgehört hatte, versetzte sie offenbar in Panik. »Was hat der Kunde gesagt?«, wollte sie wissen. »Hat er überhaupt nichts gesehen?«

Rita Voss antwortete mit Kopfschütteln und schaltete auf den Ton um, den sie bei zähen Verhören einsetzte. »Reden wir nicht länger um den heißen Brei herum, Mel. Kein Mensch in Bedburg hat Sie mit Luca gesehen. Wie meine Kollegen darüber denken, muss ich Ihnen sicher nicht erklären. Es ist jetzt einer auf dem Weg zur Kita. Noch ist da ja wohl offen.«

Sie war nicht dazu gekommen, Scholl auf die Kita hinzuweisen. Aber der konnte ja aus eigenem Antrieb jemanden hingeschickt haben, warum sollte Mel daran zweifeln? Als sie anfügte: »Wenn Luca um die Mittagszeit auch dort nicht gesehen wurde ...«, brach Mel erneut in Tränen aus.

Zeugen

Etwa eine Viertelstunde zuvor war ein Hinweis von Bedeutung eingegangen, den Thomas Scholl beim Telefonat mit Rita Voss nicht erwähnt hatte, weil noch keine vollständige Aussage vorlag. Die Anruferin hieß Silke Böhmer. Sie war gegen Viertel nach drei vom Einkaufszentrum kommend auf der K37n nach Blerichen unterwegs gewesen. Auf dem Radweg vor der Abbiegung zur Bahnstraße war ihr die gesuchte Frau aufgefallen – unverkennbar in dem Poncho mit dem zerrupften Adler auf dem Rücken.

Die Frau sei in Eile gewesen und allein, gab Silke Böhmer an. Obwohl sie im Vorbeifahren nur einen kurzen Eindruck gewonnen hatte, erklärte sie auf Nachfrage noch einmal ausdrücklich, die Frau habe kein Baby, nur eine Tasche bei sich gehabt und einen panischen Eindruck gemacht.

»Sie schaute sich hektisch um und wurde noch schneller, als ich näher kam. Als hätte sie Angst, dass ich sie über den Haufen fahre. Sie rannte regelrecht, bis ich vorbei war. Dann wurde sie wieder etwas langsamer, das habe ich im Rückspiegel beobachtet. Ich kenne die Frau auch vom Sehen. Anfang letzten Jahres ist sie mir ein paarmal mit zwei Kindern auf dem Spielplatz Hirtenend aufgefallen. Wahrscheinlich ihre Enkel. Eigentlich war es noch zu kalt, um draußen zu spielen, deshalb fielen mir die drei auf. Der Junge war sechs oder sieben, er tobte auf den Geräten herum. Das Mädchen war etwas älter und saß mit der Frau am Rand.«

Der Spielplatz Hirtenend lag in Bedburg-Blerichen. In Verbindung mit den Sichtungen auf der Adolf-Silverberg-Straße um die Mittagszeit sprach Silke Böhmers Beobachtung dafür, dass die gesuchte Frau in Blerichen oder dem angrenzenden Stadtteil Kirdorf wohnte und um Viertel nach drei auf dem Heimweg gewesen war – allerdings ohne ein Baby.

Der Verbindungsmann

Um halb fünf hielt es Klinkhammer nicht länger an seinem Schreibtisch. Was den Einsatzplan für den Großeinsatz am Wochenende betraf, würden die Kollegen sich womöglich wundern, weil sie mehr von ihm erwarteten. Aber mehr fiel ihm unter den gegebenen Umständen nicht ein.

Er ging hinüber zu Jochen Becker, als hätte er gerochen, dass es sich lohnte, mal zu fragen, wie die Dinge standen. Becker hatte zwischenzeitlich erfolglos mit dem für Bedburg zuständigen Bezirksdienstbeamten telefoniert, vergebens im Computer nach einer Anzeige wegen Belästigung durch die Frau mit den Lollys geforscht und das Melderegister der letzten zehn Jahre nach verstorbenen Kindern durchforstet. Er war gerade dabei, die Aussage Silke Böhmers in den Computer einzupflegen, gab kurz den Wortlaut wieder und regte sich anschließend auf, weil die Meldung über Silke Böhmers Beobachtungen von der Leitstelle nur an die Einsatzkräfte in Bedburg weitergegeben worden war. Becker hatte in der Zentrale den Mitschnitt ihres Anrufs anfordern müssen, nachdem Scholl ihn informiert hatte.

»Es wäre schön, wenn ich ebenfalls ohne Zeitverzögerung auf dem Laufenden gehalten würde«, meckerte er. »Zu Anfang hat das doch prima geklappt, warum auf einmal nicht mehr? Ist da einer eingepennt?«

Die versteckte Aufforderung an ihn, dafür zu sorgen, dass alles wieder seinen geordneten Gang nahm, bekam Klinkhammer nicht richtig mit. »Viertel nach drei«, wiederholte er die Zeitangabe, die Silke Böhmer gemacht hatte. »Das wären fast anderthalb Stunden nachdem festgestellt wurde, dass Luca nicht im Kinderwagen saß. Vom Drogeriemarkt bis zur neuen Kreisstraße braucht man über den Schlossparkplatz nur ein paar Minuten. Wo hat die Poncho-Frau sich denn die ganze Zeit aufgehalten?«

»Frag mich was Leichteres«, sagte Becker.

»Panisch soll sie gewirkt haben«, sinnierte Klinkhammer.

»Wie ein Mensch auf der Flucht. Flieht eine geistig verwirrte Person eher vor den eigenen Dämonen oder vor einer realen Bedrohung?«

»Nennst du das leichter?«, fragte Becker seinerseits. »Mit eigenen Dämonen kenne ich mich nicht aus. Eine reale Bedrohung gab es nicht. Wenn jemand hinter der Frau her gewesen wäre, hätte die Anruferin das vermutlich bemerkt und wohl auch gesagt. Wenn ich ihre Angaben richtig interpretiere, hatte sie eher den Eindruck, die Frau im Poncho nähme vor ihr Reißaus. Menschen, die etwas auf dem Kerbholz haben, fliehen eben, wenn jemand kommt und sie nicht erwischt werden wollen.«

»Aber sie hatte kein Baby dabei«, sagte Klinkhammer.

»Vielleicht hat sie den Kleinen irgendwo versteckt und will ihn nach Einbruch der Dunkelheit holen«, meinte Becker.

»Dann hätte sie nicht hetzen müssen«, sagte Klinkhammer und erteilte die Anweisung, Silke Böhmer noch einmal explizit zu befragen. Vielleicht hatte sie ein anderes Fahrzeug, einen Radfahrer oder Fußgänger bemerkt, aber nicht mit der Frau im Poncho in Verbindung gebracht. Dass Silke Böhmer und diese Frau an einem Freitagnachmittag alleine auf der K37n unterwegs gewesen wären, war wegen des Einkaufszentrums an der Bahnstraße, dessen Parkplatzzufahrt auf die Kreisstraße mündete, nur schwer vorstellbar.

Eine besondere Überlegung wert war auch die Tatsache, dass die Frau außen herum gelaufen war. Fußgänger wählten normalerweise den kürzeren Weg über die Bahnstraße, wenn sie nach Blerichen wollten. Wo Silke Böhmer die Frau im Poncho Anfang des vergangenen Jahres mit zwei Kindern auf einem Spielplatz gesehen hatte.

Vermutlich ihre Enkel!

Wer Enkel hatte und sogar im Winter mit ihnen auf Spielplätze ging, musste doch kein Baby entführen.

Keine fünf Minuten später saß Klinkhammer im Auto. Er wusste immer noch nicht, wie er Gabi beibringen sollte, dass ihr jüngster Enkel verschwunden war, ohne in diesem Zusammenhang die

Schwiegertochter und den Standort des Kinderwagens zu erwähnen und einen Hagelsturm heraufzubeschwören.

Ein blöder Vergleich, das war ihm bewusst. Es würde wohl nur wieder etwas zu Bruch gehen. Er hatte mal erlebt, wie das Glas einer Terrassentür zersprang, weil Gabi nicht mehr aus noch ein wusste. Die Scheibe hatte schon vorher einen Sprung gehabt, aber es hatte vor dem Knall minutenlang geknirscht, und Gabis ebenfalls anwesender Bruder hatte sie mehrfach aufgefordert, damit aufzuhören. Auf eine Wiederholung legte Klinkhammer wahrhaftig keinen Wert.

Man glaubte so etwas nicht, bis man es selbst erlebte. Seine Frau hatte damals gesagt: »So was macht Gabi nicht mit Absicht, Arno. Sie war in einer extremen Ausnahmesituation, das weißt du.« Natürlich wusste er das. Und wie sollte man die derzeitige Situation bezeichnen, wenn nicht als extreme Ausnahme?

Möglicherweise ging diesmal mehr kaputt als eine Glasscheibe. Was nun, wenn tatsächlich Mel sich aus Wut auf Martin an Luca vergriffen hatte und mit einem leeren Kinderwagen nach Bedburg gefahren war? Wer wusste denn, was zwischen Mel und Martin vorgegangen war in letzter Zeit? Er wusste es nicht. Ines wusste es wohl auch nicht, sonst hätte sie bestimmt mal etwas erwähnt.

Er fuhr mit einem Gefühl, als sei der Fahrersitz unter ihm mit Nadeln gespickt. Zwar stach es nicht in seinen Rücken, aber es kribbelte vom Hintern bis in den Nacken hinauf, als bohrten sich feine Nadelspitzen so gerade eben durch die Kleidung in seine Haut. Sogar die Kopfhaut zog sich prickelnd zusammen.

Die halbe Zeit schwebte ihm das hochrote, schweißfeuchte Köpfchen eines schreienden Säuglings vor Augen, dessen Gesicht nur aus zusammengekniffenen Augen und einem aufgerissenen Mund zu bestehen schien. Nicht Luca. Den kannte er nur von einem Foto, auf dem der Kleine zwei Stunden alt war und im Arm seiner Mutter lag.

Seine Frau hatte ihm dieses Foto vor neun Monaten auf ihrem Handy gezeigt. »Sieh mal, das ist Martins Jüngster. Sie haben ihn Luca genannt. Gabi behauptet, er sähe genauso aus wie Martin. Das hat sie bei Mäxchen auch gesagt. Was meinst du?«

Im Sommer hatte Ines nach einem Besuch bei Gabi auch mal erwähnt, dass ein Ausdruck dieses Fotos schlicht gerahmt über Gabis Schreibtisch hing, zwischen Mäxchen und Julchen, Martins Ältestem und Martinas mittlerweile sechsjähriger Tochter, die schon zur Schule ging.

»Das Gute an digitalen Fotos ist«, hatte Ines gesagt, »dass man das Wesentliche vergrößern und alles andere ausblenden kann.«

Der schreiende Säugling, der ihn über das erste Stück Autobahn begleitete, war Martin – im November 1987, drei Monate alt. Und nur so verschwitzt, weil er hungrig war und sich deshalb seit Stunden die Lungen aus dem Leib brüllte. Martins Vater, den Klinkhammer kurz vorher sternhagelvoll aus dem Verkehr gezogen hatte, hatte das Geld für die Milch versoffen. Und nie zuvor hatte jemand Klinkhammer so gedauert wie dieses schweißnasse, hungrige Bündel Mensch mit dem Namen eines Toten.

Es war so verdammt persönlich. Und genau das half ihm schließlich, die Erinnerungen beiseitezuschieben und seine Gedanken auf eine rationale Linie zu bringen.

Martins Jüngster verschwunden, aber wohl doch nicht entführt von der Frau im Poncho. Von wem dann?

Silke Böhmers Beobachtung sprach seines Erachtens dafür, dass Luca entführt worden war. Wenn Mel einen leeren Kinderwagen beim Drogeriemarkt abgestellt hätte, hätte die Frau im Poncho nicht an Tempo zulegen müssen, als sie Böhmers Auto hinter sich hörte, meinte er. Die Frau musste eine Gefahr durch ein Auto befürchtet haben. Ihre eigenen Dämonen dürften nicht motorisiert sein. Und wenn sie generell Angst vor Autos hatte, hätte sie einen anderen Weg genommen als den über eine Landstraße.

Welches Auto fuhr Silke Böhmer? Das sollte schnell geklärt werden, weil es vielleicht ein wichtiger Anhaltspunkt war. Deshalb machte er das auch nicht lange über Jochen Becker, sondern auf direktem Weg. Er rief Thomas Scholl an.

Weil Scholl vor Ort in Bedburg bleiben sollte, aber wegen der Neugierigen und einer jungen Reporterin nicht vor dem Drogeriemarkt stehen bleiben konnte, hatte er sich auf den Schlossparkplatz verzogen und nutzte den Streifenwagen, mit dem er und Rita Voss aus Hürth gekommen waren, als provisorische Einsatzzentrale. »Hätte dir das nicht früher einfallen können?«, maulte er, als Klinkhammer sein Ansinnen durchgab.

Jochen Becker hatte den Auftrag bezüglich einer nochmaligen Befragung Silke Böhmers umgehend weitergegeben. Und Scholl hatte dafür gesorgt, dass es prompt erledigt wurde. Es war bereits jemand bei Silke Böhmer gewesen. Sie hatte sich an zwei oder drei andere Fahrzeuge auf der K37n erinnert, aber keine näheren Angaben dazu machen können. Radfahrer oder Fußgänger – außer der Frau im Poncho – waren ihr nicht aufgefallen.

Welches Auto Silke Böhmer fuhr, wusste Scholl nicht. »Ich muss nachfragen, wer bei ihr war. Wenn derjenige es nicht weiß, muss ich eben noch mal jemanden hinschicken. Wir haben ja auch sonst nichts zu tun. Beim Aldi waren wir auch schon zweimal.«

»Tut mir leid«, entschuldigte Klinkhammer sein Versäumnis. »Der Gedanke ist mir eben erst gekommen.«

»Schon gut.« Scholl klang unverändert frustriert, was aber nicht so sehr mit Klinkhammers Spätzündung als vielmehr mit der Gesamtsituation zu tun hatte. Er fühlte sich nicht besonders gut, seit ihm bewusst geworden war, wie sehr er bisher darauf gebaut hatte, dass Klinkhammer zur Stelle war, wenn er gebraucht wurde. Jetzt durfte Scholl nicht die kleinste Kleinigkeit übersehen, musste so gut sein wie der Beste, den er kannte, und das umso mehr, als es Klinkhammers privates Umfeld tangierte.

Bei einer derart auffälligen und umtriebigen Figur wie der Frau im Poncho hatte Scholl schneller konkrete Hinweise erwartet. Aber die Frau schien sich nach ihrem Auftauchen beim Drogeriemarkt in Luft aufgelöst und anderthalb Stunden später auf der neuen Kreisstraße nur mal kurz materialisiert zu haben.

»Bleib dran«, verlangte er und fragte über Funk nach.

Klinkhammer verstand nicht, welche Auskunft Scholl bekam. Dann hatte er dessen Stimme wieder unmittelbar am Ohr, jetzt mit einem zufriedenen Unterton: »Zum Glück gibt es Leute, die auf alles achten. Silke Böhmer fährt einen dunkelgrauen Nissan Kombi. Reicht dir das, oder brauchst du auch noch das Kennzeichen?«

»Reicht erst mal«, sagte Klinkhammer. »Was ist mit anderen Zeugen? Hat sich immer noch keiner gemeldet?«

»Keiner, der das Baby auf der Straße, in der Bäckerei oder beim Aldi gesehen hat. Die Poncho-Frau wurde auch nirgendwo mit dem Baby gesichtet. Der Bonprix-Mann und die beiden Teenies stehen noch aus. Der Mann ist möglicherweise schon auf dem Weg zum Flughafen, wenn er tatsächlich heute noch in Urlaub will. Sonne und Strand gibt's um die Jahreszeit nur per Flieger. Und nur der Himmel weiß, wo die Mädels sich herumtreiben. Ihre Mütter sind informiert und werden uns benachrichtigen, sobald die Töchter eintrudeln.«

»Weiß Rita Bescheid?«

»Über die Bäckerei ja. Zu mehr bin ich noch nicht gekommen.«

Klinkhammer lagen ein paar Worte auf der Zunge, die er lieber hinunterschluckte. Rita würde sich fühlen wie auf dem Abstellgleis. Sie beschwerte sich oft bei ihm, weil sie meinte, von ihren Kollegen geschnitten zu werden. Und das sah sie richtig. Es riss sich keiner darum, mit ihr zu arbeiten, woran sie nicht schuldlos war. Aber jetzt war kaum der richtige Zeitpunkt, Kollegialität anzumahnen. In dieser Situation war es vielleicht sogar besser, wenn man Rita nicht auf dem Laufenden hielt. Sonst fühlte sie sich garantiert bemüßigt, Mel auseinanderzunehmen und den Garten umzugraben.

»Und sonst?«, fragte er.

»Sonst nichts, Arno. Der Hund lief exakt die Strecke ab, die Frau Martell vom Schlossparkplatz zur Bäckerei und zurück bis zu der Fahrradnische an der Sparkasse gegangen ist. Das beweist, dass der Kinderwagen dort geschoben wurde. Ob mit oder ohne den Jungen ... Ich weiß es nicht, Arno.« Scholl ließ noch einen frustrierten Seufzer hören. »Wenn Frau Martell ihn nicht mit nach Bedburg genommen hat, verschwenden wir hier eine Menge Zeit und Energie und sollten lieber dafür sorgen, dass Rita sie sich mal richtig vornimmt.«

Sieh an, dachte Klinkhammer. An Ritas Qualifikation als Verhörspezialistin zweifelte also nicht einmal Thomas. »Langsam«, sagte er. »Zuerst sollten wir uns die Frau im Poncho vornehmen. Sie war am Kinderwagen, das steht fest. Sie müsste auf jeden Fall wissen, ob Luca drinsaß. Vielleicht hat sie gesehen, wer ihn rausgenommen hat. Vielleicht wurde sie eingeschüchtert oder bedroht, damit sie verschwindet und nichts weiter unternimmt. Anders konnte man sie sich an Ort und Stelle nicht vom Hals schaffen, ohne ein Spektakel zu verursachen. Auf der Lindenstraße und dem Schlossparkplatz herrscht freitags reger Betrieb. Da hätte es leicht statt einer Zeugin ein halbes Dutzend oder noch mehr Zeugen gegeben.«

»Aber sie hätte sich doch längst bei uns gemeldet, wenn sie nur etwas beobachtet hat und bedroht wurde«, hielt Scholl dagegen.

»Da wäre ich mir an deiner Stelle nicht so sicher«, widersprach Klinkhammer. »Oder weißt du genau, wie geistig verwirrte Personen ticken? Sie wurde erst anderthalb Stunden nach ihrem Auftauchen beim Drogeriemarkt auf der neuen Kreisstraße gesehen. Was hat sie gemacht in der Zeit? Sich irgendwo versteckt?«

»Oder eingekauft«, meinte Scholl.

Klinkhammer überhörte das geflissentlich, weil es nicht zum Verhalten der Frau passte und er Scholl nicht das Gefühl geben wollte, nicht schnell genug oder nicht in drei Richtungen gleichzeitig denken zu können. »Dann ist sie gerannt, als wäre der Teufel hinter ihr her«, fuhr er fort. »Dafür muss es einen Grund geben. Vielleicht wurde sie verfolgt, vielleicht glaubte sie das auch nur. Jetzt ist sie wieder wie vom Erdboden verschluckt. Vielleicht hat sie sich erneut irgendwo versteckt und kein Telefon zur Hand. Vielleicht war ihr wirklich jemand auf den Fersen und hat sie auf der Kreisstraße geschnappt.«

Für Thomas Scholl waren das ein paar *Vielleicht* zu viel. Er fühlte sich alleingelassen. Ball flach halten, das sagte sich leicht, wenn man den Ball nicht selbst ins Ziel bringen musste. »Immer vorausgesetzt, sie hat gesehen, dass jemand das Kind aus dem Wagen nahm«, sagte er.

»Oder sie hat gesehen, dass Luca nicht drinsaß, hat danach eine der Lautsprecherdurchsagen gehört und gedacht, wir wären hinter ihr her«, sprach Klinkhammer aus, was er gar nicht denken wollte. »So oder so, Thomas, wir müssen alles daransetzen, diese Frau schnellstmöglich zu finden.«

»Mit *wir* sind aber wohl nur die Kollegen und ich gemeint«, stellte Scholl fest und fügte mit unterschwelliger Hoffnung hinzu: »Oder mischst du jetzt doch selber mit?«

»Nicht offiziell«, sagte Klinkhammer, beendete das Gespräch, rief Jochen Becker an und bat ihn um eine weitere Recherche. Der Gedanke war ihm gekommen, als er es aussprach. Wenn die Frau im Poncho glaubte, sie würde von der Polizei gejagt, wenn sie deshalb geflohen war, hatte sie vielleicht mal schlechte Erfahrungen gemacht und Angst vor Polizisten. Nicht jeder brachte mit verwirrten Personen die Geduld auf, die notwendig und angebracht wäre.

Wenige Minuten später erhielt Scholl kurz hintereinander zwei Meldungen. Die erste untermauerte seinen Verdacht gegen Mel. Auf einem Wirtschaftsweg nahe Niederembt war ein blauer Kinderschuh der Größe 22 gefunden worden. Ein neuwertiger Schuh. Man übermittelte ihm ein Foto, das er umgehend an Rita Voss weiterleitete.

Die zweite Meldung besagte, dass die Frau im Poncho um zwanzig nach eins vor der Bäckerei in der Graf-Salm-Straße gesehen worden war. Zu dem Zeitpunkt dürfte Mel mit Max und dem – wie Scholl nun meinte – leeren Babyjogger noch in der Bäckerei gewesen sein oder sie gerade verlassen haben. Mit Blick auf den blauen Kinderschuh schickte er nicht noch einmal jemanden runter in die Graf-Salm-Straße.

Zweimal Aldi, zweimal Silke Böhmer, jetzt auch noch zum zweiten Mal in der Bäckerei nachfragen, wozu sollte das gut sein. Die Verkäuferinnen dort waren schon befragt worden und mussten relativ früh eine der Lautsprecherdurchsagen gehört haben. Sie hätten sich wohl gemeldet, wenn die gesuchte Frau zur gleichen Zeit wie Mel im Laden gewesen wäre.

Die Engelsucherin – 2015

Die Wohnung im Dachgeschoss war noch kleiner als Anni Erzigs Wohnung, hatte aber ebenfalls zwei Zimmer, eine Küche und ein winziges Duschbad. Lange Zeit hatte dort oben ein älterer Herr gelebt. Nachdem er in ein Pflegeheim umgezogen war, standen die Räume monatelang leer. Als sie sich wieder mit Leben füllten, empfand Anni das zuerst als große Belastung und Belästigung. Für mehr als zwei Personen war die Dachgeschosswohnung entschieden zu klein. Und es zog eine komplette Familie ein. Diego und Elena Rodriguez mit ihren Kindern Arturo und Estelle.

Diego und Elena kamen aus Spanien und lebten schon lange in Deutschland. Beide Kinder waren hier geboren. Diego arbeitete für ein Security-Unternehmen und verdiente nicht die Welt. Elena war vormittags in der Bäckerei an der Graf-Salm-Straße beschäftigt. Sie wollten so bald wie möglich ein Haus kaufen, es durfte ruhig älter sein. Deshalb begnügten sie sich mit der viel zu kleinen Wohnung und sparten auch sonst, wo sie nur konnten.

Als sie einzogen, war Arturo vier, Estelle ging das erste Jahr zur Schule, wohin Annis Sohn mit seinem klugen Köpfchen es nicht mehr geschafft hatte. Es waren bildhübsche Kinder mit braunen, fast schwarzen Augen, dichtem schwarzem Haar und einem Teint wie Kaffee mit einem Schuss Sahne. Es waren auch sehr lebhafte Kinder und kerngesund, kein Vergleich mit dem älteren Herrn, der nur in Pantoffeln über dicke Teppiche geschlurft war.

Vormittags herrschte noch Ruhe, weil Arturo dann in der Kita und Estelle in der Schule war. Aber nachmittags waren sie zu Hause, und das hörte sich meist an, als galoppiere eine Herde Wildpferde durch die Räume über Annis Kopf.

Es dauerte nicht lange, da wurde Anni zum ersten Mal gebeten, nachmittags für eine halbe Stunde auf die Kinder aufzupassen. Elena musste etwas besorgen. Normalerweise brachte sie mit, was sie brauchten, wenn sie mittags von der Arbeit kam. Nun hatte sie etwas vergessen. Es regnete in Strömen. Ein Auto besaß Elena nicht, nur ein altes Fahrrad. Diego fuhr einen klapprigen Ford, den brauchte er, um zur Arbeit zu kommen.

»Die beiden müssen ja nicht auch noch pitschnass werden«, sagte Elena. »Alleine oben lassen möchte ich sie nicht, da machen sie nur Dummheiten. Es dauert wirklich nicht lange.«

Aus einer halben Stunde wurden fünfzig Minuten, kein Wunder bei dem Regen. Und nur die ersten zehn Minuten saßen Estelle und Arturo brav mit Buntstiften und Malbüchern an Annis Küchentisch. Danach ging das Gezanke um die Stifte los. Estelle bekam Durst, Arturo musste Pipi machen und konnte das noch nicht ganz alleine. Nachdem das erledigt war, wollte der Kleine baden. Bei ihnen oben gab es doch nur eine Dusche, in Annis Bad stand eine Wanne. Mit Müh und Not gelang es Anni, ihm das auszureden. Dann fragte Estelle nach einem Bonbon, Arturo wollte auch eins. Bitter enttäuscht nörgelten beide los, weil Anni keine Süßigkeiten vorrätig hatte, und nervten sie mit Fragen nach dem Warum.

Als Elena ihre Kinder abholte und Annis erschöpfte Miene sah, sagte sie: »Ich hoffe, es war nicht zu anstrengend für Sie, Engel sind die beiden leider nicht.«

»Das ist auch gut so«, erwiderte Anni. Woraufhin Elena annahm, es habe ihr Spaß gemacht, die beiden um sich zu haben. Und dann kamen sie eben öfter. Zu Anfang stundenweise an drei oder vier Nachmittagen pro Woche. Wenn Elena gebeten wurde, nachmittags für ein paar Stunden in der Bäckerei auszuhelfen, sagte sie nicht Nein, brachte lieber ihre Kinder zu Anni, die sich deshalb nur noch vormittags ihren Lieben im Kirschbaum widmen konnte. Samstags kamen Estelle und Arturo natürlich auch, brachten frische Wäsche mit und durften bei Anni baden. Elena versprach jedes Mal, anschließend das Bad aufzuwischen. Aber Anni mochte nicht warten, bis Elena Zeit fand.

Zum Winter hin wurde Elena eine Ganztagsstelle angeboten. Sie bot Anni ihrerseits eine kleine Entschädigung für die Nachmittagsbetreuung. Und inzwischen hatte Anni sich an den Umgang mit den Kindern gewöhnt, fand die beiden nicht mehr so anstrengend wie zu Beginn. Natürlich ging es immer noch zeitweise mit viel Tamtam quer durch ihre Wohnung. Mal wurde ihr Bett als Trampolin benutzt, mal spielten sie Hund und Katze. Da wurde Anni angefaucht, angebellt und angeknurrt, auch mal ins Bein gebissen oder gekratzt.

So wüst hatte ihr Sohn nie gespielt. Aber Anni ließ sie. Wenn sie sich ausgetobt hatten, waren sie wieder lieb und sanft wie Lämmer. Manchmal knieten sie dann geraume Zeit auf der Bank unter dem Küchenfenster, schauten wie Anni zum Kirschbaum hinüber, neigten ihre Köpfe mal zu dieser und mal zu jener Seite. Wie Anni es tat, um die Gesichter in der Borke zu unterscheiden, was Estelle schon mehrfach beobachtet hatte.

Als Anni wissen wollte, ob Estelle ihre Lieben ebenfalls sah, erklärte das Kind, in dem Baum wären noch viel mehr Leute drin.

»Die sind alle eingesperrt und können nicht raus. Eine Frau weint immer. Sie will so gerne nach Hause, aber sie weiß gar nicht mehr, wo sie früher gewohnt hat.«

»Ach«, sagte Anni verblüfft. »Wo ist die Frau denn?«

»Da«, sagte Estelle und wies mit einem Finger auf den Stamm. »Sie hat eine Haube auf dem Kopf, so wie die Frauen früher, als es noch Burgen gab und Schlösser und Ritter. Siehst du sie?«

Sosehr Anni ihre Augen auch anstrengte, sie sah keine Frau

mit einer Haube. Als sie den Kopf schüttelte, plapperte Estelle weiter: »Sie ist aber da, ehrlich, genau neben dem Mann mit dem Bart. Und ein bisschen höher ist ein Mann mit einem Hut, wie Pan Tau einen hat. Kennst du Pan Tau?«

»Nein«, sagte Anni.

»Der kam früher im Fernsehen«, erklärte Estelle. »Jetzt kann man den nur noch auf YouTube sehen. Papa lässt uns das sonntags gucken, wenn Mama arbeiten muss.«

Anni hatte keine Ahnung, was YouTube war. Aber offenbar sah Estelle in der Rinde andere Leute als ihre Angehörigen. Doch als sie den Kindern Fotos von ihrem Sohn, ihrem Mann und ihren Eltern zeigte und ein wenig von früher erzählte, dauerte es nicht lange, bis Estelle auch deren Gesichter entdeckte. Und das Beste war, Estelle sah mit ihren jungen, scharfen Augen auch Lippenbewegungen. Ihrem feinen Gehör erschloss sich sogar, was die Leute im Baum sagten. So erfuhr Anni endlich, dass ihr Sohn sie bat, nicht traurig zu sein, weil er doch wieder bei ihr war und nie mehr weggehen wollte.

Die Polizistin

Die eingehende SMS von Thomas Scholl blieb Mel natürlich nicht verborgen. Rita Voss überflog den kurzen Text, warf einen Blick auf das angehängte Foto vom blauen Kinderschuh und strich das Gartenhäuschen aus ihren Überlegungen. Der Fund auf dem Wirtschaftsweg sprach dafür, dass Mel sich ihres Jüngsten unterwegs entledigt hatte, um nicht Gefahr zu laufen, dass bei der Kita jemand Lucas Fehlen registrierte. Schuhgröße 22 erschien ihr zwar etwas groß für ein neun Monate altes Baby. Als ihre Tochter in dem Alter gewesen war, hatte es für sie noch gar keine festen Schuhe gegeben. Aber man durfte nicht übersehen, dass Lucas Eltern ein Stückchen größer waren als sie und ihr Ex.

Mel wartete offenbar auf eine Erklärung oder Fragen. Seit ihrem Anruf bei Scholl hatte Rita Voss kein vernünftiges Wort mehr aus ihr herausbekommen, nur Schluchzer und Gestammel gehört. Es juckte sie in den Fingern, Mel ohne Einleitung mit dem Foto zu konfrontieren, aber ein klein wenig Vorbereitung ebnete manchmal den Weg zum Geständnis.

»Können wir noch mal versuchen, wie erwachsene Frauen miteinander zu reden?«, fragte sie. »Wenn nicht, ich meine, wenn Sie mir nur noch etwas vorheulen wollen, überlasse ich das Feld hier einem meiner Kollegen. Am besten dem, der mir gerade die SMS geschickt hat.«

»Was hat er denn geschickt?«, fragte Mel mit vom Weinen rauer Stimme.

»Wollen Sie das wirklich sehen?«, antwortete Rita Voss mit einer Gegenfrage, in der die für eine Kindsmörderin unheilvolle Botschaft mitschwang, jetzt käme ein Bildchen von der Babyleiche.

Mel schluckte und nickte. Rita Voss zeigte ihr die Aufnahme und ließ dabei keinen Blick von ihrer Miene. So etwas wie Erschrecken oder Entsetzen registrierte sie nicht.

»Was ist das?«, fragte Mel.

»Das sieht man doch«, erwiderte sie. »Das ist ein Babyschuh.«

»Und warum schickt Ihr Kollege Ihnen so ein Foto?«, fragte Mel.

»Können Sie sich das nicht denken?«

Das konnte Mel offenbar. »Weil Luca heute Mittag bei der Kita nicht gesehen wurde?« Als sie darauf keine Antwort bekam, fügte sie hinzu: »Luca hat noch keine festen Schuhe. Nur Babyschuhe. Er krabbelt doch gerade erst.«

Das konnte man glauben. Man konnte aber auch warten, bis der Vater nach Hause kam, und dem das Foto zeigen.

»Luca saß im Auto. Ich weiß nicht, ob ihn jemand gesehen hat«, versicherte Mel. »Es waren noch andere Mütter bei der Kita, aber die standen nicht auf der Straße. Ich habe ihn nicht mit reingenommen, weil er gerade erst eingeschlafen war.«

Das bestätigte die Worte des unverbogenen Zeugen Max, bewies jedoch nicht, dass Luca im Auto noch gelebt hatte.

»Was soll ich denn jetzt davon halten?«, fragte Rita Voss. »Im Drogeriemarkt haben Sie mir erzählt, Luca kenne schon den Weg zur Kita und wüsste, dass er gleich bespaßt würde. Das war demnach eine Lüge. Wenn es noch mehr Lügen gab, sollten Sie die korrigieren, solange wir beide noch unter uns sind. Mit den Jungs, die sich die Hacken ablaufen und nach einem Baby suchen, von dem niemand glaubt, dass es mit nach Bedburg gebracht wurde, ist nicht zu spaßen.«

»Ich habe ihn mitgenommen«, beteuerte Mel unter erneuten Tränen. »Ehrlich. Er war bei uns. Sie haben doch gehört, was Max gesagt hat.«

Als sein Name fiel, schaute der Junge kurz auf, konzentrierte sich aber sofort wieder auf sein Parkhaus und die Autos.

Mel wischte sich über Augen und Wangen. »Das Essen hat Luca müde gemacht«, erklärte sie. »Er schlief schon, als wir bei der Kita ankamen. Deshalb habe ich ihn im Auto sitzen lassen, auch beim Aldi. Er war warm genug angezogen, es konnte ihm nichts passieren. Ich war froh, dass er endlich zur Ruhe gekommen war. Er musste doch schlafen.«

»Warum haben Sie das nicht gleich gesagt?«

Mel hob die Schultern, ließ sie wieder sinken und murmelte: »Ich wollte nicht, dass Sie schlecht von mir denken und glauben, ich würde so etwas öfter machen. Das habe ich vorher noch nie gemacht, wirklich nicht.«

»Wann soll er sich denn den Schnuller abgerissen haben?«, fragte Rita Voss. »Müde Babys nuckeln, schlafende reißen nicht an ihren Sachen herum.«

»Vielleicht ist mir das passiert, als ich ihn auf dem Schlossparkplatz aus dem Auto genommen habe«, räumte Mel ein. »Da schlief er so fest, dass ich es riskieren konnte, ohne ihn aufzuwecken. Dann sind wir durch den Park und über den Vorplatz zur Bäckerei gegangen.«

»Dort hat ihn aber auch niemand gesehen«, sagte Rita Voss. »Sie haben den Wagen so gedreht, dass kein Mensch feststellen konnte, ob ein Baby drinsaß.«

»Das habe ich mit Absicht gemacht«, begehrte Mel auf. »Wenn ältere Frauen Luca sehen, müssen sie ihn antatschen. Ständig heißt es: *Och, ist der süß*. Ja, das ist er. Ich bin stolz, dass ich zwei so hübsche Kinder habe. Und ich mag es nicht, wenn fremde Leute an ihnen herumfummeln. Luca steckt sich danach die Finger in den Mund und könnte sich wer weiß was für Krankheiten holen. Es waren ältere Frauen in der Bäckerei, ich wollte nicht, dass sie ihn anfassen und aufwecken.«

Sie atmete zitternd durch, ehe sie noch einmal theatralisch beteuerte: »Ich habe Luca nichts getan. Glauben Sie mir bitte. Ich könnte meinen Kindern niemals etwas antun. Sie sind in meinem Leib gewachsen. Sie sind doch ein Teil von mir. Ich würde mir ja auch kein Bein abhacken. Ich liebe meine ...«

Sie zuckte zusammen und brach ab, als im Flur das Bakelit-Telefon klingelte. Max schaute interessiert herüber. Mel hetzte zur Tür hinaus, als stünde das Wohnzimmer in Flammen. Sie riss den Hörer so heftig von der Gabel, dass Rita Voss es im Wohnzimmer klackern hörte, und meldete sich mit einem atemlosen: »Hallo?« Etliche Sekunden vergingen, dann sagte sie gereizt: »Er ist noch nicht hier. – Woher soll ich das wissen? Probier es später noch mal.« Damit legte sie auf, kam zurück und erklärte: »Einer aus dem Sportverein – wollte Martin sprechen.«

Ungewöhnlich, fand Rita Voss, dass einer aus dem Sportverein Martin nicht auf dessen Handy anrief. Wer wählte denn heutzutage noch eine Festnetznummer, wenn er jemanden privat sprechen wollte, der beruflich viel unterwegs war? Nur alte Leute, die mit der Technik nicht Schritt gehalten hatten.

Als könne sie Gedanken lesen, sagte Mel: »Seine Handynummer gibt Martin denen nicht, damit die ihn nicht auch noch während der Arbeit anrufen. Das sind richtige Nervensägen. Seit er sich bereit erklärt hat, ab dem Frühjahr die Pampersliga zu trainieren, rufen sie ständig an und wollen etwas von ihm.«

»Ich hätte nicht gedacht, dass der alte Apparat noch funktioniert«, sagte Rita Voss daraufhin.

»Alt sind nur das Gehäuse und der Hörer«, erklärte Mel. »Martins jüngster Onkel ist ein Bastlertyp. Der klappert sämtliche Flohmärkte der Umgebung ab, kauft alten Plunder, macht etwas draus und verkauft den Kram dann wieder. Martin steht auf alte Sachen. Ich mag es lieber modern. Da sind solche Kleinigkeiten ein guter Kompromiss. – Möchten Sie noch einen Kaffee?«

»Ein Wasser wäre mir lieber. Der Kaffee war sehr stark.«

»Ich kann ihn schwächer machen«, versicherte Mel hastig. »Mineralwasser habe ich nicht, das kaufe ich nie.«

»Ich trinke immer Leitungswasser«, log Rita Voss.

»Ich kann es sprudeln. Es ist nur nicht so kalt wie aus dem Kühlschrank.« Mel wollte so offensichtlich in die Küche, dass Rita Voss gar nicht umhinkam, das Angebot anzunehmen.

»Perfekt«, sagte sie.

»Willst du auch etwas trinken, Max?«, wandte Mel sich an den Jungen. Der nickte nur. Mel sah es vermutlich nicht mehr, war schon im Flur verschwunden und befahl noch: »Dann musst du aber vorher zur Toilette gehen.«

Max unterbrach sein eintöniges Spiel am Parkhaus und verschwand ebenfalls im Flur. Rita Voss nutzte die Gelegenheit für eine kurze Info an Scholl. In der Küche brodelte und zischte es. Ob Mel mit den Geräuschen einen weiteren Tränenausbruch oder etwas anderes kaschierte, ließ sich bei ihrer Rückkehr nicht feststellen, dafür war ihr Gesicht noch zu stark vom vorherigen Weinen gezeichnet.

In dem Glas, das sie Rita Voss vorsetzte, perlten feine Bläschen. Für Max stellte sie einen Kakao im Trinktütchen neben den Spielteppich. Als er mit feuchten Händen von der Toilette zurückkam, mahnte sie: »Pass auf, stoß es nicht um.«

Dann setzte sie sich wieder, nahm noch eine Schokowaffel aus der Schale, knabberte daran und begann, von ihren Eltern zu erzählen. Ob sie auf etwas Bestimmtes hinauswollte oder nur ein Ausweichmanöver startete, um nicht weiter zu Luca befragt zu werden, war nicht ersichtlich. Vielleicht wollte sie nur klarstellen, dass sie aus ihrer Kindheit mit dem festen Vorsatz herausgewachsen war, es mit den eigenen Kindern ganz anders und viel besser zu machen als ihre Mutter.

Für Rita Voss war es nutzloses Geschwafel, allenfalls gut, um die Zeit zu überbrücken, bis Martin auftauchte. Sie hörte sich an, dass Mels Vater nach Esthers Pfeife tanzte und es nie wagte, dieser Frau ohne Herz und Verstand zu widersprechen. Nicht genug damit, dass Esther den zwölfjährigen Joris mit gebrochenem Arm alleine ins Krankenhaus geschickt hatte. Mels Bruder war auch stets als Aufpasser für sie verpflichtet worden, wenn Esther ausgehen wollte und den Vater ihrer Kinder zum Mitkommen verdonnerte, obwohl der lieber auf dem Sofa gesessen hätte.

»Joris hat mir einmal erzählt, dass ich mir mit zwei Jahren den Magen verdorben hatte. Ich musste mich mehrfach übergeben, hatte vielleicht auch Fieber. Das wusste er nicht mehr. Er hatte fürchterliche Angst, dass ich sterbe. Aber er hat sich nicht getraut, den Notruf zu wählen, aus Angst, dass Esther ihm die Hölle heißmacht, wenn sie zurückkommen.«

Anschließend erfuhr Rita Voss auch noch, dass Martin mit seinen Eltern nicht viel mehr Glück gehabt hatte. Dass *Martina Schneider* mit bürgerlichem Namen Gabriele Lutz hieß und Gabi genannt wurde. Dass Martins Vater sich vor ewigen Zeiten totgesoffen und Esther befürchtet hatte, Mel könne bei der Hochzeit den Namen eines solchen Subjekts annehmen.

»Sie bildet sich etwas auf unseren Stammbaum ein. Martin war sofort bereit, meinen Namen anzunehmen. Sonst hätte er weiter Lutz geheißen und unsere Kinder Martell. Das wollte er nicht.«

Hätte Rita Voss nachgefragt, wäre sie wohl ebenso über die vermeintliche Abstammung von Karl Martell und Karl dem Großen informiert worden wie Klinkhammer bei Martins Hochzeit. Aber sie interessierte sich ebenso wenig für Stammbäume wie für die um den Großvater trauernde Schwägerin, fragte stattdessen: »Und Frau Lutz hat keine Einwände erhoben?«

»Gabi?« Mel lächelte. »Wenn es nach ihr ginge, würden wir alle Schneider heißen.«

Über ihre Schwiegermutter kam sie auf die unterschiedlich ausgestatteten Kinderzimmer zu sprechen. Gabi hatte Max vom Tag seiner Geburt an mit Geschenken *zugemüllt*. Diesen Ausdruck benutzte Mel tatsächlich. »Als Martin klein war, konnte sie es sich nicht leisten, seine Wünsche zu erfüllen. Oft sei es schon ein Problem gewesen, wenn er neue Schuhe brauchte, hat sie mal erzählt. Aber das muss sie doch nicht bei meinen Kindern kompensieren. Ich will nicht, dass Max und Luca im Glauben aufwachsen, man könne alles haben, was man sich wünscht.«

Eine vernünftige Einstellung, fand Rita Voss.

Mel versuchte offenbar, den Tonfall ihrer Schwiegermutter zu treffen: »*Mäxchen braucht ein Schaukelpferd. Mäxchen braucht ein Bobbycar. Mäxchen braucht eine Schaukel im Garten, Mäxchen braucht ein Zelt, Mäxchen braucht Bücher.*«

In ihrer eigenen Stimmlage ging es weiter: »Kein Kind braucht haufenweise Spielzeug. Das ist mein Sohn! Ich weiß am besten, was er braucht, und lasse ihn mir nicht mit Geschenken abkaufen. Und ich hasse es, wenn Gabi ihn Mäxchen nennt. Meine Söhne heißen Max und Luca. Punkt und Schluss.«

Mel hatte sich etwas in Rage geredet, beruhigte sich aber schnell wieder und fuhr fort: »Das meiste, was Gabi angeschleppt hat, habe ich gleich bei eBay angeboten, sonst hätte ich einen Laden aufmachen können. Auch was die Kleidung angeht.«

Sie drehte die angeknabberte Waffel in der Hand und betrachtete das Muster, das ihre Zähne in den Schokorand gefräst hatten. »Max kann nur eine Jacke anziehen. Eine Ersatzjacke finde ich in Ordnung, aber nicht fünf.«

»Sie verstehen sich nicht besonders gut mit Ihrer Schwiegermutter«, stellte Rita Voss überflüssigerweise fest.

Mel hob die Achseln, ließ sie wieder sinken. Eine Zustimmung war das kaum. »Gabi ist ein schwieriger Mensch«, erklärte sie. »Anfangs haben wir uns gut verstanden. Ich fand es bewundernswert, wie Gabi sich aus primitivsten Verhältnissen nach oben gearbeitet hat. Und solange man sie bewundert und ihre Entscheidungen akzeptiert, ist alles in Ordnung. Man darf ihr nur nicht widersprechen. Sie bestimmt, wo es langgeht. Alles weiß sie besser. Dabei hat sie nicht mal Abitur.«

»Sie soll aber gute Bücher schreiben«, sagte Rita Voss lapidar.

»Das ist Geschmackssache«, meinte Mel. »Ich mag so düstere Geschichten nicht. Martin liest die auch nicht.« Sie deutete zu den Buchrücken in den offenen Schrankelementen hin. »Die stehen da nur, weil Gabi das erwartet. Sie erwartet sogar, dass wir auf Facebook Werbung für ihre Romane machen. Als ich mich geweigert habe, hat sie mich rausgeschmissen.«

Aus einem Haus, nahm Rita Voss an. Sie war unverändert überzeugt, dass Max aufmerksam zuhörte, auch wenn er sich den Anschein gab, in sein Spiel versunken zu sein. »Das mein Momi«, hörte sie ihn im Geist noch einmal wispern. »Momi is ein Exe.« Ein Computerprogramm hatte er garantiert nicht gemeint. Vermutlich liebte er seine Momi heiß und innig, weil sie ihn maßlos verwöhnte, musste ihre Autogrammkarte verstecken und eine Fremde darauf einschwören, Mama nicht zu verraten, dass er ein Bildchen von Momi besaß. Armes Kerlchen.

Mel hatte offenbar den Faden verloren. Ihre Augen huschten wie Mäuse zwischen der Gebäckschale und der Wanduhr über der Vitrine hin und her. »Wo bleibt Martin nur so lange? Ich verstehe das nicht. Er müsste längst hier sein. Der Termin war um drei.«

Wo Martin blieb, konnte Rita Voss ihr nicht sagen. Sie wartete ja ebenfalls auf ihn, mochte aber nicht noch einmal vorschlagen, ihn anzurufen. Lieber erkundigte sie sich, ob er seinen Söhnen denn etwas antun könnte. Ob ihm vielleicht frühmorgens mal die Hand ausrutschte, wenn er zur Arbeit musste und die Kinder sich nicht so schnell versorgen ließen wie gewünscht.

»Nein«, beteuerte Mel. »Er ist ein toller Vater und hat eine Engelsgeduld mit beiden. Er macht auch viel im Haushalt, damit nicht alles an mir hängen bleibt.«

Der Vater

Gegen Viertel vor fünf, als Mel einen Anruf auf dem Festnetzanschluss entgegennahm, schlug Martin im Geist drei Kreuzzeichen und komplimentierte endlich die letzten Interessenten aus der Studentenbude hinaus. Das Schlusslicht bildete ein junger Iraner, wenn Martin ihn richtig verstand, es konnte aber auch ein Iraker sein. Der Mann sprach nur gebrochen Englisch und gar kein Deutsch. Trotzdem gelang es ihm, Martin zu verklickern, dass er die Wohnung ganz dringend brauchte. Natürlich. Jeder, der heute hier gewesen war, brauchte ganz dringend eine Bleibe.

Als Martin die Tür der engen Behausung ins Schloss zog und den Schlüssel einsteckte, wollte der Iraner ihm einen größeren Geldschein zustecken, im Gegenzug sollte Martin ihm den Schlüssel aushändigen. Die hundert Euro hätte er gut gebrauchen können, musste noch tanken, was jedes Mal ein tüchtiges Loch ins Budget riss. Aber so lief das nun mal nicht. Wer letztlich den Schlüssel bekam, war nicht seine Entscheidung.

Es dunkelte bereits, als er ins Freie trat. Er fuhr zum Büro, lieferte die Unterlagen ab und wechselte noch ein paar Worte mit einer Kollegin. Auf den Heimweg machte er sich anschließend nicht sofort. Die Tankanzeige erlaubte ihm eigentlich keinen Abstecher mehr in das Viertel, in dem er aufgewachsen war. Aber freitags musste das sein. Vor einem Wochenende in Niederembt brauchte er wenigstens eine Gedenkrunde.

Für einen Besuch bei Tante Käthe reichte die Zeit nicht mehr. Allzu spät heimkommen wollte er nicht. Und unter zwei Tassen Kaffee kam er bei Tante Käthe nie raus. Die alte Frau nahm regen Anteil an seinem Leben. Er war für sie der Sohn, den sie nie bekommen hatte. Und sie für ihn die Mutter, die Mutti ihm nie hatte sein können. Zuerst fragte Tante Käthe immer nach Mel und den Kindern, dann, wie es im Job lief. Nach Mutti fragte sie nie, aber regelmäßig nach Alina.

Nach der Schulzeit hatte er Alina nicht mal vorübergehend aus den Augen verloren. Er rasselte durchs Abitur. Alina bestand natürlich, noch dazu mit einer Note, mit der sie sich um einen Studienplatz in Humanmedizin hätte bewerben können, wollte sie aber nicht. Ihr schwebte etwas im sozialen Bereich vor, Sozialpädagogik, vielleicht auch nur Pädagogik, vielleicht auf Lehramt. Sie entschied sich dann für Wirtschaftsrecht und Verwaltung, weil ihr Großvater sich nicht bis an sein Lebensende zwischen den beiden Hochhäusern in Köln-Weiden und den mehr als vierhundert Wohnungen in Aachen, Jülich und Umgebung teilen konnte. Natürlich beschäftigte der alte Mann einige Leute in der Verwaltung, aber er wollte alles im Blick behalten. Und irgendwann müsste sich sowieso jemand um den kompletten Wohnungsbestand kümmern, sagte Alina. Ihr Vater wollte damit ja nichts zu tun haben.

Martin hatte keine Lust, ein Schuljahr zu wiederholen und einen zweiten Versuch zu wagen. Er hatte auch keine Vorstellung von einem Beruf, den er ausüben könnte. Eigentlich wollte er nur zurück nach Köln und in Alinas Nähe bleiben. Sie bekam dort einen Studienplatz. Ihr Vater finanzierte ihren Lebensunterhalt. Ihr Großvater stellte eine Zweizimmerwohnung mit Balkon in einem der Hochhäuser zur Verfügung. Doch bei Alina einziehen und sich einen Job in einem Fast-Food-Restaurant suchen, wie sie vorschlug, das war unter seiner Würde. So nahe wollte er ihr auch gar nicht kommen. Es hätte dazu geführt, dass sie über kurz oder lang zusammen ins Bett gestiegen wären. Und wenn das ebenso enttäuschend ausging wie ihre Versuche zu knutschen ...

Da fand Martin das Angebot eines Onkels um Längen besser. Zwei von Muttis Brüdern hatten als Studiomusiker fast fünfundzwanzig Jahre im Ausland gearbeitet und gutes Geld verdient. Einer war mit einer Brasilianerin verheiratet, lebte in Rio und wollte dort bleiben. Der andere, Wolfgang, war vor einem halben Jahr zurück nach Deutschland gekommen, genauer gesagt nach Köln. Wolfgang hatte seine Ersparnisse in ein eigenes

Tonstudio investiert und einen Toningenieur angeheuert. Nun brauchte er noch ein Mädchen für alles, es durfte auch ein Junge sein, sogar ein ungelernter. »Was du wissen und können musst, bringen wir dir schon bei«, sagte Wolfgang.

Für Mutti war es ein harter Schlag, den sie nicht erwartet hatte. Sie hatte sich eingebildet, er bliebe bis an ihr Lebensende bei ihr. Tagelang bettelte sie, er solle sich das noch mal gut überlegen und das letzte Schuljahr wiederholen. Ohne Abitur würde er es auf dem Arbeitsmarkt nie weit bringen. Inzwischen wusste er, dass sie recht gehabt hatte. Aber mit neunzehn ... Macho vom Scheitel bis zu den Fußsohlen und von Alina darauf gedrillt, auf Mutti herabzuschauen und ihre Ansichten zu belächeln ...

Verbieten konnte sie ihm weder den Job bei Wolfgang noch den Auszug aus ihrem Albtraumhaus, er war volljährig. Und seine Schwester hatte nach Muttis Finanzkrise genauso angefangen, als ungelernte Schreibkraft bei einem Onkel, der mit seinen Söhnen einen Installationsbetrieb aufgemacht hatte. Von Papierkram verstand da keiner was, den hatte Martina übernommen. Mittlerweile schmiss sie den Laden fast alleine.

So weit brachte Martin es bei Wolfgang nicht, aber es war eine gute Zeit. Rückblickend betrachtet vielleicht die beste Zeit, die er bisher gehabt hatte. Wolfgang bot ihm ein Zimmer und einen Lohn, mit dem er prima zurechtkam. Sogar ein kleines gebrauchtes Auto konnte er sich leisten. Und die Arbeit machte Spaß.

Hauptsächlich wurden im Studio Hörbücher eingelesen, hin und wieder Werbespots fürs Radio produziert. Manchmal machten sie zusammen ein bisschen Musik. Wolfgang am Synthesizer, Martin spielte Gitarre und sang ganz passabel, wenn auch nicht gerne, weil ihm dabei immer Tante Käthes Stimme im Hinterkopf tickte. »Wie unser Elvis.« Und der hing ihm zum Hals raus.

Tante Käthe hatte sich über seine Rückkehr in die Stadt wahnsinnig gefreut und freute sich jedes Mal aufs Neue wie verrückt, wenn er sie und ihren Mann besuchte. »Seine Zeit mit alten Leuten verplemperte«, wie sie das ausdrückte, statt sich mit jungen Leuten zu amüsieren.

Aber das tat er auch, und nicht zu knapp. Er sah seine ehemaligen Freunde wieder, doch mit denen war es nicht mehr wie früher. Schon bald traf er sich wieder ausschließlich mit Alina. Abends saßen sie in ihrer Wohnung oder auf dem Balkon und diskutierten darüber, warum es nie eine gerechte Umverteilung des Kapitals geben würde und warum Kommunismus keine Alternative war. Und samstags machten sie Diskotheken unsicher.

Um sich gegenseitig bei der Partnerwahl nicht im Wege zu stehen, gaben sie sich als Halbgeschwister aus. Martin passte auf, dass Alina nicht unter die Räder kam. Sie suchte für ihn Frauen aus, bei denen er ihrer Meinung nach Glück hätte, was sich aber jedes Mal als Irrtum erwies.

Unter Glück stellte Martin sich nun mal etwas anderes vor als eine unverbindliche Nummer oder zwei oder drei. Spätestens nach dem dritten Mal waren ihm die jungen Frauen zu hohl. Die meisten wollten nichts anderes als sich amüsieren, einige warfen Pillen ein, um richtig geil zu werden oder möglichst lange durchtanzen zu können. Ein gutes Gespräch war mit denen nicht drin. Und was das anging, war er verwöhnt. Zum einen durch Mutti, die nichts gelernt, aber von allem Ahnung hatte, zum anderen durch Alina, die einen schnellen Fick im Vollrausch oder auf Speed auch nicht für das höchste Glück auf Erden hielt.

Alina wollte wie er eine Familie und Kinder – aber später, so mit dreißig, sagte sie manchmal. Martin träumte davon schon mit zweiundzwanzig, obwohl das für ihn noch ein bisschen früh war. Doch bereits in dem Alter malte er sich aus, für seine Kinder das zu sein, was er nie gehabt hatte: ein Vater, der sich kümmerte, der das Wohl seiner Kinder über die Befriedigung eigener Bedürfnisse stellte und immer da war, wenn sie ihn brauchten.

Alina wusste das, sie sprachen oft genug darüber. Und jedes Mal sagte sie: »Wenn es zwischen uns beiden doch irgendwann noch richtig funken sollte, bekommen meine Kinder den besten Vater der Welt.«

Es funkte nicht. Martin war dabei, als Alina sich mit vierundzwanzig Hals über Kopf in Joris verknallte. Anders konnte man das nicht bezeichnen, dreimal getanzt und peng: Alina war hin und weg, sah nur noch durch die rosarote Brille und ignorierte alles, was nicht zum Trugbild vom heißblütigen Traummann passte.

Ein Jahr später wurde Martin ihr Trauzeuge, kaufte sich einen neuen Anzug, weil der, den er zur Hochzeit seiner Schwester getragen hatte, ihm für den Anlass nicht festlich genug erschien. Als er seinem Onkel auch noch die beiden Trauringe zeigte, die er in Verwahrung hatte, ging Wolfgang davon aus, jetzt werde ein Bund fürs Leben geschmiedet, den nicht mal Thor mit seinem Hammer wieder auseinanderbringen könnte. Wolfgang fiel aus allen Wolken, als er hörte, dass nicht Martin der Bräutigam war.

Tags darauf hörte Martin zufällig, wie Wolfgang mit Mutti telefonierte und sagte: »Wenn du in den letzten Tagen keine Jubelchöre hast singen hören, Schwesterchen, wirst du es kaum glauben. Aber du hast dir all die Jahre völlig umsonst Sorgen um deinen Filius gemacht. Das Biest heiratet einen Nachfahren von Karl dem Großen. So reich und berühmt kannst du gar nicht werden, dass Martin da mithalten könnte.«

Er wollte auch gar nicht mithalten. Zu dem Zeitpunkt war er schon mit Mel zusammen. Verkuppelt worden, behaupteten Mutti und Tante Käthe später übereinstimmend. Völlig unrecht hatten sie nicht. Aber er hatte sich bereitwillig verkuppeln lassen, erinnerte sich noch gut an den Freitagabend, an dem Alina gefragt hatte: »Bist du einverstanden, wenn Joris morgen seine Schwester mitbringt? Mel hatte wieder mal Pech mit einem Typen. Du könntest ihr von deinem Pech mit Frauen erzählen. Dann stehst du wenigstens nicht herum wie bestellt und nicht abgeholt.«

Das hatte geklungen, als sei er ihr als Dritter im Bunde mittlerweile lästig. Nur noch ein Anhängsel, das sie mit in Diskotheken schleppte, weil es seit Jahren an ihr klebte wie Pech.

»Sag doch, wenn ihr alleine sein wollt«, hatte er erwidert.

»Wollen wir nicht, jedenfalls nicht die ganze Nacht. Wir gehen irgendwo essen, danach in eine Disco. Wenn Mel mitkommt, wird es bestimmt ein lustiger Abend.«

Er wusste auch noch genau, dass er in dem Moment gesagt hatte: »Okay, einverstanden. Ich freue mich.« Und dass er Angst gehabt hatte, eine Ablehnung würde dazu führen, dass Joris Alina davon überzeugte, zwischen Männlein und Weiblein könne es keine rein platonische Freundschaft geben, weil Männer dafür gar nicht geschaffen seien.

Joris war zweifellos ein »richtiger Mann«. Er boxte in einem zwielichtigen Club und war höllisch eifersüchtig. Seit Alina ihm gestanden hatte, dass Martin nicht ihr Halbbruder war, wie sie behauptet hatten, begegnete Joris ihm mit unverhohlenem Misstrauen. Kein Abend, an dem sie zusammen waren, verging ohne anzügliche Bemerkungen. Und Alina bewies jedes Mal, dass auch hochintelligente junge Frauen völlig verblöden können, wenn ihre Hormone verrücktspielen. Sie fand es lustig und fühlte sich geschmeichelt, wenn Joris sich aufführte wie Othello.

Da kam Mel gerade recht. Sie war keine Leuchte wie Alina, aber auch nicht strohdumm. Sie teilte Martins Ansichten zu allen wichtigen Fragen des Lebens, jedenfalls stimmte sie ihm immer zu. Darüber hinaus war sie hübsch, hatte eine tolle Figur, kein Kilo zu viel, aber auch noch keins zu wenig. Und dem Freund seiner Schwester durfte Alina freundschaftlich verbunden bleiben, ohne dass Joris eine Szene nach der anderen machte. Als Martin durch seine Hochzeit dann auch noch zum Schwager aufstieg, gehörte er offiziell zu Alinas Familie. Und damit schien alles perfekt – bis Mel mit Luca schwanger wurde.

Der Verbindungsmann

Um zehn nach fünf lenkte Klinkhammer seinen Wagen an den Straßenrand vor Gabis Grundstück. Es war bereits dunkel. Er stieg aus, reckte sich und hatte das Gefühl, sein Rücken sei verspannt. Kam wohl von den unsichtbaren Nadeln im Sitz.

Den großen, früher offenen Hof neben dem Haus hatte Gabi vor Jahren rundum mit einem hohen Zaun aus Eisenstäben sichern lassen. Der Hof war immer noch komplett einsehbar, das breite Tor geschlossen. In der Einfahrt des Nachbarn parkte ein schmutzig grauer Kombi mit dem Heck zur Straße. Den hatte Klinkhammer sofort mit einem nervösen Kribbeln in der Magengrube registriert. Um welche Marke es sich handelte, konnte er nicht erkennen. Kombis sahen heutzutage doch fast alle gleich aus.

Früher hatte auch der rote Sportflitzer draußen gestanden, den Gabi sich vom ersten großen Erfolg geleistet hatte. Auf dem Grundstück gab es zwar eine Garage, doch darin stand seit ihrem Einzug der alte Audi, in dem im November 1983 die Liebe ihres Lebens verblutet war. Irgendwann in den letzten Jahren hatte Gabi eine zweite Garage neben die erste setzen lassen, damit ihr neuer Wagen nicht ständig der Witterung ausgesetzt war. Vor zwei Jahren hatte sie sich ein silbergraues Peugeot Coupé zugelegt, wusste er von Ines. Den Peugeot vermutete er in der zweiten Garage.

In einen der Torpfosten war eine Gegensprechanlage installiert. Er drückte den Knopf, wartete, drückte noch mal, wartete weitere zwei Minuten und überlegte, zu Martins Haus zu fahren. Wahrscheinlich war Gabi längst dort, weil irgendwer sie in der Zwischenzeit verständigt hatte. Vermutlich ging sie Rita auf die Nerven oder kümmerte sich um Max, weil Sohn und Schwiegertochter jetzt weder die Zeit noch ein Ohr für den Jungen hatten.

Martins Adresse war ihm bekannt. Aber wenn er dort auftauchte, hing er fest. Gabi würde nicht einsehen wollen, dass er es seinen Leuten überlassen musste. Rita würde verständlicherweise wissen wollen, wie die Dinge standen. Und wenn Thomas oder Jochen anriefen, um die nächste schlechte Nachricht durchzugeben ...

Obwohl er sich nichts davon versprach, weil er in Sichtweite der Fenster stand und keins erleuchtet war, probierte er, Gabi auf dem Festnetzanschluss zu erreichen. Die Nummer kannte er noch auswendig. Wie erwartet wurde nicht abgehoben. Ihre Handynummer kannte er nicht, hätte zuerst seine Frau anrufen müssen, wozu er sich nicht aufraffen konnte. Ines erfuhr heute Abend noch früh genug, was passiert war. Außerdem gab es Botschaften, die man nicht telefonisch überbrachte. Und es gab noch eine andere Möglichkeit.

Gabis ältester Bruder wohnte nur ein paar Straßen weiter und wusste garantiert, ob sie bereits informiert und im Haus ihres Sohnes war oder ob sie gerade Wochenendeinkäufe machte und noch keine Ahnung hatte.

Ein paar Minuten später rangierte Klinkhammer seinen Wagen dank der Einparkhilfe in eine Lücke, bei der er es ohne die Technik nicht versucht hätte. Auf Klingelschild und Postkasten am Haus stand nur »Treber«. Er drückte die Klingel und hörte drinnen einen melodischen Gong anschlagen. Durch den Glaseinsatz in der Haustür sah er, dass sich jemand näherte. Reinhard Trebers Schwiegertochter Elke.

An ihren Namen erinnerte er sich. Reinhard hatte sie ihm bei Martins Hochzeit als »unser Goldstück« vorgestellt. Er hatte sich eine Weile mit ihr unterhalten, erkannte sie nur nicht auf Anhieb wieder. Ungeschminkt, in Jeans und Sweatshirt, Wollsocken an den Füßen und eine Kralle am Hinterkopf, mit der sie ihre Haare hochgesteckt hatte, sah Elke Treber der jungen Frau in Festgarderobe, mit Make-up und kunstvoller Hochsteckfrisur kaum ähnlich.

»Klinkhammer«, stellte er sich vor, weil sie ihn nach dreieinhalb Jahren offenbar auch nicht wiedererkannte. »Ist Herr Treber zu sprechen?« Reinhard sollte ziemlich krank sein, Magenkrebs, hatte Ines im Sommer von Gabi gehört. Vermutlich war er inzwischen operiert, bekam eine Chemotherapie oder Bestrahlungen.

»Mein Mann ist unterwegs«, sagte Elke.

Ehe Klinkhammer klarstellen konnte, dass er ihren Schwiegervater meinte, tauchte am Ende des Flurs ein Schatten auf. Reinhard hatte aus dem Wohnzimmer mitgehört und näherte sich langsam. Er schien nicht ganz sicher auf seinen Beinen. Elke gab die Tür frei und verschwand in der Küche.

Klinkhammer erkannte auch Gabis Bruder kaum wieder. Seine Erkrankung hatte mächtig an Reinhard genagt. Aus der früher sehr stattlichen Erscheinung war ein hagerer Mann geworden, der ihn aber immer noch ein Stückchen überragte, obwohl er sich nicht mehr aufrecht hielt.

»Das nenne ich mal eine echte Überraschung«, grüßte Reinhard mit unsicherem Grinsen. »Hoffentlich keine böse.«

»Leider doch«, erwiderte Klinkhammer. »Haben Sie eine Ahnung, wo ich Gabi finde?«

»Wenn sie nicht zu Hause ist, ist sie wohl schon unterwegs. Sie wollte für ein paar Tage weg. Gestern Abend war sie hier, hat die Schlüssel gebracht, damit einer von uns die Post reinholt und die Blumen gießt. Sie hat mit Olaf gesprochen und was von einer Hütte in den Bergen erzählt. Irgendein Kerl hat sie eingeladen.«

Olaf war Reinhards jüngster Sohn, Elkes Mann. Sechs Jahre älter als Martin, soweit Klinkhammer wusste. »Was für ein Kerl?«, fragte er irritiert und ungläubig. Seit er Gabi kannte, hatte es für sie nur Martin Schneider gegeben. Der Tod hatte daran nichts ändern können, ihre kurze Ehe mit dem Alkoholiker noch weniger.

Reinhard zuckte mit den Achseln. »Einer aus dem Internet. Sie hat Olaf erzählt, den hätte sie bei Facebook kennengelernt. Hat sie Ihrer Frau nichts davon gesagt?«

Klinkhammer kam sich ein bisschen blöd vor, als er den Kopf schüttelte und sich gleichzeitig fragte, ob Ines davon wusste und nur nicht für nötig befunden hatte, ihn zu informieren. Natürlich musste seine Frau ihn nicht über jeden Schritt in Kenntnis setzen, den Gabi tat. Aber wenn es um Kerle aus dem Internet ging ... Da wusste man doch überhaupt nicht, mit wem man es zu tun bekam.

»Was gibt es denn so Dringendes, dass Sie dafür eigens herkommen?«, wollte Reinhard wissen und trat zur Seite, ehe Klinkhammer antworten konnte. »Kommen Sie rein. Mir ist zu kalt an der offenen Tür. Drinnen ist es gemütlicher.«

Klinkhammer folgte ihm durch den Flur in den hinteren Teil des Hauses. Im Vorbeigehen an der Küche, wo Elke Gemüse schnippelte, bat Reinhard: »Machst du uns einen Kaffee?«

»Ist das dein Ernst?«, fragte das Goldstück. »Meinst du nicht, ein Pfefferminztee wäre bekömmlicher?«

»Ja, schon gut«, grummelte Reinhard.

»Ich hätte auch lieber einen Tee«, sagte Klinkhammer.

Reinhard führte ihn ins Wohnzimmer. Auf dem Tisch stand ein fantasievolles Gebilde aus Legosteinen. Auf der Couch lagen ein Kopfkissen und eine Wolldecke, als hätte Reinhard dort gelegen, bevor er an die Tür gekommen war.

Gabis Bruder schob die Decke zur Seite, setzte sich, zeigte einladend auf einen Sessel und erklärte: »Meine Frau war gestern bei einer Bekannten. Donnerstags haben sie ihren Canasta-Abend. Elke war auch schon zum Dienst, als Gabi kam. Ich bin nach ein paar Minuten leider eingeschlafen. Olaf könnte Ihnen vielleicht mehr sagen. Aber er hat ein paar Tage Urlaub und gönnt sich ein Wochenende mit Freunden. Die Jungs sind heute früh mit dem Camper in die Eifel, fischen. Frische Forelle vom Grill soll eine Delikatesse sein. Der Teichbetreiber hat sie eingeladen. Für mich wäre das nichts, bestimmt nicht um die Jahreszeit. Mir war Sommer wie Winter ein anständiges Kotelett lieber.«

Klinkhammer fiel ein, dass Reinhard bei Martins Hochzeit von einem Wohnmobil gesprochen und erklärt hatte, Mels Mutter habe ihn auf die Idee gebracht, sich eins anzuschaffen.

Man müsse ja nicht auf Weltreise gehen oder ständig damit unterwegs sein. Aber hin und wieder ein paar Tage raus in die Natur. »Sie haben sich tatsächlich ein Wohnmobil gekauft?«, fragte er.

Reinhard nickte. »Einen Hymer, gebraucht, aber gut gepflegt. Zwei schöne Touren haben wir damit gemacht, einmal an die Mosel und einmal nach Holland. Letztes Jahr wollten wir noch mal an die See. Das mussten wir streichen, weil mein Magen nicht mehr mitgespielt hat.«

»Hab ich gehört«, sagte Klinkhammer. »Wie sieht's denn aus?«

Reinhard zuckte mit den Achseln. »Knapp die Hälfte haben sie mir gelassen. Das dämpft den Appetit und macht offenbar müde. Ich könnte von morgens bis abends und die Nacht hindurch schlafen. Meine Frau hält es für ein gutes Zeichen. Gabi sagt auch immer, Schlaf ist die beste Medizin. Jetzt heißt es abwarten, ob der Krebs gestreut hat.«

Als Klinkhammer ihm darauf nur mit einem matten Lächeln antwortete, verlangte Reinhard: »Nu aber raus mit der Sprache. Sie sind ja nicht hier, um sich nach meiner Gesundheit zu erkundigen. Sie machen ein Gesicht, als müssten Sie 'ne Forelle mit Kopf und Gräten essen. Was liegt denn an?«

Dass Mel den blauen Kinderschuh nicht identifiziert hatte, wusste Klinkhammer inzwischen. Aber das musste nichts bedeuten. Ihm hatte keiner ein Foto geschickt, trotzdem probierte er sein Glück bei Gabis Bruder. »Sie wissen nicht zufällig, welche Schuhe Martins Jüngster trägt?«

»Schuhe?«, wunderte sich Reinhard. »Läuft der denn schon? Der ist doch erst ... lassen Sie mich nachdenken ...«

»Neun Monate alt«, half Klinkhammer. »Ob er schon läuft, kann ich Ihnen nicht sagen. Er ist verschwunden. Möglicherweise haben wir es mit einer Entführung zu tun.«

Reinhard schaute ihn an, als hätte er kein Wort verstanden. In seinem hageren Gesicht begannen einige Muskeln und die Lippen gleichzeitig zu zucken. Seine Stimme klang wie über ein Reibeisen gezogen, als er endlich reagierte: »Ist nicht Ihr Ernst.«

»Tut mir leid«, sagte Klinkhammer.

»Entführung«, wiederholte Reinhard fassungslos. »Und was hat das mit Schuhen zu tun? Haben die Entführer einen Schuh geschickt?«

Klinkhammer schüttelte den Kopf. »Es wurde ein Kinderschuh gefunden, auf einem Wirtschaftsweg.«

»Und da dachten Sie, die Entführer hätten den verloren«, vermutete Reinhard. Eine andere Möglichkeit schien er nicht in Betracht zu ziehen. »Wollen die Geld?«

»Bisher deutet nichts darauf hin«, sagte Klinkhammer.

Natürlich wollte Reinhard Einzelheiten wissen. Klinkhammer gab seinen Kenntnisstand bezüglich der Örtlichkeit preis. In Kürze würde das ohnehin durch die Medien gehen.

Elke kam mit zwei dampfenden Teebechern ins Wohnzimmer. »Stell dir vor«, sagte Reinhard zu ihr. »Martins Kleiner wurde entführt. Schreib Herrn Klinkhammer mal Olafs Nummer auf. Oder hat er dir gesagt, wo genau Gabi hinwollte?«

Elkes Gesichtsausdruck spiegelte Erschrecken. So betroffen oder schockiert wie Reinhard wirkte sie jedoch nicht. Aber sie stand Martin auch nicht so nahe wie sein Onkel. Für Elke war Martin nur ein angeheirateter Cousin. »Das wusste Olaf nicht«, erklärte sie. »Angeblich wusste Gabi es selbst noch nicht genau. Österreich oder Schweiz, hat sie gesagt. Sie wollte sich heute mit dem Mann auf einem Rastplatz treffen und sich überraschen lassen, wohin die Reise geht.« Nach einer winzigen Pause fragte sie: »Sie meinen doch nicht etwa, Gabi hätte den Kleinen mitgenommen?«

»Nein, das meine ich nicht«, antwortete Klinkhammer. »Warum sollte sie das getan haben?«

»Weil Sie nach ihr fragen«, erwiderte Elke lakonisch.

Zeugen

Um halb sechs herrschte im Drogeriemarkt entschieden mehr Betrieb als sonst an einem Freitagnachmittag. Viele Kunden und noch mehr Leute, die Jutta Meuser nie zuvor im Laden gesehen hatte. Die meisten waren aus Neugier gekommen, wie die junge Reporterin der Lokalzeitung, die aber bald einsehen musste, dass weder ein Polizist noch jemand vom Personal Zeit hatte, ihre Fragen zu beantworten. Nun hielt sie sich draußen an die Leute, die in den Laden wollten oder herauskamen.

Mit den Lautsprecherdurchsagen hatte sich inzwischen in ganz Bedburg und den umliegenden Ortschaften verbreitet, was geschehen war. Jutta wurde wieder und wieder darauf angesprochen und erinnerte sich im Gespräch mit einer Kundin, die noch ein Brot kaufen wollte, endlich daran, wer ihr gegenüber mal geäußert hatte, die Frau im Poncho sei ein bedauernswertes Geschöpf und habe viel Pech gehabt im Leben. Elena war das gewesen, die Spanierin aus der Bäckerei an der Graf-Salm-Straße, wo Jutta sich hin und wieder ein belegtes Brötchen oder ein Plunderteilchen für ihre Mittagspause holte.

Jutta warf einen Blick durch die Glasfront nach draußen. Sie sah nur noch einen Streifenwagen, der schon seit Stunden am selben Fleck stand. Polizeimeister Nemritz war gerade dabei, den Kinderwagen zusammenzuklappen, ohne dabei die Abdeckplane abzustreifen. Thomas Scholl hatte die Anweisung gegeben, den Babyjogger im Kofferraum zu verstauen, bis der Erkennungsdienst den Wagen abholte.

Je länger das Gefährt in der Nische stand, umso mehr irrelevante Spuren wurden darauf verteilt, daran änderte die Plane nicht viel. Und eigens einen Mann abzustellen, um zu verhindern, dass Passanten dem Kinderwagen zu nahe kamen, dafür hatten sie nicht genug Leute.

Als Nemritz in Juttas Blickfeld geriet, bat sie die Kundin: »Schnell, sagen Sie dem da draußen Bescheid, mir wäre gerade wieder eingefallen, worauf ich heute Mittag nicht gekommen bin.«

Der Verbindungsmann

Zu dem Zeitpunkt wiederholte Elke Treber noch einmal ausführlich, was ihr Schwiegervater bereits in Kurzform geboten hatte. »Ich war schon zum Dienst, als Gabi kam. Meine Schwiegermutter war leider auch nicht hier, sie hätte Gabi bestimmt etwas anderes erzählt. Wenn mein Mann nicht früher nach Hause gekommen wäre, weil sie das Training abbrechen mussten, wüssten wir gar nichts. Olaf meinte, Gabi hätte es darauf angelegt, Reinhard alleine zu erwischen. Ihm war die Sache nicht geheuer. Er hat Gabi nach dem Namen ihrer Facebook-Bekanntschaft gefragt. Sie hat ihn ausgelacht und gesagt, wenn sie an einen sadistischen Killer geraten sollte, hätte sie eben Pech.«

»Wollte sie sich melden, wenn sie angekommen ist?«, fragte Klinkhammer.

»Keine Ahnung. Davon hat Olaf nichts gesagt. Er war sauer wegen ihrer blöden Bemerkung.«

Verständlich, fand Klinkhammer und bat: »Würden Sie mir Gabis Handynummer notieren? Dann muss ich nicht auch noch Ihrem Mann das Wochenende verderben. Mal sehen, ob sie mich ebenfalls auslacht.«

Elke wollte das Spielzeug auf dem Tisch mit einem Arm beiseiteschieben, um Platz für die beiden Teebecher zu schaffen. Reinhard hielt ihr Handgelenk fest. »Nicht. Es gibt ein Mordsspektakel, wenn du das wegräumst. Das ist der Turm, in den die böse Hexe Rapunzel einsperrt. Daran haben wir eine ganze Stunde gebaut.«

»So sieht das auch aus«, kommentierte Elke trocken.

Reinhard schaute Klinkhammer an, als wolle er sich für das Gebilde auf dem Tisch entschuldigen. »Unsere Nina ist vier und will immer beim Kochen helfen, da kommt man zu nichts. Meine Frau ist mit ihr unterwegs, damit Elke sich ums Abendessen kümmern kann. Sie muss gleich wieder zur Nachtschicht.« Elke war als Krankenschwester im Bedburger Krankenhaus tätig.

Reinhard rieb sich mit beiden Händen übers Gesicht. »Wenn ich mir vorstelle, dass sich jemand an dem Kind vergreift.« Voller Abwehr schüttelte er noch einmal den Kopf, wiederholte: »Entführung«, und fügte hinzu: »Martin wird dem Weib das Kreuz aushängen. Seine Knirpse sind sein Ein und Alles. Was hat die sich dabei gedacht, den Kleinen vor dem Laden stehen zu lassen?«

»Ich weiß es nicht«, sagte Klinkhammer.

»Wahrscheinlich nix«, meinte Reinhard. »Jede Wette, die hatte ihr Handy am Ohr oder hat auf dem Ding rumgetackert. Dann könnte neben ihr der Blitz einschlagen, das kriegt die nicht mit.«

Im Hinterkopf hörte Klinkhammer Thomas Scholl noch einmal sagen: »*Die Kassiererin meinte, Blondie hätte keine Hand frei gehabt, um den Wagen zu schieben. – Sie telefonierte ...*«

»Wie gut kennen Sie Martins Frau?«, fragte er.

»Ich kenn die gar nicht«, erklärte Reinhard. »Auf solche Bekanntschaften leg ich auch keinen Wert. Das ist die Generation Glotze. Die hält das Leben für eine Fernsehserie, weil sie als kleines Kind ständig vor dem Kasten geparkt wurde. Gabi sagte mal, die hat von nix eine Ahnung, ist zu blöd zum Fensterputzen. Aber dafür gibt es ja auch keine App.«

Na, wenn Gabi das sagte. Klinkhammer lagen einige Sätze auf der Zunge, die er lieber nicht aussprach. Reinhard ließ nichts auf Gabi kommen und war auch noch nicht fertig. »Da hat Martin sich was angelacht. Alles bleibt an ihm hängen. Das Weib schwirrt bloß in der Weltgeschichte herum, wie sie es von ihrer Mutter gelernt hat. Jeden Tag ist die mit irgendeiner Freundin unterwegs. Gefrühstückt wird bei Ikea, mittags essen sie in irgendeinem Shoppingcenter, gezahlt wird mit Karte. Dafür darf Martin dann geradestehen. Und abends macht sie Diät. Martin kann sich ja ein Butterbrot schmieren, wenn er Hunger hat. Was Warmes kriegt der Junge nur, wenn er zu McDonald's geht.«

Anscheinend war Mel in Martins gesamter Familie nicht wohlgelitten, wofür Gabi gesorgt haben dürfte. Klinkhammer überlegte, was er erwidern könnte, ohne Reinhard aufzuregen. Ehe ihm etwas Unverfängliches einfiel, meldete sich Thomas Scholl.

»Meine Frau«, log Klinkhammer. »Da muss ich kurz rangehen.«

»Wir haben Namen und Adresse der Poncho-Frau, Arno«, begann Scholl in noch gemäßigtem Ton. »Sie heißt Anni Erzig. Eine frühere Nachbarin arbeitet in der Bäckerei, in der Frau Martell heute kurz nach eins eingekauft hat. Die Erzig war zur selben Zeit da.«

Klinkhammer fühlte, wie sein Herz einen Extraschlag machte. Damit Reinhard nicht merkte, dass er ihn beschwindelt hatte, verkniff er sich jeden Kommentar.

»Die Kassiererin vom Drogeriemarkt kauft dort ihre Brötchen«, fuhr Scholl fort. »Ihr hat die Rodriguez mal erzählt, die Erzig wäre ein armes Geschöpf.« Durchs Telefon kam noch ein frustrierter Seufzer, dann brauste Scholl auf: »Ich hatte sofort einen Mann mit Fotos hingeschickt, als Rita durchgab, dass Frau Martell in der Bäckerei gewesen war. Kurz vorher hatten beide Verkäuferinnen bereits eine der Durchsagen gehört, die wussten genau, worum es ging und wer gemeint war. Die Rodriguez hielt es aber nicht für nötig, mit uns zu kommunizieren. Die hat sogar ihre Kollegin gebeten, das ebenfalls zu unterlassen. Frau Martell war nämlich gerade durch die Tür, da hatte sie die Erzig auf den Fersen. Die hat nicht mal ihr Brötchen mitgenommen. Freitags bekommt sie nämlich immer eins geschenkt. Ich verstehe nicht, dass Frau Martell die Alte nicht bemerkt hat. Um es vorwegzunehmen, Arno, beide Verkäuferinnen bleiben dabei, nur den Wagen von hinten, aber kein Baby gesehen zu haben. Sie räumten allerdings ein, dass die Erzig kein Auge vom Kinderwagen gelassen hat. Also gehe ich jetzt mal davon aus, dass der Kleine drinsaß.«

Klinkhammer spürte den nächsten Extraschlag in der Brust. Sekundenlang fühlte es sich an, als pumpe sein Herz im luftleeren Raum einer Erleichterung, für die noch gar keine Veranlassung bestand.

Scholl regte sich weiter auf: »Die Rodriguez wollte nach Feierabend selber mal nach dem Rechten sehen. Wenn sie das Baby bei der Erzig angetroffen hätte, hätte sie es ihr weggenommen und bei uns abgeliefert, sagte sie. Aber sie konnte sich nicht vorstellen, dass die Erzig den Jungen entführt hätte.«

Unvermittelt wurde Scholl noch lauter. Klinkhammer befürchtete, dass Reinhard mithören konnte. »Was denken die Leute sich eigentlich? Sind wir für alle nur noch die Deppen der Nation? – Nemritz und der Jungspund sind auf dem Weg nach Blerichen. Ich melde mich, sobald ich mehr weiß.«

»Tu das«, sagte Klinkhammer, ignorierte das Holpern hinter den Rippen und schenkte Reinhard ein befreites Lächeln.

Die Engelsucherin – 2016

An einem Mittwoch im Oktober erwachte Anni früh um sieben von einem durchdringenden Geräusch. Draußen wurde es gerade erst hell. Ein schmaler Streifen Tageslicht fiel durch den Spalt in den zugezogenen Gardinen und tauchte die gerahmten Fotografien auf der Kommode in grauen Dämmer.

Annis Schlafzimmer lag nach hinten hinaus zu dem kleinen Hof, in dem Elena Rodriguez im Sommer ein Planschbecken für die Kinder aufgestellt hatte, damit sie nicht immerzu Annis Badezimmer unter Wasser setzten. Das Fenster war spaltbreit offen, das Geräusch kam von der Straße.

Anni schlüpfte in ihre Pantoffeln und den alten, geblümten Morgenmantel. Sie huschte hinüber zur Küche und sah dort aus dem Fenster. Auf der anderen Straßenseite stand ein Kleinlaster mit offener Ladefläche vor der Brache. Zwei Männer mit Helmen und Ohrschützern waren beim Kirschbaum beschäftigt. Einer von ihnen hielt eine Leiter, so wie ihr Sohn es früher für sie getan hatte. Der zweite Mann stand auf der Leiter und hielt die Kettensäge an einen der dicken, ausladenden Äste direkt über der Gabelung. Unzählige dünne Zweige waren zuvor schon mit einer Astschere abgetrennt worden und lagen am Boden.

Da lag auch ein dicker Ast. Den hatte der Sturm abgebrochen, der am Wochenende übers Land gefegt war, das letzte Laub heruntergerissen und davongewirbelt hatte. Schon da war Anni angst und bange um ihre Lieben geworden. Am Sonntagnachmittag hatte sie vom Küchenfenster aus zugesehen, wie sich die mächtigen Äste über der Gabelung bogen, wie ihr Mann, ihr Sohn und ihre Eltern die Gesichter in der Rinde sorgenvoll verzogen.

Gegen vier Uhr war Elena mit einem Stück Kuchen heruntergekommen. Wenn sie sonntags arbeiten musste, brachte sie Anni immer etwas aus der Bäckerei mit. Und sogar Elena, die so schnell nichts aus der Ruhe brachte, war in Sorge gewesen. »Wenn das nur gut geht«, hatte sie gesagt.

Dem Sturm hatte der Baum standgehalten. Eine Kettensäge musste sein Ende bedeuten. Und damit gleichzeitig auch das Ende der Seelen, denen er eine sichere Zuflucht geboten hatte.

Ohne lange zu überlegen, hetzte Anni in ihrem fadenscheinigen Morgenmantel und den Pantoffeln zur Tür hinaus und die Treppe hinunter, raus ins Freie, quer über die Straße zu dem Kleinlaster hin. »Aufhören!«, rief sie. In dem Lärm, den die Kettensäge verursachte, hörte man sie natürlich nicht.

Der Mann, der die Leiter hielt, wurde erst aufmerksam, als sie über die Brache auf ihn zurannte. »Bleiben Sie weg!«, brüllte er gegen den Krach an und gestikulierte gleichzeitig mit einem Arm, als wolle er Hühner verscheuchen. »Weg! Das ist gefährlich hier!«

»Aufhören!«, rief Anni noch einmal, erreichte den Mann und die Leiter, fasste an einen der Holme und rüttelte kräftig.

Der Mann ließ seinerseits die Holme los, packte Annis Arm mit beiden Händen und riss daran. »Sind Sie wahnsinnig?«, brüllte er. »Hören Sie auf damit.«

Anni dachte gar nicht daran, zerrte weiter an dem Holm, der

Mann zerrte gleichzeitig an ihrem Arm. Die Leiter begann zu schwanken. Nun erst wurde auch der Mann mit der Kettensäge aufmerksam und schaltete geistesgegenwärtig den Motor ab.

»Eh!«, rief er. »Seid ihr bekloppt? Soll ich mir den Hals brechen oder was?« Mit dem Sägeblatt nach unten reichte er seinem Kollegen das Gerät an und verlangte: »Nimm mal.« Was den Mann, der Annis Arm hielt, dazu zwang, sie loszulassen.

Sicherheitshalber trat sie einige Schritte zurück, während der andere Mann die Leiter herabstieg. Als er den Boden erreichte, sagte er: »Jetzt regen Sie sich mal wieder ab, gute Frau. Machen Sie doch nicht so einen Aufstand wegen einer halben Stunde.« Offenbar glaubte er, sie wolle sich wegen des Lärms beschweren, weil es noch so früh am Tag war. Seine Anrede »gute Frau« erinnerte Anni an den alten Priester, der hatte sie auch so genannt, als er ihr weismachen wollte, sie würde all ihre Lieben im Himmel wiedersehen.

»Sie dürfen das nicht tun«, sagte Anni. »Der Baum ist voller Leben. Sie dürfen ihn nicht zerstören.«

»Der Baum ist alt und krank, gute Frau«, widersprach der Mann. »Morsches Holz, verstehen Sie? Beim nächsten Sturm gibt es hier vielleicht ein Unglück. Das müssen wir verhindern.«

»Ich bin keine gute Frau«, erklärte Anni so nachdrücklich wie möglich. »Und ich lasse mich nicht mehr belügen und betrügen.«

»Das tut auch keiner«, sagte der Mann mit der Säge. Und der andere fügte hinzu: »Wenn Sie jetzt nicht freiwillig hier weggehen und uns unsere Arbeit tun lassen, müssen wir die Polizei rufen.«

So weit kam es jedoch nicht.

Die Mieterin der Erdgeschosswohnung hieß Roswita Werner, war im gleichen Alter wie Anni, geschieden und kinderlos. Ihr Exmann zahlte trotzdem genug Unterhalt, um ihr ein sorgenfreies Leben zu ermöglichen. Roswita lebte seit über zehn Jahren im Haus, kannte Anni Erzig recht gut und bedauerte sie oft.

Auch Roswita war an dem Morgen vom Lärm der Kettensäge aufgewacht, ihr Schlafzimmer lag zur Straße. Als das Kreischen der Säge abbrach, hörte sie stattdessen den Disput draußen, erkannte Annis Stimme, stand auf, schaute kurz aus dem Fenster, zog sich den Mantel über und lief ebenfalls ins Freie.

»Was machen Sie denn da, Frau Erzig?«, rief sie im Näherkommen. »Sie holen sich ja den Tod hier draußen.«

Nasskaltes Herbstwetter war wirklich nicht die richtige Witterung für Annis dünnen Morgenmantel. Das Nachthemd darunter war zwar aus Flanell, aber viel zu oft gewaschen, um noch wirklich zu wärmen.

»Sie wollen den Baum fällen«, erklärte Anni den Tränen nahe, als Roswita sie erreichte. »Sie behaupten, er sei krank. Aber er ist eine Heimstatt der Seelen. Wo sollen sie denn alle hin? Mein Sohn, mein Mann, meine Eltern ...«

Es dauerte eine Weile, ehe Roswita erfasste, was Anni ihr begreiflich machen wollte. Die Arbeiter rauchten derweil Zigaretten und nörgelten, weil sie nicht vorankamen, mischten sich jedoch nicht ein und drohten auch nicht noch einmal mit der Polizei.

Anni auf die Schnelle auszureden, dass der morsche, alte Kirschbaum ihrer Familie und anderen Verstorbenen als Heimstatt diente, hielt Roswita für unmöglich. Mit einer bloßen Zustimmung war es in diesem Fall wohl auch nicht getan.

»Die Seelen sind nicht weg, nur weil der Baum gefällt wird, Frau Erzig«, sagte Roswita stattdessen. »Die sind nur froh, wenn sie rauskönnen. Lassen Sie uns reingehen, dann mache ich uns Kaffee, und wir besprechen das im Warmen, sonst holen wir uns noch beide einen Schnupfen.«

Bei frisch aufgebrühtem Kaffee und Marmeladentoast hörte Roswita sich dann erst einmal die verschiedenen Vorstellungen an, die Anni bisher vom Leben nach dem Tod gehabt hatte. Roswita war keine ungebildete Person, hatte viel Zeit zum Lesen und tendierte glaubensmäßig zum Buddhismus. Dass Engel sich an Sterne krallen müssten, wie von Rammstein besungen, fand sie erheiternd, wollte Anni aber nicht als blöd hinstellen, indem sie das als blanken Unsinn abtat. Deshalb unterteilte sie kurzerhand in lebenswillige und lebensunwillige Seelen.

Der Zweck des Lebens bestehe ausschließlich darin zu leben, erklärte sie. Wer nach einem beschwerlichen oder unglücklichen Dasein nicht sofort Lust auf eine Wiedergeburt habe, dürfe sich eine vorübergehende Pause im Himmel gönnen, müsse sich dann aber an einen Stern krallen, um einzusehen, dass es oben noch beschwerlicher sei als unten.

Die anderen, also die lebenswilligen Seelen, würden sich oft noch geraume Zeit als Schutzengel in der Nähe ihrer Angehörigen aufhalten, weil sie das Bedürfnis hätten, ihren Lieben beizustehen und ihnen zu helfen. Wenn diese Seelen dabei versehentlich einem anderen Lebewesen zu nahe kämen, könne es zu einer ungewollten Verschmelzung kommen. Offenbar sei das mit Annis Angehörigen geschehen, denn auch ein Baum sei ein Lebewesen.

Gewollt seien Verschmelzungen nur bei Schwangeren, vielmehr bei den ungeborenen Kindern. Aus dem Grund sollten die Seelen ja auf Erden umherwandern. Damit sie wiedergeboren werden konnten.

Den Rest des Tages verbrachte Anni an ihrem Küchenfenster. Roswita Werners Erklärung war für sie stimmig und einleuchtend. Schwankend zwischen Wehmut und Hoffnung schaute sie zu, wie der alte Kirschbaum seine dicken Äste verlor. Als die Stelle unterhalb der Gabelung frei lag, war ihr, als sähe sie zarte Gebilde davonschweben. Wie viele es waren, konnte sie nicht feststellen, auch nicht, ob ihre Angehörigen sich den anderen anschlossen, aber davon ging sie aus. Ihren Eltern wünschte sie alles Glück im neuen Dasein, ihrem Mann ebenso. Sie hoffte nur inständig, dass ihr Sohn sich ein neues Leben in ihrer Nähe suchte. Er hatte doch versprochen, bei ihr zu bleiben.

TEIL 2

MUTTER UND SOHN

Die Hexe

Nachdem ihr Nachbar vor sechs Jahren die beiden Facebook-Seiten für sie eingerichtet und ihr erklärt hatte, wie wichtig die sozialen Netzwerke für sie seien, hatte Gabi sich monatelang über die wachsende Anzahl ihrer Fans gefreut wie die unreife Sechzehnjährige, die Martin Schneider vor endlosen Jahren bei sich aufgenommen hatte. Manchmal fühlte und benahm sie sich auch so. Wer legte das Alter fest, ab dem man erwachsen sein musste? Alle Freundschaftsanfragen nahm sie an. Und es kamen viele, manche mit einer ausführlichen Begründung. Sich damit zu beschäftigen lenkte von den schmerzhaften Seiten des Lebens ab.

Sogar ein General der US-Armee wollte ihr Freund sein. Ein toller Typ, Anfang vierzig, schätzte Gabi. Wie er es in dem Alter schon zum General gebracht hatte, interessierte sie herzlich wenig. Hätte er sich als Straßenkehrer geoutet, wäre ihr das auch egal gewesen, weil er ein Mann zum Träumen war. Er sah ein bisschen aus wie Martin Schneider, der im November 1983 eine Lücke hinterlassen hatte, die zu füllen ihr bisher nicht gelungen war. Sie hatte sich allerdings auch nie darum bemüht, weil Martin immer noch irgendwie bei ihr war.

Tagsüber unterhielt sie sich mit ihm, als wäre er nebenan. Seit ihre Kinder beide aus dem Haus waren, brauchte sie sich in dieser Hinsicht keinerlei Zwänge mehr aufzuerlegen. Niemand zog irritiert die Augenbrauen zusammen, niemand tippte sich hinter ihrem Rücken bezeichnend an die Stirn, wenn sie solche Gespräche in normaler Lautstärke führte. Das machte es tagsüber leicht, so zu tun, als wäre Martin nur gerade in einem anderen Zimmer, sodass sie ihn nicht sehen, er sie aber hören konnte.

In den ersten Jahren nach seinem Tod hatte sie ihn gesehen. Jeden Abend und die halbe Nacht. Sie hatte sich nur in den

Audi setzen müssen, in dem er gestorben war, dann war er bei ihr gewesen. Ein vierzigjähriger Mann, dem man die Kehle von einem Ohr bis zum anderen durchgeschnitten hatte.

Und so hatte sie ihn nie zu Gesicht bekommen. Sie war nicht am Tatort gewesen, nicht in der Gerichtsmedizin, nur auf dem Friedhof, wo niemand bereit gewesen war, den Sarg noch einmal für sie zu öffnen. Deshalb war sie lange Zeit fest davon überzeugt, dass der Mann, den sie bei Dunkelheit neben sich im Auto sitzen sah, keine Wunschvorstellung sein konnte. Eine Wunschvorstellung wäre doch unversehrt gewesen und hätte nicht vorschlagen müssen, einen Schal zu kaufen, um die entsetzliche Wunde abzudecken. Aber das glaubte nicht mal Ines Klinkhammer, die ansonsten allem viel aufgeschlossener gegenüberstand als Arno, der nicht mal dem vertraute, was er mit eigenen Augen sah.

»Du wusstest von der Verletzung«, sagte Ines. »Und bei deiner Fantasie brauchte es nicht mehr. Du konntest dir lebhaft vorstellen, wie Martin aussehen müsste. Du wolltest ihn sehen, also hast du ihn gesehen. Dass er leibhaftig neben dir saß, kann einfach nicht sein, Gabi.«

Und wenn Ines das sagte ...

Schon kurz nachdem Arno sie miteinander bekannt gemacht hatte, war seine Frau auf den Platz der Ratgeberin und Vertrauten gerückt, den er nie wirklich innegehabt hatte. Arno war Freund und Helfer, oft besorgt und immer Polizist. Ines war klug und aufgeschlossen. Sie konnte Dinge erklären, für die es eigentlich keine Erklärung gab. Und was noch wichtiger war, sie hatte für alles Verständnis und zog nur selten etwas so in Zweifel wie Martins leibhaftige Anwesenheit im Audi.

Ines verstand nicht nur, dass Gabi loszeterte wie ein Rohrspatz, wenn ihr etwas gegen den Strich ging. Ines riet sogar dazu. »Wenn es dir hilft, Spannungen abzubauen, mach deinen Gefühlen Luft, statt alles in dich hineinzufressen.«

Mit Ines wurde vieles einfacher. Sie lebte nach dem Motto, dass es Dinge zwischen Himmel und Erde geben mochte, die der menschliche Verstand nicht hinterfragen sollte. »Warum soll ich an etwas zweifeln, was ich nicht kenne oder nicht kann?«, fragte sie. »Ich kann nicht beurteilen, ob du mit einem Toten reden kannst. Aber ich hatte vor Jahren eine Kollegin im Verlag, die fragte vor wichtigen Entscheidungen immer ihren toten Vater um Rat und bekam Antworten.«

»Ich frage Martin nicht bei wichtigen Entscheidungen um Rat«, hatte Gabi erwidert. »Wir reden nur über Alltagskram. Bei wichtigen Entscheidungen verlasse ich mich auf mein Bauchgefühl oder meine innere Stimme. Martin hat oft gesagt, dass ich so etwas habe und darauf hören soll.«

Leider funktionierte das nicht so, wie es wünschenswert und nützlich gewesen wäre. Ihre innere Stimme schrie meist nur bei Lappalien wie den Espressotassen Zeter und Mordio: »Nimm sie einzeln aus dem Schrank!« Hatte sie nicht getan, jetzt hatte sie nur noch fünf Espressotassen. Das machte jedoch nichts, weil sie nur eine brauchte, oder zwei, wenn Ines da war.

Wenn es dagegen wirklich kritisch und dramatisch wurde, wenn ihr sozusagen ein persönlicher Weltuntergang bevorstand, kam von der inneren Stimme kein Wort. Dann signalisierte nur ihr Bauchgefühl Gefahr, zeigte jedoch nicht, welcher Art diese war, aus welcher Richtung die Bedrohung kam, ob sie selbst oder jemand, der ihr nahestand, betroffen war.

Wie im November 1983. Da war sie den ganzen Tag nervös und kribbelig gewesen. Deshalb hatte Martin gesagt: »So steigst du mir nicht ins Taxi, nachher passiert dir was. Was soll ich denn ohne dich tun?« Dann hatte er die vorbestellte Tour übernommen, die ursprünglich sie hätte machen sollen. Und deshalb war er seit all den Jahren tot. Und sie lebte weiter, kämpfte mit ihrer Unzulänglichkeit und ihren Schuldgefühlen.

Deshalb tat sie tagsüber so, als wäre Martin nebenan. Und nachts erstickte sie an ihrer Sehnsucht. Sich bei Dunkelheit in den Audi zu setzen brachte nichts mehr, seit Ines ihr erklärt hatte, dass ihr dort nur die eigene Wunschvorstellung erschienen war. Und wenn sie alleine im Bett lag, blieb das zweite Bett leer.

Wie oft hatte sie sich schon verflucht, ein Doppelbett gekauft zu haben, als sie das Haus neu eingerichtet hatte. Wobei ein Einzelbett vermutlich nichts geändert hätte. Sie hätte sich höchstens vorstellen können, dass sie getrennte Schlafzimmer hätten, weil Martin schnarchte. Inzwischen wäre er ja ein alter Mann, noch zwei Jahre älter als Reinhard. Alte Männer schnarchten. Reinhards Frau Hilde beschwerte sich häufig, dass sie neben ihm regelmäßig aus dem Schlaf schreckte, weil er Geräusche von sich gab wie ein Holzfäller mit einer stotternden Motorsäge.

Auch Gabi spürte, dass ihr Körper auf den Lebensabschnitt umschaltete, den man gemeinhin als den letzten bezeichnete. Hitzewallungen, Schweißausbrüche, Schlaflosigkeit, Depressionen, aber die konnten auch andere Ursachen haben.

Als ihr Nachbar die beiden Facebook-Seiten einrichtete, hatte sie die fünfzig bereits überschritten, war aber immer noch faltenfrei und so zierlich wie in jungen Jahren. Die zahlreicher werdenden grauen Haare überdeckte sie mit Tönungen aus dem Drogeriemarkt. Und wenn sie die Haare offen trug oder zum Pferdeschwanz band, sah sie von Weitem aus wie ein junges Mädchen.

Doch das waren Äußerlichkeiten. Innerlich fühlte sie sich verbraucht, ausgebrannt von einer Sehnsucht, die seit ewigen Zeiten keine Erfüllung mehr fand. Eine Frau, die nur sechs Jahre als Frau gelebt hatte. In den ersten beiden Jahren mit Martin hatte sie bei ihm gewohnt und von ihm gelernt, aber nicht mit ihm geschlafen. Sie sollte alt genug sein, um selbst entscheiden zu können, ob sie das überhaupt wollte, hatte er gesagt. Kurz nach ihrem achtzehnten Geburtstag hatte sie entschieden: »Ich will das jetzt mal probieren.« Mit genau den Worten, das wusste sie noch. Ebenso deutlich erinnerte sie sich an seine Reaktion, an diese plötzliche Weichheit in seiner Miene und dass er beim ersten Versuch vor lauter Liebe als Mann kläglich gescheitert war.

Und dann tauchte mit dem General ein Mann auf – wenn auch in einem Facebook-Profil –, der etwa im gleichen Alter und von ähnlicher Statur war wie Martin an seinem letzten Tag. Groß, das war auf dem kleinen Foto gut zu erkennen, weil der General neben einem Jeep stand. Kräftig gebaut, aber nicht übergewichtig, sondern muskulös. Er trug ein kurzärmeliges T-Shirt. Und sie wusste noch, wie es sich anfühlte, wenn Martin sie in die Arme nahm. Oder auf die Arme. Er hatte sie mühelos die Treppen hinauftragen können und dabei nicht mal ein bisschen schwerer geatmet.

Die Erinnerungen an etwas, das sie wohl auch noch für den Rest ihres Lebens vermissen würde, verhinderten, dass sie den General umgehend als Spam markierte. Dabei keifte ihre innere Stimme lauthals: »Hast du nicht mehr alle? Der Kerl will dich bloß abzocken. Solche suchen sich im Netz einsame Frauen und gaukeln ihnen wer weiß was vor. Ines wird dich zum Psychiater schicken, wenn du darauf antwortest.«

Ines musste doch nicht erfahren, dass sie sich beim Betrachten des Mannes neben dem Jeep an den Augenblick erinnerte, als Martin in seinem Elvis-Kostüm auf offener Bühne in einem voll besetzten Saal vor ihr auf die Knie gegangen war und gesungen hatte: »*And I love you so.*«

Der General unterstützte seine Freundschaftsanfrage mit einer Privatnachricht – auf Englisch. Der Sprache war Gabi nicht so mächtig, dass sie sich ohne Weiteres auf eine Kommunikation einlassen konnte. Sie raffte ihre Fremdsprachenkenntnisse zusammen und verklickerte ihm, dass sie leider nur ihre Muttersprache fließend beherrsche. Der General wechselte daraufhin zu einem hundsmiserablen Deutsch, das er zur besseren Verständigung mit englischen Ausdrücken spickte, die fast jedem geläufig waren. Auf die Weise klappte die Unterhaltung einigermaßen.

Wochenlang gingen Nachrichten hin und her, ohne dass Ines oder sonst wer davon erfuhr. Der General überhäufte sie mit Komplimenten, wie Martin es früher getan hatte. Manchmal wählte er sogar dieselben oder zumindest ähnliche Worte. Er habe ihr Foto gesehen und sofort gewusst, dass sie etwas

Besonderes sei, schrieb er. Wie Martin damals lebte er allein und sehnte sich nach weiblicher Nähe.

Allerdings hatte er seine Frau nicht auf die Straße gesetzt, weil sie soff wie ein Bauarbeiter. Frau General war von einem betrunkenen Autofahrer getötet worden. Danach hatte der General auch noch sein Vermögen verloren. Aber er war zuversichtlich, sich einen großen Teil davon zurückholen zu können, sobald er genug Money für den Anwalt hatte. Und dann wollte er sie in Germany besuchen. Darauf freute er sich schon so sehr, dass er vor Freude nächtelang wach lag.

Als sie ihm gestand, sie liege nachts auch oft wach, bot er an, sie früher zu besuchen. Er könne schon nächste Woche bei ihr sein, teilte er mit, wenn sie ihm mit einem Zuschuss zum Flugticket aus der Klemme helfen würde. Vorsorglich schrieb er dazu, wie sie ihm das Geld mittels Western Union zukommen lassen könnte. Und damit endete die Freundschaft.

Der General wurde aus der Freundesliste entfernt. Gabi beschränkte sich wieder auf ihre Dialoge mit einem Toten und ein Leben, das für sie als Frau mit vierundzwanzig Jahren geendet hatte, obwohl sie danach zweimal Mutter geworden war. Und ihre Tochter Martina war eine tolle junge Frau, tüchtig, ehrlich, bodenständig, selbst gerade Mutter einer süßen Tochter geworden, in die Gabi ganz vernarrt war.

Ihren Sohn hatte sie zu der Zeit abgeschrieben.

Es war schlimm für sie gewesen, als er nach seinem verpatzten Abitur verkündete, zu ihrem Bruder nach Köln zu ziehen und für Wolfgang zu arbeiten. Und es kam noch schlimmer. Martin bezeichnete den Umzug allen Ernstes als seine Heimkehr und warf ihr Gemeinheiten an den Kopf, die sie von ihm nie erwartet hätte.

»In dem Kaff hier habe ich mich keinen Tag wirklich wohlgefühlt, Mutti. Du kannst dir gar nicht vorstellen, wie sehr ich dich gehasst habe, als du mich hierher verschleppt hast. Wenn du in den letzten Jahren einen anderen Eindruck hattest, solltest du dich bei Alina bedanken. Sie hat mir erklärt, wie ich mit dir umgehen muss, damit ich wenigstens von deinem Erfolg etwas abbekomme, wenn ich schon auf alles andere verzichten muss. Du warst doch nie für uns da.«

Das sah sie anders. Sie hatte sich bemüht, aber kein Mensch konnte auf vier Hochzeiten gleichzeitig tanzen und auf jeder Feier auch noch eine Glanznummer hinlegen. Die Scherben des eigenen Lebens Stückchen für Stückchen zusammenkleben, das äußerst empfindliche Flickwerk vor weiteren Erschütterungen schützen, den Lebensunterhalt für zwei Kinder und sich selbst beschaffen, so weit war sie jeden Tag gekommen. Diesen Kindern auch noch jeden Tag etwas zu kochen und sie in den Schlaf zu singen, dafür hatte ihre Energie nicht gereicht.

Aber sie waren nie ohne Frühstück zur Schule gegangen, waren mittags von Käthe Wilmers bekocht und betüttelt worden, hatten jedes Jahr zum Winter neue Jacken bekommen, während sie jahrein, jahraus im selben Pullover Taxi gefahren war, oft genug mit steifen Fingern von der Kälte, weil die Wagenheizung nur lief, wenn sie fuhr. Und geliebt hatte sie beide, liebte sie unverändert auf ihre Weise. Ihre Liebe bestand in der Hauptsache aus Sorge, dass beide gesund waren, dass sie etwas zum Anziehen hatten, was ihnen auch passte, dass sie satt wurden und dass ihnen niemand ein Leid zufügte.

Ines hatte sie einmal als traumatisiert durch die furchtbaren Erfahrungen in jungen Jahren bezeichnet. Das traf wohl zu. Und im Grunde hätte sie ihrem Sohn antworten müssen: »Ich habe für euch getan, was ich tun konnte. Und wenn man bedenkt, dass ich mir euren Vater nicht ausgesucht habe, dass ich gar nicht bei mir war, als ich mit ihm verkuppelt wurde, dass ich weder dich noch deine Schwester aus eigenem Entschluss und freiem Willen auf die Welt gebracht habe, dann habe ich eine Menge für euch beide getan. Andere Frauen in solch einer Lage setzen ihre Kinder aus oder bringen sie um.«

Aber so etwas sprach man nicht aus, wenn man sein Kind nicht verletzen wollte. Vermutlich wäre sie auch nicht zu

Wort gekommen. Martin war noch nicht fertig. »Und jetzt brauchen wir dich nicht mehr, Mutti. Jetzt kannst du dich voll und ganz auf deinen Kram konzentrieren, musst auf nichts und niemanden mehr Rücksicht nehmen, was du ja ohnehin nie getan hast. Pass bloß auf, dass du nicht verhungerst. Ich fürchte, unser Elvis wird sich nicht für dich an den Herd stellen, wie Martina es in den letzten Jahren so oft getan hat.«

Ines sagte zwei Tage später: »Nimm dir das doch nicht so zu Herzen, Gabi. Er muss sich abnabeln, das ist normal in dem Alter. Natürlich ist es für dich ein schmerzhafter Prozess, wenn er dabei aufmüpfig wird, gegen dich rebelliert und dich bewusst verletzt. Aber gerade in sehr engen Beziehungen gehört so etwas manchmal zum Erwachsenwerden dazu. Er kommt schon wieder zur Vernunft. Lass ihm ein bisschen Zeit.«

Was hätte sie sonst tun sollen? Monatelang sah und hörte sie gar nichts von ihm. Nicht mal zu Weihnachten ließ er sich blicken, rief auch nicht an, schickte nur eine E-Mail. »Frohe Weihnachten, Mutti.« Sie fragte sich stundenlang, ob das Bösartigkeit, Sarkasmus, Gedankenlosigkeit oder Alinas Einfluss war.

Martina und ihr Freund, die sich kurz nach Martins Auszug eine gemeinsame Wohnung in Elsdorf genommen hatten, kamen an Heiligabend und teilten mit, dass sie im Frühjahr heiraten wollten. Martina war erst einundzwanzig, mit der Hochzeit hätte sie sich getrost noch Zeit lassen dürfen. Aber ihr Freund war ein anständiger Kerl, fleißig, tüchtig, ehrlich. Die beiden passten zueinander.

Den ersten Weihnachtstag verbrachte Gabi bei ihrem Bruder in Köln, ihren Sohn bekam sie nicht zu Gesicht. Der war bei Alina. »Da war er gestern Abend auch«, sagte Wolfgang. »Ist ja das Fest der Liebe. Du glaubst doch nicht im Ernst, dass dieses Biest ihn noch mal aus ihren Klauen lässt. Die weiß genau, was bei dir zu holen ist.«

»Darauf ist sie nicht angewiesen«, antwortete Gabi. »Ihre Eltern sind vermögend, ihr Großvater besitzt ein regelrechtes Imperium. Irgendwann erbt sie alles.«

»Irgendwann«, wiederholte Wolfgang. »Wenn man jung ist, will man den Porsche aber sofort.«

Ines sagte nach den Feiertagen: »Dass Martin dir sogar an Weihnachten aus dem Weg geht, hätte ich nicht gedacht. Aber er kommt schon wieder, wenn er dich braucht, Gabi. Du bist seine Mutter, daran wird sich nie etwas ändern.«

Ines hatte keine Kinder und leicht reden. Woher sollte sie wissen, wie sich das anfühlte, wenn man begreifen musste, dass ein Kind kein Roman war? Einen Roman hätte sie überarbeiten und korrigieren können. Mit einem Roman hätte sie noch mal von vorne angefangen und ihm zuallererst einen anderen Titel, sprich: Namen gegeben, um nicht noch einen Martin zu verlieren. Jahrelang war sie überzeugt, sie hätte ihren Sohn – wenn auch auf andere Weise – ebenso verloren wie den Mann, dessen Namen er trug.

In den folgenden Jahren kam Martin zwar an Weihnachten heim, aber auch nur dann. An den restlichen 364 Tagen ließ er sich nicht blicken, rief zum Geburtstag nur an oder schickte eine SMS, nachdem sie sich ein Handy zugelegt hatte. »Herzlichen Glückwunsch, Mutti.«

Als sie auf Facebook aktiv wurde, schickte er ihr eine Freundschaftsanfrage und postete ihr zum Geburtstag einen Blumenstrauß oder eine geöffnete Sektflasche zusätzlich zu dem »Herzlichen Glückwunsch und viel Erfolg im neuen Lebensjahr«.

Und vor Weihnachten erkundigte er sich regelmäßig bei seiner Schwester, an welchem Tag sie und ihr Mann nach Niederembt fahren wollten. Familienzusammenführung nannte er das, unterhielt sich locker und zwanglos mit Schwester und Schwager. Als Julchen dazukam, beschäftigte er sich viel mit seiner Nichte. Gabi hörte selten mehr von ihm als: »Frohe Weihnachten, Mutti«, und: »Danke«, wenn er sein Geschenk entgegennahm. Meist einen Umschlag mit Karte und ein paar Geldscheinen, weil sie nicht wusste, was sie ihm schenken könnte.

»Du hast ja in Köln alles, was du brauchst«, sagte sie einmal. »Falls du irgendwann einen besonderen Wunsch hast, kannst du dich ja rechtzeitig melden.«

Die Polizistin

Um halb sechs, etwa zur selben Zeit, als Klinkhammer von Thomas Scholl informiert wurde, dass die Frau im Poncho identifiziert und ihre Adresse bekannt war, hielt ein Auto vor dem Haus. Das Motorengeräusch erstarb, und Rita Voss begriff, worauf Max die ganze Zeit gehorcht hatte. Ihre Unterhaltung mit seiner Mutter war für ihn vermutlich eher störend als informativ gewesen. Er sprang auf und hetzte in den Flur mit dem Hinweis: »Das mein Papa.«

Mel legte eine Hand vor den Mund. Von einer Sekunde zur nächsten füllten sich ihre Augen wieder mit Tränen. »Wie soll ich ihm das nur beibringen?«, wisperte sie tonlos. Die hinter dem Wasserfilm verschwimmenden Augäpfel richteten sich auf Rita Voss. »Ich kann ihm das nicht sagen.«

»Das müssen Sie auch nicht«, beruhigte Rita Voss sie, während Max sich an der Haustür abmühte. »Das mache ich schon.«

Ob der kleine Junge die Tür alleine öffnete oder ob von draußen nachgeholfen wurde, war im Wohnzimmer nicht festzustellen. »Papa, Papa ...« Max hatte es so eilig, seinem Vater zu berichten, was er an diesem Freitag alles erlebt hatte, dass Rita Voss nur verstand, was er herunterhaspelte, weil sie sich denken konnte, was er sagen wollte.

»Wow, wow«, kommentierte eine dunkle, amüsiert klingende Männerstimme diese Begrüßung. »Mein Maximilian, der Große, wieder mal schneller als die Feuerwehr.«

Ein helles, unbeschwertes Kinderlachen folgte.

»Und nun noch mal ganz langsam von vorne«, bat Martin. Den Begleitgeräuschen zufolge zog er dabei eine Jacke aus und hängte sie auf einen Garderobenbügel. »Was ist denn so Spannendes passiert?«

»Mama weint«, wiederholte Max in gemäßigtem Tempo, wurde dann wieder schneller, berichtete von Polizeimännern mit Tatütata-Autos, der lieben Oma mit den großen Bonbons, die Luca ei gemacht, und dem Buhmann, der die liebe Oma bange gemacht hatte.

Dass die Frau im Poncho seinen Bruder gestreichelt hatte, hörte Rita Voss zum ersten Mal. Dass der Buhmann die liebe Oma erschreckt hatte, glaubte sie nicht so unbesehen, obwohl Max bereits im Aufenthaltsraum seine Angst vor dem Mann verneint hatte. Aber so waren Jungs nun mal, auch wenn sie noch klein waren. Sie waren Helden, demonstrierten Mut und Tapferkeit, sobald die Gefahr vorüber war.

Max schloss altklug mit einem bedauernden Achselzucken und ausgebreiteten Händen: »Nu is Luca weg.«

»Was?«, fragte Martin ungläubig, amüsiert klang er nicht mehr.

»Ja«, beteuerte Max. »Buhmann hat Luca mitnehmt.«

Das klang, als hätte er gesehen, wie der Mann in der Bonprix-Jacke seinen Bruder aus dem Wagen gezogen hatte. Was aber nicht sein konnte, wenn die liebe Oma Luca Bonbons gegeben und ihn gestreichelt hatte. Die Frau im Poncho war erst auf der Bildfläche erschienen, als der Mann weg war. Rita Voss verfluchte sich im Stillen, dass sie Max nicht rechtzeitig und gezielt befragt hatte. Aber man durfte Zeugen keine Worte in den Mund legen, kleinen Kindern schon gar nicht. Die hörten spätabends ihre Mutter schreien: »Heb noch einmal deine Hand gegen mich, dann bist du ein toter Mann!« Und am nächsten Tag erzählten sie der Nachbarin: »Mein Papa ist gestorben, weil er Mama gehauen hat.«

»Na super«, kommentierte Martin mit frustriertem Unterton und ließ ein paar gemurmelte Worte folgen, die Rita Voss als »Das musste ja mal passieren« interpretierte.

Mit Max auf dem Arm kam Martin ins Wohnzimmer. Bei der Tür stutzte er. Rita Voss, die hinter der offenen Milchglastür am Esstisch saß, bemerkte er nicht sofort. Sie sah ihn im Profil und fand, dass er in natura noch besser aussah als auf dem Hochzeitsfoto. Erneut fragte sie sich, wo sie ihm schon begegnet sein könnte oder an wen er sie erinnerte, kam aber nicht drauf. Sie war auch nicht sicher, wie sie seine Mimik beurteilen sollte. Wunderte, amüsierte oder ärgerte er sich über irgendwas, als er Mels verweintes Gesicht betrachtete?

»Du wolltest meine Mutter doch nicht mehr reinlassen«, begann er. »Warum hast du ihr aufgemacht? Mit wem war sie denn hier? Haben sie sich Luca nur geschnappt oder auch gesagt, wann sie ihn zurückbringen?« Offenbar hielt er den Buhmann für einen Begleiter seiner Mutter und nahm den Hinweis aufs Bangemachen so wenig ernst wie Rita Voss.

Mel saß da wie das Kaninchen vor der Schlange.

»Jetzt sag doch was«, drängte Martin auf Auskunft und fuhr herum, als Rita Voss sich erhob, wobei der Korbstuhl leise knarzte. Sie fummelte ihren Dienstausweis aus der Jeans, stellte sich vor.

»Na klasse«, kommentierte Martin verärgert und nahm erneut seine Frau ins Visier. »Musstest du gleich die Polizei auf den Plan rufen? Meinst du nicht, das sollten wir unter uns ausmachen? Ich hätte es garantiert auch alleine geschafft, Luca nach Hause ...«

Er schien überzeugt, seine Mutter habe in Begleitung eines Mannes seinen jüngsten Sohn aus dem Haus geholt.

Ehe Rita Voss etwas richtigstellen konnte, sprang Mel unvermittelt und so heftig vom Tisch auf, dass ihr Stuhl nach hinten gegen die Vitrine kippte. »Es ist nicht hier passiert«, stammelte sie. »Ich war heute erst nach Mittag zum Einkaufen in Bedburg. Es ist später geworden, weil Luca nicht schlafen wollte. Beim Drogeriemarkt hat eine ältere Frau ihn aus dem Wagen genommen und ist mit ihm verschwunden. Einfach verschwunden.«

»Welche Frau?« Jetzt klang Martin verwirrt und misstrauisch. Seine Blicke glitten zwischen Mel und Rita Voss hin und her.

»Ein liebe Oma«, erklärte Max und nickte gewichtig.

»Wir haben Grund zu der Annahme«, übernahm Rita Voss, die nicht auf dem neusten Stand war, »dass eine uns bisher nicht namentlich bekannte, aber als gutmütig bezeichnete ältere Frau Ihren kleinen Sohn mitgenommen hat, weil er alleine draußen im Kinderwagen saß.« Das klang nur halb so dramatisch wie entführt und half vielleicht, der Situation die Spitze zu nehmen. Das Foto vom Kinderschuh wollte sie erst zeigen, wenn sie sicherstellen konnte, dass Martin seiner Frau nicht an die Kehle ging.

Er fixierte Mel, als wolle er sie mit den Augen erdolchen. »Draußen? Allein?«

»Es tut mir leid, Martin«, stammelte Mel. »Es tut mir so furchtbar leid. In dem Laden ist es zu warm. Ich wollte nur schnell ...«

»Die Frau wurde gesehen, als sie Max einen Lutscher gab«, machte Rita Voss dem Gestammel ein Ende. »Wir suchen mit allen uns zur Verfügung ...« Weiter kam sie nicht.

Im Flur klingelte erneut das Bakelit-Telefon.

»Das ist sicher noch mal der Typ vom Sportverein«, schluchzte Mel. »Der hat schon mal angerufen und gesagt, es sei dringend.«

Martin warf ihr noch einen Blick zu wie eine Ohrfeige, stellte Max auf die Füße, ging in den Flur und nahm ab. Er meldete sich nicht mit Namen oder Hallo, sagte stattdessen: »Egal, wie dringend es ist. Jetzt ist es ungünstig. Ich ruf zurück, wenn ich ...« Damit brach er ab, war wohl unterbrochen worden und hörte nun dem Anrufer zu.

Rita Voss meinte ein tonloses, entsetztes oder schockiertes »Was?« zu hören. Beschworen hätte sie das nicht. Es war nur ein Hauch, wie ihn Menschen von sich geben, denen vor Schreck die Luft wegbleibt. Sie stand noch hinter der Milchglastür, hatte vom Flur nur das Stückchen im Blick, das sich in den Glasscheiben der Vitrine spiegelte. Das ließ sich zwar rasch ändern, half allerdings nicht viel. Martin stand mit dem Rücken zum Wohnzimmer.

Etliche Sekunden vergingen, dann sagte er: »Ja, klar, kann ich beschaffen. Ich kümmere mich sofort darum.« Nachdem er aufgelegt hatte, fluchte er verhalten: »Scheiße, Scheiße, Scheiße.« Und bei jedem Wort schlug er mit einer Faust so hart gegen die Wand zur Küche, dass in einem der Oberschränke dort Gläser klirrten.

»Alles in Ordnung, Herr Martell?«, fragte Rita Voss.

Martin drehte sich zu ihr um. Er hatte beim Hereinkommen die Deckenbeleuchtung im Flur nicht eingeschaltet. Doch aus dem Wohnzimmer fiel genug Licht auf ihn, um zu erkennen, wie blass er geworden war.

»Alles in Ordnung?«, wiederholte sie.

Er schüttelte den Kopf. »Nein, ich ... äh ... muss noch mal weg. Ein Kumpel hatte einen Unfall, nichts Dramatisches, ich soll nur ... Er hat drei Kids aus der Juniormannschaft im Auto.« Jetzt ging es etwas flüssiger. »Ist keinem was passiert. Aber er hat einen Platten und keinen Ersatzreifen. Kann ich ihm beschaffen, wenn ich die Jungs nach Hause gebracht habe.«

Das konnte er Max erzählen.

Mel kam ebenfalls zur Tür. Rita Voss meinte, in Martins Blick wieder diese Feindseligkeit zu erkennen, die ihr eben schon aufgefallen war. »Hat er dir vorhin gesagt, warum es so dringend ist?«

Mel schüttelte den Kopf. Martin streifte Rita Voss mit einem raschen Blick, konzentrierte sich wieder auf seine Frau. »Hast du ihm gesagt, dass du Besuch hast?«

»Nein«, versicherte Mel.

Martin atmete durch. »Okay. Dann kümmere ich mich jetzt erst mal um die Jungs draußen, besorge einen Ersatzreifen und ziehe die Karre aus dem Dreck. Danach hole ich Luca ab und setz meiner Mutter den Kopf zurecht, okay?«

»Okay«, wiederholte Mel gedehnt.

Rita Voss hatte das Gefühl, dass gerade einiges an ihr vorbeirauschte. Martin schaute wieder sie an und bemühte sich um ein Lächeln, das ziemlich verkrampft ausfiel. »Tut mir leid, dass meine Frau so einen Wirbel gemacht hat. Sie können aufhören, nach der Frau zu suchen, die Luca mitgenommen hat. Das war eine Bekannte meiner Mutter. Machen Sie Feierabend, und sagen Sie Ihren Kollegen Bescheid, die Sache hätte sich erledigt.«

»Woher diese plötzliche Erkenntnis?«, fragte Rita Voss. Sie glaubte ihm kein Wort, bekam auch keine Antwort. »Wenn es eine Bekannte Ihrer Mutter ist, wüsste ich gerne, wie die Frau heißt«, sagte sie.

Martin zog die Unterlippe zwischen die Zähne und machte damit deutlich, dass er nicht gewillt war, einen Namen preiszugeben. Etliche Sekunden verstrichen, ehe er fragte: »Kennen Sie den Leiter vom KK11, Arno Klinkhammer?«

»Das ist mein Chef.«

»Das trifft sich hervorragend«, kommentierte Martin in einem Ton, der wohl überheblich klingen sollte. »Er ist nämlich ein guter Bekannter meiner Mutter. Richten Sie ihm aus, er soll seine Leute zurückpfeifen. Meine Mutter kann sehr unangenehm werden, wenn Polizisten ohne Einladung bei ihr erscheinen. Davon kann Arno ein Lied singen. Das hier ist eine reine Privatangelegenheit.«

»Den Namen, Herr Martell«, beharrte Rita Voss.

»Ich kann Arno auch selbst anrufen«, bot Martin an mit einer Miene, die sich nicht zwischen Trotz und Verzweiflung entscheiden konnte.

»Bitte.« Rita Voss wies großzügig auf das alte Telefon.

»Wenn Sie mir seine Nummer geben«, musste er ein Stück zurückrudern. »Die vom Handy habe ich nicht. Ich hatte in den letzten Jahren keine Veranlassung, ihn anzurufen. Und er sitzt doch jetzt garantiert nicht an seinem Schreibtisch.«

»Warum verraten Sie mir nicht einfach den Namen der Bekannten Ihrer Mutter«, schlug Rita Voss vor. »Ein paar Worte zum Motiv wären auch hilfreich. Nur damit ich mir ein Bild machen kann, welche Veranlassung diese Bekannte hatte, Ihren Sohn aus dem Kinderwagen zu nehmen und mit ihm zu verschwinden. Außerdem wüsste ich gerne, wie Ihr verunfallter Kumpel in dieser Sache drinhängt. Das tut er doch.«

Wieder vergingen einige Sekunden, in denen Martins Gesicht ein Kaleidoskop widersprüchlicher Empfindungen spiegelte. Dann sagte er: »Ist eine längere Geschichte, dafür hab ich jetzt nicht die Zeit. Die Jungs draußen frieren.« Damit nahm er seine Jacke vom Bügel und öffnete die Haustür.

Max griff nach einem Bein seines Vaters: »Mit, Papa, mit.«

»Heute nicht«, sagte Martin und trat einen Schritt ins Freie.

»Moment, Herr Martell«, versuchte Rita Voss ihn aufzuhalten und fingerte nach ihrem Handy.

Max begann jämmerlich zu weinen, umklammerte Martins Bein mit beiden Ärmchen und flehte schluchzend: »Papa mit, bitte, bitte, Papa mit.«

»Ist ja gut«, tröstete Martin. »Nicht weinen, ist ja gut. Ist vielleicht sogar besser, wenn ich dich mitnehme.«

»Nein!«, schrie Mel. »Er bleibt hier.«

Martin kümmerte sich weder um sie noch um Rita Voss, die noch dabei war, das Foto vom Kinderschuh aufzurufen. Er nahm den Jungen auf den Arm, schnappte sich das Band mit den Schlüsseln, das Mel neben das Telefon gelegt hatte, und zog die Tür von außen hinter sich zu.

»Er bleibt hier!«, wiederholte Mel einen Ton schriller, stürzte hysterisch an Rita Voss vorbei zur Haustür, riss sie auf und wurde theatralisch: »Mein Kind bleibt bei mir, Martin!«

Martin war bereits dabei, Max im Honda Civic anzuschnallen. Der Junge hatte weder Jacke noch Stiefel an.

»Soll er dir die ganze Zeit die Ohren vollheulen?«, fragte Martin. Mehr brauchte es nicht, um Mel zur Einsicht zu bringen.

»Dann zieh ihn wenigstens ordentlich an«, verlangte sie nur noch, nahm Jacke, Stiefel und Mütze von der Garderobe und lief zum Auto. Martin quetschte sich fluchend hinters Lenkrad. Der Fahrersitz war noch auf eine kleine Person eingestellt.

Rita Voss klickte das Foto vom Schuh weg und wählte Klinkhammers Nummer. Es war besetzt.

Die Engelsucherin – 2016

Nachdem der morsche alte Kirschbaum gefallen war und Roswita Werner ihr erklärt hatte, wie es sich verhielt mit dem Kreislauf des Lebens, kehrte in Annis Kopf eine Art von Frieden ein, die sie seit der Erkrankung ihres Mannes nicht mehr gespürt hatte. In ihrem Hirn breitete sich Hoffnung aus wie Spinnweben in einem verlassenen Raum. Schon nach wenigen Tagen hoffte sie nicht mehr nur, sondern war überzeugt, dass ihr Sohn sich in ihrer Nähe aufhielt, wobei ihr klar war, dass es eine gewisse Zeit dauern konnte, ehe sie ihn wiedersah. Aber wenn sie mit den Jahren etwas gelernt hatte, dann Geduld.

In den folgenden Wochen gab es nur ein paar Stunden voller Schrecken, als der kleine Arturo erzählte, dass er zu Weihnachten ein Engel werden solle. Er ging bereits das erste Jahr zur Schule. Anni wollte Elena warnen, als die von der Arbeit kam und die Kinder abholte. Doch Elena lachte über ihre Ängste und beschwichtigte: »Das ist nur ein Krippenspiel, ein schöner Brauch und überhaupt nicht gefährlich. Die Kinder spielen Maria und Josef im Stall, draußen stehen die Hirten, und Engel singen Weihnachtslieder.«

Um Anni zu überzeugen, dass ein Krippenspiel völlig harmlos war, bat Elena sie, Arturo zu den Proben zu begleiten. Das hätte Anni ohnehin tun müssen, weil Elena bis in den Abend hinein arbeitete und ihre Kinder nach Einbruch der Dunkelheit nicht gerne allein draußen herumlaufen ließ.

Bei den Proben ging es wirklich harmlos und beschaulich zu, wie Anni bald feststellte. Die Kinder standen in Alltagskleidung vor dem Altar und sangen Lieder, die Anni noch aus ihrer Kindheit kannte: »Es ist ein Ros' entsprungen«, »Stille Nacht, heilige Nacht«, »Kommet, ihr Hirten« und einige mehr.

Anni saß zusammen mit anderen Begleitpersonen in den vorderen Bänken, summte leise mit und horchte auf, als eine helle Stimme mit einem weiteren Lied zu einem Solo anhob.

»Zu Bethlehem geboren ist uns ein Kindelein, das hab ich auserkoren, sein eigen will ich sein.«

Das Kind trat einen Schritt vor. Es war ein Mädchen von vielleicht sieben oder acht Jahren. Während es weitersang, hielt es den Blick auf eine junge Frau gerichtet, die nicht weit von Anni entfernt saß: »In seine Lieb' versenken will ich mich ganz hinab; mein Herz will ich ihm schenken und alles, was ich hab ...«

Die junge Frau trug eine Sonnenbrille, obwohl es in der Kirche dämmrig war, und eine wattierte Jacke, mit der sie sehr unförmig wirkte. Erst auf den zweiten Blick erkannte Anni, dass die Frau hochschwanger war. Schon ihr nächster Gedanke war pure Hoffnung. Wenn ihr Sohn sie zur Kirche begleitet hatte, wovon sie ausging, wenn er neben ihr in der Bank saß, musste er mit seinem klugen Köpfchen seine große Chance erkennen und ergreifen. Vielleicht hatte er das sogar umgehend getan und befand sich jetzt bereits im Leib der Frau mit der Sonnenbrille.

Anni konnte den Blick nicht mehr von der prallen Wölbung lassen. Sie hätte zu gerne eine Hand daraufgelegt, um das neue Leben zu spüren, ein Zwiegespräch mit ihm gehalten, um zu fühlen, ob es wirklich ihr Sohn war, der unter der Bauchdecke heranwuchs. Sie war sicher, dass sie es spüren würde.

Als die Probe zu Ende war und die Kinder herunter in den Mittelgang kamen, prägte sie sich die Bekleidung des Mädchens ein. Auf dem Heimweg fragte sie Arturo, wer die kleine Sängerin war. Er wusste es nicht genau, kannte das Mädchen zwar aus der Schule, aber es war älter als er und besuchte eine andere Klasse. »Soll ich fragen, wie sie heißt, wenn ich sie in der Pause sehe?«, bot er an.

»Das wäre lieb von dir«, sagte Anni. »Wo sie wohnt, wüsste ich auch gerne.«

Arturo brauchte nur zwei Tage, um den Namen des Mädchens in Erfahrung zu bringen, Maja hieß es. »Wie die Biene«, sagte er, die Adresse kannte er auch bereits. »Da wohnen sie aber noch nicht lange«, erklärte er. »Vorher haben sie in Köln gewohnt. Da hat es Maja nicht gefallen, da ist oft die Polizei gekommen. Hier ist sie lieber. Sie hat mich gefragt, ob ich ihr Freund sein möchte.«

Danach ging Anni jeden Vormittag, wenn die Kinder in der Schule waren, bei der Adresse vorbei, die Arturo ihr genannt hatte. Es war ein mehrstöckiges Haus, Majas Familie wohnte glücklicherweise im Erdgeschoss. Anni ließ es aussehen wie Spaziergänge. Um keinen Preis der Welt wollte sie den Zeitpunkt verpassen, an dem ihr Sohn erneut das Licht der Welt erblickte.

Zweimal sah sie die schwangere Frau auf der Straße, bemerkte auch jedes Mal, dass deren linkes Auge von einem Kranz eingerahmt wurde, der farblich von blauviolett zu grüngelb wechselte. Doch darum machte Anni sich keine Gedanken. Sie hatte sich nie mit Brutalität oder häuslicher Gewalt auseinandersetzen müssen, und jetzt war dafür in ihrem Kopf kein Platz.

Sie grüßte freundlich, sagte ein paar Worte zum Wetter und hoffte auf ein Gespräch. Vielleicht suchte die junge Frau ebenfalls Freunde wie Maja. Anni wäre mit Freuden für sie da gewesen – und für das Kind in ihrem Leib. Der Gedanke, dass Majas Mutter eine zweite Tochter zur Welt bringen könnte, kam ihr nicht. In dem Fall hätte ihr Sohn bestimmt auf die nächste Chance gewartet und diese hier nicht genutzt.

Majas Mutter würde ihm einen anderen Namen geben, ihn sprechen und laufen lehren, ihm Dinge beibringen, die Annis Sohn vielleicht nie gelernt hatte. Und irgendwann wollte Anni ihm sagen, dass er früher zu ihr gehört hatte. Sie wollte ihn seiner neuen Mutter nicht wegnehmen, wollte nur ein wenig Anteil an seinem neuen Leben haben, ihm als Freundin der Familie nahe sein. Was für eine schöne Vorstellung. Sich daran erfreuen, wie er gesund und munter heranwuchs, wie er all das tat, was er als ihr Sohn nicht mehr hatte tun können.

Keine Probe versäumte sie mehr, aber die Schwangere kam nur noch einmal mit Maja zur Kirche. Da hatte sie eine geschwollene Lippe. Danach wartete ein Mann vor dem Portal auf Maja, der Anni mit finsteren Blicken musterte, als sie mit Arturo an der Hand den Heimweg antrat.

Wohnung Erzig

Laut Auskunft der Bäckereiverkäuferin Elena Rodriguez sollte die Wohnung der gesuchten Frau im ersten Stock eines Altbaus aus den 1950er-Jahren liegen. Minutenlang drückte Polizeimeister Nemritz auf den Klingelknopf neben dem Namensschild »Erzig«. Der Polizeianwärter beäugte die Hausfassade, speziell die beiden Fenster im ersten Stock. Nichts rührte sich.

Roswita Werner ließ die Männer ins Haus, nachdem Nemritz bei ihr geklingelt hatte. Sie hatte Anni Erzig durchs Küchenfenster heimkommen sehen. Das war gegen halb vier gewesen, was zu den Angaben der Zeugin Silke Böhmer passte und bedeutete, dass Anni Erzig auch das letzte Stück Heimweg nicht im Schneckentempo zurückgelegt hatte.

Auf gezielte Nachfrage erklärte Roswita Werner: »Frau Erzig ist vorbeigehuscht, ohne zu grüßen. Vermutlich hat sie mich nicht bemerkt in der Eile. Aber sie hatte kein Kind dabei, auch kein kleines. Das wäre mir aufgefallen.«

»Sie hatte eine Tasche bei sich«, begann Nemritz und wurde unterbrochen, ehe er den Gedanken laut werden lassen konnte, der ihm schon seit einer Weile im Kopf herumspukte.

»Ja, ihre Einkaufstasche, die hat sie immer dabei, wenn sie aus dem Haus geht. Das ist ein Erbstück von ihrer Mutter. Ein Kind kann man darin nicht unterbringen. Die Tasche ist etwa so groß.« Roswita Werner zeigte mit beiden Händen eine Abmessung von vierzig Zentimetern in der Breite und dreißig in der Höhe. Dann schwieg sie, wartete auf einen Kommentar. Als keiner reagierte, erklärte sie: »Frau Erzig müsste auch da sein. Weggegangen ist sie nicht mehr. Das hätte ich gehört. Die Treppe knarzt fürchterlich. Ich höre sogar, dass jemand raufgeht oder runterkommt, wenn ich das Radio oder den Fernseher anhabe. Mein Wohnzimmer liegt hinter dieser Wand hier.« Mit einem kleinen Lächeln fügte sie hinzu: »Massivbau ist das nicht. Nach dem Krieg haben die alles verbaut, was herumlag.«

Daraufhin stiegen Nemritz und der Polizeianwärter in den ersten Stock. Die Treppe knarzte tatsächlich bei jedem ihrer Schritte so durchdringend, dass Nemritz sein Gesicht verzog, als hätte er Zahnschmerzen. Eine Klingel gab es oben an der Tür nicht. Nemritz klopfte und verlangte mit Hinweis auf seinen Status energisch Einlass. Ohne Erfolg. Hinter der Tür rührte sich nichts.

»Lassen Sie mich mal«, bat Roswita Werner, die ihnen gefolgt war. Sie klopfte ihrerseits dezenter und bat mit sanfter Stimme: »Frau Erzig? Machen Sie auf, Frau Erzig. Ich weiß, dass Sie da sind. Sie müssen keine Angst haben. Die Männer hier sind von der Polizei. Die tun Ihnen nichts.«

Während sie erneut warteten, erklärte Roswita Werner: »Frau Erzig hat Angst vor Männern. Letztes Jahr im März wurde sie ...« Damit stutzte sie, kniff misstrauisch die Augen zusammen und erkundigte sich: »Was wollen Sie eigentlich von ihr? Warum haben Sie nach einem kleinen Kind gefragt? Denken Sie, Frau Erzig hätte das Baby vom Drogeriemarkt mitgenommen? Hier ist schon zweimal ein Streifenwagen vorbeigefahren. Ich habe aber erst beim zweiten Mal verstanden, was da durchgegeben wurde.«

Wie Elena Rodriguez und vermutlich einige Nachbarn mehr hatte sie es aber nicht für notwendig erachtet, der Polizei mitzuteilen, wo man die gesuchte Person finden könne. Nemritz schwieg dazu. »Wir wollen Frau Erzig nur ein paar Fragen stellen«, wich er aus. »Höchstwahrscheinlich ist sie eine wichtige Zeugin. Sie war erwiesenermaßen in der Nähe, als das Kind verschwand. Sie hat sich mit dem Bruder des Babys unterhalten und ihm einen Lolly geschenkt.«

Roswita Werner nickte, als sei ihr dieses Verhalten bekannt. Sie klopfte noch einmal und bat darum, die Tür zu öffnen. Erst nach einer Minute gab sie auf und meinte besorgt: »Da stimmt etwas nicht. Ich bin sicher, dass Frau Erzig da ist. Ich hab sie noch eine Weile herumlaufen hören, dann wurde es still. Vielleicht hat sie sich hingelegt. Seit Monaten ist sie gesundheitlich nicht mehr auf der Höhe. In den letzten Wochen ging es ihr richtig schlecht, sie war ständig müde und abgekämpft. Sicher hatte das mit Weihnachten zu tun. Da ist bestimmt vieles bei ihr wieder hochgekommen, wegen der Engel und so. Ich habe ihr geraten, mal zum Arzt zu gehen, wollte sie aber nicht. Ärzte sind für sie Todesboten, kann man ja verstehen.«

Darauf folgte eine Kurzfassung der Schicksalsschläge, die Anni Erzig hatte hinnehmen müssen. Was es mit den »Engeln und so« auf sich hatte, erläuterte Roswita Werner nicht. Stattdessen äußerte sie die Vermutung, Anni Erzig leide unter Depressionen, gelegentlich wohl auch an Wahnvorstellungen, die seien aber überhaupt nicht gefährlich. Dann besann sie sich wieder auf den Zweck ihrer Anwesenheit vor der Tür.

»Leider habe ich keinen Schlüssel, sonst würde ich Ihnen die Tür aufmachen. Rodriguez' hatten einen. Sie sind letztes Jahr ausgezogen, war auch besser so. Die Kinder haben Frau Erzig ganz verrückt gemacht. Was die Estelle ihr für einen Blödsinn erzählt hat ...« Roswita Werner schüttelte den Kopf. »Dem Kind ist die Fantasie dermaßen ins Kraut geschossen, das glaubt man nicht. Aber die arme Frau Erzig glaubt ja alles.«

Ihren buddhistisch geprägten Beitrag zu Anni Erzigs Wahnvorstellungen verschwieg sie.

Der Verbindungsmann

Als Rita Voss ihn das erste Mal zu erreichen versuchte, saß Klinkhammer noch mit Gabis ältestem Bruder vor dem Rapunzel-Turm im Wohnzimmer und telefonierte wieder mit Thomas Scholl. Der hatte ihn wenige Sekunden zuvor erneut angerufen, um ihn über die Lage in Bedburg-Blerichen zu informieren und eine Maßnahme absegnen zu lassen. »Wir brauchen einen Schlosser, Arno.«

»Mit welcher Begründung?« Klinkhammer bemühte sich, nichts laut werden zu lassen, woraus Reinhard etwas ableiten konnte.

»Gefahr im Verzug«, sagte Scholl. Er war unverändert sauer. »Laut einer Nachbarin muss die Erzig in ihrer Wohnung sein. Aber sie macht nicht auf.«

»Auf ein paar Minuten wird es nicht ankommen«, erwiderte Klinkhammer. Sonst hätte Scholl kaum sein Einverständnis eingeholt und die Tür bereits eingetreten. »Ich lass mir deinen Vorschlag durch den Kopf gehen und melde mich gleich.«

Zu Reinhard, der ihn mit fragend banger Miene anschaute, sagte er anschließend: »Meine Frau muss einen ihrer Autoren zum Essen ausführen. Und jetzt soll ich mit. Der Mann schreibt Krimis und möchte gerne mit einem leibhaftigen Kommissar reden.«

»Wie Gabi früher«, erwiderte Reinhard wehmütig.

»Ja«, stimmte Klinkhammer zu. »Ich mache mich besser auf den Weg. Bleiben Sie sitzen, ich finde alleine raus.«

»Und was ist mit Luca?«, fragte Reinhard.

»Meine Leute tun ihr Möglichstes«, versicherte Klinkhammer. »Mehr könnte ich auch nicht tun. Glauben Sie mir. Ich darf mich da gar nicht einmischen, weil ich die Familie kenne. Ich wollte es Gabi nur persönlich sagen. Aber wenn sie mit einer Internetbekanntschaft in Österreich Urlaub macht ...«

»Oder in der Schweiz«, ergänzte Reinhard, nickte schwer und fügte hinzu: »Scheiß Timing. Aber wer weiß, wozu es gut ist. Wenn Gabi durchdreht, damit wäre ja keinem geholfen.«

Allerdings nicht, dachte Klinkhammer und wünschte Reinhard zum Abschied alles Gute. Im Hinausgehen bedankte er sich bei Elke für den Zettel mit Gabis Handynummer und den Pfefferminztee. Seinem Magen war der gut bekommen.

Als er das Haus verließ, kamen Reinhards Frau Hilde und die kleine Nina gerade vom Einkaufen zurück. Hilde Treber registrierte dankbar, dass er gewillt war, eine Parklücke freizumachen. Es war ein Kreuz mit den engen Straßen in den Ortskernen der Dörfer, nicht nur in Niederembt, wo inzwischen viele Haushalte über zwei Autos verfügten und längst nicht alle über eine Garage. Flüchtig fragte er sich, wo Reinhard das

Wohnmobil abstellen mochte. Vermutlich hatte er dafür einen Stellplatz gemietet. Es gab noch ein paar Bauernhöfe im Ort, die Platz genug hatten.

Kaum hatte er ausgeparkt, klingelte sein Handy erneut. Er hatte es bei Reinhard in eine Jackentasche geschoben und sich wegen der auf die Parklücke wartenden Hilde Treber nicht die Zeit genommen, es in die Halterung am Armaturenbrett zu stecken. Nun stoppte er mitten auf der Straße, um es herauszufischen und das Gespräch anzunehmen. Diesmal war es Jochen Becker.

»Ich ruf dich gleich zurück«, sagte Klinkhammer, fuhr ein paar Meter weiter, lenkte kurzerhand in die offene Toreinfahrt eines früheren Bauernhofs und rief zuerst Thomas Scholl zurück.

»Wieso Gefahr im Verzug?«, begann er ohne Einleitung. »Frau Erzig wurde doch nicht mit Luca gesehen.«

»Dass keiner sie mit dem Kleinen gesehen hat, beweist nur, dass sie den Jungen nicht für alle Welt sichtbar auf dem Arm trug«, wurde er von Scholl belehrt.

Während Klinkhammer bei Gabis Bruder Pfefferminztee getrunken hatte, war Scholl sehr rührig gewesen. Er hatte mit seiner provisorischen, aber fahrbaren Einsatzzentrale einige Standortwechsel vollzogen, ein aufschlussreiches Gespräch mit Roswita Werner geführt und auch noch einmal persönlich mit der Zeugin Silke Böhmer gesprochen.

Des Weiteren hatte Scholl einige Meldungen erhalten, die seinem Verdacht gegen Mel endgültig die Grundlage entzogen. Ein Ehepaar, dem Max im Aldi ebenso angenehm aufgefallen war wie dem dortigen Personal, hatte den Honda Civic auf dem Parkplatz gesehen, als Mel ihren Ältesten in einem Kindersitz anschnallte. Im zweiten Kindersitz schlief ein Baby. Die Frau hatte im Vorbeigehen auch noch gehört, wie Max angewiesen wurde, seine Schokolade zu essen und Luca bloß nicht aufzuwecken.

Die für Scholl wichtigere Meldung war erst vor ein paar Minuten von den endlich daheim eingetrudelten Teenies gekommen, die sich vor dem Drogeriemarkt über den Mann in der Bonprix-Jacke amüsiert hatten. Beide Mädchen hatten nicht nur den schlafenden Luca gesehen, sondern auch die Frau im Poncho am Kinderwagen, wie sie dem Baby über eine Wange gestreichelt hatte.

Und sie waren übereinstimmend der Meinung, der Mann habe nicht den kleinen Jungen, sondern die Frau im Poncho mit seinem Buh erschrecken wollen, aber nur aus Spaß. Er hatte die Frau nämlich als seine spezielle oder besondere Freundin bezeichnet. Über die genaue Bezeichnung waren die Mädchen sich nicht einig geworden. Ihre restlichen Angaben hielt Scholl, der nur mit ihnen telefoniert hatte, für einen altersbedingten Scherz, den die Teenies vor Lachen kaum verständlich herausgebracht hatten. Der Mann sollte gesagt haben, sie, also die Frau am Kinderwagen, freue sich schon darauf, dass er es ihr heute besorgen werde.

Scholl hatte sofort jemanden losgeschickt, um die Aussagen der Teenies aufzunehmen, und kam auf Anni Erzig zurück.

»Stell dir eine Frau mit krummem Rücken in einem zeltartigen Umhang vor«, verlangte er von Klinkhammer. »Die Erzig geht vorgebeugt, habe ich eben von ihrer Nachbarin erfahren. Witwenbuckel, wenn dir das mehr sagt, könnte in ihrem Fall aber von einer Verletzung stammen. Und sie trägt größere Einkäufe immer unter dem Poncho. Die Nachbarin hat eine Ausbuchtung gesehen, als die Erzig an ihrem Küchenfenster vorbeirannte. Sie nahm an, es wäre ein Beutel Kartoffeln. Die wird den Jungen unter dem Poncho getragen haben, Arno. An die Möglichkeit habe ich nicht gedacht, weil ich die Mutter im Visier hatte.«

Beim letzten Satz klang Scholl ein bisschen zerknirscht, aber nicht so, als würde er Mel im Stillen Abbitte leisten. Was er auch nicht tat. Zum einen hatte er nicht ahnen können, wie Anni Erzig größere Einkäufe nach Hause trug. Zum anderen: Den Babyjogger mit Kind draußen stehen zu lassen, war in seinen Augen sträflicher Leichtsinn gewesen. Blieb zu hoffen, dass der kleine Junge nicht für die Gedankenlosigkeit seiner Mutter bezahlen musste.

»Frau Böhmer meinte ebenfalls, der Poncho sei auf der linken Körperseite ausgebeult gewesen«, fuhr Scholl fort. »Beschwören würde sie das allerdings nicht, hat ja nur im Vorbeifahren einen kurzen Blick auf die Erzig geworfen und deren linken Arm nicht gesehen. Der rechte Arm war draußen und der Fahrbahn zugewandt, in den war die Tasche eingehängt. Im Rückspiegel hat Frau Böhmer aber gesehen, dass die Erzig den rechten Unterarm vor der Taille hielt und die Hand weiter oben auf Brusthöhe. Für mich klingt das, als hätte sie etwas abgestützt, vermutlich den Rücken des Jungen.«

Oder einen Beutel Kartoffeln, dachte Klinkhammer. Wegen der anderthalb Stunden, die zwischen Anni Erzigs Auftauchen beim Drogeriemarkt und Silke Böhmers Beobachtung auf der K37n lagen, hatte Scholl doch an Einkäufe gedacht – solange er Mel im Visier gehabt hatte.

»Was ist denn mit dem Schuh?«, fragte Klinkhammer. Durch die Seitenscheibe sah er, wie Reinhards Frau eine Tür am Wagenfond öffnete, ein kleines Mädchen stieg aus und hüpfte auf dem schmalen Gehweg herum.

»Den wird irgendein Kind verloren haben«, meinte Scholl. »Es sieht jedenfalls nicht mehr so aus, als hätte er etwas mit unserer Sache zu tun.«

Hilde Treber öffnete die Heckklappe des Wagens. Es hatte den Anschein, als wolle sie etwas herausheben, was ihr zu schwer war. Sie gab dem Kind eine Anweisung, das daraufhin an die Haustür klopfte.

»Der Poncho dürfte die Erklärung sein, warum der Hund nur der Spur des Kinderwagens gefolgt ist«, kam Scholl noch einmal zu Anni Erzig und zum Schluss. »Wie hätte das Tier etwas von dem Kleinen aufnehmen sollen, wenn die Erzig ihn komplett eingewickelt hatte? Das wird sie gleich im Durchgang getan haben, da war sie von der Straße aus nicht mehr zu sehen. Deshalb wird sie über die Kreisstraße nach Hause gehetzt sein. Auf der

Bahnstraße oder der Adolf-Silverberg-Straße hätte es mehr Zeugen gegeben und leichter einer aufmerksam werden können.«

Klang schlüssig und logisch und beantwortete einige offene Fragen, aber nicht alle. Klinkhammer hatte ein komisches Gefühl, das veranlasste ihn, Einwände vorzubringen, statt einfach sein Okay zum Schlosser zu geben. »Was wiegt ein Junge von neun Monaten?« Er wusste es nicht, musste grob schätzen, traf es aber gut. »Zwischen acht und neun Kilo? So ein Gewicht über die ganze Strecke auf einem Arm zu tragen und damit auch noch zu rennen wäre eine reife Leistung für eine ältere Frau.«

»Sicher«, stimmte Scholl zu. »Aber so alt, wie sie aussieht, ist die nicht – Mitte fünfzig, sagte ihre Nachbarin. Und sie trägt immer schwere Sachen mit dem linken Arm, sogar Sechserpacks mit Anderthalb-Liter-Wasserflaschen. Das sind neun Kilo. In der Tasche transportiert sie nur Kleinigkeiten. Sie hätte Angst, dass die kaputtgeht, sagte die Nachbarin. Abgesehen davon, Arno, die schleppt kein Gramm Übergewicht mit sich herum, ist ständig unterwegs, fit, würde ich sagen. Und irgendeinen Grund wird sie ja haben, uns vor der Tür stehen zu lassen.«

»Ist von drinnen etwas zu hören?«, fragte Klinkhammer.

»Kein Laut.«

»Dann ist sie vielleicht nicht mehr in der Wohnung«, meinte Klinkhammer und fügte mit trockener Kehle hinzu: »Oder es war schon jemand bei ihr, und sie kann nicht mehr öffnen.«

»Dass vor uns jemand bei ihr war, ist auszuschließen. Sie muss da sein«, beharrte Scholl auf dem, was er von Roswita Werner und beim Aufstieg in den ersten Stock selbst gehört hatte. »Wenn jemand gekommen oder die Erzig noch mal weggegangen wäre, das hätte die Nachbarin gar nicht überhören können. Die Treppe knarzt zum Gotterbarmen, und die Wand zum Treppenhaus ist hohl. Im Wohnzimmer der Nachbarin hört man jeden Schritt, sogar wenn der Fernseher läuft. Wir haben's ausprobiert. Wenn die Erzig zwischenzeitlich keinen Herzinfarkt bekommen hat, sehe ich nur einen Grund, aus dem sie nicht aufmacht.«

»Dann lass mal verlauten, ein Schlosser sei im Anmarsch«, verlangte Klinkhammer. »Vielleicht reicht das. Wenn nicht, lass einen kommen. Verschaff dir nicht gewaltsam Zutritt, Thomas. Das gibt nur Scherereien. Wir sind nicht das SEK. Wenn ihr eindringt wie die Vandalen, und die Frau ist nur eine Zeugin, die sich vor Angst in die Hosen macht, wie stehen wir dann da? Ruf mich an, wenn ihr drin seid.«

Elke Treber kam ins Freie, hob eine randvoll mit Lebensmitteln gepackte Plastikkiste aus dem Wagenheck, beförderte sie in den Hausflur und ließ einen Bierkasten folgen. Reinhards Frau und das kleine Mädchen waren schon im Haus verschwunden. Elke kam noch mal heraus und holte einen Kasten Mineralwasser aus dem Auto. Wer sollte das auch sonst übernehmen, wenn ihr Mann einen Wochenendtrip mit Freunden machte?

Mit dem Wohnmobil zum Forellenfischen in die Eifel.

Fischen? Im Januar? Na, wenn es Spaß machte oder Olaf mal ein bisschen Abstand zum sterbenskranken Vater brauchte. Den Forellen war es vermutlich egal, zu welcher Jahreszeit sie aus dem Wasser gezogen und auf den Grill gelegt wurden. Klinkhammer hatte keine Ahnung vom Fischen und keine Zeit für Zweifel. Er rief Jochen Becker zurück.

Der Vater

Zu dem Zeitpunkt stand Martin mit Max auf dem Arm vor dem Grundstück seiner Mutter. Es erging ihm nicht anders als Klinkhammer eine gute Stunde zuvor. Auf sein anhaltendes Klingeln erfolgte keine Reaktion. Für die neue Haustür hatte Mutti ihm keinen Schlüssel ausgehändigt. Den für die alte Tür und das Tor hatte sie von ihm zurückverlangt, als er nach dem verpatzten Abi zu Wolfgang nach Köln gezogen war. Sonst hätte er Max wieder im Kindersitz angeschnallt, Mels Honda dicht an den Zaun gefahren und als Trittleiter benutzt, um in den Hof zu gelangen und auf der Rückseite des Hauses nachzuschauen, ob dort Licht brannte oder ob Mutti tatsächlich nicht da war. Er war vom Gegenteil überzeugt. Wo sollte sie denn sein an einem Freitagabend kurz nach sechs?

Klinkhammer hatte an Einkäufe gedacht. Martin wusste, dass sie grundsätzlich am frühen Vormittag Besorgungen machte. Danach tauchte sie in ihre düsteren Geschichten ein, und freiwillig unterbrach sie ihre Arbeit nur, wenn ihr nichts einfiel. Eine Veranstaltung hatte sie nicht. Das verfolgte er auf der entsprechenden Verlagsseite im Internet, wo Lesungen und andere öffentliche Auftritte oft Monate im Voraus angekündigt wurden. Er schaute auch alle paar Tage auf der Homepage von »Martina Schneider« nach und auf ihren Facebook-Seiten.

Er ließ den Blick über die dunklen Fenster im Obergeschoss und weiter zur Hausecke wandern, entdeckte keinen noch so winzigen Lichtschimmer. Vielleicht waren hinten die Rollläden schon herabgelassen. Im Arbeitszimmer mochte sie das Licht ausgeschaltet haben, als sie gehört hatte, dass ein Auto vor dem Tor hielt. Womöglich stand sie hinter der Gardine in der dunklen Küche und schaute sich an, wie er nervös von einem Fuß auf den anderen trat. Zwei Häuser weiter war eine Straßenlaterne, in deren Licht musste er gut zu sehen sein.

Max umfasste zwei Stäbe des Tores, versuchte, daran zu rütteln und rief: »Momi! Mach auf, Momi! Ich bin.« Dass sie sich nicht mal davon erweichen ließ ...

Vielleicht war sie doch nicht hier, sondern bei Reinhard, der in seinem elenden Zustand bestimmt jede Art von Hoffnung gebrauchen konnte. Und sei es nur die Illusion von Muttis heilenden Händen, die unser Elvis ihr damals angedichtet hatte.

»Probieren wir was anderes«, sagte Martin, ließ Max herunter, zückte sein Handy und wählte ihre Nummer. Nicht das Festnetz. Im Gegensatz zu Klinkhammer kannte er selbstverständlich ihre Handynummer. Viermal tutete ihm das Freizeichen ins Ohr, dann wurde er weggedrückt. Er versuchte es noch mal – mit demselben Ergebnis. Beim dritten Mal meldete sich die Mailbox mit dem Standardhinweis, der Teilnehmer sei vorübergehend nicht zu erreichen, man könne eine Nachricht hinterlassen.

»Mama, ich bin's«, sagte Martin. Ihm fiel nicht einmal auf, dass er sie nicht wie sonst »Mutti« nannte. Kleine Kinder riefen nach *Mama,* wenn sie in Not waren, Angst hatten und Hilfe brauchten. Er war in diesen Minuten so klein und hilflos wie Max, der mit großen Augen verständnislos zu ihm aufschaute.

Die Stimme am Telefon war dumpf gewesen, verzerrt, vermutlich elektronisch verfremdet. Martin war ziemlich sicher, dass ein Mann zu ihm gesprochen hatte, beschwören hätte er das nicht, musste sich nur an die Jahre bei Wolfgang im Tonstudio erinnern. Was man mit Technik alles machen konnte. Dafür brauchte man heutzutage nicht mal mehr ein Tonstudio, ein Computer oder ein gutes Handy reichten völlig aus.

»Wenn du deinen Kleinen lebendig und in einem Stück wiedersehen willst, hör mir jetzt gut zu und unterbrich mich nicht«, hatte die verzerrte Stimme gesagt. »Für jeden Satz, den ich wiederholen muss, schneide ich dem Knaben einen Finger ab.«

Das, was er in dem Moment empfunden hatte, konnte Martin nicht in Worte fassen. Angst traf es nicht mal annähernd. Panik war ebenfalls der falsche Ausdruck. Es war ein so vernichtendes Gefühl von Ohnmacht, von dem er vorher nicht gewusst hatte, dass man so etwas empfinden konnte. Sein Kleiner! Er hatte unweigerlich Lucas Händchen ohne Finger vor sich gesehen. Und er hatte sich doch geschworen, immer für seine Kinder da zu sein, wenn sie ihn brauchten. Luca hatte ihn nie nötiger gebraucht als jetzt. Und er konnte nichts weiter tun als Mutti anzubetteln.

Eine Viertelmillion hatte die verzerrte Stimme verlangt! Nicht in bar. Lösegeldübergaben waren der Schwachpunkt bei jeder Entführung. In ihrem letzten Roman hatte Mutti sich ausgiebig mit dem Thema befasst.

Mel irrte sich, wenn sie glaubte, Martin kenne die Bücher seiner Mutter nicht. Er las sie nicht, kaufte sich aber das Hörbuch und spielte die CDs im Auto ab. Wenn er alle durchhatte, schenkte er sie Tante Käthe. So schlug er zwei Fliegen mit einer Klappe. Tante Käthe freute sich. Sie ließ sich auch lieber etwas vorlesen, dabei konnte sie stricken. Und in seinem Auto lag nichts herum, was Mel besser nicht in die Finger fiel, wenn er sich keinem stundenlangen Kreuzverhör mit anschließenden Vorwürfen aussetzen wollte.

Mel fuhr zwar nie seinen Wagen, aber wenn sie mal einen Sonntagsausflug machten, nahmen sie den BMW. Mel bestand darauf, obwohl es wegen der Spritkosten ungünstiger und noch dazu umständlicher war. Jedes Mal mussten die Kindersitze von einem Auto ins andere umgesetzt werden.

Während der Fahrt stöberte Mel dann im Handschuhfach – nach Taschentüchern, behauptete sie immer. Sie las auch seine E-Mails. Wenn er sein Handy irgendwo im Haus ablegte, konnte er sicher sein, dass Mel es sich schnappte, sich damit in einen stillen Winkel verzog und alles durchcheckte. Und wehe, er hatte die PIN geändert. Wer so was machte, musste etwas zu verbergen haben. Seinen alten Computer im Keller kontrollierte sie auch regelmäßig.

Hatte er wirklich mal geglaubt, dass Mel in allen wichtigen Fragen des Lebens einer Meinung mit ihm war? Inzwischen wusste er, dass sie nur auf Anraten ihres Bruders mit ihm übereingestimmt hatte. Eine eigene Meinung hatte sie nicht. Und wirklich getraut hatte sie ihm wahrscheinlich nie, lag wohl in der Familie.

Wegen seiner Freundschaft mit Alina und der Ansicht seines Schwagers, dass es keine platonischen Beziehungen zwischen Männlein und Weiblein geben konnte, verstand Martin sogar, dass Mel dachte: Vertrauen ist gut, Kontrolle ist besser.

Weil sie noch nie etwas gefunden hatte, was sie einer anderen Frau hätte zuordnen können, war sie neuerdings überzeugt, er hätte doch noch eine Affäre mit Alina begonnen. Angeblich hatte Alina sich verplappert. Sie sollte bei Joris bedauert haben, dass es zwischen ihr und Martin *nicht früher* gefunkt habe.

Nachgefragt hatte Martin bisher nicht. Alina hatte momentan andere Probleme, als blödsinnigen Verdächtigungen zu widersprechen. Joris hätte die Worte nur verdrehen müssen, um die Ehe seiner Schwester in die gleiche üble Schieflage zu bringen, in die seine eigene geraten war.

Nachdem Alina im Oktober ihren Großvater verloren hatte, war Joris in ein verdammt großes Fettnäpfchen getreten. Der alte Mann hatte Alina versprochen, nach seinem Tod gehöre alles ihr, weil ihr Vater mit seinen Comics genug Geld verdiente und sich nie um die Verwaltung der Mietwohnungen gekümmert hatte.

»Du machst die Arbeit, also steht es dir zu«, hatte ihr Großvater wiederholt gesagt. Leider hatte er sein Versprechen nicht in einem notariell beglaubigten Testament festgelegt.

Joris vermutete, er hätte ein handschriftliches Testament in seiner Wohnung deponiert und gedacht, das reiche aus. Alina meinte, ihr Großvater hätte noch gar nicht ans Sterben gedacht.

Er war topfit gewesen mit seinen sechsundachtzig Jahren, hatte sich regelmäßig von Ärzten durchchecken lassen und nicht mal Bluthochdruck oder andere alterstypische Beschwerden gehabt. Jeden Morgen hatte er eine kleine Radtour gemacht, acht Kilometer bei Wind und Wetter. Bis ihn Mitte Oktober jemand über den Haufen fuhr. Unfall mit Fahrerflucht.

Am Rad waren reichlich Lackspuren sichergestellt worden. Es war gelungen, den Fahrzeugtyp zu bestimmen. Es sollte sich um einen dunkelgrauen Ford Focus Kombi, Baujahr 2006, gehandelt haben. Das wusste Alina so genau, weil die Polizei im familiären Umfeld nach so einem Fahrzeug gesucht hatte. Immerhin war es um eine ziemlich große Erbschaft gegangen.

Aufgeklärt war die Sache bisher nicht. Nach mittlerweile drei Monaten glaubte Martin auch nicht mehr, dass die zuständige Polizei das Auto noch fand und den Kerl schnappte. Wenn es denn ein Kerl gewesen war. Vielleicht hatte eine Frau am Steuer gesessen, wer wollte das sagen?

Das Schlimmste für Alina war, dass man ihren Großvater hätte retten können, wenn rechtzeitig Hilfe gekommen wäre. Aber es hatte ihn nicht mal jemand vermisst, weil es an einem Samstag passiert war. Samstags hielt sich in der Verwaltung keiner auf, der sich hätte wundern können, wo der Seniorchef so lange blieb.

Laut Obduktionsbefund war er an Schock und Unterkühlung gestorben, weil er stundenlang mit einer gebrochenen Hüfte und einer Schädelfraktur auf einem Waldweg gelegen hatte, der für Kraftfahrzeuge gesperrt war. Zufahrt nur für forstwirtschaftlich genutzte Fahrzeuge. Deshalb gab es eine Schranke. Ungesichert. Jeder konnte das Teil hochklappen. Und meistens sei die Schranke oben, hatte die Joggerin gesagt, die das zerbeulte Rad und den Toten gegen Mittag entdeckt hatte.

Weil kein Testament gefunden worden war, galt die gesetzliche Erbfolge. Nun erbte doch Alinas Vater alles. Keine größere Summe Geld, soweit Martin wusste. Aber mit den Jahren waren noch mehr Immobilien dazugekommen. Insgesamt verwaltete Alina um die fünfhundert Wohnungen im Raum Aachen-Jülich. Joris war für die beiden Hochhäuser in Köln-Weiden zuständig.

Seinen Job als Makler hatte Mels Bruder kurz nach seiner Hochzeit gekündigt. Martin hatte die Stelle vor zwei Jahren übernommen, obwohl das Maklerbüro zu dem Zeitpunkt keinen Ersatz einstellen wollte. Alina hatte ihre Beziehungen für ihn spielen lassen, weil er bei Wolfgang im Studio nicht die Butter aufs Brot verdiente. Für ihn allein hatte es gereicht, mit Familie sah die Sache anders aus.

Für Joris war in einem der Hochhäuser eine Wohnung in Büroräume umgewandelt worden. Er nannte es großspurig »Verwaltung«, und selbstverständlich hatte er eine Sekretärin. Vermutlich hatte Joris sich schon als Chef vom Ganzen gesehen, sich wahnsinnig über das fehlende Testament aufgeregt und ausgerechnet bei der Beerdigung den Verdacht geäußert, sein Schwiegervater hätte es verschwinden lassen.

Alina war mit ihrem Vater in der Wohnung des Großvaters gewesen, aber so schockiert und fassungslos vor Schmerz und Trauer, wie sie gewesen war, hätte man vor ihren Augen einen Panzerschrank ins Freie schieben können, sie hätte es kaum registriert. Ein paar Seiten Papier hatte man schnell eingesteckt, um sie zu vernichten, wenn man unbeobachtet war. Dafür musste man nur über einen miesen Charakter verfügen. Den sprach Alina ihrem Vater ab.

Nach dem ersten, heftigen Krach mit ihr war Joris ein Stück zurückgerudert. Sollte sein Schwiegervater legal geerbt haben, weil Alinas Großvater die Sache mit dem Testament vor sich hergeschoben hatte, wäre es ein schöner Zug vom Herrn Papa, der Tochter etwas abzugeben, hatte er erklärt. Die Hochhäuser in Köln-Weiden zum Beispiel, damit wäre Joris für den Anfang zufrieden gewesen. Die betrachtete er ohnehin bereits als sein Eigentum, weil er dort das Sagen hatte. Und nun bestand die Gefahr, dass sein Schwiegervater ihm reinredete.

In Martins Augen war Mels Bruder ein fieser und manipulativer Kotzbrocken, der sich einbildete, er wäre allen Leuten haushoch überlegen und könnte sich schon aus dem Grund alles herausnehmen, was ihm gerade in den Sinn kam oder ins Konzept passte. Und er war wohl nicht der Einzige, der Joris so einschätzte. Bei seiner Hochzeit hatte er eine aufschlussreiche Bemerkung von seiner Schwiegermutter aufgeschnappt.

Esther unterhielt sich mit Joris, wobei der zu Alinas Großvater hinüberschaute, der sich angeregt mit Mutti unterhielt. Joris sagte etwas, was Martin im Näherkommen bei der vorherrschenden Geräuschkulisse nicht verstand. Bei Esthers Reaktion war er nahe genug. »Pfui Teufel, Joris, was bist du doch für ein widerlicher Mensch.« Und das aus dem Mund einer Mutter.

Man konnte über Esther Martell, ihre Ansichten und Methoden der Kindererziehung sowie den Blödsinn, den sie normalerweise verzapfte, denken oder sagen, was man wollte. Aber mit dem Spruch hatte sie Martin mal so richtig aus der Seele gesprochen.

Wobei Joris es wohl ebenfalls richtig sah. »Frag dich doch mal, wer mich dazu gemacht hat, werte Mutter.«

Aber in Sachen Erbschaft hatte Joris nicht völlig unrecht, fand Martin. Wer ohnehin mehr besaß, als er brauchte, hätte sich der einzigen Tochter gegenüber ruhig großzügig zeigen können. Mutti hatte mal zu Tante Käthe gesagt: »Wer mit warmen Händen gibt, hat wenigstens noch etwas davon – und wenn es nur ein kräftiger Tritt in den Hintern ist.«

Diesen Tritt wollte Alinas Vater sich wohl ersparen. Er fand, er hätte genug gegeben. Immerhin hatte er Alina während ihres Studiums unterstützt und ihr nach der Beerdigung des Großvaters das Gehalt als Geschäftsführerin aufgestockt. Wer fürs Geld nicht arbeiten müsse, wisse es nicht zu schätzen, meinte er. Und Alina gab ihm recht.

Die rosarote Brille hatte sie schon nach einem halben Jahr Ehe abgelegt. War ihr Joris' krankhafte Eifersucht bis dahin schmeichelhaft erschienen, ging er ihr nun mehr und mehr auf die Nerven mit seinen ständigen Verdächtigungen und den Vorschriften, die er glaubte, als ihr Mann machen zu dürfen.

Das sei keine Eifersucht, meinte Alina inzwischen. Es sei ein totaler Besitzanspruch, der sie zu einer Sache degradiere, die Joris meinte nach Belieben nutzen zu dürfen. *Meine Frau, mein Auto.* Er entschied, wann er sein Auto in die Waschanlage fuhr. Und er hielt es für sein verbrieftes Recht, Alina unter die Dusche zu schicken, wenn er mit ihr schlafen wollte. Dass sie sich ihm seit Monaten verweigerte, war wohl der Grund für den Ärger, den Martin seitdem zusätzlich hatte.

Für Alina war Joris nur noch ein geldgeiler Sack. »Ich glaube, er hat sich nur deswegen an mich herangemacht«, hatte sie vor drei Wochen gesagt. »Er wusste, wer ich war, hat früher in Köln mehrfach als Makler für uns gearbeitet. Großvater kannte ihn und wollte ihn nicht in der Firma haben. Er hat ihm nur mir zuliebe die Verwaltung in Weiden eingerichtet, weil ich ... Herrgott, ich war verliebt, das weißt du. Ich war naiv und so was von blöd. Ich dachte, wenn Joris in Köln beschäftigt ist, funkt er mir wenigstens nicht dazwischen, wenn ich in Jülich meine Arbeit mache. Er hätte doch bei jedem Termin mit einem Hausmeister oder dem Steuerberater vermutet, dass ich ihn betrüge.«

Nun wusste Alina nicht, wie man Joris den Verwaltungsposten wieder wegnehmen könnte. Ihm einfach zu kündigen war wohl nicht drin. Arbeitsmäßig hatte er sich bisher nichts zuschulden kommen lassen. Eheliche Differenzen oder unterschiedliche Ansichten über Erbschaftsangelegenheiten waren kein Kündigungsgrund. Aus der Firma bekäme man ihn nicht mal nach einer Scheidung, hatte Alina gesagt. Martin ging davon aus, dass sie oder ihr Vater sich anwaltlichen Rat geholt hatte, weil es ihr bitterernst war. Und sollte sie sich tatsächlich von Joris trennen … Über die Folgen für seine Ehe mochte Martin nicht nachdenken. Joris würde garantiert so lange auf Mel einreden, bis die ebenfalls zum Anwalt rannte.

Tante Käthe war die Einzige, mit der er offen über die verfahrene Situation und den ganzen Mist reden konnte, an deren Schulter er den Kopf legte, wenn ihm zum Heulen war. Dann drückte sie ihn an sich, strich ihm über den Rücken und sagte in ihrem rheinischen Slang: »Lass et raus, Jung. Muss nich alles in dich reinfressen. Davon wirste bloß krank.«

Mehr konnte sie nicht für ihn tun, gewiss nicht in finanzieller Hinsicht. Vor einem Jahr war ihr Mann gestorben. Ihre Witwenrente langte hinten und vorne nicht. Sie verdiente sich etwas dazu, indem sie für Edel-Boutiquen Pullover, Jacken und anderen Kram strickte, der als exklusive Handarbeit offenbar Absatz fand.

Eine eigene Rente bezog sie nicht, hatte in jungen Jahren in einer Villa in Rodenkirchen im Haushalt gearbeitet – ohne Versicherung. Nach der Hochzeit hatte sie ihren Haushalt geführt und jahrelang vergebens darauf gehofft, ein eigenes Kind zu bekommen. Dass sie sich dann mit Hingabe um seine Schwester und ihn gekümmert hatte, damit Mutti Taxi fahren und Romane schreiben konnte, zahlte sich auch nicht in barer Münze aus, zumindest wusste Martin nichts davon.

Für ihn war Tante Käthe eine herzensgute arme Socke und Mutti mittlerweile eine sehr vermögende Frau. Ihr Kontostand bewegte sich trotz größerer Ausgaben in den letzten Jahren im siebenstelligen Bereich. Das hatte er im vergangenen September gesehen, als er Max bei ihr abholen musste, weil Mel es wegen einer Autopanne während der Shoppingtour mit einer Freundin mittags nicht rechtzeitig zur Kita geschafft hatte und sich anschließend mit Luca nicht in Muttis Nähe traute.

Und Martin wusste bis heute nicht, ob Mutti aus Gedankenlosigkeit oder anderen Gründen in seinem Beisein nachgeschaut hatte, ob irgendeine Gutschrift erfolgt war. Sie hatte nicht mal verlangt, er solle sich umdrehen, während sie sich einloggte. Aber ihre PIN konnte sie jederzeit ändern. Also hatte er ihr über die Schulter geschaut. Mehr als eine Million hatte sie auf der Bank. Er hatte seinen Augen nicht getraut und sah die siebenstellige Zahl auf dem Bildschirm immer noch vor sich.

»Ich ruf in einer Stunde wieder an«, hatte die verzerrte Stimme am Telefon gesagt. »Dann gebe ich die IBAN durch. Sobald das Geld auf dem Konto ist, erfährst du, wo du deinen Kleinen abholen kannst. Leg dir was zu schreiben hin und sieh zu, dass du die Bulette loswirst.«

Die Bulette! Dieser Ausdruck hatte Martin den Verdacht aufgedrängt, Mel habe beim ersten Anruf des vermeintlichen Kumpels aus dem Sportverein ausposaunt, dass die Kripofrau im Haus war. Doch dann hätte die vermutlich gewusst, was Sache war, und bei ihm nicht so darauf drängen müssen, einen Namen zu hören.

Aber wenn Mel nichts gesagt hatte, woher wusste der Kerl dann, dass eine Polizistin bei Mel saß? Irgendeiner von der Kripo oder zwei oder drei, das konnte sich wohl jeder denken, der sich in der Öffentlichkeit ein Baby schnappte. Das musste beim Drogeriemarkt für einen Mordswirbel gesorgt haben. Aber dass nur eine Frau von der Kripo bei Mel war, hätte der Anrufer theoretisch nicht wissen dürfen. Es sei denn, er wäre in der Nähe geblieben, um zu sehen, wie sich die Lage entwickelte, während seine Komplizin Luca wegbrachte und versorgte.

Martin hatte die Auskünfte seines Sohnes so interpretiert, dass es sich um ein Pärchen gehandelt hatte, dass die Frau als liebe Oma Max mit einem Bonbon abgelenkt hatte, während der Mann mit Luca verschwand. Aber kümmern würde sich wohl die Frau um Luca. Mit einem Baby musste man doch anders umgehen als mit größeren Kindern oder erwachsenen Entführungsopfern. So einen hilflosen kleinen Menschen konnte man nicht irgendwo einsperren, ihm einen Eimer, eine Dose Cola und ein Stück Pizza hinstellen und ihn dann sich selbst überlassen.

»Was machen wir jetzt, Männlein?«, fragte er Max und kämpfte gegen die aufsteigenden Tränen an. »Du hast wohl auch keine Ahnung, wo Oma sich aufhält, was?«

»Momi nicht da«, sagte Max.

»So sieht es aus«, stimmte Martin zu. Er setzte Max wieder ins Auto und schnallte ihn an, damit er nicht aus dem Kindersitz krabbelte. Weil es im Honda etwas wärmer war als draußen, vor allem war es windgeschützt, klemmte er sich hinters Steuer, obwohl er nicht vorhatte, jetzt schon nach Hause zu fahren. Das konnte er doch nicht machen. Er hatte dem Anrufer versichert, es sei kein Problem, das Geld zu beschaffen. Aber allzu viel Zeit durfte er sich nicht mehr lassen. Zwanzig Minuten waren schon um. Wenn der Kerl das nächste Mal anrief, um die IBAN durchzugeben, und er war nicht da ...

Dass Luca dafür büßen müsste, durfte er sich nicht vorstellen. Übers Wochenende hatte er nicht mal die Chance, sich irgendwo um einen Kredit zu bemühen. Und selbst wenn heute Dienstag oder Mittwoch gewesen wäre – dass er binnen einer halben Stunde eine Hypothek aufs Haus aufnehmen und sofort über das Geld verfügen konnte, war auszuschließen.

Mutti hatte genug Geld, das stand fest. Und sie hatte es nicht in irgendwelchen Wertpapieren oder Depots angelegt, wo sie es erst noch flüssigmachen musste. Die siebenstellige Zahl war der

Kontostand ihres Geschäftsgiros gewesen. Sie hätte ihm binnen weniger Sekunden die Viertelmillion überweisen können. Aber wenn sie nicht aufmachte und nicht an ihr Handy ging ...

Die Hexe

Als ihr Sohn sie zu erreichen versuchte, überlegte Gabi gerade, ob sie eines der Fertiggerichte, die sie am Vormittag noch schnell besorgt hatte, in die Mikrowelle schieben oder nur eine Scheibe Brot essen sollte. Sie hatte auch drei Brötchen gekauft, obwohl sie selbst unter normalen Umständen nur eins aß. Jetzt waren die Umstände alles andere als normal.

Sie erwartete den Mann, von dem sie ihrem Neffen am vergangenen Abend zwar erzählt, genaue Auskünfte aber verweigert hatte. Allerdings wusste sie nicht, ob dieser Mann heute noch oder erst morgen eintreffen würde. Aber Brötchen konnte man aufbacken, und Männer aßen meist zwei, so kannte sie es von früher.

Reichlich Aufschnitt hatte sie auch gekauft. Nur Hunger hatte sie nicht, absolut keinen Appetit; ihr Magen war wie zugeschnürt. Martins Versuche, mit ihr zu reden, änderten daran gar nichts. Im Gegenteil. Sie rissen alte Wunden auf und drangen wie Krankheitskeime in frische, deren Heilung noch nicht eingesetzt hatte.

Nachdem sie ihr Smartphone ausgeschaltet hatte, wartete sie zehn Minuten, machte sich einen Kaffee in der Zeit, der ihr viel zu stark geriet und bitter schmeckte. Irgendwie passend, fand sie, als sie das Handy dann wieder in Betrieb nahm. Ein Anruf in Abwesenheit. Von Martin, wie nicht anders zu erwarten.

»Mama, ich bin's.« Als ob sie seine Stimme nicht sofort erkannt hätte. Die unübliche Anrede registrierte sie nur am Rande. »Ruf mich bitte sofort zurück. Es ist wichtig, Mama. Es ist sehr wichtig. Es ist etwas Schreckliches passiert.«

»Na so was aber auch«, murmelte sie sarkastisch. »Du weißt doch gar nicht, was schrecklich ist.«

Sie schaltete das Handy wieder aus und kämpfte gegen die Erinnerung an die erste Zeit nach seinem Auszug damals. An die Nächte, in denen sie sich in den Schlaf geweint hatte, an die Tage, an denen sie nicht hatte arbeiten können. Zu der Zeit noch mit Laptop am Couchtisch im Wohnzimmer. Stunde um Stunde hatte sie auf der Couch gesessen und den Bildschirm angestarrt, ohne durch den Wasserfilm vor den Augen etwas zu erkennen.

Und wie oft hatte sie sich gewünscht, dass ein Tag käme, an dem Martin vor ihrer Tür stand und sie so bitter nötig brauchte wie nie zuvor etwas in seinem Leben. Es öffnete ihm nur niemand. Dann trat nebenan die Nachbarin aus dem Haus und erklärte ihm, seine Mutter sei tot.

Dass ihre Brüder und Neffen sich ihm in den Weg stellten, wenn er zur Beerdigung kam, hatte sie sich ausgemalt. Dass er davonschlich wie ein geprügelter Hund, wenn sie ihn wegschickten. Dass er endlich begriff, er hatte wie alle anderen nur eine Mutter gehabt, und nichts im Leben war für immer.

Rachefantasien, darin war sie gut. Daraus konnte sie sogar etwas machen. Noch einen Roman, erfolgreich wie die anderen, die Ines herausgebracht hatte. Das war ihre Art der Trauerarbeit und Schmerzbewältigung. Ein Trost war die hohe Auflage allerdings nicht. Dafür saß der Schmerz zu tief.

Und Alina, die Martins Worten zufolge verantwortlich für sein Verhalten war, wünschte sie noch Jahre später die Pest an den Hals. Damals hatte sie Alinas Einfluss gefürchtet, das Biest zeitweise regelrecht gehasst, jedoch nicht gut genug gekannt, um zu wissen, welcher Verlust Alina am schmerzlichsten treffen würde. Das hatte sie erst bei Martins Hochzeit gesehen. Der Großvater, dieser sympathische, gebildete alte Mann, den sie bei dieser Gelegenheit als agilen und angenehmen Gesprächspartner kennengelernt hatte.

Den halben Nachmittag hatte er sie mit den Vor- und Nachteilen von Kapitalanlagen und Immobilien unterhalten, augenzwinkernd auch ein paar Behauptungen einfließen lassen, die seine Enkelin vor Jahren aufgestellt hatte. »Martins Mutter ist im ganzen Ort als Hexe verschrien.«

»Jedes Mal, wenn ich das von Alina hörte, wünschte ich mir, dass sie bis an ihr Lebensende mit Martin zusammenbleibt«, hatte er gesagt. »Es hätte gewiss Vorteile, eine Hexe in der Familie zu haben.«

»Es hätte auch gewisse Nachteile«, hatte sie geantwortet. »Was ich Alina früher gewünscht habe, erzähle ich Ihnen lieber nicht. Sonst wird Ihnen angst und bange.«

Alina hatte sich für ein paar Minuten zu ihnen gesellt, sich bei dem alten Mann eingehakt und gescherzt: »Wie ich sehe, hat Martins Mutter dich schon völlig verhext, Großvater.«

Dann hatte Alina sich an sie gewandt und mit Blick auf die Braut gefragt: »Enttäuscht?«

»Ganz und gar nicht«, hatte sie erwidert. »Ich bin angenehm überrascht, hatte ich mich doch schon damit abgefunden, dass mein Sohn einem Biest auf den Leim gegangen ist und kleben bleibt.«

»Wie Sie mich einschätzen, wusste ich zwar«, hatte Alina amüsiert gekontert, beleidigt war sie nicht, strotzte wie früher geradezu vor Selbstbewusstsein. »Aber ich habe immer erwartet, dass Sie durchblicken, in welcher Beziehung ich zu Martin stehe. Er hat mal behauptet, Sie hätten hellseherische Fähigkeiten.«

»Damit trete ich aber nur auf Jahrmärkten auf«, hatte sie erklärt. »Im Privatleben sehe ich grundsätzlich schwarz.«

Alinas Großvater fand das schlagfertig. Nachdem seine Enkelin sich wieder unter die anderen Gäste gemischt hatte, hatte er sie mit seinem charmanten Lächeln, das in dem Moment allerdings so aussah, als wolle er sich für sein Ansinnen entschuldigen, gebeten, ob sie für ein paar Minuten so tun könne, als befände sie sich auf einem Jahrmarkt. Dabei hatte er verstohlen zu Joris Martell hinübergezeigt, der sich ein paar Meter weiter mit seiner Mutter unterhielt, und wissen wollen, welche Farbschattierung sie bei dem jungen Mann sah, der als Martins Schwager nun auch zu ihrer Familie gehörte.

Sie hatte Mels Bruder bei der Begrüßung als arroganten und sehr von sich eingenommenen Schnösel eingestuft und eine gewisse Genugtuung verspürt beim Gedanken, dass Alina ihren Meister gefunden hatte.

Als sie ihm nicht gleich antwortete, war das Lächeln auf dem Gesicht des alten Mannes erloschen, seine Miene hatte Ernst und Besorgnis gespiegelt. »Ich traue dem Burschen nicht und werde mit meinem Testament wohl warten, bis Alina wieder zur Vernunft gekommen ist. Sonst hat der smarte Knabe in null Komma nichts mein Reich übernommen, wenn ich mal nicht mehr bin.«

Er war nicht mehr. Sie hatte es im Oktober gehört, als Käthe Wilmers wie üblich anrief, um zu berichten, was Martin bei seinen Besuchen in den letzten Wochen erzählt hatte, und um sich zu bedanken, was jedes Mal nach einer Beschwerde klang: »Ich hab eben den Kontoauszug geholt, Gabi. Du sollst mir doch nicht jeden Monat was überweisen. Ich komm schon zurecht.«

Bei dem Anruf im Oktober hatte Käthe sich nicht bedankt, nur gesagt: »Stell dir vor, Alinas Opa ist totgefahren worden. Von so einem Schwein, das danach abgehauen ist. Hat ihn einfach liegen lassen. Er muss wohl noch eine ganze Weile gelebt haben. Alina ist am Boden zerstört, sagte Martin gestern Abend.«

Sie hatte sich auf der Stelle an ihre lange zurückliegenden Rachefantasien erinnert und sich gefragt, was Ines wohl dazu sagen würde, dass eine davon Wirklichkeit geworden war und einen so liebenswerten Mann getroffen hatte.

Sie hatte sich noch einmal mit ihm zusammen stehen sehen bei Martins Hochzeit, hatte ihre eigene Stimme im Kopf gehabt: »Was ich Alina früher gewünscht habe, erzähle ich Ihnen lieber nicht.« Hatte Alina mit Blick auf die Braut fragen hören: »Enttäuscht?« Und ihre Antwort: »Ganz und gar nicht.«

Nichts und niemand hatte sie vor Mel gewarnt. Kein Bauchgefühl hatte Gefahr angekündigt, keine innere Stimme hatte Zeter und Mordio geschrien. Es hatte nur eine flüchtige Irritation gegeben an dem Sonntag, als Martin ihr die Schlampe vorgestellt hatte. Da war für den Bruchteil einer Sekunde die siebzehnjährige Alina hinter Mel aufgetaucht, mit dem spöttisch geringschätzigen Blick unter halb gesenkten Lidern und dem abfällig überheblichen Zucken der Mundwinkel.

Mit Visionen hatte sie bis dahin nichts zu tun gehabt, sie war immer nur nervös und kribbelig gewesen, wenn ein Unglück bevorstand. Wie hätte ihr in dem Moment der Verdacht kommen sollen, dass Alina ihr ein faules Ei ins Nest gelegt hatte? Ihre hellseherischen Fähigkeiten taugten wahrhaftig nur für den Jahrmarkt, solange sie nicht lernte, richtig zu interpretieren, was sie sah.

Die Engelsucherin – Ende 2016/Frühjahr 2017

Am Tag vor Heiligabend war es so weit. Vor der großen Aufführung erzählte Maja aufgeregt: »Ich habe gestern ein Brüderchen bekommen.« Ein Sohn! Wie Anni sich das gedacht hatte. Sie konnte ihr Glück kaum fassen. Es war ein so überwältigendes Gefühl, dass es ihr die Brust zu sprengen drohte. Ihr wiedergeborener Sohn, an dessen Leben sie vorerst keinen Anteil haben konnte, was ihre Freude jedoch nicht im Geringsten trübte. Hauptsache, er war wieder auf der Welt – und in ihrer Nähe.

Sie wäre bei Tag gerne mal allein an der Wohnung der Familie vorbeispaziert, um seine Nähe zu spüren, eventuell sogar einen Blick auf ihn zu erhaschen, wenn seine neue Mutter sich mit ihm an einem Fenster zeigte. Sie hatte damals oft mit ihm am Fenster gestanden, ihm schon im zarten Alter von zehn Tagen die Welt da draußen gezeigt und ihm alles erklärt.

Aber nach Weihnachten fielen ihre Spaziergänge am Vormittag aus, weil Estelle und Arturo schon zum Frühstück zu ihr kamen.

Es waren ja Ferien. Elena fuhr früh um halb sieben mit ihrem Rad zur Arbeit, meist schliefen die Kinder dann noch. Wenn sie aufwachten, putzten sie ihre Zähne, zogen sich an und saßen kurz darauf in Annis Küche.

Den Vormittag über beschäftigten sie sich mit Malbüchern oder Spielen, halfen Anni auch gerne beim Kochen. Damit ihnen nachmittags nicht langweilig wurde, machte Anni Einkäufe mit ihnen. Für Spaziergänge fehlte ihnen die Lust. Estelle fand es langweilig, ohne Sinn und Zweck durch den Ort zu schlendern.

Wenn das Wetter es erlaubte, besuchten sie den nahe gelegenen Spielplatz. Und dort traf Anni Mitte Januar Maja wieder. Da fiel die Annäherung leichter, weil Estelle dabei war. Estelle erzählte von Annis Badewanne, in der sie sich gleich aufwärmen wollte. Maja erzählte vom kleinen Bruder, euphorisch oder stolz klang sie nicht mehr. Anscheinend gab es häufig Streit zwischen den Eltern, weil das Baby krank war.

Nachdem die Schule wieder begonnen hatte, nahm Anni ihre Spaziergänge am Vormittag wieder auf, bekam aber weder die neue Mutter ihres Sohnes noch ihn selbst zu Gesicht. Maja kam jeden Nachmittag zum Spielplatz und hielt sie auf dem Laufenden. Allerdings hätte Anni lieber andere Berichte gehört.

Mit dem Vater schien es immer schlimmer zu werden. Er hob die Hand gegen seine Frau und gab ihr nicht genug Geld, um Essen oder Kleidung zu kaufen. Wenn sie ihn um ein bisschen Geld bat, brülle er los, er könne sich nichts aus den Rippen schneiden. Manchmal sei er so laut, dass sie nachts davon aufwache und morgens in der Schule müde sei, erzählte Maja. Und dann schimpfe er abends mit ihr, weil sie Fehler gemacht habe. Früher hätte die Mama ihr bei den Hausaufgaben geholfen, jetzt hätte die keine Zeit mehr, weil sie sich ums Brüderchen kümmern müsse. Umso dankbarer war Maja für die liebevolle Aufmerksamkeit, die Anni ihr schenkte.

Bis in den März hinein traf Anni das Mädchen auf dem Spielplatz so oft wie möglich. Majas Vater arbeitete tagsüber in einem Betrieb, der zerbeulte Autos reparierte, er konnte es nicht verbieten. Und die Mutter kümmerte es nicht, dass Maja sich bei Wind und Wetter draußen tummelte. Anni machte die feuchtkalte Witterung nichts aus. Und Arturo war leicht zu überreden mitzukommen. Er war eben ein Junge, den es nicht störte, wenn er nass wurde oder fror, Hauptsache, er konnte toben, und niemand machte ihm eins der Geräte auf dem Spielplatz streitig. Mit Estelle war das anders, sie wollte lieber mit ihrer Barbiepuppe spielen oder eine Freundin besuchen. Also begleitete Anni sie zu ihrer Freundin und ging dann mit Arturo alleine zum Spielplatz, wo Maja meist schon auf sie wartete.

Während Arturo sich austobte, saß Anni mit dem Mädchen auf einer Bank, hörte sich geduldig Majas Kummer an, half bei den Schulaufgaben und warb um Verständnis für den kleinen Jungen, der die Mutter so sehr in Anspruch nahm. Sie versuchte auch regelmäßig, etwas über die Krankheit des Babys in Erfahrung zu bringen. Doch die hatte einen so komplizierten Namen, dass Maja ihn nicht verständlich über die Lippen brachte. Es fing an mit Muko und hörte auf mit Dose. Nach Leukämie klang es jedenfalls nicht.

Majas Vater mutmaßte anscheinend, seine Frau brauche das nur als Ausrede. Diese Krankheit gebe es bei so kleinen Kindern noch gar nicht, hatte er gesagt. Das Baby hatte immerzu Bauchschmerzen und Durchfall, hustete viel, wollte nicht richtig trinken und war zu dünn. Annie befürchtete schon, dass sich das Schicksal ihres Sohnes mit jedem Leben wiederholen würde.

Im März fanden sich auch wieder andere Kinder auf dem Platz ein, die kleineren kamen meist in Begleitung ihrer Mütter. Da wurde Anni oft mit abfälligen oder misstrauischen Blicken gemustert. Und Maja wurde es unangenehm, mit ihr gesehen zu werden. Ihr Vater hatte ihr verboten, mit fremden Leuten zu reden. Nur gehörte Anni für das Mädchen nicht mehr zu den fremden Leuten. Und Anni fand eine Lösung für das Problem.

Sie hatte doch das Stückchen Land behalten, als sie ihr Elternhaus verkaufte. Den kleinen Garten, in dem ihr Mann Gemüse gepflanzt hatte. Er hatte sogar einen niedrigen Zaun darum gezogen und eine Laube gebaut. Nach seinem Tod hatte Anni die Parzelle noch ein Jahr lang bewirtschaftet, obwohl es nach ihrem Umzug von ihrer Wohnung bis zum Garten sehr weit zu laufen war. Aber sie war immer stolz gewesen, selbst gezüchtetes Gemüse auf den Tisch zu bringen. Da konnte man sicher sein, dass es gesund und nicht mit irgendwelchen Schadstoffen belastet war. Ihr Mann hatte vermutet, dass er wegen Schadstoffen in Lebensmitteln an Leukämie erkrankt sei. Als dann jedoch auch ihr Sohn die Krankheit bekam, hatte Anni dem eigenen Gemüse nicht mehr vertraut und keine Zeit mehr für ihren Garten gehabt.

Seit damals hatte sie sich nicht mehr darum gekümmert. Als sie nun das erste Mal mit den Kindern wieder hinging, fand sie das Stückchen Land vollkommen verwildert vor. Es unterschied sich kaum noch vom Unterholz in dem Waldstreifen gegenüber. Der kniehohe Zaun war total verrottet. Der neue Eigentümer ihres Elternhauses hatte auf seiner Grenzseite eine Mauer hochgezogen, die mehr als mannshoch war und Anni keinen Blick auf ihr ehemaliges Zuhause erlaubte. Umgekehrt war den Bewohnern dort die Sicht auf ihr verlorenes Paradies verwehrt.

Das Unkraut wucherte so hoch, dass die niedrige Laube fast nicht auszumachen war. Maja war hellauf begeistert, nannte die kleine Wildnis einen Zauberwald, vergaß das mitgebrachte Mathematikheft und spielte mit Arturo Verstecken, während Anni sich abmühte, das verrostete Schloss an der Laubentür zu öffnen, um nachzusehen, ob noch etwas von den Gerätschaften brauchbar war, die ihr Mann und sie früher benutzt hatten.

Hacke, Harke und Spaten waren noch da, jedoch stark angerostet. Der hölzerne Liegestuhl existierte auch noch. Damit hatte Anni nicht gerechnet. Die Bespannung aus gestreiftem Tuch war stockfleckig und stellenweise angeschimmelt, aber an keiner Stelle eingerissen, löchrig oder mürbe geworden. Im

Geist sah sie sich als junge Frau in diesem Stuhl in der Sonne dösen, ihr schlafendes Söhnchen auf dem Leib, während ihr Mann mit dem Spaten die Frühkartoffeln aus der Erde holte.

An den langen Heimweg dachte Anni erst, als Maja und Arturo hungrig und durstig wurden. Da gingen sie natürlich sofort zurück – und wurden von Majas Vater bereits erwartet.

War er Anni bei den Proben für das Krippenspiel nur als unsympathisch erschienen, lernte sie ihn nun binnen weniger Sekunden als einen derart schrecklichen Kerl kennen, wie sie noch keinen getroffen hatte. Er ließ ihr nicht die Zeit, etwas zu erklären, stürzte sich ohne Vorwarnung auf sie, traktierte sie mit beiden Fäusten gleichzeitig, schimpfte sie »kranke, alte Vettel« und brüllte, dass er sie kaltmachen werde, wenn sie seiner Tochter noch einmal zu nahe käme.

Maja schrie vor Entsetzen, Arturo lief nach Hause, Leute aus der Nachbarschaft erschienen auf der Straße und forderten, der Kerl solle aufhören. Er dachte gar nicht daran. Anni lag längst blutend am Boden, und er trat auf sie ein, bis zwei Männer ihn fortzerrten. Eine Frau half Anni auf die Beine und drückte ihr ein Tuch in die Hand, mit dem sie sich das Blut aus dem Gesicht hätte wischen können, wenn sie daran gedacht hätte. Ihr war schwindlig und übel, ihr Gesicht brannte, und ihr Körper schmerzte überall, wo der Fuß und seine Fäuste sie getroffen hatten. Am schlimmsten aber war der Schmerz im Kopf, hervorgerufen durch die Einsicht, dass ihr lieber, kleiner, auch diesmal nicht ganz gesunder Sohn nun einen Berserker zum Vater hatte.

Der Verbindungsmann

Bei seinen von Klinkhammer erbetenen Recherchen war Jochen Becker auf die schwere Körperverletzung vom März des vergangenen Jahres gestoßen. »Schlechte Erfahrung mit unseren Leuten kann die Frau nicht gemacht haben«, begann er. »Sie wurde brutal zusammengeschlagen, weigerte sich jedoch, den Angreifer anzuzeigen. Dabei muss sie wirklich schlimm zugerichtet gewesen sein. Sie hätte sich kaum aufrecht halten können, wollte aber keinen Arzt an sich ranlassen, sagte Kehler.«

»Ludwig Kehler?«, fragte Klinkhammer.

»Gibt es in Bergheim noch einen anderen?«

»Nicht dass ich wüsste«, sagte Klinkhammer.

»Angeblich soll die Frau versucht haben, ein neunjähriges Mädchen zu entführen«, fuhr Becker fort. »Es hat in dem Viertel eine versuchte Entführung durch eine Frau gegeben. Dazu liegt uns auch eine Anzeige gegen unbekannt vor. Aber das war im September, also ein halbes Jahr später, und da war ein Auto im Spiel. Ich glaube nicht, dass die beiden Vorfälle zusammenhängen. Der Vater des Mädchens war in der Nachbarschaft als Schläger bekannt und hatte wohl nur Angst, dass seine Tochter das ausplaudert. Kehler hatte sich den Namen notiert, falls da noch was nachgekommen wäre. Den Vornamen konnte er noch lesen, Maja, den Nachnamen leider nicht, der soll osteuropäisch geklungen haben.«

Das war typisch für Ludwig Kehler. Der Mann war eine Seele von einem Menschen, aber als Polizist ... Immer hilfsbereit, immer freundlich und ein Tölpel, wie er im Buche stand. Klinkhammer kannte ihn seit Jahren, vor seiner Beförderung und Versetzung zum KK11 war er als Leiter Ermittlungsdienst in Bergheim tätig gewesen.

»Und jetzt kommt's«, sagte Becker mit nicht zu überhörendem Triumph. »Maja hat einen Bruder, der war letzten März drei Monate alt. Und Kehler sagte, die Frau hätte ihm wirres Zeug von ihrem Sohn erzählt. Der soll mit fünf Jahren gestorben, lange Zeit in einem Baum gefangen gewesen und in Majas Bruder wiedergeboren sein. Du solltest dich mal mit Kehler unterhalten. Die Frau heißt Anni Erzig, sie wohnt ...«

»In Bedburg-Blerichen«, nahm Klinkhammer ihm das Wort aus dem Mund. »Thomas lässt gerade einen Schlüsseldienst kommen, um ihre Wohnungstür zu öffnen.«

»Okay«, kommentierte Becker gedehnt. »Schön, dass ich das auch schon erfahre. Warum sitze ich überhaupt noch hier? Seit Stunden trudeln sämtliche Meldungen bei Thomas ein. Anfangs hat er mich auf dem Laufenden gehalten. Jetzt fehlt ihm dafür offenbar die Zeit. Da kann ich auch Feierabend machen. Ist ja spät genug. Und ich hab Hunger.«

»Ein halbes Stündchen wirst du noch durchhalten«, erwiderte Klinkhammer, um einen humorvollen Ton bemüht, nach dem ihm gar nicht zumute war. Er wurde das ungute Gefühl nicht los. »Sieh zu, was du über Anni Erzig und ihren Sohn herausfindest. Und sorg dafür, dass Maja befragt wird. Ich will die Sache hieb- und stichfest. Wenn Kehler sich nicht an die Adresse erinnert, soll Thomas sich bei Erzigs Nachbarn erkundigen. Aber lass dir von Kehler noch mal haarklein wiedergeben, was die Erzig ihm erzählt hat. Das erspart mir einen Anruf.«

Er hatte jetzt nicht die Nerven, sich mit Kehler auseinanderzusetzen und sich eine wirre Geschichte anzuhören, die garantiert nicht klarer wurde, wenn Kehler sie zum Besten gab. Ihm reichten der mit fünf Jahren verstorbene Sohn und die Tatsache, dass Anni Erzig sich an Maja herangemacht hatte, als Motiv für die heutige Entführung. Er beendete das Gespräch, legte den Rückwärtsgang ein, kam jedoch nicht dazu, die Handbremse zu lösen.

Bis dahin hatte Rita Voss es rund zehnmal probiert, wovon Klinkhammer nichts mitbekommen hatte, weil bei seinem Handy die Funktion »Anklopfen« nicht aktiv war. Nun meldete sie sich mit einem erleichterten: »Na endlich. Mit wem quasselst du denn die ganze Zeit? Lucas Vater war eben hier, ist aber schon wieder weg. Ich bin nicht dazu gekommen, ihm den Kinderschuh zu zeigen. Er hat einen Anruf bekommen und will die Angelegenheit auf seine Weise regeln.«

Sie wiederholte, was Martin von sich gegeben hatte. Klinkhammers ungutes Gefühl breitete sich aus, weil auch Elke Treber sofort an Gabi gedacht hatte. Aber so wie Gabi zur Schwiegertochter stand, war das vielleicht nur ein naheliegender

Gedanke für Familienangehörige, die nichts von der Frau im Poncho wussten. Dass diese Frau eine Bekannte von Gabi sein sollte, konnte er sich nicht vorstellen.

»Vergiss den Schuh«, sagte er. »Den wird irgendein Kind verloren haben. So wie es aussieht, ist die Frau im Poncho die Entführerin. Sie heißt Anni Erzig. Thomas steht vor ihrer Tür und wartet auf den Schlosser.« Er berichtete vom Einsatz in Bedburg-Blerichen und dem, was Jochen Becker ausgegraben hatte. Danach regte er sich über Martin auf: »Der hat wohl einen Sprung in der Schüssel! Privatangelegenheit! Dem werde ich helfen. Wo ist er hin?«

»Weiß ich doch nicht.« Rita Voss war verärgert, weil sie jetzt erst erfuhr, dass die Frau im Poncho identifiziert war und der Zugriff kurz bevorstand. Hätte sie schon Bescheid gewusst, als Martin heimkam, hätte sie ihn garantiert zurückhalten können. Aber genauso hatte sie sich das vorgestellt, sie wurde aufs Abstellgleis geschoben, die Jungs lösten den Fall und heimsten die Lorbeeren ein. Zu diesem Ärger kam noch hinzu, dass sie nach Martins Abgang von Mel keine vernünftigen Auskünfte mehr auf ihre Fragen bekommen hatte. Mel weinte nicht mehr, sie stellte sich nur noch doof, wusste von gar nichts und konnte absolut nichts erklären.

»Wer hat Martin angerufen?«, fragte Klinkhammer, obwohl er nicht davon ausging, dass Rita es wusste.

»Angeblich einer aus dem Sportverein mit einer Autopanne, der drei Jungs im Auto hat. So einer hätte sich aber zwischenzeitlich garantiert um andere Helfer bemüht. Martin wäre kaum so blass geworden, hätte nicht fluchen und seine Frau auch nicht fragen müssen, ob sie beim ersten Anruf ihren Besuch erwähnt hat. Es gab nämlich um Viertel vor fünf schon einen Anruf auf dem Festnetz. Den hat Mel angenommen. Sie hat mir anschließend auch erzählt, es wäre einer aus dem Sportverein gewesen. Und der Kleine behauptete eben bei Martin, der Buhmann hätte Luca mitgenommen. Was ja eigentlich nicht sein kann, es sei denn, die Frau und der Bonprix-Mann gehören zusammen.

Der Typ ist doch im Laden angerufen worden und daraufhin rausgegangen.«

Eine interessante Schlussfolgerung, fand Klinkhammer, harmonierte mit dem, was er eben von Scholl und Becker gehört hatte: Freundin, besorgen, verstorbener Sohn. Aber wenn der Bonprix-Mann Anni Erzig einen Ersatz für ihren Sohn besorgt hatte, vor wem war die Frau auf der K37n geflohen? Oder war sie gar nicht geflohen, hatte sich nur beeilt, um Luca in Empfang zu nehmen? Und wer hatte dann bei Martin angerufen und ihn veranlasst, seine Mutter ins Spiel zu bringen?

Den Anruf auf Gabis Handy verschob er auf später. Sein Smartphone hatte schon beim Gespräch mit Becker zweimal gepiepst. Jetzt piepste es wieder. Der Akku war am Morgen nur halb voll gewesen. Wegen der Einsatzbesprechung in Frechen hatte er nicht damit gerechnet, heute viel telefonieren zu müssen. Und er wollte nicht riskieren, dass sein Handy sich mitten in einer Unterhaltung über Internetbekanntschaften verabschiedete.

»Ich komme gleich rüber«, sagte er. Da nicht mehr die Gefahr bestand, Gabi im Haus ihres Sohnes anzutreffen, und er sonst momentan nicht viel tun konnte, wollte er sich ein eigenes Bild von der Schwiegertochter machen, das etwas mehr aussagte als Gabis Gezeter, Reinhards Ansichten und seine spärliche Erinnerung an die schwarzhaarige Braut. Und wenn Martin zurückkam, würde er sich den vorknöpfen.

Der Vater

Es fiel Martin nicht leicht, doch es blieb ihm nichts anderes übrig, er musste seine Schwester anrufen. Wobei er keine Sekunde lang davon ausging, dass Martina ihm aus der finanziellen Klemme helfen könnte. Dass Mutti sich bei Martina aufhielt, war ebenfalls unwahrscheinlich. Sie spielte zwar hin und wieder noch die Babysitterin für Julchen, wenn Martina und ihr

Mann ausgehen wollten, doch das taten die beiden selten und nur samstags. Und Mutti hütete grundsätzlich im eigenen Haus.

»Hi, ich bin's«, sagte er, als seine Schwester sich meldete.

»Na so was«, bekam er zur Antwort. »Und ich dachte schon, dir hätte einer das Handy geklaut, als dein Name auftauchte. Was verschafft mir die unverhoffte Ehre?«

»Weißt du, wo Mutti ist?«

»Zu Hause, nehme ich an.«

»Da sitze ich mit Max vor dem Tor. Alles ist dunkel, und sie macht nicht auf.«

»Würde ich an ihrer Stelle auch nicht tun«, sagte Martina. »Nicht mal für Mäxchen, jedenfalls nicht mehr um diese Zeit. Das wäre ein kurzes Vergnügen. Wann geht er normalerweise ins Bett?«

Darauf antwortete Martin nicht. »Mutti geht auch nicht ans Handy«, sagte er stattdessen. »Sie hat mich zweimal weggedrückt und das Ding danach ausgemacht.«

»Von wem sie das wohl gelernt hat«, spottete Martina. »Das gehört sich doch nicht. Aber da fällt mir ein, wir hatten letzten Sommer schon mal so einen Fall. Da war es nur umgekehrt. Da drückte der Sohn die Mutter weg, wenn sie anrief, weil sie ihre Enkel gerne mal sehen wollte. Den Kleinen kannte sie nur ...«

»Um den geht es«, fiel Martin ihr ins Wort. »Mel war heute mit den Kindern in Bedburg. Luca wurde vor dem Drogeriemarkt entführt. Eine ältere Frau soll mit ihm verschwunden sein.«

Den Erpresseranruf verschwieg er. Kaum anzunehmen, dass Martina ihm den so ohne Weiteres abgenommen hätte. Sie hätte vermutlich geglaubt, er wolle Mutti noch mal richtig abzocken. Lieber führte er Rita Voss ins Feld: »Mel sitzt mit einer Frau aus Arnos Truppe zu Hause und heult sich die Augen aus dem Kopf, weil sie nicht aufgepasst hat.«

»Das ist jetzt aber nicht dein Ernst, oder?«, fragte Martina in dem Ton, den er noch von früher kannte, wenn sie die *Vernünftige in der Familie* herausgekehrt hatte. »Du willst mir doch bestimmt nicht erzählen, Mutti hätte den Kleinen entführt, weil sie ihn bisher noch nicht zu Gesicht bekommen hat.«

Gegenüber Rita Voss hatte Martin seine Mutter zwar bezichtigt, aber nur, um die *Bulette* loszuwerden. Ernsthaft in Betracht gezogen hatte er diese Möglichkeit nach dem widerlichen Erpresseranruf keine Sekunde lang. Damit begann er erst jetzt, als seine Schwester es aussprach und Mutti gleichzeitig in seinem Hinterkopf verlangte: »Bring dieses Weib zur Vernunft, Martin, sonst tu ich das. Und meine Methode wird ihr garantiert nicht gefallen.«

Es mochte ein Strohhalm sein, doch es fühlte sich schon nach ein paar Sekunden an wie eine Stahlkette mit armdicken Gliedern, an der Martin sich aus dem Sumpf der Angst und Hilflosigkeit ziehen konnte. Wenn Luca bei Mutti war, würde ihm nichts passieren. Er würde gehätschelt, gestreichelt, geküsst und bestens mit allem versorgt, was er brauchte. Was Mutti ihren eigenen Kindern seiner Meinung nach nie wirklich hatte geben können, ihre Enkel bekamen es im Überfluss: Liebe. Und völlig abwegig war der Verdacht wahrhaftig nicht. Er hatte es ja nicht geschafft, *das Weib* zur Vernunft zu bringen. Jeder Versuch hatte die Lage nur verschärft.

Dabei hatten Mutti und Mel sich geraume Zeit relativ gut verstanden. Hin und wieder ein bisschen Gemecker von Mutti, weil Mel Max mit verdreckten Sachen oder völlig verklebter Nase bei ihr abgeliefert hatte. »Kann sie dem Jungen nicht mal die Nase sauber machen, damit er nicht ständig durch den Mund atmen muss?« Aber das fragte Mutti immer nur ihn. Sie sagte Mel äußerst selten ins Gesicht, was sie störte. Hätte sie das mal öfter getan, wäre der Knall wahrscheinlich viel früher gekommen.

Zu Anfang hatte Martin damit gerechnet, dass die beiden wie Katz und Hund wären. Mutti hatte Alina doch vom ersten Moment an nicht gemocht. Warum sollte sie Mel mögen? Tante Käthe hatte mal die Vermutung geäußert, Mutti sei eine dieser Frauen, denen keine gut genug für den einzigen Sohn war. »Deine Mutter liebt dich über alles, Junge, dat darfste nie vergessen.«

Mit Mitte zwanzig und Tante Käthes Stimme im Hinterkopf hatte er über Muttis Liebe zu ihren Kindern schon ein bisschen anders geurteilt als mit dreizehn bis neunzehn. Deshalb hatte er sich Zeit gelassen, ehe er Mutti mit Mel konfrontierte. Damit Wolfgang nichts ausplauderte, verheimlichte Martin die Beziehung sogar vor ihm. Sein Onkel glaubte monatelang, er führe zu Alina, wenn er sich mit Mel traf. Häufig stimmte das auch. Bei Alina war es unterhaltsamer als bei Mels Eltern, wo einem Esther mit ihrem Geschwafel auf die Nerven ging.

Als Mel nach einem halben Jahr mit Max schwanger wurde, ließ es sich nicht länger verheimlichen, weil Martin bei Wolfgang ausziehen musste, wenn er heiratete; er hatte dort ja nur ein Zimmer. Und heiraten wollte er Mel unbedingt, um nicht ein Besuchsvater zu werden, der zusehen musste, wie sein Kind von einem anderen erzogen – oder totgeschlagen wurde. Man musste nicht Muttis Romane verschlingen. In der Realität hörte man oft genug von Fällen, in denen sogenannte Lebensgefährten die Kinder der Partnerin aus früheren Beziehungen misshandelten und töteten.

Mel wohnte noch bei ihren Eltern. Ihr standen zwei Zimmer zur Verfügung, seit Joris zu Alina gezogen war. Das hätte für den Anfang gereicht. Aber die anstehende Hochzeit ihrer Tochter wollte Esther zum Anlass nehmen, ein Wohnmobil anzuschaffen und als freie Frau mit dem Vater ihrer Kinder auf Weltreise zu gehen. Als Frührentner konnte Mels Vater ihr diesen Wunsch erfüllen.

Esther bot Martin an, ihre Wohnung in Köln-Ossendorf zu übernehmen, samt Mobiliar. Dafür erwartete sie nur eine kleine Ablöse – zehntausend. Sie hielt ihren Vorschlag für eine wundervolle Lösung. Dann hätten sie eine Anlaufstelle mit Übernachtungsmöglichkeit und Waschmaschine, wenn sie ihr künftiges Globetrotterdasein mal unterbrechen wollten.

Doch zum einen war die Wohnung für Martin viel zu teuer, zum anderen wollte Mel, die stets betonte, keine großen Ansprüche zu stellen, nicht in verwohntem Inventar leben. Martin wollte ihr auch nicht zumuten, alle naselang die Gastgeberin für ihre Eltern spielen zu müssen. Eine andere bezahlbare Wohnung in Köln zu finden war mit seinem Einkommen utopisch.

In den beiden Hochhäusern, die Joris verwaltete, war nichts frei. Da hätte man als Familienmitglied ein bisschen an der Preisschraube drehen können. Alina bot ihnen eine Zweizimmerwohnung in Jülich zu günstigen Konditionen. Die musste nur komplett eingerichtet werden. Ersparnisse hatte Martin nicht, Mel ebenso wenig. Sie befand sich noch in der Ausbildung zur Erziehungshelferin und besuchte eine Berufsfachschule.

»Frag doch deine Mutter«, schlug Alina vor. »Für die zehntausend, die Esther für ihren alten Kram haben will, bekommst du auch neue Möbel. Du musst dich ja nicht in den teuersten Häusern umtun. Deiner Mutter tun zehntausend nicht weh. Ich halte jede Wette, sie schwimmt im Geld und weiß nichts Besseres damit anzufangen, als es auf der Bank vergammeln zu lassen.«

Das sah Alina richtig. Aber der Gedanke, Mutti um Geld zu bitten, war ihm alles andere als angenehm. Mit sechsundzwanzig wusste er, dass er sich ihr gegenüber jahrelang wie ein mieser und feiger Hund verhalten hatte.

Seit seinem Auszug hatte sich einiges angehäuft. Weil er anfangs nicht daran gedacht hatte, den kleinen Berg abzutragen, war der im Laufe der Zeit zu einem Brocken angewachsen, den man wohl nie mehr vollständig beseitigen konnte. Und die Vorstellung, dass es ihm eines Tages mit seinem Kind ebenso ergehen könnte, weil sich alles im Leben irgendwann rächte, war nicht gerade berauschend.

Per SMS oder auf Facebook anzufragen, ob Mutti Zeit für ihn hätte, dieses Armutszeugnis wollte er sich nicht ausstellen. Aber sie hatte ja gesagt, wenn er irgendwann einen besonderen Wunsch hätte, solle er sich rechtzeitig melden.

An einem Sonntagvormittag raffte er das zusammen, was man gemeinhin als Mut bezeichnete, und rief sie an. »Bist du heute Nachmittag zu Hause, Mutti? Dann komme ich mal vorbei. Ich muss was mit dir besprechen.«

»Da bin ich aber gespannt«, sagte sie. »Das muss ja eine sehr wichtige Angelegenheit sein, wenn es nicht Zeit bis Weihnachten hat. Da hätten wir uns doch sowieso gesehen. Oder nicht?«

Keine Vorwürfe, keine Fragen, stattdessen blanke Ironie. So kannte er sie von früher und hielt das für ein gutes Zeichen. Dass er nicht alleine kommen wollte, kündigte er nicht an, sonst hätte sie vielleicht Kuchen besorgt. So hatte es etwas Überfallartiges.

»Überraschung«, sagte er, als Mutti aus der Haustür trat und zum Tor kam. Wenn sie überrascht war, verstand sie das meisterhaft zu verbergen. Sie stutzte nicht mal bei Mels Anblick, musterte Mel nur im Näherkommen von Kopf bis Fuß, als sei sie nicht sicher, ob sie einen Rottweiler oder ein Lamm in ihren Hof ließ, wenn sie öffnete. In Martin keimte der Verdacht, dass sie bereits Bescheid gewusst hatte, als er anrief. Vielleicht hatte Tante Käthe sie vorgewarnt, der hatte er schon vor einer Woche erzählt, dass er Vater wurde.

Mel hatte Blümchen gekauft, weil sich das beim Antrittsbesuch so gehörte. Dass sie Schiss hatte, ließ sie sich nicht anmerken, lächelte schüchtern und sagte: »Ich freue mich so, Sie kennenzulernen, Frau Lutz. Martin hat mir schon viel von Ihnen erzählt.«

Stimmte nicht, Alina hatte viel erzählt. Hauptsächlich Schauergeschichten vom Spukhaus und von den Fähigkeiten der Hexe, aber auch einige Storys aus seiner erbärmlichen Kindheit, die deutlich machen sollten, dass jeder Mensch es im Leben zu etwas bringen konnte, auch dann, wenn das Schicksal einen besonders arg gebeutelt hatte.

Alina bewunderte Mutti seit Langem. Bei ihm machte sie daraus keinen Hehl. Sie hatte nur zu spät gemerkt, dass Joris speziell die schäbigen Details von früher sammelte wie Munition für einen Selbstwertvernichter. Man konnte sicher sein, dass Joris Martin gegenüber bei nächster Gelegenheit eine Bemerkung machte, die nichts anderes aussagte als:»Spiel dich nicht auf, du Würstchen. Vergiss nie, von wem ich abstamme und dass dein Vater ein Säufer war.« Joris gehörte ebenso wie Esther zu den Leuten, die so lange Geschichten erzählen, bis sie selbst glauben, jedes Wort entspräche den Tatsachen.

Mutti bot Kaffee an, den Mel wegen der Schwangerschaft ablehnte. »Wenn Sie vielleicht einen Früchtetee für mich hätten, Frau Lutz, sonst nehme ich ein Wasser.«

»Aber ich nehme einen Kaffee, Mutti«, sagte Martin.

Also machte Mutti Kaffee und Früchtetee, den sie für Martinas Töchterchen auf Vorrat hatte, füllte eine Packung Kekse, die sie ebenfalls für Julchen gekauft hatte, in eine Glasschale um, stellte alles auf ein Tablett.

Während sie in der Küche hantierte, flüsterte Mel: »Also ich finde deine Mutter überhaupt nicht schrecklich. Sie ist doch sehr hübsch.« Als hätte sie eine bucklige Alte mit Katze auf der Schulter und Warze auf der Nase erwartet. Mit dem nächsten Satz kam sie auf den Punkt: »Wann sagst du es ihr denn?«

»Langsam«, wisperte er zurück. »Wir sind doch gerade erst reingekommen.« Außerdem hielt er es für besser, Mutti nicht zu sagen, sondern zu zeigen, weswegen sie gekommen waren.

Als Mutti mit dem Tablett zurück ins Wohnzimmer kam, lag ein Ultraschallbildchen auf dem Tisch vor ihrem Platz, auf dem noch nicht mehr zu erkennen war als ein Pünktchen.

»Sechste Woche«, sagte Martin, randvoll mit dem Bewusstsein seiner Verantwortung für das winzige Etwas. »Wir wissen noch nicht, ob es ein Junge oder ein Mädchen ist. Aber wir finden, dass wir so schnell wie möglich heiraten sollten, damit unser Kind in eine richtige Familie hineingeboren wird. Wir wollen es nicht so aufwachsen lassen, wie wir beide aufwachsen mussten. Ich völlig ohne Vater, und Mel mit der ständigen Angst, dass ihre Mutter ihren Vater vor die Tür setzt.«

»Herzlichen Glückwunsch«, sagte Mutti noch im selben spöttisch ironischen Ton, in dem sie am Vormittag seinen Anruf kommentiert hatte. »Dass du heiraten willst, hättest du mir auch anders beibringen können als mit einer Ohrfeige.«

Im nächsten Moment wurde sie blass und starrte auf einen Punkt über Mels Schulter, als materialisiere sich dort ein Ungeheuer. »Herzlichen Glückwunsch«, wiederholte sie hölzern. Und ihr Gesichtsausdruck dabei machte ihm klar, dass jetzt nicht der richtige Zeitpunkt war, sie um zehntausend Euro zu bitten.

Deshalb fuhren sie am darauffolgenden Sonntag noch mal nach Niederembt. Mutti machte wieder Kaffee und einen Früchtetee. Mel erzählte ein bisschen von ihrer Familie. Mutti erfuhr, dass Esther Übergewicht, Rückenprobleme und einen leichten Dachschaden hatte und als Mutter keine Goldmedaille gewonnen hätte, nicht mal Bronze. Dass Mels Vater den Haushalt führte und sich nie traute aufzumucken, weil Esther beim geringsten Anzeichen von Renitenz damit drohte, ihn rauszuwerfen. Dabei zahlte er die Miete, Esther hatte kein eigenes Einkommen. Also hätte sie ausziehen müssen.

Damit kam Martin auf die Wohnung in Jülich zu sprechen und schloss mit den Worten: »Es gibt da nur ein kleines Problem.«

»Dachte ich mir schon«, sagte Mutti. »Wenn du die Wohnung kaufen willst, deine Schwester hat zur Hochzeit fünfzigtausend bekommen und in ein Häuschen investiert. Du könntest damit die Wohnung anzahlen.«

»Wir brauchen nur Möbel«, sagte er. »Zehntausend reichen.«

Mel erzählte es auf der Rückfahrt ihrem Bruder. Joris hielt Martin danach für einen ausgemachten Trottel. Wer gab sich denn mit zehntausend zufrieden, wenn ihm fünfzigtausend geboten wurden und er sich richtig schick hätte einrichten können?

Die Trauung fand vier Monate später in Jülich statt. Zu dem Zeitpunkt war die Wohnung komplett eingerichtet, eingezogen waren sie auch schon. Die Kosten für die Hochzeitsfeier übernahm Mutti ebenfalls. Die Gästeschar bestand auch hauptsächlich aus ihren Angehörigen. Die vier in Deutschland lebenden Brüder, drei davon verheiratet, zwei mit Söhnen, Schwiegertöchtern und Enkeln, Martina mit Mann und Tochter. Dazu kamen noch Ines und Arno Klinkhammer sowie Tante Käthe und ihr Mann.

Von Mels Seite waren ursprünglich nur ihre Eltern, Joris, Alina und deren Großvater eingeplant. Am späten Nachmittag schneite uneingeladen noch ein Dutzend alberner Hühner herein und stellte die Küche vor ein paar Probleme. Mels Freundinnen. Einige belegten die Braut mit Beschlag, der Rest umschwirrte Martin wie ein Schwarm liebestoller Motten.

Martins nächstes Problem tauchte kurz nach der Hochzeit auf. Das inzwischen uralte Auto, das er sich von seinem Verdienst im Tonstudio geleistet hatte, war all die Jahre fast nur im Stadtverkehr bewegt worden. Nun musste es zweimal täglich auf die Autobahn, und von Jülich nach Köln war eine nette Strecke.

Während Mutti an einem Sonntagnachmittag das nächste Ultraschallbild ihres Enkels betrachtete, man konnte schon Gesichtszüge erkennen, sagte Martin: »Ich bin gespannt, wie lange die alte Kiste noch durchhält. Hoffentlich bleibe ich nicht ausgerechnet auf halber Strecke liegen, wenn bei Mel die Wehen einsetzen. Bei der Geburt will ich unbedingt dabei sein.«

Mutti kaufte ihm ein neues. Mel besaß noch gar kein Auto, brauchte aber auch eins, um unabhängig zu werden. Vorerst nahm Martin sie morgens mit nach Köln und setzte sie bei den Hochhäusern in Weiden ab. Tagsüber verbrachte sie viel Zeit bei Joris in der Verwaltung. Von dort aus kam sie mit der Straßenbahn zu ihrem Arzt oder den Treffen mit ihren Freundinnen.

Die Berufsfachschule besuchte Mel nicht mehr. Wozu brauchte sie noch einen Beruf? Sie war doch jetzt verheiratet. Abends holte Martin sie wieder bei ihrem Bruder ab. Joris blieb eigens länger im Büro, weil Martin bei Wolfgang nicht immer pünktlich um fünf aus dem Studio kam. Doch das erwähnte Martin nicht.

Er sagte nur: »Dass ich Mel täglich mitnehme, ist natürlich kein Dauerzustand. Aber ein Auto kann ich ihr nicht kaufen. Mel wird den Gynäkologen wechseln müssen und den Kontakt zu ihren Freundinnen verlieren. Tut mir echt leid. Ich weiß noch gut, wie ich mich gefühlt habe, als wir von Köln aufs Land gezogen sind.«

Mehr brauchte es nicht. Mel bekam den Honda Civic und sagte artig: »Danke.« Für die Wohnungseinrichtung hatte sie sich nicht bedankt. Aber da hatte Mutti ihr auch keinen Schlüssel und keine Papiere überreicht, nur Martin das Geld überwiesen.

Mit den Möbeln, den beiden Autos und den Kosten für die Hochzeitsfeier lag Martin nun etliche Tausend über den fünfzig, die Martina zur Hochzeit bekommen hatte. Und wenn es nach ihm gegangen wäre, hätten sie es dabei bewenden lassen können. Aber es redeten noch andere mit.

Wohnung Erzig

Auf die Androhung, die Wohnungstür von einem Schlosser öffnen zu lassen, erfolgte keine Reaktion. Also forderte Thomas Scholl einen Schlüsseldienst an. Dann hieß es warten. Polizeimeister Nemritz ging nach unten und setzte sich draußen in die provisorische Einsatzzentrale. Scholl und der Polizeianwärter nahmen für ein paar Minuten im ersten Stock auf den ins Dachgeschoss führenden Treppenstufen Platz.

Der neue Mieter, der die Wohnung von Familie Rodriguez übernommen hatte, war laut Roswita Werner um halb sechs zur Arbeit gefahren. Um die Zeit fuhr er jeden Tag, kam immer erst um drei oder vier in der Nacht zurück, verschlief die Tage und kümmerte sich um nichts.

»Der kann Ihnen nichts über Frau Erzig sagen«, hatte Roswita Werner erklärt. »Ich möchte wetten, dass der mit der armen Frau noch keine drei Sätze gewechselt hat.« Da befand sie sich im Irrtum, aber nicht mal eine so aufmerksame Person wie sie konnte alles mitbekommen, was im Haus vorging.

Dann meldete sich Rita Voss, um darauf hinzuweisen, dass der Buhmann möglicherweise zu Anni Erzigs Bekanntenkreis gehörte und gemeinsame Sache mit ihr gemacht haben könnte.

Nach einem weiteren Gespräch mit Ludwig Kehler rief gleich anschließend noch Jochen Becker an und beendete die Verschnaufpause. Becker beschwerte sich auch bei Scholl, weil der Nachrichtenfluss keine Einbahnstraße sein sollte, setzte ihn über die Körperverletzung vom März des vergangenen Jahres und über Klinkhammers Auftrag bezüglich Maja ins Bild.

Der Familienname des Mädchens lautete Parlow, wie Scholl danach von Roswita Werner hörte. Der Vater hieß Janosch, die Adresse war Roswita ebenfalls bekannt. Von einem Mann in Anni Erzigs Bekanntenkreis wusste sie nichts und schloss aus, dass es einen gab.

Becker grub nach diesen Angaben mehrere Einsätze wegen Ruhestörung und häuslicher Gewalt aus. Jedes Mal hatten Nachbarn der Familie Parlow die 110 gewählt. Zu einer Anzeige war es in keinem Fall gekommen. Mal war Frau Parlow gegen eine offene Schranktür gelaufen, mal im Bad ausgerutscht oder über ein Paar im Weg stehende Schuhe gestolpert. Solche Fälle kannte man zur Genüge, konnte nur leider nichts tun, wenn ein Mann zuschlug und die Frau sich nicht traute, bei der Polizei Klartext zu reden.

Scholl schickte den Polizeianwärter mit dem zweiten Streifenwagen zur Familie Parlow. Nach der Befragung der mittlerweile zehnjährigen Maja, die Jochen Becker telefonisch übernehmen wollte, sollte der junge Mann nach Bedburg fahren und sich dort nützlich machen.

Seit gut einer Stunde häuften sich die Meldungen. Ob es daran lag, dass nach dem Hinweis auf den Spielplatz Hirtenend die Beschallung in Blerichen und Kirdorf noch einmal verstärkt und auf die umliegenden Ortschaften ausgedehnt worden war, oder ob nun mehr heimgekehrte Berufstätige erreicht wurden, blieb dahingestellt. Dutzende von Leuten, die etwas zu der Frau im Poncho sagen konnten oder wollten, mussten befragt werden.

Es gab wahrhaftig mehr zu tun, als sich vor Anni Erzigs Wohnung den Hintern platt zu sitzen. Scholl verfluchte ein ums andere Mal den Schlüsseldienst, der sich scheinbar alle Zeit der Welt nahm, ehe er jemanden losschickte, obwohl darauf hingewiesen worden war, es sei Gefahr im Verzug. In einer Großstadt wäre die Tür längst offen. Auf dem Land waren die Anfahrtswege etwas länger. Da musste man sich gedulden.

So allein auf der Treppe geriet Scholl in Versuchung, entgegen Klinkhammers Anweisung doch SEK zu spielen und selbst in Aktion zu treten – im wahrsten Sinne des Wortes. Er hätte behaupten können, ein Wimmern gehört zu haben. Einem kräftigen Tritt hätte das simple Türschloss garantiert nicht standgehalten. Es hatte ohnehin ein paar Millimeter Spiel, wie er mit leichtem Rütteln am Türknauf bereits festgestellt hatte.

Aber wenn Anni Erzig einen Sechserpack Wasserflaschen oder einen Fünf-Kilo-Beutel Kartoffeln unter ihrem Poncho getragen und sich auf der neuen Kreisstraße vom Buhmann verfolgt gefühlt hatte ... Wenn sie, wie Klinkhammer gemutmaßt hatte, nur eine Zeugin war, die nun vor Angst bibbernd zusammengekauert neben ihrer Badewanne saß ... Es hätte nur Scherereien und einen endlosen Papierkrieg gegeben. Klinkhammers Einwände wirkten nach. Man konnte ja wirklich nicht wissen, was im Kopf einer verwirrten Frau vorging. Schließlich hatten die beiden Teenies nicht mehr gesehen als ein Streicheln über die Wange des schlafenden Babys.

Scholl beherrschte sich und vertraute auf das Urteil der Nachbarin. Eigentlich hatte er es nicht so mit geschwätzigen Weibern, doch Roswita Werner empfand er als nützlich und informativ. Darüber hinaus war sie mitfühlend, brachte ihm einen Kaffee nach oben, Nemritz hatte draußen auch einen Becher bekommen.

»Immer noch keine Reaktion?«, fragte sie.

Als er den Kopf schüttelte, meinte sie besorgt: »Frau Erzig wird sich hoffentlich nichts angetan haben.«

»Dann hätte sie sich nicht so beeilt«, hielt Scholl dagegen. »Menschen mit suizidalen Absichten rennen nicht. Wem es wirklich ernst ist mit dem Sterben, der vermeidet jedes Aufsehen. Und die Unschlüssigen stehen oft lange auf Brücken, Dächern oder Bahnsteigen, ehe sie springen, weil sie hoffen, dass jemand sie zurückhält. Irgendwie hängen wir doch alle am Leben, auch wenn es alles andere als rosig ist.«

Roswita Werner nickte versonnen. »Für Frau Erzig ist es seit fast dreißig Jahren alles andere als rosig. Mit fünfundzwanzig hat sie ihren Mann verloren, wenig später ihren Sohn. Trotzdem hatte ich lange Zeit das Gefühl, dass sie einen Sinn in ihrem Leben sieht. Nachdem ihr Sohn gestorben war, hat jemand zu ihr gesagt, sie hätte noch eine Aufgabe zu erfüllen. Für mich sah es so aus, als hielte sie sich daran fest.«

»Was für eine Aufgabe?«, fragte Scholl.

Roswita Werner zuckte mit den Achseln. »Das wusste sie selbst nicht. Ich glaube, sie hat die Rodriguez-Kinder als Aufgabe gesehen. Aber die sind nun schon seit Monaten weg. Und Maja sieht sie auch nicht mehr. Wenn sie heute das Baby beim Drogeriemarkt mitgenommen hat ... Ich sage ausdrücklich: *wenn*, weil ich das nicht glaube. Aber nehmen wir mal an, sie hätte. Dann füttert sie den Kleinen wahrscheinlich mit Schokolade, damit er still bleibt. Frau Erzig würde einem Kind niemals wehtun.«

Nachdem das gesagt war, vertrieb sie Scholl die Wartezeit mit einem ausführlichen Bericht des brutalen Angriffs auf Anni Erzig. Sie war zwar nicht dabei gewesen, aber der kleine Arturo Rodriguez, und der hatte danach wochenlang Albträume gehabt.

»Parlow ist ein entsetzlich bösartiger Mensch«, sagte Roswita. »Mich würde nicht wundern, wenn er tatsächlich schon Leute auf dem Gewissen hätte. Damit hat er Frau Erzig eingeschüchtert. Er wüsste genau, wie man Leute über den Jordan schickt, ohne dass jemand stutzig wird. Bei alten Schachteln reiche ein kräftiger Schlag in den Nacken und ein kleiner Schubs auf der Treppe. Mit einer Plastiktüte überm Kopf an einer Türklinke aufhängen mache aber mehr Spaß, soll er gesagt haben.«

Soll er gesagt haben, dachte Scholl. Den Kommentar ersparte er sich und ihr.

Roswita fuhr fort: »Sogar seine Tochter sagte, er sei furchtbar böse. Ein paar Wochen nach dem Angriff auf Frau Erzig war Maja noch mal hier an der Tür. Geweint hat sie, weil Frau Erzig Angst hatte und sie nicht reinlassen wollte. Ihre Mutter hatte wohl gehofft, Frau Erzig würde Anzeige erstatten und den Kerl damit für eine Weile hinter Gitter bringen. Obwohl ich das nicht glaube. Für Körperverletzung geht doch heutzutage keiner mehr in den Knast, nicht mal, wenn er früher geboxt hat und es dann als versuchter Totschlag bewertet werden müsste. In Köln sei die Polizei auch immer nur gekommen, um mit ihm zu reden, mitgenommen hätten sie ihn nie, sagte Maja. Und wenn ein Kind sich wünscht, dass der eigene Vater eingesperrt wird, da weiß man doch, woran man ist.«

Die Engelsucherin – März/April 2017

Nachdem Majas schrecklicher Vater sie im März so furchtbar attackiert hatte, dass sie wochenlang unter Schmerzen litt, hatte er Anni noch zweimal in Todesangst versetzt. Beim ersten Mal lungerte er an einem Samstagnachmittag im April in der Nähe ihrer Wohnung herum. Roswita Werner besuchte eine Bekannte. Oben war auch niemand, was der Berserker offenbar wusste. Elena musste arbeiten, Diego war mit beiden Kindern zu dem Haus in Kirdorf gefahren, das sie ein paar Wochen zuvor gekauft hatten. Da müsse gründlich renoviert und einiges saniert werden, hatte Elena gesagt, dafür sei das Haus sehr günstig zu haben gewesen.

Majas Vater war betrunken und wartete auf Anni. Sie wollte zum Friedhof, und kaum dass sie aus der Haustür trat, brüllte er:

»Eh, Alte!«, kam eilig heran und brüllte weiter: »Weißt du, was man mit Weibern wie dir früher gemacht hat? Verbrannt hat man die.«

Anni flüchtete zurück in ihre Wohnung und spähte aus dem Küchenfenster. Fast eine Stunde wanderte der Kerl vor der Brache auf und ab, brabbelte vor sich hin, hob ab und zu die Faust, schüttelte sie drohend in ihre Richtung und brüllte dabei so laut, dass Anni es trotz des geschlossenen Fensters hörte: »Alte Hexe!« Einmal schrie er auch etwas von einem Fluch.

Er schien anzunehmen, Anni hätte seinen kranken Sohn im Mutterleib verflucht, und verzog sich erst, als Roswita Werner von ihrem Besuch zurückkam und drohte, die Polizei zu rufen, wenn er nicht augenblicklich abhaue. Roswita, die auch nach dem Angriff im März die Polizei auf den Plan gerufen hatte, riet Anni anschließend wieder, Anzeige zu erstatten.

Aber diesmal war ja nichts passiert. Anni berichtete von dem Fluch, den Majas Vater ihr unterstellte, und beteuerte ihre Unschuld. So erfuhr Roswita von Annis Vorstellung, Majas Bruder sei ihr wiedergeborener Sohn. Und wie schon einmal, als der Kirschbaum gefällt worden war, gab Roswita sich große Mühe, ihr das auszureden und eine scheinbar gefahrlose Alternative zu bieten.

»Ein so kluges Kind, wie Ihr Sohn in seinem vorherigen Leben war, würde sich für ein neues Leben niemals eine Familie suchen, in der jemand zu Gewalttätigkeit neigt, Frau Erzig«, sagte sie.

»Wie soll er das denn vorher gewusst haben?«, fragte Anni.

»Er wird es schon im Mutterleib gespürt haben«, sagte Roswita. »Vielleicht ist er deshalb krank auf die Welt gekommen. Die Krankheit ist für ihn ein Ausweg aus dieser Situation. Ihr Sohn weiß doch inzwischen, wie es funktioniert, Frau Erzig. Warten wir's ab. Vielleicht stirbt er über kurz oder lang wieder, um es bei anderen Eltern noch einmal zu versuchen.«

An dem Nachmittag empfand Anni es als herzlos, so etwas zu sagen. Aber schon Mitte Mai zeigte sich, dass Roswita Werner es richtig beurteilte. Da begegnete Majas Vater ihr zufällig in der Stadt. Diesmal war er vielleicht nicht ganz nüchtern, aber auch nicht so stockbesoffen wie im April. Er kam mit einer Tüte aus der Hähnchenstube am Marktplatz, als Anni sich näherte.

Sofort stellte er sich ihr in den Weg und wollte wissen, warum sie ihn im März nicht bei den Bullen angeschissen habe. Ehe sie ihm antworten konnte, erklärte er in seinem primitiven Deutsch: »Weil du selber Dreck am Stecken hast. Gib's zu.«

Da man diesmal offenbar einigermaßen vernünftig mit ihm reden konnte, nahm Anni all ihren Mut zusammen und widersprach mit leiser Stimme: »Ich habe nichts Schlimmes gemacht.«

»Nee was«, höhnte er. »Dann lügt die kleine Rodriguez sicher, wenn sie erzählt, dass sie bei dir baden darf. Und nicht bloß sie, den Jungen setzt du auch in die Wanne. Warum, glaubst du wohl, hat Rodriguez die Bruchbude in Kirdorf gekauft? Weil er nicht will, dass du an seinen Kindern rumfummelst.«

Annis Verstand mochte seit Langem nicht mehr so arbeiten, wie es wünschenswert gewesen wäre. Aber sie begriff ziemlich schnell, was er ihr da unterstellte. »Ich setze die Kinder nicht in die Wanne«, erklärte sie etwas nachdrücklicher. »Das können beide alleine, sie ziehen sich auch alleine aus und wieder an. Ich bin gar nicht im Badezimmer, wenn sie das tun. Elena und Diego haben es erlaubt, weil es in ihrer Wohnung keine Wanne gibt. Und das Haus haben sie gekauft, weil die Wohnung viel zu klein für eine vierköpfige Familie ist.«

Wie es schien, kamen Majas Vater nun leise Zweifel an seiner widerwärtigen Meinung, was aber noch lange nicht hieß, dass er sich dafür oder für sonst etwas entschuldigt hätte. Im Gegenteil. »Was die Rodriguez erlauben, geht mich nichts an«, sagte er. »Von meiner Tochter hältst du dich fern. Ist das klar? Wenn du keine Sauerei im Sinn hast, was dann? Willst du sie aushorchen und dann zu den Bullen rennen?«

»Ich will doch gar nichts von Maja«, rechtfertigte Anni sich mit flehentlichem Unterton. »Bei den Hausaufgaben habe ich ihr geholfen und ihr zugehört, wenn sie erzählte, weil ich wissen möchte, wie es meinem Sohn geht. Maja sagte, er sei sehr krank. Ich wünsche mir von ganzem Herzen, dass er gesund wird. Ich habe so lange darauf gewartet, dass er zurückfindet, und möchte nur in seiner Nähe ...«

Majas Vater runzelte die Stirn. Natürlich wusste er nicht, wie das zu verstehen war. Und ehe Anni es ihm genauer erklären konnte, schnitt er ihr das Wort ab: »Dann wart in Zukunft gefälligst woanders. Bei uns gibt's keinen Sohn mehr, der liegt jetzt auf dem Friedhof. Und wenn du dich noch mal in der Nähe meiner Tochter blicken lässt, mach ich dich kalt.«

Er trat einen Schritt näher. Aus der Tüte in seiner Hand stieg Anni der Duft von gegrilltem Hähnchen in die Nase.

»Ich weiß, wo du wohnst«, sagte er gefährlich leise. »Vergiss das nie. Und ich mach jede Tür ohne Schlüssel auf. Du wärst nicht die Erste, die ich über den Jordan schicke, ohne dass einer stutzig wird. Bei so 'ner alter Schachtel reichen ein kräftiger Schlag in den Nacken und ein kleiner Schubs auf der Treppe. Hab ich schon gemacht, 'nem Kumpel zum Gefallen. Mit 'ner Plastiktüte überm Kopf und 'nem Strick um den Hals an 'ne Türklinke gehängt dauert länger, macht aber mehr Spaß. Hab ich auch schon gemacht.«

Mit widerlich breitem Grinsen fügte er hinzu: »Bei dir mache ich das sogar umsonst. Eines Nachts steh ich an deinem Bett. Dann geht das so fix, dass du denkst, der Leibhaftige wär persönlich erschienen, um dich in die Hölle zu holen, wo du hingehörst.«

Dass er unbemerkt von Roswita Werner ins Haus und die Treppe hinaufgelangen könnte, musste bezweifelt werden. Aber Roswita Werner war nicht immer daheim. Manchmal besuchte sie Bekannte. Manchmal fuhr sie übers Wochenende mit einer Freundin in große Städte wie Turin, Wien und Amsterdam, schaute sich dort Kirchen und Museen an. Und im Dachgeschoss machten sich die verräterischen Stufen nicht so laut bemerkbar, dass junge, von ihrer Arbeit erschöpfte Leute wie Elena und Diego Rodriguez davon aufwachten.

Abgesehen davon hatten Diego und Elena zum ersten Juli gekündigt. Wenn sie ausgezogen waren, müsste Majas Vater sich nur in der Brache gegenüber auf die Lauer legen, um festzustellen, ob Roswita Werner verreist und die Bahn für ihn frei war.

Tanten

Unmittelbar nach dem Anruf ihres Bruders rief Martina bei ihrem Onkel an und bekam wie meist in letzter Zeit ihre Tante an die Strippe. Reinhard schlief auf der Couch. Klinkhammers Besuch und die Nachricht von Lucas Entführung hatten ihn mehr aufgeregt, als in seinem Zustand gut für ihn war. Deshalb hatte Elke ihm etwas zur Beruhigung verabreicht, ehe sie zum Dienst ins Krankenhaus gefahren war.

»Du glaubst nicht, was ich mir eben anhören musste, Tante Hilde«, entrüstete Martina sich. »Martin behauptete, Mutti hätte ...«

Nachdem sie ihrem Bruder die eigene Schlussfolgerung in den Mund gelegt hatte, blieb es ein Weilchen still in der Leitung. Hilde musste das erst einmal verarbeiten.

Stundenlang hatten sie und ihr Jüngster sich am vergangenen Abend über Gabis ominöse Urlaubspläne die Köpfe zerbrochen. Dass Gabi aufgetaucht war, um ihre Schlüssel abzuliefern, als nur Reinhard zu Hause war, dem die Energie für eine ausführliche Befragung fehlte, hatte Hilde ziemlich aus der Fassung gebracht.

Gabi war am Sonntag da gewesen und am Dienstag, sie kam jeden zweiten Tag, um nach Reinhard zu sehen. Und sie hatte weder am Sonntag noch am Dienstag ein Wort über eine Facebook-Bekanntschaft oder einen Urlaub verloren. Aber Gabi wusste genau, dass Olaf donnerstags trainierte und Hilde dann ihren Canasta-Abend hatte. Dass Elke seit Wochen nur Nachtschicht machte, damit tagsüber immer jemand im Haus war, wusste Gabi natürlich auch.

Wäre Olaf wegen des abgebrochenen Trainings nicht früher nach Hause gekommen, womit Gabi nicht hatte rechnen können, hätten sie anschließend wohl nur von dem armen, kranken Reinhard gehört, Gabi mache ein paar Tage Urlaub. Ausgerechnet jetzt, wo man sie so nötig brauchte. Ihre Nähe tat Reinhard gut. Was dachte Gabi sich denn dabei? Und dann diese blöde Bemerkung über einen Killer. Was sollte man davon halten?

Hilde wusste es immer noch nicht. Deshalb erfuhr Martina erst einmal nur, dass Luca tatsächlich aus dem Kinderwagen vor dem Drogeriemarkt in Bedburg entführt worden und ihre Mutter mit unbekanntem Ziel verreist war.

Danach ging Hilde ins Detail. »Gestern Abend hat sie was von Österreich oder der Schweiz erzählt, hat bei Olaf so getan, als wüsste sie noch gar nicht, wohin sie fährt. So was weiß man doch, wenn man eingeladen wird. Deine Mutter ist nicht der Typ, der sich auf einen Rastplatz bestellen und ins Blaue fahren lässt. Ich hab gleich zu Olaf gesagt, da stimmt was nicht.«

»Glaubt ihr etwa auch, Mutti hätte sich den Kleinen geschnappt?«, fragte Martina ungläubig und immer noch empört.

Wieder vergingen einige Sekunden, ehe Hilde zögernd erklärte: »Dass sie es selbst getan hat, glaube ich nicht. Das wird der Mann übernommen haben, den sie bei Facebook kennengelernt hat. Jetzt frag mich nicht, wer das ist. Das wollte sie Olaf nicht sagen.«

»Wieso weiß ich davon gar nichts?«, fragte Martina.

»Wir haben es ja auch erst gestern Abend erfahren«, erklärte Hilde. »Und ich dachte mir gleich, sie wird ihre Gründe haben, dass sie nicht schon eher den Mund aufgemacht hat. Vielleicht hat der Mann keine reine Weste. Im Internet kann man viele schräge Typen finden und auch welche für illegale Aktionen anheuern, sagte Olaf. Deshalb denke ich, der Kerl wird den kritischen Teil übernommen haben. Deine Mutter hätte in Bedburg leicht jemand erkannt. Das Risiko wäre sie nicht eingegangen.«

»Aber das ist doch verrückt«, fuhr Martina auf.

»War deine Mutter je etwas anderes?«, fragte Hilde.

»Und warum sollte sie so etwas ...« Weiter kam Martina nicht.
»Denk mal scharf nach«, riet ihre Tante. »Gründe hat sie wohl mehr als genug. Reinhard hat schon ein paarmal gesagt, er möchte nicht in der Nähe sein, wenn Gabi der Kragen platzt.«

»Scheiße«, murmelte Martina gerade noch laut genug, um verstanden zu werden.

»Das kannst du getrost laut sagen«, erwiderte Hilde. »Aber es ist nicht deine Scheiße und nicht unsere. Wenn du einen guten Rat von mir annimmst, halt dich raus. Falls Herr Klinkhammer bei dir auftaucht, du weißt von nichts. Tun kannst du nämlich auch nichts. Martin hat den Bogen überspannt, das weißt du so gut wie ich. Was heute passiert ist, hat er sich selbst zuzuschreiben.«

Die Hexe – Rückblick

Nach Martins Hochzeit hatte Gabi den Eindruck gewonnen, als wolle ihr Sohn die Versäumnisse früherer Jahre gutmachen. Mel gab sich anhänglich wie eine junge Frau, die um die Anerkennung und das Wohlwollen ihrer Schwiegermutter buhlte. Jeden Sonntag kamen sie, standen meist schon um halb elf vor dem Tor. Gabi kochte zu Mittag, gebacken wurde samstags. Hatte sie vorher nie gemacht, aber es war nicht schwer, machte Spaß und gab ihr das Gefühl eines normalen Familienlebens, wie sie bisher keins gehabt hatte. Hinzu kam die Empfindung, dass Martins reservierte Haltung ihr gegenüber schwand, als ob das Bewusstsein, bald selbst ein Kind zu haben, seine Einstellung zu seiner Mutter veränderte.

Die Wohnung in Jülich betrat Gabi nur ein Mal. Nach der Geburt und einem Besuch am Wochenbett wollte Martin ihr zeigen, wie er nun lebte. Die Einrichtung fand sie schick und modern. Im Schlafzimmer war es ziemlich eng, weil dort das Bettchen für Max und die Wickelkommode standen. Der Kinderwagen musste im Hausflur geparkt werden. Aber alles war sauber und aufgeräumt.

Martin erklärte, dass er für den Haushalt zuständig sei. Bisher hatte Mel sich mit der Schwangerschaft herausgeredet und war ja auch die meiste Zeit bei Joris in Köln gewesen. Sie kannte es eben von ihren Eltern nicht anders, als dass Papa wischte und werkelte, während Esther sich einen schönen Tag in der Stadt machte oder mit Rückenschmerzen auf dem Sofa lag.

»Ich hoffe, das wird sich nun ändern«, sagte Martin. »Ich bin schließlich kein Frührentner wie ihr Vater. Wenn ich abends nach Hause komme, würde ich mich lieber mit Max beschäftigen als mit dem Staubsauger oder der Waschmaschine.«

»Ich finde es aber nicht ehrenrührig, wenn ein Mann zum Staubsauger greift und seine Hemden bügelt«, antwortete Gabi. »Du musst so was ja nicht nach Feierabend machen, hast doch am Wochenende frei und solltest Mel ein bisschen zur Hand gehen, damit sie etwas Zeit für sich hat. Hauptsache ist doch, du bist glücklich. Und das bist du auch am Bügelbrett, oder?«

»Das bin ich überall«, sagte er. »Du kannst es vielleicht nicht nachvollziehen, aber ich habe mir nichts sehnlicher gewünscht als den kleinen Mann, der übermorgen hier einzieht. Mich stört es überhaupt nicht, dass sein Bettchen direkt neben meinem steht. Dann höre ich ihn wenigstens sofort, wenn er nachts aufwacht.«

Wen das Gitterbettchen im Schlafzimmer störte, erfuhr Gabi nicht. Max war noch keine drei Wochen alt, als Martin sonntags erwähnte, dass in Aachen zum Monatsende eine Dreizimmerwohnung aus Alinas Bestand frei wurde. Diese Wohnung sei optimal für eine dreiköpfige Familie.

Gabi hörte nur mit einem Ohr zu, gab Max ein Fläschchen und versuchte, sich zu erinnern, ob sie jemals so mit ihrem Sohn gesessen hatte: ein entspanntes Baby im Arm und ausreichend Milch in der Flasche. Alles, was ihr einfiel, waren die Stunden, in denen sie Martin durch ihre damalige Küche getragen hatte. Er schrie wie am Spieß, weil er hungrig war und sie keine Nahrung für ihn hatte. Zu abgemagert für Muttermilch. Das Geld für Milchpulver hatte sein Vater in die Kneipe getragen. Dann hatte der Säufer sich den Audi geschnappt, in dem die Liebe ihres Lebens verblutet war.

Und dann war Arno gekommen, dem sie alles verdankte, was sie erreicht hatte. Vermutlich hielt Arno sie für das undankbarste Geschöpf unter der Sonne, weil sie scheinbar alles als selbstverständlich hingenommen hatte. Doch da befand er sich im Irrtum. Es war nur so, dass sie zwischen Dank und Dankbarkeit unterschied. Danke war ein Wort, Dankbarkeit ein Gefühl. Und für ihre Dankbarkeit Arno gegenüber gab es keine Worte.

Martin sprach weiter über die Wohnung in Aachen. Eine schöne Wohnung, frisch renoviert, vom Schnitt her fast identisch mit der Zweizimmerwohnung in Jülich, die Einbauküche würde haargenau passen. Es gab nur ein Zimmer mehr, und das Bad war größer, was auch von Vorteil wäre. Martin war nicht abgeneigt. Aber: »Jeden Tag von Aachen nach Köln. Von der Wohnung bis zum Studio sind es neunzig Kilometer, hin und zurück hundertachtzig. Überleg mal, was das allein mich an Sprit kosten würde.«

Gabi überlegte, ob sie Max die Flasche abnehmen und ihn mal aufstoßen lassen sollte. Nicht dass er gleich alles ausspuckte, weil er zu viel Luft geschluckt hatte. Aber wie er sie anschaute, unverwandt in ihre Augen, als wolle er sie hypnotisieren.

»Und Mel will ja auch mal raus«, sagte Martin. »In Aachen kennt sie keinen Menschen und könnte ihre Freundinnen noch seltener treffen als jetzt. Zwei Autos zu unterhalten, die täglich zwischen Köln und Aachen pendeln, ist von meinem Verdienst nicht drin.«

Mel müsse auch nicht so oft mit einem Säugling unterwegs sein, fand Gabi. Ein Baby brauchte vor allem Geborgenheit und einen gleichmäßigen Rhythmus. Wenn immerzu neue Eindrücke auf einen so kleinen Menschen einstürmten, überforderte ihn das nur. Wenn Mel öfter zu Hause bliebe, könnte sie auch Martin ein wenig entlasten. Er war immer noch allein für den Haushalt zuständig, nach Feierabend und am Wochenende nun auch noch für seinen Sohn. Letzten Sonntag war er nach dem

Mittagessen auf der Couch eingeschlafen und hatte sich später mit nur zwei Stunden Schlaf in der Nacht entschuldigt.

»So gut mir die Wohnung in Aachen gefällt«, sagte er, »wir werden sie nicht nehmen. Joris hat in Köln-Weiden eine größere für uns – zum selben Preis. Vier Zimmer mit Balkon im siebten Stock, da ist sogar der Platz fürs zweite Kind schon vorhanden. Die Wohnung muss nur noch entrümpelt und komplett renoviert werden. Da hat ein altes Ehepaar gewohnt. Die Frau ist vor zwei Wochen so unglücklich im Treppenhaus gestürzt, dass sie sich das Genick gebrochen hat. Der Mann war pflegebedürftig und hätte in ein Heim umziehen müssen. Das wollte er wohl nicht. Die Frau war noch nicht unter der Erde, da hat er sich mit einer Plastiktüte über dem Kopf an einer Türklinke aufgehängt. Gruselig, aber mit Grusel bin ich groß geworden, und die Wohnung kann ja nichts ...«

Martin sagte noch mehr, es rauschte an Gabi vorbei. Ihr flimmerten plötzlich rasch wechselnde Bilder vor Augen, anders als an dem Sonntag, als die siebzehnjährige Alina für den Bruchteil einer Sekunde hinter Mel aufgetaucht war. Nun brach Alina über einem Sarg zusammen. Und das Baby, das sie im Arm hielt, lag mit Kotze verschmiert auf dem Fußboden einer Etagenwohnung, vor deren Fenster nur Himmel zu sehen war.

In ihrem Mund sammelte sich eine salzige Flüssigkeit, Vorbote der Übelkeit. Sie schluckte und fragte für Martin völlig unvermittelt: »Was hältst du stattdessen von einem Haus in Niederembt?« Ehe er antworten konnte, sprach sie schnell weiter: »Ich weiß, wie du zu diesem Kaff stehst und dass deine Heimat Köln ist. Ich verstehe also, dass du dahin zurückwillst. Aber eine Wohnung im siebten Stock, das ist zu gefährlich für ein kleines Kind. Stell dir vor, Mäxchen fällt vom Balkon. Kleine Kinder klettern gerne. Du würdest deines Lebens nicht mehr froh. Von hier aus halten sich die Spritkosten im Rahmen, Miete müsstest du nicht mehr zahlen. Und wenn Mel sich mit ihren Freundinnen irgendwo treffen möchte, wo ein Baby fehl am Platz ist, könnte ich mich um Mäxchen kümmern.«

»Sei mir nicht böse, Mutti.« Martin tauschte einen raschen Blick mit Mel. »Aber das würde nicht lange gut gehen. So viel Platz hast du doch nicht. Wenn ich mit Frau und Kind bei dir einziehe ...«

»Nicht bei mir«, unterbrach sie ihn.

Reinhards Jüngster hatte mit einem Haus am Ortsrand Richtung Kirdorf geliebäugelt. Inzwischen hatte Olaf jedoch eingesehen, dass bei seinen Eltern Platz genug und es für die kleine Nina am besten war, bei Oma und Opa zu wohnen, weil Mama und Papa beide arbeiteten. Sonst hätte man die Kleine ständig hin und her fahren müssen.

Das Haus war noch zu haben und sollte – abgesehen von der Heizung – sehr gepflegt sein. Olaf und Elke waren drin gewesen, hatten sich alles angesehen. Hundertneunzig sollte es kosten. Das sei ein fairer Preis, hatte Olaf gesagt.

»Das ist nicht dein Ernst«, sagte Martin. »Ich habe schon Probleme wegen der Spritkosten. Wie soll ich ein Haus finanzieren?«

»Du doch nicht«, sagte Gabi. »Ich würde es dir kaufen. Aber wenn du es vorziehst, in einem Hochhaus zu leben, weil Köln nun mal deine Heimat ist ...« Sie hatte nicht übel Lust, in dem Fall den Honda Civic von Mel zurückzufordern. In Köln könnte Mel ja die Straßenbahn nehmen. Nur sollte es ein Angebot sein, keine Erpressung.

Martin betrachtete seinen Sohn in ihrem Arm. Sie sah ihm an, wie er mit sich kämpfte. »Ich weiß, dass ich mich bei meinem Auszug hier wie ein Elefant im Porzellanladen benommen habe«, sagte er endlich. »Es tut mir leid um all das Geschirr, das dabei zu Bruch gegangen ist, und um all die Jahre, in denen ich dich mit den Scherben alleingelassen habe. Ich stehe nicht mehr so zu Köln wie damals. Jetzt wohne ich auch nicht in einer Großstadt, und mir gefällt es. Wenn man ein Kind hat, denkt man anders über viele Dinge. Köln ist längst nicht mehr das, was es mal war, vor allem für Kinder nicht. Dort zu arbeiten ist eine Sache. Aber aufwachsen lassen möchte ich Max dort nicht.«

»Gut«, sagte Gabi erleichtert und zufrieden.

Sie kaufte ihm das Haus. Und eine Kinderzimmereinrichtung für Max. Das schon vorhandene Gitterbett und die Wickelkommode wurden ins zweite Kinderzimmer gestellt. Sie ließ eine neue Heizung einbauen und kaufte Mel eine neue Einbauküche. Die fast neue Küche in Jülich übernahmen die Nachmieter. Alina sorgte dafür, dass eine angemessene Ablösesumme gezahlt wurde. Für das Geld kleidete Mel sich neu ein. Sie passte nach der Geburt nicht sofort wieder in ihre alten Sachen, hungerte sich aber in Windeseile auf ihr ursprüngliches Gewicht herunter.

Wohnung Erzig

Etwa zwanzig Minuten nach der Anforderung – zehn Minuten Fahrzeit mitgerechnet – trudelte jemand vom Schlüsseldienst ein und kam zusammen mit Polizeimeister Nemritz ins Haus. Thomas Scholl bedankte sich bei Roswita Werner für den Kaffee und die Auskünfte und schickte sie wieder nach unten.

Das Schloss zu knacken dauerte nicht mal eine Minute, wobei Scholl den Eindruck hatte, dass der Schlosser eine kleine Show abzog, die sich vermutlich in der Rechnung niederschlagen würde. Doch das war nicht sein Problem.

Der Stuhl, der von innen unter die Türklinke geklemmt war, stellte auch kein wirkliches Hindernis dar. Der Schlosser war ein kompakter und kräftiger Mensch, der die Blockade mit zwei Tritten gegen das Türblatt beseitigte und anschließend meckerte: »Dafür werde ich aber nicht bezahlt.«

»Setzen Sie es trotzdem auf die Rechnung«, sagte Scholl und bedauerte, dass er unbewaffnet war. Er war nicht auf die Idee gekommen, seine Dienstwaffe mitzunehmen, um ein verschwundenes Baby zu suchen. Er sah auch eigentlich keine Gefahr in einer verwirrten Frau, aber man konnte nie wissen. Am Ende lauerte sie ihnen mit dem Brotmesser hinter der Badezimmertür auf.

Als sie die Wohnung betraten, ließ er Nemritz den Vortritt und fand es lächerlich, wie der Polizeimeister vorschriftsmäßig geduckt und mit gezogener Walther über den Stuhl hinweg in den schmalen Flur stieg und auch noch mit sonorer Stimme ankündigte: »Wir kommen jetzt rein, Frau Erzig.«

Im Anschluss warf Nemritz einen Blick in die einzelnen Räume, schaltete überall die Deckenlampen ein und verkündete dreimal: »Sauber.« Genau genommen hätte er *gesichert* sagen müssen, aber in der Aufregung … Nemritz machte so was nicht alle Tage.

Sauber galt wortwörtlich fürs Bad und ein Wohnzimmerchen, in dem nur Platz für eine zweisitzige Couch, einen niedrigen Tisch und eine Anrichte war, auf der ein Uraltfernseher und ein paar gerahmte Familienfotos standen. Im Bad lag lediglich ein Blister auf der Ablage unter dem Spiegel, der ursprünglich zehn Pillen enthalten hatte. Zwei waren noch drin. Um was es sich handelte, war auf der arg zerdrückten Alu-Abdeckung nicht mehr zu erkennen.

In der Küche stand ein offener Margarinebecher auf dem Tisch, daneben lagen Brotkrümel, die leeren Verpackungen von zweihundert Gramm Salami und einem Stück grober Leberwurst sowie ein Messer mit Spuren von Margarine und Wurst an der Schneide.

Beim Schlafzimmer sagte Nemritz verblüfft: »Das gibt's nicht. Sehen Sie sich das an.«

Scholl stand noch im Flur, hatte die Küche im Blick und spürte kalte Luft aus dem Schlafzimmer strömen. Das Fenster dort stand offen. Es lag zum Hof hin, genau über dem Wohnzimmerfenster von Roswita Werner.

Vom Hof aus führte ein schmaler, ungesicherter Durchgang zur Parallelstraße. Roswita Werner ließ mit Einbruch der Dunkelheit den Rollladen herunter. Deshalb hatte sie nichts von Anni Erzigs Flucht mitbekommen.

So wie Scholl die Lage einschätzte, musste es eine sorgfältig geplante und vorbereitete Flucht gewesen sein. Wer hatte schon eine Strickleiter griffbereit, wenn es plötzlich brenzlig wurde? Wer besorgte sich überhaupt eine Strickleiter, wenn er in einer Etagenwohnung lebte und nicht erwartete, irgendwann einen anderen Weg als den durch die Tür und das Treppenhaus nehmen zu müssen?

Dass sich die Leiter schon länger in Anni Erzigs Besitz befunden hatte und früher anderswo zum Einsatz gekommen war, konnte Scholl ausschließen. Der gesamte Seilkörper sah aus wie frisch gewaschen, gebleicht und gestärkt, fühlte sich steif und fest an. Mit zwei blau lackierten Haken war das Teil am Heizkörper unter dem Fenster befestigt, hing über die Fensterbank ins Freie und reichte bis auf die Pflastersteine im Hof hinunter. Wie Scholl kurz darauf feststellte, war am letzten Seiltritt unten ein alter Ledergürtel befestigt. Welchem Zweck der gedient hatte, wurde rasch klar.

Auf dem Fußboden zwischen Bett und Kleiderschrank lagen Staubflusen. Neben dem Bett lag der auffällige Poncho mit dem zerrupften Adler im Rücken. In die doppelt geschlagene Daunendecke hatte sich ein Rechteck von den Ausmaßen eines mittelgroßen Koffers eingedrückt. Daneben war der Bezug auf einer Fläche von derselben Größe verschmutzt, rundum verteilten sich weitere Staubflusen wie ein Strahlenkranz.

Neben dem Kleiderschrank stand ein solider Holzstuhl. Nemritz stieg hinauf und stellte folgerichtig fest: »Hier lag wohl lange Zeit der Koffer, den sie aufs Bett gelegt hat, um zu packen. Geputzt hat sie hier oben jedenfalls nicht. Schauen Sie selbst.«

Er stieg vom Stuhl, Scholl stieg hinauf, obwohl es vollkommen überflüssig war, und betrachtete ebenfalls die viereckige, staubfreie Fläche auf dem Schrankboden, dieselbe Größe wie auf dem Bett. Rundum lag eine dicke Staubschicht.

Im Kleiderschrank hingen drei fadenscheinige Sommerkleider, ein verschlissener alter Morgenmantel und einige leere Bügel. Auf dem Bord darüber lagen ein Häufchen Bettwäsche, einige Handtücher und zwei Nachthemden. Scholl ging davon aus, dass Anni Erzig auch Wintersachen besaß, lange Hosen und warme Pullover, auf jeden Fall etwas Unterwäsche. Zur Oberbekleidung konnte Roswita Werner bestimmt ein paar Auskünfte geben.

Alles deutete darauf hin, dass Anni Erzig nur hier gewesen war, um Wurstbrote zu schmieren, ihren Koffer zu packen, diesen mithilfe des Gürtels an der Strickleiter zu befestigen und nach unten zu lassen. So hatte sie unbemerkt von Roswita Werner verschwinden können. Raffiniert, fand Scholl, eine Vorgehensweise, die man einer *harmlosen* älteren Frau nicht zutraute und die seiner Meinung nach bewies, dass Anni Erzig nicht so harmlos sein konnte, wie Roswita Werner und Elena Rodriguez meinten.

Der Vater

Nachdem Martin den Strohhalm ergriffen hatte, ergab sich der Rest wie von selbst. Mutti wusste, dass Mel seit Lucas Geburt jeden Freitagvormittag die Wochenendeinkäufe machte. Im Sommer hatte sie mal damit gedroht, Mel *zufällig* zu treffen, entweder beim Aldi oder im Einkaufszentrum an der Bahnstraße, wo Mel all das besorgte, was es beim Aldi nicht gab. Woanders kaufte sie letzten Sommer nicht. Erst vor ein paar Wochen hatte Martin die ersten Abbuchungen vom Drogeriemarkt auf den Kontoauszügen entdeckt.

»Ich brauche mich nur auf einen der Parkplätze zu stellen und zu warten, bis sie kommt«, hatte Mutti gesagt. »Ich suche mir eine Ecke, wo sie mein Auto nicht gleich entdeckt. Dann folge ich ihr hinein, werfe einen Blick auf Luca, breche in Tränen aus und erkläre allen, die verwundert stehen bleiben und glotzen, dass ich meinen Enkel zum ersten Mal sehe, weil deine Frau mich bisher nicht in seine Nähe gelassen hat.«

Martin zweifelte keine Sekunde lang, dass sie es ernst meinte. Der Drohung folgte ein längerer Vortrag über erbliche Vorbelastung. Für Mutti war Esther Martell eine überkandidelte Kuh, und Äpfel fielen ja bekanntlich nicht weit vom Stamm, was Mutti nur leider viel zu spät erkannt hatte.

Was Esther betraf, konnte Martin ihr nur zustimmen. Mels Mutter hatte auf ihren Touren quer durch Europa ihre künstlerische Ader entdeckt, zeichnete und malte, was das Zeug hielt. Sie hatte schon die Karpaten mit Öl auf Leinwand gepinselt und litauische Ostseestrände mit Kohle auf Papier gebracht. Umgekehrt hätte es vielleicht besser ausgesehen, fand er. Aber das band er Mutti nicht auf die Nase, um nicht noch Öl ins Feuer zu gießen.

Nach ihrer Drohung hatte er ihre Anrufe weggedrückt. Und jeden Freitagvormittag befürchtet, dass Mel ihn anrief und ihm die Ohren vollheulte, weil Mutti ihren Weg gekreuzt, bittere Tränen vergossen und den umstehenden Gaffern erklärt hatte, an welchen mentalen Störungen ihre Schwiegertochter litt. Oder dass er abends heimkam in ein verlassenes Haus. Dass Mel mit beiden Kindern zu Joris in die Verwaltung oder zu einer Freundin geflohen und nicht bereit war, zurückzukommen, solange seine Mutter lebte. Damit drohte Mel regelmäßig, wenn er vorschlug, man könne doch sonntags mal wieder ... nur für ein halbes Stündchen, nur auf einen Kaffee ...

»Denk doch mal daran, was sie alles für uns getan hat.«

»Ich habe sie um nichts gebeten«, war Mels Antwort. Das hatte sie tatsächlich nicht, sogar die Bitte um ihren Honda hatte er übernommen, weil er so schön durch die Blume sagen konnte, was erwartet wurde.

Es war nichts passiert – bis jetzt. Vielleicht hatte sich jemand gefunden, der Mutti die Aktion ausreden konnte. Vielleicht war Mutti auch von allein darauf gekommen, dass es ihr nicht dazu verhalf, Max wieder regelmäßig und Luca wenigstens hin und wieder zu sehen, wenn sie Mel vor ein paar desinteressierten oder sensationsgeilen Leuten lächerlich machte.

Max sah sie inzwischen auch wieder häufiger. Als sie ihn im September aus der Kita hatte abholen müssen, war sie mit der

Erzieherin ins Gespräch gekommen. Vermutlich hatte sie die Frau hauptsächlich mit Mels Geisteszustand unterhalten, aber wohl auch mit den Leichen aus ihrem Keller, womit die Belegexemplare ihrer Romane gemeint waren. Die Erzieherin hatte inzwischen garantiert einige geschenkt bekommen, mit Widmung, versteht sich.

Wenn Mutti von Sehnsucht übermannt wurde oder am Schreibtisch eine Denkpause einlegen musste, weil ihr gerade nicht das Richtige einfiel, versuchte sie ihr Glück bei der Kita. Hin und wieder brachte sie ein Buch mit und durfte sich im Gegenzug eine Weile mit Max beschäftigen, das durfte sie aber auch, wenn sie mit leeren Händen kam. Max verriet es jedes Mal, wenn Martin ihn abends ins Bett brachte. Mit dem Fingerchen über den Lippen, dem Pst und dem gewisperten: »Nich Mama sagen. Momi war bei Kinder.«

»Das bleibt unser Geheimnis«, wisperte Martin dann seinerseits.

Nur kam Mutti mit dieser Methode nicht an Luca heran. Wenn sie sich heute entschlossen hatte, endlich beim Aldi oder sonst wo gekonnt ein paar Tränen fließen zu lassen ... Wenn sie Mel zum Drogeriemarkt gefolgt war ... Und dort hatte sich ihr die Gelegenheit geboten, Luca nicht bloß zu sehen ...

Mutti hätte zugegriffen, das war so sicher wie das Amen in der Kirche. Da stellte sich nur noch die Frage, was der widerwärtige Erpresseranruf sollte. Ablenkung, damit niemand sofort an sie dachte? Oder ein Denkzettel? *Ich habe es lange genug im Guten versucht und dich gewarnt. Nun sieh mal zu, wer dir aus dieser Klemme hilft, wenn ich nicht aufmache und du mich nicht ans Telefon bekommst.*

Eine Viertelmillion! Eine elektronisch verzerrte Stimme. Eine kleine, sadistische Spielerei. Abgeschnittene Kinderfinger. Wenn es um Worte ging, war Mutti noch nie zimperlich gewesen. Wie viele große und kleine Leute sie in ihren Romanen bereits schwer misshandelt oder umgebracht hatte, wusste Martin nicht. Aber wenn sie zu Hause war, wie Martina meinte, wussten die Nachbarn das mit Sicherheit. Der Gedanke lenkte Martins Blick automatisch zum Nebenhaus hinüber.

Als Achtzehnjähriger hatte er miterlebt, wie der Vorbesitzer des Nachbargrundstücks kurz nach dem Tod seiner krebskranken Ehefrau ebenfalls gestorben und das Haus von einem Neffen an ein junges Paar verkauft worden war. Jan und Lin Velbecker.

Eine Öko-Tussi, die jede Fensterbank in einen Kräutergarten umfunktionierte und Mutti regelmäßig mit frischem Schnittlauch fürs Rührei versorgte. Und ein Computerfreak, der Mutti einen Superrechner aufgeschwatzt und zusammengeschraubt, der sie auch in die sozialen Medien eingeführt hatte. Der schmutzig graue Kombi in der Einfahrt sprach dafür, dass jemand zu Hause war.

»Bin gleich wieder da«, sagte er zu Max, stieg noch mal aus, ging die paar Schritte und klingelte bei den Nachbarn.

Lin Velbecker kam an die Tür und musterte ihn von oben bis unten, als wäre er gerade durch einen Abwasserkanal geschwommen. Für zwei, drei Sekunden hatte es sogar den Anschein, als rümpfe sie die Nase.

»Entschuldigen Sie die Störung, Frau Velbecker«, sagte Martin mit der antrainierten Höflichkeit eines Maklers. Er zeigte nach nebenan. »Ich wollte zu meiner Mutter. Meine Schwester meint, sie müsste zu Hause sein. Aber sie macht nicht auf, telefonisch kann ich sie auch nicht erreichen. Haben Sie vielleicht eine Ahnung, wo sie steckt?«

Er bekam in etwa dieselbe Auskunft, die Klinkhammer von Gabis Bruder erhalten hatte. »Sie macht ein paar Tage Urlaub. Gegen zehn Uhr heute Morgen ist sie losgefahren.«

Die Uhrzeit passte zu Muttis Drohung, Mel in Bedburg aufzulauern. Dass es bei Mel heute später geworden war, hatte sie nicht einkalkulieren können. Aber wenn Mutti etwas erreichen wollte, war sie stur und ausdauernd wie ein Esel. An Urlaub glaubte Martin keine Sekunde lang, davon hätte Martina gewusst und keinen Grund gehabt, ihm das zu verschweigen. Trotzdem fragte er: »Wo ist sie denn hin?«

Lin hob die Schultern, ließ sie wieder sinken. Über ihre abfällig verzogene Miene huschte so etwas wie Schadenfreude. »In die Berge, eine Adresse habe ich nicht. Fragen Sie doch mal Ihren Onkel. Bei Reinhard wollte sie gestern Abend die Schlüssel abgeben. Vielleicht weiß er mehr.«

Martin hätte geschworen, dass Lin entschieden mehr wusste als der todkranke Reinhard. Wenn Mutti es sicherheitshalber vorgezogen hatte, mit Luca zu verreisen, um seine Gesellschaft länger genießen zu können, hatte sie wahrscheinlich am frühen Nachmittag bei Velbeckers angerufen und etwas gesagt wie: »*Ich mache ein paar Tage Babyurlaub mit Luca. Hat sich heute so ergeben. Falls Martin oder sonst wer bei euch auftaucht und nach mir fragt, ich bin in die Berge gefahren.*« Ohne eine Adresse könnte man lange nach ihr suchen.

Mit Martina hätte sie das nicht machen können. *Die Vernünftige in der Familie* hätte kein Verständnis für so eine Eskapade aufgebracht. Reinhard vermutlich auch nicht, dem hätte sie eine andere Geschichte erzählen müssen. Lin Velbecker und ihr Computerfuzzi dagegen waren dafür garantiert schnell zu haben gewesen.

Martin hätte geschworen, dass er jetzt hundertmal Kopfstand machen oder tausend Kniefälle tun könnte, ohne von Lin etwas anderes zu hören. Er bedankte sich für die Auskunft, ging zurück zum Auto und setzte sich wieder hinters Steuer.

»Es geht gleich weiter, Männlein«, sagte er, während er noch einmal sein Handy zückte.

Die Engelsucherin – Mai/Juni 2017

Nach dem Zusammentreffen vor der Hähnchenstube am Marktplatz im Mai des vergangenen Jahres lebte Anni wochenlang in permanenter Angst vor Majas Vater. Roswita Werner riet erneut, Anzeige zu erstatten, doch davon versprach Anni sich nichts.

Wie sollte sie beweisen, dass er ihr gedroht und damit geprahlt hatte, sie wäre nicht die Erste, die er über den Jordan schickte? Er müsste es nur leugnen. Dann blieb es jedem selbst überlassen, wem er glaubte. Und so wie manche Nachbarn sie anlächelten ... Nicht Roswita Werner, nicht Elena, Diego und die Kinder, aber andere, Leute aus den Nachbarhäusern. Man musste es wohl als *belächeln* bezeichnen. Anni konnte das sehr wohl unterscheiden. Der Polizist, dem sie im März von ihrem Sohn und dessen Gefangenschaft im Kirschbaum erzählt hatte, hatte sie auch so merkwürdig angeschaut.

Nur einmal angenommen, sie würde einem Polizisten erklären, auf welche Weise Majas Vater sie töten wollte. Ihr auf einer Treppe in den Nacken zu schlagen und sie mit einem Schubs nach unten zu befördern, würde ihm kaum gelingen. Da müsste er ja erst einmal ins Haus und unbemerkt hinter sie gelangen. Andere Treppen stieg sie nicht hinauf oder hinunter.

Aber die andere Methode, die er genannt hatte, dafür müsste er nur bei ihr eindringen, wenn Roswita Werner verreist war. Wenn sie das schilderte und dann mit einer Plastiktüte über dem Kopf und einem Strick um den Hals tot unter einer Türklinke saß, würde bestimmt jeder denken, sie hätte auf die zuvor angekündigte Weise Selbstmord begangen, um Majas Vater zu belasten und sich auf die Weise an ihm zu rächen.

In den Nächten fand sie keinen Schlaf. Wenn sie lange genug in die Stille horchte, glaubte sie oft, da wäre ein Geräusch im Treppenhaus oder an ihrer Tür gewesen. Dann lag sie meist wach bis zum Morgen.

Und dann entdeckte sie Ende Mai die Strickleiter zu einem sehr günstigen Preis in einem Werbeprospekt und erkannte auf Anhieb ihre Chance. Im Ernstfall nur aufzuwachen, wenn Majas Vater die Treppe heraufkam und sich an ihrer Tür zu schaffen machte, würde sie nicht retten. Also kaufte sie die Leiter, schränkte sich dafür den gesamten Juni hindurch bei ihren Mahlzeiten ein und probte ihre Flucht wie ein Soldat auf dem Rückzug.

Dreimal die Woche stieg sie nachts um zwei aus dem Fenster, schlich über den Hof zur Parallelstraße und dicht an den Häusern entlang, bis sie es fast mit geschlossenen Augen konnte. Um sich etwas mehr Zeit zu verschaffen, falls sie nicht gleich beim ersten Geräusch an der Tür aufwachte, schob sie abends einen Stuhl mit der Rückenlehne unter die Türklinke. Und sie legte sich jeden Abend voll bekleidet ins Bett, nicht mehr in Nachthemd und Unterwäsche, wie sie es bis dahin getan hatte.

Allerdings behielt sie nicht die Sachen an, die sie den Tag über getragen hatte. Die hängte sie zum Auslüften über einen Stuhl und schlüpfte in die wertvollsten Kleidungsstücke, die sich in ihrem Besitz befanden. Obwohl es unbequem war, in Knickerbockern, dicken Socken und dem Holzfällerhemd aus warmem Flanell zu schlafen, hielt sie daran fest, selbst in schwülwarmen Sommernächten, wenn sie das Gefühl hatte, sich in einer Schweißlache aufzulösen. Nur die knöchelhohen Schnürschuhe ließ sie vor dem Bett stehen.

Knickerbocker, Socken, das Hemd und die Schnürschuhe hatte sie auf ihrer Hochzeitsreise getragen, das machte die Schweißausbrüche erträglich und bescherte ihr Erinnerungen, die mit den Jahren zwar stark verblasst waren, aber im Kopf immer noch kleine Stückchen Himmel aufleuchten ließen.

Sie waren in den Bergen gewandert. Die Wanderstöcke hatte sie beim Umzug in die kleine Wohnung zurückgelassen, war nicht davon ausgegangen, sie jemals wieder zu brauchen. Ihren eigenen Rucksack hatte sie schon lange vorher wegwerfen müssen. Weil darin mal eine Thermosflasche mit Milchkaffee zerbrochen und ausgelaufen war, hatte er zu schimmeln begonnen. Den größeren Rucksack ihres Mannes dagegen hatte sie über all die Jahre aufgehoben, die Hose, das Hemd, Socken und Schuhe darin verstaut. So nahmen die Sachen auf dem Schrankboden nicht viel Platz in Anspruch und stellten eine stets greifbare Erinnerung an die kurze Zeit unbeschwerten Glücks in ihrem Leben dar.

Und als Elena und Diego Ende Juni mit den Kindern ins neue Heim nach Kirdorf zogen, wurde es wichtiger denn je, sich in diese Erinnerung zu hüllen, darin einzuschlafen und aufzuwachen.

Elena sagte zum Abschied: »Ohne dich hätten wir das nicht geschafft, Anni.« Die Kinder versprachen, Anni oft zu besuchen, aber Estelle kam gar nicht, verbrachte ihre Freizeit lieber mit ihrer Freundin. Arturo kam auch nur noch zweimal. Dann fand er in der neuen Nachbarschaft einen Freund, mit dem er nachmittags Fußball spielte oder ins Freibad ging. Und Anni hatte das Gefühl, es war Elena lieber so.

Der Vater

Einen Anruf bei Reinhard ersparte Martin sich. Ihm stand nicht der Sinn danach, sich von Onkel, Tante oder Vetter Olaf noch mal dieselben Vorwürfe anzuhören, die schon seine Schwester erhoben hatte. Stattdessen rief er Muttis Autorenseite bei Facebook auf. Der letzte Post war mehr als vierzehn Tage alt. »*Es muss an der Zeit liegen. Kurz vor Weihnachten fällt mir nichts Kriminelles mehr ein. Da backe ich lieber Plätzchen.*«

Daraus konnte man alles und nichts ableiten. Martin wechselte auf ihre private Seite. Ihn hatte sie nicht aus ihrer Freundesliste entfernt wie Mel, die sich für die sozialen Medien eigens den Doppelnamen Martell-Schneider verliehen hatte, in jedem zweiten Post auf ihre Verwandtschaft mit *Martina Schneider* hinwies und nicht aufhören wollte, Fotos von Max zu posten, obwohl nicht nur Mutti davor warnte, Aufnahmen von Kindern ins Netz zu stellen.

»Poste doch mal eine Fünf-Sterne-Rezension meines neuen Romans«, hatte Mutti vorgeschlagen. »Damit kannst du auch verbreiten, dass du meine Schwiegertochter bist.«

»Sie hat nichts anderes im Kopf als ihre Bücher«, war Mels Kommentar, nachdem Mutti außer Hörweite war.

Max war gerade ein Jahr alt gewesen. Zu dem Zeitpunkt war das gute Einvernehmen der beiden bereits zur Fassade verkommen.

Wenn sie zusammensaßen, demonstrierten sie noch Friede, Freude, Eierkuchen. Das Gemecker musste anschließend er sich anhören.

Tags darauf fragte Mutti: »Ist deiner Frau nicht klar, was sie da tut? Sie macht alle Welt darauf aufmerksam, dass sie mit mir verwandt ist, und stellt Fotos meines Enkels ins Netz. Was glaubst du, wie lange miese Typen brauchen, um in Erfahrung zu bringen, dass bei mir etwas zu holen ist und wo man Max finden kann?«

Martin hatte die Augen verdreht und seinerseits gefragt: »Wo siehst du eigentlich keine miesen Typen? Die Menschheit besteht nicht nur aus Verbrechern, Mutti. Es gibt unendlich viele nette Leute. Schreib doch mal einen Liebesroman. Vielleicht hilft's.«

Jetzt hätte er das wohl anders kommentiert.

Der letzte Eintrag für »Freunde« stammte vom vergangenen Abend. » *Wer nicht wagt, der nicht gewinnt. Morgen stürze ich mich kopfüber ins Abenteuer und sammle Stoff für einen neuen Roman. Was man nicht selbst erlebt hat, kann man auch nicht lebensecht beschreiben. Ich muss nur vorher noch ein paar Kleinigkeiten besorgen: Armbrust, Giftpfeile, ein großes Messer, besser eine Machete, ein Hackebeil, eine Knochensäge und Plastiksäcke. Drückt mir die Daumen, dass ich mein Geld nicht zum Fenster hinauswerfe und von einem Ripper ausgeweidet werde, ehe ich ihn erschießen und zerlegen kann.*«

Was er davon halten sollte, wusste Martin nicht. Der Ausdruck »*Ripper*« und die Aufzählung von Mordwerkzeugen und Tranchierbesteck ließen ihn annehmen, es sei nur ein blöder Spruch. Muttis Art, die Treusten der Getreuen, sozusagen die Auserwählten aus ihrer Leserschaft, bei Laune zu halten. Oder hatte sie etwas Außergewöhnliches vorgehabt? So außergewöhnlich, vielleicht sogar gefährlich, dass Martina besser nicht eingeweiht wurde? » *Wer nicht wagt, der nicht gewinnt …*« Das klang nach einem Risiko, das sie eingehen wollte.

Den eigenen Enkel zu entführen fiel wohl unter den Begriff »Kindesentzug«, war vermutlich strafbar und wäre somit ein Risiko gewesen. Aber geplant haben konnte Mutti die Entführung theoretisch nicht. Sie hatte doch nicht damit rechnen können, Luca unbeaufsichtigt zu erwischen.

Achtundsiebzig Leute hatten bisher auf den Post reagiert, die meisten mit erhobenem Daumen, lachenden oder Wow-Smileys, nur ein Dutzend Wortmeldungen, alle etwa im gleichen Tenor.

»*Mach bloß keinen Quatsch.*«
»*Komm heil zurück.*«
»*Gute Reise.*«
»*Lese gerade dein neues Buch. Irre spannend. Ich hoffe, das kleine Mädchen überlebt.*«

Von denen wusste wahrscheinlich keiner, wo sie jetzt war.

»Momi nicht da?«, meldete Max sich von der Rückbank.

»Ich glaube nicht«, sagte Martin unkonzentriert. Das in dem Kommentar erwähnte kleine Mädchen ließ einige Szenen aus Muttis letztem Roman durch sein Hirn schwirren.

Da war einer Entführung ein fingierter Autounfall mit Blechschaden vorausgegangen. Während einer der Täter die dermaßen gelinkte Frau in eine Verhandlung verwickelte, griff der zweite unbemerkt ins Auto, klaute die Hausschlüssel vom Schlüsselbund, den Zündschlüssel ließ er stecken, damit die Frau es nicht sofort merkte. Dann düste der Kerl zum Haus der Frau, erschlug dort die Babysitterin und schnappte sich das kleine Mädchen.

Vielleicht hatte Mutti es doch geplant, auf genau diese Weise, mit einem Helfer, der Mel hätte ablenken sollen. Ihr ins Auto fahren oder ihr das Handy aus der Hand reißen. Vermutlich hätte das schon gereicht. Mel wäre garantiert wie der Blitz hinterhergerannt, ohne sich in dem Moment um Max und Luca im Kinderwagen zu kümmern. Mutti hätte zugreifen können.

Einen Kindersitz für ihren Peugeot hatte sie sich schon im September nach ihrem Spaziergang mit Max angeschafft. An dem Abend hatte sie gesagt: »Noch mal passiert mir das nicht, dass ich mein Auto stehen lassen muss, weil deine Frau übers

Shoppen eins ihrer Kinder vergisst.« Und dann war dieser Satz gefallen: »Bring dieses Weib zur Vernunft, Martin, sonst tu ich das. Und meine Methode wird ihr garantiert nicht gefallen.«

Nach all den entsetzlichen Gedanken und Ängsten, die Martin mittlerweile durchgestanden hatte, war es eine Wohltat, davon auszugehen, Mutti hätte sich Luca als Urlaubsbegleitung geschnappt, der Erpresseranruf wäre nur ein übler Gag, und er müsse sich keine Sorgen um seinen jüngsten Sohn machen.

Vielleicht hatte der nette Nachbar Mutti den Gefallen getan, sie am Vormittag nach Bedburg begleitet, für Max den Buhmann gespielt und für den Erpresseranruf eine Ansage produziert, als hätte der Golem persönlich gesprochen. Dass Mutti die verzerrte Stimme selbst hinbekommen hätte, glaubte Martin nicht. So technisch versiert war sie nicht. Und was die *Bulette* anging: Mutti wusste garantiert, dass in Arnos Truppe eine Frau mitmischte, die immer dann zum Einsatz kam, wenn es um Frauen und Kinder ging. Es passte wirklich alles.

Er drehte sich zu Max um und versuchte, sich endgültige Gewissheit zu verschaffen: »Hat Oma etwas gesagt, als sie dir das Bonbon gegeben hat?«

»Buhmann böse, Papa lieb« sagte Max, dafür musste er nicht lange nachdenken.

»Ja«, stimmte Martin zu. »Genauso ist es. Hat sie auch gesagt, du sollst zu Mama gehen, damit der Buhmann dir nichts tut?«

»Nein.«

»Was hat sie denn sonst noch gesagt?«

»Buder sund«, sagte Max.

Martin brauchte einen Moment, um diese Auskunft zu vervollständigen. »Sie hat dich gefragt, ob dein Bruder gesund ist?«

»Jaaa«, sagte Max gedehnt und nickte, um es zu bekräftigen. Und Martin fand, es mache Sinn, sich zu erkundigen, ob ein Baby gesund sei, ehe man es mit in den Urlaub nahm. Ein verschnupftes oder fieberndes Kind konnte einem den Spaß gewaltig verderben. Hinter ihm legte Max den Finger an die Lippen und machte: »Pst.«

»Ich weiß«, schlussfolgerte Martin mit der Erinnerung an Muttis Aufenthalte in der Kita. »Du darfst es Mama nicht verraten. Aber mir darfst du es sagen. Hat Oma noch mehr gesagt?«

Die Straßenlaterne zwei Häuser weiter erhellte das Wageninnere nur spärlich und leuchtete noch dazu durch die Heckscheibe. Das Kindergesicht im Fond war nicht viel mehr als ein heller Fleck. Trotzdem glaubte Martin zu sehen, wie Max sich das Köpfchen zermarterte. Aber entweder erinnerte er sich nicht an weitere Sprüche, oder er bekam es nicht mehr zusammen, weil es eine längere Ansprache gewesen war. Nach etlichen Sekunden sagte er noch einmal: »Momi nicht da.«

»Nein«, stimmte Martin zu. »Oma ist weggefahren. Aber sie war da und hat dir Bonbons gegeben, als du mit Mama und Luca einkaufen warst, nicht wahr?«

»Nein«, sagte Max.

»Aber du hast doch Bonbons bekommen. Wer hat dir denn die Bonbons gegeben?«

»Ein liebe Oma und ein Fau.«

Von einer Frau in Begleitung der lieben Oma war bis dahin nicht die Rede gewesen. Martin war etwas irritiert und hakte nach: »Welche liebe Oma, welche Frau?«

»Ein liebe Oma mit ein Decke an und ein Fau aus den Kaufladen«, erklärte Max weinerlich.

Auf die Decke konnte Martin sich auch keinen Reim machen. Aber er kannte seinen Sohn gut genug, um am Tonfall zu hören, dass Max sich um eine genaue Auskunft bemühte, sich überfordert fühlte und den Tränen nahe war. Und endlich wurde ihm bewusst, welchen Fehler er schon die ganze Zeit machte. »Die liebe Oma, war das nicht Momi?«

»Nein. Momi nicht da.«

Eigentlich logisch, fand Martin und ärgerte sich, dass er darauf nicht früher und von allein gekommen war. Mutti hätte sich gehütet, ihrem *liebsten Schatz* persönlich gegenüberzutreten. Sie hätte sich zurückgezogen, sobald er aufgetaucht wäre. Max hätte sie doch spätestens beim Zubettgehen verraten.

»Fahren wir nach Hause«, beschied er. »Dann mache ich dir ein leckeres Butterbrot, danach putzen wir deine Zähne. Und dann lese ich dir noch mal die Geschichte vom kleinen Hasen vor, der seine Oma sehr lieb hat. Die magst du doch gerne hören, oder?«

Max nickte.

Als Martin heimkam, war er wesentlich ruhiger als bei seinem Aufbruch. Ein Blick auf die Uhr zeigte ihm, dass bis zum angekündigten nächsten Erpresseranruf noch zehn Minuten Zeit waren. Er stellte den Honda hinter seinem BMW am Straßenrand ab. Sonst fuhr Mel ihr Auto immer in die Garage, und er parkte in der Einfahrt. Weil der Honda vorhin am Straßenrand gestanden hatte, war er davon ausgegangen, Mel wolle noch weg. Freitagabend, da unternahm sie oft etwas mit ihren Freundinnen.

Nun stand ein dunkelblauer Mercedes in der Einfahrt. Martin kannte den Wagen nicht und vermutete situationsbedingt, Rita Voss habe Verstärkung bekommen. Nach Entführungen saßen die ja meistens zu zweit oder zu dritt bei den Eltern, überwachten das Telefon, erteilten Verhaltensmaßregeln. Und natürlich kamen sie in Zivilwagen, damit es nicht auffiel.

Er nahm an, Mel hätte während seiner Abwesenheit Fragen zum Kumpel aus dem Sportverein beantwortet. Sie hatten ja keine Gelegenheit gehabt, sich diesbezüglich offen auszutauschen. Und dass vor dem Erpresser tatsächlich jemand vom Verein auf dem Festnetz angerufen haben sollte, glaubte er nicht. Wenn die Kripofrau hartnäckig nachgebohrt hatte – Mel hatte nicht die Nerven, so etwas durchzustehen.

Er befreite Max aus dem Kindersitz und nahm ihn auf den Arm. Der Junge war müde, legte den Kopf an Martins Schulter und murmelte: »Momi nicht da.«

»Das bleibt unser Geheimnis«, sagte Martin, während er zur Haustür ging. »Wenn dich jemand fragt, wo wir waren, sagst du nur: Im Auto. – Was musst du sagen?«

»In Auto«, wiederholte Max schläfrig.

»Genau«, bestätigte Martin. »Ich verlass mich auf dich. Du bist doch mein Großer.«

Dass ihn dann ausgerechnet Klinkhammer gleich vorne im Flur empfing, hatte Martin nicht erwartet. Als Abteilungsleiter hatte Arno doch seine Leute, musste nicht mehr an vorderster Front mitmischen, durfte das auch nicht, wenn er persönlich betroffen war. Was die Regeln im Polizeidienst anging, war Martin durch seine Mutter bestens informiert.

Rita Voss redete im Wohnzimmer auf Mel ein. Was sie sagte, verstand Martin nicht, weil Mel so laut schluchzte, als sei in der Zwischenzeit Hiob persönlich erschienen, um Lucas Fingerchen abzuliefern. Das Geheul seiner Frau versetzte Martin den nächsten Schlag in die Magengrube. Der Glaube, an dem er sich in der letzten Viertelstunde aufgerichtet und festgehalten hatte, erlosch wie ein Strohfeuer. Er spürte, wie sein Herz sich hinter den Rippen erneut zu einem Klumpen heißer Furcht zusammenballte. Lag er falsch, was Mutti anging? Hatten irgendein Mistkerl und eine ältere Frau Luca in ihrer Gewalt? Hatte der Kerl keine Uhr und schon angerufen, um die IBAN durchzugeben, ein Ultimatum zu stellen oder Luca ins Telefon weinen zu lassen?

»Hi, Arno«, grüßte er. »Lange nicht gesehen.« Mit dem Kloß in der Kehle klang es bei Weitem nicht so cool und lässig, wie es ihm lieb gewesen wäre.

»Und trotzdem wiedererkannt«, ging Klinkhammer auf den Ton ein. Er betrachtete Max, der neugierig den Kopf hob und ihn seinerseits musterte. Martin zwei, dachte Klinkhammer. Die Ähnlichkeit zwischen Vater und Sohn war derart frappierend, dass er sich um mehr als ein Vierteljahrhundert zurückversetzt fühlte. »Den kannst du aber nicht leugnen«, stellte er fest.

»Habe ich auch nicht vor«, sagte Martin. »Dafür ist er mir viel zu gut gelungen.« Er stellte seinen Sohn auf die eigenen Füße. Bei Max siegte die Neugier über die Müdigkeit. Er riss sich in gewohnter Manier die Mütze vom Kopf und bedachte den ihm fremden Mann mit demselben offenen Lächeln, mit dem er Thomas Scholl im Drogeriemarkt begrüßt hatte. Dann entledigte er sich unter den üblichen Verrenkungen seines Anoraks und nahm auf der untersten Treppenstufe Platz, um seine Stiefel auszuziehen.

»Können wir irgendwo ungestört reden?«, fragte Klinkhammer.

»Wenn du Geheimnisse vor deiner Kollegin hast, vor meiner Frau habe ich keine«, gab Martin zurück. »Gehen wir ins Wohnzimmer, da können wir uns gemütlich hinsetzen.«

Ehe er auch nur einen Ton über den Erpresseranruf verlor, musste er wissen, warum Mel heulte wie ein Kettenhund. Es musste irgendwas Dramatisches passiert sein, während er vor Muttis verschlossenem Tor gestanden, mit Martina telefoniert, Lin Velbecker interviewt, Muttis Motiv und ihre Möglichkeiten beleuchtet hatte.

»Wie du willst.« Klinkhammer ging voran.

Max zupfte an einem Hosenbein seines Vaters und erinnerte an sein Abendbrot. »Lecker Butti essen.«

»Gleich«, sagte Martin und nahm ihn wieder auf den Arm. »Hören wir erst mal, was Arno uns erzählen will. Arno ist nämlich ein Freund von Oma.«

»Momi nicht da«, verriet Max das Geheimnis, aber niemand nahm Notiz davon.

Beim Essplatz zog Klinkhammer einen der Korbstühle vom Tisch, blieb jedoch stehen. Rita Voss und Mel saßen auf der Couch. Mel reagierte nicht, als Martin den Raum betrat, sie weinte haltlos weiter. Rita Voss hatte einen Arm um sie gelegt, barg ihr Gesicht an einer Schulter und strich ihr mit der freien Hand über den Rücken. Klinkhammer streifte die beiden Frauen mit einem raschen Blick und wandte sich wieder Martin zu. »Leider habe ich keine guten Nachrichten.«

Wohnung Erzig

Thomas Scholl und Polizeimeister Nemritz hatten jeden Winkel der kleinen Wohnung kontrolliert und festgestellt, dass sich so gut wie nichts Essbares in Anni Erzigs Domizil befand. Auch keine Wasserflaschen oder Kartoffeln. Dass die Frau am Nachmittag mit Einkäufen die K37n entlanggehetzt war, schloss Scholl damit aus.

Im Kleiderschrank fehlten nach Rücksprache mit Roswita Werner drei ausgeleierte Strickpullover von undefinierbarer Farbe, graubraun oder graublau oder einfach nur total verwaschen, sowie zwei lange Hosen aus dunklem Wollstoff, die ebenfalls ziemlich ausgebleicht und aus der Form waren. Jeans oder Sweatshirts hatte Roswita Werner nie an Anni Erzig gesehen. Ihr war auch nicht bekannt, dass Anni sich in den letzten Jahren mal etwas Neues gekauft hätte – mit Ausnahme eines Paars brauner Halbschuhe, das war aber mindestens zwei Jahre her. Ansonsten hatte Anni Erzig nur schweren Herzens in Altkleider-Container geworfen, was sich absolut nicht mehr flicken oder stopfen ließ.

Nähzeug fanden sie, jedoch keine Hinweise auf die Anwesenheit eines Babys. Nur hinterließ ein kurzfristiger Aufenthalt keine offenkundigen Spuren. Abgesehen davon, dass Anni Erzig nicht über Ersatzwindeln verfügt haben dürfte, hätte sie sich kaum die Zeit genommen, Luca die Windeln zu wechseln.

Scholl war mehr denn je überzeugt, dass Anni Erzig das Baby um halb vier unter ihrem Poncho verborgen ins Haus gebracht hatte. Vermutlich hatte sie sich unmittelbar nach der Entführung irgendwo mit Luca versteckt und abgewartet, bis sich die größte Aufregung in der unmittelbaren Umgebung des Drogeriemarktes gelegt hatte.

Damit hätten sich die anderthalb Stunden Zeitdifferenz zwischen ihrem Auftauchen beim Drogeriemarkt und ihrem Spurt auf der Kreisstraße schlüssiger erklärt als mit einer eingebildeten Verfolgung, fand Scholl. Denn selbstverständlich wäre die Erzig beim Kind geblieben. Das Risiko, ihren Engel wieder zu verlieren, wenn sie ihn in einem Versteck alleine ließ, wäre sie nicht eingegangen. Die längere Unterhaltung mit Roswita Werner hatte Scholl einen recht guten Einblick in die fragile Psyche und die Wahnvorstellungen der gesuchten Frau vermittelt.

Und wie war sie später mit Luca unbemerkt aus ihrem Schlafzimmer ins Freie gekommen? Sie konnte nicht mit dem Baby auf dem Arm die Strickleiter hinunter in den Hof gestiegen sein. Das hätte nicht mal Scholl riskiert. Er ging davon aus, dass sie den Jungen entweder mit ihren Klamotten in den Koffer gepackt und mittels des Gürtels hinunter in den Hof gelassen hatte. Oder sie hatte Luca in einen Rucksack gesteckt.

Wie eine umgehend durchgeführte Befragung in der näheren Umgebung der Wohnung und in der Parallelstraße ergeben hatte, war nach Einbruch der Dunkelheit eine Person, bei der es sich um Anni Erzig gehandelt haben musste, von vier Leuten gesehen worden. Ein Autofahrer, der um halb sechs von der Arbeit gekommen war, hatte diese Person in der Unterführung bemerkt, durch die man aus den Stadtteilen Kirdorf und Blerichen auf die Kolpingstraße und nach Bedburg gelangte. Erkannt hatte er Anni Erzig nicht, obwohl er nur zwei Häuser entfernt wohnte, aber da sie ohne den auffälligen Poncho nicht aussah wie Batman …

Erkannt worden war sie auch von den beiden Jugendlichen in der Parallelstraße nicht, die zwischen Viertel nach fünf und halb sechs ein paarmal auf ihren Fahrrädern an ihr vorbeigefahren waren – und sie vermutlich wegen ihres Aufzugs gehänselt hatten, was sie natürlich nicht zugaben.

Die Angaben, auf die Scholl sich stützte, stammten von einer Versicherungsangestellten. Sie war Anni Erzig um Viertel nach fünf zu Fuß begegnet, hatte sie ohne den Poncho aber auch erst erkannt, als sie unmittelbar vor ihr war.

Frau Erzig habe unförmig ausgesehen, sagte diese Zeugin, was mit den Angaben der beiden Jugendlichen übereinstimmte. Bekleidet mit einer karierten Jacke oder einem Hemd, Kniebundhosen,

Strickstrümpfen und einer Art Springerstiefel. Solche Sachen hatte Roswita Werner nie an Anni Erzig gesehen. Zweifel gab es dennoch keine – wegen der obligatorischen Einkaufstasche, die Anni Erzig in der rechten Hand getragen hatte. In der linken einen stoffbezogenen Koffer und auf dem Rücken einen ziemlich großen Rucksack.

Ein Baby hatte sie nicht gesehen, auch nichts gehört, was darauf hindeutete, Anni Erzig hätte ein kleines Kind bei sich gehabt. Dabei musste Luca nach all den Stunden längst aufgewacht sein. Folglich wäre der Transport in einem stockdunklen, engen Behältnis kaum ohne Gebrüll abgegangen. Es sei denn ...

In Anni Erzigs Bad hing ein Medizinschränkchen. Darin fanden sich ein paar Pflasterstreifen, Baldriantee, ein frei verkäufliches Schmerzmittel und eine leere Pappschachtel, der zu entnehmen war, was der Blister mit der ramponierten Alu-Abdeckung auf der Ablage über dem Waschbecken enthielt: *Valium 5*, verwendbar bis August 1992. Anni Erzigs Mann war drei Jahre zuvor verstorben, vermutlich hatte man ihr den Tranquilizer während seiner langen Leidenszeit oder nach seinem Tod verschrieben.

Noch bevor er Klinkhammer informiert und eine hinsichtlich der Bekleidung und Gepäckstücke geänderte Personenbeschreibung an die Einsatzkräfte weitergegeben hatte, hatte Scholl seinen Kollegen Becker in Hürth gebeten in Erfahrung zu bringen, ob das Zeug nach all den Jahren noch wirkte, wenn ja, wie, und was passierte, wenn man einem neun Monate alten Baby eine uralte *Valium 5* verabreichte.

Der Streifen auf der Ablage legte den Verdacht nahe, dass mindestens eine der Pillen zur Anwendung gekommen war. Scholl nahm an, dass Anni Erzig den Jungen betäubt und es am frühen Nachmittag auf der K37n so eilig gehabt hatte, weil Luca schon zu dem Zeitpunkt nicht mehr schlief, sondern unter dem Poncho zappelte und quengelte, vielleicht sogar schrie, wovon die Zeugin Böhmer in ihrem Kombi nichts mitbekommen hätte. Roswita Werner auch nicht, weil sie nur einen kurzen

Blick auf die an ihrem Küchenfenster vorbeihastende Anni geworfen hatte und die enervierend knarzende Treppe ein unter dickem Stoff gedämpftes Stimmchen übertönt hätte.

Die Geräusche aus der Wohnung Erzig, die Roswita Werner nach Annis Rückkehr noch gehört hatte, erklärte Scholl bei Klinkhammer so: »Sie wird den Kleinen eine Weile herumgetragen haben. Keine Tablette wirkt von jetzt auf gleich. Nachdem er eingeschlafen war, hat sie gepackt und gewartet, bis es dunkel war. Wir brauchen den Hund noch mal, Arno. Vermutlich ist sie zum Bahnhof. Inzwischen kann die in Köln oder sonst wo sein. Aber wir müssen es hier wenigstens noch mal versuchen.«

Der Verbindungsmann

Scholl hatte am Telefon so niedergeschlagen geklungen, wie Klinkhammer sich momentan fühlte. Das Gespräch hatte er mit Rita Voss' Handy bestritten. Seines hatte sich nach dem ersten Klingelzeichen mit restlos leerem Akku verabschiedet. Er hatte Scholl zurückrufen müssen.

Anschließend hatte er Mel erklärt, warum der Mantrailer am Nachmittag auf dem Schlossparkplatz nicht wie erhofft reagiert hatte: Weil er auf Luca angesetzt worden war. Das Tier musste am Babyjogger zwar auch Anni Erzigs Geruch in die Nase bekommen haben, aber nur schwach. Wenn sie den Hund nun in die Wohnung der Frau brachten, ging das bestimmt anders aus.

In seinem an und für sich überzeugenden Ton hatte Klinkhammer versichert, der Hund würde die Spur in der Wohnung aufnehmen, sie zu der Entführerin und zu Luca führen. Oder zum Bahnhof – das hatte er nicht ausgesprochen. Aber bei Scholls Hinweis, die Erzig könne inzwischen sonst wo sein, hatte er geflucht. Und das hatte er zuvor schon zweimal getan, als sein Handy abstürzte und als Scholl das *Valium 5* mit dem antiquierten Haltbarkeitsdatum erwähnte. Und so blöd war Mel nicht, dass sie sein Manöver nicht durchschaut hätte.

»Lügen Sie mich nicht an. Sie glauben doch selbst nicht, was Sie da sagen.« Tat Klinkhammer auch nicht. Und er hasste sich dafür, ein Versprechen gegeben zu haben, das er wahrscheinlich nicht halten konnte.

Gegenüber Martin gelang es ihm, nüchtern und zuversichtlich nur das Nötigste zu erklären, damit Martin nicht auch noch die Nerven verlor. Kein Wort vom Bahnhof, erst recht keins über ein möglicherweise mit einem uralten Tranquilizer ruhiggestelltes oder – noch schlimmer – mit einem Heftpflaster über dem Mund am Schreien gehindertes Baby. Vielleicht hatte Anni Erzig die Pille selbst geschluckt und dem Jungen ein Pflaster verpasst. Damit hätte sie ihn sofort still bekommen und sich danach unter dem Einfluss des Tranquilizers beruhigen können. Für sie dürfte es eine nervenaufreibende Aktion gewesen sein.

Während er sprach, hatte Klinkhammer große Mühe, die Vorstellung auszublenden, wie Luca in einen Koffer oder Rucksack gepfercht mit verklebtem Mund weinte – und spucken musste – und an seinem Erbrochenen erstickte.

Martin zwang sich, zuzuhören und ruhig zu bleiben. Dass sogar Arno überzeugt war, eine ältere Frau, die man im Drogeriemarkt als harmlos und gutmütig kannte, hätte Luca entführt, hatte er nicht erwartet. Arno war doch angeblich so helle und blickte immer durch – hatte Mutti früher oft behauptet. So weit her war es mit Arnos Durchblick offenbar nicht mehr.

Hätte eine ältere Frau hier anrufen können, noch dazu mit technisch verfremdeter Stimme? Nein. Die Festnetznummer ließ sich zwar in Erfahrung bringen, dafür brauchte man bloß ein Telefonbuch und musste den Namen kennen. Den hätte Luca ihr aber nicht verraten können, der sagte bisher nur: »Ma«, und nutzte diese Silbe universell.

»Hat die liebe Oma dich gefragt, wie du heißt?«, erkundigte Martin sich bei Max, als Klinkhammer wieder schwieg.

Max' sprachliche Fähigkeiten mochten nicht ausgereift sein. Seit Lucas Geburt war Mutti ja nicht mehr dazu gekommen, ihn zu fördern, sonst hätte es vermutlich keine Defizite mehr gegeben. Manchmal brauchte man viel Fantasie oder Insiderwissen, um zu interpretieren, was Max von sich gab. Aber seinen Namen hatte er schon mit achtzehn Monaten recht verständlich über die Lippen gebracht. Mutti hatte mit ihm geübt, bis aus dem »Mazel« ein »Maz Matel« geworden war.

Wie seine Eltern hießen, wusste er auch: Matin und Mel. Mit der Adresse klappte es aber noch nicht. Elsdorf-Niederembt war zu kompliziert für ein Kind seines Alters. Und das hätte die ältere Frau ebenfalls in Erfahrung bringen müssen, um im Telefonbuch unter der richtigen Vorwahl nachzuschlagen.

Antwort gab der Junge nicht. Er hatte den Kopf an Martins Schulter gelegt. Seine Lider waren halb geschlossen.

»Vergiss die Frau«, sagte Martin zu Klinkhammer, äugte kurz zur Couch hinüber, wo Mel in den Armen der Kripofrau immer noch Rotz und Wasser heulte, und erklärte an Klinkhammer gewandt: »Wie ich deiner Kollegin schon gesagt habe, das ist eine reine Privatsache.«

Klinkhammer nickte, was aber nicht als Zustimmung gedacht war. »Deine Mutter oder dein Kumpel aus dem Sportverein mit der Wagenpanne, der zweimal hier angerufen hat?« Beim nächsten Satz klang er knallhart. »Wer war der Typ, und was wollte er?«

Den Ton kannte Martin nicht. Er antwortete prompt: »Eine Viertelmillion.«

»Hast du die Stimme erkannt?«

Martin schüttelte den Kopf. »Zu viel Technik. Zuerst dachte ich, da hätte Wolfgang mitgemischt, aber es kann auch Muttis Nachbar gewesen sein. Velbecker, die das Haus von Müllers gekauft haben, ich weiß nicht, ob du die kennst. Er ist Informatiker und tut Mutti jeden Gefallen.« Er schaute wieder zur Couch und hob die Stimme, um Mels Aufmerksamkeit zu erregen, damit das Geheul endlich aufhörte. »Meine Mutter ist mit Luca in Urlaub gefahren.«

»Wie kommst du denn darauf?«, fragte Klinkhammer konsterniert. Das haltlose Weinen brach abrupt ab. Mel löste sich von Rita Voss, wischte sich mit dem Handrücken über die Wangen und tastete in ihrer Jeans nach einem Taschentuch.

»Lin Velbecker sagte, Mutti wollte in die Berge. Und Martina meinte, sie müsste zu Hause sein«, erläuterte Martin seine Gedankengänge zumindest ansatzweise. »Ich dachte zuerst, dass Mutti sich mit Luca im Haus verbarrikadiert hätte. Aber wenn Reinhard einen Schlüssel hat, könnte jederzeit einer rein und nachsehen.«

»Das kann sie nicht machen!«, schrie Mel auf. »Sie kann doch nicht einfach wegfahren!« Sie fixierte Martin: »Ruf sie an, sag ihr, sie muss sofort zurück ...«

»Meinst du, das hätte ich noch nicht versucht«, schnitt Martin ihr das Wort ab. »Zweimal hat sie mich weggedrückt, beim dritten Mal war ihr Handy aus. Ich habe ihr auf die Mailbox gesprochen.«

»Aber das darf sie nicht«, wandte Mel sich an Klinkhammer. »Sie müssen nach ihr suchen lassen. Sie muss sofort zurückkommen. Können Sie Gabi zur Fahndung ausschreiben?«

Klinkhammer grinste unfroh: »Nein, Frau Martell. Zum einen leite ich diese Ermittlungen nicht, zum anderen besteht kein Grund zu der Annahme, dass Luca in der Obhut seiner Großmutter einer Gefahr ausgesetzt wäre, falls – ich betone: falls – Martin recht haben sollte. Wonach es aber nicht aussieht. Da brauchen wir schon etwas mehr als eine Behauptung. Wenn meine Leute einen Beweis für Gabis Täterschaft finden, können wir über geeignete Maßnahmen zur Rückführung nachdenken.«

»Ihr immer mit euren Beweisen«, meckerte Martin. »Zähl lieber mal die Indizien zusammen. Hier kann nur jemand anrufen, der unseren Namen und den Wohnort kennt. Um eine Stimme technisch zu verfremden, braucht man das entsprechende Know-how, was eure ältere Frau nicht haben dürfte. Außerdem hat Mutti es auf Facebook gepostet.«

»Sie hat *was?*«, fragte Klinkhammer aufgebracht. Der Gabi, die er kannte, hätte er so etwas durchaus zugetraut.

»Nimm mal.« Ehe Klinkhammer sich versah, wurde ihm der dösende Max in den Arm gedrückt mit dem Hinweis: »Und setz ihn nicht auf die Couch, dann weint er.«

Martin fischte sein Handy aus der Hosentasche, wischte und tippte hektisch auf dem Display herum, präsentierte Klinkhammer die Facebook-Seite mit dem Abenteuer-Post und nahm ihm den Jungen wieder ab.

Während Klinkhammer las, erklärte Martin: »Lin Velbecker sagte, Mutti wäre gegen zehn Uhr losgefahren. Um die Zeit macht Mel normalerweise die Einkäufe. Nicht wahr, Schatz?« Die Frage kam in einem Ton, als wolle er sagen: Mach jetzt bloß kein Theater mehr. Sag einfach nur Ja.

Mel rührte sich nicht, brachte nicht mal ein Nicken zustande. Sie starrte Martin nur an, als wäre er nicht von dieser Welt.

»Richtig«, bestätigte Klinkhammer an ihrer Stelle. »Heute ist es aber später geworden. Wenn deine Mutter um zehn Uhr losgefahren ist, war sie seit beinahe vier Stunden unterwegs, als Luca verschwand. Selbst wenn sie noch Einkäufe in Bedburg gemacht hätte, wäre sie weg gewesen, als die ältere Frau beim Kinderwagen auftauchte. Der Buhmann war übrigens ein Kunde des Drogeriemarktes, er hat Max einen Schreck eingejagt, aber er kann Luca nicht genommen haben. Er ging zum Schlossparkplatz, während die Frau noch bei Luca und Max stand. Dafür haben wir Zeugen. Nach einem aufregenden Tag gerät in so einem kleinen Kopf schon mal etwas durcheinander. Ich lese hier auch nichts von einer Entführung des Enkels. Hier steht nur etwas von einem Abenteuer und einem Ripper. Damit dürfte der Kerl gemeint sein, den deine Mutter übers Internet kennengelernt hat.«

»Welcher Kerl?« Martin war pure Abwehr. »Mutti hat doch nichts mit Kerlen am Hut. Die hat Elvis, der reicht ihr fürs Leben.«

»Vielleicht hat sie genug von diesem Leben«, hielt Klinkhammer dagegen. »Irgendein Typ hat sie in seine Berghütte eingeladen, und sie hat angenommen. Nach Österreich oder in die Schweiz, das wusste Reinhard nicht genau. Bei ihm hat sie gestern Abend auch nur von Bergen gesprochen. Dass Martina nichts davon weiß, lässt tief blicken. Deine Schwester hätte garantiert versucht, ihr das auszureden. Sich auf so etwas einzulassen ist nämlich mehr als ein Abenteuer. Das ist meines Erachtens eine reichlich riskante Angelegenheit. Ist sie lebensmüde?«

Erneut verunsichert, wurde Martin pampig. »Was fragst du mich? Frag doch deine Frau.«

»Mach ich gleich«, sagte Klinkhammer. »Aber zuerst wüsste ich gerne, was dich auf die Idee gebracht hat, deine Mutter könnte Luca entführt haben. So etwas tut nicht mal sie ohne triftigen Grund. Und jetzt erzähl mir nicht, sie braucht das Lösegeld.«

»Hast du ihren letzten Roman nicht gelesen?«, wich Martin aus. »Da wird ein kleines Mädchen entführt. Als sie den schrieb, hat Mutti eine Bemerkung gemacht, die mir eben wieder einfiel.«

Klinkhammer schüttelte den Kopf. Er hatte schon lange nichts mehr von Gabi gelesen. »Damit ist meine Frage nicht beantwortet, Martin. Welche Veranlassung sollte sie haben?« Er hatte in dem Moment das Babyfoto vom Handy seiner Frau vor Augen und ihre Stimme im Ohr: »... das Wesentliche vergrößern und alles andere ausblenden ...«

Alles andere war wohl der mütterliche Arm, ein Stück Haut von der Schwiegertochter, die nicht nach Gabis Geschmack war oder nicht nach ihrer Pfeife tanzte. So hatte er das bisher gesehen, jetzt sah er etwas anderes: den feindseligen, gleichzeitig unsicheren, beinahe ängstlichen Blick, mit dem Martin seine Frau taxierte.

Die Hexe

Während ihr Sohn sich mit Klinkhammer auseinandersetzte, stand Gabi vor der großen Fensterscheibe im Erdgeschoss. Dahinter lagen eine gepflasterte Terrasse und eine Rasenfläche, auf der ein Gestell mit einer Kinderschaukel stand. Bis auf ein schmales Stück Zaun im Eingangsbereich mit einem nur kniehohen Tor, das man mühelos übersteigen konnte, war das gesamte Anwesen von einer mannshohen Thujahecke umschlossen, die jeden Blick auf die Nachbargrundstücke verwehrte. Bei der Dunkelheit draußen sah sie nicht mehr als die Natursteinplatten der Terrasse, etwas Rasen, ihr Spiegelbild mit dem Kaffeebecher in beiden Händen und ihren Schatten, den das Licht aus dem Wohnraum nach draußen warf.

Es war bereits ihre dritte Tasse von dem inzwischen nur noch lauwarmen, bitteren Kaffee. Sie hatte sich an der fremden Kaffeemaschine bei der Menge verschätzt. Lebensmittel wegzuwerfen oder Getränke auszukippen, weil sie nicht schmeckten, schaffte wohl nur, wer nie richtig Hunger gelitten und sich lange Zeit nach einer guten Tasse Kaffee verzehrt hatte.

Hin und wieder nahm sie einen Schluck und hing ihren nicht weniger bitteren Erinnerungen nach. Ines hatte mal gesagt, selbstverständlich wäre Martin Schneiders Tod ein entsetzlicher Schicksalsschlag für sie gewesen. Aber ohne diese Erfahrung wäre ihr Leben in Bedeutungslosigkeit versunken.

»Sieh es doch mal unter dem Aspekt. Wäre Martin Schneider nicht umgebracht worden, hättet ihr geheiratet. Du wärst Taxi gefahren und hättest garantiert nicht angefangen zu schreiben. Du wärst nicht das, was du heute bist, Gabi.«

Natürlich nicht. Sie wäre vermutlich glücklich und zufrieden als Taxifahrerin an Martins Seite. Sie hätte es doch nicht anders gekannt und hatte es damals auch nicht anders gewollt. Wenn das Geschäft irgendwann schlechter gegangen wäre, hätten sie sich eben eingeschränkt – und einander gehabt. Sie hätte nicht nachts alleine in einem Doppelbett liegen und sich tagsüber mit ihren Selbstgesprächen belügen müssen.

Wie oft hatte Reinhard in den letzten Monaten gesagt: »Geld ist nicht alles.« Wahrhaftig nicht.

Und Ines, ausgerechnet die kluge Ines, die alles erklären und so viel akzeptieren konnte, hatte ihr im vergangenen Frühjahr, zwei Wochen nach Lucas Geburt, als Martin ein neues Auto brauchte, einen Vortrag über den Unterschied zwischen altem und neuem Geld gehalten. Womit gemeint war, dass Menschen, die seit jeher zur Oberschicht gehörten, ihren Nachwuchs darauf drillten, das Vorhandene zu mehren nach dem Motto: Ohne Fleiß kein Preis. Zu der Gruppe gehörte Ines, sie hatte nur keinen, den sie drillen konnte. Die mit dem neuen Geld dagegen, die aus ärmlichen Verhältnissen stammten und nicht daran gewöhnt waren, reich zu sein, also solche wie Gabi, neigten dazu, ihren Reichtum zu verschleudern oder ihren Kindern in den Allerwertesten zu schieben, ohne eine Gegenleistung dafür zu verlangen.

Es war müßig, sich den Kopf zu zerbrechen, was alles hätte anders kommen können, wenn sie ihrem Sohn kein Haus und keine Autos gekauft hätte. Fest stand: Mit Martin Schneider wäre sie nicht reich geworden und hätte keine Kinder in die Welt gesetzt, weil Martin keine Kinder wollte. Folglich hätte sie nie erlebt, wie es sich anfühlte, wenn der Sohn einem zum zweiten Mal den Rücken kehrte.

Draußen knirschte etwas und riss sie aus ihren Gedanken. Es klang wie Schritte auf Kies, langsame, vorsichtige Schritte. Sie nahm an, jetzt käme der Mann, für den sie zwei Brötchen mitgebracht hatte, und würde ihrer Grübelei ein Ende bereiten. Bei der Dunkelheit im Eingangsbereich wäre sie ebenfalls vorsichtig aufgetreten.

Zwei-, dreimal hörte sie das Knirschen, stellte sich darauf ein, als Nächstes den Schlüssel in der Eingangstür oder ein Anklopfen zu hören. Als nichts geschah, fühlte sie einen Kälteschauer über den Rücken rieseln. Die feinen Härchen an ihren Armen richteten sich auf. Minutenlang lauschte sie, hörte drinnen nur das schwache Summen des Kühlschranks und draußen den Wind die Thujahecke zauseln.

Vielleicht hatte eine Windbö ein paar übrig gebliebene, vertrocknete Blätter vom Herbstlaub unter der Hecke vorgeholt und über den Kies vor der Eingangstür geweht, was sich anhören mochte wie behutsame Schritte. Vielleicht war das Knirschen auch nur eine akustische Täuschung gewesen. Dazu hätte der Kälteschauer besser gepasst. Überreizte Nerven spielten einem gerne solche Streiche. Und so überreizt wie heute waren ihre Nerven seit Monaten nicht gewesen.

Ihr war übel, nicht allein von dem zu starken Kaffee. Seit Wochen fühlte sie sich unwohl, war nervös, hatte keinen Appetit und versuchte sich einzureden, es hinge mit dem elenden Zustand ihres ältesten Bruders zusammen, der das gerade begonnene Jahr vielleicht nicht überleben würde. Sich nur nicht eingestehen, was tatsächlich in ihrem Innern vorging.

Früher hatten sich Hilflosigkeit, Ohnmacht und Wut angefühlt wie eine Sehne zwischen Herz und Magen. Wenn die Sehne riss, waren Dinge passiert, die normale Menschen für unmöglich hielten, bis sie Zeugen solcher Ereignisse wurden. Danach waren die normalen Menschen zu Tode erschrocken und gingen ihr fortan nach Möglichkeit aus dem Weg. So wie Arno, nachdem er erlebt hatte, wie in einer Situation, in der sie nicht mehr aus noch ein wusste, eine Glasscheibe zersprang.

Diesmal hatten sich Ohnmacht, Wut und Schuldgefühle in dem Bereich zwischen Herz und Magen zu einem Klumpen zusammengeballt, der ähnliche Beschwerden verursachte wie Reinhards Magenkrebs in der Anfangsphase. Was mochte geschehen, wenn dieser Klumpen explodierte?

Alinas Großvater war ein so sympathischer Mann gewesen. Ein Mensch, dem sie niemals etwas Böses gewünscht hätte. Sie hatte ihn nicht mit eigenen Händen umgebracht, natürlich nicht. Aber sie hatte sich vor Jahren ausgiebig an der Vorstellung ergötzt, wie Alina einen geliebten Menschen verlor. Und sie hatte Alina über einem Sarg zusammenbrechen sehen, als Martin von der Wohnung in dem Hochhaus sprach, die Mels Bruder für sie renovieren lassen wollte. Seit Oktober wusste sie: Alina war über dem Sarg ihres Großvaters zusammengebrochen.

Seit sie das von Käthe Wilmers gehört hatte, stand ihr auch wieder deutlich vor Augen, was sie ihrem Sohn damals gewünscht hatte. Nur reichte das inzwischen nicht mehr. Welche Genugtuung hätte sie denn im Sarg oder in einer Urne, wenn Martin wie ein geprügelter Hund vom Friedhof schlich?

Der Vater

Klinkhammers Ahnungslosigkeit brachte Martin in eine scheußliche Zwickmühle. Arno schien nicht zu wissen, wie die Dinge hier standen. Demnach hatte Mutti bei Ines Klinkhammer die Klappe gehalten. Oder Ines bei Arno. Das kam aufs Gleiche raus. Seine Gedanken überschlugen sich auf der Suche nach einer glaubwürdigen Erklärung. Er konnte nicht offenlegen, was ihn zu seiner Schlussfolgerung gebracht hatte. Wenn er Mel vor Arno und der Kripofrau als durchgeknallt bloßstellte, lief er Gefahr, dass sie nur noch hierblieb, bis Luca wieder da war. Dass sie danach ihre Sachen und die Kinder packte, sich einen Anwalt und vorübergehend Unterschlupf bei einer Freundin suchte, bis Joris ihr eine Wohnung beschafft hatte.

Mel wusste längst, dass die Kinder seine Schwachstelle waren. Wie oft hatte sie inzwischen damit gedroht, ihn zu verlassen, wenn er sich gegen sie stellte, sie *verriet*, wie sie das ausdrückte. Es klang jedes Mal, als wolle sie ihm verbieten, die Geheimnisse kleiner Mädchen auszuplaudern. Dabei sah sie es wohl als einen Verrat in größerem Rahmen, so auf der Ebene von Staatsgeheimnissen oder Königsmord. »*Auch du, mein Sohn Brutus.*« Bei ihr hieß das: »*Entscheide dich: Deine Mutter oder ich. Ich bin deine Frau, du musst zu mir halten, das ist deine Pflicht.*«

Ihre Pflichten kümmerten Mel weniger. Was das anging, hatte sich nie etwas geändert. Der Haushalt war immer noch sein Ding. Deshalb hatte er sich, als er aus Köln nach Hause kam, im ersten Moment über das aufgeräumte Wohnzimmer und die blitzsaubere Küche gewundert. Normalerweise sah es bei ihnen aus wie bei Hempels unterm Sofa, wenn er von der Arbeit kam.

Aber von wem hätte Mel etwas über Pflichten im Haushalt lernen sollen? Von Esther? Die konnte nicht mal den Geschirrspüler einräumen. Und vermutlich fand sich kein Familienrichter, der einer Mutter zwei kleine Jungs wegnahm, nur weil sie lieber mit Freundinnen unterwegs war oder sich diverse Fernsehsendungen ansah, statt zu putzen.

»Welche Bemerkung hat deine Mutter gemacht?«, drängte Klinkhammer auf Auskunft, als Martin nicht weitersprach.

Er zuckte mit den Achseln und schaffte ein jungenhaft lässiges Grinsen. »Ich weiß nicht mehr, ob ich das noch komplett zusammenbekomme. Es ging um die Methode. Die Entführer fahren einer Frau ins Auto, um an ihren Hausschlüssel zu kommen.« Er drückte den halb schlafenden Max fester an sich und fabulierte weiter: »Mutti sagte, wenn sie so was machen würde, dann natürlich nicht so brachial. Sie würde auch nicht das Kind von irgendwelchen Leuten entführen, wolle ja nicht hinter Gittern landen.«

»Wie wir aber bereits festgestellt haben, kann es keine geplante Entführung gewesen sein, Martin«, widersprach Klinkhammer eindringlich. »Und solange ich kein nachvollziehbares Motiv für deine Mutter sehe oder höre, gehe ich weiter davon aus, dass es die spontane Tat einer geistig verwirrten Frau war, die von mehreren Leuten an Lucas Kinderwagen gesehen wurde.«

»Hatte die Frau eine Decke um?«, fragte Martin.

»So was Ähnliches«, antwortete Klinkhammer. »Einen Poncho. Wie kommst du darauf?«

»Max sagte, sie hätte eine Decke angehabt.«

»Na bitte«, sagte Klinkhammer. »Die Frau war da, und kein Mensch hat deine Mutter gesehen. Aber gut, sie könnte auf dem Parkplatz in Deckung geblieben sein. Nur hat deine Frau uns mehrfach versichert, dass sie Luca heute nur ausnahmsweise nicht mit in den Drogeriemarkt genommen hat. Weder deine Mutter noch sonst jemand konnte damit rechnen.«

»Mutti rechnet doch nicht«, brauste Martin auf, weil er sich nicht mehr anders zu helfen wusste. Der schon fast eingeschlafene Max auf seinem Arm zuckte erschreckt zusammen, verzog weinerlich das Gesicht und jammerte: »Buhmann böse.«

»Ja, ja«, sagte Martin genervt. »Und Papa ist lieb.« Er blieb auf Klinkhammer konzentriert und wurde noch ein bisschen heftiger: »Mutti tut, was sie will, und steckt jeden in die Tasche. Das weißt du so gut wie ich. Wie soll eine verwirrte Frau sich ihr denn widersetzen? Das hast ja nicht mal du geschafft. Muss ich dich daran erinnern, wie du früher für sie gesprungen bist? Oder soll ich dir all die Leute aufzählen, die ihr jeden Gefallen tun, um den sie bittet?«

Nicht nötig. Gabi hatte vier Brüder und vier Neffen in der Nähe und offenbar auch hilfsbereite Nachbarn. Klinkhammer vermied den Blick zur Couch. Er hätte nicht herkommen dürfen. Mit mehr als dreißig Jahren Bekanntschaft auf dem Buckel sollte man als Polizist Abstand halten, damit man nicht selbst in die Bredouille geriet. Dass Rita die Ohren spitzte, musste er nicht sehen, er wusste es. Wie mochte sich das für sie anhören?

»Wahrscheinlich ist Mutti nicht alleine nach Bedburg gefahren«, setzte Martin neu an. »Sie könnte beim Aldi und ein Helfershelfer beim Einkaufszentrum in Position gegangen sein oder umgekehrt. Sie brauchte doch nur einen, der bereit war, Mel für ein paar Minuten abzulenken, damit sie sich Luca schnappen konnte. Und wenn es Zufall war, brauchte sie nicht mal einen Helfer. Ich meine, wenn sie Mel zufällig auf dem Schlossparkplatz gesehen hat und ihr zum Drogeriemarkt gefolgt ist, musste sie nur die ältere Frau bitten, Max abzulenken, und anschließend Velbeckers fragen, ob die ihr einen Gefallen tun. Lin Velbecker grinste so komisch, als sie behauptete, Mutti wäre um zehn aufgebrochen. Wahrscheinlich war es später ...«

Klinkhammer flirrte der schmutzig graue Kombi neben Gabis Zaun vor Augen. Er dachte an den grauen Nissan Kombi der Zeugin Böhmer, der Anni Erzig veranlasst hatte, noch einen Zahn zuzulegen. Wie sollte er da noch länger ausschließen, dass Martin auf der richtigen Spur war? Nur Gabis Motiv sah er nicht. Das würde er von Martin auch nicht erfahren, da war er inzwischen sicher. Was immer vorgefallen sein mochte, Martin war es offenbar zu peinlich, darüber zu reden.

»Frau Velbecker hat aber nicht gesehen, dass deine Mutter mit Luca weggefahren ist, oder?«, machte er den Ausführungen ein Ende.

»Meinst du, die hätte mir auf die Nase gebunden, dass sie mit Mutti in Bedburg war oder dass ihr Mann am Computer einen Erpresseranruf zusammengebastelt hat?«

»Na schön«, sagte Klinkhammer. »Vielleicht stecken die Nachbarn mit deiner Mutter unter einer Decke. Vielleicht ist sie mit deinem Sohn in die Berge gefahren. Aber solange wir das nicht mit Sicherheit wissen, suchen wir weiter nach Anni Erzig.«

Der Name rutschte ihm im Eifer des Gefechts heraus. Bis dahin hatte er nur von einer älteren Frau gesprochen. Und wegen Martins Überzeugung, mochte sie noch so schlüssig oder berechtigt sein, den Einsatz in Bedburg zu beenden und die Suche nach Anni Erzig einzustellen, kam überhaupt nicht infrage.

Anni Erzig musste einen triftigen Grund für ihre Flucht per Strickleiter durchs Schlafzimmerfenster gehabt haben. Hintenraus flohen Leute, denen beim Vordereingang Gefahr drohte oder die nicht sorgfältig genug überwacht wurden. Die Überwachung war auszuschließen, blieb die Gefahr beim Vordereingang. Klinkhammer dachte dabei an einen dunkelgrauen Kombi.

Der Verbindungsmann

Klinkhammer lieh sich noch einmal das Handy von Rita Voss. Während Rita sich im Wohnzimmer erneut darum bemühte, Mel zu beruhigen, verschwand Martin mit Max in der Küche, um dem Jungen endlich sein Abendbrot zu machen. Klinkhammer ging vor die Haustür, um ungestört zu telefonieren.

Zuerst probierte er es mit der Handynummer, die Reinhards Schwiegertochter ihm notiert hatte. Noch während er überlegte, wie er Gabi dazu bringen könnte, mit offenen Karten zu spielen, schaltete sich ihre Mailbox ein. Hätte er sich eigentlich denken können. Allzu lange konnte es noch nicht her sein, dass sie Martin weggedrückt und das Ding ausgeschaltet hatte.

Als Nächstes rief er seine Frau an. Wenn Martin nicht mit der Sprache rausrückte, warum Gabi – ob nun geplant oder als günstige Gelegenheit genutzt – ihren jüngsten Enkel entführt haben sollte, er hätte andere Möglichkeiten, glaubte er.

Ines begrüßte ihn mit den scherzhaft gemeinten Worten: »Traust du dich doch selbst? Ich dachte schon, jetzt lässt du deine Adjutantin anrufen. Brauchst gar nichts sagen. Dass es später wird, habe ich schon gemerkt.« Demnach war sie bereits zu Hause. Na ja, inzwischen war es fast halb acht.

»Hast du eine Ahnung, wo Gabi steckt?«, fragte er.

»Sie macht ein paar Tage Urlaub in Österreich oder der Schweiz, wo genau, weiß ich nicht.«

Das wusste offenbar niemand, dem Gabi von ihrem Trip erzählt hatte. Was wohl bedeutete, Gabi wollte am Urlaubsort nicht gestört werden. Aber wenn Ines davon wusste, konnte Gabi sich nicht erst gestern Abend entschlossen haben, in Urlaub zu fahren.

»Weißt du denn, bei oder mit wem?«, fragte er.

»Er heißt Sascha. Mehr als seinen Vornamen hat sie mir nicht verraten. Sie hat ihn bei Facebook kennengelernt. Er soll etliche Jahre jünger sein als sie, hat seine Frau und zwei kleine Töchter bei einem Unfall verloren. Gut betucht scheint er auch, ist stolzer Besitzer einer edel ausgestatteten Berghütte. Gabi hatte Fotos auf ihrem Handy, traumhafte Landschaft, schicke Hütte mit einem urigen Wohnbereich, offener Kamin, Sauna und Whirlpool, wie aus dem Reisekatalog. Ich bekam direkt Lust, sie zu begleiten. Wir könnten auch mal wieder in die Berge fahren, was meinst du?«

»Nicht abschweifen«, bat er. »Wann hat sie dir die Fotos gezeigt?«

»Anfang Dezember, auf den Tag genau weiß ich es nicht mehr, kann auch nicht nachsehen. Wir hatten keinen Termin. Gabi hatte Weihnachtseinkäufe in Köln gemacht und schaute auf einen Kaffee im Verlag vorbei. Sascha hatte sie für die Weihnachtstage und den Jahreswechsel eingeladen. Sie hätte auch schon früher anreisen können. Über Weihnachten wollte sie aber nicht wegfahren wegen der Kinder.«

»Sascha«, wiederholte Klinkhammer. »Auf Facebook kann ich mich Rumpelstilzchen nennen und behaupten, mir gehöre ein Schloss in Transsylvanien. Womöglich waren es Fotos aus einem Reisekatalog. Wieso erfahre ich jetzt erst von dieser Einladung?«

»Herrgott, Arno«, erwiderte Ines leicht gereizt. »Gabi ist erwachsen und der festen Überzeugung, dass ihr nichts passieren kann, solange Martin Schneider aus dem Jenseits seine schützende Hand über sie hält. Sollte er diese Hand eines Tages wegziehen, dann nur, weil er sie endlich an seiner Seite haben möchte, wogegen sie wahrscheinlich keine Einwände erheben würde. Wieso interessiert dich auf einmal wieder, was Gabi macht? In den letzten Jahren hatte ich das Gefühl …«

»Weil sie möglicherweise nicht allein unterwegs ist«, schnitt er ihr das Wort ab. »Und ich meine damit nicht, dass sie Urlaub mit einer Facebook-Bekanntschaft macht. Martin glaubt, sie hätte Luca mitgenommen.«

Anscheinend hatte Ines ihm nicht aufmerksam zugehört. Er meinte, Papier rascheln zu hören. Wenn sie allein zu Hause war, las oder lektorierte sie oft Manuskripte, wofür ihr im Verlag meist die Muße fehlte. »Da ist Mäxchen aber sicher enttäuscht«, sagte sie, um ein wenig verblüfft anzufügen: »Und Mel war einverstanden, dass sie …«

»Sie hat Mel nicht um Erlaubnis gefragt«, unterbrach Klinkhammer sie zum zweiten Mal. »Martin übrigens auch nicht. Gibt es bei uns keine Lautsprecherdurchsagen?« Sie wohnten in Paffendorf, so weit von Bedburg entfernt war das nicht.

»Was ist denn los?«, fragte Ines.

»Luca wurde entführt. Soweit wir bisher wissen höchstwahrscheinlich von einer geistig verwirrten älteren Frau. Hältst du es für möglich, dass Gabi diese Frau angeheuert hat?«

»Im Gegensatz zu dir halte ich bei Gabi nur äußerst selten etwas für unmöglich«, bekam er zur Antwort.

»Und welchen Grund könnte sie haben? Ein Baby zu entführen oder entführen zu lassen ist ein starkes Stück, auch wenn es der eigene Enkel ist. Dafür braucht es einen Auslöser.«

»Sicher«, stimmte Ines zu. »Aber ich habe keine Ahnung, was da Gravierendes vorgefallen sein könnte. Das Letzte, was ich in Sachen Mel von ihr gehört habe, war im September, als sie Mäxchen aus der Kita abholen musste.«

»Das ist vier Monate her«, stellte Klinkhammer fest. »Du hast danach doch noch öfter mit ihr gesprochen. Worüber denn?«

»Über den Roman, an dem sie seit Monaten arbeitet. Sie kam nicht richtig weiter damit. Kein Wunder bei allem, was sie in letzter Zeit um die Ohren hatte. Ich habe ihr nicht direkt dazu geraten, Saschas Einladung anzunehmen, aber den Urlaub habe ich ihr wärmstens empfohlen.«

Genauso klug wie zuvor ging Klinkhammer zurück ins Haus. Max saß mit Martin und Rita am Esstisch und verzehrte in Zeitlupe mundgerecht zerteilte Stücke Leberwurstbrot. Seine Lider klappten immer wieder nach unten, das Köpfchen sackte gleich mit ab. Es wäre bestimmt gnädiger gewesen, den müden kleinen Mann ohne Abendbrot ins Bett zu bringen, fand Klinkhammer.

Rita erzählte Martin in gedämpftem Ton von ihrer Mutter, die ein großer Fan seiner Mutter sei und ihr immer wieder nahelege, doch mal einen der Romane zu lesen. Aber Krimi hätte sie jeden Tag im Job, damit müsste sie sich nicht auch noch nach Feierabend beschäftigen. Klinkhammer bezweifelte, dass Martin ihr zuhörte. Er saß mit Blick in den Flur und fixierte das Telefon.

Mel saß noch auf der Couch und telefonierte mit ihrem Bruder. Klinkhammer hörte sie berichten, Gabi sei in Urlaub gefahren, und die Polizei wolle noch mal mit einem Hund nach der verrückten Frau suchen. Dann schluchzte sie: »Ich halte das nicht mehr lange aus, Joris.«

So verständlich es war, dass Mel ihren Bruder informierte und Trost oder Zuspruch bei ihm suchte, weil Martin augenscheinlich auf Distanz zu ihr gegangen war, das Handy an ihrem Ohr störte Klinkhammer, weil er dabei automatisch den Drogeriemarkt vor Augen hatte und sie mit Max an der Hand und Handy am Ohr den Laden betreten sah.

Keine Hand frei für den Kinderwagen, dachte er und spürte Zorn aufsteigen. Damit es nicht auffiel, wandte er sich zuerst an Martin: »Reden wir noch mal über den Erpresseranruf.« Dann hob er mit Blick zur Couch die Stimme um fünf bis zehn Dezibel: »Das gilt auch für Sie, Frau Martell. Sie haben den ersten Anruf entgegengenommen.«

Rita Voss atmete auf wie von einer Last befreit. Der Chef übernahm, obwohl er offenbar bis zum Hals drinsteckte und es üble Folgen für ihn haben konnte, wenn Luca bei Momi war. Nicht dass es dann später hieß, Klinkhammer habe versucht, von der Großmutter abzulenken. Aber sie musste ja niemandem erzählen, was Martin eben von sich gegeben hatte, bestimmt nicht, wenn Klinkhammer jetzt mehr erreichte als sie.

Ihr war es in der letzten Stunde zunehmend schwerer gefallen, Mel einzuschätzen. Nachdem Martin mit Max aus dem Haus gestürmt war, hatte sie den Eindruck gewonnen, als brauche Mel keinen Trost mehr. Das hatte sich nach Klinkhammers Erscheinen und Scholls Anruf zwar wieder geändert, aber Mel war anders als am Nachmittag. Klinkhammers Auftauchen hatte sie verunsichert, Scholls Anruf, vielmehr Klinkhammers Erklärung dazu, hatte sie zweifellos verängstigt. Und jetzt machte sie trotz ihrer Angst und der Verzweiflung einen eher wütenden Eindruck.

Klinkhammers laute Ansprache und der schärfere Ton zeigten umgehend Wirkung. Mel verwandelte sich zurück in die ratlose, schuldbewusste, ängstliche junge Mutter, die Rita Voss im Drogeriemarkt angetroffen hatte. Sie verstummte kurz, nickte und erklärte ins Handy: »Ich melde mich später noch mal.« Dann erhob sie sich und kam zum Tisch.

»Haben Sie die Stimme erkannt?«, fragte Klinkhammer.
Mel geriet ins Stammeln. »Ja, nein, eigentlich nicht. Ich dachte, es wäre einer aus dem Sportverein. Außer denen ruft ja keiner mehr auf dem Festnetz an. Das sind unhöfliche Kerle, die nennen nie ihren Namen, fragen immer nur nach Martin, wenn ich rangehe. Aber so oft rede ich nicht mit denen, dass ich ihre Stimmen unterscheiden kann. Ich weiß ja nicht mal, wie die alle heißen.«
»Was hat er gesagt?«
Mel rieb sich mit den Fingerspitzen über die Stirn, als streichle sie ihr Erinnerungsvermögen. Vielleicht hatte sie Kopfschmerzen vom langen Weinen. »Nur dass er Martin sprechen muss und dass es wichtig ist – oder dringend.«
»Er hat nach Martin gefragt, nicht nach Ihrem Mann?«, hakte Klinkhammer nach.
Mel nickte.
»Sie haben ihn geduzt«, mischte Rita Voss sich ein.
»Ja«, stimmte Mel zu. »Die duzen mich auch immer.«
»Demnach war es eine normal klingende Männerstimme«, fasste Klinkhammer zusammen. »Sie klang weder verzerrt noch sonst wie verfremdet.«
Mel nickte eifrig. »Ganz normal. Sonst hätte ich doch sofort gemerkt, dass etwas nicht stimmt.«
»War es ein junger oder ein älterer Mann?«
»Jünger, glaube ich. Die vom Sportverein sind alle in Martins Alter – also die, die hier anrufen.«
Gabis Facebook-Bekanntschaft sollte jünger sein als sie. Das bewies natürlich überhaupt nichts. Aber ein Entführer mit kriminellem Hintergrund hätte wohl sofort eine technische Spielerei zum Einsatz gebracht und nicht nach Martin gefragt, sondern seine Forderung gestellt, meinte Klinkhammer. Vielleicht war es beim ersten Anruf tatsächlich jemand vom Sportverein gewesen. Das ließ sich in Erfahrung bringen. Klinkhammer wandte sich wieder an Martin. »Jetzt du, den genauen Wortlaut.«

Martin musste nicht nachdenken, vermutlich würde er den Wortlaut bis an sein Lebensende nicht vergessen. Doch ehe er den wiedergab, erklärte er: »Der Typ wollte in einer Stunde wieder anrufen. Die Zeit ist längst um. Meinst du nicht auch, dass das für Mutti spricht?«

»Nicht unbedingt«, sagte Klinkhammer. »Der Typ kann sich Zeit lassen. Euch gehen die Nerven durch, nicht ihm.«

Martin nickte mechanisch. Dann gab er wieder, was er gehört hatte, einschließlich der Bulette und der abgeschnittenen Finger. Als er zum Ende kam, strich Klinkhammer sich nachdenklich übers Kinn und schaute Rita Voss an. »Hast du Jochen oder Thomas über die Anrufe informiert?«

»Wann denn?«, fragte sie ihrerseits. »Von einer Lösegeldforderung habe ich eben erst erfahren. Danach bist du mit meinem Handy raus.«

»Wir können es uns nicht leisten, das als einen üblen Scherz abzutun«, entschied Klinkhammer. »Und bei einer Überweisung ins Ausland sind wir machtlos. Ehe wir uns umsehen, ist das Geld schon woanders.« Sein nächster Satz ging an Martin: »Ich sorge dafür, dass dein Festnetzanschluss überwacht wird.«

»Übernehmen das deine Leute?«, fragte Martin.

»Nein. Entführung und räuberische Erpressung sind Kapitaldelikte, dafür ist die Kriminalhauptstelle Köln zuständig. Meine Leute tun seit sechs Stunden alles, was in ihrer Macht steht, und haben bis jetzt nichts erreicht. Höchste Zeit, dass wir die Kölner einschalten. Sie haben andere Möglichkeiten als wir, und ...«

»Bitte nicht, Arno«, unterbrach Martin ihn. »Tu das nicht. Wenn du die Kölner auf den Plan rufst, und Luca passiert etwas ...« Das klang nicht mehr nach der festen Überzeugung, die er zuvor demonstriert hatte.

»Wenn deine Mutter den Jungen mit auf Reisen genommen hat, wird ihm nichts passieren«, schnitt Klinkhammer ihm seinerseits das Wort ab. »Dann gibt es nur für Gabi eine saftige Rechnung, wenn sie zurückkommt. So lange können wir aber nicht Däumchen drehen. Und wir haben nicht die Möglichkeiten, deine Mutter aufzuspüren. Es geht nicht ohne die Kölner, Martin. Wenn deine Mutter Luca nämlich nicht hat und ihm passiert etwas, weil wir die Kriminalhauptstelle nicht rechtzeitig informiert haben, meinst du, das würde ich mir jemals verzeihen?«

»Dann lass uns doch erst mal herausfinden, ob Mutti ihn hat«, bat Martin eindringlich. »Das dauert bestimmt nicht lange. Vielleicht finden deine Leute genau deshalb keine Spur. Du weißt doch, dass Mutti es draufhat. Wenn Velbecker ihr geholfen hat, und du machst ihm ein bisschen Druck, den kochst du doch weich, Arno.« Er musste ziemlich fertig sein, wenn er sein Glück mit einem billigen Kompliment versuchte. Deutlicher hätte er gar nicht zum Ausdruck bringen können, dass er sich zuvor nur etwas zurechtgestrickt hatte. Andererseits hatte sein Hinweis auf Gabis Kenntnisse in Sachen polizeilicher Ermittlungen einiges für sich.

»Und wenn Velbecker Mutti nicht geholfen hat«, sprach Martin hastig und beschwörend weiter, »kann er vielleicht in Erfahrung bringen, welcher Typ sie eingeladen hat und wo sie jetzt sein könnte. Wenn das über Facebook gelaufen ist, dann garantiert über PN. Velbecker hat ihr die Accounts eingerichtet, er hatte Admin-Rechte, vielleicht hat er die immer noch.«

Seit Klinkhammer sie von der Couch geholt hatte, stand Mel neben dem Esstisch wie an den Fußboden genagelt. Jetzt nickte sie hektisch. »Das ist eine gute Idee. Reden Sie mit den Nachbarn, Herr Klinkhammer. Bitte, die wissen bestimmt mehr, als sie Martin sagen wollten. Und nach sechs Stunden kommt es doch auf dreißig Minuten nicht an, oder?«

Da befand sie sich im Irrtum. Wenn der Erpresser sich in den nächsten Minuten meldete – auf einem nicht überwachten Anschluss –, ohne Leute in Startposition, die ihm eventuell auf die Spur kommen konnten ...

Die *Bulette* ließ Klinkhammer annehmen, dass das Haus möglicherweise beobachtet wurde. Deshalb schien ihm das Risiko zu hoch, jetzt jemanden anzufordern, der Martins Festnetzanschluss für eine Überwachung präparierte. Aber er hatte eine Möglichkeit, die sonst keiner nutzen konnte. Vitamin B. Dafür brauchte er nur noch mal Ritas Handy.

Die Freundin seiner Frau war als Oberstaatsanwältin am Oberlandesgericht Köln tätig. Seine Freundin war Carmen Rohdecker auch, mal mehr, mal weniger, das hing von ihrer Tagesform ab. Wenn sie gut drauf war, konnte er sie um so ziemlich jeden Gefallen bitten, musste sich dafür nur am nächsten Sonntag mit einem Filetsteak vom Grill revanchieren.

Diesmal erwischte er sie offenbar in bester Laune. Vermutlich war sie wieder als Siegerin aus einem ihrer Kämpfe mit der Kölner Kuscheljustiz hervorgegangen. »Was kann ich für dich tun, Arno?«

Tun konnte sie einiges. Zum Beispiel an einem Freitagabend kurz vor acht einen unerfahrenen Untersuchungsrichter im Bereitschaftsdienst davon überzeugen, dass ein bestimmter Telefonanschluss und zwei Handys überwacht werden mussten. Er erklärte ihr die Sachlage, ohne das Wort »Entführung« in den Mund zu nehmen. Stattdessen erzählte er ihr von der harmlosen, verwirrten älteren Frau, der seine Leute dicht auf den Fersen waren, und von einem Trittbrettfahrer, der Kapital aus der Sache schlagen wollte, schon zweimal auf dem Festnetz angerufen hatte und es möglicherweise als Nächstes auf den Handys der Eltern probieren würde. Die IBAN konnte er auch per SMS schicken.

»Die Nummer wird nicht übertragen«, sagte er. »Wenn ich wüsste, wer dahintersteckt, würde ich ihm auf die Pelle rücken und der Sache ein Ende machen.«

»Das kostet dich zwei Filetsteaks«, sagte sie.

»Eine meiner leichtesten Übungen«, erklärte er.

»Für den Festnetzanschluss. Für die Handys zusätzlich eine hausgemachte Béarnaise und einen Caesar Salad«, erweiterte sie ihre Forderung. Carmen Rohdecker aß gerne mal experimentell, aber nur um darüber zu lästern. Rustikale Küche war ihr lieber, für ein gutes Stück Fleisch und einen anständigen Salat ließ sie alles andere stehen.

Damit war das erledigt. Auf die Weise bekam er zwar keinen Mitschnitt vom Gespräch und müsste auf die Analyse von Hintergrundgeräuschen verzichten, aber mit einer Nummer wäre er schon ein großes Stück weiter. Und falls Gabi das Ganze initiiert hatte und hinter den Anrufen steckte, hätte es für sie keine gravierenden Konsequenzen.

Es konnte kein Mensch aus seiner Haut, Klinkhammer war nicht die große Ausnahme. Gabi war ohne Frage ein Biest, doch für ihn blieb sie ein Opfer, eine Hinterbliebene, der man den Lebensinhalt genommen und den Boden unter den Füßen weggezogen hatte.

Der Nachbar

Nach einem langen Blick auf den schmutzig grauen Kombi in der Einfahrt drückte Klinkhammer sechs Minuten später bei Velbeckers auf den Klingelknopf und beschloss, nicht als Erstes zu fragen, ob der Kombi heute in Bedburg unterwegs gewesen sei, wenn ja, um welche Zeit und wer ihn gefahren habe. Diesmal kam Jan Velbecker an die Tür. Klinkhammer stellte sich mit Namen vor, wollte sein Anliegen erläutern, kam jedoch nicht dazu. Velbecker grinste. Obwohl der Mann ihn nicht kannte, schien er genau zu wissen, wen er vor sich hatte.

»Wenn der Knabe gleich die Kavallerie mobilisiert, muss es ihm ja mächtig pressieren«, sagte er.

Klinkhammer ging davon aus, mit dem Knaben sei Martin gemeint. »Das tut es in der Tat«, antwortete er.

»Ist ihm wieder einer ins Auto gebrettert, oder hat er es diesmal selbst geschrottet?«, wollte Velbecker wissen. Er hatte von seiner Frau gehört, dass Martin zuvor im Honda vorgefahren war.

»Weder noch.« Klinkhammer entschloss sich zur Offenheit. Wenn Velbecker für Gabi eine verzerrte Stimme produziert hatte, erzählte er ihm nichts Neues. Wenn nicht, würde er bald aus den Medien erfahren, was passiert war. »Sein jüngster Sohn wurde heute Mittag vor dem Drogeriemarkt in Bedburg entführt. Martin vermutet, seine Mutter hätte das veranlasst. Ich würde das gerne glauben, dann wäre ich beruhigt, und meine Leute könnten ins wohlverdiente Wochenende starten. Aber ich brauche einen Beweis, dass der Kleine bei Gabi ist.«

Während dieser Erklärung hatte Velbecker die Stirn gerunzelt. Klinkhammer war nicht völlig sicher, ob er das als Zeichen von Ahnungslosigkeit und Erstaunen werten sollte, und sprach weiter: »Ich höre von allen, Gabi sei am Vormittag in die Berge gefahren. Wenn ich eine Adresse hätte, könnte ich ihr folgen und mich überzeugen, dass es beiden gut geht.«

Der morgen früh anlaufenden Großaktion gegen Einbrecherbanden zum Trotz meinte er das durchaus ernst. Er musste morgen weder Rastplätze abklappern noch Vernehmungen führen, wenn es zu Festnahmen kommen sollte. Er musste nicht mal in der Nähe sein.

»Wir haben Gabis Urlaubsadresse nicht«, bedauerte Velbecker. »Uns hat sie auch nur was von Bergen erzählt und meiner Frau Fotos einer idyllisch gelegenen Hütte gezeigt.«

»Meine Frau sprach von einer Einladung durch eine Facebook-Bekanntschaft, wusste aber nichts Genaues«, sagte Klinkhammer. »Martin meinte, Sie hätten Admin-Rechte.«

»Verstehe.« Velbecker nickte. »Und jetzt soll ich nachsehen, wer Gabi eingeladen haben könnte und wohin. Das kann ich bei mir machen. Steht denn fest, dass die Einladung über Facebook erfolgt ist? Das könnte ja auch telefonisch passiert sein.«

»Fest steht momentan gar nichts«, gestand Klinkhammer.

»Ich kann Gabis Handy orten«, bot Velbecker an. »Dafür müsste ich allerdings an ihren Computer.«

Der Mann war besser, als Klinkhammer zu träumen gewagt hätte. Und das auf der Basis von Nachbarschaftshilfe, sollte noch mal einer etwas gegen die private Schiene sagen. Über einen Untersuchungsrichter hätte es entschieden länger gedauert und eine ausführliche Begründung, nach Möglichkeit einen handfesten Verdacht gebraucht.

Aber leider ...«Sie hat ihr Handy ausgemacht, als Martin sie zu erreichen versuchte. Er hat ihr eine Nachricht hinterlassen. Ich hab's eben probiert, bin aber auch nicht durchgekommen.«
»Wann?«, fragte Velbecker.
Klinkhammer zuckte mit den Achseln. »Mein Versuch liegt etwa eine Viertelstunde zurück.«
»Dann warten wir noch eine Viertelstunde«, meinte Velbecker zuversichtlich. »Wie ich Gabi kenne, will sie wissen, was der Sohnemann von ihr wollte. Um das zu erfahren, lässt sie sich nicht stundenlang Zeit. Ich halte eine Handyortung für nützlicher als eine Recherche auf Facebook. Da kann ich auch gleich ein Bewegungsmuster der letzten zwölf Stunden anzeigen lassen, wenn Ihnen das hilft. Ich meine, wenn Sie gerne wüssten, wo Gabi sich zum Zeitpunkt der Entführung aufgehalten hat. Und wenn mir das GPS sagt, das Handy befindet sich in der Eigernordwand, glaube ich das. Bei einer Facebook-Bekanntschaft hätte ich Zweifel.«
»Ich ehrlich gesagt auch«, erwiderte Klinkhammer. »Deshalb mache ich mir nicht nur Sorgen um den Kleinen, sondern auch um Gabi. In einer Viertelstunde bin ich mit dem Schlüssel da.«
»Perfekt.« Velbecker grinste wieder. »Dann kann ich ja noch in Ruhe zu Ende essen.«

Gabis ältester Bruder war leicht benommen von dem Beruhigungsmittel, das seine Schwiegertochter ihm aufgenötigt hatte, obwohl er ohnehin ständig schlafen konnte wie ein Baby, das nur aufwachte, wenn es hungrig war. Aber Reinhard war aufnahmefähig und staunte nicht schlecht, als Klinkhammer zum zweiten Mal auftauchte.

Klinkhammer hatte in zweiter Reihe parken müssen, wollte sich nicht lange aufhalten und kam gleich zur Sache. »Sie können mir einen großen Gefallen tun«, sagte er, ehe er um Gabis Schlüssel bat. Reinhard war lange Jahre Vorsitzender des Fußballvereins gewesen, was identisch mit dem Sportverein war. Er hatte immer noch die richtigen Beziehungen und konnte unbürokratisch in Erfahrung bringen, ob um Viertel vor fünf am Nachmittag ein Vereinsmitglied auf Martins Festnetzanschluss angerufen hatte.

Reinhard fragte nicht mal nach dem Grund für diese Bitte. Vielleicht rechnete er nicht mit einer ehrlichen Antwort, versprach nur: »Wird sofort erledigt.« Weil sein eigenes Handy nicht mehr einsatzbereit war, schrieb Klinkhammer ihm Rita Voss' Nummer auf. Das erschien ihm sinnvoller, als Reinhard an Scholl oder Becker zu verweisen, die beide noch nichts von Erpressung wussten.

Reinhards Frau Hilde händigte Klinkhammer zwei Schlüssel aus, einen fürs Tor und einen für Gabis Haustür. Hilde hatte mitgehört und sagte zögernd: »Martina rief vor einer Weile an. Sie war ziemlich wütend. Martin soll behauptet haben, Gabi hätte den Kleinen entführt.«

»Das glaubt Martin«, erwiderte Klinkhammer.

»Und Sie glauben das nicht?«, fragte Hilde.

»Ich weiß nicht, was ich glauben soll«, sagte Klinkhammer. »Es ist eine Möglichkeit, die wir nicht ausschließen können. Aber es gibt noch andere Möglichkeiten, um die meine Leute sich kümmern. Ich versuche jetzt erst mal herauszufinden, wohin Gabi gefahren ist und mit wem sie sich treffen wollte.«

Hilde nickte mechanisch und schaute an ihm vorbei auf einen unbestimmten Punkt an der Wand. »Olaf weiß es nicht. Ich hab ihn angerufen. Er war geschockt wie wir alle. Aber deswegen muss er nicht zurückkommen, nicht wahr. Der Junge hat sich ein freies Wochenende verdient. Hier könnte er ja gar nichts tun.«

»Nein«, stimmte Klinkhammer zu und versicherte noch einmal: »Meine Leute tun, was sie können. Und ich bin auch nicht untätig.«

Fünf Minuten später hielt er zum dritten Mal vor Gabis Grundstück. Bei Velbeckers klingeln musste er nicht noch einmal. Gabis Nachbar trat aus seiner Haustür, als Klinkhammer ausstieg.

»Dann wollen wir mal«, sagte Jan Velbecker.

Klinkhammer war seit Jahren nicht mehr in dem Haus gewesen und traute seinen Augen nicht. Der Flur war weiß gestrichen, die Zimmertüren weiß lackiert, die Treppe ebenso, die Fußböden anthrazitfarben gefliest – ein toller Kontrast, fand er. Schon der Eingangsbereich wirkte hell und edel, nicht mehr so düster und erinnerungslastig wie nach Gabis Einzug vor mehr als sechzehn Jahren. Die Tür zum Wohnzimmer stand offen, auch hier waren die Wände weiß, die Einrichtung neu und zeitgemäß.

Vor Fenster und Terrassentür waren die Rollläden unten. Aber aus dem Flur fiel genug Licht ein, um das schwarz lackierte Tablett mit Kerzen, Ziersteinen und Seidenblumen auf dem weißen Couchtisch zu erkennen. Dasselbe Arrangement wie in Martins Wohnzimmer. Er fragte sich, wer hier wen kopiert hatte. Dass Gabi Geschick für so etwas hatte, glaubte er nicht, konnte sich nicht einmal vorstellen, dass sie sich etwas aus solchem Zierkram machte. Demnach handelte es sich bei dem Tablett wohl eher um ein Geschenk von der Schwiegertochter. Vielleicht hatte Gabi das Gegenstück in Martins Haus mal gelobt und Mel ihr eine Freude machen wollen.

Velbecker stieg vor ihm die Treppe hinauf und wandte sich oben dem Zimmer zu, das Klinkhammer als Martins Jugendzimmer in Erinnerung hatte. Gabi hatte es zum Arbeitszimmer umfunktioniert. Ausgestattet mit Schreibtisch, zwei Büroschränken, einer Regalwand voller Bücher und einem gepolsterten Drehstuhl, konnte man in dem Raum auch nicht mehr tun als arbeiten, telefonieren, aus dem Fenster Velbeckers Haus anschauen oder die Fotos der drei Enkel über dem Schreibtisch betrachten.

Velbecker setzte sich. Klinkhammer blieb notgedrungen stehen. Er war fest entschlossen, Gabis Nachbar auf die Finger zu sehen, falls auf Gabis Computer die Sprachbotschaft eines Erpressers gespeichert sein sollte, die Velbecker schnell verschwinden lassen wollte. Aber dann konnte er den Blick nicht von den

Fotos in schlichten Rahmen lassen. Julchen mit Zahnlücke. Mäxchen mit seinem offenen Lächeln. Und der neugeborene Luca schlafend im Arm seiner Mutter, von dem man nur ein Stuckchen Haut sah.

Während der Computer sein Programm lud, fragte Velbecker: »Wollen Sie Gabi wirklich hinterherfahren, wenn wir eine Adresse finden?«

»Muss ich«, sagte Klinkhammer. »Auf eine telefonische Auskunft kann ich mich nicht verlassen. Wenn der Kleine bei ihr ist, müsste sie es nur leugnen, dann wäre ich so klug wie vorher.«

»Und was machen Sie, wenn Gabi die klare Bergluft in Gesellschaft ihrer Facebook-Bekanntschaft genießt?«

»Dann schaue ich mir die Bekanntschaft näher an, wasche Gabi gründlich den Kopf und bringe den Kleinen wieder mit zurück. Vorausgesetzt, sie hat ihn. Was mir aber nicht sehr wahrscheinlich vorkommt, wenn sie tatsächlich mit einem Mann in den Bergen ist.«

Velbecker schmunzelte und bearbeitete die Tastatur. In seiner Stimme schwang Genugtuung. »Könnte sich natürlich um einen Komplizen handeln. Wundern würde mich das nicht. Der Herr Sohn hat es nicht mal an Weihnachten für nötig befunden, mit den Kindern vorbeizukommen. Er hätte sich ja nicht lange aufhalten müssen, eine halbe Stunde hätte gereicht und seinen guten Willen gezeigt. Martina, ihr Mann und die Kleine waren am ersten Feiertag hier. Gabi hatte auch Geschenke für Martins Jungs gekauft, die liegen im Keller. Eine Schande ist das.«

Die Schande bezog sich kaum auf die Geschenke im Keller. Klinkhammer fragte sich, ob Ines nicht wusste, wie Gabi die Weihnachtstage verbracht oder warum sie es ihm verschwiegen hatte. Gabis Facebook-Bekanntschaft hatte sie ja auch mit keinem Wort erwähnt, ihm noch nicht mal von weißen Wänden, neuen Fußböden und modernen Möbeln erzählt. Dabei hätte er sich gefreut zu hören, dass Gabi ihr Haus völlig umgestaltet hatte, dass sie ihr Leben umkrempelte – oder endlich anfing zu leben.

»Komisch«, sagte er. »Ich hatte früher immer den Eindruck, dass Martin für seine Mutter durchs Feuer geht.«

»So kann man sich täuschen«, kommentierte Velbecker. »Ich hatte früher den Eindruck, dass er sie mit seinem Elvis-Getue verarscht. Aber er war ja nicht mehr lange hier, nachdem wir nebenan eingezogen waren. Danach haben wir ihn jahrelang nicht mehr zu Gesicht bekommen, höchstens sein Auto gesehen, wenn er sein Weihnachtsgeschenk abholte. Dass er eine Mutter hat, ist ihm offenbar erst wieder eingefallen, als die Familiengründung anstand. Fragen Sie ihn doch bei Gelegenheit mal, wer sein Haus und den neuen BMW bezahlt hat. Vorher war's ein Ford Mondeo. Da ist ihm letztes Frühjahr einer reingefahren, der Zeitwert reichte wohl nicht mehr für einen repräsentativen neuen, Gabi hat aufgestockt. Und nicht zu vergessen den ganzen Kram, den sie zwei Jahre lang für die junge Familie eingekauft hat. Jedes Wochenende waren die hier, haben sich verköstigen lassen und anschließend das Auto vollgeladen. Als der Kleine dazukam, war Sense.«

»Warum?«, fragte Klinkhammer verständnislos.

Velbecker hob die Achseln, löste auch noch die Finger von der Tastatur, um die Hände zu einem »keine Ahnung« auszubreiten. »Knatsch mit der Schwiegertochter. Fragen Sie mich nicht nach dem Grund. Ich bin für die Technik zuständig, die Tränen trocknet meine Frau. Zu ihr hat Gabi mal gesagt, ein normaler Mensch könnte das nicht nachvollziehen.«

Demnach hielt Gabi Frau Velbecker für einen normalen Menschen. Wenn sie das auf sich bezogen hätte, hätte Klinkhammer ihr energisch widersprochen.

»Wenn sie Martins Frau mit ihrem losen Mundwerk mal auf die Füße getreten sein sollte«, fuhr Velbecker fort, »da macht man eine Faust in der Tasche und rechnet aus, wie lange man arbeiten müsste, um eine Hypothek und Autokredite abzustottern. Aber man macht nicht gleich sämtliche Schotten dicht. Mehr als Gabi für die beiden getan hat, hätte kein Mensch tun können. Martin war danach noch ein paarmal hier, hat den

BMW vorgeführt und die Einkäufe eingeladen. Es hat eine Weile gedauert, bis Gabi begriff, dass sie nur noch die Kuh war, die gemolken wurde.«

Während Velbecker sprach, wurde Klinkhammer bewusst, dass Ines erst im letzten Jahr einige von Gabis Schimpfkanonaden wiedergegeben hatte. Der Vortrag über die Schlampe Mel war drei Monate nach Lucas Geburt gehalten worden, bis dahin war für Gabi offenbar alles in Ordnung gewesen.

»Sie trauen Gabi diese Entführung wirklich zu«, stellte er fest.

»Sie doch auch«, konterte Velbecker mit diesem Grinsen, das Klinkhammer einerseits sympathisch fand, das ihn andererseits zur Vorsicht mahnte. Es hatte etwas Wissendes und signalisierte Überlegenheit. Am Computer hatte Velbecker die wohl auch.

Gabis Handy war aus. »Verstehe ich nicht«, sagte Velbecker in einem Ton, der deutlicher als jedes Wort zum Ausdruck brachte, dass ihm dabei nicht wohl in seiner Haut war. »Ich hätte gewettet, dass sie die Mailbox längst abgehört hat.«

»Vielleicht hat sie und das Ding danach wieder ausgeschaltet«, mutmaßte Klinkhammer. Nach dem, was er gerade gehört hatte, schien ihm das nur zu verständlich. Wozu hätte Gabi ihren Sohn zurückrufen sollen, wenn sie mit Luca in den Bergen war? Und wenn sie nur mit einer Facebook-Bekanntschaft Urlaub machte, glaubte sie vielleicht nicht, dass ihr jüngster Enkel sich in den Händen eines Kidnappers befand. Klinkhammer ging selbstverständlich davon aus, Martin hätte das gesagt, als er seiner Mutter auf die Mailbox sprach.

»Haben Sie irgendeinen Anhaltspunkt, was den Typen angeht, der Gabi eingeladen haben soll?«, wollte Velbecker wissen.

»Nur einen Vornamen. Sascha. Meine Frau meinte, die Einladung hätte Gabi Anfang Dezember bekommen.«

Velbecker rief die private Facebook-Seite auf und vertiefte sich kurz in den letzten Eintrag, den Klinkhammer bei Martin gelesen hatte. Als Gag wertete er den *Ripper* offenbar nicht. »Klingt so, als wäre ihr der Typ nicht ganz geheuer«, meinte er.

»Oder meine Frau hat mal wieder recht.«

»Inwiefern?«, fragte Klinkhammer.

»Lin meint, wenn es Gabi nicht gut geht, macht sie merkwürdige Scherze. Gut ging es ihr schon im Oktober nicht mehr. Da hat es einen Todesfall gegeben, der ihr schwer zu schaffen machte.«

So erfuhr Klinkhammer von dem Unfall mit Fahrerflucht, dem Alinas Großvater zum Opfer gefallen war. Nach dreieinhalb Jahren erinnerte er sich nicht mehr allzu deutlich an den alten Mann, mit dem Gabi sich bei Martins Hochzeit fast den gesamten Nachmittag angeregt unterhalten hatte. Er fragte sich, wie gut Gabi den Mann gekannt hatte. Wenn sein Tod ihr schwer zu schaffen machte, müsse es eine engere Beziehung gewesen sein, meinte er. Ob Ines nichts davon wusste? Oder hatte sie ihm das ebenso verschwiegen wie einiges andere? Warum?

Velbecker klickte in die Freundesliste und gab den Namen Sascha in die Suchmaske. Fehlanzeige.

»Wenn es im Dezember eine Einladung gegeben hat, muss in jüngster Zeit ein Austausch stattgefunden haben«, meinte er und rief den Messenger mit den persönlichen Nachrichten auf. Mit dem Hinweis, dass der Klarnamenpflicht zum Trotz immer noch viele ihr Profil nicht unter ihrem richtigen Namen betreiben, rollte er die Liste hinunter bis in den Oktober. Jede Zeile klickte er an, egal ob der Name weiblich, männlich oder nach Fantasie klang.

Das kleine Kästchen, das nach jedem Klick am unteren Bildschirmrand auftauchte, fand Klinkhammer unpraktisch. Er stand vorgebeugt, um über Velbeckers Schulter mitzulesen. Aber zu sehen war immer nur der Schluss einer Nachricht. Meist handelte es sich dabei auch noch um Gabis Antworten. Velbecker musste den Text hinaufscrollen, um festzustellen, worum es ging.

Nachdem er rund dreißigmal frustriert den Kopf geschüttelt hatte, sagte er: »Wie ich mir dachte, das ist Zeitverschwendung. Die Einladung ist wahrscheinlich per Mail oder Telefon erfolgt. Schauen wir noch mal auf der Autorenseite nach. Wenn wir da auch nicht fündig werden, nehmen wir uns die E-Mails vor. Sind ja keine Datenschützer in der Nähe.«

Der Frontmann

Am frühen Nachmittag war ein Golden Retriever vom Arbeiter-Samariter-Bund aus Brühl zum Einsatz gekommen. Für den zweiten Einsatz am Abend kam ein Hundeführer aus Düren mit einem Weimaraner. »Die sind zwar nicht zuständig, aber näher dran als wir und helfen bestimmt gerne aus, wo es um ein Baby geht«, hatte es in Brühl geheißen.

So war es auch. Es dauerte nach dem Anruf keine halbe Stunde, bis Mann und Hund die Treppe zu Anni Erzigs Wohnung hinaufstiegen, wo der Weimaraner reichlich Witterung aufnehmen konnte. Anschließend ging es über den Hof zur Parallelstraße. Thomas Scholl schloss sich an. Er hätte es nicht ausgehalten, erneut herumzusitzen und auf Meldungen zu warten, die ihn bei den Ermittlungen keinen Schritt weiterbrachten.

Die einzig einigermaßen positive Nachricht hatte vor zwanzig Minuten Jochen Becker durchgegeben. Ein Erwachsener hätte etwa sechzigtausend *Valium 5* schlucken müssen, um eine letale Wirkung zu erzielen. Mit Alkohol bräuchte es weniger Pillen, hatte Becker gesagt, und dass der Wirkstoff mit den Jahren langsam, aber sicher seine Wirkung einbüßte.

Wie viel Milligramm heute noch in einer Pille enthalten waren, deren Wirksamkeit vom Hersteller nur bis 1992 garantiert wurde, hatte Becker nicht in Erfahrung bringen können. Beim Hersteller hatte er niemanden mehr erreicht. Freitagabend, da waren Pressestellen und Büros in einem Pharmakonzern nicht mehr besetzt. Fest stand jedenfalls, eine oder zwei uralte *Valium 5* hätten einem neun Monate alten Baby nicht geschadet, vermutlich wäre das Kind davon nicht mal richtig müde geworden.

Ausgestattet mit zwei Handys und dem Funkgerät konnte man Scholl weiter auf dem Laufenden halten, falls sich noch irgendwo etwas von Bedeutung ergeben sollte, womit er nicht rechnete.

Wie nach den Angaben des Zeugen aus der Nachbarschaft zu erwarten war, zog es den Weimaraner von der Parallelstraße zur Unterführung. Dann ging es über die Kirdorfer Allee zur Kolpingstraße und zügig weiter zur Bahnstraße. Der Hund schien kein Problem zu haben, Anni Erzigs Spur zu folgen.

Scholl rechnete schon mit dem Schlimmsten: Endstation Bahnhof und ab morgen landesweite Fahndung nach einer Frau, von der es kein aktuelles Foto gab. Aber beim Kreisel zog der Weimaraner auf die K37n hinüber, machte einen Abstecher zum Einkaufszentrum, wo er sie im Zickzack über den Parkplatz führte. Dann ging es zurück auf die Kreisstraße und weiter zum Schlossparkplatz.

Nach der Erleichterung, die er beim Kreisel empfunden hatte, spürte Thomas Scholl die Enttäuschung erneut in Wellen durch den Brustkorb schwappen. Nach seinem Kenntnisstand folgten sie nun der Strecke, die Anni Erzig unmittelbar nach der Entführung genommen hatte. Im Geist sah er sich schon vor der Nische mit den Fahrradständern an der Sparkasse stehen. Doch der Weimaraner bog nicht nach links in den Durchgang zur Lindenstraße. Es ging in den Schlosspark. Schließlich machte der Hund bei einer steinernen Bank am Schlossweiher halt, schnüffelte am Boden und an der Bank herum, lief drei Schritte vor zum Weiher und wieder zurück, schnüffelte weiter.

»Was hat das zu bedeuten?«, fragte Scholl.

Bis dahin hatten sie keine vier Sätze gewechselt. Der Hundeführer war entweder ein schweigsamer Mensch, oder ihm war ebenso wie Scholl auf die Stimmbänder geschlagen, dass sie nach einem Baby suchten. Jetzt hob der Mann die Achseln, ließ sie wieder sinken, lobte den Weimaraner und gab ihm eine Belohnung.

»Tja«, sagte er dann. »Sieht so aus, als hätte die gesuchte Person sich hier länger aufgehalten. Vielleicht sitzt sie hier öfter.« Er schaute zum Schloss hinüber. »Ist ja ein schönes Fleckchen.«

»Aber jetzt sitzt sie nicht hier«, sagte Scholl mühsam beherrscht. »Können wir weiter? Oder ist hier Endstation? Das Problem hatten wir heute Nachmittag schon mal.«

»Nee«, versicherte der Hundeführer. »Wir haben kein Problem.« Er tätschelte dem Weimaraner den Kopf. »Na, komm, Tilo, weiter geht's. Such.«

Und der Hund suchte. Die Nase dicht am Boden führte er sie am Weiher vorbei zum Schloss, über den Vorplatz zur Lindenstraße, runter zur Bäckerei an der Graf-Salm-Straße, dort machte er kehrt. Dann ging es an Drogeriemarkt und Sparkasse vorbei wieder in den Durchgang, quer über den Schlossparkplatz, zurück auf die Lindenstraße, rauf zum Bahnübergang. Den überquerten sie, dahinter bog der Hund in die Adolf-Silverberg-Straße ein und führte sie auf dem Weg zurück nach Blerichen, auf dem Anni Erzig um die Mittagszeit in die Stadt gegangen war.

Die Engelsucherin – Die zweite Jahreshälfte 2017

Nach dem Auszug der Familie Rodriguez stand die Wohnung im Dachgeschoss drei Monate lang leer, was Roswita Werner nicht wunderte. Mehrfach erklärte sie Anni, dass preiswerter Wohnraum Mangelware sei, auch in Bedburg, aber die Räume seien in einem fürchterlich desolaten Zustand.

Unter dem Vorwand, etwas Passendes für eine Nichte zu suchen, hatte Roswita Werner die von der Eigentümergemeinschaft beauftragte Maklerin dazu gebracht, dass sie sich oben mal umschauen konnte. Anschließend erzählte sie Anni, sie hätte nicht gedacht, dass Diego und Elena einen solchen Schweinestall hinterlassen würden, ohne sich dafür zu schämen.

Die uralten PVC-Fußböden gewellt und zerkratzt, an zwei Stellen sogar angesengt. Die Wände mit Filzstiften bemalt, da hatten die Kinder sich wohl noch mal richtig ausgetobt. Die Dusche verschimmelt, wenigstens die hätte Elena sauber machen können, fand Roswita. Das Waschbecken hatte einen Sprung, der WC-Deckel fehlte. Herd und Spüle in der Küche hatten sie stehen lassen, es hing auch noch ein Schränkchen mit schiefer Tür an der Wand.

»Und stellen Sie sich vor, Frau Erzig«, sagte Roswita Werner. »Die Maklerin nennt das eine Einbauküche und behauptet, es fehle nur der Kühlschrank.«

Anni fand es nicht richtig, dass Roswita Werner unter Vorspiegelung falscher Tatsachen hinter Elena herschnüffelte und sie eine Schlampe nannte. Wann hätte Elena bei all ihrer Arbeit in der Bäckerei und mit dem Haus in Kirdorf denn noch die Wohnung unterm Dach herrichten und sauber machen sollen?

Roswita Werner war überzeugt, dass sie beide jetzt ihre Ruhe hätten. Kein Getrampel mehr die Treppe rauf und runter. Kein Geschrei mehr im Hof. Roswita spielte mit dem Gedanken, der Eigentümergemeinschaft vorzuschlagen, unterm Dach einen Trockenboden einzurichten.

»Dann wüsste man im Winter wenigstens, wohin mit der Wäsche«, sagte sie. »Das ist ja nicht schön, wenn immerzu ein Trockenständer im Wohnzimmer steht.«

Bei Anni stand kein Ständer im Wohnzimmer. Dafür wäre gar kein Platz gewesen. Sie hatte zwei Leinen über der Badewanne gespannt. Das reichte ihr für das bisschen Wäsche, das bei ihr anfiel. Und Roswitas Hoffnung erfüllte sich nicht.

Im November zog ein spindeldürrer junger Mann ins Dachgeschoss. Seine Habseligkeiten schaffte er in einem uralten Kleinwagen heran. Nur ein paar Kartons, eine Luftmatratze und einen Kleiderständer auf Rollen. Möbel besaß er offenbar nicht, jedenfalls sah Anni nicht, dass welche ins Haus getragen wurden. Aber eine Küche brauchte er auch nicht. Er war in einem Lokal in Bergheim beschäftigt, fuhr am frühen Abend zur Arbeit, kam nachts um zwei oder drei zurück und parkte seine alte Klapperkiste dann mit Vorliebe am Straßenrand vor Roswita Werners Schlafzimmer, weil er nicht in den Hof hineinfahren konnte.

So war Roswita Werner meist schon wach, ehe der Trampel hereinkam und die Treppe hinaufpolterte. Dass er nicht alleine im Haus lebte, kümmerte ihn nicht. Dagegen seien die Rodriguez-Kinder ja noch rücksichtsvolle Geschöpfe gewesen, sagte Roswita Werner schon in der zweiten Novemberwoche zu Anni.

»Ich hab mich bereits dreimal bei ihm beschwert und ihm nahegelegt, sich einen anderen Parkplatz zu suchen oder wenigstens das Türenknallen zu vermeiden und auf der Treppe aufzutreten, als hätte er rohe Eier unter den Sohlen. Aber was man dem sagt, geht zu einem Ohr rein und zum anderen wieder raus. Der grinst nur blöd.«

Anni wachte in den ersten beiden Novemberwochen nicht auf, wenn der neue Mitbewohner nachts heimkam. Sie schlief dann nämlich gar nicht mehr, ging früh zu Bett und stellte sich den Wecker auf zwei Uhr. Der Lärm, den der junge Mann machte, störte sie nicht. Dass sie bei ihren Fluchtübungen umdisponieren musste, weil er mitten in der Nacht heimkam, traf sie härter. Sie konnte die Strickleiter erst in den Hof hinunterlassen, wenn es über ihrem Kopf wieder still geworden war. Und selbst dann war es nicht sicher. Vielleicht lag er wach auf seiner Luftmatratze und hörte sie. Also wartete sie lieber noch eine halbe Stunde oder etwas länger.

Manchmal war es schon vier Uhr vorbei, ehe sie endlich aufbrechen konnte. Aber ohne die Kinder konnte sie nach ihrer Rückkehr ausschlafen oder sich tagsüber noch mal hinlegen, auch wenn Roswita Werner anschließend fragte: »Sind Sie krank, Frau Erzig? Man sieht Sie ja kaum noch.«

Anni fühlte sich gut. Und inzwischen beherrschte sie ihre Flucht so gut, dass sie sich auf eine Übung pro Woche beschränkte – zur Auffrischung.

Das letzte Mal stieg sie in der letzten Novemberwoche frühmorgens um zehn vor fünf die Strickleiter wieder hinauf in ihr Schlafzimmer. Und da saß der junge Mann aus dem Dachgeschoss auf ihrem Bett, rauchte eine Zigarette und grinste. Er hatte nicht schlafen können und Geräusche gehört, als Anni kurz vor vier ausgestiegen war. An Einbrecher hatte er gedacht. Und weil es hieß, die kämen immer hinten rein, hatte er im Hof nachgeschaut und die Strickleiter gesehen.

»Na so was«, sagte er und grinste weiter. »Ich sollte mir vielleicht auch so eine Leiter zulegen, dann müsste die Dicke von unten sich nicht jedes Mal aufregen, wenn ich nach Hause komme. Jetzt verraten Sie mir aber mal, was Sie mitten in der Nacht zum Fenster raus treibt. Haben Sie einen Geldautomaten gesprengt?«

Anni verriet ihm gar nichts. Der Schock, ausgelöst durch die unvermittelte Erkenntnis, wie viel Glück sie bisher gehabt hatte, verschlug ihr die Sprache. An seiner Stelle hätte auch Majas Vater sitzen können. Dabei ging sie nicht davon aus, dass der schreckliche Kerl von der Parallelstraße aus in den Hof gekommen wäre und die Strickleiter gesehen hätte. Er hätte vielleicht unbemerkt von Roswita Werner durch die Türen eindringen können, während sie unterwegs war. Dann hätte er das offene Fenster und die Leiter gesehen und sich denken können, dass sie zurückkäme.

Vor dem Berserker zu fliehen und stundenlang durch die Straßen zu laufen war also keine Lösung. Sie brauchte auch ein Ziel, einen Unterschlupf, in den sie sich eine Weile zurückziehen konnte. Die einzige Alternative wäre ein Umzug gewesen, der verbot sich jedoch aus finanziellen Gründen. Zwar besaß sie immer noch das Sparbuch, auf das sie nach dem Verkauf ihres Elternhauses den gesamten Erlös einbezahlt hatte, und da sie von dem angeblichen Medium nicht bis auf den letzten Cent ausgenommen worden war und weiterhin sparsam gelebt hatte, verfügte sie noch über eine erkleckliche Summe. Aber die brauchte sie auch. Wenn ihr Sohn bei armen Eltern wiedergeboren wurde, wer sollte ihm später eine gute Ausbildung ermöglichen, wenn nicht sie?

Eine so preiswerte Wohnung wie die ihre gab es in vertretbarer Nähe nicht noch einmal. Weiter wegziehen konnte sie nicht. Wer sollte sich um das Grab ihrer Lieben kümmern? Wer sollte zur Stelle sein, wenn ihr Sohn bei neuen Eltern das Licht der Welt erblickte und darauf wartete, sie wiederzusehen?

Er würde ebenfalls in der Nähe bleiben, da war sie sicher. Beim ersten Versuch war er Luftlinie keine achthundert Meter von ihr entfernt wiedergeboren. Da Majas Brüderchen bereits vor Monaten gestorben war, suchte ihr Sohn vielleicht nicht mehr nach einer weiteren Chance, sondern hatte sie inzwischen ergriffen.

Und deshalb musste sie weiterleben. Deshalb musste sie unbedingt verhindern, dass Majas Vater sie tötete. Wie sollte sie ihren Sohn sonst jemals wiederfinden und ihm beistehen, wenn er ihre Hilfe brauchte? Wenn er beim nächsten Mal wieder an ein Elternpaar geriet, bei dem er kein gutes Leben haben konnte, wer sollte ihm den Ausweg zeigen, wenn nicht sie, seine ursprüngliche Mutter?

Das – so meinte Anni – sei die wundervolle Aufgabe, von der ihr Mann vor langer Zeit gesprochen hatte. Die Aufgabe, die sie erkennen würde, wenn es so weit wäre. Dass diese Worte aus dem Mund einer Betrügerin gekommen waren ... Mit den Jahren hatte Anni so viele verschiedene Ansichten gehört und so viele eigene Vorstellungen entwickelt. In ihrem Kopf hatte sich das alles zu einem kunterbunten Wimmelbild vermischt, dessen Mittelpunkt ihr Sohn war. Und ihre Aufgabe war es, ihn wiederzufinden, sich zu überzeugen, dass es ihm gut ging, und ihm andernfalls zu einer weiteren Chance, zu einem neuen Anfang zu verhelfen. Weil das Leben doch ein immerwährender Kreislauf war und der Tod nur von kurzer Dauer.

Der Verbindungsmann

Nach der Runde mit dem Weimaraner probierte Thomas Scholl es zuerst bei Rita Voss, weil Klinkhammer ihn zuletzt mit deren Handy kontaktiert hatte. Bei der Gelegenheit erfuhr Scholl vom Erpresseranruf und dem Verdacht gegen die Großmutter. Um Klinkhammer an die Strippe zu bekommen, verwies Martin ihn auf das Haus seiner Mutter und gab die Nummer vom dortigen Festnetzanschluss durch.

Zu dem Zeitpunkt hatte Jan Velbecker die Nachrichten der letzten vier Monate auf Gabis Autorenseite überflogen, hier waren sie übersichtlicher und leichter zu lesen. Fündig geworden war er zweimal. Bei einem Sascha handelte es sich um einen jungen Mann, der seine Memoiren veröffentlichen wollte – mit zweiundzwanzig – und Gabi um Unterstützung oder Fürsprache bat. Sie hatte abgelehnt und es mit Zeitmangel begründet. Der zweite Sascha war weit in den siebzigern und bettlägerig. Er wollte sich für die Kurzweil bedanken, die Gabi ihm mit ihren Büchern bescherte. Da hatte sie geantwortet, dass solche Nachrichten ihr zeigten, für wen sie sich jeden Tag an den Schreibtisch setzte.

»Fehlanzeige«, sagte Velbecker, öffnete wie angekündigt Gabis E-Mail-Postfach und schloss es gleich wieder, weil die erste Mail, auf die sein Blick fiel, von ihrem Steuerberater kam. Damit wurde ihm offenbar klar, welch einen Vertrauensbruch er beging. Wie viel Steuern sie zahlen musste, ging schließlich nur Gabi und das Finanzamt etwas an. Velbecker entschloss sich, das Zeitfenster bei Facebook zu erweitern. Wenn er hier doch noch fündig werden sollte, konnte er später behaupten, er hätte Klinkhammers Ansinnen am eigenen Computer Folge geleistet.

Klinkhammer bezweifelte inzwischen stark, dass ein Sascha mit Berghütte existierte. Was Gabi Ines von dem Mann erzählt hatte, bewies nichts. Aber immerhin wusste er jetzt, warum Martin annahm, seine Mutter wäre mit Luca in Urlaub gefahren. Und wenn es nach Lucas Geburt zum Zerwürfnis gekommen war, hatte Gabi neun Monate Zeit für die Planung gehabt. Wären die gerahmten Kinderfotos über dem Schreibtisch nicht gewesen und die Vorstellung, wie Gabi zu Weihnachten auf Mäxchen, Martin und Luca, vielleicht sogar auf Mel gewartet hatte, hätte er aufgeatmet.

»Ich hab hier was«, sagte Velbecker in seine Gedanken hinein und zuckte ebenso zusammen wie er, weil just in dem Moment, als Klinkhammer sich vorbeugte, das Telefon auf dem Schreibtisch klingelte. »Huch«, sagte Velbecker verlegen wie ein Mensch, der auf frischer Tat bei etwas Verbotenem ertappt worden war. Er nahm den Handapparat ab, meldete sich mit: »Hallo«, und reichte gleich weiter: »Für Sie.«

Den grässlichen Verdacht, der sich ihm bei der steinernen Bank am Schlossweiher aufgedrängt hatte, mochte Thomas Scholl nicht sofort aussprechen. Er kam auch nicht dazu, die Pause und das Verhalten des Hundes im Schlosspark zu schildern und darauf hinzuweisen, dass sie als Nächstes wohl Taucher brauchten.

Als er den Zickzackkurs über den Parkplatz beim Einkaufszentrum an der Bahnstraße erwähnte, sagte Klinkhammer: »Vielleicht ist die Frau dort in ein Auto gestiegen, vielleicht hat sie auch nur den Jungen übergeben.«

»An wen?«, fragte Scholl merklich reserviert.

»An die Hexe«, sagte Klinkhammer in einem Ton, den Scholl nicht einzuordnen wusste. Wenn es Humor sein sollte, grenzte es an Sarkasmus. Aber es klang eher nach Niedergeschlagenheit.

Dass Velbecker aufmerksam zuhörte, auch wenn er sich den Anschein gab, FB-Nachrichten zu studieren, störte Klinkhammer. Aber mit dem Telefon den Raum verlassen und Gabis hilfsbereitem Nachbarn die Möglichkeit einräumen, doch noch etwas von der Festplatte zu löschen, was die Polizei nicht sehen sollte, war keine Alternative. »Es spricht einiges dafür, dass wir es mit einem Kindesentzug durch die Großmutter zu tun haben«, sagte er.

»Das sagte Rita schon, aber das kann nicht euer Ernst sein«, protestierte Scholl. »Es spricht alles für die Erzig.«

»Als Komplizin möglicherweise«, stimmte Klinkhammer zu. »Könnte sein, dass sie spontan angeheuert wurde, um Luca aus dem Kinderwagen zu nehmen. Ich gehe dem nach.«

»Übernimmst du jetzt doch?«, fragte Scholl.

»Nein, ich kümmere mich nach wie vor nur um die private Schiene. Die Großmutter hat jedenfalls ein handfestes Motiv.«

»Das hat die Erzig auch«, erklärte Scholl.

»Nicht für eine Erpressung«, widersprach Klinkhammer.

»Das könnte ein Trittbrettfahrer gewesen sein«, meinte Scholl. »Es stand genug Volk beim Drogeriemarkt herum. Wenn einer dabei war, der die Eltern kennt und weiß, was bei der Oma zu holen ist …« Das hatte er zuvor schon mit Rita Voss erörtert, und die hatte ihm zugestimmt mit dem Hinweis, der Gedanke sei ihr auch bereits gekommen.

Velbecker tippte etwas, eine neue Seite erschien. Klinkhammer sah eine Blockhütte an einem verschneiten Hang und in der linken unteren Ecke das Foto einer blonden jungen Frau.

»Also, wie geht's jetzt weiter?«, fragte Scholl.

»Mach Feierabend«, empfahl Klinkhammer. »Wahrscheinlich sitzt die Frau längst in einem Zug.«

»Sie war nicht am Bahnhof«, widersprach Scholl ungehalten.

»Dann hat Frau Lutz sie eben nach Horrem oder Köln gefahren«, sagte Klinkhammer. »Zwei Einsätze von Mantrailern haben nichts gebracht. Wir brechen in Bedburg ab. Ich wüsste nicht, was wir dort heute noch tun könnten.«

Wir! Scholl glaubte sich verhört zu haben. Bisher hatte Klinkhammer in Bedburg doch überhaupt nichts getan, sich dort nicht mal blicken lassen. »Wie gut, dass ich es weiß!«, fauchte er ins Telefon. »Ich will den Weimaraner noch mal auf das Kind ansetzen. Noch habe ich das Tier vor Ort.« Und noch leitete er die Ermittlungen in Bedburg. Jetzt wollte er auch beweisen, dass er die Lage besser beurteilte als Klinkhammer, der offenbar nicht über die private Schiene hinausdenken konnte.

So schnell ließ Scholl nicht von seiner Ansicht, obwohl er mit seinem ersten Verdacht gegen die Mutter danebengelegen hatte. Er mäßigte nur seinen Ton wieder. »Wenn du die Großmutter im Visier hast, mach dein Ding und lass mich meins machen. Dann machen wir nichts falsch. Ich bleibe an der Erzig dran. Ich will wenigstens wissen, ob sie den Jungen in ihre Wohnung gebracht hat oder nicht. Wenn sie ihn auf dem Parkplatz beim Einkaufszentrum an die Großmutter oder sonst wen übergeben hätte, welchen Grund hatte sie dann für ihre Flucht aus dem Fenster?«

Eine überaus interessante Frage. Die Antwort blieb Klinkhammer schuldig.

»Der Kinderwagen ist schon in Hürth«, sagte Scholl. »Ich brauche eine Geruchsprobe. Rita kann mir keine bringen. Sie muss im Haus bleiben, damit die Eltern sich nicht gegenseitig die Köpfe einschlagen. Es könnte auch noch ein Anruf kommen, auf den wir reagieren müssen. Aber du bist doch in der Nähe.«

Es wäre Klinkhammer entschieden lieber gewesen, Scholl hätte einen Streifenwagen zu Martins Haus geschickt. Er konnte Velbecker nicht allein mit Gabis Computer zurücklassen, wollte den Mann aber auch nicht verprellen. Ihm lag auf der Zunge zu sagen: *Das geht jetzt nicht.* Doch nach der interessanten Frage, die Scholl gerade gestellt hatte ...

»Bin schon unterwegs«, sagte er, gab Velbecker das Telefon zurück und bedauerte: »Tut mir leid, wir müssen hier abbrechen.«

Gabis Nachbar nickte verstehend. Er hatte zwischenzeitlich noch mal Gabis Postfach aufgerufen, sagte: »Sekunde noch«, und zog ein Schubfach am Schreibtisch auf, in dem ein Dutzend oder noch mehr USB-Sticks lagen. Binnen weniger Sekunden hatte er zwei Dateiordner auf einen Stick gezogen.

»Telefonrechnungen«, erklärte er. »Handy und Festnetz, mit Verbindungsnachweisen. Muss Gabi fürs Finanzamt einige Jahre lang aufheben. Fiel mir eben wieder ein.«

»Sie sind unbezahlbar«, sagte Klinkhammer beeindruckt. »Was hatten Sie denn eben noch?«

Velbecker kehrte zu Facebook und auf Gabis Autorenseite zurück und rief noch einmal die Nachrichten auf. Da er jetzt wusste, nach wem er suchte, ging es fix. Klinkhammer erkannte ein winziges Foto der blonden jungen Frau, die er zuvor auf der Seite mit der Blockhütte im Schnee gesehen hatte.

»Silvia Pleiß«, kommentierte Velbecker, obwohl der Name neben dem Foto stand und für Klinkhammer gut zu lesen war. »Das Profil muss nicht echt sein. Der letzte Post auf ihrer Seite ist drei Jahre alt. Vielleicht ist die Seite seitdem nicht mehr öffentlich, oder sie wurde gehackt. Mit Gabi befreundet ist Silvia Pleiß nicht. Sie haben sich nur auf der Autorenseite ausgetauscht. Die letzte Nachricht ist vom fünften Dezember.« Er rollte mit dem Stuhl zur Seite, damit Klinkhammer sich nicht noch einmal verbiegen musste. »Lesen Sie selbst.«

»Es ist ideal«, stand da. »Die Einsamkeit dort oben, die Stille ringsum. Vertrau mir. Es wird funktionieren. Was hast du denn zu verlieren? Wer nicht wagt, der nicht gewinnt. LG S.«

Liebe Grüße Silvia, interpretierte Klinkhammer die drei Buchstaben. Das dürfte die Einladung für die Weihnachtstage gewesen sein, von der Ines gesprochen hatte. Und mit dem Schlusssatz hatte Gabi ihren Abenteuer-Post begonnen. Fragte sich nur, warum sie bei Ines behauptet hatte, ein Sascha habe sie eingeladen.

Er nickte. »Schätze, das ist er – vielmehr sie.«

»Und offenbar hat sie Gabi im September einen Schlüssel überlassen«, sagte Velbecker, griff noch einmal nach der Maus und holte eine ältere Nachricht auf den Monitor.

»Der Plan ist super«, hatte Gabi geschrieben. »Schlüssel und Karte werde ich hüten wie meinen Augapfel. Noch mal danke für dein Angebot. Ob und wann ich Gebrauch davon mache, kann ich allerdings noch nicht sagen.«

»Schlüssel und Karte kamen entweder per Post«, sagte Velbecker, als Klinkhammer sich wieder aufrichtete, »oder die beiden haben sich irgendwo getroffen. Hier können wir lange suchen.«

»Welche Karte?«, fragte Klinkhammer. »Welcher Plan? Gabi fährt mit Navi. Und ihrem Neffen hat sie gestern Abend erzählt, sie wäre auf einem Rastplatz verabredet.«

»Vielleicht ein Lageplan von der Berghütte«, meinte Velbecker. »Ein Navi findet nicht jede Klitsche. Auf das, was Gabi erzählt hat, würde ich nicht viel geben.«

»Tu ich auch nicht«, sagte Klinkhammer. »Ein Lageplan für eine einsam gelegene Berghütte ist plausibel. Aber dann macht die Karte keinen Sinn. Eine Straßenkarte hätte Gabi nicht gebraucht und würde sie nicht hüten wie ihren Augapfel.«

Velbecker zuckte mit den Achseln und grinste wieder: »Dann ist vielleicht der Plan zur Entführung des Enkels gemeint, und auf der Karte sind die einsamen Bergpfade markiert, auf denen man zur Hütte kommt. Ich drucke Ihnen alles aus, das kann ich bei mir machen. Vielleicht findet sich in älteren Nachrichten eine Erklärung. Wir können es morgen früh auch noch mal mit der Handyortung probieren. Acht Uhr? Bis dahin hat sie das Teil bestimmt wieder in Betrieb genommen.«

»Einverstanden«, sagte Klinkhammer. »Und danke.«

Sascha

Vor sechs Jahren war Silvia Pleiß unter den ersten Fans gewesen, denen Gabis Autorenseite gefiel, die danach alles gelikt und vieles kommentiert hatten, was Gabi postete. Dass irgendwann keine Reaktionen mehr von ihr kamen, war Gabi zwar aufgefallen, aber so was passierte eben. Manchmal verloren die Leute das Interesse oder stellten ihre Aktivitäten auf Facebook ein. Vor drei Jahren, kurz bevor Max auf die Welt gekommen war, hatte sie dann eine andere Erklärung für Silvias Rückzug erhalten.

»Hallo, Frau Schneider«, schrieb Sascha, »meine Frau war ein großer Fan von Ihnen. Manchmal habe ich mich geärgert, wenn sie schon frühmorgens mit einem Buch von Ihnen am Tisch saß und völlig versunken war, statt den Kindern die Frühstücksdosen für Schule und Kita zu bestücken. Wenn Sie einen neuen Roman herausgebracht hatten, blieb unsere Küche regelmäßig kalt.«

Seinen Worten zufolge waren seine Frau und die beiden Töchter schon vor fast einem Jahr bei einem unverschuldeten Autounfall ums Leben gekommen. Silvia habe ihre Eltern besucht und sei auf dem Rückweg gewesen, schrieb er. Ein Raser habe sie bedrängt, dafür habe es Zeugen gegeben.

»Silvia wollte wohl die Spur frei machen und kollidierte mit einem Schwertransporter. Meine Frau und unsere älteste Tochter seien auf der Stelle tot gewesen, sagte man mir. Die Kleine hat noch zwei Tage auf der Intensivstation gekämpft, aber eine Chance hatte sie nicht, und dafür sollte ich wohl auch noch dankbar sein. Ein quicklebendiges Kind nach einem Unfall als komatösen Pflegefall in einem Heim unterzubringen, das wünscht sich kein Vater, bei aller Liebe nicht.«

Das war eine andere Variante der Grausamkeit. Es spielte doch keine Rolle, ob Menschen durch verantwortungslose Raser oder irregeleitete Schlitzer brutal aus dem Leben gerissen wurden. Andere Menschen gingen daran zugrunde.

Niemand, der es nicht persönlich erlebt hatte, wusste, wie es war, wenn man starb, obwohl das Herz weiterschlug, obwohl man noch essen und trinken, atmen und denken konnte. Niemand von all denen, die nicht selbst betroffen waren, hatte eine Vorstellung, wie es sich anfühlte, wenn im Innern etwas erlosch wie eine Kerzenflamme, der man den Sauerstoff entzog. Gabi wusste es. Und drei auf einen Schlag! Die komplette Familie verloren, das war heftig, mehr als ausreichend, um daran zu zerbrechen.

»Fast ein Jahr ist es nun schon her«, schrieb Sascha, »und ich kann immer noch nicht auf den Friedhof gehen. Wenn ich nur daran denke, wie sie da in der Erde liegen, möchte ich etwas zerschlagen, am liebsten den Kerl, der dafür verantwortlich ist. Letzte Woche habe ich mich endlich dazu aufgerafft, ihre Sachen auszuräumen. Die Bücher wollte ich bei eBay anbieten. In eins von Ihnen habe ich hineingeschaut, weil mich interessierte, was daran so faszinierend sein sollte, wie Silvia immer behauptete. Schon nach wenigen Seiten hatte ich mich festgelesen, obwohl die Geschichte so traurig ist. Seltsamerweise fühlte ich mich bei dieser Lektüre weniger allein. Das machte meine Trauer für kurze Zeit etwas erträglicher. Und das wollte ich Ihnen mitteilen.

Schöne Grüße Sascha Pleiß.«

»Hallo, Herr Pleiß«, schrieb Gabi zurück. »Mein aufrichtiges Mitgefühl für Ihren schrecklichen Verlust.«

Sie fühlte tatsächlich mit ihm, dem völlig Unbekannten. Zweifel an seiner Story hatte sie nicht, weil sie sich durch seine Nachricht an Silvia Pleiß erinnert hatte. Dabei war Vertrauensseligkeit eine Eigenschaft, die sie normalerweise nicht besaß. Doch bei Saschas Geschichte hielt ihr Misstrauen Winterschlaf. Er hatte auf Anhieb den richtigen Ton oder ihren wunden Punkt getroffen. Es war anders als beim General. Sascha Pleiß erinnerte sie zwar ebenfalls an Martin Schneider, aber auf andere

Weise als der hemdsärmelige Typ neben dem Jeep. Sascha Pleiß war kein Mann zum Träumen, er war einer zum Trösten.

Es tat ihr leid um Silvia, die viel zu jung gewesen war, um schon zu sterben, und um die kleinen Mädchen, die ein verantwortungsloser Idiot aus dem Leben gedrängt hatte. Aber die Toten litten nicht mehr. Und deshalb bedauerte sie den Übriggebliebenen umso mehr, weil sie wusste, durch welche Hölle er ging, jeden Tag aufs Neue, und jede Nacht. Und die Nächte waren schlimmer als die Tage. Tagsüber konnte man sich ablenken.

Auf die erste Nachricht folgten weitere, jeweils im Abstand von einigen Wochen. Und bald wurde klar, dass Sascha Pleiß keinen Trost wollte, keine Trauerbewältigung, er hielt mehr vom Verdrängen. Nachdem sie das Thema Silvia und die Kinder zum zweiten Mal angeschnitten hatte, bat er um Verständnis, dass er nicht in einer schwärenden Wunde stochern möchte.

So ging es in der Anfangszeit ihrer Facebook-Bekanntschaft fast nur um ihre Romane. Dass er tatsächlich die Bücher las und nicht nur Rezensionen, bewiesen seine Ausführungen. Ihm fielen sogar gewisse Parallelen zwischen ihrem ersten Taschenbuch und einem vierzehn Jahre später von Ines herausgebrachten Roman auf. Er habe beim Lesen das Gefühl einer Fortsetzung beziehungsweise einer Aufklärung gehabt, schrieb er und vermutete, dass sie ebenso wie er einen schweren Verlust erlitten habe, den sie nicht so einfach hätte hinnehmen können.

Da meldete sich ihre innere Stimme mit dem spöttischen Hinweis: »Kluges Kerlchen.« Trotzdem wertete sie Saschas Nachricht als Beweis, dass er zwischen den Zeilen lesen konnte. Woanders konnte er nämlich nichts über ihren Verlust erfahren haben. Es gab nicht viele zutreffende Informationen über ihr Privatleben, die der Öffentlichkeit zugänglich waren. Früher hatte sich keiner für sie interessiert. Später hatte sie sich bedeckt gehalten und nie einer Spekulation widersprochen. Sollten die Leute doch glauben, was sie wollten.

Man machte nicht auf Facebook, bei Twitter oder in Interviews publik, dass man zu den Menschen gehörte, denen das

Schicksal nur aus einem Grund wunderbare Geschenke machte: um sie ihnen wieder wegzunehmen. Zuerst den Mann. Dann den Sohn. Doch der, glaubte sie, als ihre Facebook-Bekanntschaft mit Sascha allmählich persönlicher wurde, habe zu ihr zurückgefunden und ihr auch noch einen wundervollen Enkel geschenkt.

Auf ihre Initiative gingen sie ein Jahr nach seiner ersten Nachricht zum »Du« über. Für sie ein weiterer Beweis, dass Sascha ein gebildeter, kultivierter Mann war und kein Prolet, der grundsätzlich alle duzte, mit denen er zu tun bekam. Der Nachrichtenaustausch verlief inzwischen in kürzeren Zeitabständen, ein »Hallo, wollte mich nur kurz erkundigen, wie es dir geht« pro Woche war immer drin. Wenn seine Zeit es erlaubte, schrieb Sascha längere Texte und spickte sie mit Auskünften, die kein Mann an eine Person weitergab, der er nicht vertraute.

Gabi erfuhr, dass er nicht mehr Auto fahren mochte, nicht mal mehr ein Auto besaß. Dass er keine finanziellen Probleme kannte, dass er im Grunde für sein Einkommen nicht einmal selbst arbeiten musste. Er tat es an sechs Tagen die Woche zwölf bis vierzehn Stunden, weil es ihn von seinem Verlust ablenkte. Und sonntags machte er seine Buchführung, um die sich früher Silvia gekümmert hatte.

Als sie nachfragte, was er beruflich machte, teilte er mit, er sei Osteopath mit eigener Praxis und beschäftige drei Mitarbeiter. Das ließ sich im Internet überprüfen. Dass sie das tat, hatte nichts mit Misstrauen zu tun. Es war reine Neugier. Sie hoffte auf eine Homepage mit Fotos, hätte gerne einen Eindruck von Saschas äußerem Erscheinungsbild bekommen, fand aber nur einen Eintrag im Branchenverzeichnis.

Dort gab es einen Sascha Pleiß mit einer solchen Praxis in Braunschweig. Das war nicht gerade ein Katzensprung, und am Wochenende bekam sie zu der Zeit noch regelmäßig Besuch von den drei Ms, wie sie es hin und wieder scherzhaft ausdrückte: Martin, Mel und Mäxchen. Manchmal hatte sie den Eindruck, Martin und Mel kamen nur, weil sie nichts mit sich anzufangen wussten, wenn sie alleine waren. Trotzdem schlug sie Sascha vor, sich mal auf einen Kaffee zu treffen.«Ich fahre gerne Auto und bin nur an den Wochenenden ausgebucht. An den restlichen Tagen kann ich frei über meine Zeit verfügen.«

Er lehnte ab mit dem Hinweis: »Ich leider nicht. Ich habe dir doch geschrieben, wie es um meine Zeit bestellt ist.«

Zwei Monate später räumte er ein: »Natürlich könnte ich mir mal eine Stunde freinehmen. Aber ich möchte dir nicht zumuten, für ein kurzes Treffen die weite Fahrt zu machen. Wenn dir etwas passieren würde, das könnte ich mir nie verzeihen. Vielleicht bin ich auch einfach noch nicht so weit, mich mit einer anderen Frau zu treffen. Ich hoffe, du verstehst das.«

Das verstand sie gut, obwohl sie keine Hintergedanken hatte, ein Kaffee in neutraler Umgebung unverfänglich gewesen wäre und ihn zu nichts verpflichtet hätte. Aber er sollte sich nicht bedrängt fühlen. Deshalb verkniff sie sich auch einen Anruf unter der im Branchenbuch angegebenen Nummer der Praxis.

Nach zwei weiteren Monaten schien Sascha das Ärgste überwunden zu haben. Er schickte ihr Fotos von Silvia und den Mädchen, besuchte zum ersten Mal den Friedhof und berichtete ausführlich von den Minuten am Grab. »Länger als ein paar Minuten habe ich es nicht ausgehalten. Aber es ist ein Anfang, nicht wahr? Ich beginne, mich mit der Tatsache zu arrangieren, dass sie aus meinem Alltag verschwunden sind.«

In den nächsten Nachrichten schilderte er kleine Episoden aus der gemeinsamen Zeit mit seiner Familie, betonte oft, wie froh er sei, sich mit ihr austauschen zu können. Auch von ihrer Seite wurde es persönlicher. Sie offenbarte ihm ihren bürgerlichen Namen, erzählte von ihren Kindern, Schwiegersohn und Schwiegertochter, von Julchen und Max.

Als Mel mit Luca schwanger wurde, berichtete sie auch davon. Nach der Geburt schrieb sie, wie unbändig sie sich darauf freue, den kleinen Kerl das erste Mal im Arm zu halten. Und dass sie sich frage, ob sie wohl noch zum Schreiben käme, wenn Mel ihren gewohnten Lebenswandel beibehielt und in Kürze zwei Kinder bei ihr parkte. Aber dazu war es nicht gekommen, und selbstverständlich hatte Sascha auch das erfahren – in allen Einzelheiten, mit dem gesamten damit verbundenen Schmerz und der wahnsinnigen Enttäuschung.

Die Hexe

Als Gabi ihr Smartphone wieder einschaltete, wurde ihr Klinkhammers Versuch mit dem Handy seiner Kollegin als ein weiterer Anruf in Abwesenheit angezeigt. Eine unbekannte Rufnummer, keine neue Nachricht auf der Mailbox. Zuerst nahm sie an, Sascha habe versucht, sie zu erreichen, um sich zu erkundigen, ob sie gut angekommen sei, und um seine ungefähre Ankunftszeit durchzugeben.

Welche Frau legte sich denn unbekümmert in ein fremdes Bett, wenn zu erwarten stand, dass mitten in der Nacht ein Mann ins Haus kam, den sie erst ein Mal gesehen hatte? Vor drei Monaten, für zwanzig Minuten in einem Fast-Food-Restaurant am Kölner Hauptbahnhof, wo man kaum sein eigenes Wort verstanden hatte. Es hätte eigentlich ein ganzer Nachmittag in Köln werden sollen. Saschas Zug hatte Verspätung gehabt, und die Rückfahrt konnte er nicht verschieben, weil er am späten Abend noch eine Patientin behandeln musste. Genau genommen kannte sie ihn nur durch einige Telefongespräche und seine Nachrichten auf Facebook, an deren Wahrheitsgehalt sie nie gezweifelt hatte.

Sie hatte ihm ihre Handynummer gegeben, wusste jedoch nicht, ob er es geschafft hatte, sich Ersatz für sein Handy zu besorgen, dass ihm vor drei Wochen im Trubel eines Weihnachtsmarktes abhandengekommen war. Bei seinem Zeitmangel ... »Eigentlich brauche ich keins«, hatte er gesagt. »Wenn ich nicht in der Praxis bin, bin ich zu Hause.«

Zweimal hatte sie ihn spätabends auf seinem privaten Festnetzanschluss angerufen, der eine Rufumleitung zu einem Handy haben musste. Beim zweiten Gespräch hatte es sich angehört, als sei er zu Fuß auf einer belebten Straße unterwegs.

Aber das war Anfang Dezember gewesen, einige Tage vor dem Verlust auf dem Weihnachtsmarkt.

Sekundenlang kämpfte sie mit sich, die unbekannte Handynummer zurückzurufen. Sie entschied sich dagegen, damit kein falscher Eindruck entstand. Sascha sollte nicht denken, sie warte sehnsüchtig auf ihn, weil sie doch mehr von ihm wollte als abgesprochen. Außerdem störte es sie, dass er keine Nachricht hinterlassen hatte. Das passte eigentlich nicht zu ihm.

Ohne ein Wort aufzulegen passte eher zu einem frustrierten jungen Mann, der beim zweiten Versuch wieder nur an die Mailbox geriet. Martin. Sie vermutete, ihr Sohn habe sich von irgendwem ein Handy geliehen, damit sie nicht schon an der Nummer erkannte, dass er beim schrecklichen Geschehen ins Detail gehen wollte. Er würde es noch mal probieren und noch mal und noch mal, so lange, bis sie sich erbarmte und ranging.

Sie wollte sich nicht erbarmen, deshalb schaltete sie ihr Handy erneut aus. Dann ging sie zur Eingangstür, steckte einem Impuls folgend den Schlüssel ein, drehte ihn um und ließ ihn stecken, um vor Überraschungen sicher zu sein.

Anschließend setzte sie an der in den Wohnbereich integrierten Küchenzeile Wasser auf, um sich einen Tee aufzubrühen, und nahm ein Brötchen aus der Tüte, um ihrem Magen etwas anzubieten, was hoffentlich die latente Übelkeit vertrieb.

Der Wohnbereich war zum Flur hin offen. Deshalb hörte man gut, wenn sich vor der Eingangstür etwas tat. Sie hatte es sich mit dem Brötchen und dem Tee gerade auf der kleinen Couch gemütlich gemacht und überlegte, ob sie den Fernseher einschalten sollte, um ein wenig Ablenkung zu finden, da hörte sie das Knirschen wieder und begriff, dass es beim ersten Mal kein Streich ihrer überreizten Nerven und auch keine vertrockneten Blätter gewesen waren, die der Wind über den Kies getrieben hatte.

Draußen schlich jemand herum. Diesmal knirschte es noch langsamer und anhaltender als beim ersten Mal. Als wäre jemand bemüht, so vorsichtig wie möglich aufzutreten. Das Kiesstück vor der Eingangstür war kurz. Gleich daneben begann die Rasenfläche. Wer sich möglichst unbemerkt anschleichen wollte, musste nur einen Schritt zur Seite machen, sobald er das Törchen im Zaun passiert hatte. Dann konnte er geräuschlos auf dem Rasen um die Hausecke herum zur Terrasse gelangen. Und so näherte sich kein Mensch mit harmlosen Absichten.

Sie starrte wie gebannt auf die große Fensterscheibe, rechnete damit, dort jemanden auftauchen zu sehen, und fragte sich, ob die Terrassentür abgeschlossen war. Die hatte auch außen eine Klinke, und diese Tür hatte sie noch gar nicht geöffnet, war nach ihrer Ankunft nicht einmal auf die Idee gekommen, sie zu überprüfen. Wenn ein Haus monatelang unbewohnt war, ging man davon aus, dass alle Türen verschlossen waren.

Wie blöd! Wie leichtsinnig! Als hätte sie ihre Instinkte und jedwede Vorsicht ausgeschaltet. Das passte gar nicht zu ihr. Aber was passte in den letzten Wochen überhaupt noch?

Es steckte kein Schlüssel in der Terrassentür. Bei Einfachverglasung sollte man Schlüssel zur Sicherheit abziehen, hatte Arno vor ewigen Zeiten empfohlen. Damals hatte ihr Haus in Niederembt nur Einfachverglasungen gehabt. Vermutlich hing der Schlüssel der Terrassentür an einem der Haken auf dem bunt bemalten Holzbrett an der Garderobe gegenüber der Treppe zum Obergeschoss. Da hingen einige unterschiedliche Schlüssel, wie sie schon mehrfach gesehen hatte. Aber jetzt in den Flur hetzen und den richtigen suchen ... Wenn die Tür nicht abgeschlossen war, wäre der Schleicher drin, ehe sie fündig wurde.

Lieber schaute sie sich nach einer Waffe um. Viel Auswahl gab es nicht, nur das Besteckschubfach, in dem auch einige Messer lagen. Ein wirklich scharfes war nicht dabei, wie sie bereits festgestellt hatte. Das Brötchen war eher aufgerissen als aufgeschnitten worden. Das Messer, das sie dafür benutzt hatte, steckte im Abtropfkorb neben dem Spülbecken.

Sie erhob sich, ging zur Küchenzeile hinüber – nicht zu schnell, obwohl es schwerfiel, nicht zu hetzen. Falls sie beobachtet wurde, wovon sie ausging, sollte nicht der Eindruck entstehen, sie sei sich einer Gefahr bewusst. Damit würde sie den Schleicher nur zu übereiltem Handeln veranlassen.

Über dem Esstisch war eine Leiste mit Lichtschaltern und zwei Steckdosen angebracht. Im Vorbeigehen schaltete sie die Lampen aus. Nun lag das gesamte Erdgeschoss im Dunkeln. Einen nennenswerten Vorteil hatte sie sich damit jedoch nicht verschafft, heller war es draußen auch nicht.

Der Himmel war den ganzen Tag grau verhangen gewesen. Nach Einbruch der Dunkelheit hatte es sich noch weiter zugezogen. Hin und wieder schimmerte zwar ein bisschen Mond durch die Wolkendecke, die vom Wind ebenso gebeutelt wurde wie die Thujahecke, aber jetzt gerade war es zappenduster.

Es gab eine Außenlampe auf der Terrasse. Doch um die einzuschalten, hätte sie wieder einige Schritte vortreten und auf Anhieb den richtigen Lichtschalter erwischen müssen. Sie verharrte lieber vor der Spüle, zog das große Messer aus dem Abtropfkorb, starrte wieder angestrengt auf die Fensterscheibe und die Tür daneben. Die Jalousie vor dem breiten Fenster hatte sie nicht herunterlassen können. Sascha hatte darauf hingewiesen, die sei defekt und müsse ausgetauscht werden.

Und wer immer draußen herumschlich, wusste mit Sicherheit, dass jemand im Haus war. Wenn er jetzt nahe ans Fenster trat, um in den Raum zu spähen und festzustellen, wo sie geblieben war, würde sie ihn sehen. Was ihr bei unverschlossener Terrassentür nur nicht viel helfen würde, falls er Übles vorhatte.

Vielleicht ein Einbrecher, der gedacht hatte, ein verlassenes Ferienhaus auf Wertgegenstände checken und ausräumen zu können? Hatte ihr Schatten auf Terrasse und Rasen ihn beim ersten Versuch vertrieben? Oder hatte er sie am Fenster gesehen und sich wieder zurückgezogen? War er sich inzwischen darüber klar geworden, dass eine Frau von ihrer Statur kein großes Risiko darstellte?

Sascha wäre nicht zweimal ums Haus geschlichen, um die Lage zu sondieren, meinte sie. Er wäre gleich nach seiner Ankunft zur Vordertür hereingekommen oder hätte sich dort bemerkbar gemacht. Und außer ihm wusste doch niemand, dass sie hier war.

TEIL 3

PRIVATSACHE

Polizisten

Sie saßen zu dritt beim Abendessen, als Klinkhammer zurückkam. Luca war inzwischen seit rund sieben Stunden verschwunden. Max schlief, es war kurz vor neun, spät genug. Martin ließ ihn ins Haus mit einem Blick, unter dem Klinkhammer die Fragen nach Haus, Auto und letzter Weihnacht in der Kehle stecken geblieben wären, falls er das umgehend hätte klären wollen. Aber das war wohl eher ein Thema für ein Vier-Augen-Gespräch.

Mel hatte großzügig aufgetischt. Jede Menge Aufschnitt, ein Oberländer-Brot und aufgetoastete Brötchen. Dazu gab es Kaffee für alle. Schlafen wollte in der Nacht offenbar keiner. Als Klinkhammer das Angebot auf dem Esstisch sah, spürte er, wie hungrig und durstig er war. Seit dem Frühstück hatte er nichts mehr gegessen und außer dem Pfefferminztee bei Gabis Bruder auch nichts getrunken.

Ines schimpfte häufig, weil er ihrer Meinung nach zu wenig trank. In letzter Zeit stellte sie ihm morgens immer eine Wasserflasche hin, die er mit zur Dienststelle nehmen sollte. Als ob es dort nichts zu trinken gegeben hätte. Die Flasche von heute lag noch im Auto. Wegen der Einsatzbesprechung in Frechen war er nicht davon ausgegangen, sich lange genug an seinem Schreibtisch aufzuhalten, um ein Glas zu trinken.

Das bisherige Ergebnis seiner Aktivitäten mit Jan Velbecker war schnell erklärt. Noch kein Hinweis auf Gabis Aufenthaltsort, und die Facebook-Bekanntschaft war möglicherweise doch kein Kerl, sondern weiblich. Was für Martin keinen nennenswerten Unterschied machte. Den vergeblichen Versuch der Handyortung erwähnte Klinkhammer nicht.

Martin holte zwei Hemdchen und eine Strumpfhose von Luca aus der Schmutzwäsche im Keller. Es hatte den Anschein, als sei er in der letzten Dreiviertelstunde geschrumpft. Rita holte Shaun das Schaf und einen Schnuller aus dem Kinderbett. Alles wurde getrennt in Gefrierbeutel verpackt. Dann verabschiedete Klinkhammer sich wieder. Weil Scholl und der Hundeführer in Blerichen warteten, zeigte Martin Verständnis, dass ihm die Zeit für Spekulationen fehlte.

Rita begleitete ihn zur Tür und noch einen Schritt ins Freie, um zu hören, ob sich etwas ergeben hatte, was Martin nicht wissen musste, sie dagegen schon. Klinkhammer gab in knappen Sätzen wieder, was er über die Oberstaatsanwältin veranlasst und von Thomas Scholl gehört hatte. Danach erstattete sie ihrerseits Bericht.

Der Erpresser mit der elektronisch verzerrten Stimme hatte sich zwischenzeitlich nicht wieder gemeldet. Das hatte Klinkhammer sich schon gedacht, anderenfalls wäre Martin damit wohl gleich im Hausflur über ihn hergefallen. Aber vor zehn Minuten hatte Gabis Bruder auf Ritas Handy durchgegeben, dass er noch nicht alle Vereinskameraden von Martin an die Strippe bekommen hatte. Von denen, die Reinhard erreicht hatte, hatte am Spätnachmittag keiner auf Martins Festnetzanschluss angerufen.

»Sollte das denn doch zweimal derselbe Anrufer gewesen sein?« Klinkhammer war skeptisch.

»Es stehen noch drei Vereinskameraden aus«, erwiderte Rita. »Wenn wir es mit einem Trittbrettfahrer zu tun haben, war der erste Anruf möglicherweise eine spontane Aktion.«

»Auch bei einer spontanen Aktion wäre eine Forderung gestellt und nicht bloß nach Martin gefragt worden«, meinte Klinkhammer.

»Es sei denn, der Typ weiß, dass nur Martin eine Viertelmillion beschaffen kann«, widersprach Rita. »Und er wollte nicht alle Welt rebellisch machen. Mel hätte garantiert anders reagiert als Martin, wenn ihr diese Zahl an den Kopf geknallt worden wäre. Danach hat der Typ sich Zeit genommen, seine Ansage gebastelt und abgewartet. Wahrscheinlich hat er sogar beobachtet, wie Martin nach Hause kam. Martin war nämlich noch keine fünf Minuten im Haus, als der zweite Anruf kam. Wer die Familie kennt, kennt garantiert auch die Adresse.«

»Daran habe ich auch schon gedacht«, sagte Klinkhammer mit nachdenklichem Blick die Straße entlang. »Womöglich kommt kein Anruf mehr, weil Martin die Bulette nicht loswird.«

»Damit kann aber doch niemand ernsthaft rechnen, der ein bisschen Grips in der Birne hat«, hielt Rita Voss dagegen. »Wenn die Polizei einmal im Boot ist, steigt sie nicht wieder aus.«

»Dann gehört der Anrufer vielleicht zu den Armen im Geiste«, meinte Klinkhammer daraufhin. »So einen sollten wir hinters Licht führen können. Ich lasse mir was einfallen.«

Er bot an, sie für die Nacht ablösen zu lassen. Das lehnte Rita Voss ab. Für ihr leibliches Wohl war gesorgt. Wenn sie heimgefahren wäre, hätte sie sich höchstwahrscheinlich auf eine längere Auseinandersetzung mit ihrer Tochter einlassen müssen. Die hatte garantiert wieder Pläne fürs Wochenende, mit denen eine Mutter nicht einverstanden sein konnte. Und in solchen Fällen sagte die liebste und beste Oma der Welt für gewöhnlich: »Das entscheide ich nicht. Da fragst du besser deine Mutter.«

Nachdem er wieder hinterm Steuer Platz genommen hatte, setzte Klinkhammer erst mal die Wasserflasche an. Es löschte nicht nur den Durst, sondern dämpfte auch das Hungergefühl und klärte den Kopf. Jedenfalls meinte er, wieder klarer denken zu können, als er sich auf den Weg nach Blerichen machte.

Kaum war das Motorengeräusch von Klinkhammers Mercedes verklungen, schob Mel ihren Teller mit einem angebissenen Käsebrot zurück. »Mein Magen ist wie zugeschnürt. Ich bekomme keinen Bissen mehr runter.«

»Das ist verständlich«, sagte Rita Voss, die selbst mit gutem Appetit aß und sich plötzlich ein bisschen dafür schämte. »Sie sollten sich hinlegen und ausruhen.«

»Darf ich?« Mel fragte wie ein Schulkind, das eigentlich noch Mathe machen müsste, aber lieber etwas anderes tun wollte.

Den Ton kannte Rita Voss noch von ihrer Tochter, die inzwischen nicht mehr fragte, höchstens ihrer Oma Bescheid sagte, sie wäre dann mal weg. »Natürlich«, sagte sie.

Mel erhob sich und ging mit scheuem Blick auf Martin in den Flur. Rita Voss hörte sie die Treppe hinaufsteigen und nutzte die Gelegenheit nach dem Motto: sicher ist sicher. Sie zückte noch einmal ihr Handy und zeigte Martin das Foto vom blauen Kinderschuh. Er schüttelte den Kopf und erklärte wie Mel: »Luca trägt noch keine festen Schuhe.«

»Okay«, sagte Rita Voss. »Dann gilt für Sie jetzt dasselbe wie für Ihre Frau. Morgen früh wacht da oben ein kleiner Junge auf, der Sie dringend braucht.«

Es war ja nicht zu übersehen gewesen, wer für Max die wichtigere Bezugsperson war. Es wäre auch bestimmt aufschlussreich, am Fuß der Treppe Mäuschen zu spielen. Wenn es oben Krach oder Handgreiflichkeiten geben sollte, wäre sie schnell zur Stelle.

»Sie glauben doch nicht im Ernst, dass ich schlafen kann«, erwiderte Martin. »Ich bleibe lieber in der Nähe des Telefons. Falls noch ein Anruf kommt, sollte ich rangehen und nicht Sie.«

»Glauben Sie denn, es kommt noch ein Anruf?«

Martin zuckte mit den Achseln. »Ich weiß es nicht. Und da ich auch nicht weiß, wo ich auf die Schnelle eine Viertelmillion hernehmen soll, wenn ich meine Mutter nicht erreichen kann, sollte ich mir wohl wünschen, dass kein Anruf mehr kommt. Wenn meine Mutter mit Luca auf Reisen gegangen ist, erübrigt es sich ja auch. Ihr reicht es garantiert, dass ich im eigenen Saft schmore, bis sie geruht, wieder aufzutauchen.«

»Das klingt, als wäre Ihre Mutter ein Biest«, sagte Rita Voss.

Martin grinste müde. »Dazu sage ich lieber nichts. Wir hatten nie ein tolles Mutter-Sohn-Verhältnis. Zeitweise habe ich sie gehasst, zeitweise habe ich mich dafür geschämt. Momentan könnte ich sie erwürgen.« Mit dem nächsten Satz wechselte er das Thema: »Sagten Sie nicht, Ihre Mutter wäre ein großer Fan von ihr?«

»Sie hat mehrere Bücher, ich habe noch keins davon gelesen.«
»Das erste hat sie garantiert nicht«, meinte Martin. »Das ist im Handel schon lange nicht mehr erhältlich. Neulich wurde bei eBay ein Exemplar mit Gebrauchsspuren eingestellt, das ist für sage und schreibe fünfundsiebzig Euro weggegangen. Damals haben die Bändchen noch keine fünf Mark gekostet.«
»Wow«, sagte Rita Voss. »Das nenne ich einen Wertzuwachs. Vielleicht sollte ich in Bücher investieren.«

Auf ihren Versuch zu scherzen ging Martin nicht ein. »Wollen Sie so ein Schätzchen haben? Wenn Ihre Mutter ein richtiger Fan ist, freut die sich ein Äffchen.«

»Ist nicht Ihr Ernst«, sagte Rita Voss.

»Ich mache keine Angebote, die ich nicht ernst meine«, erwiderte Martin und erhob sich. Wie zuvor Mel verschwand er im Flur. Sie hörte seine Schritte auf einer Treppe und nahm an, dass er nach oben stieg. Besondere Schätze bewahrte man ja nicht offen im Wohnzimmer auf. Vielleicht wollte er in einem Aufwasch nach seiner Frau sehen – und Vorwürfe erheben.

Sicherheitshalber nahm sie die Teller mit Wurst und Käse, um im Fall des Falles schneller eingreifen zu können. Sie trug beide zur Küche und horchte angestrengt. Von oben hörte sie eine gedämpfte Stimme. Von unten drangen Schritte zu ihr hinauf.

Ehe sie reagieren konnte, kam Martin mit einem dünnen Taschenbuch aus dem Keller zurück, sah sie bei der Küchentür stehen und verzog den Mund zu einem abfälligen Lächeln. Anscheinend glaubte er, sie horche nach oben, was ja auch stimmte.

»Mel telefoniert sicher noch eine Weile, ehe sie sich hinlegt«, erklärte er. »Sie muss nicht nur ihren Bruder auf dem Laufenden halten, sondern auch ein Dutzend Freundinnen verständigen. Dass sie das nicht über Facebook, Twitter, Instagram und WhatsApp machen kann, ist ihr offenbar klar. Oder haben Sie ihr das klarmachen müssen?«

Rita Voss ersparte sich und ihm die Antwort, sagte stattdessen: »Ich dachte, der Bruder wäre nach Feierabend hier erschienen, um ihr beizustehen. Am Nachmittag hatte ich den Eindruck, er ist eine wichtige Bezugsperson für sie.«

»Das ist Joris in der Tat«, stimmte Martin zu. »Umgekehrt ist das aber nicht der Fall. Statt sich hier Mels Geheul anzuhören, bemüht er sich garantiert lieber darum, seine Frau zurück ins Ehebett zu lotsen. Das Lächerliche oder Traurige dabei ist, dass eine Behauptung von Joris ausreicht, um Mel von irgendeinem Mist zu überzeugen. Dann kann man noch so gute Gegenargumente vorbringen, die zählen nicht.«

Mels Geheul. Rita Voss behielt ihre aufmerksame Miene bei, gelernt ist gelernt, obwohl ihr danach war, den Kopf zu schütteln. Was war denn das für eine Ausdrucksweise? Seine Frau weinte aus Angst um seinen jüngsten Sohn. Er hatte doch ebenfalls Angst um Luca. Hielt er sich an seinem Glauben und der Wut auf seine Mutter aufrecht?

»Mel kann sich überhaupt nicht vorstellen, dass Joris sie belügen könnte, weil er sich davon einen besonderen Kick verspricht«, fuhr Martin fort. »Nicht mal seine Empfehlung, mit Lauchsuppe abzunehmen, hat sie eines Besseren belehrt. Literweise hat sie das Zeug gelöffelt und tapfer die scheußlichen Blähungen ertragen. Tagelang hat sie sich nicht unter Leute getraut, sogar einige Nächte im Wohnzimmer geschlafen, weil der Gestank so unerotisch war. Aber da sie tatsächlich ein Kilo abgenommen hat, muss Joris die Wahrheit gesagt haben. Er hat nur die Nebenwirkungen nicht erwähnt. Sie meinte, er hätte nicht gewusst, dass Lauch ein Zwiebelgewächs ist. Er sei ja kein Botaniker.«

Rita Voss hatte genug von Mels Gesprächen mit dem Bruder gehört, um sich Martins Meinung in diesem Punkt anzuschließen.

Er hielt ihr das dünne Bändchen hin und schlug mit Blick auf die Teller in ihren Händen vor: »Stellen Sie das einfach ab. Ich räume es gleich weg. Danach lege ich mich auf die Couch, wenn es Ihnen recht ist. Das ist unhöflich, ich weiß. Normalerweise bietet man Gästen die Couch an und nimmt selbst mit dem Fußboden oder ein paar Stühlen vorlieb, wenn man sich nicht ins Bett legen kann. Aber Sie sind im Dienst und dürfen nicht schlafen. Ich bin seit fünf Uhr auf den Beinen und breche in der Mitte durch, wenn ich mich nicht bald ausstrecken kann.«

Rita Voss stellte beide Teller auf die Anrichte neben der Tür und nahm ihm das Taschenbuch ab. Gebrauchsspuren hatte es keine, sah trotzdem alt aus. Das Cover auf der dünnen Pappe war verblasst, die Seiten vergilbt. Aber es fühlte sich nicht an, als wäre es mal richtig aufgeschlagen worden. *Romys Schatten,* las sie, darüber nur zwei Buchstaben. R. S. Sie schlug das Büchlein auf und las innen unter dem Titel die Widmung:

Für meinen Sohn Martin
Irgendwann bist du alt genug, um zu lesen und zu verstehen
Deine Mutter

Das Impressum verriet ihr, dass Martin drei Jahre alt gewesen war, als das Büchlein auf den Markt kam. So alt wie sein ältester Sohn heute. »Das kann ich nicht annehmen«, sagte sie.

Er stand vor der Anrichte, mit dem Rücken zu ihr, so antwortete er auch: »Warum nicht? Ich bin froh, wenn ich es los bin.«

»Haben Sie es gelesen?«

Er war dabei, die Teller mit Frischhaltefolie abzudecken, und schüttelte nur den Kopf.

»Dann haben Sie auch nicht verstanden«, meinte Rita Voss.

»Kennen Sie einen Mann, der Frauen versteht?«, erkundigte er sich. »Mal abgesehen von Arno, der versteht ja alle.«

Wenn er jetzt auch noch über Klinkhammer herziehen wollte, war er bei ihr an der falschen Adresse. Obwohl sie zu gerne gewusst hätte, was es mit der Bekanntschaft seiner Mutter und Klinkhammer auf sich hatte. Aber Martin hatte nicht vor, über ihr Vorbild zu lästern, und schlug vor: »Lesen Sie es. Danach wissen Sie alles, was man über meine Mutter wissen muss. Das ist sozusagen der Dreh- und Angelpunkt ihres Lebens, ihres Schaffens und ihres Glaubens, dass sie einen Schutzengel hat, mit dem man sich besser nicht anlegen sollte. Und da könnte was dran sein. Bisher hat noch jeder, der meiner Mutter übel mitgespielt hat, den Kürzeren gezogen.«

»Inwiefern?«

»Man verfällt dem Alkohol und stirbt an Leberzirrhose wie mein Vater. Oder man stürzt besoffen eine Treppe hinunter und bricht sich das Genick.« Sein Lächeln signalisierte, es sei nicht ernst gemeint, als er hinzufügte: »Meine Mutter ist bei solchen Todesfällen natürlich nicht in der Nähe, und man kann es immer auf den Schnaps schieben. Ein fürsorglicher Schutzengel, nicht wahr?«

Rita Voss erwiderte sein Lächeln: »Was bedeutet R. S.?«

»Romy Schneider«, sagte Martin. »Sie hat in jungen Jahren mit einem Mann zusammengelebt, der Schneider hieß und sie Romy nannte, abgeleitet von ihrem zweiten Vornamen Rosmarie. Als Pseudonym durfte sie das nicht verwenden. Arnos Frau hat sie zu Martina überredet. Mit Romy habe ich sie früher um den Finger gewickelt. Wenn man meine Mutter so ansprach, schmolz sie wie Eis in der Sonne. Ob das heute noch funktioniert, weiß ich nicht.«

Rita Voss fragte sich, ob Max – wie sie vermutete – Mami und Omi kombinierte oder ob er wusste, wie man Oma Exe um den Finger wickelte und nur das R nicht aussprechen konnte.

Als hätten ihre Gedanken ihn aufgeweckt, wurde im Obergeschoss ein Stimmchen laut. »Papa«, schrie Max gellend auf und jammerte danach etwas Unverständliches.

Rita Voss hörte eilige Schritte, gleichzeitig rief Mel: »Martin, kommst du bitte!«

Es wäre nicht nötig gewesen, ihn zu rufen. Martin war bereits auf halber Höhe der Treppe und mit drei weiteren Sätzen oben. Während er sich um Max bemühte, räumte Rita Voss den Tisch ab und sortierte das Geschirr in die Spülmaschine.

Zurück kam Martin nach zehn Minuten mit Max auf dem Arm. Dem Gesichtsausdruck und den blitzenden Kinderaugen nach zu urteilen, war Max wieder hellwach. »Er will Ihnen unbedingt etwas sagen«, erklärte Martin.

Max nickte dazu und erzählte ohne besondere Aufforderung: »Anne Buhmann hat Luca mitnehmt.«

Martin übersetzte: »Das soll heißen, da war noch ein anderer Mann, und der hat Luca mitgenommen. Wenn der erste Buhmann nur ein harmloser Kunde des Drogeriemarktes war, könnte es sich beim zweiten um den Bekannten meiner Mutter gehandelt haben, nicht wahr? Vermutlich ist sie doch mit einem Kerl unterwegs.«

Rita Voss nickte, obwohl sie es etwas anders beurteilte. Anne – Anni. Vielleicht hatte die liebe Oma mit den Bonbons sich zuerst mit Namen vorgestellt und sich danach mittels ihres Ponchos in den zweiten Buhmann verwandelt, um sich Luca zu schnappen. Im Gespräch mit Scholl hatte sie einiges Wissenswertes über die Frau mit den Lollys erfahren, unter anderem, dass Scholl sie für gerissen hielt und überzeugt war, sie hätte ihre Flucht aus dem Fenster seit geraumer Zeit geplant. »Die hat nur noch auf das richtige Kind gewartet. Willst du wetten?«

Martin setzte Max auf die Couch und erkundigte sich, ob sie noch etwas zu trinken haben möchte, ehe er sich hinlegte.

Kurz darauf lagen Vater und Sohn auf der Couch. Max wollte unbedingt bei Papa schlafen und noch eine Geschichte hören. Rita Voss saß mit einem großen Milchkaffee am Esstisch, begann zu lesen und dachte schon beim ersten Satz: Wow, das ist doch mal ein Einstieg in eine Biografie.

Ich wollte sterben, weil ich mein Leben verloren habe, aber mein Leben lässt mich nicht gehen.

Die Hexe

Der Wind hatte ein Stückchen Mond frei gepustet, sonst hätte Gabi vermutlich nichts gesehen. Vor der schwarzen Wand der Thujahecke bewegte sich jemand. Eine Gestalt war nicht auszumachen, nicht einmal Konturen. In der Dunkelheit bemerkte Gabi nur einen schwach schimmernden Streifen, etwa auf Höhe eines Oberarms oder der Schulter eines groß gewachsenen Mannes.

Wäre das wiederholte Knirschen von Schritten im Kies nicht gewesen, hätte sie es vielleicht für eine optische Täuschung oder irgendeine Spiegelung gehalten. Auch so brauchte sie etliche Sekunden, um sich einzugestehen, dass nahe der Hecke jemand über den Rasen schlich, der offenbar ein Kleidungsstück mit einem Reflektorstreifen trug. Das sprach gegen einen Einbrecher. Die Höhe des Flimmerns sprach eigentlich auch gegen Sascha, es sei denn, er hätte eine Mütze mit solch einem Streifen getragen. Er war nicht mal einen halben Kopf größer als sie, im Vergleich zu den Männern ihrer Familie von eher schmächtiger Gestalt. Mit den High Heels, die sie sich zugelegt hatte, um bei einem Fernsehauftritt nicht wie eine Zwergin neben dem Moderator zu stehen, hätte sie Sascha überragt.

Auch deshalb habe er Hemmungen gehabt, ihr kein Foto von sich geschickt und die persönliche Begegnung so lange hinausgezögert, hatte er Anfang Oktober bei dem kurzen Treffen im Fast-Food-Restaurant gesagt. Außerdem sei er lange Zeit der Meinung gewesen, intellektuell könne er ihr nicht das Wasser reichen. »Ich weiß nicht, wie oft ich gedacht habe, wenn sie dich näher kennenlernt, hörst du danach nie wieder von ihr.«

Eine gebildete, erfolgreiche, schöne junge Frau, so hatte er sie angeblich gesehen. Er hatte sich einige Fotos von ihr anschauen können. Allesamt Aufnahmen, die ein Profi geschossen und mit Weichzeichner oder sonst etwas bearbeitet hatte. Dazu das frisch getönte Haar mal offen, mal zu einem eleganten Knoten geflochten – wie auf ihrer Homepage, den Buchcovern und den Facebook-Seiten abgebildet. So sah sie fast zwanzig Jahre jünger aus. Sogar Ines hatte beim Betrachten dieser Aufnahmen gesagt: »Dein Geburtsjahr erwähnen wir besser nicht mehr. Das glaubt uns kein Mensch.«

Minderwertigkeitskomplexe hatte Gabi bei Sascha nicht erwartet. Noch weniger, dass von ihm eine Gefahr für sie ausgehen könnte. Diese Möglichkeit zog sie selbst jetzt nur widerstrebend in Betracht. Dabei hatte ihr Bauchgefühl sie eindringlich gewarnt, nicht erst gestern Abend beim Packen, genau genommen seit Oktober. Eine Woche nach dem Treffen am Bahnhof hatte es angefangen. In der Woche war Alinas Großvater überfahren worden. Deshalb hatte sie es zuerst auf ihre diesbezüglichen Schuldgefühle geschoben.

In den letzten Wochen hatte sie gedacht, es sei wohl eher ihre Sorge um Reinhard, die Angst, jetzt auch noch den im wahrsten Sinne des Wortes großen Bruder zu verlieren. Weil es beim Gedanken an die Fahrt hierher stets schlimmer geworden war, hatte sie zeitweilig befürchtet, Reinhard könne sterben, während sie unterwegs war.

Aber das ungute Gefühl beim Gedanken an Reinhard hatte sich auf den ersten hundert Kilometern Fahrt hinter Eindhoven allmählich verloren. Zwischen Tilburg und Breda hatte sie stattdessen Frank Sinatras Stimme im Kopf gehabt mit »My Way«. Wie einen Abschied von der Welt. Als wolle ihre innere Stimme sie mit Nachdruck darauf hinweisen, welch ein Risiko sie einging. Ausgerechnet sie, die sich so gut mit den dunklen Seiten des Lebens auskannte, dass sie einen Roman nach dem anderen darüber schreiben konnte, traf sich mit einem Mann, von dem sie nur wusste, was er sie hatte wissen lassen.

Mit dem schwachen Flimmern vor der Hecke ging ihr der Gag nicht mehr aus dem Kopf, den sie ihren Freunden auf Facebook geboten hatte. Mit der ihr eigenen Ironie, die oft genug Zynismus war, dachte sie: Was soll's? Ted Bundy hatte auch eine sympathische Stimme und sah so harmlos aus wie der nette junge Mann von nebenan, dem jede Frau helfen wollte, die er ansprach. Wenn Sascha ein sadistischer Killer ist, der mich tagelang foltert, in tausend kleine Stücke zerlegt und für die Möwen am Strand verteilt, auch gut. Dann hab ich's hinter mir.

Keine Berghütte in Österreich oder der Schweiz, wie sie Ines, Lin Velbecker und ihrem Neffen Olaf am vergangenen Abend weisgemacht hatte. Ein Bungalowpark an der Nordseite des Grevelinger Meeres. Zurzeit ein verflucht einsamer Park. Über die Feiertage mochten mehr Leute hier gewesen sein, die dem Weihnachtsrummel daheim entflohen waren. Jetzt war sie ziemlich allein auf weiter Flur. Davon hatte sie sich bei einem Spaziergang am frühen Nachmittag überzeugt. Wie viele Häuser es insgesamt im Park gab, wusste sie nicht, hatte nicht gezählt. Aber fast alle, an denen sie vorbeigeschlendert war, schienen verlassen. Nur bei dreien hatte ein Auto gestanden und Licht gebrannt.

Ob Sascha auf diese Einsamkeit gesetzt hatte? Auf wen hatte sie sich eingelassen? Ein bisschen spät, sich das zu fragen und sich einzugestehen, was sie versäumt hatte.

Den Osteopathen mit eigener Praxis in Braunschweig gab es zweifellos. Aber war dieser Sascha Pleiß identisch mit dem Mann, der ihr einen Hausschlüssel und eine Karte für die Schranke an der Zufahrt zusammen mit einem Lageplan des Hauses und handschriftlichen Anweisungen für das Auf- und Absperren von Gas und Wasser ausgehändigt hatte?

Weil sie bei diesem Treffen kaum Zeit gehabt hatte, Sascha wirklich kennenzulernen oder wenigstens vom Äußeren her besser einschätzen zu können, hatte sie sich vorgenommen, in den nächsten Wochen mal nach Braunschweig zu fahren und sich bei der Adresse umzusehen, die im Branchenbuch angegeben war. In der Nähe Position beziehen, sich anschauen, wer reinging und wer rauskam. Irgendwann machte auch ein Mann Feierabend, der sich vor Patienten nicht retten konnte.

Dieses Vorhaben hatte ihr der verantwortungslose Feigling durchkreuzt, der Alinas Großvater umgenietet hatte. Nachdem sie von Käthe Wilmers gehört hatte, wie elend dieser sympathische alte Mann auf einem Waldweg zugrunde gegangen war, hatte sie sich zu nichts mehr aufraffen können, nur noch am Schreibtisch die Zeit abgesessen und keinen Gedanken mehr an Zweifel verschwendet.

Der Bungalow gehörte offensichtlich einer Familie mit jüngeren Kindern. Unter der Treppe zum Obergeschoss standen Körbe mit Gummistiefelchen und Strandspielzeug. Eimerchen, kleine Schaufeln, bunte Förmchen, Schwimmflügel, ein Ball, ein aufblasbarer Hai. Die beiden vom Wohnbereich abgetrennten Kinderzimmer im Erdgeschoss waren für kleine Mädchen eingerichtet, wie die Bettwäsche in den Schränken bezeugte. Weiß-rosa Bezüge mit Prinzessinnen, Elfen, Einhörnern und anderen Fabelwesen.

Sie hatte sich gleich nach der Ankunft alles angeschaut, nicht nur in den Zimmern, auch in den Schränken. Geschirr, Töpfe und Pfannen, Gläser, Flaschenöffner, Korkenzieher, Dosenöffner, Käsehobel, es war alles da, was man für ein paar Urlaubswochen brauchte. Aber es gab keinen Beleg, dass der Mann, den sie in Köln getroffen hatte, tatsächlich der Besitzer dieses Hauses war.

Laut eigenem Bekunden war er Ende August hier gewesen, mit einem Leihwagen, nur für einen Sonntag, um nachzuschauen, ob alles in Ordnung war. Im Juni, Juli und den ersten drei Augustwochen sei das Haus vermietet gewesen, hatte er gesagt. Er habe sich schweren Herzens dazu entschlossen, Urlauber aufzunehmen, damit es nicht erneut ein ganzes Jahr ungenutzt blieb. Leicht sei ihm das nicht gefallen. Silvia habe sich so viel Mühe gegeben, das Haus einzurichten. Allein die Vorstellung, dass Fremde sich dort breitmachten, dass etwas zu Bruch ging ...

Nicht auszuschließen, dass er hier nur mal Urlaub gemacht, sich bei der Gelegenheit Duplikate von Schlüssel und Zufahrtskarte besorgt hatte. Durchaus denkbar, dass er vor drei Jahren die Identität des Osteopathen mit eigener Praxis in Braunschweig und möglicherweise tödlich verunglückter Familie kopiert hatte, um sie zu ködern. Als Romanstoff hätte sie das ohne großartige Erklärungen akzeptiert. Aber wer machte sich in der Realität so viel Mühe, wer investierte so viel Zeit? Niemand, der nicht auch einen triftigen Grund hatte. Und so einen Grund sah sie bei einem Fremden nicht.

Der schwach flimmernde Streifen vor der Thujahecke war nicht mehr auszumachen. Hatte sich die Wolkendecke wieder vor den Mond geschoben, oder hatte der Schleicher sich verzogen?

Sie riskierte es. In einer Hand das Messer, tastete sie sich mit der anderen um den Esstisch herum zur Treppe und rüber zur Garderobe. Dabei horchte sie so angestrengt in den Wohnraum, dass es in den Ohren summte, während ihre Finger über die Wand zum Schlüsselbrett glitten und einsammelten, was daran hing. Dann schlich sie zurück. Auf die Gefahr hin, dass der Kerl draußen sah, wie ein heller Fleck die Terrassentür ansteuerte.

Als sie die Tür erreichte, hatten ihre Augen sich auf die Dunkelheit eingestellt. Sie machte das Gestell mit der Schaukel auf dem Rasen aus, sonst war draußen nichts und niemand zu sehen. Sie griff nach der Klinke, drückte sie nieder. Abgeschlossen!

Natürlich abgeschlossen! Sascha war ein Mann, der seine Familie verloren und ein paar Komplexe hatte. Ein hochintelligenter Killer, der seit Jahren seinen Hass auf sie pflegte, weil seine Frau ihre Bücher geliebt hatte, war er bestimmt nicht. Und warum hätte ein Fremder sich drei Jahre lang unter falschem Namen um sie bemühen, sich so eine Geschichte ausdenken sollen, um ihren wunden Punkt zu treffen, von dem ein Fremder doch gar nichts wissen konnte?

Ohne Licht zu machen probierte sie die Schlüssel einen nach dem anderen aus. Den passenden legte sie auf den Beistelltisch neben die größere Couch, die als Raumteiler diente.

Polizisten

Der Weimaraner schnüffelte ausgiebig an dem besabberten Schaf und den Babysachen, die Martin aus der Schmutzwäsche geholt hatte. Aber das Tier gab danach mit keinem Signal zu verstehen, dass es in Anni Erzigs kleiner Wohnung eine Duftspur von Luca in die Nase bekam. Nicht am Bett, nicht am Sofa, nicht auf den Fußböden, nicht an der Badewanne.

Überall, wo man ein Baby hätte ablegen können, schüttelte der Hundeführer bedauernd den Kopf. Schließlich sagte er: »Ich glaube nicht, dass das Baby hierhergebracht wurde. Aber vielleicht versuchen Sie es morgen noch mal mit einem anderen Tier. Könnte sein, dass der Tilo jetzt zu müde ist.« Damit verabschiedete er sich.

Thomas Scholl fluchte und äußerte nun doch noch den Verdacht, der ihn am Schlossweiher geschüttelt hatte. »Hoffentlich hat die verrückte Schachtel den Kleinen nicht in den Schlossweiher geworfen. Da ist der Hund hin und her gelaufen. Vielleicht bildete sie sich ein, sie müsste einen Engel aus ihm machen.«

Klinkhammer ersparte sich einen Kommentar, reichte ihm den USB-Stick mit Gabis Telefonrechnungen und empfahl: »Fahr zurück. Wenn du den bei Jochen abgeliefert hast, solltet ihr beide ein paar Stunden schlafen. Auswerten kann Jochen das morgen früh. Die Nachtschicht kann der KDD übernehmen. Über Nacht wird sich kaum noch etwas tun.«

Wie hätte Scholl dem noch widersprechen sollen? Er fuhr zurück nach Hürth, instruierte Jochen Becker sowie die Nachtschicht des KDD und fuhr nach Hause, wo er noch geraume Zeit am Bett seiner schlafenden Tochter stand und das Kind anschaute, ehe er seiner Frau erzählte, warum es so spät geworden war.

Becker blieb noch eine Weile in der Dienststelle, um sein Tagwerk zu vervollständigen. Bis dahin hatte Klinkhammers Stellvertreter auf einem großen Stadtplan von Bedburg Mels Weg und Anni Erzigs Bewegungsmuster eingezeichnet. Soweit bekannt, hatte er die Zeiten dazu notiert. Des Weiteren hatte er alle von Scholl übermittelten Zeugenaussagen in den Computer eingepflegt, ebenfalls mit Zeitangaben versehen und ausgedruckt.

Nun ergänzte er seine Zusammenfassung der bisherigen Ermittlungen um den Einsatz des Weimaraners und die dabei gewonnenen Erkenntnisse. Und weil er nach dem Motto arbeitete: *Was du heute kannst besorgen, das verschiebe nicht auf morgen,* machte er sich auch noch an die Auswertung des USB-Sticks mit den Telefonrechnungen, wobei er sich auf die letzten drei Monate beschränkte. Eingehende Anrufe waren nicht gelistet, weil sie für die Rechnungen nicht erfasst wurden.

Die Einzelnachweise bezeugten, dass Gabi nicht allzu oft aus eigenem Antrieb zu Telefon oder Handy griff. Um die zwanzigmal hatte sie bei ihrem ältesten Bruder angerufen und jedes Mal ein etwa fünfminütiges Gespräch geführt. Sechsmal hatte sie den Geschäftsanschluss des Installationsbetriebs gewählt, den ihre Tochter managte. Drei Anrufe bei Ines Klinkhammer im Verlag, zwei bei Käthe Wilmers und zwei bei Wolfgang Treber in Köln, jeweils einer bei einem Gynäkologen und einer Zahnarztpraxis in Bedburg und zwei bei einer Nummer in Braunschweig, die nicht in öffentlichen Telefonverzeichnissen eingetragen war.

Becker rief kurzerhand an und entnahm der Ansage eines ABs, dass er mit dem Anschluss der Familie Pleiß verbunden, zurzeit aber niemand zu Hause war. Er vermutete, dass alle im Bett lagen und keiner Lust hatte, für einen späten Anruf noch mal aufzustehen. Inzwischen ging es auf elf Uhr zu. Eine Nachricht hinterließ er nicht. Nachdem er für die Besprechung am nächsten Morgen alles noch mehrfach ausgedruckt hatte, machte er ebenfalls Feierabend und überließ den Kollegen vom KDD das Feld.

Zu dem Zeitpunkt hielt Klinkhammer sich noch in Anni Erzigs Wohnung auf. Der Schaden war mit dem Öffnen der Tür angerichtet, da konnte er sich auch einen eigenen Eindruck verschaffen. Er hatte ja einiges nachzuholen.

Aus dem Erdgeschoss drangen noch Geräusche zu ihm herauf, es klang nach dem Fernseher. Über ihm war es still. Und in der Wohnung so armselig. Anni Erzig besaß nicht mal ein Telefon. Die gerahmten Fotos auf der Anrichte im Wohnzimmer zeugten von besseren Zeiten, die lange zurückliegen mussten. Die trostlose Atmosphäre machte ihn noch bedrückter, als er ohnehin schon war.

Mit seinem toten Handy in der Jackentasche fühlte er sich wie abgeschnitten von der Welt, auf sich selbst reduziert und auf seine Gedanken, die sich heute intensiv mit Gabi beschäftigt und kaum einen Blick auf etwas anderes erlaubt hatten. Das war ihm sehr wohl bewusst. Deshalb schaute er nun umso genauer hin.

Ein Sparbuch entdeckte er nicht, auch keinen Hinweis darauf, dass Anni Erzig über Rücklagen verfügte. In einem Schubfach der Anrichte lagen nur ordentlich abgeheftete Kontoauszüge, denen zu entnehmen war, wie viel Rente die Frau bezog. Dass ein Mensch von so wenig leben konnte, hätte jeden Hartz-IV-Empfänger in Erstaunen versetzt. Nach Abzug der Kosten, die ihre Wohnung verschlang, blieben ihr monatlich hundertdreißig Euro. Bei der Summe war es schwer vorstellbar, dass sie Mineralwasser kaufen sollte. Sechserpack Anderthalb-Liter-Flaschen, das klang ihm noch im Ohr.

Ob sie einen Job hatte, der bar auf die Hand bezahlt wurde, um ihre jämmerliche Witwenrente aufzustocken? Vielleicht eine Putzstelle in einem Privathaushalt für ein paar Stunden die Woche? Wenn sie ständig unterwegs war, wie sollte ihrer Nachbarschaft auffallen, dass sie nicht nur in der Stadt herumlief, sondern sich ein bisschen was dazuverdiente?

Dann hatte sie vielleicht eine Anlaufstelle in Bedburg, wo sie mit ihrem Koffer und dem Rucksack unterkriechen konnte. Putzfrauen hatten häufig Schlüssel für die Räume, in denen sie sauber machten. Ihre Zugehfrau in Paffendorf hatte jedenfalls einen, hätte sich tagsüber unbemerkt einschleichen und sich im Keller ein Fleckchen suchen können, wo nur selten jemand auftauchte. Beim Heizkessel zum Beispiel.

Berufstätige Hausbesitzer hätten nichts von den Lautsprecherdurchsagen mitbekommen. In einem verlassenen Haus hätte Anni Erzig unmittelbar nach der Entführung auch Luca unterbringen können. Womit sich die Zeitspanne zwischen ihrem Auftauchen beim Drogeriemarkt und ihrem Sprint auf der K37n ebenso schlüssig erklärt hätte wie ihre Eile. Die vermeintliche Panik, als Silke Böhmers Auto hinter ihr auftauchte, musste nicht unbedingt mit dem grauen Kombi zusammenhängen.

Vielleicht hätte sie auf jedes Auto so reagiert, weil sie wusste, dass nicht richtig war, was sie getan hatte. Womöglich hatte sie sich bei der Entführung auch beobachtet gefühlt.

Wieso kam er jetzt erst auf diese Möglichkeit?

Weil er vorher nicht gewusst hatte, wie wenig Geld Anni Erzig zur Verfügung stand. Aber wo er dieses Szenario einmal angedacht hatte, spielte er es auch durch – bis hin zu der Erkenntnis, dass sich mit einem Unterschlupf der Zickzackkurs über den Parkplatz beim Einkaufszentrum nicht zufriedenstellend erklären ließ. Dieses Hin und Her passte besser zu der zweiten sich aus den Kontoauszügen ergebenden Frage: Wie groß wäre die Verlockung für Anni Erzig gewesen, wenn Gabi mit größeren Geldscheinen für eine Gefälligkeit gewunken hätte?

Damit war er wieder bei seiner Heimsuchung. Aber er durfte das nicht ausschließen, nur weil er zum Bekanntenkreis gehörte. Angenommen, Gabi hatte tatsächlich Unterstützung bei ihrer Aktion gehabt, wie Martin und auch Velbecker meinten, dann hätte sie mit Luca Richtung Süden düsen können und ihre Unterstützung den Rest übernommen. Anni Erzig zum Packen nach Hause geschickt, die Frau nach Einbruch der Dunkelheit auf dem Parkplatz beim Einkaufszentrum wieder aufgesammelt und zum nächsten größeren Bahnhof oder sonst wohin gefahren. Dann wäre Anni Erzig auf der Suche nach einem bestimmten Auto wohl kreuz und quer über den Parkplatz gelaufen. Dann wäre sie vermutlich auch aus dem Schlafzimmerfenster gestiegen, damit die Nachbarin im Erdgeschoss nichts mitbekam.

Ein Klopfen an der Wohnungstür riss ihn aus seinen Überlegungen. Dass er in Gedanken versunken aus dem Wohnzimmer ins Schlafzimmer gewechselt war, hatte er nicht registriert. Aber Roswita Werner.

»Habe ich doch richtig gehört«, sagte sie, als er öffnete. »Ich dachte schon, ich bilde mir ein, dass über mir jemand herumläuft, weil ich Ihren Kollegen vor einer ganzen Weile hab wegfahren hören. Das war doch Ihr Kollege, nicht wahr? Sie sind doch auch von der Polizei.« Völlig sicher schien sie nicht, wirkte ein bisschen angespannt. Klinkhammer zeigte ihr seinen Dienstausweis.

»Und was machen Sie noch hier?«, wollte sie wissen. »Glauben Sie, dass Frau Erzig zurückkommt?«

»Das wollen wir doch hoffen«, antwortete er und nutzte die Gelegenheit, um sie nach einer Putzstelle oder anderen Anlaufstellen für Anni Erzig zu fragen. Aber wie er sich gedacht hatte, Roswita Werner wusste davon nichts.

»Ich kann mir auch nicht vorstellen, dass Frau Erzig sich mal um Arbeit bemüht hätte«, sagte sie. »Nicht dass sie zu faul wäre, verstehen Sie mich nicht falsch, aber sie kommt zurecht. Rodriguez haben ihr hin und wieder was gegeben, weil sie sich ständig um die Kinder gekümmert hat.«

Als Anlaufstelle oder Unterschlupf für Anni Erzig sah Roswita Werner die Familie Rodriguez jedoch nicht – jedenfalls nicht vor dem Hintergrund einer Kindesentführung. »Elena würde vielleicht ein Auge zudrücken, für eine Nacht oder so. Aber mit Diego wäre das nicht zu machen. Der hätte Angst um seinen Job, wenn's rauskäme. Das ist ja eine Sicherheitsfirma.«

»Und sonst hat sie niemanden?«, fragte Klinkhammer. »Kontakte von früher? Eine Freundin?«

»Für Freundschaften hatte sie nach der Erkrankung ihres Mannes keine Zeit mehr«, erklärte Roswita Werner. »Solange ich hier wohne, hatte sie nie Besuch. Und wenn ich sie nicht angesprochen hätte, wären wir vermutlich auch nicht in Kontakt gekommen. Bei Elena war es genauso.«

Klinkhammer fragte nach Wasserflaschen, weil er in der Wohnung keine einzige Flasche entdeckt hatte. Roswita Werner musste kurz überlegen, wann sie Anni Erzig mit dem Sechserpack gesehen hatte. »Das ist noch nicht lange her, zwei oder drei Wochen. Genau weiß ich es nicht mehr. Aber es war ein Freitag. Ich hatte ebenfalls Einkäufe gemacht und kam gerade zurück. Frau Erzig hatte die Flaschen abstellen müssen, um die Haustür aufzuschließen. Vermutlich hat sie die leeren inzwischen zurückgebracht. Da war doch Pfand drauf.«

»Haben Sie Frau Erzig nur das eine Mal mit Wasserflaschen gesehen?«

Roswita Werner nickte. »Ich habe mich noch gewundert. Ich käme nicht auf die Idee, Flaschen zu schleppen. Und ich muss mich nicht so einschränken wie Frau Erzig.«

Klinkhammer nickte ebenfalls. Sie hatte ausgesprochen, was er dachte. »Ich schau mich noch ein bisschen um.«

Roswita Werner wandte sich der Treppe zu, drehte sich noch einmal um und fragte: »Möchten Sie einen Kaffee? Ich habe mir eben frischen aufgebrüht.«

»Um die Zeit?«, fragte er verblüfft.

»Ich trinke immer einen Kaffee, ehe ich ins Bett gehe«, erklärte sie. »Sonst kann ich nicht schlafen. Mein Blutdruck ist zu niedrig. Soll eine gute Lebensversicherung sein, behauptet mein Arzt.«

»Dann sage ich nicht Nein«, sagte Klinkhammer.

»Milch? Zucker?«

»Schwarz.«

Fünf Minuten später saß er mit einem alten Fotoalbum auf der kleinen Couch. Vor ihm auf dem Tisch standen ein dampfender Kaffeebecher und ein Teller mit Keksen. Beides hatte Roswita Werner ihm nach oben gebracht. Ein Wurstbrot wäre ihm lieber gewesen. Aber darum hatte er nicht bitten mögen.

Die Fotos im Album bezeugten wie die auf der Anrichte und der Kommode im Schlafzimmer die kurze Spanne, in der Anni Erzigs Leben unbeschwert und sie eine hübsche junge Frau gewesen war. Auf einer Aufnahme lag sie mit einem Badeanzug bekleidet in einem Liegestuhl, einen schlafenden Säugling auf der Brust. Sie blinzelte offenbar gegen die Sonne an, was ihr Lächeln zu einer Fratze verzerrte. Auf einem anderen Foto stand sie in Knickerbockern und Holzfällerhemd, knöchelhohe Schnürstiefel an den Füßen, einen Rucksack auf dem Rücken und einen Wanderstab in der Hand auf einem schmalen Steig vor einem Felsmassiv.

Er dachte unwillkürlich wieder an Gabi und die komfortable Berghütte, die sie auf ihrem Handy herumgezeigt hatte. Ob die beiden Frauen sich kannten? Gut möglich, dass sie sich mal in Bedburg begegnet waren. Das erklärte aber immer noch nicht die sechs Wasserflaschen, die Anni Erzig vor Wochen in ihre Wohnung geschleppt hatte. Nicht um das Wasser hier zu trinken, da war er sicher. So verschwenderisch wäre sie nicht. Sie musste sich schon vor Wochen darauf eingestellt haben, abzutauchen an einen Ort, an dem es kein Trinkwasser gab.

»Wo bist du?«, murmelte er. »Wo zum Teufel versteckst du dich jetzt – und warum?«

Die Engelsucherin – November/Dezember 2017

Nachdem sie den jungen Mann aus dem Dachgeschoss auf ihrem Bett angetroffen hatte und sich darüber klar geworden war, dass sie ein Ziel brauchte, eine Zuflucht, einen Unterschlupf, in den sie sich für eine Weile zurückziehen und abwarten konnte, begann für Anni Erzig eine anstrengende Zeit.

Es gab nur einen Ort, der sich anbot: die alte Laube in ihrem kleinen Garten. Gemütlich war es dort nicht, aber sicher, meinte sie. Es wusste doch niemand von diesem Fleckchen Erde. Niemand außer Arturo, der sich kaum noch an den Weg erinnern würde, und Maja, die ihrem Vater gewiss nie verriet, wo er Anni finden könnte, wenn sie nicht in ihrem Bett lag.

Seit dem schrecklichen Tag im März war Anni nicht mehr im Garten gewesen. Als sie nun das erste Mal wieder hinging, stellte sie fest, dass sich nichts verändert hatte. Der morsche Zaun, dahinter hüfthoch wucherndes Grün. Man musste schon wissen, dass sich hinter dem Bewuchs eine niedrige Behausung befand, oder vom Waldsaum aus sehr genau hinschauen, was wohl kaum einer tat, weil zwischen dem Wald und dem Garten kein Weg vorbeiführte. Es war nicht mal ein Trampelpfad, nur ein schmaler Streifen Unkraut, der scheinbar nirgendwohin führte.

Den Bewuchs rührte Anni nicht an, vermied es nach Möglichkeit, zu viele Halme niederzutreten. Sie richtete nur die Laube so weit her, dass sie sich dort einige Tage aufhalten könnte. Mit einer Nacht sei es nicht getan, meinte sie. Majas Vater würde garantiert mehrfach versuchen, sie im Schlaf zu überraschen, wenn er sie beim ersten Mal nicht mehr in ihrer Wohnung antraf. Ob er nach einer Woche aufgab? Oder nach zwei? Vielleicht glaubte er erst nach drei Wochen, sie sei weggezogen und habe ihre armseligen Besitztümer zurückgelassen, weil die einen Umzug ohnehin nicht überstanden hätten.

Den ganzen Dezember schuftete sie, grub ein Loch an einer windgeschützten Stelle neben der Laube, um ihre Notdurft zu verrichten, schaffte Ordnung in der Laube, brachte zuerst das Gartengerät nach draußen, um ein bisschen mehr Platz zu haben. Flach zwischen das Unkraut auf die Erde gelegt, konnte es niemandem auffallen, selbst wenn – womit nicht zu rechnen war – einmal jemand am Waldsaum entlanggeschlendert wäre und sich den Hals verrenkt hätte, um in ihren Garten zu spähen.

Mit einem alten Reisigbesen fegte sie den Boden, wischte Spinnweben von den Wänden, aus den Ecken und von der niedrigen Decke. Nur das winzige Fensterchen ließ sie schmutzblind, wie es war. Sie opferte einen Viertelliter Wasser, rührte damit in einer alten, rostigen Farbdose eine Seifenlauge an und schrubbte mit einer Wurzelbürste den stockfleckigen Bezug des alten Liegestuhls. Das bereute sie gleich wieder, weil die Feuchtigkeit gefror und der Stoff ganz steif wurde. Aber er trocknete auch wieder und wurde dabei weich, es dauerte nur drei Tage.

Einen Vorrat an Wasserflaschen und Konserven schaffte sie in mehreren Etappen herbei, brachte ihre Einkäufe zuerst in ihre Wohnung, der Weg dorthin war kürzer. Dann teilte sie alles in kleinere Portionen, die sie in ihrer Tasche und einem Stoffbeutel zur Laube trug. Außerdem kaufte sie Kerzen und Zündhölzer.

Sie hätte sich auch gerne einen Esbit-Kocher für warme Mahlzeiten zugelegt. Ihr Mann hatte früher so einen Kocher besessen. Wo der geblieben war, wusste sie nicht. Wäre er ihr beim Umzug in die Hände gefallen, hätte sie ihn vermutlich ebenso mitgenommen wie die Wanderausrüstung und den Rucksack. Im Einkaufszentrum gab es so etwas nicht. Sie behalf sich mit einer leeren Konservendose, die sie in ein Stövchen umfunktionierte. Dafür erwarb sie dann auch noch einen Beutel mit Teelichtern.

Da sie seit dem Auszug der Familie Rodriguez tagsüber viel unterwegs gewesen war, fielen ihre Aktivitäten weder Roswita Werner noch sonst jemandem auf. Dass sie nicht mehr nur in der Stadt herumlief auf der Suche nach ihrem wiedergeborenen Sohn, merkte auch keiner. Sie musste nur auf dem Heimweg die Gartenerde gründlich von ihren Schuhen streifen.

Trotz primitivster Mittel war ihre Laube an Heiligabend schon fast gemütlich. Eine Sperrholzkiste hatte sie in ein Regal umfunktioniert, etwas Geschirr und Besteck darin untergebracht und zwei Kerzen obenauf gestellt. Es fehlte nur noch eine warme Decke, um den Liegestuhl in ein Bett zu verwandeln. Von ihrem Bettzeug konnte sie nichts entbehren, und ihr Etat für Dezember war restlos erschöpft.

Eine Weile kämpfte sie mit sich, etwas Geld vom Sparbuch abzuheben, tat es dann doch nicht, weil ihr Sohn dieses Geld später möglicherweise brauchte. Sie verschob die Anschaffung einer warmen Decke lieber in den Januar, kam allerdings nicht mehr dazu, dieses Vorhaben in die Tat umzusetzen, weil sie an dem Freitag, an dem eine Schar von Polizisten sich die Köpfe über ihre Verhaltensweisen zerbrachen und nach ihr suchten wie nach der Nadel im Heuhaufen, ihren Sohn wiederfand.

Der Vater

Martin hatte die Schuhe ausgezogen und Max in seinen Arm gezogen. Papas Nähe, die damit einhergehende Sicherheit und die zweite Gutenachtgeschichte beförderten den Jungen zurück ins Reich der Träume. Martin lag mit geschlossenen Augen da und döste vor sich hin. Einschlafen wollte er auf keinen Fall, um nicht schlaftrunken ans Telefon zu torkeln, falls Luca nicht bei Mutti war und doch noch ein Anruf kam, bei dem die IBAN durchgegeben wurde. Nicht auszudenken, wenn er mit beduseltem Kopf die Zahlen falsch notierte. Eine Wiederholung gäbe es wahrscheinlich nicht oder nur um den Preis abgeschnittener Fingerchen. Dieses Bild ließ ihn einfach nicht los.

Er sah sich vor der Wickelkommode stehen, frühmorgens um halb sechs. Sah sich Luca aus der schwer gewordenen Pampers schälen, ihm eine frische Windel anziehen, den Body wieder zuknöpfen. Und Luca lachte ihn an, brabbelte »mamama«, drehte sich auf den Bauch und grabschte nach der Milchflasche, die neben der Wickelauflage stand.

Dann sah er sich auf der Entbindungsstation das Handyfoto schießen, das über Muttis Schreibtisch hing. Sah Mel in dem Bett sitzen, den zwei Stunden alten Luca im Arm, das Makeup perfekt, die platinblonde Frisur wie einen Helm ums Gesicht drapiert, das Lächeln drei Dutzend Mal vor dem Spiegel geprobt, damit es nur ja genug Mutterglück ausstrahlte. Und wie sie dann an sich hinunterschaute. »Findest du mich jetzt wieder zu fett?«

Zu fett hatte er sie noch nie gefunden. Das hatte sie ihm nur nie geglaubt. Also sagte er: »Ich bitte dich, Schatz, du hast gerade entbunden und schon wieder eine tolle Figur. Dafür müssen andere wochenlang Diät halten und Sport machen.«

»Nach Max hatte ich acht Kilo zugenommen und war nicht so dick wie jetzt.«

»Du bist nicht dick.«

»Du lügst. Warum belügst du mich immer? Sag mir die Wahrheit. Ich bin dir widerlich, das war ich von Anfang an. Ich bin eben nicht wie Alina. Du hast mich doch nur genommen, weil du Alina nicht haben konntest. Gib es zu, geliebt hast du mich nie.«

Vermutlich hatte sie damit auch noch recht. Er fragte sich seit Monaten, wie es mit ihnen weitergegangen wäre, wenn er ihr nachgegeben hätte, als Mutti ihm das Haus anbot. Mel hatte nicht nach Niederembt ziehen wollen, hatte wochenlang gebettelt, die Hochhauswohnung zu nehmen, die ihr Bruder ihnen bot.

»Sag deiner Mutter, du willst das Haus nicht. Sie soll uns lieber das Geld geben. Alle meine Freundinnen wohnen in Köln. Es gibt dort großartige Einkaufsmöglichkeiten und viele Ärzte. Es gibt in Köln alles, was es in dem Kaff nicht gibt.«

Vor allem gab es in Köln an fünf Tagen die Woche von morgens um neun bis zum späten Nachmittag Joris, in dessen unmittelbarer Nähe Martin nicht ohne Not leben wollte. Dann hätte er wahrscheinlich bald eine wie von Joris mit einer Fernbedienung gesteuerte Frau gehabt.

»Du hast ein Auto«, hatte er dagegengehalten. »Du kannst jederzeit nach Köln fahren. Sogar ohne Max. Du hast doch gehört, was meine Mutter angeboten hat. Sie wird sich gerne um Max kümmern, wenn du mal ins Kino willst oder sonst wohin, wo man ein Baby nicht mitnehmen kann.«

Ob das Mel umgestimmt oder ob Joris für das Haus auf dem Land plädiert hatte, weil er zu der Einsicht gelangt war, dass Mutti nicht einfach hundertneunzigtausend Euro verschenken würde, wusste Martin nicht. Aber zu dem Zeitpunkt hatte er Mel noch geliebt. Zumindest hatte er das, was er für sie empfand, für Liebe gehalten. Und davon war nichts mehr übrig.

Seit Luca auf der Welt war, hatte er nicht mehr mit ihr geschlafen. Auch nicht mit einer anderen. Keine Lust, kein Verlangen. Er war nicht impotent, hatte schon überlegt, vielleicht mal ins Bordell zu gehen. Aber die Vorstellung ekelte ihn. Hin und wieder schaute er sich nachts am Computer Softpornos an, deshalb stand sein alter PC noch im Keller. Wenn Mel aufwachte und nach ihm suchte, machte sie überall Licht und warnte ihn damit rechtzeitig. Dann war er mit einem Klick auf einer Immobilienseite, der Browserverlauf löschte sich später automatisch. Und die Frauen auf dem Monitor stellten keine Fragen, keine Ansprüche, verlangten ihm nichts ab, was er nicht geben konnte.

Wahrscheinlich konnte er gar nicht so empfinden, wie ein Mann normalerweise für eine Frau empfand. Liebe? Wo lernte man das? Wer brachte es einem bei, wenn man keinen Vater hatte, bei dem man es abgucken konnte? Und wie zeigte sich, dass man liebte, ehrlich und aufrichtig und mit jeder Faser?

Für seine Söhne hätte er sich in Stücke reißen lassen. Für Tante Käthe wäre er durchs Feuer gegangen. Bei Alina spürte er seit geraumer Zeit den Drang, sie zu beschützen. Mit Mutti, seiner Schwester, Onkel und Tanten hatte er seit Monaten nichts mehr zu tun gehabt. Und Mel ... Hatte er sie überhaupt jemals wirklich geliebt? Er wusste es nicht. Er wusste nur noch, dass er sich wahnsinnig gefreut hatte, als sie ihm gestand, die Pille habe versagt, sie sei schwanger.

»Sie hat dich aufs Kreuz gelegt«, sagte Alina, die es besser wusste. Mel hatte seit Monaten keine Pille mehr genommen und sich häufig bei ihrem Bruder ausgeheult, weil es nicht klappte und sie keinen Bock mehr hatte, noch länger diese Berufsfachschule zu besuchen. Alina war mehrfach Zeugin solcher Gespräche geworden. Und ihm warf Mel vor, zu lügen.

Aber es hatte ihn nicht im Geringsten gestört, aufs Kreuz gelegt worden zu sein. Im Gegenteil, allein die Vorstellung, bald ein eigenes Kind im Arm zu halten ... Und Max war ein so tolles, so wunderbares, so großartiges Kind. Wozu Mutti nicht unerheblich beigetragen hatte, wie ihm sehr wohl bewusst war.

Nach dem Einzug ins Haus war Max fast täglich bei Mutti gewesen, manchmal nur für einige Stunden, manchmal von morgens bis abends. Während Mutti schrieb, hatte Max auf einer Decke in ihrem Arbeitszimmer geschlafen, gestrampelt, eine Rassel geschwungen, sobald er eine halten konnte. Später war er herumgekrabbelt, hatte sich unter ihrem Schreibtisch versteckt und Kuckuck mit ihr gespielt, hatte sich am Bücherregal hochgezogen und seine ersten Bücher gelesen – die aus dicker, bunt bedruckter Pappe. Natürlich hatte er auch manchmal mit dem Computer geliebäugelt, die blinkenden Lämpchen faszinierten ihn.

Aber Mutti musste nur den Finger heben und »nein« sagen, Max respektierte jede Grenze, die sie zog.

Und Mel hatte es genossen, frei von jeder Verantwortung aussuchen und kaufen oder sich mit Freundinnen an Orten treffen zu können, wo es keinen Wickelraum gab. Und stolz war Mel gewesen, als Max mit sechs Monaten das erste Mal »Mama« sagte, und kurz darauf »Papa« und »da« und »eia« und was Babys sonst noch so von sich geben.

Die gleiche Chance hatte sie Luca nicht eingeräumt. An ihm probierte Mel das Halbwissen aus, das von ihrer abgebrochenen Schulausbildung übrig geblieben war. Ihr schien nicht einmal aufzufallen, dass Max seit Monaten sprachlich auf dem Niveau verharrte, auf das Mutti ihn gehoben hatte. Die Kita hatte daran bisher nichts geändert. Manchmal hatte Martin das Gefühl, dass Max sich verweigerte, weil ihm seine Momi verweigert wurde.

Er liebte seine Söhne gleichermaßen, das glaubte er zumindest. Doch es gab einen gewaltigen Unterschied. Max war sein ganzer Stolz. In Luca sah er seine Aufgabe zu beweisen, dass er ebenso gut wie Mutti die ersten Funken der Intelligenz in einem kleinen Menschen entzünden konnte. Reden war das Zauberwort. Man musste mit Kindern reden, schon mit den Babys, oder ihnen etwas vorsingen. Aber nicht den Fernseher reden lassen oder eine CD von Elvis einlegen, wie Mel es tat, weil Luca sofort zu weinen aufhörte, wenn er diese Samtstimme hörte.

Was hatte dieses blöde Huhn so lange im Drogeriemarkt zu suchen gehabt, wenn sie wusste, dass es in dem Laden warm und stickig war? Was hatte sie sich dabei gedacht, Luca vor dem Laden stehen zu lassen? Vermutlich nichts. Wie Mutti mehrfach festgestellt hatte: Als der liebe Gott das Hirn über die Menschheit ausgoss, war Mel unter eine Überdachung gekrochen, weil sie dachte, es regnete.

Wieder hellwach von seinen Gedanken, ließ Martin den fest schlafenden Max vorsichtig aus dem Arm, setzte sich auf und strich sich mit beiden Händen durchs Gesicht.

»Stört Sie das Licht?«, fragte Rita Voss.

»Nur meine Gedanken. Ich verstehe nicht, wie Mel schlafen kann.« Er schaute auf Max hinunter. »Ich bringe ihn mal wieder nach oben, da hat er mehr Ruhe. Dann mache ich mir einen Kaffee. Möchten Sie auch einen?«

»Lieber wäre mir noch ein Latte.« Der große Milchkaffee war fast leer, Rita Voss trank den kalten Rest, während Martin Max die Treppe hinauftrug und anschließend in die Küche ging. Er schloss die Tür hinter sich, sodass sie das Mahlgeräusch des Vollautomaten nur gedämpft hörte.

Kurz darauf kam er mit zwei großen Bechern zurück, setzte sich zu ihr an den Tisch und schaute zum Telefon in den Flur. »Warum ruft der Scheißkerl nicht noch mal an? Das hält man ja nicht aus.«

»Wenn Ihre Mutter die Entführung initiiert hat, erübrigt sich doch ein weiterer Anruf«, erinnerte Rita Voss ihn an seine diesbezügliche Ansicht.

»Und wenn nicht?«, fragte er.

Die Antwort darauf ersparte sie ihm, erkundigte sich stattdessen: »Was hat Sie eigentlich auf die Idee gebracht, Ihre Mutter könnte dahinterstecken?«

Klinkhammer hatte darauf keine Antwort von ihm bekommen. Aber das war eine Weile her. Warten zermürbte. Martin atmete tief durch, dann sagte er: »Ganz ehrlich? Meine Schwester. Sie fragte, ob ich ihr im Ernst erzählen will, dass Mutti Luca entführt hat, weil sie ihn noch nie gesehen hat.«

Hoppla, dachte Rita Voss.

»Von alleine wäre ich vielleicht nicht so schnell auf diese Idee gekommen«, gestand Martin. »Ich meine, ich komme nach Hause, da sitzen Sie mit Mel und erzählen etwas von einer älteren Frau. Und ehe ich erfasse, was los ist, klingelt das Telefon, und jemand verlangt eine Viertelmillion.«

»Ihre Mutter hat den Kleinen wirklich noch nie gesehen?«

Martin schüttelte den Kopf und trank einen Schluck.

»Warum nicht?«

Mit einem weiteren tiefen Atemzug stellte er den Kaffeebecher wieder ab. »Weil meine Frau befürchtet, Mutti könnte ihm die Nase putzen oder die Windel wechseln.«

»Ist nicht Ihr Ernst.«

Martin grinste müde. »Sagt jeder, dem ich das erzähle, deshalb erzähle ich es eigentlich keinem mehr. Es entlockt jedem einigermaßen vernünftigen Menschen ein ungläubiges Kopfschütteln. Weil es so lächerlich ist, dass Leute mit etwas Grips im Schädel es einfach nicht nachvollziehen können. Aber es ist so. Windeln wechseln und Nase putzen. Meine Frau bezeichnet es allerdings heute noch als die beiden Tropfen, die das Fass zum Überlaufen brachten. Anfangs dachte ich, sie wolle nur verhindern, dass Luca sich so an meine Mutter gewöhnt wie Max. Aber da hätte sie nicht gleich jeden weiteren Kontakt ablehnen müssen. Das ist ein krankhafter Besitzanspruch oder Eifersucht. Ihr Bruder hat dasselbe Problem, wobei das eher ein Problem für andere ist.«

Er hatte es bisher nur Tante Käthe und Alina erzählt. Und vielleicht war Rita Voss für ihn in dieser Nacht eine Mischung aus den beiden Frauen, zu denen er ein Vertrauensverhältnis hatte. Vielleicht war es auch nur so, dass es ihn von Luca und den wahnsinnigen Vorstellungen ablenkte, über Mels Wahnsinn zu reden.

Zwei Wochen vor Lucas Geburt war es zum Knall gekommen. Das übliche Wochenende. Samstags holten sie wie immer zu dritt bei Mutti die Einkäufe ab. Max war erkältet und wollte sich nur von Mutti die Nase putzen lassen, weil die das sonst auch immer tat. Nur rollte Mutti gerade einen Hefeteig aus und hatte die Hände voller Mehl.

»Komm her, Max«, forderte Mel. »Ich putze dir die Nase.«

»Nein, Momi mach das.«

Mel war eingeschnappt, machte aber in Muttis Gegenwart den Mund nicht auf.

Sonntags war es eine vollgeschissene Windel, an die Max seine Mutter nicht ranlassen wollte. »Nein, Momi mach das.«

Danach brütete Mel eine Viertelstunde vor sich hin, zerbröselte das Stück Butterstreusel auf ihrem Teller und bat schließlich: »Lass uns heimfahren, Martin. Ich fühle mich nicht wohl.«

Im Auto flippte sie völlig aus, löste sich in Tränen auf und kreischte: »Das ist mein Sohn! Er ist in mir gewachsen! Ich habe ihn auf die Welt gebracht. Deine Mutter hat mir mein Fleisch und Blut entfremdet.«

Theatralisch wie so oft, daran war Martin längst gewöhnt. Wenn es ans Eingemachte ging, wie Tante Käthe das ausdrückte, sprach Mel, als agiere sie in einem Stück von Shakespeare. Wahrscheinlich glaubte sie, das ihrem Stammbaum zu schulden. Er versuchte vergebens, sie zu beschwichtigen.

»Jetzt reg dich doch nicht so auf, Schatz. Du machst ihm Angst. Mutti hat ihm doch nur die Windel gewechselt. Und das nicht zum ersten Mal. Letzte Woche hast du noch gesagt, du wärst froh, wenn du dich mit deinem dicken Bauch nicht über ihn hängen musst, weil er nicht still liegen bleibt und dich schon ein paarmal getreten hat.«

Das anzuführen war vielleicht nicht klug, bei Mutti zappelte Max nämlich nicht herum, was Mel schon mehr als ein Mal gesehen hatte. »Gestern hat sie ihm die Nase geputzt«, keifte sie.

»Auch nicht zum ersten Mal«, erwiderte Martin genervt. »Was erwartest du denn, wenn du ihn täglich bei Mutti ablieferst?«

»Damit hast du mich überredet, in dieses Kaff zu ziehen. Schon vergessen? Sie würde sich gerne um ihn kümmern, wenn ich mal ins Kino möchte, hast du gesagt.«

»Das tut sie ja auch. Und wie oft gehst du ins Kino? Wie oft hast du ihn hingebracht, weil er erkältet war? Weil er Fieber hatte und du keine Lust hattest, stundenlang mit ihm beim Arzt zu sitzen? Du machst lieber Einkäufe.«

»Ich richte unser Haus ein!«

»Eingerichtet ist es schon, seit wir eingezogen sind. Du kaufst nur noch Kinkerlitzchen und Klamotten. Mit Muttis Geld.«

»Ich habe sie noch nie um Geld gebeten.«

»Aber du nimmst es. Meinst du, ich wüsste nicht, dass sie dir jedes Mal ein paar Scheine zusteckt, wenn du auf Tour gehst? Sonst müsste ja mal was von unserem Konto abgebucht werden.«

»Das ist ihre Masche«, behauptete Mel. »Ich habe es nur zu spät durchschaut. Sie hat mir Max abgekauft. Mit Luca wird ihr das nicht gelingen, das lasse ich nicht zu.«

Es war nicht ihr erster Streit, aber der erste aus einem dermaßen bescheuerten Grund. Nicht mal Joris konnte nachvollziehen, was in Mel vorging. Er fragte: »Schießen so kurz vor der Niederkunft deine Hormone quer, Schwesterlein?«

Tante Käthe wollte wissen: »Weiß sie nicht, wie viel sie deiner Mutter zu verdanken hat? Wer hat in eurem Alter denn schon ein schuldenfreies Haus? Dafür schuften andere ihr Leben lang. Die komplette Einrichtung hat Gabi auch bezahlt und die neue Heizung. Da regt man sich doch nicht über Kinkerlitzchen auf.«

Alina war der Meinung: »Mel wird sich schon wieder besinnen, wenn das Baby da ist und sie feststellt, was noch alles gekauft werden muss.«

Mel besann sich nicht. Für Luca musste auch nicht viel gekauft werden. Es war ja schon alles vorhanden, Babyklamotten in allen Größen, Wickelkommode, Windeleimer, sogar das Gitterbett, in dem Max seine ersten Wochen in Jülich verbracht hatte. Man brauchte nur noch Dinge für den täglichen Bedarf eines Säuglings. Das konnte Martin von seinem Einkommen bestreiten.

Er hoffte von Woche zu Woche, dass Joris seinen Einfluss geltend machte und Mel zum Umdenken bewegte. Manchmal stellte er verblüfft fest, dass ihm die Besuche bei Mutti und die Gespräche mit ihr fehlten. Früher war sie ihm auf die Nerven gegangen mit ihren Ansichten und ihren Geschichten. Nun fiel ihm auf, wie viele Gedanken hinter allem steckten, was Mutti von sich gab. Kluge Gedanken. Hohle Phrasen kamen ihr nicht über die Lippen. Sie sprach sogar mit Max schon über das, was in der Welt vorging, als würde er es verstehen.

Mit Mel konnte man nur über ihre Einkäufe, ihren Geschmack und drei oder vier Fernsehserien reden, die sie sich gern anschaute. Und Joris kümmerte es nicht, ob Mel ihrer Schwiegermutter verzieh, ehe die bemerkte, dass sie mit alltäglichen Handgriffen eine Verrückte gegen sich aufgebracht hatte.

»An deiner Stelle wäre ich Mel dankbar«, sagte Joris. »Meine Schwester hat dir deinen Lebenstraum verwirklicht, zwei süße Kinderchen und ein Häuschen auf dem Land. Darf sie nicht auch mal an sich denken? Es sind doch auch ihre Kinder. Sei froh, dass sie nicht zurück nach Köln will. Dass ich binnen weniger Wochen eine Wohnung für sie frei machen kann, wenn sie mich darum bittet, habe ich doch schon einmal bewiesen.«

Als hätte er mit eigener Hand die alte Frau aus dem siebten Stock die Treppe hinuntergeworfen und den pflegebedürftigen alten Mann mit einer Plastiktüte über dem Kopf an einer Türklinke aufgeknüpft. Großmäuliges Arschloch, dachte Martin und ließ sich für Mutti immer dünnere Ausreden einfallen.

Dass Mel sie unmittelbar nach Lucas Geburt nicht in die Nähe des Kleinen lassen wollte, erklärte er mit einer schwierigen Geburt. »Mel braucht ein bisschen Ruhe und Zeit, sich ans Baby zu gewöhnen. Das ist doch eine große Umstellung für sie. Max ist dank dir schon so selbstständig.«

Mutti verstand das und fühlte sich geschmeichelt. Sie verstand auch, dass Max nun die Woche über zu Hause bei Mama und dem Brüderchen bleiben musste, damit er sich nicht abgeschoben fühlte und eifersüchtig auf den Kleinen wurde. Dass Martin samstags alleine kam, um die Pampers, die Milch für Luca, die Gläschen für Max, kiloweise frisches Obst und einiges mehr abzuholen, dass er Max nicht mal für die Viertelstunde mitbrachte, schmerzte sie wohl, aber sie hatte vollstes Verständnis für den Knirps, der ganz vernarrt in seinen kleinen Bruder war und ihm nicht von der Seite weichen wollte, wie Martin behauptete. Schöne hohle Sprüche lernte man als Makler schnell.

Dass Mel ihr mit zwei kleinen Kindern nicht mehr jeden Sonntag zur Last fallen wollte, darüber freute Mutti sich sogar.

»So viel Einsicht hätte ich ihr nicht zugetraut. Dann brauche ich ja nicht mehr jeden Samstag zu backen und muss auch nicht mehr jeden Sonntag am Herd stehen und tolle Menüs zaubern.«

Dass sie mit der Erkältung, die sie sich Anfang April einfing, nicht in die Nähe des Säuglings kommen durfte, verstand sich von selbst. Mutti schluckte auch noch den Besuch von Mels Eltern, da wollte sie gar nicht stören.

Den Jahreswechsel und die letzten Monate der Schwangerschaft hatten Esther und ihr ergebener Vasall in Südfrankreich und Spanien verbracht. Das hatte ihnen die Kosten erspart, die ein Weihnachtsfest mit Kindern und einem Enkel normalerweise verursachte. Aber nach Lucas Geburt waren sie zur Stelle, brachten Berge von Schmutzwäsche mit und ließen die Waschmaschine heiß laufen. Esther zeichnete Luca von allen Seiten, rahmte eine Zeichnung hinter Glas und fand, dieses Geschenk sei mit Geld nicht aufzuwiegen.

Mutti hätte ihr wahrscheinlich etwas anderes erzählt. Aber Mutti ging Mels Eltern aus dem Weg. Mit einer überkandidelten Kuh wie Esther wollte sie nichts zu tun haben. Mels Vater war in ihren Augen ein Waschlappen, auch keine Spezies, mit der sie sich gerne an einen Tisch setzte. Erst nachdem das Wohnmobil wieder abgefahren war, bemühte Mutti sich um klärende Gespräche.

Nur war mit Mel nicht mehr zu reden. Sie ließ Mutti gar nicht rein und bekam hysterische Anfälle, wenn Martin ihr öffnen wollte. »Wenn du sie ins Haus lässt, gehe ich morgen zum Anwalt und sage Joris Bescheid, dass ich eine Wohnung brauche.«

Die Kinder wollte Mel selbstverständlich mitnehmen, wenn sie ihn verließ. »Meine Kinder wird deine Mutter nicht so kaputt machen wie dich.« Vielleicht hätte er Alina damals nicht so viel von seiner Kindheit und frühen Jugend erzählen dürfen.

Wochenlang schob Mutti Mels paranoides Verhalten auf eine Schwangerschaftspsychose, sprach auch mal von einer Wochenbettdepression. Dreimal die Woche rief sie Martin an, fragte, wie es den Kindern ging, ob Mäxchen sie vermisse. Für Mel empfahl sie Arztbesuche und einen guten Therapeuten. Bis Martin es nicht mehr hören konnte und ihr vom unerwünschten Windelwechsel und der geputzten Nase erzählte.

Muttis erste Reaktion war: »Ich sag doch seit Wochen, sie braucht einen Therapeuten, Martin. Deine Frau ist krank.«

Ja, das war Mel wohl. Eine junge Frau, die zwei Jahre lang alles genommen hatte, was Mutti mit warmen Händen gab, die dann aus gekränktem Stolz, verletzten Muttergefühlen oder krankhaften Besitzansprüchen den totalen Bruch herbeiführte, musste psychisch krank sein. Und vielleicht war Mels Krankheit der Grund, dass ihm die Lust vergangen war, sie noch mal anzufassen.

Ihre wahren Beweggründe interessierten Martin inzwischen nicht mehr. Verstanden hatte er es bis heute nicht. Aber Mel war die Mutter seiner Söhne. Die beiden wollte er um keinen Preis der Welt verlieren. Was leicht passieren konnte, wenn Joris Mel eine Wohnung beschaffte. Ein Kollege im Maklerbüro hatte seine Kinder trotz gemeinsamen Sorgerechts seit über einem Jahr nicht mehr gesehen. Da fand die Frau immer andere Ausflüchte und ließ sich auch von Gerichtsbeschlüssen nicht erweichen.

Und Mutti war nur Mutti. Ein Stehaufmädchen hatte Tante Käthe sie mal genannt. Mutti würde es schon irgendwie verkraften, hatte Martin in den letzten Monaten oft gedacht. Mutti machte doch aus jedem Schlag, den sie einstecken musste, eine Geschichte, verdiente sich doll und dämlich am eigenen Schmerz.

Die Polizistin

So umfassend wie Rita Voss hatte Martin noch keinem Menschen sein Herz ausgeschüttet. Nichts blieb unerwähnt. Nachdem er sich über das mögliche Motiv seiner Mutter ausgelassen hatte, kam er über Mels krankhafte Eifersucht zu Alina und dem bisher trotz Lackpartikeln und Fahrzeugtypbestimmung nicht aufgeklärten Tod ihres Großvaters. In dem Zusammenhang verlor er auch noch ein paar deutliche Worte über seinen Schwager, das großmäulige Arschloch.

So erfuhr Rita Voss, dass das Tatfahrzeug im letzten Oktober ein dunkelgrauer Ford Focus Kombi, Baujahr 2006, gewesen sein musste. Und anschließend auch noch von dem inzwischen drei Jahre zurückliegenden Tod eines alten Ehepaares aus einer Vierzimmerwohnung im siebten Stock eines Hochhauses in Köln-Weiden, die Joris seiner Schwester zugedacht hatte.

Ob Martin sich damit auf seine Furcht zurückschleuderte, Mel könne ihn verlassen und die Kinder mitnehmen, oder ob er fand, jetzt habe er wirklich genug preisgegeben, ließ er nicht erkennen. Er gelangte nur plötzlich zu der Einsicht, jetzt käme bestimmt kein Erpresseranruf mehr – es war zwei Uhr nachts vorbei –, in seinem Bett sei er besser aufgehoben und näher bei Max, falls der noch mal von dem einen oder anderen Buhmann träumte und Trost brauchte. Was aber nicht der Fall war.

Rita Voss wechselte vom Stuhl auf die Couch, döste den Rest der Nacht vor sich hin und grübelte über die Toten im Umfeld der jungen Familie. Was das alte Ehepaar aus Köln-Weiden anging: Wenn sein Schwager beim Treppensturz der Frau nachgeholfen hatte, wie Martin zu vermuten schien, wäre das nach drei Jahren kaum noch zu beweisen. Dass der pflegebedürftige Ehemann sich anschließend mit einer Plastiktüte über dem Kopf an einer Türklinke erhängt haben sollte … Vielleicht hatte der alte Mann Angst vor einem drohenden Umzug ins Pflegeheim gehabt und ohne seine Frau keinen Sinn mehr in seinem Leben gesehen. Eine Türklinke erreichte auch, wer nur noch kriechen konnte.

Bei Alinas Großvater sah die Sache anders aus. Sie nahm sich vor, mit Klinkhammer darüber zu reden. Reicher alter Mann, Streit ums Erbe, Unfall mit Fahrerflucht und einem relativ alten Auto, das vielleicht kurz darauf verschrottet und deshalb nicht gefunden worden war.

Um Viertel nach sechs war es mit der Ruhe vorbei. Oben rief Max nicht gar so schrill wie in der Nacht, aber ebenso lautstark nach seinem Papa. Sie hörte, wie Martin erklärte: »Bemüh dich nicht, machst du ja sonst auch nie.« Mels Antwort war im Wohnzimmer nicht zu verstehen. Aber Rita Voss war schnell auf den Beinen.

Im Flur hörte sie, wie Martin seine Frau aufforderte, ihm doch bitte noch einmal genau zu erklären, warum sie Luca vor dem Drogeriemarkt hatte stehen lassen und warum sie überhaupt in dem Laden einkaufte, wenn es dort seit Wochen viel zu warm war. »Da bist du doch früher nie hingegangen. Du hast immer nur im Einkaufszentrum und beim Aldi gekauft. Warum auf einmal beim Rossmann?«

Wie am vergangenen Nachmittag im Aufenthaltsraum haspelte Mel etwas von einer Aktionswoche für Kosmetik herunter. Und Martin brüllte: »Ich fasse es nicht! Sonst schmeißt du das Geld zum Fenster raus. Und weil du ausnahmsweise mal ein paar Cent sparen wolltest, ist Luca jetzt weiß der Teufel wo! Und ich kann zusehen, wie ich eine Viertelmillion auftreibe, wenn das Schwein noch mal anruft! Wenn der Typ sich nicht mehr meldet, weil immer noch eine Polizistin im Haus ist! Wenn er Luca einfach sich selbst überlässt und Luca stirbt, dann gnade dir Gott! Ich schätze, dann lernst du meine Mutter von der Seite kennen, die Alina dir früher so schön schaurig beschrieben hat!«

Mel und Max begannen zeitgleich zu weinen. Oben knallte eine Tür. Martin sprach beruhigend auf Max ein, kam kurz darauf mit dem Jungen auf dem Arm nach unten und entschuldigte sich für sein Geschrei mit dem Hinweis, seine Nerven lägen blank.

»Das musste mal raus«, erklärte er. »Bisher habe ich mich nie getraut, ihr die Meinung zu sagen. Ständig hatte ich Angst, sie geht und nimmt die Kinder mit. Ich weiß gar nicht, wie oft sie damit gedroht hat. Und jetzt ist Luca weg. Ich darf gar nicht daran denken, wie der arme kleine Kerl die Nacht verbracht haben mag. Und bei wem. Ich wäre so froh, wenn er bei meiner Mutter wäre.«

»Das ist er vielleicht auch«, tröstete Rita Voss. »Nach allem, was Sie mir erzählt haben, halte ich das für wahrscheinlich.«

Ob sie selbst daran glaubte, wusste sie nicht. Dass der Erpresser sich nicht mehr gemeldet hatte, konnte auch genau den Grund haben, den Martin eben angeführt hatte. Er war die Bulette immer noch nicht losgeworden. Aber ihm halfen ihre Worte, das war momentan die Hauptsache.

»Möchten Sie frühstücken oder nur Kaffee?«, fragte er.

Ein Kaffee reichte ihr; während sie den trank, rief Klinkhammer an.

Die Hexe

Nachdem am vergangenen Abend die schwach schimmernden Reflektorstreifen verschwunden waren, hatte Gabi die halbe Nacht im Dunkeln auf der kleinen Couch gesessen, auf erneutes Knirschen im Kiesbett vor der Eingangstür gewartet und gehorcht, bis ihr die Ohren davon dröhnten.

Erst nach drei hatte sie sich bettfertig gemacht, obwohl sie nicht davon ausging, schlafen zu können. Ihre Reisetasche hatte sie in das Kinderzimmer gebracht, dessen Fenster ebenfalls zur Terrasse lag. Es war vom Wohnraum aus zu betreten, und das Bett war ein bisschen länger als das im zweiten Kinderzimmer vorne beim Eingang. Es gab auch ein Doppelbett im großen Schlafzimmer unterm Dach. Aber dort hätte sie sich gefühlt wie in einer Falle.

Sie entschloss sich, im vorderen Zimmer zu übernachten. Falls der Schleicher noch mal zurückkam, würde sie ihn eher hören, wenn sie näher am Kiesbett lag. Ihre Reisetasche ließ sie im hinteren Zimmer, nahm nur das lange Shirt und die Leggins heraus, die sie als Ersatz für einen Schlafanzug eingepackt hatte.

Dann döste sie mehr, als sie schlief, schreckte häufig auf, weil sie meinte, draußen hätte es wieder geknirscht. Jedes Mal lag sie anschließend geraume Zeit wach, lauschte angestrengt und hörte nur den Wind. Erst gegen Morgen glitt sie in einen leichten Schlaf und träumte von einer Dorfkirmes.

Es gab nur zwei Buden mit Süßigkeiten, ein Kettenkarussell und eine Schießbude. Sie stand mit Alinas Großvater beim Kettenkarussell. Über ihren Köpfen flogen Martin und Alina als Brautpaar im Kreis herum. Alina trug einen Schleier, der meterweit hinter ihr herwehte. Und jedes Mal, wenn sie vorbeikamen, zog der alte Mann den Kopf ein.

»Das habe ich mir so sehr für sie gewünscht«, sagte er. »Eine Hexe in der Familie hat doch gewisse Vorteile.«

»Es hat auch Nachteile«, antwortete Gabi. »Das hat sich doch im Oktober gezeigt. Und das habe ich nicht gewollt.«

»Sie hatten ja auch nichts damit zu tun«, sagte er. »Und an Ihrer Stelle wäre ich jetzt sehr vorsichtig. Sonst liegen Sie auch bald im Wald bei den Räubern.«

»Hier ist doch kein Wald«, antwortete sie.

»Aber Räuber.« Er zeigte zur Schießbude hinüber. Dort stand ein Mann in einem Kapuzenpulli und schoss auf leere weiße Hülsen. So gewann er natürlich nichts und wurde mit jedem abgegebenen Schuss wütender. Mal stampfte er mit einem Fuß auf, mal schlug er mit der Faust auf den hölzernen Tresen. Und plötzlich drehte er sich um. Die Kapuze hatte er so tief heruntergezogen, dass von seinem Gesicht praktisch nichts zu erkennen war. Er legte auf Alinas Großvater an und drückte ab.

Gabi erwachte von einem scheppernden Knall, wie ihn ein Schießbudengewehr gar nicht verursachen konnte. Und noch im Aufrichten sah sie Alinas Großvater mit einem Loch in der Stirn zusammenbrechen und hörte ihn flüstern: »Seien Sie auf der Hut vor dem Kapuzenmann. Mein Reich ist ihm entgangen, nun will er ein Stück von Ihrem.«

Sie blieb noch ein paar Minuten liegen und fragte sich, ob der Knall noch zu ihrem Traum gehörte oder ob der Wind die Schaukel auf dem Rasen gegen das Gestänge geschlagen hatte. Draußen wehte es heftiger als am vergangenen Abend. Man konnte es getrost als Sturm bezeichnen.

Als sie endlich die Decke zurückschlug, begann sie auf der Stelle zu frösteln. Im Zimmer war es lausig kalt. Sie hatte vergessen, den Thermostat am Heizkörper aufzudrehen, machte sie zu Hause auch nie, da kühlte es nur nicht so aus, weil die Fenster dicht waren. Hier zog es durch einige Ritzen.

Der bunte Teppich auf dem Steinfußboden war dünn und leitete die Kälte durch ihre Fußsohlen in den Bauch, als sie die Beine aus dem Bett schwang. Es fühlte sich an, als würde sie innerlich erfrieren. Auf nackten Füßen trat sie hinaus in den schmalen Flur, ohne Licht zu machen. Die Morgendämmerung reichte aus, um die Treppe, den Esstisch und die Stühle zu umrunden.

Die Tür zum Duschbad lag neben der Küchenzeile. Auf dem Weg dorthin bemerkte sie die dunkel gekleidete Gestalt vor der Fensterscheibe nicht. Erst als sie zurückkam, sah sie ihn. Er trug einen Kapuzenpulli unter der Jacke und hatte die Kapuze so tief ins Gesicht gezogen wie der Schütze in ihrem Traum.

Der Verbindungsmann

Eine erbauliche Nacht war es auch für Klinkhammer nicht gewesen. Kurz nach Mitternacht war er heimgekommen. Ein Wunder, dass er noch daran gedacht hatte, sein Handy aufzuladen.

Ines wartete auf ihn. Sie legte sich nie ins Bett, wenn er noch nicht im Haus war. Und jetzt war sie begierig zu erfahren, was nun genau passiert war und wie die Dinge standen. Er seinerseits wollte unbedingt klären, ob Gabi ihr die Ereignisse der letzten Monate verschwiegen hatte oder sie ihm.

Ines wusste wirklich von nichts und verstand nicht, wieso er sich darüber aufregte, was er selbst ebenfalls nicht so recht verstand. Es gab in der aktuellen Situation wahrhaftig genug andere Aspekte, die mehr Aufregung und Energie verdienten.

Länger als eine Stunde debattierten sie, und viel fehlte nicht, dann wäre es in den ersten richtigen Streit ihrer bislang harmonischen Ehe ausgeartet. Bisher war Ines nicht einmal aufgefallen, dass Gabi auf Distanz zu ihr gegangen war. Dass Gabi sich nur noch selten bei ihr gemeldet hatte, seit Luca im vergangenen März auf die Welt gekommen war, hatte sie nicht als Alarmsignal gewertet, sondern angenommen, Gabi sei seitdem mehr mit der Familie beschäftigt. Bis dahin war Mäxchen doch fast täglich bei ihr gewesen, nun waren es zwei kleine Kinder, hinzu kam noch Reinhard mit seinem Magenkrebs.

Davon abgesehen hatte es auch in früheren Jahren immer Phasen gegeben, in denen Gabi nur sporadisch angerufen und nur ein Thema gehabt hatte: den Roman, an dem sie schrieb. Bei einem Roman konnte man etwas bewirken, wenn man darüber diskutierte. Da taten sich in Gesprächen Möglichkeiten auf, Handlungsstränge weiterzuführen und Spannungsbögen richtig zu platzieren. Mels Schlampigkeit und Reinhards Magenkrebs dagegen konnte Gabi weder ändern noch positiv beeinflussen, egal wie oft sie Ines damit in den Ohren lag.

Und vor einem Monat war Gabi schließlich noch mit ihren Weihnachtseinkäufen im Verlag erschienen, hatte Geschenke – die jetzt im Keller lagen – von Ines begutachten lassen. Dass Gabi an Weihnachten zwei Tage allein zu Hause gesessen hatte, hörte Ines zum ersten Mal. Dass Gabi ihren jüngsten Enkel nur von dem Handyfoto kannte, veranlasste sie zu einem fassungslosen: »Das gibt's doch nicht. Jedes Mal, wenn ich sie nach den Kindern gefragt habe, hat sie mir irgendwas erzählt. Weil sie sich ein paarmal über Mel ausgelassen hat, die ihren Hintern morgens nicht aus dem Bett bekommt und tagsüber lieber in der Gegend herumschwirrt, statt sich um den Haushalt zu kümmern, dachte ich, sie hätte jetzt die meiste Zeit beide Kinder bei sich und käme deshalb nicht weiter mit dem neuen Roman. Nicht mal im September, als sie Mäxchen aus der Kita abholen musste, hat sie einen Ton über Luca verlauten lassen. Ich hatte wirklich keine Ahnung, Arno.«

Von Alinas Großvater wusste sie ebenfalls nichts und konnte sich auch nicht vorstellen, dass der Tod des alten Mannes Gabi in Depressionen gestürzt haben sollte. »Die Sache mit Luca und Weihnachten, das kann ich nachvollziehen, das ist sicher sehr belastend für sie. Aber Alinas Großvater, sie kannte den Mann doch kaum.«

»Es war ein Unfall mit Fahrerflucht«, sagte Klinkhammer.

Für Ines änderte das nichts. »Aber Gabi wird ihn nicht überfahren haben, oder? Tut mir leid, Arno, ich glaube, du steigerst dich da in etwas hinein, was jeder Grundlage entbehrt.«

Den Ton kannte er nicht von ihr. Sie entschuldigte sich auch nach ein paar Minuten, sagte noch einmal: »Tut mir leid, Arno, ich wollte nicht gehässig werden. Ich dachte nur, wir hätten unsere Debatten über Gabi weit hinter uns gelassen. Ich mag sie, das weißt du. Ich mag sie nicht nur, weil sie dem Verlag eine Menge Geld einbringt. Ich mag sie als Mensch mit all ihren Macken, oder gerade deswegen. Ich mag es nur nicht, wenn sie dich dermaßen beeinflusst, dass du nicht mehr logisch denken kannst und überall Gespenster siehst.«

»Sie hat mich nicht beeinflusst, und ich sehe keine Gespenster«, widersprach er, schaltete das Licht auf seiner Seite aus und fügte hinzu: »Und soll ich dir was sagen: Das Gegenteil wäre mir lieber. Ich hätte wirklich nichts dagegen, wenn Martin Schneider mir gleich erscheinen und verraten würde, wo ich Luca, Gabi und Anni Erzig finde.«

Natürlich erschien Martin Schneider ihm nicht. Nachdem auch Ines ihr Nachtlicht ausgemacht hatte, lag er noch eine Weile wach, betrachtete die seltsamen Muster der Dunkelheit auf seiner Netzhaut und hörte an den Atemzügen aus der zweiten Betthälfte, dass auch Ines nicht schlief. Ihm schwebte wieder die trostlose kleine Wohnung in Bedburg-Blerichen vor Augen. Das Fotoalbum mit den alten Aufnahmen. Anni Erzig als junge Frau in Bergsteigerkluft und im Liegestuhl, wo sie fratzenhaft gegen das Sonnenlicht anblinzelte und das Baby auf ihrem Leib mit einem Arm umschlungen hielt.

Mit diesem Bild vor Augen schlief er irgendwann doch ein und war schon um halb sechs wieder auf den Beinen, nervös und angespannt bis unter die Kopfhaut. Ines stand mit ihm auf, entschuldigte sich noch einmal, obwohl sie beide nicht mehr so genau wussten, wofür. Sie machte ihm Frühstück, während er im Bad war. Er war nicht hungrig. So früh am Morgen brachte er auch sonst keinen Bissen runter. »Trink wenigstens den Kaffee, Arno«, verlangte Ines, packte ihm zwei Brote ein und stellte die obligatorische Wasserflasche dazu.

»Du fährst doch sicher zur Dienststelle.«

Er nickte. Aber zuerst wollte er nach Niederembt. Acht Uhr hatte er mit Gabis Nachbar vereinbart. Es war noch reichlich Zeit, um Jochen Becker und Rita Voss anzurufen, beiden zu erläutern, wie er sich Ritas Ablösung vorstellte, anschließend bei Reinhard Treber reinzuschauen und ihn um den nächsten Gefallen zu bitten.

Dank der kleinen Nina musste er niemanden aus dem Bett klingeln. Länger als Max schlief Nina auch nicht. Reinhards Frau öffnete ihm mit der Enkelin am Rockzipfel, hörte sich an, was ihm vorschwebte, und versprach: »Das kriegen wir hin.«

Sie wandte sich an Nina. »Magst du mir helfen?« Als das Kind eifrig nickte, erklärte Hilde noch: »Das Beste wird sein, wir holen auch Max da raus. Er muss nicht alles hautnah mitbekommen. Ich könnte mir vorstellen, dass mit Martin momentan nicht gut Kirschen essen ist.«

»Gut, dass Sie daran denken«, lobte Klinkhammer. »Wissen Sie vielleicht, ob Ihr Mann gestern Abend noch welche von Martins Vereinskameraden erreicht hat?«

Hilde schüttelte den Kopf. »Mir hat er nichts gesagt. Und jetzt schläft er noch. Wenn es nicht unbedingt sein muss, möchte ich ihn auch nicht wecken. Er hätte Sie bestimmt angerufen, wenn er was zu sagen gehabt hätte.«

Klinkhammer ersparte sich den Hinweis, dass Reinhard nicht ihn, sondern Rita Voss hätte anrufen müssen. Er bedankte sich schon mal im Voraus für Hildes Einsatzbereitschaft und fuhr zu Gabis Anwesen.

In ihrem Haus ging er ebenso gründlich und systematisch vor wie am vergangenen Abend in Anni Erzigs Wohnung. Es war ihm nicht einmal peinlich, die Schubfächer mit ihrer Unterwäsche zu inspizieren. Geheime Notizen fanden sich nicht zwischen Slips, Büstenhaltern und Strumpfhosen. Im Arbeitszimmer gab es nur die dicken Ordner mit Geschäftspapieren. In den Schubfächern am Schreibtisch lagen Notizblöcke und Stifte, aber keine Briefe, die ihm weitergeholfen hätten.

Das Zimmer daneben – früher Martinas Zimmer – war nun für ein Kleinkind eingerichtet. Bettchen, Wickelkommode, etwas Spielzeug für kleine Jungs. Nur das Wohnzimmer war wie ein Trip in die Vergangenheit. Die neue Einrichtung verbarg hinter den Schranktüren hauptsächlich alte Schätze. Etwas Porzellan von früher, Fotos von Martin Schneider und zig von ihm besungene Musikkassetten und CDs, die Gabi selbst gebrannt hatte.

Er war gerade auf dem Weg in den Keller, wollte sich die Weihnachtsgeschenke für Max und Luca ansehen und Martin später deswegen zur Rede stellen, als es klingelte. Eine Dreiviertelstunde früher als vereinbart stand Jan Velbecker mit etlichen Seiten ausgedruckter FB-Nachrichten vor dem Tor. Klinkhammer ließ ihn herein.

Während sie hintereinander die Treppe wieder hinaufstiegen, sagte Velbecker: »Gabi ist wohl doch mit einem Mann in den Bergen. Und ich schätze, der weiß mehr über sie als wir beide zusammen. Unfassbar, was sie diesem Sascha alles anvertraut hat. Dass sie ihren Sohn zum zweiten Mal abschreiben muss, dass es diesmal viel schlimmer ist, weil sie Mäxchen so sehr vermisst. Und dass sie sich schuldig fühlt, weil sie Martins Freundin vor ewigen Zeiten gewünscht hat, einen lieben Menschen zu verlieren.«

Alinas Großvater, dachte Klinkhammer mit einem Anflug von Erleichterung. Wenigstens das war geklärt, und zwar harmlos. Wünsche waren nicht strafbar, nicht einmal, wenn sie böse gewesen und in Erfüllung gegangen waren.

»Sie haben alles gelesen?«, fragte er.

»Logisch«, sagte Velbecker mit einem kleinen Grinsen, als wolle er sich damit für seine Neugier entschuldigen. Aber er hatte schließlich nach Anhaltspunkten gesucht. Er betrat das Arbeitszimmer und setzte sich an den Schreibtisch. »Wir müssen es Gabi ja nicht auf die Nase binden. Die interessanten Stellen habe ich für Sie markiert.«

Er fuhr den Computer hoch und machte sich daran, Gabis Handy zu orten. Klinkhammer überflog die Ausdrucke, konzentrierte sich auf die Passagen, die Velbecker mit Textmarker hervorgehoben hatte. Wie Gabis Nachbar fasste auch er nicht, dass ein Außenstehender es geschafft hatte, sich so tief in Gabis Vertrauen zu graben. Sie hatte diesem Sascha sogar ein Foto geschickt, auf dem Max acht Monate alt war. Dazu der Hinweis: »Wahrscheinlich sieht Luca heute genauso aus. Die Männer in meiner Familie gleichen sich alle wie ein Ei dem anderen.«

In den letzten Wochen hatte Sascha ihr wiederholt seine Hilfe angeboten, ohne näher zu erläutern, wie diese beschaffen sein sollte. »Wenn ich etwas für dich tun kann, lass es mich wissen.«

An anderer Stelle hieß es: »Du warst für mich da, als ich dringend einen Menschen brauchte. Ich würde mich gerne revanchieren.«

Darauf hatte Gabi geantwortet: »Lieb von dir, aber ich wüsste nicht, wie du mir helfen könntest.«

Und Sascha: »Ich hätte da schon eine Idee, würde dafür sogar noch mal einen Leihwagen nehmen. Im August hatte ich damit keine Probleme.«

»Wie klingt das für Sie?«, fragte Velbecker, ohne den Blick vom Monitor zu lösen.

»Als hätte Sascha die Entführung vorgeschlagen«, antwortete Klinkhammer. »Und offenbar weiß er, dass man für so was nicht das eigene Auto nehmen sollte.«

»War auch mein erster Gedanke«, sagte Velbecker. Wie Gabi auf Saschas Vorschlag reagiert hatte, ging aus den Nachrichten nicht hervor. Und ihr Handy war immer noch aus.

Klinkhammer war trotzdem nach einem Aufatmen.

Die Engelsucherin – Januar 2018 – Freitag

Es waren so wundervolle Momente gewesen gestern um die Mittagszeit. Ihr Sohn war zurück in einem neuen Leben. Gleich als sie die Bäckerei betreten hatte, um sich bei Elena ein Brötchen abzuholen, war Annis Blick auf ihn gefallen. Sie hatte ihn auf Anhieb erkannt, so schön, so friedlich schlafend in seinem Kinderwagen.

Natürlich war er nicht allein, seine neue Mutter war bei ihm und ein älteres Geschwisterkind. Demnach war er wie beim ersten Versuch mit Maja erneut an ein Elternpaar geraten, mit dem er nicht alleine war. Aber anders als mit Maja hatte die Natur oder ein gnädiges Schicksal es diesmal besser für ihn eingerichtet.

Das Geschwisterkind war ein Junge, längst nicht so groß wie Maja, aber wachsam, mutig und voller Liebe für den kleinen Bruder. Er trug eine Plüschmütze, in der er aussah wie ein kleiner Bär. So stand er in der Bäckerei auch neben dem Kinderwagen. Ein Wächter, der jede Hand zerfleischen würde, die nach dem schlafenden Engel ausgestreckt wurde. Wie ein schamanisches Krafttier, fand Anni. Von solchen Tieren hatte Roswita Werner ihr einmal erzählt. Er musterte sie kritisch, als wolle er sagen: Halte dich fern, ich beiße dir die Finger ab und kratze dir die Augen aus, wenn du meinem Schützling zu nahe kommst.

Anni konnte den Blick kaum von beiden lösen, dabei war es wichtig zu sehen, wer das kleine Krafttier und ihren Sohn diesmal zur Welt gebracht hatte. Wie alt mochte er schon sein? Acht, neun Monate? Zeitlich käme das genau hin. Vor neun Monaten hatte ihr Sohn als Majas Bruder ein Leben aufgegeben, in dem es ihm niemals gut ergangen wäre.

Seine neue Mutter machte keinen schlechten Eindruck, zu dünn vielleicht, aber dicker war Anni auch nicht. Und im Gegensatz zu ihr war die junge Frau gepflegt und gut gekleidet. Sie wirkte nur nervös und hektisch. Das war nicht gut für Kinder. Wahrscheinlich war sie in Eile. Die jungen Frauen heutzutage hatten so viel um die Ohren. Wenn sie noch etwas Wichtiges zu erledigen oder einen Termin hatte, passte es ihr bestimmt nicht, wenn sie jetzt angesprochen und in ein Gespräch über ihre Kinder verwickelt wurde. Aber wenn sie öfter in der Bäckerei einkaufte, möglicherweise sogar regelmäßig, wusste Elena vielleicht etwas über die Familie.

Die junge Frau zahlte und verließ mit den Kindern die Bäckerei. Anni war unschlüssig, ob sie Elena sofort fragen sollte. Aber es war noch mehr Kundschaft im Laden. Da hätte Elena kaum Zeit für eine Unterhaltung. Deshalb beschloss sie, später noch einmal zurückzukommen.

Die blonde Frau war mit den Kindern schon ein Stück entfernt, als Anni ins Freie trat und sich ihnen anschloss. Die Eile der jungen Mutter machte es ihr leicht zu folgen, ohne dass es auffiel. Sie konnte zügig ausschreiten, wie sie es immer tat. Die Frau drehte sich nicht einmal um.

Auch auf dem Schlossparkplatz bemerkte sie Anni nicht oder schenkte ihr keine Beachtung. Sie legte die Tüte vom Bäcker ins Auto und ging weiter zum Durchgang. Anni folgte ihr nun etwas langsamer und konnte ihr Glück kaum fassen, als sie den Durchgang verließ und den Kinderwagen in der Nische vor der Sparkasse stehen sah. Mit ihrem wunderschönen, schlafenden Sohn darin.

Sie näherte sich ihm mit diesem Ziehen in der Brust, streckte zögernd die Hand aus, strich ihm sanft über eine Wange, die sich unter ihren Fingerspitzen so weich, so glatt und so kühl anfühlte. »Da bist du ja wieder, mein Schatz«, flüsterte sie. »Und diesmal hast du es besser getroffen, nicht wahr?«

Völlig in diesem Glücksgefühl versunken, bemerkte sie nicht sofort, dass das kleine Krafttier aus dem Laden ins Freie trat. Als hätte der Bär in ihm gerochen, dass eine vermeintlich Unbefugte die Hand nach seinem Schutzbefohlenen ausgestreckt hatte. Aber vielleicht hatte er auch gewittert, dass Anni in Gefahr schwebte. Im nächsten Moment verließ nämlich Majas Vater den Drogeriemarkt und stieß den Jungen beinahe um.

Danach erst registrierte der schreckliche Kerl Anni, machte: »Buh«, und fuchtelte mit den Armen, als wolle er sie erschrecken. »Sieh einer an«, sagte er. »Läufst mir schon hinterher, was? Sehnsucht nach einer Plastiktüte? Kannst es wohl nicht erwarten, dass ich dich über den Jordan schicke.«

Seine Stimme kratzte wie ein messerscharfer Eiszapfen über Annis Rücken. Er hätte vielleicht noch mehr gesagt, doch in dem Moment näherten sich zwei junge Mädchen. Und vor den beiden wollte er sich wohl keine Blöße geben, seine Brutalität nicht zur Schau stellen.

»Meine spezielle Freundin«, erklärte er, als die Mädchen nahe genug waren. »Die freut sich schon drauf, dass ich's ihr heute noch richtig besorge.« Die Mädchen fanden das wohl komisch, sie kicherten und schauten ihm nach, bis er im Durchgang verschwand. Danach erst betraten sie den Drogeriemarkt.

Anni spürte ihren Herzschlag hoch oben in der Kehle, der Hals war ihr eng geworden. Das kleine Kraftier stand ebenfalls da wie versteinert, nur die Unterlippe zitterte leicht, als wolle er gleich weinen. Mit großen Augen schaute er zum Durchgang.

»Du musst dich nicht fürchten«, sagte Anni. »Dir wird der böse Mann nichts tun. Mich will er töten.« Um ihn zu beruhigen, kramte sie einen Lolly aus ihrer Tasche und hielt ihn dem Jungen hin. »Magst du?«

Er nickte und kam einen Schritt näher.

»Darf ich meinem Schatz auch etwas schenken?«, fragte Anni.

Der Junge nickte noch einmal, erklärte jedoch gleichzeitig mit misstrauischem Unterton: »Das mein Buder.«

»Ich weiß«, sagte Anni. »Ich will ihn dir auch nicht wegnehmen. Du passt gut auf ihn auf, nicht wahr?«

Wieder nickte der Junge.

»Wie heißt dein Bruder denn?«, fragte Anni.

»Luca.« Er legte einen Finger an die Lippen, machte »Pst« und fügte wie zur Ermahnung hinzu: »Luca muss schlafen.«

Anni machte ebenfalls »Pst« und versicherte: »Keine Sorge,

ich wecke ihn nicht auf.« Vorsichtig legte sie zwei Lollys neben das Baby und fragte: »Ist dein Bruder gesund?«

»Jaaa«, versicherte der kleine Bär gedehnt und fügte kichernd hinzu: »Hat schon Zähne und Mama beißt.« Dann mühte er sich ab, den Lolly von der Hülle zu befreien. Als ihm das nicht gelang, hielt er Anni die Süßigkeit hin. »Bitte aufmachen.«

So höflich, so wohlerzogen. Das waren doch ganz andere Verhältnisse als in Majas Familie. Anni zerschmolz fast vor Erleichterung und Glück, musste sich trotzdem vergewissern. »Und dein Vater ...« Weiter kam sie nicht.

»Papa auch sund«, wurde sie unterbrochen, ehe der Junge sich den vom Cellophan befreiten Lolly in den Mund steckte.

»Das ist schön«, sagte Anni. »Ist dein Papa denn auch lieb?«

Sie bekam noch ein Nicken zur Antwort, so nachdrücklich und energisch, dass es keinen Zweifel am Wahrheitsgehalt dieser Beteuerung geben konnte. Er nahm sogar den Lolly wieder aus dem Mund, um zu versichern: »Lina sagt, beste Papa von ganze Welt.«

»Wie schön«, sagte Anni. Sie hätte gerne etwas mehr über Lina und die Mutter erfahren, doch das war ihr nicht mehr vergönnt. Der Junge wurde von drinnen gerufen und beeilte sich, zurück in den Laden zu kommen.

Der Neffe

Olaf war sauer. Das war er den gesamten Freitag gewesen, und bisher hatte sich daran noch nichts geändert. Sauer auf die nasskalte Jahreszeit, die sich Winter nannte, auf die Konstrukteure von Kleinwagen, in denen einem die Beine einschliefen, auf die Erbauer eines Bungalowparks am Arsch der Welt, sogar auf sich selbst, weil er am Donnerstagabend entschieden hatte, das Training abzubrechen. Und dafür musste er nun kostbare Urlaubstage opfern. Wäre er erst nach Hause gekommen, als Gabi wieder weg war, hätte er ihre Schlüssel auf dem Tisch liegen sehen und vermutlich von seinem Vater gehört, Gabi mache ein paar Tage Urlaub. Und die hätte er ihr von Herzen gegönnt.

Vor allem war er sauer auf Gabi, von deren bloßer Existenz seine Eltern sich so viel versprachen. »Noch ein paar gute Jahre«, hatte seine Mutter am Donnerstagabend gesagt und zum hundertsten Mal daran erinnert, dass Martin Schneider damals fest überzeugt von Gabis wundersamen Kräften gewesen war. Und wenn man erlebt hatte, wie Gabi diesen schwermütigen Kerl in einen lebenslustigen Menschen verwandelt hatte, fiel es einem nicht schwer zu glauben, da sei was dran.

»Wenn man gegen den Krebs kämpft, muss man fest daran glauben, es zu schaffen«, hatte Hilde gesagt. »Solange Papa glaubt, dass Gabi ihm hilft ... Das tut sie, das kannst du nicht leugnen. Seit sie dreimal die Woche abends für eine halbe Stunde bei ihm sitzt, geht es ihm deutlich besser. Ich will doch nur, dass er noch ein paar gute Jahre hat.«

Das wollte Olaf ebenfalls, und an ihm sollte es nicht scheitern. Er war bereit, die familiäre Wunderwaffe gegen Gott und die Welt, notfalls auch gegen einen Killer aus dem Internet zu verteidigen. Die blöde Bemerkung, die Gabi am Donnerstagabend gemacht hatte, musste einem zu denken geben, wenn man sie so gut kannte wie seine Mutter, der Olaf davon erzählt hatte.

»Sie wird ja wohl nicht einen Kerl angeheuert haben, der sie umbringen soll, weil das nicht klappt, wenn sie es selbst versucht«, hatte Hilde gemutmaßt.

Also hatte Olaf sich am Donnerstagabend von einem Freund den Fiat geliehen, weil Gabi seinen Astra kannte. Danach hatte er seinem Vater von dem Forellenteichbetreiber in der Eifel erzählt und am Freitagmorgen gute zwanzig Meter von Gabis Zaun entfernt Position bezogen.

Als sie gegen zehn Uhr aufbrach, heftete er sich an ihre Stoßstange und folgte ihr zum Einkaufszentrum nach Bedburg. Dass es danach nicht in die Berge ging, wie sie behauptet hatte, merkte er schnell. Kurz darauf wurde ihm auch bewusst, dass

Verfolgungsfahrten gar nicht so einfach waren, wenn man unentdeckt bleiben wollte. Doch der Himmel war auf seiner Seite. Die dicke Wolkendecke zwang alle, mit Licht zu fahren. So sah man in den Spiegeln eine Menge Scheinwerfer. Über welche Distanz ein und dasselbe Paar hinter einem blieb, ließ sich aber nicht feststellen. Er folgte Gabi mit zwei oder drei Wagenlängen Abstand. Mehr riskierte er nicht, um sie nicht aus den Augen zu verlieren. Auf niederländischem Boden herrschte weniger Verkehr. Da war die Strecke zwischen dem schwarzen Fiat und Gabis silberfarbenem Peugeot mal über einige Kilometer völlig frei. Olaf ließ sich zurückfallen und befürchtete, Gabi würde ihm entwischen. Wenn sie richtig aufs Gas gedrückt hätte, hätte sie ihn leicht abhängen können. Und normalerweise fuhr sie einen heißen Reifen. Diesmal hielt sie sich stur an die vorgeschriebene Höchstgeschwindigkeit, als wolle sie nicht auffallen.

Olaf fragte sich, wo sie mit ihren Gedanken sein mochte und ob sie überhaupt nicht in den Rückspiegel schaute. Nicht mal auf den Landstraßen oder innerorts bemerkte sie, dass ein Kleinwagen mit heimatlichem Kennzeichen hinter ihr herzuckelte wie die von einem Kind gezogene Plastikente an der Schnur. Aber auf den Landstraßen herrschte auch wieder genug Verkehr, sodass er mit dem Fiat in Deckung bleiben konnte.

Beim Bungalowpark verlor er sie aus den Augen, weil er ohne Karte für die Schranke an der Zufahrt nicht aufs Gelände fahren konnte. An sich kein Problem, es gab genügend Parkraum am Straßenrand gegenüber. Aber nachdem er das Auto abgestellt hatte, war Gabi weg. Er hetzte hinterher. Zu Fuß kam er ja rein und konnte Ausschau nach ihrem Peugeot halten. Den entdeckte er auch bald. Und kein weiteres Fahrzeug in der näheren Umgebung des Hauses. Demnach war ihre Facebook-Bekanntschaft noch nicht da.

Olaf kehrte zum Auto zurück und machte sich erst mal auf die Suche nach einem Lokal, in dem er etwas essen konnte. Mittag war schon vorbei. In dem Kaff gab es nicht mal eine Imbissbude. Zu weit vom Bungalowpark entfernen wollte er sich nicht.

Deshalb verkniff er es sich, in umliegenden Orten nach Lokalen oder Imbissbuden Ausschau zu halten. Lieber stattete er dem Supermarkt am Jachthafen einen kurzen Besuch ab und deckte sich mit Verpflegung für ein spätes Mittagessen ein.

Nachdem er das verzehrt hatte, brach er zur nächsten Tour durch den Park auf. Gabi war ebenfalls unterwegs, vertrat sich nach der dreistündigen Fahrt wohl die Beine. Fast hätten sich ihre Wege gekreuzt. Olaf konnte im letzten Moment Deckung hinter einer Hecke suchen und nutzte anschließend die Gelegenheit, um dem Grundstück, auf dem ihr Peugeot stand, einen Besuch abzustatten. Durch die große Fensterscheibe spähte er in den Wohnraum. Hinten in der Küchenzeile stand der Karton mit Lebensmitteln auf der Arbeitsplatte, den Gabi beim Einkaufszentrum zum Auto getragen hatte. Wenn ihn nicht alles täuschte, lag auf dem Esstisch eine Tüte Brötchen. Es sah alles ganz normal aus.

Einigermaßen beruhigt setzte er sich wieder in den Fiat und dachte, er würde jeden sehen, der in den Park fuhr. Es kam nur keiner. Vermutlich gab es noch andere Zufahrten. Um das zu checken, brach er zur nächsten Runde auf. Außerdem half Bewegung, sich ein bisschen aufzuwärmen. Wenn nur der Wind nicht gewesen wäre.

Andere Zufahrten entdeckte er nicht. Aber zu Fuß kam man an mehreren Stellen rein. Es dunkelte bereits, in den Häusern der Einheimischen gingen die Lichter an. Im Park blieben die Fenster schwarz, abgesehen von drei Bungalows, in denen ältere Leute vor dem Fernseher saßen oder in der Küche werkelten.

Kurz nach sechs meldete sich seine Mutter zum ersten Mal. Olaf erfuhr von Lucas Entführung und Klinkhammers Besuch. Als sie ihn zum zweiten Mal anrief, sagte sie: »Martin meint, Gabi hätte den Kleinen.«

»Da befindet er sich im Irrtum«, sagte Olaf. »Sie ist allein. Der Facebook-Typ ist bisher auch nicht aufgetaucht. Vielleicht gibt es den gar nicht, und sie wollte nur ein paar Tage ihre Ruhe haben.«

»Ruhe hat sie zu Hause doch mehr als genug«, meinte Hilde. »Wahrscheinlich hat der Typ den Kleinen geholt und kommt erst später. Halt die Augen offen, Junge.«

»Mach ich«, versprach Olaf und hatte auch vor, das zu tun. Leider hatte er sich beim Einkaufen nicht mit mehreren Mahlzeiten für einen längeren Aufenthalt eingedeckt. Als er Hunger bekam und einen kleinen Abstecher wagte, war der Supermarkt geschlossen, die Marina am Jachthafen ebenso. Mit leerem Bauch und voller Blase machte er einen Strandspaziergang und löste dabei ein Problem.

Als er zurückkam, wollte er den nächsten Blick durch das große Fenster des Wohnraums riskieren. Wäre ja möglich gewesen, dass der Facebook-Typ während seiner Abwesenheit eingetroffen war und sein Auto hundert Meter entfernt abgestellt hatte.

Natürlich hörte Olaf das Knirschen seiner Schritte im Kiesbett. Dass man es im Haus ebenfalls hören könnte, wo er noch gar nicht auf dem eigentlichen Grundstück war, zog er nicht in Betracht. Nachdem er über das niedrige Tor gestiegen war, trat er auch sofort zur Seite auf den Rasen und legte einige Schritte lautlos zurück. Aber als er die Hausecke erreichte, sah er den Schatten auf der Terrasse. Gabi stand hinter der Scheibe. Ob sie immer noch allein im Haus war, konnte er bei der Gelegenheit nicht ausmachen. Das ließ sich auch beim nächsten Versuch nicht mit letzter Sicherheit feststellen. Da saß Gabi allein auf der Couch, bemerkte ihn offenbar und machte das Licht aus. Es hätte sich durchaus noch jemand im Haus aufhalten können, der vielleicht gerade im Bad war oder schon im Bett lag.

Für Olaf wurde es eine lausige Nacht. Hungrig und trotz warmem Hoodie und dicker Jacke frierend in einem Auto, in dem er seine langen Beine nicht ausstrecken konnte. Gleichermaßen wütend und besorgt, fielen ihm immer wieder die Augen zu. Dann sah er hinter den geschlossenen Lidern seinen Vater, wie er immer weniger wurde, weil Gabi wegen Entführung verknackt worden war. Und dann riss er die Augen wieder auf, stieg aus, lief ein paar Schritte ums Auto herum, machte Kniebeugen und stemmte imaginäre Gewichte in Butterflymanier.

Zweimal lief er noch zum Bungalow. Während der Nacht tat sich dort absolut nichts, was von außen festzustellen gewesen wäre. Um sieben in der Frühe sah er sich gezwungen, vom Plan abzuweichen und aus der Deckung zu treten. Die erstklassige Verfolgungsfahrt, die ganze Heimlichtuerei für nichts. Aber es ging nicht anders. Man konnte nicht jedes Problem am Strand lösen.

Er schnappte sich die Reisetasche, die er in der Annahme gepackt hatte, wenigstens ein Mal in der Schweiz oder in Österreich übernachten zu müssen. Durchgefroren und hungrig wie ein Bär nach dem Winterschlaf, wollte er Gabi rausklingeln oder so lange an die Tür klopfen, bis sie ihm öffnete.

Diesmal trat er hinter dem Törchen nicht auf den Rasen. Er marschierte durch das Kiesbett auf die Haustür zu und meinte, im Fenster daneben einen bläulichen Lichtschein auszumachen. Beim Versuch, sich das näher anzusehen, stolperte er über eine blecherne Mülltonne, die unter dem Fenster stand und bei den vorherrschenden Lichtverhältnissen nicht zu sehen gewesen war. Die Tonne knallte zur Seite gegen ein Regenfallrohr. Er konnte sich gerade noch an der Hauswand abfangen und schürfte sich eine Handfläche auf.

Natürlich rechnete er damit, dass der Lärm Gabi geweckt hätte. Dass sie Licht machte und rief: »Ist da wer?« Aber hinter dem Fenster blieb es still und dunkel, bis auf den bläulichen Schimmer, der vom Zifferblatt eines Weckers stammte. Olaf verkniff es sich, auch noch an der Haustür zu lärmen, ging lieber noch einmal zu dem großen Fenster und sah kurz darauf im Hintergrund Licht aufflammen, das augenblicklich wieder ausging, weil Gabi die Tür zum Duschbad hinter sich schloss. Es blieb ein schmaler, heller Streifen in Fußbodenhöhe.

Die hat Nerven, dachte er, brachte sein Gesicht nahe ans Glas, schottete die Augen mit beiden Händen ab und rief, als sie aus dem Bad zurückkam: »Lass mich rein, sonst nehme ich die Schaukel als Donnerbalken.«

Die Polizistin

Die Ablösung für Rita Voss hieß Anja Kummert, war Anfang sechzig, arbeitete seit mehr als zwanzig Jahren beim Erkennungsdienst und konnte das alte Telefon im Flur für Mitschnitte präparieren. Damit wäre man auch für den Fall gerüstet, dass der Erpresser sich nach Ritas Abgang meldete.

Dass Rita Voss sein Haus verlassen musste, und zwar möglichst auffällig, um einen eventuellen Beobachter zu überzeugen, erklärte sie Martin nicht. Ihm erzählte sie nur, sie müsse sich frisch machen und umziehen. Das klang in keiner Weise bedrohlich und leuchtete Martin sofort ein.

»Kommen Sie danach wieder her?«, wollte er wissen.

Das konnte sie ihm nicht versprechen. Zuerst musste – und wollte – sie an der Besprechung teilnehmen, die Klinkhammer bei seinem Anruf erwähnt hatte. Danach hatte Becker möglicherweise eine andere Aufgabe für sie.

»Was dagegen, wenn ich als Ersatz für Sie meine Schwägerin herbitte?«, fragte Martin und fügte hinzu: »Nur damit ich nicht durchdrehe.«

Rita Voss fühlte sich geschmeichelt und erhob keine Einwände.

Klinkhammer hatte einen Austausch mit familiärem Touch arrangiert. Anja Kummert kam in Begleitung von Hilde Treber und der kleinen Nina. Die Frauen legten einen bühnenreifen Auftritt hin, der selbst jemanden, der die gesamte Familie kannte, davon überzeugen musste, es käme lieber Besuch. »Sieh mal, wen ich mitgebracht habe«, sagte Hilde, als Martin die Tür öffnete.

Hilde war wie Klinkhammer der Meinung, dass in Niederembt noch viele wussten, wer sich damals in Köln um Gabis Kinder gekümmert hatte. Aber wer wusste, wie Käthe Wilmers heute aussah? Im Dorf garantiert keiner. »Als Käthe hörte, was passiert ist, wollte sie sofort herkommen. Ich hab sie eben vom Bahnhof abgeholt.«

Das hatte Hilde tatsächlich. Am Bahnhof in Bedburg stand jetzt der Zivilwagen, mit dem Ritas Ablösung aus Hürth gekommen war. Ihre Ausrüstung war in einer Reisetasche verstaut. Es sah aus, als wolle *Tante Käthe* ein paar Tage bleiben.

Die kleine Nina wurde als Lockvogel für Max über die Türschwelle geschoben. Aber Max wollte lieber bei Papa bleiben. Es dauerte eine Weile, ihn zu überreden.

Von Mel konnte Rita Voss sich nur durch die geschlossene Tür verabschieden. Mel hatte sich im Bad eingeschlossen und telefonierte wieder. Ihrer Stimme nach zu urteilen weinte sie sich dabei erneut die Augen rot und die Kehle heiser. Nach Martins nächtlichen Auskünften hielt sich bei Rita Voss das Mitleid in Grenzen. In ihrem Hinterkopf zuckte immer noch sein Gebrüll vom frühen Morgen: »Weil dir auf einmal in den Sinn kommt ...« Also klopfte sie nur und erklärte, sie müsse zurück zur Dienststelle.

»Auf Wiedersehen«, stammelte Mel. »Und danke, dass Sie für mich da waren.« Mit dem nächsten Satz widmete sie sich schon wieder ihrem Handy. Rita Voss verstand noch etwas von »hinlegen«.

Als sie zu Hilde Treber ins Auto stieg, glich die Atmosphäre im Haus einer Tretmine, die jederzeit hochgehen konnte. Blieb zu hoffen, dass Anja Kummert nicht nur technisch versiert war und notfalls auch Martin und Mel auseinanderhalten konnte, bis die Schwägerin eintraf.

Hilde lieferte nur rasch die beiden Kinder daheim ab und fuhr weiter nach Bedburg, wobei sie mehr in die Spiegel schaute als nach vorne auf die Straße. Gleichzeitig versuchte sie, von Rita Voss zu erfahren, wie die Dinge standen.

»Das wüsste ich selbst gerne«, sagte die Oberkommissarin. »Ich wurde gestern ins Haus Ihres Neffen abkommandiert, und keiner meiner Kollegen hat es für nötig befunden, mich auf dem Laufenden zu halten. Als Frau hat man in so einer Männerriege keinen leichten Stand.« Das glaubte Hilde ihr unbesehen.

Verfolgt wurden sie nicht. Rita Voss war beim Verlassen des Hauses auch niemand aufgefallen, der sich für sie interessierte.

Kein Auto in der Nähe, das nicht dorthin gehörte, kein früher Fußgänger. Wahrscheinlich wäre die Tante-Käthe-Aufführung gar nicht nötig gewesen, aber Vorsichtsmaßnahmen schadeten nie.

Von Bedburg aus fuhr Rita Voss zuerst nach Hause, um zu duschen. Ihre Tochter und ihre Eltern schliefen noch. Ihre Mutter wachte auf, als sie im Bad hantierte, steckte den Kopf zur Tür rein und wollte ihr Frühstück machen.

»Keine Zeit, Mama«, sagte Rita Voss. »Wir haben eine Kindesentführung. Sieh mal in die Küche, da liegt was für dich auf dem Tisch. *Romys Schatten,* kennst du garantiert noch nicht. Hat mir gestern Abend der Sohn von Martina Schneider in die Hand gedrückt. Ihr Erstling.« Als Rita Voss kurz darauf ihr Elternhaus wieder verließ, saß ihre Mutter am Küchentisch und las zum wiederholten Mal die Widmung.

Besprechung am Samstagmorgen

Als Rita Voss kurz nach acht den Raum betrat, saßen Klinkhammer, Jochen Becker und Thomas Scholl bereits am Tisch. Ihnen sah man an, dass sie zu wenig Schlaf bekommen hatten. Klinkhammer hatte belegte Brötchen und Kaffee organisiert, machte er immer bei Besprechungen, die länger dauern konnten.

Niemand sprach. Thomas Scholl saß da wie ein armer Sünder, dem die Absolution verweigert wurde, betrachtete abwechselnd seinen Kaffeebecher und ein angebissenes Käsebrötchen. Seine Haltung erinnerte Rita Voss an den Anblick, den Mel gestern im Aufenthaltsraum geboten hatte. Natürlich sah Scholl nicht verweint aus, aber recht dünnhäutig. Das war er auch, weil er gestern mit all seinen Bemühungen ins Leere gelaufen war.

Becker hatte wie üblich den Laptop vor sich, tippte mit einer Hand und krümelte mit dem Brötchen in der anderen in die Tastatur. Klinkhammer las in den Aussagen und Berichten, um sich einen Überblick zu verschaffen. Becker hatte die am vergangenen Abend noch ausgedruckten Seiten zusammengeheftet, sodass man blättern konnte wie in einer Zeitung. Es lagen noch drei solcher Päckchen auf dem Tisch.

Drei Kollegen vom Kriminaldauerdienst, die eigentlich hätten dabei sein sollen, waren gleich wieder abgezogen worden, weil es noch mehr zu tun gab und man vorläufig auf sie verzichten konnte. Wie Klinkhammer vorhergesagt hatte, waren über Nacht keine weiteren Meldungen eingegangen. Und vier Leute, die das vorhandene Material aus allen nur denkbaren Blickwinkeln betrachteten und versuchten, den einen oder anderen Verdacht zu erhärten und Ansatzpunkte für weitere Ermittlungen zu finden, reichten.

Rita Voss grüßte mit einem Kopfnicken in die Runde und brach das Schweigen mit der Erklärung: »Bis zu meinem Abgang nichts Neues vom Entführer. Die Forderung kann der Vater auch nicht erfüllen, dafür braucht er seine Mutter. Deren mögliches Motiv kenne ich nun.«

»Wir auch«, sagte Becker, ohne vom Laptop aufzusehen.

Klinkhammer hatte ihn und Scholl vor Ritas Ankunft über Gabis Beweggründe und einen möglichen Helfer aufgeklärt, ohne die Facebook-Nachrichten zu erwähnen. Die Seiten, die Velbecker ihm ausgehändigt hatte, lagen im Auto. Seine Leute darin schmökern zu lassen wäre ein zu großer Vertrauensbruch gewesen.

Worüber Scholl sich gestern aufgeregt hatte, wertete Becker übrigens als Pluspunkt. Ohne Klinkhammers Bekanntschaft mit der Familie wäre man jetzt keinen Schritt weiter und wüsste noch nicht einmal, dass die Großmutter zu den Verdächtigen gezählt werden musste.

»Okay.« Rita Voss war nicht auf Anhieb eingeschnappt. Sie nahm an, ihre Ablöse hätte zwischenzeitlich etwas durchgegeben. »Dann wisst ihr sicher auch schon, dass Max in der Nacht schlecht geträumt hat. Er erklärte anschließend, ein anderer Buhmann hätte Luca mitgenommen.«

Damit riss sie Scholl aus seiner Versenkung. »Was für ein anderer Buhmann?«

»Habe ich nicht in Erfahrung bringen können.« Rita Voss setzte sich dazu, versorgte sich mit Kaffee und einer Brötchenhälfte. »Aber ich könnte mir vorstellen, dass die Lolly-Frau ihren Poncho über den Kopf gezogen und Buhmann gespielt hat, um Max von seinem Bruder zu verscheuchen. Wir sollten ihn von einem Kinderpsychologen befragen lassen.«

Nur Klinkhammer brachte mit einem Nicken seine Zustimmung zum Ausdruck, hob aber dabei nicht den Blick von den Aussagen der Leute aus dem Drogeriemarkt. Scholl versank sofort wieder in die Betrachtung seiner Brötchenhälfte. Becker bearbeitete weiter den Laptop.

Rita Voss folgte Klinkhammers Beispiel und nahm einen der zusammengehefteten Papierstapel zur Hand. Weil freitags der Hauptteil der Ermittlungsarbeit ohne sie gelaufen war und sie keine Aussage aufgenommen hatte, war das für sie Neuland. Nun stutzte sie schon bei Jutta Meusers Aussage.

»Die Frau telefonierte. Als sie hereinkam, sagte sie: ›Ich bin jetzt im Rossmann.‹ Dann fragte sie: ›Wo bist du denn gerade?‹ Und dann sagte sie noch, dass der Hustensaft supergut wirkt. Den Rest habe ich nicht verstanden.«

Der Hustensaft störte Rita Voss. »Erkältet war keiner«, brach sie das Schweigen erneut. »Der Kleine auch nicht. Ich habe Mel extra gefragt, ob er gesund ist. Sie wird ihm ja wohl nicht vorbeugend Hustensaft geben, damit er nicht spuckt.«

»Seit wann hilft Hustensaft gegen Erbrechen?«, fragte Becker.

»Luca spuckt, wenn er husten muss, und er hustet, wenn er weint«, gab Rita Voss Auskunft. »Mel bezeichnete das als Teufelskreis und regte sich auf, als wir in Niederembt ankamen und sie feststellte, dass Luca keinen Schnuller hatte.«

»Um ihm vorbeugend etwas zu geben, hätte sie damit rechnen müssen, dass er ohne Schnuller aufwachen könnte«, meinte Becker. »Vielleicht hat sie sich für einen guten Tipp bedankt. Wenn der Hustensaft supergut wirkt, war die Erkältung wohl überstanden. Oder sie hat jemandem einen guten Tipp gegeben.«

Diese Möglichkeit hatte Rita Voss nicht bedacht, hielt sich auch nicht lange damit auf, das in Erwägung zu ziehen. Sie schätzte es nun mal nicht, wenn ihre Argumente von den Kollegen als belanglos, nebensächlich oder schon bekannt abgetan wurden. Es gab schließlich noch eine andere Möglichkeit.

»Meine Mutter hat im Dezember die schlimmsten Symptome einer schweren Erkältung mithilfe von Wick Medinait weitgehend verschlafen, wozu achtzehn Prozent Alkohol nicht unerheblich beigetragen haben dürften«, erklärte sie. »Mel hat gestern wiederholt betont, dass Luca am Vormittag nicht schlafen wollte. Einmal sagte sie auch: ›Er musste doch schlafen.‹ Vielleicht hat sie ihm einen alkoholhaltigen Hustensaft verabreicht, damit er einschlief. Es muss ja nicht so ein schweres Kaliber gewesen sein. Es gibt auch wohlschmeckende Säfte mit weniger Alkoholgehalt, die von kleinen Kindern gerne genommen werden.«

»Spricht da die Erfahrung?«, flachste Becker über den Laptop hinweg und fing sich einen Blick ein, der deutlicher als jedes Wort zum Ausdruck brachte, dass Rita Voss zurzeit keinen Spaß verstand.

»Hat sie auch gesagt, warum Luca unbedingt schlafen musste?«, tauchte Scholl erneut aus seiner Lethargie auf.

»Das muss man mir nicht sagen«, erklärte Rita Voss. »Ich weiß, dass ein übermüdetes Baby einem den letzten Nerv rauben kann.«

Um die Wogen zu glätten, ehe sie in hohen Wellengang ausarteten, mischte Klinkhammer sich ein. »Traust du Mel zu, den Kleinen mit Medikamenten ruhigzustellen? Du warst länger mit ihr zusammen als ich. Wie schätzt du sie ein?«

»Als du kamst, wusste ich nicht mehr, was ich von ihr halten sollte. Bis dahin«, Rita Voss wiegte den Kopf, »ziemlich theatralisch und mental abhängig von ihrem Bruder. Was der sagt, nimmt sie unbesehen für bare Münze. Martin kann ihn nicht leiden. Sie betrachtet ihre Söhne als Teile ihres Körpers. So hat sie begründet, warum sie ihren Kindern niemals etwas antun könnte. Sie würde sich ja auch kein Bein abhacken, sagte sie.

Es kriselt übrigens heftig in der Ehe, und das nicht erst seit gestern.«

»Und in puncto Ordnung und Sauberkeit?«, fragte Klinkhammer. »Ich war ja nur im Erdgeschoss.«

»Oben war es nicht anders. Alles picobello, für meinen Geschmack zu aufgeräumt für einen Haushalt mit kleinen Kindern. Sie sagte, dass sie den Haushalt immer vormittags macht, dann ist Max in der Kita. Nachmittags sind sie wohl viel unterwegs. Und Martin nimmt ihr viel Hausarbeit ab.«

Klinkhammer nickte versonnen, äußerte sich jedoch nicht. Er widmete sich erneut dem von Becker zusammengestellten Material. So verhielt er sich seit zwei oder drei Monaten, was nicht nur Thomas Scholl, sondern auch Rita Voss schon wiederholt aufgefallen und sauer aufgestoßen war. Sie hätte nur nicht sagen können, wann genau das angefangen hatte. Klinkhammer warf bei Besprechungen mal eine Frage dazwischen, wollte eine Meinung hören oder begründet haben und tat ansonsten so, als sei er nicht anwesend.

Rita Voss hegte den Verdacht, dass er mit diesem Verhalten seinen Rückzug einleitete und versuchte, seinen Nachfolger bestmöglich auf die Leitung des KK11 vorzubereiten. Zwar hatte Klinkhammer sein Pensionsalter noch nicht erreicht, seine Frau dagegen schon. Die war von Haus aus vermögend und bearbeitete ihn womöglich, sich vorzeitig in den Ruhestand versetzen zu lassen und das Leben zu genießen.

Darüber mochte Rita Voss jetzt nicht nachdenken. Sie las weiter und blieb auf der nächsten Seite erneut hängen. Diesmal bei dem Witz, den der Mann in der Bonprix-Jacke Ilonka Koskolviak erzählt hatte. »Lucas Vater fährt einen 5er BMW«, glaubte sie mitteilen zu müssen.

»Toll«, kommentierte Scholl und legte sein angebissenes Käsebrötchen auf eine Serviette. »So einen hätte ich auch gerne. Ich hab nur leider keine spendable Mutter.«

Obwohl er noch nicht mal die Hälfte gelesen hatte, legte nun auch Klinkhammer das zusammengeheftete Papier auf den

Tisch und schlug vor: »Beenden wir die Frühstückspause und machen uns an die Arbeit. Was haben wir, Jochen?«

»Drei Verdächtige«, übernahm Becker. »Und wo Rita uns gerade mit der Nase auf ihn stößt, fangen wir am besten mit dem Mann in der Bonprix-Jacke an. Von ihm wissen wir, dass er gestern in Urlaub fliegen wollte und einen Witz über BMWs gemacht hat. Oder war das eine Anspielung? Ist er identisch mit dem Erpresser?«

»Das macht auch ohne die Anspielung Sinn.« Rita Voss war sofort voll dabei. »Wenn er die Familie kennt und in Bedburg noch mitbekommen hat, was passiert ist, dachte er vielleicht, er könnte abkassieren.«

»Kannte er Frau Martell?«, fragte Becker mit Blick auf Scholl. »Hat er auf sie reagiert oder sie auf ihn, als sie in den Laden kam? Die Aussagen des Personals geben in der Richtung nichts her.«

»Dann wird es auch keine Reaktion gegeben haben«, meinte Scholl. »Sogar ein kurzer Blickkontakt wäre der Kassiererin aufgefallen, und sie hätte es erwähnt. Die hat doch nichts ausgelassen.«

»Wenn man unter einer Decke steckt und nicht will, dass andere es mitbekommen, kann man so tun, als würde man sich nicht kennen«, erwiderte Becker. »Es kriselt heftig in der Ehe. Als Makler dürfte der Vater nicht so viel verdienen, dass die Mutter nach einer Trennung vom Unterhalt ein Luxusleben führen kann. Da würde eine Viertelmillion von der Schwiegermutter einige Jährchen überbrücken. Und ihr Verhalten beim Verlassen des Ladens lässt den Schluss zu, dass sie gar nicht erwartet hat, ihr Baby noch im Kinderwagen vorzufinden.«

»Das ist Nemritz gestern auch sauer aufgestoßen«, sagte Scholl. Er war nun ebenso bei der Sache wie Rita Voss. »Sie hat nicht auf der Straße Ausschau gehalten, ist nicht zum Durchgang gelaufen, sondern direkt zurück in den Laden, wo sie von der Kassiererin verlangte, die Polizei zu rufen, obwohl sie selbst ein Handy dabeihatte und offenbar mit Leidenschaft telefoniert.«

»Wie ich gestern schon sagte, könnte das der Schock gewesen sein«, erinnerte Klinkhammer.

»Möglich«, stimmte Becker zu. »Ebenso denkbar ist, dass sie ihrem Komplizen mehr Zeit einräumen musste, mit dem Baby zu verschwinden. Die Erzig dürfte den Zeitplan durchkreuzt haben.«

»Mit anderen Worten, du hältst den Bonprix-Typen für Mels Liebhaber«, konstatierte Rita Voss.

»Willst du ausschließen, dass sie einen hat?«, fragte Becker.

»Im Grunde schon. Für mein Empfinden war ihr daran gelegen, ihrem Mann zu gefallen. Martin hat sich von ihr zurückgezogen, schätze ich, nicht umgekehrt.«

»Dann bleiben wir eben bei Komplize«, sagte Becker. »Ein Freund von früher womöglich. Sie ist in Köln aufgewachsen und wird dort noch einige Leute kennen. Der Mann war zum ersten Mal im Drogeriemarkt. Was wollte er da? Ein Deo für den Urlaub? Das ist mir ein bisschen dünn. Warum ist er nicht gegangen, nachdem er es gekauft hatte? Angeblich wusste er nicht, wie man Fotos von einem USB-Stick zieht, hatte aber keinen Stick dabei. Der Typ hat auf etwas gewartet. Er ging erst, als er angerufen wurde.«

»Der Anruf kam aber nicht von Frau Martell«, wandte Scholl ein. »Als der Mann den Laden verließ, war sie mit Lippenstiften beschäftigt und hatte die volle Aufmerksamkeit der Kassiererin.«

»Weiß ich«, erklärte Becker. »Es ist auch nur ein mögliches Szenario. Es gibt noch andere.« Er rief eine Datei auf und orientierte sich an seinen Einträgen. »Wir haben eine Zeitspanne von zehn bis fünfzehn Minuten, in denen Frau Martell sich im Laden aufhielt. Kurz nachdem sie hereingekommen war, bekam der Mann den Anruf, angeblich von einem Kumpel. Zu dem Zeitpunkt stand Erzig am Kinderwagen und streichelte das Baby, was die beiden Teenies gesehen haben. Der Mann bezeichnete sie …«

»Ist bekannt«, versuchte Scholl den Vortrag abzukürzen.

»Mir nicht«, beschwerte sich Rita Voss. »Ich hab gestern so gut wie nichts erfahren.«

»Kannst du jetzt aber alles nachlesen.« Scholl wies auf das Papier neben ihrem Kaffeebecher.

»Können wir heute ausnahmsweise auf die üblichen Kabbeleien verzichten?«, fragte Klinkhammer in schärferem Ton. »Wir ziehen doch hier alle an einem Strang, oder?«

Becker gestattete sich ein verstohlenes Grinsen und nahm den Faden wieder auf. »Der Mann bezeichnete Erzig als seine Freundin. Wenn er sie und ihre Vorgeschichte kennt, hatte er vielleicht Mitleid und dachte, das Baby steht hier so alleine rum, das borgen wir uns für ein paar Tage und machen der armen Seele eine Freude. Vielleicht war mit *besorgen* das Kind gemeint. Vielleicht ist er noch mal zurückgekommen und hat Erzig Anleitungen für ihre Flucht aus dem Fenster gegeben.«

Scholl gab mit einem Schulterzucken zu verstehen, dass er diese Möglichkeit nicht ausschließen konnte, aber auch nicht für sehr wahrscheinlich hielt.

»Und noch etwas sollten wir in Erwägung ziehen«, fuhr Becker fort. »Wir haben mehrere Zeugen, die meinen, sie hätten ein schlafendes Baby gesehen. Hat einer von denen das Kind angefasst, den Puls gefühlt, die Atmung kontrolliert? Ob der Kleine geatmet hat oder nicht, dürfte durch die dicke Winterbekleidung nicht zu sehen gewesen sein.«

Scholl warf Klinkhammer einen Blick zu, als wolle er fragen: Von mir wolltest du das gestern nicht hören. Wieso darf er? Klinkhammer nahm Beckers gesammelte Werke wieder auf und las weiter. Rita Voss ahnte, worauf Becker hinauswollte. Über dieses Szenario hatte sie ja gestern ebenfalls nachgedacht. »Mel mag es nicht, wenn jemand ihre Kinder anfasst«, sagte sie.

»Würde ich auch nicht mögen, wenn ich ein totes Baby spazieren fahre«, erwiderte Becker trocken. »Vielleicht hat der Kleine zu viel Hustensaft bekommen.«

Etliche Sekunden lang herrschte Schweigen. Dann räusperte Scholl sich. »Und Erzig hat womöglich bemerkt, dass mit dem Kind etwas nicht stimmt. Sie kam mit dem Poncho über dem Kopf zurück und veranlasste Max, zu seiner Mutter in den Laden zu flüchten. Und der Bonprix-Mann hat mit der Sache gar nichts zu tun.«

Becker nickte. »Möglich.«

»Und warum hat der Weimaraner nicht auf den Poncho reagiert?«, fragte Scholl. »War er wirklich zu müde, als wir mit ihm in der Wohnung waren? Wo hat Erzig den Jungen hingebracht? Nicht in ihre Wohnung. Beim Poncho war die Spur womöglich zu schwach, aber der Hund hat auch sonst an keiner Stelle gezeigt, dass er etwas von Luca wittert.«

»Warum hätte sie die Leiche in ihre Wohnung bringen sollen?«, fragte Becker. »Sie hat ihren Sohn begraben und weiß, dass Tote unter die Erde gehören.«

Becker stand auf und ging zu dem großen Stadtplan hinüber, in den er freitags akribisch alles von Bedeutung eingezeichnet hatte. Mit dem Ende eines Kugelschreibers umkreiste er den Schlosspark. »Ein totes Kind konnte sie hier überall ablegen, um es nach Einbruch der Dunkelheit ordnungsgemäß auf dem Friedhof zu bestatten. Dann war ihr Poncho nur kurz in Kontakt mit einem dick in Winterklamotten eingepackten toten Baby. Ein Leichenspürhund hätte vielleicht etwas gewittert, aber ein Mantrailer ...«

Er zuckte kurz mit den Achseln, sprach weiter: »Vermutlich ist Erzig noch geraume Zeit bei der Leiche geblieben und deshalb erst anderthalb Stunden später auf der Kreisstraße aufgetaucht. Ihre Angehörigen liegen alle im Familiengrab. Die Pacht ist noch für mehr als ein Jahr bezahlt. Vielleicht hat sie den Kleinen aber auch in den Weiher geworfen. Er war ja nicht ihr Angehöriger. Und am Weiher ist der Hund hin und her gelaufen.«

»Ja«, bestätigte Scholl knapp und vermied es, Klinkhammer dabei anzusehen.

»Sie könnte ihn auch in die Erft geworfen haben.« Becker zeigte auf dem Stadtplan eine Stelle vor dem Kreisel beim Einkaufszentrum, die Anni Erzig überquert haben musste. »Von hier aus könnte das Baby an der Lindenstraße angeschwemmt worden sein. Da ist ein Wehr. Wir brauchen Taucher, Arno.«

So angesprochen hob Klinkhammer den Blick von seiner Lektüre und bewies, dass er sehr wohl aufmerksam zugehört hatte. »Wer einen Sohn begraben hat, wirft keine Babyleiche ins Wasser«, widersprach er. »Anni Erzig hätte Luca begraben, wenn nicht auf dem Friedhof, dann eben im Schlosspark. Aber sie wäre anschließend nicht mit Koffer und Verpflegung über eine Strickleiter zum Fenster hinausgestiegen. Dazu hätte sie in dem Fall doch auch keine Veranlassung gehabt. Entweder wähnte sie sich beim Vordereingang in Gefahr, oder sie wurde überredet, zur Sicherheit einen anderen Weg zu nehmen.«

Mit den nächsten Worten legte er den Packen Papier auf den Tisch. Er war bei Gabis Telefonverbindungen angekommen, legte den Finger auf eine Zeile. »Pleiß. Das ist der Mann, mit dem die Großmutter Urlaub macht. Möglicherweise ist Pleiß ihr Komplize.«

»Dann ist womöglich er der Typ in der Bonprix-Jacke.« Scholl klang plötzlich, als hätte man ihn unter Strom gesetzt. »Wenn das eine von der Großmutter inszenierte Entführung war, dürfte sie ihn angerufen haben, als sie auf dem Schlossparkplatz ankam. Im Rausgehen hat er doch gesagt: ›Bin schon fast bei dir.‹ Wir brauchen eine Funkzellenabfrage.«

»Läuft schon«, sagte Becker.

»Wir sollten die Kollegen in Braunschweig kontaktieren«, schlug Klinkhammer vor. »Vielleicht leisten sie unbürokratische Amtshilfe. Das hier ist eine Festnetznummer, die verrät uns nicht, wo Pleiß sich gestern aufgehalten hat. Ein Passfoto wäre hilfreicher.«

»Am Samstagmorgen? Wo gegen den Mann nichts vorliegt?« Becker war skeptisch. »Wie soll ich das begründen?«

»Versuch es einfach«, sagte Klinkhammer.

Der Neffe

Olaf blieb länger als eine halbe Stunde im Bad, benutzte die Toilette und duschte ausgiebig, um sich aufzuwärmen. Gabi zog sich währenddessen an, brühte Kaffee auf und legte die übrig gebliebenen Brötchen von gestern für ihn auf den Toaster. Die vertilgte er so schnell, dass sie ihn zweimal ermahnte, nicht zu schlingen.

Nach den Brötchen machte Olaf sich über das Brot her. Und erst nach der dritten Scheibe fragte er: »Was hast du dir eigentlich dabei gedacht, mir was von Urlaub in den Bergen zu erzählen? Warum hast du nicht gesagt, wo du hinfährst?«

»Um genau das zu verhindern«, sagte sie.

»Was?« Olaf beäugte die Auswahl an Brotbelag, die Gabi auf den Tisch gepackt hatte. Roher Schinken, gekochter Schinken, Salami, von der hatte er schon zweimal genommen, Leberwurst, drei Sorten Käse. Als hätte sie Angst, hier bekäme sie nichts zu essen. Wusste sie nicht, dass es einen Supermarkt gab?

»Dass mir einer von euch folgt«, sagte sie. »Ich dachte, Österreich oder die Schweiz, das ist eine nette Strecke, das überlegt ihr euch dreimal.«

Olaf bestrich die vierte Scheibe Brot mit Leberwurst. »Du hättest doch einfach sagen können, dass du mal rausmusst und für ein paar Tage nach Holland fährst. Wenn du den Facebook-Typ nicht erwähnt und nichts von einem Killer gesagt hättest, hätte sich keiner Sorgen um dich gemacht.«

»Sorgen? Um mich?« Gabi lachte ungläubig oder verbittert, so genau ließ sich das bei ihr nie sagen. Es konnte auch ein ironisches Lachen sein. Sie nippte an ihrem Kaffee, stellte die Tasse ab und schaute ihm in die Augen, als wolle sie sich in sein Hirn bohren. »Willst du mir jetzt erzählen, ihr hättet Angst, mir könnte etwas passieren? Bist du deshalb gestern Abend draußen herumgegeistert? Das warst du doch.«

Olaf kaute und schwieg. Sie schaute zur kleinen Couch hinüber, auf der er seine Jacke abgelegt hatte. »Hat man dich nicht darauf hingewiesen, dass du damit leuchtest wie ein Weihnachtsbaum, auch wenn du nicht im Scheinwerferlicht stehst?«

»Nee«, sagte er knapp und nicht gewillt, sich vom Thema abbringen zu lassen. »Hältst du dich immer noch für unsterblich? Natürlich haben wir Angst um dich, wenn du solche Faxen machst. Papa braucht dich jetzt nötiger denn je.«

»Habt ihr euch mal gefragt, was ich brauche?«

»Das müssen wir uns nicht fragen. Das wissen wir, können es dir nur leider nicht beschaffen. Ich hab schon mehr als einmal überlegt, ob ich mir Martin mal vorknöpfen soll. Ich bezweifle nur, dass sich etwas ändert, solange er Angst hat, dass die Tussi geht und die Jungs mitnimmt.«

Erleichtert, sich nicht den Kopf zerbrechen zu müssen, wie er das Thema »Lucas Entführung« ansteuern sollte, ohne bei Gabi unliebsame Reaktionen auszulösen, genehmigte Olaf sich den letzten Rest Kaffee aus der Kanne und fragte so beiläufig wie möglich: »Hast du eigentlich in letzter Zeit was von Martin gehört?«

Hilde hatte gewarnt. »Halt bloß deinen Mund, solange der Kerl aus dem Internet nicht aufgetaucht ist. Wenn der den Kleinen hat, muss Gabi ihn bloß anrufen, dann lässt der sich nicht blicken. Und wir sind genauso klug wie jetzt.«

»Gestern Abend erst«, antwortete Gabi. »Er hat mir auf die Mailbox gesprochen. Ich sollte ihn dringend zurückrufen, es wäre etwas Schreckliches passiert.«

»Ach.« Olaf stellte sich dumm. »Was denn?«

Ihr Mund verzog sich zu einem geringschätzigen Lächeln. »Ich nehme an, Mels Honda hat das Konzert beendet. Im September hieß es schon, das Auto pfeife auf dem letzten Loch. Angeblich hatte sie eine Panne gehabt und Mäxchen deshalb nicht aus der Kita abholen können. Da meinte Martin, bei der alten Karre müsse man damit rechnen, dass sie bald den Geist aufgibt. So alt ist der Honda noch nicht. Den Audi habe ich zwanzig Jahre lang gefahren und hatte nie eine Panne. Jede Wette, wenn ich eine neue Batterie einsetze, springt er an.«

Was er von dieser Auskunft halten sollte, wusste Olaf nicht. »Das war auch eine andere Qualität«, sagte er, ließ es dabei bewenden und erkundigte sich nach der Facebook-Bekanntschaft. »Was ist das denn für ein Typ, um den du so ein Geheimnis gemacht hast? Gibt's den überhaupt, oder ist der genauso erfunden wie dein Urlaub in den Bergen?«

Gabi lächelte. »Den gibt's. Das hier ist sein Ferienhaus.«

»Und wie bist du an den geraten? Warum hältst du das vor uns geheim? Mama ist am Donnerstagabend vor Neugier beinahe geplatzt.« Trotz der Anspannung, die ihn immer noch gepackt hielt, schaffte Olaf ein ungläubig amüsiertes Lachen. »Nach dreißig Jahren, in denen alle gedacht haben, du hast von Männern die Schnauze voll, machst du Urlaub mit einem Kerl, den keiner von uns kennt. Das muss man erst mal glauben.«

»Habt ihr doch offenbar«, konterte sie. »Sonst hättest du keine Veranlassung gehabt, mir hierher zu folgen.«

»Wenn du so ein Geheimnis um den Typ machst, muss man doch annehmen, dass mit dem was nicht stimmt. Man kann im Netz Callboys engagieren oder seinen eigenen Metzger anheuern und sogar die Regeln fürs Schlachtfest bestimmen. Ist alles schon vorgekommen.«

»Wenn es dich beruhigt«, sagte sie. »Er ist weder Callboy noch Metzger. Er ist nur emotional genauso angeschlagen wie ich. Deshalb versteht er, wie es in mir aussieht. In den letzten Monaten war er der Einzige, dem ich offen sagen konnte, wie mir zumute ist, ohne befürchten zu müssen, dass er auf Martin losgeht. Denn wie du eben festgestellt hast, wäre damit nichts gewonnen.«

»Jetzt weiß ich immer noch nicht, wer er ist und wie er heißt.«

»Ich weiß es, das reicht doch.«

»Und wann wird er hier aufschlagen?«

»Da er es gestern nicht geschafft hat, nehme ich an, er kommt heute. Vielleicht auch erst morgen. Am Donnerstagabend wusste er das noch nicht genau.«

»Wovon ist das denn abhängig?«

Sie lachte. »Spielst du Polizist? Das klingt ja wie ein Verhör.«

»Quatsch«, wiegelte Olaf ab. »Ich frag nur, weil außer dir bloß ein paar alte Leute hier sind. Und die sind nicht mal in Hörweite. Wenn dir hier was passiert, könntest du dich heiser brüllen, die würden nichts mitbekommen.«

»Was soll mir denn passieren?«, fragte sie verständnislos.

»Du bist nicht unverwundbar«, sagte Olaf. »Mag ja sein, dass der Hausbesitzer ein feiner Mensch ist. Aber noch ist er nicht hier. Du brauchst nur in der Dusche auszurutschen und dir ein Bein zu brechen. Was dann? Mir wäre wohler, wenn du Gesellschaft hättest. Bis Sonntagnachmittag kann ich bleiben. Vorausgesetzt, du bist einverstanden.«

»Dann brauchen wir aber noch zwei Brote«, sagte sie. »Mindestens zwei. Und du musst mit der großen Couch vorliebnehmen. In eins der Kinderbetten passt du nicht rein. Und das Bett oben ist für den Hausbesitzer reserviert.«

Nach der letzten Nacht, die er abwechselnd im Fiat und mit Aufwärmübungen im Freien verbracht hatte, hätte Olaf auch auf dem Teppich geschlafen. »Die Couch ist perfekt«, beschied er.

Um halb neun verließ Gabi das Haus, um zum Supermarkt zu fahren. Olaf informierte seine Mutter, dass Gabi wohlauf, der Kleine aber nicht bei ihr war und er noch nichts Genaues über den Typen wusste, mit dem Gabi Urlaub machen wollte.

Hilde gab ihm die Nummer durch, die Klinkhammer ihnen gestern notiert hatte, und bat: »Sag lieber Herrn Klinkhammer Bescheid. Da muss was ganz Schlimmes im Gange sein. Ich musste schon in aller Herrgottsfrühe eine Polizistin zu Martin rüberfahren und so tun, als wäre es Käthe Wilmers. Ich hab kein gutes Gefühl bei der Sache.«

Das hatte Olaf auch nicht. Er hatte gestern nicht besonders auf die Öffnungszeiten des Supermarkts geachtet, meinte jedoch, etwas von neun Uhr gesehen zu haben.

Der Verbindungsmann

Wider Erwarten stieß Jochen Becker mit seiner Bitte um ein Passfoto von Sascha Pleiß bei den Braunschweiger Kollegen auf offene Ohren und Hilfsbereitschaft. Er musste nur behaupten, dass es um einen Kindesentzug im Auftrag einer Großmutter ging, die ihren Enkel nur von einem Foto kannte.

»Wir wollen der Frau keine unnötigen Scherereien machen, sie ist schon genug gebeutelt«, sagte er. »Aber wir müssen das Kind natürlich zurück zu den Eltern bringen.«

»Dann beweisen wir denen in der Oberliga doch mal, wie gut polizeiliche Zusammenarbeit und der Informationsaustausch länderübergreifend funktionieren, wenn man die Bürokratie außen vor lässt«, erwiderte sein Gesprächspartner.

Während sie auf das Foto warteten, ging die Nachricht ein, dass beide Anrufe auf dem Festnetzanschluss in Martins Haus am vergangenen Nachmittag von einem Münzfernsprecher am Kölner Hauptbahnhof getätigt worden waren. Damit schloss Klinkhammer den Kumpel aus dem Sportverein endgültig aus. Auch ein Trittbrettfahrer wäre nicht nach Köln gefahren, um zu telefonieren. Aber ein Mann wie Pleiß, der seit dem Verlust seiner Familie nicht mehr Auto fahren mochte ... Aus einer der Facebook-Nachrichten ging hervor, dass Pleiß mit der Bahn angereist war, um Gabi am Hauptbahnhof zu treffen. Er hatte zwar zuletzt angekündigt, ein Auto zu mieten, aber vielleicht hatte er das erst in Köln getan.

Kurz darauf ging auch die E-Mail aus Braunschweig mit einem Ausweisfoto von Sascha Pleiß auf Beckers Laptop ein. Scholl warf nur einen kurzen Blick darauf und war sofort sicher: »Das ist nicht der Bonprix-Mann. Der sieht nicht aus wie ein Bodybuilder. Einen Leberfleck am Mundwinkel hat er auch nicht.«

»Dann ist das wohl der andere Buhmann«, meinte Klinkhammer und erhob sich. »Ich fahre noch mal nach Niederembt. Der Nachbar kann das Handy der Großmutter orten, sobald sie es in Betrieb nimmt, muss dafür aber an ihren Computer. Den Hausschlüssel habe ich.«

»Moment, Arno«, hielt Rita Voss ihn zurück. »Da ist noch was. Hat nichts mit Lucas Verschwinden zu tun. Aber ich finde, du solltest das wissen. Es hat im Umfeld der Familie ein paar merkwürdige Todesfälle gegeben.«

»Ein paar?«, fuhr Klinkhammer auf.

»Unfall mit Fahrerflucht letzten Oktober in Jülich«, begann sie.

»Alinas Großvater«, sagte Klinkhammer.

»Davon weißt du schon.« Sie klang ein bisschen enttäuscht.

»Nichts Genaues«, sagte Klinkhammer. »Hast du Einzelheiten?«

»Das Tatfahrzeug war ein Ford Focus Kombi, dunkelgrau, Baujahr 2006. Ich hab hier eben gelesen, dass die Erzig gestern vor einem grauen Kombi abgehauen sein soll. Mels Bruder hat sich nach dem Tod des Opas mächtig aufgeregt, weil er mit einer großen Erbschaft gerechnet hatte und seine Frau leer ausging.«

»Fährt er einen grauen Focus?«, fragte Klinkhammer.

»Weiß ich nicht.«

»Lässt sich in Erfahrung bringen.« Klinkhammer nickte Becker zu, was einem Auftrag gleichkam, und wollte von Rita Voss wissen: »Was ist mit den anderen Todesfällen?«

»Das liegt drei Jahre zurück, da lässt sich kaum noch beweisen, wenn etwas nicht mit rechten Dingen zugegangen ist. Ein altes Ehepaar, lebte in einem Hochhaus in Köln-Weiden, das Mels Bruder verwaltet. Er wollte die Wohnung für Mel. Die Frau ist bei einem Treppensturz verstorben, der Mann war pflegebedürftig und hat sich kurz darauf mit einer Plastiktüte überm Kopf ...«

»Das glaube ich nicht«, sagte Scholl tonlos, unterbrach sie damit und vollendete: »An einer Türklinke erhängt. Damit hat Parlow der Erzig gedroht, sogar geprahlt, sie wäre nicht die Erste, die er auf die Weise über den Jordan schickt. Wollen wir wetten, dass er ...«

Er brach ab, als ein Handy zu fiepen begann. Ritas Erkennungston für unbekannte Anrufer. Sie nahm das Gespräch an und reichte an Klinkhammer weiter. »Für dich, Herr Treber.«

In der Annahme, es sei Reinhard, der wegen der noch ausstehenden Vereinskameraden Bescheid geben wollte, meldete Klinkhammer sich und sagte: »Vielen Dank, Herr Treber, aber es hat sich ...« Dann brach auch er ab und lauschte etwa eine Minute lang, ohne etwas zu erwidern. Anschließend bedankte er sich erneut, gab Rita Voss ihr Handy zurück, erklärte, was er soeben von Olaf Treber gehört hatte und wie er darüber dachte.

Dass Luca derzeit nicht bei Gabi war, sprach sie nicht automatisch von jedem Verdacht frei, erst recht nicht, nachdem nun bekannt war, wo die beiden Anrufe auf dem Festnetzanschluss hergekommen waren. Dass Gabi ihrem Neffen den Eindruck vermittelt hatte, nichts von der Entführung zu wissen, entlastete sie ebenso wenig.

Gabi verdiente ihr Geld damit, sich Geschichten und logische Erklärungen auszudenken. Womöglich hatte sie die Sache mit Mels Honda erfunden. Dass Gabi sich nach Olafs Angebot, bis Sonntagnachmittag bei ihr zu bleiben, umgehend auf den Weg zu einem Supermarkt gemacht hatte, der vielleicht noch gar nicht geöffnet war, bedeutete womöglich, sie hatte Sascha Pleiß informiert – zumindest dahingehend, dass sie nicht mehr allein in seinem Ferienhaus war.

Wenn Pleiß in ihrem Auftrag oder um ihr eine Freude zu machen, Luca entführt hatte, musste er nur bis Sonntagabend mit dem Baby in Deckung bleiben. Was einen zweifachen Vater nicht vor allzu große Probleme stellen dürfte. Einen sicheren Unterschlupf hatte er in Braunschweig garantiert auch.

Aber es war eine Sache, die Braunschweiger Kollegen um ein Foto von Pleiß zu bitten. Sie seine Wohnung oder die Praxisräume stürmen zu lassen, wo gegen den Mann nichts vorlag, wie Becker schon festgestellt hatte, war ausgeschlossen.

»Ich fahre nach Herkingen«, disponierte Klinkhammer um. »Vielleicht kann ich der Großmutter klarmachen, dass es zu ihrem Besten ist, mit offenen Karten zu spielen.« Damit verließ er den Raum.

Auf dem Weg ins Freie informierte er seine Frau und rief Olaf Treber zurück, um ihm einige Verhaltensregeln zu erteilen. Sich unbefangen geben, wenn Gabi vom Supermarkt zurückkam, kein Wort über Lucas Entführung und keine weiteren Fragen nach der Facebook-Bekanntschaft.

»Kriegen Sie das hin?«

»Klar«, sagte Olaf. »Da muss ich doch nur die Schnauze halten.«

»Sollte der Mann alleine auftauchen, ehe ich da bin, schicken Sie mir eine SMS. Das lässt sich im Bad unauffälliger erledigen als ein Anruf.«

»Geht klar«, sagte Olaf. »Und was mach ich, wenn er mit Luca hier eintrudelt?«

»Dasselbe«, sagte Klinkhammer. »Aber daran glaube ich nicht.«

Der Frontmann

Unmittelbar nach Klinkhammer machte sich auch Thomas Scholl auf den Weg. Er fuhr nach Bedburg-Blerichen, um sich Anni Erzigs Erzfeind vorzuknöpfen. Aber Janosch Parlow war nicht da. In der Wohnung hielten sich nur Frau Parlow und Maja auf. Völlig vergebens hatte Scholl sich jedoch nicht bemüht. Eine Wand im Wohnzimmer war mit gerahmten Fotografien bestückt. Das Hochzeitsfoto bestätigte seine Schlussfolgerung bezüglich des Drogeriemarktes. Darauf war der große Leberfleck neben dem linken Mundwinkel deutlich zu erkennen.

Janosch hatte am vergangenen Nachmittag kommentarlos eine Reisetasche gepackt mit kurzärmeligen T-Shirts, Shorts, Sandalen und Badehose, als wolle er in die Sonne fliegen und an einem Strand liegen. Seiner Frau gegenüber hatte er jedoch keinen Urlaub erwähnt.

Anschließend hatte er etwas zu essen verlangt und sich mit dem Teller ins Wohnzimmer gesetzt. Kurz vor fünf hatte ihn jemand angerufen, und er hatte gleich darauf mit der Reisetasche die Wohnung verlassen, ohne zu sagen, wohin er wollte. Ihn zu fragen, hatte Frau Parlow nicht gewagt. Sie hoffte, er würde lange wegbleiben, nicht bloß übers Wochenende.

Auf Scholls Bitte hin kramte Frau Parlow einen aktuelleren Schnappschuss ihres Mannes aus einer Schachtel und erhob keine Einwände, dass er den mit seinem Handy ablichtete. Er hätte das Bild auch mitnehmen dürfen.

Warum Janosch sich am vergangenen Tag so lange im Drogeriemarkt aufgehalten hatte und mit welchem Kumpel er verabredet gewesen sein könnte, wusste Frau Parlow nicht. Auf Anhieb glaubte sie nicht einmal, dass ihr Mann gestern um die Mittagszeit in Bedburg gewesen war.

Ihres Wissens war Janosch früh um sieben zur Arbeit gefahren. Er war in einer Karosseriewerkstatt beschäftigt. Und freitags hatte er um vier Uhr nachmittags Feierabend. Normalerweise kam er dann zwischen halb fünf und fünf Uhr nach Hause. Gestern war er früher heimgekommen, schon um halb vier. Trotzdem hätte Janosch eigentlich um halb zwei nicht im Drogeriemarkt sein können, meinte Frau Parlow. Es sei denn, er hätte sich den halben Tag freigenommen. Das hatte er offenbar.

Scholls Fragen nach Kontakten zu einem Hochhaus in Köln-Weiden konnte sie ebenso wenig beantworten. Soweit sie wusste, hatte Janosch mit diesem Stadtteil nichts zu tun gehabt. Sie hatten in Köln-Ossendorf gewohnt. Da war oft Polizei gekommen. Jedes Mal hatte man von ihr wissen wollen, wo ihr Mann zu dieser oder jener Zeit gewesen war.

Aber Janosch war viel unterwegs, tagsüber auf der Arbeit, auch in Ossendorf hatte er in einer Karosseriewerkstatt gearbeitet. Abends ging er in einen Box-Club, und nachts trieb er sich in Kneipen herum. Dort hatte er sich häufig geprügelt. Auf der Arbeit hatte es ebenfalls oft Streit gegeben. Nachdem Janosch einen Arbeitskollegen zusammengeschlagen hatte, war ihm gekündigt worden. Da hatte er beschlossen umzuziehen. Er hatte diese Wohnung gefunden und neue Arbeit in Bergheim.

Bereitwillig suchte Frau Parlow Adresse und Telefonnummer der Karosseriewerkstatt heraus, gab Scholl die Handynummer ihres Mannes und das Kennzeichen seines Wagens. Ein grauer Ford Focus Kombi, Baujahr 2006 – wie bei dem tödlichen Unfall mit Fahrerflucht in Jülich. Dorthin hatte Janosch allerdings auch keine Kontakte – soweit seine Frau wusste. Aber viel wusste sie wohl nicht.

Scholl bedankte sich für die Auskünfte und verabschiedete sich im Hinausgehen auch von Maja, die bei offener Tür in ihrem Zimmer über Schulbüchern brütete. Bei seiner Ankunft war die Tür geschlossen gewesen. Er hätte wetten mögen, dass Maja nichts von seiner Unterhaltung mit ihrer Mutter verpasst hatte.

Er fuhr zum Drogeriemarkt und ließ sich von Ilonka Koskolviak bestätigen, dass Parlow der Mann am Foto-Drucker gewesen war. Danach informierte er Becker.

Der hatte zwischenzeitlich zwei Polizeitaucher für den Schlossweiher und eine Suchmannschaft für den Park auf den Weg nach Bedburg gebracht. Nur weil sich ein Verdacht in eine Richtung erhärtete, durfte man andere Möglichkeiten nicht aus dem Blick verlieren und vernachlässigen. Für eine Suche entlang der Erft hatte Becker die Freiwillige Feuerwehr Bedburg gewinnen können. Das Flüsschen war im Bereich des Parks stellenweise so flach und klar, dass man bis auf den Grund sehen konnte, ohne ins Wasser steigen zu müssen.

Scholl hätte liebend gerne Janosch Parlow und den Ford Focus in die Fahndung gegeben. Dafür reichte es nicht. Offiziell lag gegen den Mann nichts vor. Dass er einen Wagen vom selben Typ und in der gleichen Farbe fuhr wie die Person, die im Oktober auf einem Waldweg bei Jülich einen alten Mann überfahren und liegen gelassen hatte, machte ihn nicht automatisch zum Täter. Mit dem toten Ehepaar in Köln-Weiden brachten ihn auch nur die Todesarten in Verbindung, die er Anni Erzig angedroht hatte.

Davon konnte er irgendwo gehört oder in der Zeitung gelesen haben.

Scholl gab Parlows Handynummer durch. Becker hatte die Funkzellenabfrage um den Kölner Hauptbahnhof erweitert. Er gab das Kennzeichen des Focus an die zuständigen Kollegen in Jülich weiter. Sollten die das Auto in die Fahndung geben, wenn sie sich etwas davon versprachen. Obwohl nicht damit zu rechnen war, dass sich nach drei Monaten noch Unfallspuren an dem Wagen feststellen ließen. Da Parlow in einer Karosseriewerkstatt arbeitete, dürfte er die Schäden an seinem Fahrzeug umgehend behoben haben. »Mehr kann ich momentan nicht tun«, sagte Becker.

Scholl blieb in Bedburg, um den Einsatz im Schlosspark zu überwachen. Wobei eine Überwachung vollkommen überflüssig war, das wusste er. Er wollte auch nicht wirklich dabei sein, wenn sie Luca fanden, aber er musste.

So gerne er geglaubt hätte, dass Luca bei einem Bekannten der Großmutter gut aufgehoben war, Beckers Hypothese vom toten Baby, das Anni Erzig aus dem Kinderwagen genommen, ins Wasser geworfen oder begraben hatte, koppelte die beiden Theorien, die er gestern zu beweisen versucht hatte. Kind stirbt durch die Hand der Mutter, die packt es ins Auto, will es unterwegs loswerden. Aber ehe sie dazu kommt, schnappt sich eine verrückte alte Schachtel den Kleinen und verpasst ihm bei der steinernen Bank am Weiher eine Nottaufe.

Die Engelsucherin – Die Nacht zum Samstag

Anni Erzig hatte schrecklich gefroren und bedauert, ihren Poncho in der Wohnung zurückgelassen zu haben. Nicht weil sie befürchtet hätte, in dem auffälligen Kleidungsstück erkannt und der Polizei übergeben zu werden. Von den Durchsagen mit ihrer Beschreibung am vergangenen Nachmittag hatte sie gar nichts mitbekommen. Ihre einzige Sorge hatte darin bestanden, dass ihr der Poncho beim Abstieg auf der Leiter womöglich hinderlich sein und sie stürzen könnte. Sie hatte es vorher nie probiert und in der Not des Augenblicks nur daran gedacht, ihr Sparbuch mitzunehmen, damit es nicht Majas Vater in die Hände fiel. Auf die Idee, den guten, alten Poncho zum Fenster hinaus in den Hof zu werfen, ehe sie den Koffer hinabließ, war sie nicht gekommen.

Der Poncho hatte sie so viele Winter warm gehalten, wenn sie in der Stadt unterwegs gewesen war. Er hätte ihr auch in der Laube gute Dienste erwiesen, als Ersatz für eine Decke dienen können, die zu kaufen ihr leider nicht gelungen war.

Als sie ihren Sohn wiederfand, hatte sie nur sieben Euro und ein paar Cent bei sich gehabt. Dafür hatte sie im Einkaufszentrum einige Lebensmittel und etwas Obst erstanden. Eine warme Decke zu dem Preis hatte sie nicht gefunden. Die günstigste kostete fünfundzwanzig Euro. Ihr Sparbuch oder das Kärtchen, mit dem sie zwanzig Euro am Automaten hätte ziehen können, hatte sie nicht dabei. Das Kärtchen nahm sie nur mit, wenn sie es unbedingt brauchte.

Mit kleineren Kleidungsstücken aus dem Koffer hatte sie die Bespannung des alten Liegestuhls aufgepolstert. Trotzdem zog ihr die Kälte von unten in die Knochen und machte sie ganz steif. Zugedeckt mit den größeren Sachen, liefen vor ihren Augen wie eine Endlosschleife wieder und wieder die wundervollen Minuten und die nachfolgenden Schrecken des Freitags ab.

Nachdem das kleine Krafttier mit dem Lolly wieder im Laden verschwunden war, hatte Anni sich widerstrebend dem Durchgang genähert, in dem Majas Vater verschwunden war. Sie wollte sich unbedingt das Auto der blonden Frau noch einmal ansehen, sich das Kennzeichen einprägen. Über Autokennzeichen konnte man vieles in Erfahrung bringen, hatte Elena ihr einmal erklärt, als jemand Diego bei der Arbeit die Vorfahrt genommen und er mit dem Transporter der Sicherheitsfirma beinahe im Straßengraben gelandet wäre. Vielleicht kannte Diego jemanden, der ihr diesen kleinen Gefallen tun könnte.

Auf Vorsicht bedacht hatte sie den Durchgang passiert. Ehe sie hinaus ins Freie getreten war, hatte sie minutenlang Ausschau gehalten, was sich auf dem großen Schlossparkplatz als schwierig erwies. Vielleicht war Majas Vater längst weg, um sich in der Nähe ihrer Wohnung auf die Lauer zu legen. Vielleicht hatte er angenommen, sie würde die Straße hinunter zur Bäckerei flüchten und bei Elena Schutz suchen, aber irgendwann müsste sie ja nach Hause kommen, und dann könnte er sie schnappen. Aber vielleicht lauerte er auch hier irgendwo. Wo er es ihr heute noch richtig besorgen wollte, müsste er doch nicht bis zur Nacht warten. Wozu sollte er das Risiko eingehen, von Roswita Werner gesehen oder gehört zu werden, wenn er sie anderswo erwischen konnte?

Es standen viele graue Fahrzeuge auf dem weitläufigen Platz, von den meisten sah sie nur die Dächer. Den schrecklichen Mann entdeckte sie nirgendwo, was aber nichts heißen musste. Er konnte in seinem Auto sitzen und darauf warten, dass sie vorbeiging, um ihr dann zu folgen. Aber sie musste ja nicht über den Parkplatz gehen. Sie konnte zurück auf die Lindenstraße kehren, zum Bahnübergang gehen und denselben Weg nach Hause nehmen, auf dem sie in die Stadt gekommen war.

Schließlich riskierte sie es, trat aus dem Durchgang, wandte sich nach links. Zum Glück stand das Auto der neuen Mutter ihres Sohnes nahe an den Gebäuden. Unmittelbar neben dem Honda Civic stand nun ein silbrig blauer Sportwagen, der vorher nicht da gewesen war.

Der metallische Farbton erinnerte Anni an die Augen ihres Sohnes in seinen letzten Tagen, genauso blau und fiebrig glänzend waren sie gewesen. Ob er als Luca ebenso blaue Augen hatte? Bei dem kleinen Krafttier waren sie braun gewesen.

Ihr fiel nicht auf, dass zwei Männer in dem Sportwagen saßen – bis auf der Beifahrerseite die Scheibe heruntergelassen wurde, Rauchwölkchen ins Freie zogen und sie einen der beiden reden hörte. Und wieder stand sie da wie zur Salzsäule erstarrt. Diese Stimme! »Du hast gesagt, du bringst das Geld mit und ein Ticket. Wie soll ich denn mit dem Wisch in den Flieger kommen?«

»Das ist kein Wisch«, widersprach ein anderer Mann. »Das ist eine Online-Buchung. Wenn du damit nicht klarkommst, treffen wir uns eben zwei Stunden vor Abflug noch mal. Dann übernehme ich das für dich.«

»Und wie sieht's mit den Moneten aus? Fünfundzwanzig stehen noch aus von Oktober. Das hier sind nur tausend.«

»Du bekommst dein Geld«, versprach der andere Mann. »Ist nicht mein Verschulden, dass es länger dauert. Der Alte hat uns gelinkt. Aber ich rechne Anfang nächster Woche mit einer größeren Zahlung. Bis dahin machst du dir ein paar schöne Tage auf Malle. Dafür sollten tausend reichen. Flug und Hotel sind bezahlt.«

Auf der Beifahrerseite des Sportwagens wurde die Tür geöffnet. Majas Vater schälte sich ins Freie, trat eine Zigarette aus und sagte ins Wageninnere hinein: »Wehe, wenn nicht.« Dann entdeckte er Anni und wurde sofort laut: »Das glaub ich jetzt nicht. Schon wieder die alte Vettel. Spionierst du mir nach?« Die Hände auf das Dach des Hondas gestützt, blaffte er weiter: »Komm her und hol dir die nächste Tracht Prügel.«

»Mach keinen Stress, Janosch, denk an deinen Urlaub«, sagte der Mann hinter dem Steuer. Von ihm sah Anni nicht viel, er trug einen dieser Kapuzenpullover, in denen viele junge Leute herumliefen.

»Das gibt keinen Stress«, erklärte Majas Vater. »Die rennt nicht zu den Bullen, hat zu viel Schiss, die verfluchte Vettel.«

Anni machte auf dem Absatz kehrt, flüchtete zurück in den Durchgang, schaffte es aber nicht bis zur Straße. Als sie feste Schritte vom Parkplatz nahen hörte, drückte sie sich in den Hauseingang. Zum Glück war es nicht Majas Vater, sondern der Kapuzenmann. Anni blieb mit dem Gesicht zur Tür stehen und tat so, als suche sie in ihrer Tasche nach Schlüsseln. Der Mann ging vorbei. Sekunden nachdem er in die Lindenstraße abgebogen war, hörte Anni das kleine Kraftier rufen: »Mama, guck.«

Sie hätte gerne noch einen Blick auf ihren Sohn geworfen, noch einmal über die zarte, kalte Wange gestreichelt. Aber das Autokennzeichen des Hondas war ihr wichtiger. Wenn sie in Erfahrung brachte, wo Luca aufwuchs, konnte sie ihn bestimmt noch häufiger sehen und vielleicht auch noch öfter streicheln.

Sie riskierte es noch einmal bis zum Ende des Durchgangs, musste aber auch zwei Schritte ins Freie, um festzustellen, ob Majas Vater noch in der Nähe war. Beim Honda und dem blausilbrigen Sportwagen war niemand zu sehen. Überhaupt hielten sich nur wenige Menschen zwischen den Autos auf. Weiter hinten ragte ein dunkelhaariger Mann in einer schwarzen Jacke über ein graues Autodach. Das war er! Er schaute zu ihr hin und hob drohend eine Faust.

Sie zog sich wieder in den Durchgang zurück, hörte erneut Schritte hinter sich. Der Kapuzenmann kam zurück, den Kopf gesenkt, die Kapuze tief ins Gesicht gezogen. Mit einem Arm drückte er sich den schlafenden Luca an die Brust. Anni erkannte das Jäckchen. In der freien Hand trug er einen Stoffbeutel, in dem sich die Konturen einiger Flaschen abzeichneten. Neben ihr machte er halt. »Angst?«, fragte er.

Als sie nickte, erklärte er: »Ja, mit Janosch ist nicht zu spaßen. Ist er noch da?«

»Da hinten.« Anni deutete in die Richtung, in der sie Majas Vater eben noch über dem Autodach gesehen hatte. Nun sah sie einen dunkelgrauen Kombi von der Stelle weg zur Straße fahren.

»Gefahr gebannt«, sagte der Kapuzenmann.

Anni konnte den Blick nicht von dem schlafenden Baby lösen. »Ein wunderschönes Kind«, sagte sie. »Achten Sie gut auf ihn.«

»Das mache ich«, erwiderte er. »Deshalb nehme ich ihn jetzt mit. Das wird seiner Mutter, der Schlampe, eine Lehre sein, meinen Sie nicht? Was denkt sie sich, ihn alleine draußen in der Kälte stehen zu lassen? Da kann doch Gott weiß was passieren.«

»Es gibt keinen Gott«, sagte Anni. »Das Leben ist ein immerwährender Kreislauf. Man stirbt nur, um wiedergeboren zu werden.« Der Kapuzenmann verstärkte sein Lächeln. »Mir scheint, Sie sind eine kluge Frau. Deshalb sollten Sie gehen, ehe hier die Hölle losbricht. Teufel gibt es nämlich mehr als einen.«

Anni beeilte sich, seinem Rat zu folgen, und blieb auf Vorsicht bedacht. Schaute sich nach allen Seiten um, ehe sie die Straße überquerte. Hielt auf dem Parkplatz des Einkaufszentrums Ausschau nach dem Kombi, aber auch da gab es zu viele graue Autos, um ein bestimmtes sicher herauszufinden. Drinnen spähte sie zwischen den Regalen nach Männern in schwarzen Jacken und entdeckte ihn schließlich im Gespräch mit einer jungen Frau.

Länger als eine Stunde behielt Anni ihn im Auge. Majas Vater schlenderte herum, schäkerte noch mit anderen Frauen, als wüsste er mit seiner Zeit nichts Besseres anzufangen. Als er sich endlich zu den Kassen bemühte, wartete Anni noch geraume Zeit, ehe sie sich an einer anderen Schlange anstellte.

Und dann wäre sie auf der Kreisstraße beinahe gestorben vor Angst, als sich ihr von hinten ein grauer Kombi näherte. Dass es nicht sein Auto war, erkannte sie erst, als es vorbeifuhr.

Die Polizistin

Als Thomas Scholl sich aus Bedburg meldete, war Rita Voss noch in Hürth. Jochen Becker hatte darum gebeten, vielmehr sie zum Bleiben verdonnert, weil die Funkzellenabfragen ausgewertet werden mussten. Rita Voss wäre lieber zurück nach Niederembt gefahren. Aber: »Wenn sich da was tut, gibt die Kummert schon Bescheid«, sagte Becker. »Da sitzt du nur rum. Das kann die Kummert genauso gut. Hier kannst du dich nützlich machen.« Bis zu Scholls Anruf hatte Rita Voss sich zähneknirschend gefügt. Danach entdeckte sie relativ schnell Parlows Handynummer im Bereich Drogeriemarkt.

»Dass er da war, wussten wir schon«, kommentierte Becker. Aber Parlows Handy war von siebzehn Uhr zehn bis siebzehn Uhr achtundfünfzig auch in der Funkzelle eingeloggt gewesen, die den Bereich um Martins Haus abdeckte. Und hatte Parlows Frau nicht gesagt, Janosch habe kurz vor siebzehn Uhr einen Anruf von einem Kumpel bekommen, danach sei er aufgebrochen? Von Blerichen nach Niederembt schaffte man es locker in zehn Minuten. Wer Parlow angerufen hatte, ließ sich nicht feststellen.

Becker klemmte sich ans Telefon, um einem Untersuchungsrichter klarzumachen, dass man die Verbindungsdaten von Parlows Handy einsehen musste. Als Rita Voss erneut vorschlug, nach Niederembt zu fahren, erhob er keine Einwände mehr. Im Gegenteil, er verabschiedete sie mit den Worten: »Knöpf dir Frau Martell richtig vor. Und sieh zu, dass du ihr Handy in die Finger bekommst, da dürfte die Nummer vom Bruder ganz oben stehen. Wenn wir die haben und es eine Verbindung zu Parlow gibt ...«

Dass sie Mels Handy unbemerkt an sich bringen könnte, glaubte Rita Voss nicht. Aber es gab ja noch eine andere Frau Martell, die sie als Informationsquelle anzapfen konnte. Es kriselte doch auch in der Ehe der Schwägerin. Unter solchen Voraussetzungen waren Frauen eher bereit, etwas Negatives über den Gatten preiszugeben. Und am Kölner Hauptbahnhof war Parlows Handy nicht gewesen. Die beiden Anrufe auf dem Festnetz musste folglich ein anderer getätigt haben. Mels Bruder, schätzte Rita Voss, der womöglich aus einem häuslichen Unfall mit Todesfolge Kapital schlagen wollte, weil seine Frau beim Tod ihres Großvaters leer ausgegangen war. Wen Mel angerufen hätte, wenn Luca am Freitagvormittag etwas zugestoßen wäre, stand außer Frage.

Während der Fahrt nach Niederembt ließ Rita Voss noch einmal all die Stunden vor ihrem geistigen Auge Revue passieren, die sie mit Mel verbracht hatte. Begonnen bei dem Moment, als sie den Aufenthaltsraum betreten und das heulende

Elend gesehen hatte, bis zum Abschied durch die Badezimmertür am frühen Morgen. »Und danke, dass Sie für mich da waren.« Keine Frage nach Luca, kein Beschwören, alles zu tun, um ihr Baby zu finden.

Warum hatte Mel sich gestern im Drogeriemarkt die Augen aus dem Kopf geheult? Weil Luca tot und sie von Schuldgefühlen überwältigt war? Bestimmt nicht. Dann hätte sie nicht locker telefoniert, als sie den Laden betrat. Da war eher anzunehmen, dass sie geheult hatte, weil sie nicht wusste, wer Luca aus dem Kinderwagen genommen hatte, der Aufräumer ihres Bruders oder Anni Erzig.

Nachdem ihr gestattet worden war, ihren Mann anzurufen, wobei sie *versehentlich* ihren Bruder erwischte und wohl aufgefordert wurde, sich zusammenzureißen, hatte sie sich ein wenig beruhigt und nur noch wegen der miesen Behandlung durch das Personal und die Polizei gejammert.

»Blödes Weib«, murmelte Rita Voss und meinte damit nicht Mel. Sie hatte es die ganze Zeit vor der Nase gehabt und nicht durchschaut.

Als sie in Niederembt eintraf, hantierte ihre Ablöse in der Küche. Anja Kummert verstand eine Menge von Technik, hatte den Festnetzanschluss mit einem Aufzeichnungsgerät verkabelt und betätigte mit Hingabe den Kaffeevollautomaten. Mit der menschlichen Komponente war sie überfordert. Weil sie nicht wusste, wie sie Zuversicht ausstrahlen oder beruhigend auf einen Vater einwirken sollte, dessen Nerven blank lagen, hatte Anja Kummert Martin ins Wohnzimmer verbannt, setzte auf Alinas Einfluss und versorgte beide mit diversen Kaffeevariationen.

»Irre, was so ein Teil alles kann«, teilte sie mit, als sie Rita Voss ins Haus ließ. »Wenn die Dinger nur nicht so teuer wären, würde ich mir auch eine anschaffen. Wollen Sie auch was trinken? Kaffee, Caffè Latte, Espresso, Cappuccino, Latte macchiato?«

Rita Voss entschied sich wie am vergangenen Abend für Letzteres und folgte Anja Kummert erst mal in die Küche, um zu hören, wie die Dinge im Haus standen. Keine weitere Meldung vom Erpresser, auch nicht auf dem Handy des Vaters, da war Anja Kummert sicher. Zu Mels Handy konnte sie keine Auskunft geben. Mel hielt sich immer noch im Bad auf – natürlich mit Handy.

»Sie war kurz unten«, erklärte Anja Kummert mit gedämpfter Stimme. »Hatte so ein buntes Spielzeugauto von dem Kleinen dabei und hielt es fest, als wolle sie es nie wieder hergeben. Diese Ungewissheit geht ihr doch sehr an die Nieren, schätze ich. Sie hat sich einen Kaffee gemacht. Dann fuhr die Schwägerin vor.« Was Anja Kummert erleichtert hatte. So war sie wenigstens nicht länger allein mit einem jungen Paar, das zueinander stand wie die kritische Masse in einer Atombombe.

»Sie ist so schnell wieder nach oben verschwunden, dass die Hälfte vom Kaffee aus dem Becher geschwappt ist«, wisperte Anja Kummert. »Ich war danach schon zweimal oben, mir macht sie nicht auf. Ihrer Schwägerin auch nicht. Sie hat wahnsinnige Angst.«

»Hätte ich an ihrer Stelle auch«, sagte Rita Voss.

»Aber ich glaube, mit Ihnen wird sie reden«, meinte Anja Kummert. »Als ich oben war, hat sie jedes Mal nach Ihnen gefragt.«

»Fein«, sagte Rita Voss. Nur wollte sie zuerst mit Alina reden. Anja Kummert blieb in der Küche und beschäftigte sich mit dem Kaffeevollautomaten.

Im Wohnzimmer saß Martin mit einer exotischen Schönheit zusammen. Er erhob sich mit sichtlicher Erleichterung, als Rita Voss eintrat. Sein Wink auf die Schönheit hätte ebenso gut einem Sack Kartoffeln gelten können. »Meine Schwägerin.« Alles eine Sache der Gewohnheit, dachte Rita Voss. Alina war der Typ Frau, an den sich nur Männer mit maßlos aufgeplustertem Ego heranwagten. Kein Wunder, dass Mel sich unter Konkurrenzdruck gesetzt fühlte. Für einen kurzen Augenblick regte sich bei Rita Voss noch einmal so etwas wie Mitgefühl. Es war gleich wieder vorbei, daran änderte auch das bunte Auto nichts, das Anja Kummert erwähnt hatte.

Martin fragte nach Neuigkeiten.

»Arno ist auf dem Weg zu Ihrer Mutter«, sagte Rita Voss.

»Ist Luca bei ihr?«

»Noch nicht, aber möglicherweise ist auch er gerade auf dem Weg zu ihr.« Rita Voss erzählte ein bisschen von der Internetbekanntschaft, ohne etwas von Bedeutung preiszugeben. Auf Martin hatte es eine ähnliche Wirkung wie ein starkes Beruhigungsmittel. Er sackte ein wenig in sich zusammen, setzte sich wieder neben Alina auf die Couch. Erst als Alina sich erhob, schien ihm bewusst zu werden, dass er sich unhöflich verhielt.

»Setzen wir uns doch an den Tisch«, schlug Alina vor.

»Natürlich.« Martin sprang wieder hoch.

Kaum saßen sie zu dritt am Esstisch, brachte Anja Kummert ein Tablett mit vier Getränken. Für sich hatte sie einen Espresso mitgebracht, wollte sich dazusetzen. Rita Voss schickte sie nach oben mit der Bitte: »Probieren Sie noch mal, Mel aus dem Bad zu locken. Sagen Sie, ich wäre hier, hätte mir aber das Knie verrenkt und könnte nicht Treppe steigen.«

»Das glaubt die mir doch nicht. Sie hat garantiert gesehen, wie Sie aus dem Auto gestiegen sind«, meinte Anja Kummert.

»Dann machen Sie ihr auch einen Kaffee und ein Schnittchen«, verlangte Rita Voss. »Sie hat doch noch nicht gefrühstückt.«

Anja Kummert verzog sich wieder in die Küche. Rita Voss schloss die Milchglastür hinter ihr und setzte sich den beiden am Tisch erneut gegenüber. Alina hatte bereits begriffen, dass es etwas zu besprechen gab, was Mel nicht mitbekommen sollte. Allerdings konnten weder sie noch Martin die ersten Fragen beantworten, die Rita Voss ihnen stellte. Mel hatte wohl immer noch zahlreiche Freundinnen in Köln. Aber dass sie dort heute noch Freunde oder Bekannte hatte, konnte Alina sich nicht vorstellen. Das Reden überließ Martin ihr.

»Joris hat früher jeden ihrer Freunde vergrault. Das hat nie länger als zwei, drei Wochen gehalten. Ihm war keiner gut genug für seine Schwester.« Alina griff nach Martins Hand und drückte sie.

»Er war der Erste, den Joris nicht in die Flucht schlagen konnte oder wollte, weil wir seit Jahren befreundet waren. Ich denke auch, Joris wollte eine gute Partie für Mel. Hinter Martin stand immerhin eine vermögende Mutter.«

Zu Freunden oder Bekannten ihres Mannes konnte Alina ebenso wenig sagen. »Er lässt seine Freunde nicht in meine Nähe. Einen gemeinsamen Bekanntenkreis haben wir nicht.«

»Sagt Ihnen der Name Janosch Parlow etwas?«

Alina schüttelte den Kopf, ohne großartig nachdenken zu müssen. »Ist das ein Bekannter meines Mannes?«

»Es spricht einiges dafür«, sagte Rita Voss.

»Und was hat es mit Janosch Parlow auf sich?«, wollte Alina wissen. »Wenn Sie nach ihm fragen, gehe ich davon aus, dass es sich nicht um eine simple Bekanntschaft handelt.«

»Er hat einer Frau gedroht, sie auf dieselbe Weise umzubringen, auf die vor drei Jahren die Vormieter der Wohnung starben, die Ihr Mann seiner Schwester zur Verfügung stellen wollte«, sagte Rita Voss. »Die Frau kam bei einem Treppensturz ums Leben, der Mann erhängte sich kurz darauf an einer Türklinke.«

»Ich erinnere mich«, sagte Alina und tauschte einen raschen Blick mit Martin. Seine Hand hatte sie bereits wieder losgelassen. »Die Polizei hat keine Hinweise auf Fremdverschulden gefunden. Am Unfalltod seiner Mutter hatte der Sohn auch keine Zweifel. Er glaubte nur nicht an den Selbstmord des Vaters. Ein Greis von siebenundachtzig Jahren, der ohne Hilfe nicht mehr aus dem Bett kam. Nach dem Tod seiner Mutter hatte der Sohn den Vater ein paar Tage lang versorgt. Er hat auch die Leiche gefunden.«

In der Küche setzte wieder das Mahlwerk des Kaffeevollautomaten ein. Als hätte er nur auf dieses Geräusch gewartet, fragte Martin: »Ist Parlow Mieter in Köln-Weiden?«

»Nein.«

»Welcher Frau hat er denn gedroht?«

»Der älteren Frau, die meine Kollegen gestern in Verdacht hatten, Luca entführt zu haben. Parlow war zur selben Zeit im Drogeriemarkt.«

»Und jetzt denken Ihre Kollegen, Parlow hat meinen Sohn«, schlussfolgerte Martin. »Sie sagten doch eben, Arno sei auf dem Weg zu meiner Mutter.«

»Richtig.«

»Was ist richtig?« Martins Stimme verriet seine aufsteigende Wut. »Dass Parlow sich Luca geschnappt hat? Oder dass Arno sich aufgemacht hat, meiner Mutter schonend beizubringen, dass seine Leute Mist gebaut und gestern die Falsche gejagt haben? Oder beides?«

Ehe Rita Voss antworten konnte, ging die Tür auf. Anja Kummert steckte den Kopf herein und teilte mit: »Ich habe das Tablett oben vor der Tür abgestellt. Sie wollte nicht aufmachen.«

Rita Voss winkte ab und goss noch etwas Öl ins Feuer: »Ob Parlow etwas mit Lucas Entführung zu tun hat, wissen wir noch nicht. Uns liegt nur eine Aussage vor, nach der die ältere Frau gestern Nachmittag auf der Flucht vor einem grauen Kombi war. Parlow fährt einen grauen Ford Focus Kombi, Baujahr 2006.«

Nun tauschte Alina einen alarmierten Blick mit Martin. Bei ihrem Teint konnte man nicht von Blasswerden sprechen. Ihr Gesicht nahm einen eher grauen Farbton an. »Mit so einem Wagen wurde mein Großvater überfahren.«

»Ich weiß«, sagte Rita Voss.

»Von Parlow?«

»Das weiß ich nicht. Aber ich würde gerne Ihren Mann dazu befragen. Wo ist er zurzeit?«

»In Köln-Weiden vermutlich«, antwortete Martin für Alina. Die hatte eine Hand vor den Mund gelegt und bedeckte mit der anderen ihre Augen. »Die Verwaltung ist in einer früheren Wohnung untergebracht, Bad und Küche sind geblieben, da ist alles, was ein Mann braucht, wenn eine Frau ihn aus der gemeinsamen Wohnung geworfen hat.«

Alina erhob sich und ging in den Flur mit dem Hinweis: »Mir ist übel.« Niemand hielt sie auf. Die Toilette lag vorne neben der Haustür gegenüber dem Treppenaufgang. Rita Voss bekam nicht einmal sofort mit, dass Alina nicht in der Toilette verschwand, sondern wie in Trance nach oben stieg.

Erst als es oben zu poltern begann, begriff Rita Voss, dass sie einen Schritt zu weit gegangen war im Bestreben, in einem Aufwasch drei Todesfälle und Lucas Verschwinden zu klären. Sie beeilte sich, Alina zu folgen. Martin schloss sich an, Anja Kummert war ihnen dicht auf den Fersen.

»Komm raus, Mel!«, verlangte Alina und hämmerte mit einer Faust gegen die Badezimmertür. »Komm sofort raus, oder ich rufe deine Schwiegermutter an. Dann erlebst du dein blaues Wunder. Hast du gewusst, dass dein Bruder einen Mann angeheuert hatte, um eine Wohnung für dich frei zu machen? Er hat die alten Leute in Weiden umbringen lassen. Hast du das gewusst?«

Rita Voss war bereits neben ihr und versuchte, die Scharte auszuwetzen. »Das ist nur eine Vermutung, Frau Martell. Nach drei Jahren wird sich das nicht mehr beweisen lassen.«

»Das weiß dieses dumme Huhn doch nicht«, zischte Alina und hämmerte weiter gegen die Tür.

Dahinter wimmerte Mel: »Das ist nicht wahr. Zuerst sind die Leute gestorben, erst danach hat Joris gesagt, dass wir die Wohnung haben können.«

Rita Voss bemühte sich, Alina von der Tür wegzuziehen, und stieß dabei den Kaffeebecher auf dem Tablett um.

»Und was hat Joris gesagt, nachdem mein Großvater auf einem Waldweg elend zugrunde gegangen war?« Alina schob mit einem Fuß das Tablett zur Seite und trat einen Schritt zurück, um der sich ausbreitenden Kaffeepfütze auszuweichen. Dabei sprach sie weiter: »Er beschuldigte meinen Vater der Erbschleicherei. Was wird ihm wohl zu Lucas Entführung einfallen? Dass Martins Mutter eben nicht hätte verreisen dürfen? Wenn die Viertelmillion rechtzeitig überwiesen worden wäre, hätte die Bestie Luca kein einziges Fingerchen abgeschnitten?«

»Das hat er doch nur gesagt«, jammerte Mel. »Joris ist keine Bestie. Er braucht das Geld, weil du ihn hinausgeworfen hast.«

»Das glaube ich nicht«, murmelte Martin.

Alina schaute Rita Voss an. »Hätten Sie so schnell ein Geständnis bekommen?«

Als Geständnis hätte Rita Voss es nicht bezeichnet, es war nur eine Information zum Erpresser. Damit war immer noch nicht klar, was mit Luca geschehen war und wo er sich derzeit befand. Und von Mel kam kein Wort mehr. Das *dumme Huhn* hatte wohl sofort begriffen, dass es sich verplappert und den vergötterten Bruder verraten hatte.

Rita Voss veranlasste Alina und Martin, sich wieder nach unten zu begeben. Anja Kummert erhielt den Auftrag, die beiden im Auge zu behalten. Martin wollte sofort nach Köln-Weiden und seinen Schwager zusammenschlagen. Alina sagte nur: »Du würdest den Kürzeren ziehen, und glaub mir, es wäre Joris ein Vergnügen.«

Außerdem sollte Anja Kummert zwei Wagen als Verstärkung anfordern. Zwei Kollegen sollten Mel zur Vernehmung nach Hürth bringen, notfalls mit Nachdruck, wenn sie nicht freiwillig aus dem Bad kam. Den zweiten Wagen, vielmehr die Besatzung, wollte Rita Voss als Begleitung für sich. Alleine oder nur mit Martin und Alina nach Köln-Weiden zu fahren, die Verwaltung zu kontrollieren und Joris Martell, wenn er sich tatsächlich dort aufhielt, zu befragen, verbot sich von selbst. Anja Kummert rief die Leitstelle an, die schickte zwei Wagen aus Bergheim los, weil diese Dienststelle die nächste war.

Währenddessen bot Rita Voss ihr gesamtes Fingerspitzengefühl und psychologisches Einfühlungsvermögen auf, um Mel hinaus auf den oberen Flur zu locken. Gute zehn Minuten brauchte sie. Es war kurz vor halb eins, als Mel endlich den Schlüssel umdrehte und die Tür öffnete. Sie drückte sich eins der quietschbunten Autos an die Brust und sah schlimmer aus als gestern. Das Sweatshirt verschmiert, das Gesicht rot gefleckt und vom Weinen verquollen. »Gabi wird mich umbringen«, stammelte sie, schaute hektisch von einer Zimmertür zur anderen und zur Treppe, als erwarte sie ihre Schwiegermutter irgendwo zu sehen.

»Gabi ist nicht hier«, versuchte Rita Voss, sie zu beruhigen.

»Es spielt keine Rolle, wo Gabi ist. Sie kann das von überall. Fragen Sie Martin. Gabi ist eine Hexe.«

»Keine Angst«, beschwichtigte Rita Voss. »Gleich kommt Verstärkung. Wir lassen Sie nach Hürth bringen, dort sind Sie in Sicherheit. Wo ist Luca? Ich möchte ihn ebenfalls in Sicherheit bringen lassen.«

»Ich weiß es nicht«, stammelte Mel. »Ich habe ihn gebeten, Luca irgendwo hinzulegen und Bescheid zu sagen, wo ich ihn finde. Das wollte er tun. Aber sein Telefon ist tot. Und meins geht auch nicht mehr.«

Rita Voss wiederholte ihre Frage nach dem derzeitigen Aufenthaltsort des Babys, fragte nach Lucas Zustand und mehrfach nach der Person, deren Telefon tot war. Sie vermutete, dass Mel ihren Bruder meinte. Eine Bestätigung bekam sie nicht. Schließlich erklärte Mel nur noch: »Er hat mir verboten, mit Ihnen zu reden.«

»Sie müssen nicht mit mir reden«, wollte Rita Voss es noch einmal mit etwas Druck versuchen. »Vielleicht reden Sie lieber mit den Jungs, die gestern nach Luca gesucht haben.« Sie umfasste Mels linken Ellbogen, um sie die paar Schritte zur Treppe zu lotsen. »Kommen Sie.«

Mel befreite sich mit einem Ruck. »Bin ich festgenommen?«

»Ich halte es für besser, wenn wir die Befragung in der Dienststelle fortsetzen«, wich Rita Voss aus.

»Dann darf ich mich aber vorher frisch machen, oder?«

»Aber nicht wieder einschließen«, mahnte Rita Voss und zog kurzerhand den Schlüssel ab. Mel verschwand erneut im Bad und schloss die Tür hinter sich. Für den Fall, dass sie sich auch umziehen wollte, ging Rita Voss ins Schlafzimmer. Dort steckte kein Schlüssel in der Tür, in beiden Kinderzimmern ebenfalls nicht. Sie zog ein paar Reinigungstücher aus der Spenderbox auf dem Wickeltisch und wischte damit die Kaffeepfütze auf dem Flur auf. Das Tablett mit Becher und Schnittchen hatte Martin mit nach unten genommen.

Nach fünf Minuten kam Mel aus dem Bad, die ärgsten Spuren hatte sie notdürftig mit Make-up übertüncht. Lucas Auto hielt sie immer noch, wirkte jetzt aber gefasst, ging ins Schlafzimmer und zog ein frisches Shirt an. Als sie wieder zum Vorschein kam, immer noch mit dem Spielzeug ihres jüngsten Sohnes in der Hand, trat Rita Voss zur Seite, um ihr auf der Treppe den Vortritt zu lassen. Im nächsten Moment verlor Mel das Gleichgewicht und stürzte sich zweimal überschlagend die Treppe hinunter. Das quietschbunte Auto kam vor ihr im Hausflur an und rollte Anja Kummert vor die Füße.

Maja

Kurz vor eins erschien ein Mann in Zivilkleidung bei Familie Parlow. Er stellte sich als Angehöriger der Kriminalpolizei vor und zeigte einen Ausweis, den Majas Mutter sich in der Aufregung nicht genau anschaute. Sie konnte später auch nicht sagen, welchen Namen der Mann ihr genannt hatte.

Weil sie früher in Köln oft Besuch von uniformierten Polizisten bekommen hatte und ausgefragt worden war, nahm Frau Parlow an, Janosch habe wieder etwas Unrechtes getan, und diesmal etwas besonders Schlimmes, weil diesmal keine Uniformierten, sondern nun schon der zweite Kriminalkommissar kam.

Aber der zweite wollte nicht zu Janosch und auch nichts über ihn wissen. Er wollte mit ihrer Tochter über die arme, kranke Frau Erzig sprechen, die sich vor einem Jahr an Maja herangemacht hatte. Genauso hatte Janosch das auch ausgedrückt. Und angeblich hatte er die arme Frau nur dafür so fürchterlich verprügelt. Als ob Janosch je einen Grund gebraucht hätte, um zu schlagen.

Frau Parlow hatte einen Eintopf auf dem Herd und bat den zweiten Kommissar deshalb in die kleine Küche, statt ihn ins

Wohnzimmer zu führen, wie sie es mit Thomas Scholl getan hatte. Dann rief sie ihre Tochter dazu.

Während sie geschäftig im Topf rührte, saß der Kommissar mit Maja am Tisch und meinte in zuversichtlichem, fast suggestivem Ton, Maja würde sich bestimmt an Frau Erzig erinnern. Als das Mädchen nickte, wollte er wissen, ob sie sich auch noch an den Zauberwald erinnere. Maja nickte erneut, und der Kommissar fragte, ob sie ihm den Weg dorthin zeigen könne.

Er hatte einen Tablet-PC dabei wie die Polizisten in amerikanischen Krimis, die Janosch sich gelegentlich anschaute. Darauf zeigte er Maja einen Stadtplan, den er beliebig vergrößern konnte. Frau Parlow, die ihm über die Schulter spähte, sah, dass es sich nicht um eine einfache Landkarte handelte.

»Hier sind wir jetzt«, sagte er. Und Frau Parlow erkannte die Häuser der Nachbarschaft. Der Kommissar fuhr mit einem Finger die Straßen entlang bis zur Unterführung. Maja war fasziniert und nickte eifrig, als er anbot: »Willst du es selbst probieren?«

Maja versuchte ihr Glück, fand auch bis zum Schlosspark. Dort kam sie vom Weg ab und in Glesch raus. »Jetzt habe ich mich vertan«, sagte sie. »Da waren wir nicht.«

»Das macht nichts«, erwiderte der Kommissar. Er war sehr freundlich und geduldig, ganz anders als Thomas Scholl, der auf Frau Parlow einen gereizten und nervösen Eindruck gemacht hatte. »Wir probieren es einfach noch mal.«

Er nahm Maja das Tablet ab und kehrte zum Schlosspark zurück. Doch auf dem Gerät fand Maja den Weg nicht. Nachdem sie es wiederholt versucht, jedes Mal den Kopf geschüttelt und beteuert hatte: »Da war es nicht«, schlug der Kommissar vor, sie solle es ihm draußen zeigen.

»Es war aber sehr weit«, sagte Maja. Große Lust, ihn zu begleiten, hatte sie nicht. »Wir sind ganz lange gelaufen.«

»Diesmal musst du nicht weit laufen«, erwiderte der Kommissar. »Wir fahren den langen Weg bis zum Schlosspark und um den Park herum bis zur anderen Seite mit dem Auto. Von dort aus gehen wir zu Fuß. Dann kann es nicht mehr gar so weit sein.«

Es war Frau Parlow nicht recht, ihre Tochter alleine mit einem im Grunde fremden Mann loszuschicken, zumal der Eintopf fast fertig war und vor dem Haus kein Streifenwagen stand. Aber Thomas Scholl war auch in seinem Privatwagen vorgefahren. Und sich einem Kriminalkommissar zu widersetzen, mochte unangenehme Konsequenzen haben.

Die Nachbarin

Als Maja Parlow vor der elterlichen Wohnung in ein metallicblaues Coupé stieg – um welche Automarke es sich handelte, konnte Frau Parlow von ihrem Küchenfenster aus nicht erkennen –, fuhr Roswita Werner in ihrem Wohnzimmer noch schnell mit dem Staubsauger über den Teppich. Anschließend wollte auch sie den obligatorischen Samstagseintopf auf den Herd bringen. Serbische Bohnensuppe. Samstags gab es bei ihr immer etwas aus der Konserve.

Aus den Augenwinkeln nahm Roswita eine flüchtige Bewegung im Hof wahr. Möglicherweise nur ein Vogel. Als sie genauer hinschaute, war nichts mehr zu sehen. Kurz darauf war sie mit Staubsaugen fertig, schaltete das Gerät aus und hörte die Treppe knarzen. Sie nahm an, es sei der junge Mann aus dem Dachgeschoss. Der Trampel war eine Stunde vorher mit seiner altersschwachen Klapperkiste weggefahren. Beim Heulen des Staubsaugers hätte Roswita den Automotor und das Türschlagen bei seiner Rückkehr nicht hören können.

Nur eine knappe Minute später knarzte über ihr ein Dielenbrett. Über ihrem Wohnzimmer lag Anni Erzigs Schlafzimmer. Und da Anni gestern mit Koffer und Rucksack auf Reisen gegangen oder abgetaucht war, könne es nur der Trampel von ganz oben sein, der sich in Annis Räumen umtat, meinte Roswita.

Die vom Schlosser geöffnete Wohnungstür hatte Klinkhammer nicht wieder abgeschlossen, womit denn auch? Er hatte die Tür nur zugezogen, ein Siegel auf Türblatt und Rahmen geklebt und den Kaffeebecher sowie das Tellerchen, auf dem Roswita ihm gestern Abend die Kekse serviert hatte, auf die untere Treppenstufe gestellt, ehe er das Haus verließ.

Roswita hatte ihr Geschirr hereingeholt, damit der Trampel nicht darüberstolperte, wenn er nachts von der Arbeit kam. Danach war sie kurz oben gewesen, um sich zu überzeugen, dass Annis Tür auch wirklich zu war. Bei der Gelegenheit hatte sie das Siegel gesehen und festgestellt, dass das Türschloss nicht das stabilste war. Eine Kreditkarte oder etwas anderes in der Art, und die Tür war auf, darauf hätte sie gewettet.

Junge Männer kannten solche Tricks. Aber wenn der Habenichts meinte, er könne sich bei Anni mit ein bisschen Hausrat eindecken oder mal kurz unter die Matratze schauen, ob dort Schätze verborgen lagen, dann hatte er die Rechnung ohne Roswita gemacht.

Sie fackelte nicht lange, huschte auf Pantoffeln in den Hausflur und schob sich mit dem Rücken gegen die Flurwand gedrückt die Treppenstufen hinauf, wobei sie ganz innen auftrat. So hörte man das verräterische Knarzen kaum. Als sie auf halber Höhe war, ging Annis Tür auf. Eine kegelförmige Gestalt erschien auf dem oberen Treppenabsatz und erstarrte ebenso wie Roswita Werner.

Roswita fasste sich als Erste. »Frau Erzig«, murmelte sie, sprach etwas lauter weiter. »Jetzt haben Sie mich aber erschreckt. Ich dachte, es wäre ein Einbrecher in Ihrer Wohnung. Wo waren Sie denn? Die Polizei sucht Sie seit gestern.«

»Warum?«, fragte Anni verständnislos.

Roswita hütete sich, ihr das zu erklären. Wie Anni da oben am Treppenabsatz stand, eine Daunendecke im vergrauten Bezug doppelt geschlagen um den Leib gewickelt und mit zwei Gürteln festgezurrt, ein Handtuch wie einen Turban um den Kopf geschlungen, ein weiteres als Schal um den Hals gewickelt,

Nase und Wangen rot gefroren. Wenn sie es nicht schon seit Jahren gewusst hätte, wäre Roswita spätestens jetzt klar geworden, dass Anni Erzig geistig nicht mit normalen Maßstäben zu messen war. Und plötzlich schien der Verdacht, den die Polizisten gestern geäußert hatten, nicht mehr so abwegig.

»Kommen Sie«, forderte Roswita. »Ich wollte mir gerade etwas zu essen machen. Eine leckere Bohnensuppe, die mögen Sie bestimmt auch. Dann erzähle ich Ihnen alles in Ruhe.«

»Nein, vielen Dank«, lehnte Anni ab, obwohl ihr allein beim Gedanken an eine warme Mahlzeit etwas wärmer wurde. Doch es wäre unvernünftig und leichtsinnig gewesen, sich länger als unbedingt nötig in der Nähe ihrer Wohnung aufzuhalten.

Sie hatte ihren gesamten Mut aufbieten müssen, um sich überhaupt herzuwagen. Aber noch eine Nacht ohne zusätzlichen Schutz in der eisigen Laube, da würde sie sich vielleicht auch den Tod holen. Ein Wunder, dass ihre Füße sie den weiten Weg getragen hatten. Wie zwei Eisklumpen steckten sie in den Socken und Wanderschuhen, fühlten sich an, als wären sie doppelt so groß wie normal und mit unzähligen kleinen Nadeln gespickt.

Anni hatte nur ihren Poncho holen wollen, doch der war nicht mehr da gewesen. So hatte sie sich mit der Bettdecke, Bettwäsche und einigen Handtüchern ausgestattet. Was sie nicht sichtbar auf dem Kopf und um den Hals trug, war unter der Daunendecke um den Leib gewickelt.

»Aber so wollen Sie doch nicht hinaus auf die Straße«, sagte Roswita tadelnd. »Was sollen denn die Leute von Ihnen denken, wenn Sie herumlaufen wie das Michelin-Männchen? Jetzt kommen Sie rein, ich gebe Ihnen einen schönen Mantel und eine Mütze zum Überziehen.« Sie trug drei Kleidergrößen mehr als Anni, da müsste ihr alter Wintermantel über die Decke passen. Für die Handtücher fand sich bestimmt eine Tüte.

»Eine heiße Suppe tut Ihnen auch gut«, sagte sie, als Anni nicht antwortete. »Oder wartet jemand auf Sie?«

»Nein.« Anni kam zögernd die Stufen hinunter. Unten angekommen fragte sie: »Warum sucht denn die Polizei nach mir?«

»Wissen Sie das wirklich nicht?« Roswita schob sie sanft vor sich her durch die offene Wohnungstür in ihren Flur und weiter in die Küche. Anni schüttelte den Kopf, blieb neben dem Tisch stehen und bat um den versprochenen Mantel. Vermutlich hätte sie so eingepackt und verschnürt gar nicht sitzen können.

Roswita holte ihr die Sachen aus dem Schlafzimmer. Bei dem Mantel handelte es sich um einen schwarzen Persianer, ein Erbstück von ihrer Mutter. So was trug man heute nicht mehr, aber man gab es auch nicht so einfach in eine Kleidersammlung. Die Mütze war neuwertig, allerdings ein Spontankauf gewesen. Getragen hatte Roswita Werner sie noch nie.

Anni bedankte sich, nahm die Handtücher ab, löste Gürtel und Daunendecke vom Leib und stapelte alles, was darunter verborgen gewesen war, auf der Sitzfläche eines Stuhls. Dann wickelte sie die Decke wieder um, schnürte sie erneut fest, zog den Mantel darüber und die Mütze bis über die Ohren hinunter.

Etwas ungelenk setzte sie sich und wollte wissen: »Haben Polizisten meine Leiter und den Poncho genommen?«

Roswita stellte einen Topf auf den Herd und nickte nur.

»Meinen Sie, ich bekomme die Sachen zurück?«

»Bestimmt«, versicherte Roswita, nahm zwei Plastiktüten vom Einkaufszentrum und den Dosenöffner aus einem Schubfach und kippte die Bohnensuppe in den Topf. »Wo waren Sie denn, Frau Erzig?«

»In Sicherheit«, sagte Anni.

»Das dachte ich mir«, erwiderte Roswita, rührte im Topf einmal um und machte sich daran, den Wäschestapel vom Stuhl in den Tüten zu verstauen. Dabei fragte sie so harmlos wie nur möglich: »Und das Baby, ist das auch in Sicherheit?«

Anni nickte wieder, was Roswita für einige Sekunden mit einer Mischung aus Triumph und Erleichterung erfüllte. Es zahlte sich doch aus, wenn man sich hin und wieder einen Krimi anschaute. Raffinierter hätte auch ein Vernehmungsbeamter nicht fragen können, fand sie. »Wo ist der Kleine denn?«

»Ich weiß es nicht«, sagte Anni. »Sein neuer Vater hat ihn mitgenommen, weil seine neue Mutter ihn vor der Sparkasse abgestellt hatte. Eine Schlampe nannte er sie. Den Eindruck hatte ich aber nicht von ihr. Sie war sauber und adrett, die Kinder ebenso.«

Annis Augen bekamen einen feuchten Glanz vor Rührung und Glück. »Mein Sohn ist wiedergeboren, Frau Werner. Sie hatten recht. Er ist nur gestorben, um es bei besseren Eltern erneut zu versuchen. Diesmal hat er einen größeren Bruder, der auf ihn achtgibt. Und er ist so ein schöner Junge.«

Polizisten

Zu dem Zeitpunkt war Mel auf dem Weg ins nächste Krankenhaus. Ihr rechter Unterschenkel war mehrfach gebrochen, ebenso einige Rippen und der linke Unterarm. Zudem hatte der Notarzt zahlreiche Prellungen festgestellt und den Verdacht auf eine Hirnerschütterung, möglicherweise sogar eine Hirnblutung geäußert. Mel war ansprechbar, wollte jedoch nicht reden, mit keinem. Und Rita Voss wusste nicht, was sie sagen sollte.

Kurz vor Rettungswagen und Notarzt waren die beiden angeforderten Streifenwagen aus Bergheim eingetroffen. In einem saßen Polizeimeister Nemritz und der junge Anwärter, die gestern als Erste in Bedburg gewesen waren und nun wissen wollten, wie die Dinge standen. Nemritz übernahm es, Jochen Becker zu verständigen, weil Anja Kummert einen Schock erlitten hatte.

Natürlich wollte Becker von Rita Voss eine Erklärung hören. Aber sie konnte nur wiederholen: »Ich hatte den Kaffee aufgewischt, darauf kann sie nicht ausgerutscht sein. Geschubst habe ich sie auch nicht.«

»Davon geht keiner aus«, beruhigte Becker. »Blöderweise gibt es keine Zeugen, du warst allein mit ihr oben. Wenn sie behauptet, du hättest sie gestoßen, steht Aussage gegen Aussage. Das Beste wird sein, du kommst sofort zurück, dann ...«

»Nein«, widersetzte sich Rita Voss. »Ich fahre jetzt mit Martin und seiner Schwägerin nach Köln-Weiden zu dem Hochhaus, in dem vor drei Jahren das alte Ehepaar umgekommen ist. In der Verwaltung dort hat Mels Bruder sich einquartiert. Vielleicht ist Luca bei ihm. Wenn nicht, weiß er aber garantiert, wo der Kleine ist.«

»Du fährst nicht alleine dorthin«, wollte Becker sie bremsen. »Auch nicht in Begleitung des Vaters und der Schwägerin. Nachher haben wir den zweiten Unfall, und keiner ...«

»Ich fahre mit Nemritz«, schnitt Rita Voss ihm das Wort ab.

Sie fuhren vergebens. Alina holte bei der Sekretärin die Schlüssel zur Verwaltung. Dort hielt sich niemand auf. Es sah auch nicht so aus, als hätte sich dort ein Mann einquartiert. Außer einem Spender mit Flüssigseife stand kein Waschzeug im Bad, es lag auch kein Rasierapparat oder sonst etwas herum.

Die Sekretärin bestätigte zwar, dass Joris Martell in den letzten Wochen im Büro geschlafen hatte. Kleidung zum Wechseln und einen Kulturbeutel hatte er in einem Rollkoffer aufbewahrt. Dieser Koffer war weg. Am Freitagmittag hatte Joris sein Büro um halb eins verlassen und der Sekretärin angeboten, sich ebenfalls ein verlängertes Wochenende zu gönnen.

Die Zeit passte zu Lucas Entführung. Je nach Verkehrslage brauchte man eine halbe bis Dreiviertelstunde von Weiden nach Bedburg. Wenn man auf Nummer sicher gehen wollte, kalkulierte man eine Stunde ein. Aber nichts sprach dafür, dass in der Verwaltung seit dem vergangenen Nachmittag ein Baby versorgt worden war. Darauf hatte Rita Voss so sehr gehofft.

Wenn Luca gestern nicht tot in der Nische abgestellt worden war, um von einem Handlanger wie Müll entsorgt zu werden. Wenn es nur darum gegangen war, eine Entführung vorzutäuschen, um Martins Mutter eine Viertelmillion abzuknöpfen ...

Eine Frau wie Mel, die ihre Söhne als Teile ihres Körpers betrachtete, hätte kaum zugelassen, dass ein Sadist wie Parlow ihr hilfloses Baby betreute, meinte Rita Voss. Mel hätte Luca höchstens ihrem Bruder anvertraut. Die Frage war, hätte Joris sie um Erlaubnis gebeten, Luca einem anderen zu überlassen? Wohl kaum.

Rita Voss informierte Jochen Becker vom Misserfolg. Becker hatte zwischenzeitlich Mels Handy in die Finger bekommen. Es war im Haus zurückgeblieben. Anja Kummert hatte es samt Netzteil sichergestellt und bei Becker abgeliefert. Er hatte bereits festgestellt, dass Mel am Freitagvormittag drei Anrufe getätigt hatte. Einen bei der Schwägerin, zwei beim Bruder. Den ersten um halb neun, den zweiten um zwanzig nach zwölf. Um die Zeit war sie vermutlich aufgebrochen, um Max aus der Kita abzuholen und anschließend mit ihm und Luca nach Bedburg zu fahren.

Der nächste Anruf war gegen halb zwei beim Betreten des Drogeriemarktes erfolgt, wobei Mel ihren Standort durchgegeben und den Hustensaft gelobt hatte. Mit wem sie zu dem Zeitpunkt telefoniert hatte, ließ sich nicht sagen. Die Nummer gehörte zu einem Prepaidhandy, das Mel danach noch achtzehnmal angerufen hatte.

Besonders aufschlussreich fand Becker, dass dieses Prepaidhandy zwischen halb zwei und zwei Uhr für zwölf Minuten in derselben Funkzelle eingeloggt gewesen war wie Mel und Parlow. Beim Drogeriemarkt. Wo es auch eine kurze Verbindung zwischen Parlow und Prepaid gegeben hatte.

»Vermutlich hat ihr Bruder die SIM-Karte ausgetauscht, das ist die einfachste Methode. Er wird sich mit Parlow auf dem Parkplatz getroffen haben. Bei allen weiteren Anrufen hat Mel ihn wohl auf dem Laufenden gehalten. Deshalb ist kein zweiter Erpresseranruf gekommen. Schwiegermutter war verreist, da wäre so schnell kein Geld überwiesen worden. Da spart eine Intelligenzbestie sich doch die Mühe, noch mal zum Hauptbahnhof zu fahren.«

Becker forderte noch einmal einen Mantrailer an, diesmal für die Verwaltung in Köln-Weiden. Er sorgte auch dafür, dass die Geruchsproben, die am Freitag in Anni Erzigs Wohnung zum Einsatz gekommen waren, dorthin gebracht wurden.

Die Nachbarin

Als der serbische Bohneneintopf heiß genug war, um auf zwei Teller verteilt zu werden, wusste Roswita Werner ziemlich genau, was sich gestern um die Mittagszeit beim Drogeriemarkt abgespielt hatte. Nachdem ihr Teller leer war, verließ sie unter dem Vorwand, noch etwas zum Nachtisch aus ihrem Keller zu holen, die Wohnung. Sie beabsichtigte, die Polizei zu informieren und Anni bis zum Eintreffen eines Streifenwagens festzuhalten.

Aber das Telefonat zog sich hin. Im Keller war der Empfang sehr schlecht. Hinauf in den Flur traute Roswita sich nicht. Anni hätte sie hören können. Sie musste alles dreimal wiederholen, ehe man sie endlich mit Jochen Becker verband.

Thomas Scholl hielt sich noch in Bedburg auf, wo die Suche nach Luca fortgesetzt wurde. Er wurde umgehend verständigt, brauste vom Schlosspark nach Blerichen, traf jedoch nur noch eine zerknirschte Roswita Werner an. Anni Erzig war mitsamt den Tüten verschwunden, als Roswita mit zwei Döschen Mandarinen aus dem Keller zurück in ihre Wohnung gekommen war.

Scholl hätte unbedingt mit Anni Erzig persönlich reden müssen. Roswita Werners Auskünfte waren wenig hilfreich. Der Ausdruck »Schlampe«, den der Entführer benutzt haben sollte, sprach zwar für eine persönliche Beziehung, aber Lucas Vater – wie Anni Erzig offenbar angenommen hatte – konnte es nicht gewesen sein. Und ein Fremder hätte keine Veranlassung gehabt, überhaupt mit Anni Erzig zu reden.

Wenn ein Fremder von ihr angesprochen worden wäre, hätte er sich beeilt, mit dem Baby außer Sichtweite der Frau zu gelangen, meinte Becker. Bei einer Unterhaltung prägte sich ein Gesicht besser ein, da lief man Gefahr, schneller identifiziert zu werden.

Es sprach alles für Mels Bruder. Er fuhr ein metallicblaues BMW-Coupé und war seiner Frau zufolge so von sich eingenommen, dass er in einer älteren Frau niemals eine Gefahr für sich gesehen hätte. Er hätte sich eher über Anni Erzig amüsiert.

Scholl verlangte Unterstützung für eine erneute Suche nach Anni Erzig und gab ihre aktuelle Erscheinung durch. Scheinbar korpulente ältere Frau in einem schwarzen Persianermantel, mit einer ockerfarbenen Fleecemütze und zwei prall gefüllten Tüten vom Einkaufszentrum.

»Sie kann noch nicht weit sein«, meinte er. »Ich hab sie nur knapp verpasst. Zehn Minuten höchstens, sagte Frau Werner. Und so, wie sie herumläuft, das müsste mit dem Teufel zugehen, wenn wir sie heute nicht fassen.«

Der Poncho gestern war auffälliger gewesen. Und in dem alten Umhang war Anni Erzig für viele Leute eine bekannte Erscheinung. In einem Persianermantel hatte sie noch kein Mensch gesehen. Die Chancen heute standen schlechter, fand Becker, aber das behielt er für sich. Er versprach sich von Anni Erzig auch keine weiteren Erkenntnisse. Zum Baby führen könne diese Frau sie nicht, meinte er.

Maja

Während ihre Mutter den Eintopf auf kleiner Flamme warm hielt, gab Maja ihr Bestes, um den netten Kommissar nicht zu enttäuschen. Aber einfach war das nicht. Vor neun Monaten hatte Frau Erzig sie und Arturo durch den Schlosspark geführt. Sie waren durch das Tor auf der anderen Seite herausgekommen, das wusste Maja noch. Aber das Auto auf der anderen Seite abstellen und bis zum Tor gehen, um es dann von da aus zu versuchen, wollte der Kommissar nicht.

Im Schlosspark waren Polizisten und Feuerwehrleute bei der Arbeit. Maja sah Streifenwagen und ein Auto von der Feuerwehr. Der Kommissar erklärte, dass sie ein Baby suchten, das Frau Erzig gestern mitgenommen hatte. »Dabei sollten wir die Leute lieber nicht stören.«

»Haben Sie denn schon in der Wohnung von Frau Erzig gesucht?«, fragte Maja.

»Ja, was denkst du denn?«, antwortete er. »Da waren die Kollegen zuerst, gestern schon, aber da ist Frau Erzig nicht. Sie hat sich versteckt, weil sie weiß, dass es nicht richtig war, was sie getan hat.«

Als er das Auto endlich anhielt, ein ganzes Stück vom rückwärtigen Tor zum Schlosspark entfernt, hatte Maja die Orientierung verloren. Dann ging es zu Fuß weiter durch mehrere Straßen. Schließlich entdeckte Maja das Haus mit den Zwergen vor der Tür. An die Zwerge erinnerte sie sich gut, und von da aus kannte sie den Weg. Der Kommissar glaubte nur nicht, dass sie richtig waren, als Maja in den praktisch unsichtbaren Trampelpfad entlang des Waldsaumes einbog und sagte: »Da hinten ist der Zauberwald. Jetzt ist es nicht mehr weit.«

»Du meine Güte«, sagte der Kommissar. »Bei der Kälte kann sich doch kein Mensch in so einer Wildnis verkriechen.«

»Im Zauberwald gibt es ein kleines Häuschen«, sagte Maja. »Da drin hat Frau Erzig Sachen zum Arbeiten. Eine Schüppe und so. Einen Liegestuhl gibt es da auch.«

»Tja«, sagte der Kommissar daraufhin, »dann sollten die Kollegen sich das wohl mal näher ansehen. Da müssen wir aber nicht dabei sein. Dir ist sicher kalt. Ich bringe dich wieder nach Hause. Deine Mutter wartet bestimmt schon mit dem Essen.«

Er fuhr Maja zurück und ließ sie vor dem Haus aussteigen. Mit hinauf kam er nicht mehr, hatte jetzt wohl Wichtigeres zu tun.

Der Verbindungsmann

Ziemlich genau vierundzwanzig Stunden nachdem Luca vor dem Drogeriemarkt in Bedburg aus seinem Babyjogger verschwunden war, meldete Rita Voss sich bei Klinkhammer, um ihn über den Stand der Dinge zu informieren. Sie erwischte ihn kurz vor seinem Ziel, berichtete von Mels Sturz, dem Verdacht gegen Mels Bruder, dessen Verbindung zu Janosch Parlow, Roswita Werners Auskünften und der nach wie vor erfolglosen Suche nach Luca und Anni Erzig.

Rita Voss hatte Mühe, einen einigermaßen sachlichen Ton beizubehalten. »Joris Martell war wohl mit dem Jungen in der Verwaltung. Die Erzig hat ihrer Nachbarin erzählt, er hätte eine Tüte mit Flaschen dabeigehabt. Vermutlich hatte Mel Milchflaschen vorbereitet, die er nur aufwärmen musste, um Luca zu versorgen. Man kann sie nicht fragen, sie ist noch im OP. Und jetzt ist ja auch niemand mehr in der Verwaltung. Der Sauhund kann mit dem Jungen überall sein. Hoffentlich wirft er Luca nicht irgendwo einfach aus dem Auto.«

Klinkhammer wusste nicht, was er ihr darauf antworten sollte. Auf den letzten Kilometern kneifen und umkehren mochte er auch nicht. Wenigstens einen Blick auf Gabis Facebook-Bekanntschaft werfen, sich vergewissern, dass dieser Mann hielt, was er in seinen Nachrichten angeboten hatte. »*Lass mich dir helfen.*« Gabi würde Hilfe brauchen, wenn sie ein Enkelkind verloren hatte, das sie nicht einmal hatte kennenlernen dürfen.

Gute zehn Minuten später erreichte er den Bungalowpark an der Nordseite des Grevelinger Meeres. Von Olaf hatte er nichts mehr gehört beziehungsweise gelesen. Deshalb ging er davon aus, Sascha Pleiß sei noch nicht in Herkingen eingetroffen.

Die Zufahrt zum Park fand er schnell, stellte seinen Mercedes am Straßenrand gegenüber ab, wo auch der kleine Fiat mit dem heimatlichen Kennzeichen stand. Hinter der Schranke war er auf die Wegbeschreibung angewiesen, die Olaf ihm durchgegeben hatte. »Ist nicht schwer zu finden.«

Für einen ehemaligen Pfadfinder vielleicht nicht. Klinkhammer musste ein Weilchen suchen, und nach Ritas Anruf war es mit seiner Geduld und Konzentration nicht weit her. Schließlich entdeckte er Gabis silbergrauen Peugeot in der zum Bungalow gehörenden, von Grün umschlossenen Parkbucht. Er drückte sich zwischen dem Wagen und der Thujahecke durch, so kam er auf dem Rasen raus, wo er keine Geräusche verursachte.

Vor sich sah er die Kinderschaukel, rechts die große Fensterscheibe des Wohnraums. An der Hauswand entlang kam er ungesehen und ungehört nahe genug heran, um einen Blick hineinzuwerfen. Olaf lag auf der großen Couch und holte offenbar etwas Schlaf nach. Womit sich erklärte, warum er die Ankunft von Gabis Facebook-Bekanntschaft nicht gemeldet hatte. Gabi saß mit dem Mann, dessen Foto die Braunschweiger Kollegen so bereitwillig zur Verfügung gestellt hatten, im Hintergrund am Esstisch.

Klinkhammer war unschlüssig. An die Scheibe klopfen? Sich an der Eingangstür bemerkbar machen? Oder noch mal zurück zum Auto gehen, einen Schluck trinken und die Brote essen, die Ines ihm frühmorgens mitgegeben hatte? Hungrig war er. Aber verdammt! Er war nicht drei Stunden gefahren, um im Auto ein Wurstbrot zu verspeisen, und so klopfte er gegen die Scheibe.

Sascha Pleiß schaute zum Fenster, Gabi ebenso. Olaf fuhr von der Couch hoch, allzu fest konnte sein Schlaf nicht gewesen sein. Gabi schob ihren Stuhl zurück, stand auf, kam zur Terrassentür und öffnete. »Jetzt wird's interessant«, sagte sie in dem Ton, den Klinkhammer früher als ironisch und damit als gereizt oder genervt ausgelegt hatte. »Wenn du mir jetzt auch noch erzählen willst, dass dich die Sorge um mein Leben hiergetrieben hat, wüsste ich gerne, von wem du die Adresse bekommen hast.«

Auf der Couch zuckte Olaf gottergeben mit den Achseln.

Gabi drehte sich zum Tisch um. »Darf ich vorstellen, Sascha, das ist Arno Klinkhammer, mein persönlicher Berater in Sachen polizeilicher Ermittlungsarbeit.«

»Als ob du meinen Rat noch bräuchtest.« Klinkhammer ging auf ihren spöttischen Ton ein. »In Sachen KTU und Forensik macht dir doch keiner mehr etwas vor.«

»Als mein Lebensretter hat er sich auch mal betätigt«, ergänzte Gabi. »Aber wehe, es kommt jemand zu Schaden, auf den ich nicht gut zu sprechen war. Dann schreckt er nicht davor zurück, mir seine Kollegen auf den Hals zu hetzen. Notfalls kutschiert er mich persönlich zur Staatsanwaltschaft nach Köln.« Sie trat von der Tür zurück. »Na, komm rein, ehe du erfrierst. Wen es diesmal erwischt hat, kannst du mir drinnen erzählen.«

Sascha Pleiß erhob sich und streckte Klinkhammer die Hand entgegen. »Freut mich, Sie kennenzulernen.«

»Ganz meinerseits«, sagte Klinkhammer und meinte es auch so. Auf den ersten Blick machte Pleiß einen anständigen Eindruck. Aber man schaute keinem hinter die Stirn.

Inzwischen stand auch Olaf aufrecht und glaubte, sich entschuldigen zu müssen. »Sorry, ich bin eingeschlafen.«

»Na, jetzt bist du ja wieder wach und hast garantiert Hunger«, sagte Gabi. Ihr Ton war nicht mehr bloß ironisch und ließ Klinkhammer vermuten, dass sie kurz vor der Explosion stand. »Dann koche ich uns mal was. Geht schnell. Bis es auf den Tisch kommt, kann Arno uns erzählen, wer oder was ihn hergetrieben hat. Oder ist das eine längere Geschichte?«

Es standen bereits zwei Töpfe auf dem Herd, anscheinend hatte sie etwas vorbereitet. Auf der Abtropffläche des Spülbeckens lag ein Päckchen Spaghetti. Sie drehte unter einem Topf das Gas an, ließ ein Feuerzeug aufblitzen und forderte: »Wir hören, Arno.«

»Martin hat dir gestern auf die Mailbox gesprochen«, begann er. »Du hast ihn nicht zurückgerufen. Hast du seine Nachricht nicht abgehört?«

»Doch.« Sie tauschte einen raschen Blick mit Sascha Pleiß, was Klinkhammer nicht entging. »Aber du weißt ja, Arno, ich hab so viel Schreckliches erlebt, dass mich ein kaputtes Auto wirklich nicht aus der Fassung bringt.«

»Martin hat von einem kaputten Auto gesprochen?«

»Nein. Er sagte nur, es sei etwas Schreckliches passiert, und bat um Rückruf.«

»Darf ich mal hören?«, fragte Klinkhammer.

»Bitte.« Sie wies auf einen Beistelltisch. Dort lag ihr Handy. Olaf reichte es Klinkhammer und verzog sich ins Bad.

Gabi schaute ihrem Neffen kurz hinterher, wandte sich wieder Klinkhammer zu. »Würdest du mir bitte erklären, was los ist?«

»Sekunde noch.« Klinkhammer rief ihre Mailbox auf, hielt sich das Handy ans Ohr und hörte Martin sagen: »Mama, ich bin's. Ruf mich bitte sofort zurück. Es ist wichtig, Mama. Es ist sehr wichtig. Es ist etwas Schreckliches passiert.«

Kein Wort von Luca. Er fasste es nicht.

»Ich will jetzt wissen, was passiert ist, Arno.« Gabi wurde energisch, fehlte nur, dass sie mit dem Fuß aufstampfte.

»Setz dich«, verlangte Klinkhammer.

Sie setzte sich tatsächlich. Sascha Pleiß ging zum Herd und drehte das Gas wieder ab. Als ob er wüsste, dass es kritisch werden könnte, dachte Klinkhammer. Was mochte Gabi diesem Mann alles anvertraut haben?

»Gestern Mittag war deine Schwiegertochter mit den Kindern in Bedburg ...«, begann er, weiter kam er nicht.

Gabis Gesicht verlor mit einem Schlag die Farbe. Sie schüttelte voller Abwehr den Kopf, fuhr sich mit der Zungenspitze über die Lippen. »Nicht Max. Sag das nicht, Arno. Sag nicht, dass die Kuh einen Unfall hatte und Max ...«

»Nein«, unterbrach er sie ebenfalls. »Max geht es gut. Er ist bei Reinhard. Mel hatte gestern keinen Unfall. Heute ist sie gestürzt und wurde ins Krankenhaus gebracht. Komplizierter Beinbruch und eine schwere Gehirnerschütterung, möglicherweise sogar eine Hirnblutung. Genau weiß man es noch nicht. Und deshalb bin ich auch nicht hier. Gestern Mittag ist Luca verschwunden. Mel hatte ihn im Kinderwagen vor dem Drogeriemarkt an der Lindenstraße sitzen lassen, weil er schlief. Laut Martin hat sich gestern Abend ein Entführer gemeldet.«

Gabi schaute ihn an, als hätte sie kein Wort verstanden, wiederholte tonlos: »Ein Entführer. Und was wollte der?«

»Eine Viertelmillion.«

Vor der Küchenzeile entfuhr Sascha Pleiß ein: »Grundgütiger.«

»Wieso hat Martin mir das nicht gesagt?«, fragte Gabi.

»Verstehe ich auch nicht«, sagte Klinkhammer. »Gestern Abend war er der Meinung, du hättest diese Entführung inszeniert.«

Sie lachte kurz auf. »Ich?« Dann rief sie zum Bad hinüber. »Olaf, komm raus, du Feigling, und sag ihm, wo ich gestern um die Mittagszeit war.«

»Auf der Autobahn«, rief Olaf, heraus kam er nicht. »Wir sind gegen halb zwölf auf die Autobahn gefahren und waren kurz vor drei hier.«

»Und Sie?«, wandte Klinkhammer sich an Pleiß.

Der erkundigte sich nicht mal, ob er unter Verdacht stand, erklärte nur in sachlich neutralem Ton: »In meiner Praxis. Dort war ich von acht Uhr morgens bis halb neun am Abend ohne Unterbrechung. Meine Angestellten und Patienten werden Ihnen das bestätigen. Ich bin heute früh um sechs Uhr losgefahren, habe hinter Hannover eine Weile im Stau gestanden, zwischen Dortmund und Essen ging es zeitweise auch nur im Schritttempo.«

»Sascha ist erst vor einer halben Stunde angekommen«, sagte Gabi mit einer Stimme, die sich anhörte, als kaue sie auf Lucas Entführung herum wie auf einer Handvoll Erdnüsse. Klinkhammer nickte, um zu verdeutlichen, dass er ihnen glaubte.

»Muss ich mich jetzt bedanken, dass du uns nicht gleich die Kavallerie auf den Pelz gehetzt hast?«, erkundigte Gabi sich wieder in normalem Ton.

Lucas Schicksal schien sie nicht so zu treffen, wie er befürchtet hatte. Selbstschutz, dachte Klinkhammer. Da sie den Kleinen nie in den Arm hat nehmen dürfen, musste sie wohl gefühlsmäßig auf Distanz zu ihm zu gehen.

Aber dann sagte sie: »Kann sein, dass ich weiß, wer Luca hat: Mels Bruder. Alinas Großvater hat es mir letzte Nacht gesagt.«

Niemand verzog spöttisch das Gesicht, niemand tippte sich an die Stirn. Klinkhammer sagte nur: »Meine Leute sind ihm schon auf den Fersen.«

Daraufhin erhob sie sich mit der Bitte: »Mach den Herd wieder an, Sascha, ich habe Hunger.« Mit Blick auf Klinkhammer fügte sie hinzu: »Wir können beim Essen weiterreden. Oder musst du sofort zurück?«

Klinkhammer schüttelte den Kopf. »Ich kann zum Essen bleiben, sag nur in der Dienststelle Bescheid.«

»Mach das«, sagte Gabi. »Und wenn du aufbrichst, nimmst du bitte den Drachentöter mit. Ich bin hier wirklich nicht in Lebensgefahr und hatte mich auf ein ruhiges Wochenende gefreut.«

Klinkhammer ging hinaus auf die Terrasse, um sich bei Becker nach dem Stand der Dinge zu erkundigen. Er hätte ihr mit einer guten Nachricht gerne zu dem ruhigen Wochenende verholfen. Aber seine Frage: »Wie sieht's aus«, beantwortete Becker mit: »Unverändert. Ich hab die Fahndung nach Joris Martell und Janosch Parlow rausgegeben. Wir tun wirklich, was wir können, Arno.«

»Weiß ich«, sagte Klinkhammer. »Sieh zu, dass Rita Unterstützung bekommt, falls Mel sie beschuldigen sollte.«

»Mache ich«, versprach Becker.

Gabi deckte währenddessen den Tisch, gab die Spaghetti ins siedende Wasser und kochte die Soße im zweiten Topf noch mal kurz auf. Sie wirkte ruhig und beherrscht, auch beim Essen. Danach gab es noch Espresso für alle, den Sascha Pleiß zubereitete. Anschließend zog Gabi ihre Winterjacke an und begleitete Klinkhammer und Olaf zu den Autos, als wolle sie sicherstellen, dass beide auch tatsächlich losfuhren.

Olaf bewaffnete sich mit einem Eisschaber, kratzte die Scheiben frei und war kurz darauf verschwunden, als könne er nicht schnell genug auf Distanz zur familiären Wunderwaffe gehen. Klinkhammer ließ sich etwas mehr Zeit. Er wartete darauf, dass

Gabi ihm weitere Fragen stellte. Aber ehe er einstieg, bat sie nur: »Hältst du mich auf dem Laufenden, Arno?«

Er nickte. »Wirst du Martin das Geld überweisen? Solange wir den Kerl nicht haben, besteht die Möglichkeit, dass er sich noch mal meldet. Vielleicht aus dem Ausland.«

Ihr Blick verlor sich in irgendwelchen Fernen. »So flüssig bin ich nicht mehr, Arno. Im September hätte ich's noch gekonnt. Im Oktober habe ich in Immobilien investiert, die Verhandlungen liefen bereits im September. Zwölf Wohnungen auf einen Schlag habe ich gekauft. Alle mit langjährigen Mietern drin, ein echtes Schnäppchen. Alinas Großvater sagte schon vor dreieinhalb Jahren, sauer verdientes Geld sollte man in Betongold anlegen, statt es von Bankern verzocken zu lassen. Jetzt bekomme ich eine Rendite, die mir keine Bank bieten kann, und muss mir um eine Rente keine Sorgen mehr machen.«

»Schön«, sagte Klinkhammer.

»Sascha fand es auch vernünftig. – Wie findest du ihn?«

»Er macht keinen schlechten Eindruck, aber nach einer Stunde kann ich nicht viel sagen.«

Sie warf einen Blick zur Parkzufahrt hinüber und seufzte. »Er ist zwölf Jahre jünger als ich.«

»Ja und?«, fragte Klinkhammer. »Du warst sechzehn Jahre jünger als Martin Schneider. Das hat dich nicht gestört. Ines ist fünf Jahre älter als ich. Früher ist mir das nicht aufgefallen, heute sieht man es nicht mehr. Du siehst fünfzehn Jahre jünger aus, wo ist das Problem? Hast du Angst, er könnte bei dir einen Halt suchen, und du müsstest die Erwachsene sein, die Vernünftige? Mach dir deswegen keinen Kopf, Gabi. Er ist ein Mann, wahrscheinlich will er nur mit dir ins Bett.«

Sie kicherte und wirkte sekundenlang verschämt wie ein junges Mädchen, fehlte nur, dass sie errötete. »Das wolltest du nie. Du bist doch auch ein Mann.«

»Als wir uns kennenlernten, hatte ich mit Ines bereits die Frau fürs Leben gefunden. Ich habe dich gar nicht als Frau wahrgenommen.«

»Als was dann?«, fragte sie wieder todernst.

»Damals warst du ein Opfer, dem ich helfen wollte«, sagte Klinkhammer. »Inzwischen denke ich, du bist die Strafe für etwas, das ich in einem früheren Leben verbrochen habe.«

»Das könnte gut sein«, stimmte sie zu. »Hoffentlich sieht Sascha das nicht eines Tages ebenso. Wir verstehen uns wirklich gut. Wir wissen beide, wie sich Verlust und Schmerz anfühlen. Aber ich kann ihm seine verlorene Familie nicht ersetzen. Mit einer jüngeren Frau könnte er noch mal Kinder bekommen.«

»Will er das?«, fragte Klinkhammer.

Sie zuckte mit den Achseln. »Jetzt vielleicht nicht. Aber was ist in drei oder vier Jahren?«

»Warum genießt du nicht einfach erst mal das Wochenende?«, fragte Klinkhammer und hätte sich im nächsten Moment gerne auf die Zunge gebissen.

Sie antwortete nicht, schaute ihn nur an, als hätte er ihr etwas Ungeheuerliches abverlangt. Aber sie verlor kein Wort über Luca, wandte sich ab mit der Bitte: »Bestell Ines einen schönen Gruß und sieh zu, dass der Drachentöter heil zu Hause ankommt.«

Klinkhammer nickte, stieg ein und fuhr los. Bei einem Blick zurück sah er Gabi im Bereich der Schranke verschwinden.

In ihrem Hinterkopf warnte Alinas Großvater: »Seien Sie auf der Hut vor dem Kapuzenmann. Mein Reich ist ihm entgangen, nun will er ein Stück von Ihrem.« Sie suchte sich eine Ecke bei den Müllcontainern und weinte zum ersten Mal, seit sie denken konnte. Weinte um ein Kind, das sie nur von einem Foto kannte, und um ihre Unfähigkeit, die Zeichen zu deuten. Nach Martin Schneiders Tod hatte sie keine Tränen gehabt.

Als sie zurückkam zum Bungalow, sah Sascha ihr an, womit sie die letzte Viertelstunde zugebracht hatte. Darüber reden wollte sie nicht, entschuldigte sich nur bei ihm für das *Empfangskomitee* und dafür, dass er unvermittelt in einen Krimi hineingeraten war.

Danach spülten sie gemeinsam das Geschirr ab und machten einen Spaziergang. Gabi sagte, sie müsse jetzt laufen. Und Sascha hatte sich nach der langen Autofahrt ohnehin die Beine vertreten wollen.

Der Aufräumer

Als Klinkhammer sich auf den Heimweg machte, kontrollierte eine Streife der Autobahnpolizei im Zuge des Großeinsatzes gegen Einbrecherbanden schon zum zweiten Mal den Rastplatz Frechen. Die Rastplätze entlang der Autobahnen wurden von den Banden gerne genutzt, um Beute von einem Auto ins andere zu verfrachten, für den Fall, dass sich aufmerksame Nachbarn ein Kennzeichen gemerkt hätten.

Bei der ersten Kontrollfahrt im Schritttempo am frühen Vormittag hatte die Besatzung einen dunkelgrauen Ford Focus Kombi mit einem scheinbar schlafenden Mann auf dem Fahrersitz bemerkt. Näher angeschaut hatten sie sich den Mann nicht. Der Focus war alt und im Rhein-Erft-Kreis zugelassen. Die Bandenmitglieder fuhren meist neue Audis oder BMWs mit niederländischen Kennzeichen.

Nickerchen auf Rastplätzen waren begrüßenswert und für die Polizisten ein vertrauter Anblick. Dass der Fahrer aber nach mittlerweile fünf Stunden immer noch aufrecht im Sitz hinter dem Lenkrad schlief, kam ihnen seltsam vor. Sie hielten hinter dem Focus an, der Beifahrer stieg aus und ging zur Fahrertür. Die Scheibe war herabgelassen, obwohl es bitterkalt war.

Der Polizist bemerkte Blutspritzer auf der gegenüberliegenden Seitenscheibe, dem Beifahrersitz und im Gesicht des Fahrers. Von einem kleinen Loch über der Nasenwurzel war ein dünnes, längst getrocknetes oder gefrorenes Rinnsal an der Nase entlang zum linken Mundwinkel gelaufen. Kopfschuss. Mitten in die Stirn. Der Mann musste direkt in die Mündung geschaut haben und seit etlichen Stunden tot sein.

Der umgelegte Sicherheitsgurt ließ vermuten, dass die Person mit dem Finger am Abzug an die Scheibe geklopft und abgedrückt hatte, sobald die Scheibe unten war. Anschließend musste der Kopf des Mannes mit dem Gesicht zur Frontscheibe an der Nackenstütze ausgerichtet worden sein.

Der Tote war bekleidet mit einer dunklen Jeans der vom Versandhandel Bonprix vertriebenen Marke John Baner und einer hüftlangen schwarzen Winterjacke. Ausweispapiere hatte er nicht dabei. Man identifizierte ihn anhand des Autokennzeichens als den Mann, vor dem Anni Erzig seit Monaten so große Angst hatte, dass sie sich zuletzt in einer frostigen Laube auf einem Fleckchen Land verkroch, das es offiziell gar nicht mehr gab.

Die Leute, denen Anni Erzig nach dem Tod ihres Mannes ihr Elternhaus mit dem großen Garten dahinter verkauft hatte, hatten nie nachgemessen, ob das Grundstück tatsächlich, wie im Grundbuch vermerkt, zweihundertachtzig Quadratmeter groß war und wie viel davon auf den Garten entfiel. Die Käufer waren damals nicht mehr die Jüngsten gewesen, Gartenarbeit machte Spaß, war aber auch beschwerlich. Da reichte das Stück bis zu dem niedrigen Zaun, den Annis Mann gesetzt hatte, allemal.

Wegen ebendiesem Zaun hatten die Käufer angenommen, das während der drei Jahre, in denen Annis Mann mit dem Tod gekämpft hatte, völlig verwilderte kleine Karree gehöre irgendwem, der sich nicht darum kümmerte. Um ihren Garten vor den üppig sprießenden Unkräutern zu schützen, hatten sie auf der vermeintlichen Grundstücksgrenze die Mauer hochgezogen und sich weiter keine Gedanken gemacht.

Seit Jahren lagen die Leute auf demselben Friedhof wie Annis Angehörige. Die Erben des Hauses wussten nicht einmal von dem Stückchen Land hinter der Mauer, das Maja Parlow als Zauberwald bezeichnete. Sie zahlten ahnungslos und brav die Grundbesitzabgaben auch für Annis Zuflucht. Freitags waren sie befragt worden, wie ihre Nachbarn und andere Anwohner der Straße, die Anni von früher kannten, sie jedoch seit dem Verkauf ihres Elternhauses höchstens mal auf dem Friedhof gesehen hatten.

Die Engelsucherin – Samstagnachmittag

Nach dem nervenaufreibenden Abstecher zu ihrer Wohnung kam Anni Erzig unbemerkt zurück in ihren Garten. Das Aufgebot von Polizei und Feuerwehr im Schlosspark war ihr nicht entgangen, obwohl sie den Park gemieden hatte. Sie hatte sogar überlegt, einen der Polizisten anzusprechen und zu erklären, dass ihr wiedergeborener Sohn von einem Kapuzenmann mitgenommen worden war, den sie gestern für seinen neuen Vater gehalten hatte. Aber Letzteres wussten die Polizisten wahrscheinlich schon von Roswita Werner.

Dass ihre hilfsbereite Nachbarin die Polizei rufen würde, war Anni klar gewesen. Deshalb hatte sie auf den Nachtisch verzichtet und bedauerte auf dem langen Rückweg, dass sie Roswita Werner nicht auch noch erzählt hatte, dass der Kapuzenmann den schlafenden Luca in den Kofferraum des silbrig blauen Sportwagens gelegt hatte.

Das hatte Anni bei einem Blick zurück noch gesehen. Es war ihr merkwürdig erschienen, allerdings hatte sie gestern angenommen, er täte das zur Sicherheit für das Baby, weil er keinen Kindersitz im Auto hatte. Aber nun ... Wenn die Polizei meinte, sie hätte Luca mitgenommen, dann war wohl etwas ganz und gar nicht so, wie sie es gestern beurteilt hatte.

In der Laube nahm Anni Mantel und Bettdecke ab, legte die Decke auf den Liegestuhl, zog den Mantel wieder an und machte sich einen Kaffee. Vor ihrem Aufbruch hatte sie ein Teelicht angezündet, um eine Portion Wasser zu erhitzen. Wenn der Topf lange genug über dem Flämmchen stand, wurde das Wasser heiß genug für eine warme Mahlzeit.

Ursprünglich hatte sie sich nach ihrer Rückkehr eine Tütensuppe zubereiten wollen. Das erübrigte sich nun. Der gehaltvolle, kräftige Eintopf bei Roswita Werner hatte sie satt und etwas schläfrig gemacht. Der lange Fußmarsch mit der Bettdecke unter dem Mantel und den beiden prallvollen Tüten hatte sie zusätzlich erschöpft. Deshalb häufte sie zwei Löffel von dem Instantkaffee, den sie sich im Dezember geleistet hatte, in einen großen Becher.

Den kleinen Topf füllte sie sofort mit neuem Wasser und stellte ihn wieder auf die zu einem Stövchen umgearbeitete Konservendose. Das Teelicht darin brannte bestimmt noch zwei, drei Stunden. Dann wäre das Wasser am Abend heiß genug für eine Bouillon, dazu wollte sie ein Salamibrot essen.

Mit ihrem Kaffeebecher setzte Anni sich in den Liegestuhl, legte die Beine hoch, zog die Bettdecke darüber, genoss die Wärme und grübelte über ihren wiedergeborenen Sohn, seinen Bruder, seine neue Mutter und den Kapuzenmann, der womöglich nicht der neue Vater gewesen war.

Sollte sie zurück zum Schlosspark gehen und mit einem der Polizisten sprechen? Sie könnte erklären, wie der Mann ausgesehen hatte. Und wenn man ihr nicht glaubte? Wenn man sie verdächtigte ... Hin und wieder trank sie einen Schluck und bedauerte, keinen Zucker zu haben. Der Kaffee war sehr bitter, vielleicht hätte sie auch für den großen Becher keine zwei Löffel von dem teuren Pulver gebraucht.

Nachdem der Becher etwa zur Hälfte leer war, wurde ihr übel. Außerdem wurden ihr die Lider so schwer, dass sie die Augen schließen musste. Sie schaffte es gerade noch, den Becher sicher neben dem Liegestuhl abzusetzen.

Hinter ihren geschlossenen Lidern begannen Sterne zu flimmern. Anni sah ihren Sohn zwischen diesen Sternen, so wie er kurz vor Ausbruch seiner Krankheit gewesen war, klein und zart, aber mit diesem hellen Köpfchen auf den schmalen Schultern. Er winkte ihr zu und rief: »Komm, Mami! Komm her zu mir. Wir sind alle hier, Papi, Großvater und Großmutter. Wir warten auf dich. Es ist wunderschön hier, glaub mir. Du musst nur deinen Stern loslassen, Mami. Lass ihn los. Lass los.«

»Das geht nicht, mein Schatz«, sagte Anni, vielleicht dachte sie es auch nur. »Ein Weilchen muss ich noch bleiben und herausfinden, ob dich gestern dein neuer Vater oder ein anderer geholt hat. Ich werde gleich noch einmal in den Park gehen und mit den Polizisten reden. Ich muss mich nur ein bisschen ausruhen.«

Ein eisiger Luftzug strich ihr übers Gesicht. Sie blinzelte mit bleischweren Lidern und meinte zu sehen, dass die Tür einen Spalt offen war. Aber der graue Lichtstreifen verschwand sofort wieder. In der Laube war es so dunkel wie zuvor. Das Flämmchen des Teelichts in der mehrfach durchlöcherten Konservendose ersetzte nicht einmal eine brennende Kerze. Anni sah nur Konturen, einen schwarzen Schatten, eine Kapuze, das davon umrahmte Gesicht nur ein dunkler Fleck. Es war, als beuge sich der Tod persönlich über sie.

Ein Lichtstrahl schwirrte umher, als hätte jemand vom Himmel eine Leine für sie ausgeworfen, die sie nur fassen müsste. Der Kaffeebecher wurde ihr an die Lippen gesetzt. Eine Hand griff in ihren Nacken und hob ihren Kopf an. »Schön austrinken«, sagte der Tod. »Wir wollen das kostbare Zeug nicht wegkippen.«

Es war die Stimme von gestern. Anni erkannte sie wieder und begriff, dass der Tod ihren Sohn nun schon zum dritten Mal geholt hatte. Aber diesmal brachte er ihn ihr zurück, damit sie zusammen an der Himmelsleine hinübergehen konnten.

Nachdem sie den bitteren Kaffee bis auf den letzten Tropfen geschluckt hatte, legte der Tod ihr den schlafenden Luca auf den Leib. »Schön festhalten«, sagte er und zog ihren Arm über das Bündel. Dann verschwand er. Anni spürte den nächsten Luftzug auf dem Gesicht. Und in der Dunkelheit bat ihr Sohn erneut: »Lass los, Mami. Lass los und komm herüber zu uns.«

Anni ließ nicht los. Weil es doch gar nicht sein konnte, dass er gleichzeitig auf ihrem Leib lag und aus dem Jenseits nach ihr rief. Irgendetwas stimmte nicht. Und irgendwie schaffte sie es, ihren Arm mitsamt dem Bündel unter die wärmende

Bettdecke zu bringen. Dort hielt sie ihn fest. Ignorierte das Locken ihres Sohnes, bis sie ihren Arm nicht mehr spürte und die Übelkeit nicht mehr und auch nicht mehr den Druck des schlafenden Engels auf ihrem Leib.

Maja

Nach der Entdeckung auf dem Parkplatz der Raststätte Frechen wurde die Fahndung nach Janosch Parlow eingestellt. Sie war für Thomas Scholl eine große Genugtuung gewesen, Parlows Tod war ihm keine. Tote konnte man nicht mehr verhören. Es wäre ihm ein Vergnügen gewesen, Rita bei der Akupunktur Parlows zuzuhören. Davon verstand Rita wirklich etwas; zu blöd, dass sie bei Lucas Mutter nicht mehr richtig zum Zug gekommen war. Aber vielleicht kam das noch.

Da Scholl immer noch zwischen Polizisten und Feuerwehrleuten im Schlosspark herumlief, wurde er losgeschickt, um Parlows Witwe die traurige Nachricht zu überbringen. Er hatte allerdings nicht das Gefühl, dass Frau Parlow besonders traurig war. Auf ihn wirkte sie eher erleichtert, ihre Tochter ebenso.

»Ist Janosch wirklich tot?«, vergewisserte sich Frau Parlow.

»Meine Kollegen sind sicher, dass es sich bei dem Toten um Ihren Mann handelt«, sagte Scholl. »Aber Sie sollten ihn trotzdem identifizieren, damit wir Gewissheit haben.«

»Wer hat ihn gefunden?«

»Eine Streife der Autobahnpolizei.« Scholl sah keinen Grund, daraus ein Geheimnis zu machen.

»Haben Sie auch Frau Erzig und das Baby gefunden?«, wollte Maja wissen.

»Bisher leider nicht.«

»Schade«, sagte Maja. »Ich dachte, wenn Frau Erzig nicht bei sich zu Hause ist, dann ist sie bestimmt in ihrem Häuschen im Zauberwald.«

»Zauberwald?«, wiederholte Scholl. Er hörte davon zum ersten Mal. »Wo ist denn dieser Zauberwald?«

»Das habe ich dem Herrn Kommissar doch gezeigt«, sagte Maja verwundert. »Wir sind nur nicht bis zum Zaun gegangen, weil er gesagt hat, seine Kollegen sollten sich das ansehen. Sind Sie nicht sein Kollege?«

»Doch, eigentlich schon«, sagte Scholl. »Aber wir haben viele Kollegen. Wie hieß der Kommissar denn?«

»Das weiß ich leider nicht«, gestand Frau Parlow stellvertretend für ihre Tochter. »Er hat es gesagt, als er sich vorstellte. Er hat mir auch einen Ausweis gezeigt, aber ich war zu aufgeregt, um genau hinzuschauen und mir seinen Namen zu merken. Er fuhr einen metallicblauen Wagen, ein Polizeiauto war das nicht.«

Den Fluch konnte Thomas Scholl gerade noch hinunterschlucken. »Wann war dieser Kommissar hier?«

»Gegen Mittag«, sagte Frau Parlow. »Ich hatte das Essen auf dem Herd und musste es warm halten, bis Maja zurückkam.«

Scholl rief umgehend Jochen Becker an, der ebenso alarmiert war wie er. »Mels Bruder räumt hinter sich auf«, sagte Becker. »Sieh zu, dass du Mutter und Tochter aus der Wohnung bringst. Vielleicht haben sie Familie oder Bekannte in der Nähe, wo sie unterkommen können. Das Kind soll dir den Zauberwald zeigen.«

Auf die Idee war Scholl schon von alleine gekommen. Mutter und Tochter aus ihrer Wohnung zu lotsen war überhaupt kein Problem. Er musste nur andeuten, dass der angebliche Kommissar wahrscheinlich ein Freund ihres Mannes gewesen sei und noch mal zurückkommen könnte. Frau Parlow warf so rasch ein paar Sachen in einen Koffer, wie Scholl noch keine Frau hatte packen sehen.

Maja dirigierte ihn durch die Stadt, bis zu der Stelle, an der auch der vermeintliche Kommissar sein Auto abgestellt hatte. Inzwischen war es dunkel, zehn Minuten nach fünf. Frau Parlow blieb im Wagen am Straßenrand sitzen, während Maja Thomas Scholl durch das der Kälte trotzende kniehohe Grünzeug am

Waldsaum bis vor den verrotteten Zaun führte. Dann wartete Maja mit seiner Taschenlampe draußen und schickte Lichtfinger in die Dunkelheit, während Scholl in der finsteren Laube im Schein der Display-Beleuchtung eines Handys das schmale, eingefallene Gesicht der Frau betrachtete, die er am vergangenen Nachmittag nicht zu packen bekommen hatte.

Das Teelicht in der Konservendose war erloschen. Und Scholl konnte sich nicht aufraffen, Maja die Taschenlampe abzunehmen. Er hatte auch so keine Zweifel, wen er vor sich hatte und dass Anni Erzig tot war. Die Ausbuchtung der Bettdecke bemerkte er erst, als er sich aufrichtete. Mit zwei Fingern hob er einen Zipfel der Decke an, hob ihn höher und höher, bis im Schein des Displays ein Plüschmützchen mit Bärenohren auftauchte, wie auch Max gestern eins getragen hatte.

Scholl schlug die Decke zurück, riss den kleinen Körper von der Leiche und drückte ihn sich gegen die Brust. Sekundenlang hatte er das Bedürfnis zu weinen. Nach zweimal trocken schlucken verging der Drang. Er schob eine Fingerkuppe unter die Mützenbänder, tastete nach der Halsschlagader und meinte, einen schwachen Puls zu fühlen, möglicherweise sein eigener Herzschlag.

Der Vater

Von Köln-Weiden waren Martin und Alina zurück nach Niederembt gefahren. Alina ging allein ins Haus, Martin fuhr mit Mels Honda gleich weiter zu Reinhard Treber, erklärte Onkel, Tante und der Frau seines Cousins das Nötigste, bedankte sich für die Unterstützung und Betreuung seines Ältesten und fuhr mit Max wieder nach Hause.

Max freute sich, Alina zu sehen. Lina, wie er sie nannte, gehörte zu den Frauen, in deren Gegenwart er sich wohlfühlte und aus sich herausging. Er sprudelte nur so über von all den aufregenden Erlebnissen, die gestern auf ihn eingestürmt waren. Nach seiner Mutter fragte er nicht.

Alina hatte in der Zwischenzeit etwas zu essen auf den Tisch gebracht. Eine begnadete Köchin war sie nicht, es gab nur Knabberkram und für Max, der von Hilde Treber verköstigt worden war, einen Kakao. Appetit hatten weder sie noch Martin. Aber es lenkte Martin vielleicht ein wenig von Luca, der wahnsinnigen Angst und den schrecklichen Befürchtungen ab.

Es lagen noch zwei Päckchen Waffeln mit Schokorand im Vorratsschrank, außerdem Salzstangen und Chips. Mel hatte tags zuvor eingekauft wie für eine Party. Martin hielt sich an die Chips. Alina knabberte an der Vorstellung, dass sie einem Egomanen auf den Leim gegangen war, ihr Großvater dafür mit dem Leben bezahlt hatte – und nun vielleicht auch Martins jüngster Sohn.

Weil seine Sachen aus der Verwaltung verschwunden waren, befürchtete sie, Joris könne sich wieder in der gemeinsamen Wohnung in Jülich eingenistet haben. Die Schlüssel hatte sie ihm nicht weggenommen, als sie ihn hinauswarf. Und wo nun offenbar auch sein zweiter Plan, an Geld zu kommen, gescheitert war ...

»Das riskiert er nicht«, meinte Martin. »Deine Wohnung wird garantiert überwacht. So was machen sie immer, und das weiß Joris. Er wird irgendwo untertauchen.«

»Da müsste er aber erst einmal wissen und auch glauben, dass er verdächtig ist«, meinte Alina, um gleich anschließend zu fragen: »Wer soll ihm das gesagt haben? Von Mel hat er das bestimmt nicht mehr erfahren. Wie konnte sie sich von ihm zu diesem Wahnsinn überreden lassen?«

»Was konnte Joris ihr nicht einreden?«, fragte Martin seinerseits. »Ich hätte gestern sofort darauf kommen müssen, dass Mel mit drinsteckt. Als sie nach Bedburg gefahren ist, muss sie davon ausgegangen sein, in Begleitung zurückzukommen. Alles war aufgeräumt und sauber, als ich von der Arbeit kam. Sogar das Bett war gemacht. Sie hatte nicht nur den Knabberkram, auch eine Riesentüte Brötchen gekauft und ein Brot und Unmengen Wurst und Käse, viel zu viel für uns allein. Wahrscheinlich hat sie angenommen, dass Arno sich mit ein paar von seinen Leuten hier einquartiert. Ich denke, Joris ist davon ausgegangen, dass Arno nichts unternimmt, wenn meine Mutter ihn darum bittet.«

Alina nickte in Gedanken versunken. »Was mache ich, wenn er in der Wohnung ist? Oder wenn er heute Nacht kommt? Er wird so tun, als wüsste er von nichts ...«

»Du kannst hierbleiben«, schlug Martin vor. »Ich beziehe die Betten mit frischer Wäsche und schlafe auf der Couch. Dann fahren wir morgen früh zusammen ...« Er brach ab und wurde kreidebleich, als der alte Apparat im Flur klingelte.

Alina sprang auf: »Ich geh ran. Hast du was zu schreiben? Wenn er die IBAN durchgibt ...«

Martin hetzte an ihr vorbei und riss den Hörer von der Gabel. Sein »Hallo« klang wie ein Keuchen.

Es war Klinkhammer. »Tut mir leid, dass ich dir einen Schrecken einjagen musste. Ich habe deine Handynummer nicht und nicht genug Leute, um jemanden zu schicken«, sagte er. »Jetzt atme erst mal tief durch und beruhige dich.«

Luca lebte. Er war in die Kinderklinik nach Düren gebracht worden. Wie es um den Kleinen stand, wusste Klinkhammer noch nicht. Was Mel anging, hatte er auch keine neuen Informationen.

Martin brach umgehend auf, fuhr zur Kinderklinik und traf dort auf eine ihm sympathische und – wie er meinte – kompetente Kinderärztin, die sich nach den ersten Untersuchungen zuversichtlich zeigte. Luca war unterkühlt und dehydriert eingeliefert worden, mit einem Blutalkoholwert von 0,1 Promille, einem wunden Po und einer Windel, die höchstwahrscheinlich seit dem Freitagvormittag nicht mehr gewechselt worden war. Er würde überleben, das stand bereits fest. Ob er einen Gehirnschaden davongetragen hatte, blieb abzuwarten. So früh ließ sich dazu noch nichts sagen, weil niemand wusste, wann Luca der Alkohol verabreicht worden war und wie viel davon sein kleiner Körper bereits abgebaut hatte.

Eine geschlagene Stunde saß Martin am Bettchen seiner »Aufgabe«, hielt eine kleine Hand in seiner und weinte, bis eine Schwester erschien und ihn aufforderte, nach Hause zu fahren, damit Ruhe auf der Station einkehrte.

Samstagabend

Die abendliche Besprechung fiel größer aus als die vom frühen Morgen, fand aber trotzdem in Klinkhammers Büro statt. Von den sieben Leuten, die sich rund um den Schreibtisch verteilten, waren nur zwei zufrieden mit sich. Thomas Scholl hatte dazu auch allen Grund, immerhin hatte er Luca gerade noch rechtzeitig gefunden. Eine Nacht unter Anni Erzigs Bettdecke hätte der Kleine wahrscheinlich nicht überlebt, hatte der Notarzt gesagt. Irgendwann wäre ihm der Sauerstoff knapp geworden.

Jochen Becker bildete sich ebenfalls etwas ein auf seine Schlussfolgerung, Anni Erzig im Zauberwald zu suchen und Frau Parlow samt Tochter sicher bei einer Bekannten unterzubringen. Ob die beiden tatsächlich in Gefahr schwebten, konnte niemand mit Bestimmtheit sagen. Aber bei Parlows Leiche waren keine Schlüssel gefunden worden. Handy und Geldbörse fehlten ebenfalls. Es hatte wohl nach einem Raubmord aussehen sollen.

Anja Kummert sah immer noch das quietschbunte Auto durch den Hausflur auf sich zurollen. Und Rita Voss wurde den Anblick des sich überschlagenden Körpers auf der Treppe nicht los. Zudem nagte an ihr die Erkenntnis, etliche Stunden mit dem willfährigen Instrument eines größenwahnsinnigen Egomanen verbracht zu haben, ohne stutzig zu werden. All diese Anrufe. Und sogar Martin hatte angenommen, seine Frau telefoniere den halben Abend mit irgendwelchen Freundinnen.

Weil der Verdacht auf eine Hirnblutung und eine perforierte Lunge bestand, war Mel nach der Erstversorgung im Bedburger

Krankenhaus per Hubschrauber in eine Kölner Klinik gebracht und dort inzwischen von zwei Kölner Kollegen befragt worden.

Sie hatte eine erste Aussage gemacht, aber kein Wort über Lucas Entführung verloren. Nur zu ihrem Sturz hatte sie sich geäußert, allerdings nicht Rita Voss beschuldigt, wie Klinkhammer befürchtet hatte. Mel hatte behauptet, ihre Schwiegermutter habe sie gestoßen. Dass Gabi sich zu dem Zeitpunkt gute dreihundert Kilometer entfernt aufgehalten und noch nicht mal von Lucas Entführung gewusst hatte, kommentierte Mel: »Sie weiß alles, und sie kann das auch aus der Entfernung. Gabi ist eine Hexe.« Ernst genommen hatte das natürlich niemand.

Klinkhammer hatte Gabi ebenso informiert wie Martin, kein Wort über Mels verrückte Behauptung verloren, nur von Luca gesprochen und erklärt, dem Kleinen gehe es den Umständen entsprechend gut. Danach hatte er von Gabi das erste »Danke, Arno« gehört.

Natürlich hatte sie auch wissen wollen: »Wo war er?«

»Bei einer als harmlos und gutmütig bekannten älteren Frau, die meine Leute gestern zuerst in Verdacht hatten«, hatte Klinkhammer geantwortet.

Und der Verdacht gegen Anni Erzig würde sich wohl schnell erhärten lassen. Mit Luca war der lebende Beweis erbracht. Man hätte nur nicht nach Beweisen für eine kompliziertere Sachlage suchen dürfen. In Zeiten, in denen überall gespart werden musste, schlugen übergeordnete Ränge gerne den einfachen und kostengünstigen Weg ein, zumal gegen Anni Erzig keine Anklage mehr erhoben werden konnte. Mit Recht und Gesetz oder gar Gerechtigkeit hatte das nicht mehr viel zu tun.

Deshalb war Klinkhammer ebenso unzufrieden wie der junge Staatsanwalt. Natürlich konnte Anni Erzig das Baby unmittelbar nach der Entführung in ihre Laube gebracht haben. Dass sie dann mittels einer Strickleiter aus ihrem Schlafzimmerfenster gestiegen war … Vielleicht hatte sie sicher sein wollen, nicht gesehen zu werden, als sie diesen Fluchtweg wählte. Fragen konnte man sie nicht mehr.

Der Einsatz eines Mantrailers in der Verwaltung des Hochhauses in Köln-Weiden ließ zwar vermuten, dass Luca einige Stunden hier verbracht hatte, aber bewiesen war damit noch nichts. Mel musste nur behaupten, ihren Bruder in der letzten Woche mit dem Baby besucht zu haben. Klinkhammer hatte noch einmal die langjährige Freundin seiner Frau bemüht und ein vorläufiges Stillhalteabkommen mit der Staatsanwaltschaft ausgehandelt.

»Wir brauchen keine Unterstützung durch die Kriminalhauptstelle, Carmen. Wir brauchen nur ein bisschen Zeit, um zu beweisen, dass wir es bei dem Toten an der Raststätte Frechen, der toten Frau in der Laube und der Entführung des Babys, das bei ihr gefunden wurde, mit ein und demselben Täter zu tun haben.«

»Dafür seid ihr aber nicht zuständig, Arno«, hatte er sich von Carmen Rohdecker anhören müssen. Und deshalb war der Siebte in Klinkhammers Büro ein Kölner Kollege, der sich ihm aber bedingungslos unterordnete.

Vorerst hatte man gegen Mel und ihren Bruder nicht viel in der Hand. Beweisen ließ sich bisher nur, dass Joris Martell einen metallicblauen BMW fuhr und im letzten halben Jahr häufig mit Janosch Parlow telefoniert hatte. Da hatte er jedes Mal das Handy benutzt, dessen Nummer Alina genannt hatte. Am Freitag hatte es mehrere Verbindungen zwischen Parlow und dem Prepaidhandy gegeben, das Mel achtzehnmal angerufen hatte.

Bei einer Verbindung um die Mittagszeit war das Prepaid in derselben Funkzelle eingeloggt gewesen wie Parlow – beim Drogeriemarkt. Um sechzehn Uhr dreiundfünfzig hatte es Parlow zu Hause erreicht. Um siebzehn Uhr zehn und um siebzehn Uhr dreiunddreißig hatte dann Parlow das Handy angerufen. Er hatte sich dabei in der Nähe von Martins Haus aufgehalten. Das Prepaid war von sechzehn Uhr dreißig bis siebzehn Uhr fünfundvierzig ohne Unterbrechung am Kölner Hauptbahnhof eingeloggt gewesen, von wo aus um Viertel vor fünf und gegen halb sechs die Anrufe auf Martins Festnetzanschluss gekommen waren. Gerichtsfeste Beweise waren das nicht, nur starke Indizien.

»Warten wir die Ergebnisse der KTU und der Obduktionen ab«, sagte Klinkhammer.

Am Babyjogger und dem Fußsack sowie an Anni Erzigs Leiche und ihrer Bettdecke waren Faserspuren gesichert und für kriminaltechnische Untersuchungen zum LKA nach Düsseldorf geschafft worden. Ebenso Lucas komplette Bekleidung und Parlows dunkelgrauer Ford Focus. Janosch Parlows und Anni Erzigs Leichen lagen im Gerichtsmedizinischen Institut Köln. Parlow würde wahrscheinlich schon morgen auf den Sektionstisch kommen. Der Kopfschuss wies ihn augenscheinlich als Mordopfer aus.

Bei Anni Erzig war die Sachlage nicht so eindeutig. Mit dem Baby auf dem Bauch und dem leeren Kaffeebecher auf dem Boden neben dem Liegestuhl ... Es konnte durchaus ein Suizid gewesen sein. Dagegen sprachen zwar Roswita Werners Worte zum sicheren Ort. Aber auch Gräber waren sichere Orte.

Möglicherweise hatte Joris Martell seinen Neffen nur in Anni Erzigs Nähe ablegen wollen, und die Frau war bereits tot gewesen, als er kam. In der Laube hatten sich Reste eines hochgiftigen Insektizids befunden. Uralt wie das Valium aus Anni Erzigs Badezimmer, nichtsdestotrotz noch wirksam. Den Kaffeebecher hatte der Erkennungsdienst sichergestellt.

Die Tage danach

Martin fuhr am Sonntag gleich nach dem Frühstück zur Kinderklinik nach Düren. Alina blieb bei Max und versprach, für Mittag zu kochen. »Hoffentlich bekomme ich etwas Kindgerechtes hin. Was magst du am liebsten, Max?«

»Mein Papa.«

»Den können wir nicht kochen. Magst du auch Spaghetti?«

Max bevorzugte bunte Nudeln, die standen im Vorratsschrank.

Lucas Zustand schien unverändert, aufgewacht war er bisher nicht. Aber er sah schon etwas besser aus als am vergangenen Abend, fand Martin. Seine Haut schimmerte wieder rosig, und sein kleines Gesicht wirkte nicht mehr so eingefallen. Nur die Schläuche und Kanülen, die mit seinem Körper verbunden waren, zeigten, dass er nicht nur schlief.

Die sympathische Ärztin gab sich unverändert zuversichtlich, sprach von den Folgen der Dehydrierung und einer Entgiftung. Martin verstand nur die Hälfte und wusste nicht einmal, wie die gemeint war. »Wird er wieder aufwachen?«

»Sicher wird er das«, behauptete die Ärztin. »Machen Sie sich keine unnötigen Sorgen, das wird schon.«

Um halb eins fuhr er zurück, damit Alina und Max nicht mit dem Essen auf ihn warten mussten. Am frühen Sonntagabend brachte er Max samt einem Kindersitz aus Mels Honda zu Onkel und Tante. Hilde hatte angeboten, den Jungen zu betreuen, solange es notwendig war. Wegen ihrer Enkelin musste Hilde ohnehin zur Kita. Nachmittags konnte Reinhard sich mit den Kindern beschäftigen, am Samstag hatte das gut geklappt.

»Du musst doch arbeiten«, sagte Hilde. »Und ins Krankenhaus willst du ja bestimmt auch.«

Ja, zu Luca. Zu Mel zog es Martin nicht. Er hatte nicht einmal das Bedürfnis, sich zu erkundigen, wie es ihr ging. Nachdem er Max abgeliefert hatte, begleitete er Alina nach Jülich. Sie wollte nicht noch eine Nacht in Niederembt verbringen, musste am Montag wieder an ihrem Schreibtisch sitzen. »Ich habe schließlich einen Job«, sagte sie.

»Nein«, widersprach Martin. »Ich hab einen Job. Du bist Chefin und hast Verantwortung.«

Ihre Befürchtung, Joris könne sich wieder in der gemeinsamen Wohnung einquartiert haben, erwies sich als unbegründet.

»Ich sag doch, er hat sich abgesetzt«, sagte Martin. »Du solltest in Weiden die Konten prüfen lassen. Vielleicht hat er sich dort bedient, als er von Mel hörte, dass meine Mutter Urlaub macht.«

»Das kann er nicht«, sagte Alina. »Für größere Summen braucht er das Okay meines Vaters. Er hätte höchstens über einen längeren Zeitraum kleine Beträge unterschlagen können. Aber wenn er das getan hätte, hätte er am Freitag nicht so ein Risiko eingehen müssen.«

»Wenn er bis Oktober auf ein großes Erbe eingestellt war und erst nach dem Tod deines Großvaters mit den kleinen Beträgen angefangen hat, kann er noch nicht viel auf die Seite gebracht haben«, meinte Martin. »Aber um für eine Weile abzuhauen, reichen ein paar Tausend.«

Joris war nicht abgehauen. Als seine Sekretärin am Montagmorgen in die Verwaltung kam, saß er an seinem Schreibtisch. Man hatte ihr nicht abverlangt zu schweigen, also berichtete sie, was ihr bekannt war. Dass am Samstag Polizisten hier gewesen waren und sich gründlich umgeschaut, aber keine Erklärung geboten hatten. Dass sogar ein Mann mit Hund gekommen war und einer mit eingepackten Babysachen.

Joris zeigte sich gleichermaßen erbost wie schockiert und wollte Mel anrufen. Deren Handy lag als Beweismittel beim Erkennungsdienst in Hürth. An seiner Reaktion sah die Sekretärin, dass er keine Verbindung bekam.

»Eingepackte Babysachen«, wiederholte er. »Hat man Ihnen gesagt, was es damit auf sich hatte?«

Die Sekretärin schüttelte den Kopf. Erklärt hatte man ihr überhaupt nichts, auch kein Wort über Mels Sturz verloren. »Ihre Frau weiß das sicher«, meinte sie. »Sie war mit der Polizei hier. Ihr Schwager war auch dabei.«

Zehn Sekunden später hatte Joris Alinas Stimme am Ohr. Sie war viel zu aufgewühlt, um zu heucheln. Er hatte Mühe, sie zu verstehen. »Wo warst du?«, wollte sie wissen.

»Ich habe mir ein Wochenende für Exerzitien genommen und

viel nachgedacht, hauptsächlich über uns und unsere Ehe«, behauptete er.

»Erzähl das der Polizei«, fauchte Alina, damit wurde die Verbindung getrennt.

Als Rita Voss und Thomas Scholl erschienen, saß Joris immer noch an seinem Schreibtisch und tat so, als würde er arbeiten. Er protestierte nicht, verlangte nur eine Erklärung, ehe er bereit war, sie für eine Gegenüberstellung nach Hürth zu begleiten. Dort identifizierten Frau Parlow und ihre Tochter ihn als den Mann, der sich am Samstag als Angehöriger der Kriminalpolizei ausgegeben und sich von Maja den Weg zum Zauberwald hatte zeigen lassen.

Zu dem Zeitpunkt lag das Ergebnis der ersten Obduktion vor. Janosch Parlow war – wie auf den ersten Blick zu erkennen – durch einen Schuss in die Stirn getötet worden. Kaliber neun Millimeter. Todeszeitpunkt früher Samstagmorgen – zwischen fünf und sieben Uhr. Dass auf dem Parkplatz der Raststätte niemand den Schuss gehört hatte, erklärte sich zum einen wohl damit, dass an solch einem Ort auch frühmorgens Lkw-Motoren angelassen wurden. Zum anderen wiesen Partikel im Schusskanal darauf hin, dass ein selbst gebauter Schalldämpfer benutzt worden war.

Joris gab sich gelassen. Zu seinem Wochenende konnte er keine konkreten Angaben machen. Er sei aufs Geratewohl losgefahren, um sich über einige Dinge klar zu werden, behauptete er. Übernachtet hatte er im Wagen, konnte nur Bewirtungsbelege von kleinen Lokalen vorlegen, wo er eingekehrt war.

Dass er viel nachgedacht hatte, traf wohl zu. Er dürfte überlegt haben, welche Geschichte er der Polizei bieten könnte, falls sein Plan nicht aufging, was sich bereits am Freitagabend abgezeichnet hatte, als er von Gabis Urlaub erfuhr.

Natürlich kannte er Janosch Parlow, das gab er unumwunden zu und erklärte noch den Tatsachen entsprechend, dieser widerliche Mensch habe vor Jahren im selben Club geboxt wie er.

Dann behauptete er, Parlow habe sich an Mel herangemacht. Die unselige Affäre habe nie wirklich ein Ende gefunden, auch nicht, als Mel heiratete. Mel sei eben sehr labil, leicht zu beeinflussen und schon nach kurzer Zeit unglücklich in ihrer Ehe gewesen, weil Martin lieber in der Nähe seiner Mutter leben wollte als in einer Hochhauswohnung.

Dass er in den letzten Monaten wiederholt mit Parlow telefoniert hatte, erklärte Joris mit seiner Sorge um die Schwester. Er habe von Janosch verlangt, Mel in Ruhe zu lassen, wo sie nun zwei Kinder habe, er sei doch auch verheiratet und habe eine Tochter.

Dass Janosch stattdessen Luca entführte und von Martin eine Viertelmillion erpressen wollte, damit hätte er nicht gerechnet. Aber er hätte sich sofort denken können, wer dahintersteckte, als Mel ihn über Lucas Verschwinden informierte und verschämt andeutete, Janosch sei im Drogeriemarkt gewesen. Er sei am Samstag nach Blerichen gefahren, um seinen jüngsten Neffen auf eigene Faust zurückzuholen. Leider habe er Janosch nicht daheim angetroffen, auch nicht bei der speziellen Freundin, die Janosch durch seine Tochter kennengelernt haben wollte.

»Haben Sie denn die spezielle Freundin angetroffen?«, fragte Rita Voss.

»Leider nicht. Janoschs Tochter hat mich zwar bis nahe an eine Gartenlaube herangeführt, in der die Frau sich manchmal aufhalten sollte, aber dort war niemand.«

»Und Sie haben zu keinem Zeitpunkt daran gedacht, uns zu verständigen?«, fragte Thomas Scholl.

»Nein«, erklärte Joris. »Ich wollte meine Schwester schützen.«

»Besitzen Sie eine Schusswaffe?«

»Nein.«

Im Besitz eines Prepaidhandys zu sein, bestritt Joris ebenfalls. Er hätte sich auch keine entsprechende SIM-Karte zugelegt.

Am Dienstag lag auch das Ergebnis der Obduktion von Anni Erzig vor. Sie war – wie vermutet – an einer Vergiftung gestorben. Allerdings hatte sie keinen uralten Unkrautvernichter geschluckt, sondern mindestens fünfzehn Gramm Natrium Pentobarbital. Reste davon ließen sich auch in dem Kaffeebecher nachweisen. Das sprach zwar noch nicht gegen einen Selbstmord, doch wo sollte sich eine Frau, die seit ewigen Zeiten nicht mehr bei einem Arzt oder in einer Apotheke gewesen war und keinen Zugang zum Internet hatte, das bei Schweizer Sterbehilfevereinen beliebte Mittel beschafft haben? Noch interessanter war die Frage, wo die Verpackung geblieben war, wenn Anni Erzig sich eigenhändig vergiftet hatte.

Die Hexe

An diesem Dienstag kam Gabi aus Herkingen zurück. Sascha Pleiß war schon am vergangenen Nachmittag zurück nach Braunschweig gefahren und wollte sie an einem der nächsten Wochenenden in Niederembt besuchen. Nachdem er weg war, hatte sie eine Weile mit Klinkhammer telefoniert und erfahren, dass seine Leute, unterstützt von einem Kölner Kollegen, dabei waren, Beweise gegen Mels Bruder zusammenzutragen. Und dass sie zuversichtlich waren, ihn für lange, für sehr lange Zeit hinter Gitter zu bringen. Das hatte beinahe so geklungen, als hätte Arno darauf hinweisen wollen, sie brauche nichts gegen Joris Martell zu unternehmen. Das hatte sie nicht vor. Sie hatte auch nichts gegen Mel unternommen. Und jetzt hatte sie andere Sorgen.

Sie brachte nur schnell ihr Gepäck ins Haus und fuhr gleich weiter zur Kinderklinik nach Düren. Nach einem längeren Gespräch mit der Ärztin, die sich bei ihr nicht gar so zuversichtlich zeigte wie bei Martin, trat Gabi an Lucas Bettchen. Er schlief, war zwar zwischenzeitlich ein paarmal kurz wach gewesen, aber er hatte nicht reagiert, nicht auf die fremden Gesichter, nicht auf die ungewohnte Umgebung, nicht mal auf die Pikser, wenn man ihm Blut abgenommen hatte.

Minutenlang stand Gabi da, schaute auf ihn hinunter, sammelte und bemühte sich, die Tränen zurückzuhalten. Dann sprach sie ihn leise an: »Hallo, kleiner Mann. Wir beide kennen uns noch nicht. Ich bin deine Großmutter, und die Leute hier meinen, dein Köpfchen hätte vielleicht Schaden genommen, weil ein skrupelloses Arschloch dich mit Schnaps abgefüllt hat, damit du schläfst und keine Arbeit machst. Von dem Arschloch haben sie nichts gesagt, das weiß ich von deinem Papa. Er hat mir auch erzählt, dass du gerne eine bestimmte Musik hörst. Mal sehen, ob du das Double genauso gerne magst wie ich. Er ist vom Original nicht zu unterscheiden.« Sie schaltete ihr Handy ein, rief eine Musikdatei auf. Sekunden später sang der Mann, der bis zum November 1983 für sie die Welt bedeutet hatte: »And I love you so.«

Eine volle Minute geschah nichts, dann blinzelte Luca, schlug die Augen auf, schaute sie an. Und für einen winzigen Moment glaubte sie, ein Lächeln aus früheren Zeiten um seinen Mund huschen zu sehen. »Da bist du ja wieder«, sagte sie fassungslos glücklich und ungläubig zugleich.

Das Lächeln war bereits wieder aus dem kleinen Gesicht verschwunden, nun verzog es sich zu einem Bild des Jammers. Die Unterlippe zuckte, wie sie es jedes Mal bei Max sah, wenn sie ihn in der Kita besucht hatte und wieder gehen wollte. Dann hörte sie auch das Weinen in seiner Stimme. »Momi komme wieder?«

»Aber sicher«, sagte sie dann regelmäßig.

Lucas Blicke huschten suchend umher, seine Unterlippe zitterte stärker. Er schien zu erkennen, dass er nicht im eigenen Bettchen lag. Ein gutes Zeichen, fand sie. »Mamama«, stammelte er.

»Tut mir leid, mein Kleiner«, sagte sie. »Die nächsten Jahre wirst du mit mir vorliebnehmen müssen, möglicherweise auch mit Alina. Ich könnte mir vorstellen, dass dein Papa jetzt vernünftig genug ist, nicht mehr auf irgendwelche Funken zu warten. Deine Mama wird für geraume Zeit hinter Gittern verschwinden. Wenn sie eines Tages wieder rauskommt, willst du vielleicht nichts mehr mit ihr zu tun haben.«

Anni Erzigs Beisetzung im Familiengrab bei ihren Lieben fand am darauffolgenden Montag statt. Gabi ging nicht hin, kam nur für die Kosten auf, weil Annis Sparbuch zusammen mit den Sachen aus der Laube sichergestellt worden war und in einer Asservatenkammer lag. Außerdem meinte Gabi, sie hätten viel gemeinsam gehabt, und ohne diese Frau hätte Luca nicht überlebt.

An dem Montag saß Joris Martell bereits in Untersuchungshaft. Die Identifizierung durch Frau Parlow und Maja sowie die Telefonlisten waren für den Haftbefehl zwar etwas dürftig gewesen. Und Mels Aussage überzeugte den Untersuchungsrichter auch nicht hundertprozentig. Aber als Mel dann begriff, dass ihr Bruder nicht nur die gesamte Schuld auf sie abwälzte, sondern ihr auch noch ein Verhältnis mit einem Mann angedichtet hatte, dessen Namen sie von Rita Voss zum ersten Mal hörte, packte sie aus. Aber dann stand Aussage gegen Aussage, wem sollte man glauben? Janosch Parlow konnte man nicht mehr fragen. Den Ausschlag gab der Mantrailer, den Thomas Scholl für eine Spurensuche in dem metallicblauen Coupé angefordert hatte. Danach stand fest, dass Luca im Kofferraum dieses Wagens transportiert worden war.

In den folgenden Wochen kamen weitere Beweise hinzu. Identische Fasern vom Fahrersitz des Coupés, von Lucas Jäckchen und Anni Erzigs Bettdecke. Das Kleidungsstück, von dem diese Fasern stammten, fand sich noch in Martells Besitz. Und in Parlows Gesicht hatte er seinen genetischen Fingerabdruck hinterlassen, als er dessen Kopf nach vorne ausrichtete, damit das Einschussloch in der Stirn nicht sofort auffiel, wenn jemand am Wagen vorbeiging. Er hatte es sich wohl auch nicht verkneifen können, Parlow zum Abschied eine Wange zu tätscheln. Größenwahn schützt nicht vor Torheit, im Gegenteil, er fördert sie noch.

Für den Tod von Alinas Großvater konnte man Joris Martell nicht zur Verantwortung ziehen. Es ließ sich allerdings noch nachweisen, dass der alte Mann mit Parlows Focus überfahren worden war. Unter dem vorderen linken Kotflügel fanden sich

Lackpartikel vom Fahrrad und Fasern der Bekleidung, die der alte Mann getragen hatte. Ob Parlow im Auftrag gehandelt hatte, dafür hätte man ein Geständnis gebraucht, was man von Joris wohl nie bekommen würde. Das hörte Gabi von Rita Voss.

Mitte Februar hatte Rita *Romys Schatten* endlich zu Ende gelesen. Ihre Mutter kannte den Roman fast auswendig, was man dem Büchlein auch ansah. Aber so fiel wenigstens nicht mehr auf, dass Martin es nicht mal richtig aufgeschlagen hatte.

Wegen der persönlichen Widmung fand Ritas Mutter, sie könne das Taschenbuch unmöglich behalten. »Ich würde es ja später gerne noch mal lesen. Aber wie sieht das aus, wenn hier ein Buch im Regal liegt, in das die arme Frau eine Widmung für ihren Sohn reingeschrieben hat? Bring es ihm zurück.«

»Ich glaube nicht, dass er es nimmt«, sagte Rita. »Er wollte es unbedingt loswerden.«

»Dann bring es Frau Schneider«, verlangte ihre Mutter.

»Sie heißt Lutz, Mama«, sagte Rita zum wiederholten Mal. »Schneider ist ihr Pseudonym. Und eine arme Frau ist sie schon lange nicht mehr.«

»Als ob es immer nur aufs Geld ankäme«, erwiderte ihre Mutter. »Was die arme Frau alles durchgemacht hat ...«

Rita fand, sie habe vor ihrer Scheidung auch einiges durchgemacht. Aber da sie keine Romane darüber geschrieben hatte, zählte das offenbar nicht.

Von Klinkhammer bekam sie Gabis Adresse und eine Telefonnummer. Als sie sich ankündigte, erklärte Gabi, es spiele keine Rolle, ob sie um sieben oder um acht Uhr abends komme. »Um sieben werden die Kinder ins Bett gebracht, danach ist es ruhiger. Möglicherweise ist mein Sohn auch da. Wenn nicht noch eine späte Wohnungsbesichtigung ansteht, kommt Martin nach der Arbeit zu mir, um eine Weile mit den Jungs zu spielen und dafür zu sorgen, dass sie anschließend einschlafen. Jetzt muss er sie ja nicht mehr frühmorgens versorgen.«

»Ich würde mich freuen, wenn er auch da wäre«, sagte Rita.

Um Martin nicht in Verlegenheit zu bringen, wollte sie behaupten, er habe ihr das Taschenbuch geliehen.

Wie erwartet stand Martins BMW vor dem Zaun. Gabi ließ sie herein. Im Bett waren die Kinder noch nicht, aber schon in den Schlafanzügen. Martin tobte mit ihnen durchs Wohnzimmer, entweder spielten sie Verstecken oder Fangen. Genau ließ sich das nicht feststellen. Und Luca krabbelte quietschend vor Vergnügen hinter Vater und Bruder her, so schnell er konnte.

Niemand erhob Einwände, als Rita ihr Handy zückte und für Thomas Scholl zwei Minuten der wilden Jagd aufzeichnete. Es reichte die Erklärung: »Mein Kollege wird sich freuen, wenn er sieht, wie fit der Kleine schon wieder ist.«

»Fragen Sie mich mal, wie ich mich freue«, sagte Martin. »Ein richtiger kleiner Rabauke ist er. So wüst war er vorher nicht.«

»Er ist halt ein richtiger Treber«, erklärte Gabi. »Meine Brüder waren früher genauso.«

»Schluss für heute, Jungs«, beschied Martin. »Ab in die Kiste mit euch. Es wird Zeit für eine Geschichte. Gönnen wir Oma noch eine Unterhaltung mit einem intelligenten Menschen.«

Rita bedankte sich für das Kompliment. Er hob Luca vom Boden auf und forderte: »Sag: Gute Nacht, Oma.«

Luca brabbelte etwas. Max erklärte gewichtig: »Luca muss schlafen.« Der Satz verursachte Rita Schluckbeschwerden.

Gabi bekam von jedem Zwerg noch ein Küsschen, dann waren sie allein im Wohnzimmer. »Möchten Sie etwas trinken?«, fragte Gabi und offerierte Wasser, Saft, Kaffee oder Tee.

»Ein Milchkaffee wäre mir recht.« Im Vorbeigehen an der Küchentür hatte Rita einen Vollautomaten derselben Marke gesehen, wie in Martins Küche einer stand.

Damit waren sie auch schon beim Thema. Milchkaffee und *Romys Schatten*. »Es hat nicht viel gefehlt, dann hätte ich es in der einen Nacht ausgelesen. Aber als Martin mir die Couch anbot, konnte ich nicht widerstehen. Er war so großzügig, mir zu gestatten, es mit nach Hause zu nehmen. Den Schluss habe ich erst letzte Woche gelesen. Nachdem meine Mutter es in die Finger bekommen hatte, bin ich nicht mehr rangekommen.«

»Freut mich zu hören«, sagte Gabi. »Möchten Sie Ihrer Mutter einen Ersatz mitnehmen? Ich hab den Keller voller Leichen. Es sind bestimmt ein paar dabei, die sie noch nicht kennt. Arno sagte, Ihre Mutter sei ein großer Fan.«

So kamen sie auf Klinkhammer und Ritas Befürchtung, er könne vorzeitig in Pension gehen. Gabi lachte: »Von wegen. Arno tritt zwar etwas kürzer, steigt aber gleichzeitig ein paar Stufen höher auf der Leiter. Vor zwei oder drei Monaten hat das LKA Interesse bekundet. Arno geht nach Düsseldorf zur operativen Fallanalyse. Da passt er auch besser hin. Als Leiter eines Kommissariats ist er ungeeignet. Das müssen Sie doch längst gemerkt haben. Arno kann den Leuten einiges beibringen, aber führen kann er nicht. Er ist ein Eigenbrötler, ihm ist es am liebsten, wenn man ihn machen lässt, wie er es für richtig hält. Bei der OFA kann er alles einsetzen, was er draufhat, es redet ihm keiner rein, er muss keinen kommandieren und läuft nicht mehr Gefahr, über eine Leiche zu stolpern.«

Als Martin eine halbe Stunde später wieder nach unten kam, sprachen die Frauen immer noch über Klinkhammer. Ritas Hoffnung, etwas mehr über seine Beziehung zu Gabi in Erfahrung zu bringen, hatte sich allerdings noch nicht erfüllt. Martin verabschiedete sich sofort, wollte noch zu seiner Schwägerin fahren. Das dünne Taschenbuch nahm er mit.

Erst nachdem er die Haustür hinter sich zugezogen hatte, fragte Gabi nach dem Stand der Dinge: »Von Arno höre ich nichts zu dem Thema. Wenn ich ihn frage, werde ich abgewimmelt mit dem Hinweis, jetzt sei die Kölner Staatsanwaltschaft zuständig.«

»So ist es auch«, erwiderte Rita. »Für uns ist die Sache abgeschlossen. Wir werden später nur noch als Zeugen vor Gericht gebraucht. Aber bis Prozessbeginn wird noch einige Zeit vergehen. Vielleicht befürchtet Arno, dass der Hauptangeklagte das nicht mehr erlebt, wenn er Ihnen zu viel erzählt. Mel behauptet immer noch, Sie hätten sie die Treppe hinuntergestoßen.«

Gabi lächelte, ob spöttisch oder verärgert, hätte Rita nicht sagen können. »Und trotzdem haben Sie sich hergetraut?«

Rita erwiderte das Lächeln. »Warum nicht? Ich war unmittelbar hinter Mel, als sie stürzte, und bin ehrlich gesagt froh, dass sie nicht mich beschuldigt.«

»Verstehe«, sagte Gabi.

Rita blieb, bis Gabis Handy sich bemerkbar machte. Im Display blitzte das Gesicht des Mannes auf, dessen Passfoto sie auf Jochen Beckers Laptop gesehen hatte. Gabi zuckte mit den Achseln, als wolle sie sich für die Störung entschuldigen, und nahm das Gespräch an mit der Frage: »Hast du etwa schon Feierabend? – Du, ich habe gerade Besuch, kann ich dich ...«

Rita unterbrach sie mit einem Wink und erhob sich mit dem Hinweis: »Den Ersatz für meine Mutter hole ich ein andermal, wenn es Ihnen recht ist.«

Gabi nickte. Mit dem Handy am Ohr begleitete sie Rita zum Tor.